魅丽文化 桃夭工作室

当她归来

君素 / 著

江苏凤凰文艺出版社
JIANGSU PHOENIX LITERATURE AND ART PUBLISHING, LTD

图书在版编目（CIP）数据

当她归来 / 君素著 . -- 南京 : 江苏凤凰文艺出
版社 , 2020.6
ISBN 978-7-5594-4619-0

Ⅰ . ①当… Ⅱ . ①君… Ⅲ . ①幻想小说 – 中国 – 当代
Ⅳ . ① I247.5

中国版本图书馆 CIP 数据核字 (2020) 第 036177 号

当她归来

君素 著

责任编辑	李龙姣 张 倩
特约编辑	刘思月 戴 铮
装帧设计	熊 婉
封面绘图	椅叽叽叽叽叽
出版发行	江苏凤凰文艺出版社
	南京市中央路 165 号，邮编： 210009
网 址	http://www.jswenyi.con
印 刷	湖南天闻新华印务有限公司
开 本	710mm × 1000mm 1/16
印 张	22
字 数	310 千字
版 次	2020 年 6 月第 1 版，2020 年 6 月第 1 次印刷
书 号	ISBN 978-7-5594-4619-0
定 价	39.80 元

目录
CONTENTS

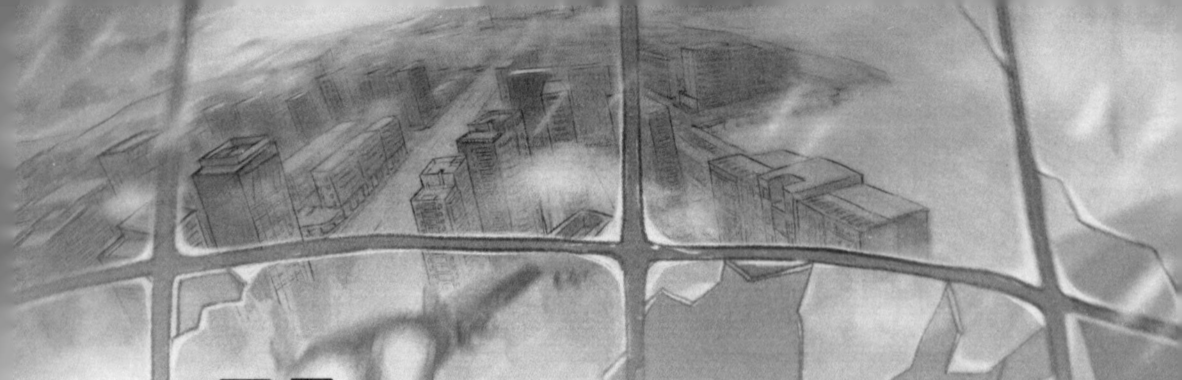

目录
CONTENTS

一

牛二代的传奇人生

“第七次脑电波联结精准度测试开始。”

一间宽敞的实验室里，人工智能的机械化女音空荡荡地回响着。秦峥身穿墨绿色的军装，双手插在服帖的裤兜里，身后站了一圈身穿白大褂的实验人员。一干人的目光此时都落在实验室上方悬挂的一台液晶显示屏上。画面一分为二，上面是一名女子正坐在实验室正中间的封闭仓内，头上戴着一个半透明面罩头盔，身穿雪纺的白色衬衣和一条紧身牛仔裤。而显示屏下端，则是她透过头盔所看见的情形——一个金属化的女性形象。

停顿三十秒后，人工智能的声音再次响起。

“姓名。”

封闭仓里的女人开始对答：“祁珂。”

“年龄。”

“二十六。”

“职位。”

“ISF 第三卫星军区……下士。”祁珂顿了一下，表情带着点梦幻。

人工智能完全体会不出她的尴尬，还在继续问话：“请您分辨以下几个种族的战争级别。”

祁珂伸出手，在虚空中指指点点。

秦峥一言不发地注视着显示屏，神态淡然，看不出任何情绪。但他周边的人却与他刚好相反，大气都不敢喘，好似一个细微的动静也会影响封闭仓里的女人似的。大概过了十分钟，显示屏下方出现了一排小图片，有人类平常接触的食物，还有蚕蛹、毒蝎子，以及五彩的蘑菇和一些不常见的外星有毒植物。

此时，人工智能提出了一道送命题：“请选择以下哪些东西不可用于进食。”

秦峥起先还不动声色的面上终于显出几分紧张，他揣在裤兜里的手紧握成拳，甚至在寒气逼人的空调风下还出了一掌心的汗。其余人更是屏息凝神，捂嘴的捂嘴，抱胸的抱胸。

成败在此一举。

祁珂犹豫许久，伸出的指尖在“A、两种东西不可进食”和“B、三种以上东西不可进食”上徘徊了半天。

秦峥差点没憋住，就要脱口怒喊：选 B 啊弱智！

祁珂是不会承认自己是弱智的。所以，她好似有点感应，指尖在“B”上停留了两秒。就在众人都打算击掌庆祝的一刹那，祁小仙女手指一转，按在了选项“D”上——所有东西皆可用于进食。

秦峥：“……”

众人：“……”

人工智能：“选择错误，第七次脑电波联结精准度测试失败。请多加休息，调整状态，十天后进行第八次脑电波联结精准度测试。”

秦峥手捂着胸，身子晃了晃。

封闭的仓门“嘀”的一声响，随即打开。祁珂大力扯下脑袋上的头盔，甩了甩一头乌黑的齐肩短发，骂骂咧咧地走了出来。

“我的妈，这是哪个杀千刀的发明的缺德玩意儿，脑袋是在坟里闻过香吗？太坑爹了！”

秦峥气得差点心肌梗死，面有菜色地盯了祁珂好一会儿，直到她驻足在自己跟前，才没好气地说：“你知道这个脑电波联结精准度测试还有另外一个名字吗？”

“不知道，我饿了，你带吃的没有？”祁珂摊手。

秦峥翻了个白眼，就知道吃！

“这个测试的别名叫‘人体智商检验’。恕我直言，我带了这么多年的兵，你是我见过唯一一个测了七次还没过关的人才！就说你爸当年爆了首长检测仪的智商，到你这儿怎么就一落千丈了？”

“你这话说得我就不爱听了。”祁珂翻着白眼叨叨，顺便对他上下其手，想摸摸他身上有没有带小零嘴，“智商这玩意儿又不是硬盘存档，你以为还能复制粘贴啊？再说了，我随我妈尽人皆知。我家那两个王者我能随一个就够在银河系无限装 × 了好吗？我要随了俩你不是得跪着叫我爸爸？”

“你想死？”秦峥咬牙低声说，顺便拍开了她胡乱揩油的蹄子。

祁珂见他身上除了军官证和钱夹什么都没有，不屑地撇撇嘴：“你别老念叨我了，有空你赶紧查查出这个测试的人是不是个奸细，他这不是摆明了和我军部胖虎过不去吗！”

“胖虎……呵，智商的确和你比较接近。”秦峥吐槽。

祁珂抄起手：“您是头皮紧了吗？欠我爸血虐？”

周围人：“……”

大家对祁珂简直敬佩，要知道，她现在的军阶可是一个下士，敢这么对 ISF 的老大呛声，总感觉这货过两天坟头草就要长三米高。众人好奇的目光在两个人之间打着转，秦峥虽然并不觉得两个人的交谈方式有任何不妥，但他的职位毕竟摆在这儿，在外人面前得注重面子。他沉下脸色，扫了一圈边上的好奇宝宝们。刹那间，众人都作鸟兽散，一副专心工作完全没空听墙角的优秀表现。

秦峥低咳一声，这才斜眼瞄祁珂：“你除了拿你爸妈来威胁我，还能干点什么有创意的事？”

“不能。”祁珂无耻地耸肩，“谁让我是牛哄哄的牛二代呢？不服你和我爸单挑去呀？”

秦将军竟无言以对。就不要脸这一点，祁珂绝对是家族遗传。当然，秦峥是不敢明目张胆吐槽祁珂上一辈那两位王者的，只好选择跳过这个话题。他恨铁不成钢地飞了祁珂一记眼刀，看着手表说：“时间差不多了，联盟国还有个会要开，我得赶回地球本部。你先回疗养院休息。”

说着，秦峥转身就走。

祁珂忙不迭地跟在他身旁，一连串的问题脱口而出：“你要亲自回本部？贺叔不在吗？我什么时候才能回基地？你打算把我扔在疗养院多久？”

“首长另外有事不能参会，关于回基地这件事……”秦峥一顿。

祁珂登时拦住他的去路，皱眉道：“你打算咋办？”

“你确实在疗养院放生太久了，”秦峥十分严肃，“所以我准备把你调去第四卫星的军校，让你担任三年级的指挥导师。”

祁珂默了默。她像是消化了一会儿秦峥的说辞，抬起头，倒吸一口冷气道：“你再说一遍，你打算让我去干啥？”

“担任指挥导师。”

“我能骂你吗？”

“你还想降职？”

“好，那我讲道理。”祁珂深呼吸，“你也知道我这人什么都好，就是情绪管理不太到位，每个月总有那么几天我会心态略崩看谁都想骂。所以，我的意思是，园丁这种事情就该交给温柔、细致、有内涵的人去干，我不能昧着良心葬送了我们祖国可爱的小花朵。”

“你可以的。”秦峥鼓励地握拳，“每个月的那几天我允许你请假。”

祁珂面上笑嘻嘻，心里却在骂：“重点不是这个，重点是我肤白貌美、前凸后翘，打眼一看就是绝世尤物。我的使命是去战场迷惑我的敌人，让他们沉浸在我的美色里，死得其所！”

秦峥沉默地看了一眼面前这货抬头挺胸的中二模样，紧接着，目光定在了她祖传的 32A 上，忍不住冷笑出声：“肤白貌美我瞎只眼也就勉强认了，前凸后翘……你是想笑死我好忽视我的命令吗？”

“……”

果然，有句话说得好。自己无理的时候，讲道理嘛；别人无理的时候，还讲什么道理！要是现场有张桌子，祁珂直接就能掀了！她咬牙切齿，面目狰狞地问：“真要这么绝？”

“就是这么绝。”秦将军相当有骨气。

“不顾我们二十几年穿一条内裤的交情？”

“谁跟你穿一条内裤？！”秦将军脸红。

“行。”祁珂一根手指指着他，“那你就别怪我出阴招了。”

“谁管你。”

秦峥没时间再和她浪费口舌，直接推搡开她走到实验室外。祁珂当即捏住嗓子，尾随其后，用一种大家都无法忽视的波浪音喊出了一连串惊天动地的句子：“心肝儿、宝贝儿、我的小傻瓜！”

秦峥：“……”

众实验室人员：“……”

这是发生了什么？为什么我们正经军营的强硬画风一秒钟就变成无下限言情文了！实验室里的老少爷们儿表示有点吃不消。

祁仙女根本不在意他人的不适感，还在竭力摧毁秦将军的意志：“你还记得那一夜我们在野外，看星星、看月亮，看到你疯狂嗯哼的场景吗？人家今晚就在那里等你哦！”

“祁珂！”秦峥实在听不下去，站在门外回头指她，几乎把腮帮子咬疼，“你的脸都掉地上了就不能捡捡？！”

“人家不要脸，要你嘛。”祁珂眨眼，顺便比了个心。

秦峥：“……”

秦峥的心漏跳了很多拍，他其实无数次幻想过祁珂对他说出这句话，甚至偶尔自己睡觉发生了某些不可描述的男人特有的尴尬场景时，也是以这句话为引子。秦将军差点就破功了。然而他不能，他是个有骨气的领导，特别是在这么多人的注视下。于是，秦光棍恶狠狠地道：“你赢了。”

祁珂一溜烟地奔上去：“这么说……”

秦峥一边迅速按下实验室的大门按钮，一边接话：“明早八点，我让人到疗养院楼下接你，准时去军校报到。”

祁珂：“……”

祁珂被他隔绝在两扇一吨重的防弹门后。

稳了三秒，祁仙女扯着嗓门大骂：“秦峥你这个浑蛋！我实名祝你关键时刻没有套！”

秦峥：“……”

他又想，那也不错，你就当妈了。

根本没料到自己发小兼领导居然能这么龌龊的祁珂，手忙脚乱地重新打开了实验室的大门，就只看见飞船离地升空，扑起的灰尘足有八米高，给她扎扎实实地洗了个肺。她先是惯常问候了一遍秦峥的祖祖辈辈，然后茫然地望着天空那疾速缩小的一点，显得茫然而无措。

到现在为止，她重见天日不过才三个月左右，多少还有点不大适应。说起来，也全怪自己这张嘴，身边人不止一次地提醒过她，要管住嘴，迈开腿。不过很可惜，她做不到。要不是这回秦峥不惜老本救回了她，后果实在不堪设想。她内心是清楚的，秦峥做的决定都是为她好，但她仍然无法接受。

大概是因为她是用她母亲的细胞复制培育出来的一个独立的个体，在某些方面，她像极了她的母亲。那个主导了佩特星战争，让各种族战栗至今，在银河系历史上写下了辉煌一笔的伟大女人。可以负责任地说，就热衷于战争这一点，祁珂的确是无差别地继承了她母亲的意志。她渴望建功立业，倒并不是出于想超越自己母亲的想法，而是她天生好强，不想在这个开了外挂的家庭里当拖后腿的一员。而且，当下的大环境，也正处于乱世出英雄的时代。

当年，“佩特计划”以人类和佩特星人的联合胜利画下句点，R79 星的部分资源也被两个种族和平划分。但由于一些不为人知的机密，R79 星上的能源实际上并没有达到各种族预估的数量，这让战后的地球仍然面临资源短缺的问题。加上发展太快、损耗过大，眼下除了科技度远高于其他种族的远古兽族，银河系七大物种，包括人类和两股全新势力在内，有长达五六年的时间，都为了开采其他荒星的资源而重新陷入了战乱。

直到 2403 年，几个种族终于达成共识，为了降低战损，签订了一个《止战公约》。其中内容规定，各种族均可探测银河系里未知领域的资源，在所发现资源未标注其权属时，都可进行抢夺。一旦权属确定，则有四十天的开采时间。这个阶段，禁止一切形式的战争。

碍于这一纸公约，几个种族虽然打了这么多年，明面上也还算过得去。加上资源陆续到位，各方齐头并进，该发展的科技一样没落下。譬如，最让人类引以为傲的，就是联盟国在地球外围建立了九颗人造小型卫星，仿地球生态。一方面利用核磁分子联结原理形成防护网加强了地球的自主抵御性，另一方面也解决了人口爆炸的疑难杂症。而祁珂所在的 ISF 基地，就在第三卫星上。

祁珂蹲在实验室外，撑着头放空思绪。现在她的情况是，爹不疼娘不爱，这两位传说自从结束了佩特星战争以后，她妈遭军部下令软禁了几年，接着就手拉手环游宇宙去了，平常的行踪成谜，根本没法联系。要靠他们俩来解决自己的前途问题，祁珂觉得，还不如跪在秦峥脚下喊爸爸来得干脆。

喊爸爸……

祁珂有一秒钟深思了一下这个计划的可行性，然后脑子里莫名其妙就出现了她亲爸那张“笑容可掬”的脸。她打了个寒战，赶紧排除了这个政治错误的想法。

不能喊爸爸，那就只能想其他办法调回 ISF 了。还能想什么办法呢？

祁仙女正在考虑要不要给秦峥送一个充气小姐姐走后门，这边法子还没敲定，就看见秦峥的秘书张正夹着一沓资料急匆匆地赶往军部大楼。祁珂见他面色不对，拍拍屁股站起来拦住他，笑眯眯地问：“张秘书，这么急赶着去哪儿啊？”

张正抬了抬鼻梁上的金丝边框眼镜，看清是祁珂，急忙向她敬了个军礼。

正如前面所说，祁珂现在是个下士，可不久以前，她的军阶是实打实的中将，在 ISF 这个独立系统里，仅低于秦峥一人。加上她打仗积累下来的声名，ISF 里的人都对她倍加尊重。

祁珂自来熟地摆摆手，撩着头发问：“出什么特殊情况了吗？”

“是的。”张正不敢放松，一板一眼地回，“刚刚接到探测局通知，位于阿贝尔 2218 星系的山达尔星上发现了振金能源堆。”

“振金啊……”这是一种密度极小但硬度超过了所有已知金属的材料，广泛用于各种族制造飞行器和各类战舰，是个烫手的山芋。

祁珂摸了一会儿下巴，问：“数量多吗？”

“非常多。”张正表情凝重。

“直接标注。”

“恐怕不行。”张正道，“在距离山达尔星 0.6 光年的另一颗行星上，有撒加人的探测队。振金一旦出土，将会引起强烈的金属共振，这一点瞒不过撒加人。他们现在应该已经发现了这处新的能源堆，开始通知附近的舰队紧急集合了。”

“告诉秦峥了吗？”

“试图联系过，但将军现在正在主持联盟国会议，没法联系上。地球各国的重要人物大多都在参会，只怕要等到会议结束才能汇报山达尔星的情况。”

“我贺叔……”祁珂一顿。

张正神情扭曲地看着她。那是军委首长，求你了别喊得这么顺口好吗！吓死宝宝了！张正的心肝直颤。祁珂也看懂了他的面色，干咳一声后改口道：“首长能联系上吗？”

“不能。”张正摇头，“之前听首长的秘书提起过，最近似乎发现了一些当年 R79 星资源问题的线索，所以首长临时外出了，联系不上。”

临时外出，联系不上……

祁珂算算时间，然后眼角一抽。

每年的这个时候，祁珂她母亲都要做个体检。这件事源于她母亲当年在战场上受过重创，身为敬业男配的贺首长至今放心不下，于是就定好了每到十月七号，就带着自己的心腹军医去给她妈做全面体检……

这哪是外出工作？明明就是打着正经旗号去挖她爸的墙脚！贺叔你孜孜不倦坚持这么多年真的不心虚吗？我爸跟我妈都有爱情的结晶了啊！！

祁珂在内心咆哮，一边替她爸心累，一边想着，她一个亲女儿都联系不上自己的双亲，而贺首长一个第三者，居然能在茫茫宇宙里找到他妈！还能怎么样，祁仙女只能心疼地抱住自己了。她搓了搓手臂，很快便收回了思路，皱眉道：“不能等到会议结束。这些大佬说话像电视剧卡带播放，一点屁大的事也能讨论半天。等他们叨叨完，资源早被那些绿皮佬标注了。怎么你也和我一样，脑电波联结测试没通关吗？”

张正：“……”

祁珂思考了几秒钟的时间，神情跟着一变，略带痞气地揽过张正的肩膀。张正吓了一大跳，想推开她保平安，不料祁珂爪子一紧，拉住了他臂膀上的军装。

“我就想问个问题。”祁珂带着他往军部大楼走。

张正点头：“您问。”

“现在，就这个地方，有没有军阶比我高那么一点点的领导？”

张正哽了哽：“有好多……”

祁珂：“……”

张正提醒她：“您现在是下士级别。”

“哦，那我换一种问法，咯……”祁珂摸摸鼻头，“现在这个地方，有没有比我说话更有分量的人？”

那这个问题就简单多了。爹妈都是抖抖脚银河系就会地震的人，军委首长是你叔，ISF 将军是你的竹马，无数军功章护身开路，张正几乎想也没想，直接秒回：“没有。”

“那好，你听我说。”

“我能选择不听吗？”

“不行。”祁珂板起脸，“给你两条路，第一，同流合污；第二，提前死亡。”

“我选……”提前死亡四个字还没说出口，祁珂就笑眯眯地掐了一把他的肉。张正咬着牙不敢喊疼，祁珂顺势接过他的话头：“我知道你选同流合污。”

“不是的……”

“好了，是这样。”祁珂根本不给他说话的机会，语速快得有如连环炮，“我的意思呢，是秦峥不在，各国领导人也都没法联系上，振金又是紧缺资源，不能便宜了那些绿皮佬。所以，话不多说，用你的权限下达指令，顺带捞上我那几个老部下，这一仗，由我来指挥。”

张正都快风中颤抖了。眼看要被祁珂推进军部大楼，他使出最后一丝力气抓住门框，乞求道：“您有后台作死不怕，可我没有啊！要不咱还是等联系上将军……”

“不行，不能打扰他和领导培养感情，万一哪位领导要给他介绍女儿呢！”

张正：“……”

领导只想和您双宿双飞啊！

但张正没敢说。

祁珂和气地扳开他抓着门框的五指：“你要这样想，等能源堆标红，有了开采权属，那可是连升两级的功绩。我这个人很好相处的，功绩你领，责罚我担，怎么样？不是我说，拿下数量这么庞大的振金，够你喜提白富美了。”

张正欲哭无泪：“我不要白富美，我只要好好活着！”

祁珂拖着他走到升降梯前：“男人怎么能这么肤浅呢！来，注意力集中好好听我洗脑，这件事儿我背锅，你什么后顾之忧都没有，关键时刻推我出去，我不会怪你的。怎么样？话都说到这个份儿上了，你要还不同意，我就只好告诉秦峥你刚摸我的胸了！”

张正：“……”

他心想，做人为什么能够这么无耻？！他看着一脸和善笑意的祁珂，只觉得后背一阵阵发麻，活像摸了母老虎的尾巴。这艘贼船，是他上也得上，不上也得上，总而言之，四字概括——走投无路。与其让祁珂对秦峥说他占了便宜，他还是愿意死得光明磊落一点。片刻后，他深吸一口气，说：“责罚真的你担哦？”

“放心吧，”祁珂拍她的平胸，“我这几十级军阶怎么降下来的难道还不足以证明我的节操和诚信度吗？”

好有道理，无法反驳。

张正定定神，无奈地叹着气，按下了升降梯的按钮。待关门的一刹那，祁珂的嘴角浮出半丝诡异的笑，沉声说：“从现在开始，分析出撒加人可能集结出动的舰队，以及附近空域的地理环境。把我那几个老伙计调来，记住，是老伙计，新手用着没高潮。”

“知道了。”

距离第三卫星二十万千米外的地球上，联盟国会议厅。

会议正进行得如火如荼。秦峥站在房间右上角的主持台前，手边摆放着一沓厚厚的纸质资料。来自各国的领导人以及军方与会人员齐齐落座在一张巨大的椭圆桌旁，后面一圈则是各方的秘书。会议室上方展开了一幅虚拟画面，随着秦峥的解说深入正在实时变动。当下的议题，正是关于能源据点的防守和抢夺。讨论声此起彼伏，时而激烈，时而也出奇一致。

约莫又过了半小时，秦峥看了眼天色，又低头睨了眼手表，知道该是用餐时间了，便宣布了暂停会议。刚才还紧绷的众人蓦地放松下来，秘书们也开始整理资料，准备引着领导转往餐厅。领导们的屁股还没离席，秦峥就习惯性地打开了一直关闭的手机，见有七八条留言，也没注意，直接点开了最后一条。张正的上半身影像顿时跃上半空，用一种大家都能听见的公事化语气汇报：“报告将军，阿贝尔 2218 星系发现了大量振金能源。由于撒加人已经组织舰队前往抢夺，事出紧急，祁珂……下士自告奋勇，整合了一支舰队前去支援。”

秦峥：“……”

他差点直接吐出脑浆。

会议室诡异地安静了下来，刚打算离开的众人又坐回了原来的位子上，大家都相当有默契地看着张正凭空消失的方向。两分钟后，有人提出疑问：“祁珂……是方洵九女士和佩特星守护者祁言的女儿？”

“是的。”另外有人接了话，语气带着显而易见的嘲讽，“也是两年前死在厕所里的 ISF 著名女将。”

窃笑声一时间充斥了整个会议室。

H 国的元首一直对 ISF 的独立系统不满，见有机会，瞬间像找着了有缝蛋的苍蝇，端着架子慢慢地说：“如果我没记错的话，现在我们和虫族断了邦交，也全都是仰仗这位祁珂下士。我很好奇，以她父母的优良基因，为什么会创造出她这么低劣的存在。”

秦峥的眼神瞬间变冷。

有新来的秘书不大懂事地问：“这是什么梗？”

旁边的老秘书便耐心地给后辈解答：“是这样的，这位祁珂下士有个怪癖，见什么新奇的玩意儿都想吃一吃。就两年前，和变色人种抢夺 R16 星系的能源堆时，她停靠在虫族的塔图星整兵，结果不知道为什么这么巧，被她看见了虫族还没脱蛹的公主……”

新秘书睁大了眼。

老秘书也一脸梦幻：“于是，她一口吃了虫族的公主。”

新秘书：“……”

“你也知道，虫族未成年前有种自我保护机制，幼虫和虫卵在极端危险的情况下，会产出大量的致命毒素。所以，这位传奇女将就死在了闹肚子上厕所的途中。”

新秘书有点难以接受这个故事的曲折度，望着老秘书直咽口水。

实际上，这件事一直都被秦峥压得死死的，平常没什么人敢提起祁珂的死因，不过当时的目击者实在太多，很大一部分人根本没法把祁珂死在厕所里那滑稽的一幕从脑海里抹去。就这么一传十十传百，这位本就叱咤风云的牛二代便这么抹上了一个终生的污点，各种小道消息都在绘声绘色地描述她当时是怎么栽进粪坑英勇牺牲的。

对此，祁仙女只想打人，老子根本就是死在马桶边的好吗！

经过老秘书的解说，周围的人都不由得担心这次振金的抢夺战，而另一部分则抓紧时机炮轰 ISF，为首的就是 H 国元首。

“我听说秦将军不惜代价克隆了这位祁珂下士的副体，诚然，她是方女士的后代，如果正常活着，我们应该着重保护。不过她是一个军人，还是一个所作所为让人大跌眼镜的军人。我很想知道，秦将军花重金克隆出她的副体是出于什么考虑？让她二度表演怎么生吃其他种族？还是帮助我们树敌？又或者，ISF 的经费实在是太多，没有其他用处了？”

秦峥不答。倒是当年跟着方洵九打仗的罗杰斯夫上将冷声开了口：“金元首，说话注意分寸，以方洵九女士对地球的杰出贡献，不管她的后人是什么身份，我们都应该竭尽全力去保护。”

“好吧。”H 国元首耸耸肩，他很清楚，方洵九这个人不是他可以随便拖下水的。调整了一番神色，他索性转开话锋，“那么，据我所知，祁珂下士的脑电波联结测试一直不过关，这次能源抢夺，是谁给她的权限，让她可以重新上战场？”

所有人都不吭声了。毕竟 ISF 内部的事情，别的人都没发言权。

只见秦峥“啪”的一声合上手边的资料，面无表情地盯向 H 国元首。他是军人出身，眼神里多多少少带着战场上的戾气，这么一对视，H 国元首的气势顿时矮了半截。秦峥慢悠悠地道：“是我给的权限。”

“秦将军……”H 国元首刚要向他开炮，秦峥适时地打断：“我希望金元首没有忘记，ISF，全称星际特殊事件联合反应部队，从成立之初，就独立于各国军方之外，不受各国军政直系领导，有着完整自属的一套系统和决策权力。我任职 ISF 最高指挥官，有权指派手下的士兵参与任何一场星际战争。”

“按您这么说，我们还有必要在这里商量接下来关于能源抢夺的下一步方针吗？”S 国的领导也颇为不满。

秦峥没有与他针锋相对，反而道：“现在银河系里已发现的六十三处能源堆，其中二十四处属于我方。我想提醒各位一句，在这二十四处里，有十五处是祁珂下士抢夺来的。单论星际作战，哪一位有自信能比她优秀？”

众人交头接耳，不屑的言论仍未平息。一方面是嘲讽祁珂比不上她那个如风的母亲，另一方面是质疑秦峥的决策力。秦峥淡淡地扫了一圈众人，拿出手机拨通了张正的电话，平静地道：“把前线实时画面连接到会议室。”

张正颤巍巍地应了声好。没过几分钟，会议室上方的虚拟投影重新打开，祁珂的大头突兀地出现在了众人的视野里。众人一个不备，集体吓了一跳。祁珂此时正坐在指挥舰的驾驶舱里，对着镜头龇牙咧嘴，嬉皮笑脸地道：“怎么着，领导，这么快就想关爱下属了？”

秦峥眼皮子一跳，碍于场面不合适没有及时爆发，只冷声道：“联盟国的各位领导和同仁怀疑你的作战能力，我让他们实时观看这次战斗的全过程，你好自为之。”

“哦，这样啊！”祁珂摸摸下巴，随即手舞足蹈，“大家好，我自我介绍一下，我是祁珂，正在赶赴阿贝尔2218星系，准备去教绿皮佬怎么做个人。现在还在航行中，第一次见各位领导，我也没准备什么见面礼，就给大家表演个劈叉吧！”

说着，祁珂就站了起来。

秦峥：“……”

众人：“……”

秦峥心想，她不会的，虽然平常不着边际了点，但关键时刻还是不会削我面子的。

祁珂做了几个热身运动。

会议室里的人目瞪口呆。

秦峥安慰自己，不会的，她不会的。虽然脑电波联结测试没过关，但这货好歹和我认识了十几年，她的智商应该是符合人类标准的。

祁珂：“喝！”

秦峥抓住椅子扶手，险些怒吼出口，你要敢当众劈叉，老子回去直接把你按回马桶去投胎！

祁珂没听见，于是劈了个叉，还差点把腰给闪了。秦峥捂住眼，其余人看秦峥的眼神又是同情又是讽刺，简直让秦将军体验了一把前所未有的酸爽。就在他后悔为什么要连接作战画面时，驾驶舱后方突然冲出一个褐色头发的中年男人，用特别高亢的调子大吼：“喂，你干吗呢老祁，别撕裤裆了，山达尔空域到了！”

“这么快！”祁珂眼睛一眯，做了个伸展运动，这才慢慢地站起来抖腿。

H国元首冷笑：“这就是方女士的后人，秦将军必须要克隆出来的优秀将领？”

祁珂“咦”了一声，走回指挥座位上，看着画面里瘦小的男人，挑眉道：“你侮辱我领导可以，侮辱我妈就不行了，我爸要是发起疯来，银河系里都没人能治他。”

H国元首："……"

"听您的口吻，是对我相当不满了？那这么着吧，为了不丢我妈的面子，我把话撂这儿，等会儿你们要是没被我的无敌光环闪瞎，就算我输，直接卸了我领导的职位，我半点怨言也不会有。"

秦峥："……"

想手撕活人，怎么破？

各国领导："……"

气氛一时尴尬。

祁珂知道玩笑话得点到即止，索性收敛了神情，没等会议室里的人再度开口，直接打开了虚拟地形图开始布防。她的音色不同于之前，沉着得让人怀疑一秒前还在插科打诨的究竟是不是她本人。

"斯蒂夫，敌方舰队进入可见区域了吗？"

"还有十五秒。"被称为斯蒂夫的褐色头发男人坐在了前排的控制台边，正紧张地注视着小屏幕上的一个红点，"十、九、八、七……"

随着他倒数的声音，地球另一端的会议室也沉寂下来，连刚才还满嘴怨毒的H国元首都屏气凝神。资历稍浅一些的秘书还没有正式看过星际作战的全过程，也都屏住了呼吸，聚精会神。

十秒一过，斯蒂夫迅速做出判断："一艘海瑞巡洋舰、四艘塔罗，啊……居然还有两艘开航。"

一听这话，所有人不禁凝重起来。

撒加人这次的战力不弱，海瑞巡洋舰作为主舰，抗爆性极佳，拥有厚重的装甲和强悍的激光武器，而且先进的散热技术能使它的激光射速平均每秒达到十三次的硬性攻击。塔罗舰主防御，五分钟内能通过舰艇的互相联结形成巨大的防护网，减低百分之六十的炮弹威力。最重要的是开航舰，撒加人星际作战武器的核心技术，装备能量炮，射程一百五十千米，威力极大，唯一的问题是转向慢。

祁珂一言不发地捏着自己小巧的鼻尖。

Y国的将军提问道："我们派出的是哪些战舰？"

"别说话！"祁珂厉声呵斥。兴许是她的表情太有威慑力，让Y国的将军想起了方爸爸，一时半会儿竟不敢出声。

如死般沉寂的氛围中，祁珂闭了几次眼，突然慢声道："我们现在，只有一艘除了隐形功能和防爆不错的指挥舰，以及四十五艘迷你跳跃舰，其他的……"她猛地一顿。

H国元首大怒拍桌："什么？！你就打算用这种阵型迎击撒加人的舰队？你是脑子还没从厕所里拔出来吗？"

M国的唐尼上将寒声道："您要是再用这种侮辱方女士后人的言语，就不要怪我顾不上两国结盟的情谊了。"

H国元首一愣。在座的十几位各国军方代表，有三个是在方洵九手底下打过仗的，现在都恶狠狠地盯着他，似要把他生吞下肚。H国元首禁不住一个寒战，咕噜两句，就此收声。

祁珂还没注意到会议室的闹腾，短暂的沉默过后，她看向斯蒂夫："指挥舰上是不是存放着一艘小型驱逐舰？"

斯蒂夫一愣，转过头来想了想："好像是。不过是上一战报废的，还没来得及返厂维修。"

"查一查，能量反应核还可以用吗？"

斯蒂夫不知道祁珂想干什么，但长时间的作战默契驱使他一句话没问，就在控制台上赶紧操作了起来。

片刻后，他道："能感应到能量反应核，应该可以用。"

"无人驾驶技术能启动吗？"

"可以。"

"那就行了。"祁珂拍拍手。

会议室里的众人也摸不着头脑，但祁珂显然没打算给这些门外汉详加解说，直接下达了命令："指挥舰进入隐形模式。各跳跃舰驾驶员就位，维克多、杨睿、李响等会儿各领一队，每队三艘跳跃舰。其余的拉到星门跳跃点，守住星门，防止这些绿皮佬逃跑。"

她的声音不疾不徐，通过指挥位置旁边的无线电设备清晰地传送了出去。驾驶员按下启动按钮，指挥舰随即隐形，朝着附近空域的星门投放迷你跳跃舰。

秦峥让警卫倒了一杯水，悠闲地坐在主持台边，就像等着看一场即将开幕的电影。其他人却没他这么好整以暇，都禁不住七嘴八舌地讨论，不看好祁珂的仍占大多数。

布防接近完毕的时候，祁珂突然走到控制台边上，拨开斯蒂夫，亲自进行了驱逐舰的相关操作。镜头拉得太远，除了斯蒂夫，没人看懂她在做什么。而哪怕斯蒂夫看懂了，也不知道她的下一步打算。祁珂紧接着又坐回指挥位，闭眼养了一会儿神，听见斯蒂夫高呼一句："撒加人进入射程了。"

祁珂两眼一睁，拽起椅子旁边的无线电设备，开始了这一场实力悬殊略大的硬仗。

"守星门的给我钉死，没我的指令不要乱动。维克多、杨睿负责攻击开航，李响拖住巡洋舰的激光炮！"

会议室画面一切，转换成了驾驶舱外的情形。撒加人舰队正式驶入山达尔空域，海瑞巡洋舰在后，开航居中，塔罗开道。因迷你跳跃舰不易受雷达捕捉，必须近距离观察才能确定它的准确位置。这让撒加人毫无准备，被冷不防出现的九艘迷你跳跃舰迎头打了个措手不及。

地球研发出的这种跳跃舰，实际上在星际作战中，属于中高端的辅助武器，一般用于扰敌，优点是跳跃引擎制动快，能迅速穿过星门，装备加农炮，威力大，但射程短，只能在二十五千米内硬怼。一旦遇上敌方的小型远距离射程战舰，属于吃亏的类型。好在这一次，撒加人没有料中祁珂的野路子。

祁珂趁着敌方还没反应过来，用她祖传的犀利女高音大吼："对准开航的炮台，主力进攻。李响往后撤，他们的激光炮开始制热了，别在这个范围内逗留。送了人头直接喂狗！"

撒加人的开航紧急转向，近四十米长的炮管缓慢地对准两旁的跳跃舰队。海瑞巡洋舰周边三十千米的区域，密密麻麻地扫出无数道红色激光。李响得到指令后撤，祁珂立即接话："巡洋舰的激光炮平面辐射距离是三十七米，李响绕盲区上移，继续骚扰绿皮佬指挥的脑回路。"

李响顺利抵达海瑞巡洋舰上方，挑了个刁钻的角度，对准巡洋舰的驾驶舱就是一顿猛如虎的骚操作。

炮声绵密不绝，一闪即逝的光晕几乎映亮了暗黑的宇宙。即使隔着遥远的距离，透过虚拟画面，还是能感受到实际战区里，那种炮弹擦身而过，惊心动魄的战栗感。

所有人都噤若寒蝉，只听见祁珂的话不断回响。

"还有八秒，开航即将锁定目标。三、二、一，维克多往左，杨睿向右！"

最后一字刚刚脱口，两个长时间跟着祁珂打野的上校提前有所准备，迅速执行了她的命令。开航一炮击空，顿时开始重新捕捉目标。

"别傻愣着，都给本仙女移动起来，动作要快，姿势要帅！这个时候就别管擦屁股的问题了，谁要是死在开航的炮管里，我绝壁给你们的老婆介绍小鲜肉！"

会议室里的人再次表情复杂地看向秦峥。

秦峥："……"

我能怎么办，她那破嘴这么糟心我也很头疼啊，这可能就是基因的力量吧。秦峥默默喝了口水。

祁珂还在专注战况。在她这种出其不意的打法下，抢夺战持续了半个多小时，双方实力悬殊。但让人意外的是，地球一方并没有落下风，反而……在越发激烈的战局里，还微微出现了取胜的趋势。撒加人终于被她东躲西藏的猥琐打法激怒，两艘开航拉开距离，准备互相攻击骚扰对方的跳跃舰。祁珂知道前戏做得足了，只见她深不见底的目光一闪，带着一种似笑非笑的口吻道："朋友们，见证奇迹的时刻到了，赶紧拿出你们的手机、摄像机，记录下这历史性的一刻！"

“啊——”

“维克多、杨睿，赶紧集合，取开航中间航点，分两边进攻。”

开航炮台移向，紧逼着维克多和杨睿的舰队轨迹，转向了正中心。撒加人是下了决心要扑灭这几只恼人的小苍蝇，能量炮一旦启动预热，就无法停止。等撒加人的指挥反应过来祁珂是要借他们的炮管自伤时，后悔已经来不及了。祁珂一声简短的“回防”，漆黑的瞳孔里，瞬间映照出驾驶舱外瑰丽的一幕。

两艘开航的能量炮同时发射，杨睿和维克多提前撤走，一圈刺眼的白光炸裂开来，整个空域亮如白昼。

所有人都护住了眼睛，心里的惊诧如疯长的藤蔓，扼住了大家的呼吸。等会议室里的人再度望向虚拟画面，就见两艘开航的侧面同时被击出了一个巨大的窟窿。铁屑碎片纷飞，在静止无声的宇宙里像在上演一出大型的哑剧。开航里的无数撒加士兵被空间引力吸了出来，小如蝼蚁。短短几秒钟时间，就凝固成冰条，沉入了广袤无垠的黑暗中。

太快了。

祁珂在不到五十分钟的时间里，用迷你跳跃舰解决了敌方两艘开航。这样的结果，谁都始料不及。所有人倒吸冷气，唯独祁珂仍未放松，如一头猎豹正在搜索下一个目标。

斯蒂夫道：“海瑞巡洋舰和塔罗移向六号星门了，是否要通知六号星门的防守舰队撤退？”

“不，让他们打。”

这句话，祁珂没有通过无线电讲出来，但斯蒂夫明白，她是打算牺牲那几艘跳跃舰，做一个陷阱。

在这一点上，祁珂真正像极了她的母亲。正如那场发生在佩特星上，让人谈之色变的鹰堡战役，都是同样以人为饵。祁珂深知，战场上没有办法一味保全，只能以最小的牺牲赢来最大的胜利。

斯蒂夫不置一词，他早已经习惯了祁珂这种雷厉的手段，可他仍是别开了眼，不想看着自己的士兵葬送在战场上。

祁珂的表情没有丝毫松动，过了一会儿，她继续拿起无线电设备，仍是那套骚到爆的指挥风格：“杨睿、维克多、李响三方打个配合，从后面追击海瑞巡洋舰。其他星门的跳跃舰也动起来，跟上绿皮佬的屁股，集中火力抢一波，打得中打不中都不重要。六号星门给我守住了，让他们跳跃过去算你们渎职，回头两万字报告少一个字都让你们在基地风吹鸟蛋！”

她这么一打岔，除了那四个常年跟着她摸爬滚打的老部下，没人知道她打算放弃六号星门的跳跃舰。撒加人只当地球的指挥是一时失策，六号星门的驾驶员也以为这是祁珂短暂的拖延战术。完全没有想到，直到那五艘跳跃舰在激光炮里化为灰烬，她也没有做出下一步的指令。

二

出场自带无敌光环的女人

会议室和指挥舰上的气氛降至冰点。每个人都各怀心思，却谁也没有多嘴一句。

撒加人见局势还有转圜的余地，巡洋舰和塔罗同时启动跳跃引擎。五分钟后，扛过了一波密集进攻的撒加舰队成功穿过了六号星门。

会议室里的人回过神，窸窸窣窣的声音再次响起。祁珂让所有跳跃舰守在六号星门外，彻底没了动静。

H国元首等了一会儿，忍不住再次开口：“就这样结束了？大摇大摆地让撒加人的舰队离开了？”

祁珂没说话。

他摊开手，做了个一脸蒙的表情，看看周围人，笑道：“我以为我们能大获全胜的，看来我们是真的要重新审视ISF的独立系统是否有存在的合理性。秦将军，依祁珂下士之前所说，她要是没打赢这一仗，您的位子……”

祁珂出声打断：“戏精我见得多了，这么能给自己加戏的，我还是头一次见到。”

“你说什么？！”H国元首成功奓毛。

祁珂夸张地捂住嘴：“哎呀，我是说这些绿皮佬，您先别对号入座。”

“你……”H国元首还没顺利发作，祁珂又截了他的话头，“我的领导说了，戏精肯定都活不过电视剧开场，您别着急。”

H国元首怒气冲天地瞪向秦峥。

秦峥无辜：“我没说。”

“哦，那是我妈说的。这位领导，需不需要我给你一个我妈的联系方式，让您和她探讨一下关于戏精的生存方式？”

H国元首忽然想起那一年被方洵九指着鼻子骂垃圾的恐惧。他脸色微变，怒视祁珂，却一句话都说不出来。

祁珂别过头翻了个白眼，低声呢喃：“总有冤大头想找存在感。”

“你！”H国元首拍桌，祁珂第三次启用了读条打断技能，抢话道：“倒计时，三十秒，所有跳跃舰三百六十度围住六号星门，跟紧我的节奏集火打脸，谁慢半拍晚上我找他聊遗产分配！”

众人目不转睛地看向显示屏，想知道祁珂的葫芦里究竟卖的什么药。随着斯蒂夫倒数结束，六号星门处再度出现了撒加人舰队的行踪。这一次，仅有一艘巡洋舰，连四艘塔罗也不知去向。

祁珂一边指挥着舰队猛烈攻击还没能启用激光炮的巡洋舰，一边讥讽地向会议室里的人解释：“别说我没给各位讲解硬核技术，还有人记得我刚操作的驱逐舰吗？”

众人面面相觑，不明就里。祁珂冷笑道：“驱逐舰火力普通，遇上高抗爆性的战舰只能当肉盾。但是，驱逐舰的能量反应核是个好东西，特别是遇上塔罗这种主防御能通过联结形成能量防护罩的战舰。”

很快有人反应了过来，是一个名不见经传的小国将领：“您之前难道是操作驱逐舰的无人驾驶系统，让驱逐舰提前穿过了六号星门？”

“对了！给这位小哥哥点赞发鸡腿！”祁珂笑吟吟地看向说话那人，本想问问名字，但见秦峥摇了摇头，只好断了这个想法。

“撒加人从瑟非空域的方向过来，进入作战区，最近的星门必然是六号。损失开航后，普通指挥的脑回路第一时间是打开塔罗的联结防护，以增加海瑞巡洋舰的胜算概率。但是塔罗的联结防护需要时间启动，不能受到炮火干扰，所以撒加人会选择跳过最近的六号星门。驱逐舰就在六号星门另一端，他们时间紧迫，不能让我们趁隙标注能源堆，满脑子都是要尽快形成塔罗的防护罩，然后返回。心急吃不了热豆腐，这一点导致他们忽视了早就存在于跳跃点下方的驱逐舰。我用教小学生的白话说了这么多，各位领导同仁们应该明白了吧？H国元首？”

H国元首哼了一声。

这么一来，其余人算是领教了一番祁珂的作战天赋。后面的话，不用她细述，至少看过上百场大大小小星际战役报告书的各国人员，也都明白过来六号星门后发生了什么。

塔罗舰开始联结防护网时，引爆了驱逐舰的能源反应核。这种爆炸范围极广，以巡洋舰的速度，没法在转眼之间逃离。所以撒加人只能趁着跳跃引擎还没冷却，重新返回作战区域，当一块祁仙女八十米大刀下的五花肉。

大家你看看我，我看看你，一时半刻也想不出该用什么合适的形容来概括祁珂这个人。看起来说话不着四六，作风也不怎么正经，但打起仗来，还是能看出一脉相承的犀利操作。可以负责任地说，就现在银河系里数得上名头的星际作战指挥，她绝对能以C位出道，半点也没亏了祖传的令人闻风丧胆的名声。众人还在思索间，祁珂忽然一句高呼："妈呀！叫你们集中火力打脸，你们这种开炮速度，是平常撸多了肾亏吗？我这边都给小学生上完一堂思想课了，这些绿皮佬居然还能开激光炮，你们是不是眼中风瞄不准巡洋舰那威猛雄壮的炮台？要不要回去给你们一人找一个老公练练眼神？！"

斯蒂夫："……"

远在领队的其他三名上校："……"

斯蒂夫本能地想撇清关系，话还没出口，脸色忽地急转直下："巡洋舰突围了。啊，这抗爆性实在变态，没个二十分钟，我们的火力拿不下来。"

祁珂一默。

许久。

她目露精光道："巡洋舰的速度有所下降。"

"那又怎么样！"斯蒂夫抓耳挠腮地吼。

祁珂挑挑眉："别慌，跟着我的节奏继续搞他们。所有跳跃舰远离激光区域，跟紧维克多绕背打。李响、杨睿，我给你们配一首高燃BGM，到你们英勇报国的时刻了！"

李响和杨睿分别打了个哆嗦："您又想干啥，我的祖宗？！"

祁珂拍拍手，用破锣嗓子哼了两句国歌，带着点严肃又带着点调笑地说："来，给大家表演一下灵车漂移坟头蹦迪的驾驶技术，从四号星门跳跃，折返回来靠近巡洋舰驾驶舱，集中火力扰乱他们的视线，让巡洋舰跟紧你们！"

李响和杨睿那是跟祁珂打了无数次仗的老将，很快就反应过来祁珂的初步想法。他们当即照做，撒加人恼火地把激光炮移向前方，李响和杨睿仍没撤出激光区域。正如祁珂所说，这两个人的驾驶技术一流，哪怕是在密集的激光线里，险象环生，可每次都刚好擦边躲过。

祁珂注视着战况道："引他们飞向七号星门。"

巡洋舰在两艘跳跃舰的干扰下，缓缓靠近了七号星门。祁珂瞅准时机，下令撤退。撒加人见有机会逃走，根本没空思考这是不是另一个陷阱，直接开启了跳跃引擎，穿过了七号星门，消失在一片狼藉的太空里。

会议室里鸦雀无声。

半晌，H国元首阴阳怪气地笑道："又结束了？你……"

祁珂道："通知探测局标注能源堆，不用急，慢慢来。我先组织手底下的人清理战场，看有没有能够废物回收利用的。"

"撒加人逃走了！这么好的机会，为什么不一举歼灭他们的巡洋舰！"H国元首语气激愤，满面潮红，仿佛找到了人生的意义，打算来一波激情演讲。

祁珂斜眼瞅他。

这时，有人惊呼出声："七号星门后是上帝之眼！"

众人惊愕交加。H国元首不可置信地吞了口口水，一肚子的完美说辞从喉咙滚回了直肠。

所谓上帝之眼，是地球人对尼诺空域里的一个巨大黑洞的称谓。这个黑洞位置就在七号星门后，由于体积庞大，转速过慢，导致尼诺空域里的所有物体都会被黑洞的巨大引力拉扯向奇点。如果海瑞巡洋舰有着足够的燃料，也许能和那引力抗衡，驶离尼诺空域。但就在刚才，祁珂已经说出了关键点，海瑞巡洋舰的速度下降了，这说明他们的燃料已经所剩不多，根本无法逃离黑洞的引力。

直到这个时候，在一片唏嘘声中，有人带头鼓起了掌。祁珂定睛一看，是三位熟面孔，她曾在自己父母的唯一一张照片上看到过。那是佩特星战争终结后，许多士兵和他们的将领指挥在一起的合照。

方洵九站在中间，祁言和贺子昂各据两边，还有唐尼、贾维斯、罗杰斯夫、陆尧四名上将。

那张照片已经泛了黄，挂在他们旧居的客厅中央。祁珂从小到大，一有空闲就会站在那张照片前啃薯片，所以她对每一个人都印象深刻。是以她此刻抱着感激的心理朝三位叔叔辈的人挨个颔首致意。

谢他们护犊子，也谢他们和自己的父母并肩作战过，让她在成长的每个日夜，都能以他们作为自己人生的标杆和理想。

唐尼已经很多年没见过方洵九了，看到祁珂与她相似的眉眼，忍不住红了眼眶，站起来说："干得漂亮，我的女孩。你真是方小姐的骄傲。"

贾维斯也附和："你在战场上很有你母亲的风范，让我们像是回到了当年的佩特星。说实话，那虽然不是一段很好的回忆，但我们异常怀念。"

罗杰斯夫也起身："代我们向方小姐表达我们的思念之情。"

"好的，三位叔叔。"祁珂朝他们郑重鞠了一躬。

会议室里掌声如雷，H国元首再无话可说。

好一会儿，热烈的掌声渐渐消没，一直冷眼旁观的秦峥适时地开了口："祁珂。"

祁珂直觉不妙，一个激灵，正要靠实力演出爪子抽风以至于不小心按到了对话结束。结果秦峥没给她这个机会，轻飘飘地说："越职报告，手写，两万字，少一个字关半个月禁闭。"

祁珂："……"

她顿了顿，对着画面张大了嘴："啊？你说什么？我胸太大了听不见！"

逗谁呢？秦峥脸色一沉。

祁珂："哎呀我的妈，这信号怎么回事！哎呀，斯蒂夫你赶紧来看一下，领导还在跟我说话呢！快，要断了，哎呀我的妈！"

画面一黑，祁珂消失了。

秦峥保持着不动如钟的坐姿默了一会儿，随即起身收拾自己的会议资料。他刚要转身离开，S国的将领顶风开炮："虽然祁珂下士作战能力的确非常突出，但不管怎么样，军人不能没有规矩，我认为，还是应该……"

秦峥步子一顿，回头用杀人无形的眼光瞟着说话的傻玩意儿。这一次，他没有把护犊子的机会让给唐尼三人，反而文质彬彬地道："ISF是个用实力说话的地方，您如果对祁珂下士有所不满，欢迎您亲临ISF，与她进行模拟军演，我很期待您能在她手底下撑过两个小时。"

S国将领："……"

"另外，祁珂是我的人，她有任何毛病，欢迎各位同僚提出意见和建议。不过，恕我不采纳。"

这句酷炫狂霸跩的挑衅落下，秦峥推开会议室的大门，给众人留了个潇洒的背影。联盟国成员夸的夸，骂的骂。唐尼三人互看一眼，都揉着脑袋笑出了声。这画风，妥妥是被贺子昂和方洵九荼毒过的下一代，简而言之，一句话——

不服？憋着。

尼诺空域。

巨大的巡洋舰此时被黑洞的引力吸得四分五裂，整个尾部几乎都被吞噬了进去。制动引擎仍没停下，时断时续的蓝色火焰从底部的喷气筒射发出来，划出几道绚烂的色彩，接着又似被浓墨的笔描过，消失在死气沉沉的暗色中。用尽最后的燃料，巡洋舰仿佛前行了一些，不过这短短的距离，在苍茫无际的宇宙里，显得太微不足道。驾驶舱内的灯光有一阵没一阵地闪烁，控制台已经全部失灵。被隔绝在舱外的撒加士兵四处乱窜，最外围的已经被吸入了黑洞，连声音都无法发出，就被死亡拉扯进了无底的深渊。

而驾驶舱中，两三个士兵被砸下的器件压成了纸片人，鲜血流了一地。还活着的几个士兵挨个站在角落，腰杆挺得笔直，强迫自己不要露出半点胆怯。另一个稍矮些的撒加人试图操作控制台，但每按一个按钮，舱内就有智能女声提示："燃料不足，制动将在一分钟后停止，请尽快离开。"

矮个儿撒加人重重地拍了一下控制台，回头对边上脸色阴沉的年轻人说："少帅，我们必须趁着现在燃料还没用完，尽快启动粒子高速传送带。附近零点二光年的距离还有另一道星门，暂时不知道通向哪里。但传送带距离受限，我们只能先逃向那方的星球。请您尽快做出决定！”

年轻人深绿色的脸隐在阴影中，只听他把牙咬出了声，艰难地蹦出一个字：“走！”

矮个儿跟着他狼狈地跑向传送带所在的方向，其余的撒加士兵只能眼睁睁看着他们被主将抛弃。

传送带安置在战舰中部的休眠舱里，两个人进入后匆匆关上门。年轻人率先站上传送带，矮个儿则负责进行相关操作。年轻人一脸的汗水，灰白的头发凌乱地黏在他的脸颊上，让他看起来十分不堪。他扶着传送带边上的栏杆，问：“这次地球方面是谁在指挥？”

“看这种打法，怕是祁珂。”矮个儿在屏幕上点击一下，叮嘱道，“还有半分钟，传送带即将启动。少帅您落地后，想办法联系母星。”

“我知道！”年轻人恶狠狠地道，“早听说秦峥在克隆她的副体，想不到这么缺德的事都被他干成功了！粪都淹不死这个女人，她是要上天吗！”

矮个儿叹了一口气，随着仪器“哔”的一声响，年轻人如雕像被风化，身体瞬间分解成无数颗粒。传送带加速运作，上方照出一束刺眼的红色光芒，紧接着，原地空无一人。

祁珂：“阿嚏。”

驾驶舱里，围着她的一圈上校抬起头来，默不作声地盯着她。她的战役总结刚说到一半，就被这个喷嚏打断了。揉了揉鼻子，她眯眼望向几人：“说，你们哪个孙子在骂我？”

几个上校：“祖宗我们可怎么敢！”您后台都快捅破天了当我们傻吗？！

祁珂哼哼：“谅你们也没这狗胆。行了，这次打海瑞巡洋舰的路子你们基本清楚了，回头自己去琢磨。然后，最重要的一件事，”她话音一顿，咧嘴笑得十分奸诈，“刚才你们也听见了，那个迟早要秃头的领导让我写份越职报告。”

远方的秦峥：“……”

奇怪，为什么感觉今天头顶凉凉的……

斯蒂夫立刻手抽筋：“我去，刚刚操作太激烈，我好像受工伤了。老祁，您是知道我年纪最大的，不适合干这种伤脑又伤身的工作。”

祁珂翻白眼，看向旁边的杨睿。

杨睿：“人家刚刚在激光炮范围里受了脑震荡，现在头好晕哦。”

祁珂起了一阵鸡皮疙瘩：“把你的娘娘腔给本仙女收住，比我还能撒娇你是嫌激素没吃够吗？！”

杨睿：“哼！”

祁珂又转向李响。

李响刚要张嘴，她眼明手快地按住他的肩膀："朋友，你和我还有领导都是一个学校出来的，要有校友爱。这个任务不仅能拉近你和领导的距离，还能让领导看到你身上的无限可能。如果以后不打仗了，你也可以跟在领导身边，当一个娇俏的小秘书。考虑一下，吃了这发安利好吗？"

李响："……"

他实力拒绝："娇俏小秘书是杨睿该干的事。"

"他太软了，领导喜欢硬的。"祁珂猥琐地眨眼。

李响非常想殴打这位银河系后台最硬的仙女。但他忍住了，他不能死在这个坎上。他深吸了一口气，好脾气地说："我初中都没毕业就被我老子扔部队了，您是哪所学校的校友？"

"幼儿园呀！"

还能不能更无耻！李响揉胸口："我写一百字能错一百二十个字，您确定让我写？"

"没关系，领导都自带瞎眼 BUG 的。"

还能怎么样？李响最后挣扎道："为什么不让维克多写，他才是和你们一个军校毕业的高才生。"

祁珂瞅了眼维克多的扑克脸，艰难地道："他爸是战斗民族的军统特务一把手，还是罗杰斯夫叔叔的关系户，你这鳖孙儿是嫌我上一次死得不够勇猛是吗？"

李响："……"

欺软怕硬！

"好了，就这么定了！"祁珂懒得多说，直接拍板。李响虽然不情愿，但实在没勇气反抗这股恶势力，只好在内心疯狂吐槽。

就在这时，舱外突然跑来一名士兵，慌张地道："报告！"

祁珂慢条斯理地站起来，问："谁追你屁股了吗？走位如此风骚。"

士兵上气不接下气："我们……刚在开航舰的残留区域内，发现了一个不明人种。"

"啥玩意儿？不明人种？"祁珂眉峰一敛，摸了摸下巴。其他几个人也跟着站起身，互相对视。

士兵点头："是的，从外形看是一个小孩的模样，但他颈上有不明图腾，两只眼球颜色不一，一只金色、一只蓝色，被关押在一个铁笼子里，我们不敢轻举妄动，所以先来向您请示。"

"走，去看看。"

祁珂抬脚就走，斯蒂夫几人也立即跟上。

一行人到达开航舰内部时，残留的撒加士兵已经被集中在了另一艘跳跃舰上准备遣送回地球。祁珂领头穿过战舰中部，循着士兵指出的方向，乘升降装置来到了位于最底下一层的仓库。除了少量的枪械，其余都是撒加人的食物。分明是熟食，可诡异的是，这不大不小的密闭空间里，弥漫着一股浓重的血腥味，还有腐肉的臭味。祁珂一边捂住口鼻，一边对后面的人说："把有用的东西搬回我们自己的舰上，没用的等会儿全部销毁。"

"明白！"

六个人走进前方最黑暗的一角，彼时，已经有十几个拿着枪的士兵把铁笼层层围住。仓库的照明本来就暗，这四方形的巨大铁笼又放置在不怎么透光的地方，只余顶上已经破裂开的铁板晃出了上一层微弱的光线。铁笼的右上角连接着电源，仿佛是为了杜绝笼子里关住的东西做出过激的举动。祁珂站在不远处，稍微适应这暗淡的环境后，才看清笼子里有一个小不点，蜷成一团，脑袋埋在双膝间，时不时抬起头来张望一圈周围。他的眼睛是那种惊艳的异色，前所未见，即使身处晦暗中，也闪烁着令人悚然的莹莹光泽，如同夜里觅食的狼。

几个人都是头皮一麻，祁珂对维克多使了个眼色，伸手朝斯蒂夫道："麻醉枪。"

斯蒂夫从腰后拔出一把小型手枪，递给祁珂。透明的枪柄里装着淡黄色的液体，枪头是针的形状。维克多则是用手表扫描了一下小不点，表盘里随即开始分析银河系里所有的已知物种。

二十秒后，维克多面无表情道："没结果。"

祁珂："想不到这些绿皮佬背地里还干了这么些见不得人的勾当。"她举起枪。

李响试图阻止："老祁，这个小孩来历不明，我们必须查清楚他来自什么地方。银河系发现新物种，这可不是一件小事。"

杨睿跟着点头："李响说得没错啦，万一他的血液和麻醉液产生冲突，你这么一枪下去，他嗝屁了，被将军知道，我们谁要去背这个锅呢？"

祁珂："……"

祁珂看着杨睿："你再发嗲我给你一枪信不信？"

杨睿委屈："人家不是发嗲，人家乡音就是这样嘛。"

"砰"的一声响，震得在场之人都抖了一抖。等大家反应过来，包括笼子里的小不点，都沉默地看向了祁珂。祁珂一脸鄙视，枪头对准着杨睿，杨睿睁大眼，指指祁珂，再看看自己胸膛上的麻醉针，一个字都没蹦出来，轰然倒在了地上。

斯蒂夫不顾形象地大吼："喂，你忘了部队的第一准则是不能用枪指着自己的战友吗？老祁你这么横咋不直接当个窜天猴呢！"

李响："你说开枪就开枪啊？！麻醉剂影响智商的我的祖宗！老杨智商余额本来就不多，你就不能放他一条生路？"

维克多继续面无表情：“点赞。”

祁珂没搭理他们仨，又把枪头瞄向了小不点。小不点整个人往后一缩，做出防备的姿势，一双幽深的眼越发危险地紧锁祁珂。

祁珂道：“小朋友，现在给你两条路：一，像这个娘炮叔叔一样躺着被人抬回去严刑逼供酷刑拷打。”

小不点的喉咙里发出低沉的呜呜声，有点类似狗发威的前兆。

祁珂走进笼子，不顾边上人的阻拦，向他伸出了手：“二，跟着我这个面慈心善的小仙女一步一步走，我带你看星星看月亮从诗词歌赋谈到人生理想，另外给你加俩鸡腿。”

众人：“……”

忽悠小孩子你也要有个限度啊！节操喂撒加人了吗？！

大家对这个指挥集体感到了绝望。

小不点许久没有反应，就在斯蒂夫决定冒死开一波嘲讽时，让人惊讶的一幕出现了。小不点想了一下，蹲在地上摸摸索索地靠近祁珂，把手搭在了她的掌心里。

大家一脸蒙。

祁珂：“好孩子。”她微微一笑，收起麻醉枪，握紧他冰凉的手，带着他缓缓走向仓库出口。

斯蒂夫最先回过神，望着沈仙女伟岸的背影，竖起了大拇指：“我现在总算明白，老祁当年是怎么爬到上将的了。”

李响：“她当人贩子又不是一天两天了，仗着自己那张人鬼通杀的脸，干了多少缺德事咱们几个不门儿清吗，骗个小崽子算啥。”

维克多：“话多。”

李响：“……”

“抬上，走。”维克多跟了上去。

李响和斯蒂夫勾肩搭背地迈步。

“维克多这语言功能障碍还没去治吗？上次不听说你给他介绍了一个医生？”

“医生没法和他每句话不超过三个字的说话方式沟通，已经把他打入黑名单了。”

“家门不幸。”斯蒂夫摇头晃脑，对着后面的士兵道，“抬一抬你们身娇体软的杨上校，赶紧的。”

余下的士兵应了一声，抬起人事不省的杨睿，纷纷离开了仓库。

就在这些人不曾注意的铁笼内侧，无数白骨分散在地上，还有少量生肉，肉皮是已经发黑的墨绿色，上面长出了专吃腐肉的寄生物。大片的血迹早被风干，在黑暗中，与地面的颜色融为一体。

第三卫星疗养院的 304 号房内。

“喜欢吃什么尽管吃，我这儿多的没有伙食管够，别跟我客气，等会儿开始盘问，那可是非常耗费脑细胞的。”

一室一厅的房间里，小不点和祁珂各占了餐桌的一边。这里是她自从被克隆出来后，一直落脚的地方。整个屋子的基调都是白色的，家具简洁，但很齐全。唯独灯泡应她的要求换成了暖光，和疗养院其他的房间不同。

祁珂从十八岁开始被她爸妈放养，一年到头见不到二位几回，所以她不太喜欢清冷的感觉，家里的装修都是统一的黄色暖光。

小不点局促地瞄了她一眼，小心翼翼地用手指捻起一块红烧肉，搁到嘴边舔了舔。然后，他眼睛发亮，一边吃相凶残地把整块肉塞进了嘴里，一边动用另一只手去抓桌上的饭菜。筷子是个什么玩意儿，他根本没那概念。

祁珂也不在意他这种猛兽式进餐法，摸过手边的水杯，喝了一口凉白开，忽然想起她年幼时她妈给她普及过的双亲恋爱史。据说当年她爸年轻时，也是一名无敌于天下的资深吃货，被她妈以一桌家常菜就拐走了。祁珂看着小不点，不由得产生了几分对面仿佛是她爸的错觉。她斟酌了一下这小不点的战力——两盘鸽蛋红烧肉、三个炝炒青菜、一盆番茄蛋汤、两碟开胃凉菜，还有一整条脆皮甜酱鱼，妥妥地超过了三个人的饭量。这小家伙应该吃不完，不急，等会儿我再来扫尾。祁珂这么想着，保持着仙女光环矜持地打量着小家伙。他穿一身破破烂烂颜色发灰的衣服，脖子上的图腾一直蔓延到领口下面，弯弯绕绕的，看不出是什么含义。深黑色的线条里，仔细瞅瞅，似乎还能看见掺杂着血的颜色，以及十分细微的创口，就好像那是被人用刀片生生割裂出来，再浇上墨汁，长时间浸染伤口形成的。祁珂被自己这个惊人的猜测吓了一跳，赶紧甩甩脑袋，把目光移到了小不点的脸上。他那头乱发直直地竖起，唯独一张脸还算白净，五官精致而深邃，是那种很讨人喜欢的长相。祁珂习惯性地摸着自己的鼻尖，问：“你怎么会在撒加人的开航舰上？”

小不点吃东西吃得兴起，根本不搭理她。

祁珂又说：“这次抢夺山达尔星的能源是突发情况，撒加人是临时召集的附近舰队，你在的那艘开航是从什么方向过来的？”

小不点只顾吧唧嘴。

“我刚才就在想一个问题，你这个种族听得懂地球话吗？需不需要我去找个翻译？”祁珂挥手，“嘿，小家伙，按住你胃里的空虚，先告诉小姐姐，你知不知道我在说啥？”

小不点舔了舔手指，终于满脸油光地看向她。

祁珂："吃饱了？那现在，你给我坐端正，我边……"祁珂拿筷子的手一顿，望着桌上空无一物的几个盘子，默了三秒，仰天长啸，"啊！你这是什么速度？没见小姐姐这弱风扶柳的身材吗？为什么要这么狠心？为什么不给小姐姐留一口？！吃这么多你是能长出 36F 的胸还是能夜夜金枪一晚八次？！"

小不点打了个嗝。

祁珂："……"

她痛心疾首地瞅他，苦闷地拿过装脆皮鱼的盘子，在小不点的灼灼注视下，伸舌头舔了舔盘底。

小不点："……"

他突然有点不好意思，白嫩的小脸微微泛红。他挠挠头，一个字也没说。祁珂瞪他半天，愤恨地舔完这个盘子又舔那个盘子，干着这么丢脸的事，面上却一本正经地逼供："说，你从哪里来？"

小不点："啊！"

"家里几口人？有没有兄弟姐妹？都是干什么的？是不是从事非法勾当？和那些绿皮佬是什么关系？他们指挥和你姐姐有没有一腿？"

小不点："啊啊。"

祁珂把盘子舔了个精光，皱眉看着他："你真听不懂地球话？"

小不点："哦啊。"

祁珂站起来，走到他背后踱步子，看见窗边新换的盆栽上结了几个青色的果子，索性随手扯下来一个，在衣服上擦了擦，一边"咔嚓咔嚓"地咬，一边自言自语："这不科学啊，之前在开航上，你要听不懂我说话怎么就跟我走了呢？难道是觊觎我的美色？诚然，我这个长相随我妈，的确是个男神收割机，可看你这个年纪，也不该是个好色鬼啊！"

祁珂弯腰注视小不点，小不点也扭头看她，见她啃果子啃得津津有味，似乎也想尝一口。祁珂赶紧把盆栽一挡，三下五除二吃完一个，又扯下来一个。

这小东西有点麻嘴，味道还涩，不过勉强能下肚，不能再让这饿死鬼投胎的家伙给抢了。祁珂雷厉风行地吃果子，嘴里接着叨叨："先说好，我可是脑袋夹在裤裆里把你带回来的，你别考验我人性的光辉。要是和我装傻充愣被我发现了……"她的语速忽然慢下来，如慢动作播放，"那……我……就……让……你……体……会……什……么……叫……二……营……长……的……意……大……利……炮……"

话音勉强落定，随即……祁仙女"砰"的一声，毫无形象地栽在了地上。

小不点一个哆嗦，猛地回头，就看见祁仙女已经扑街。他的眼光顿时冷冽下来，异色的双瞳闪着幽幽绿光。不同于之前一副可怜委屈的小模样，取而代之的，是捕猎者看到猎物的神情，既不屑又饥渴。他蹲到祁珂边上，仔细瞧了瞧她，以双手撑住地面，从上到下嗅她的身体。然后，他对准祁珂脖子上的大动脉张开了嘴。下一个动作还没来得及进行，祁珂突然回光返照，抓住了他的手腕。

小不点："……"

瞳孔涣散的祁珂："扶……扶我起来，我还可以再吃一个果子再死。"

小不点吓得差点要一脚踹上她的脸。不过祁珂很快又失去了意识，抓着小不点的手往下一搭，不偏不倚地按在了她的32A加小版胸部上。

小不点："……"

他瞬间石化，场面一度尴尬。就在这么个悄无声息的时刻，房门应声打开，站在门口穿军装的高大男人一眼过去，目眦欲裂，扯开嗓子就是一句狮子吼："你在干什么！松手！"

小不点演技即刻上线，又成了一朵经历了风吹雨打的小白花。他懵懂地盯着秦峥，像被惊呆了一般，两眼迅速泛红。秦峥瞪他一眼，迅速蹿到祁珂跟前，半跪在地上，试了试她的呼吸，质问小不点道："你对她做了什么？！"

小不点呆若木鸡。

秦峥抹了一把祁珂嘴皮上磕出的血，觑见她手上还没啃完的果子，又看了看边上的盆栽，顿时了悟。他低骂一句，搡开小不点，打横就把祁珂抱起来，冲向屋外。祁珂的手还紧拽着那个孩子，小不点没辙，只好踉踉跄跄地跟着两个人跑。

秦峥一路冲进疗养院的急救室，一记飞脚踹开门，把祁珂放在了病床上。外面的值班男医生听见动静，也忙不迭地跑过来。一见是祁珂，开口就是一顿咆哮："怎么又是她！她又吃什么了！上个月偷吃地沟油差点上吐下泻死在床上是不长记性吗？这脑子到底还能不能有救了！"

秦峥："……"

他说得好有道理，但我还是要飞个眼刀。

秦峥飞了一记眼刀。男医生秒尿，毫不夸张地无缝衔接了一个温和的笑脸："我只是一时嘴快，没恶意的将军。话说祁珂下士这次又是怎么回事？"

说话间，他戴上听诊器，上前观察祁珂的情况。小不点试图掰开祁珂的爪子，无果，只能勉强挪到床头处，给医生腾了个位子，小心翼翼得尽量不招人注意地杵着。

秦峥看着小不点被祁珂握住的手，略感心塞，移开目光道："最近疗养院换了新盆栽？"

"没有。"男医生一边检查一边回答，"就听照顾祁珂的护士说，她房间的绿萝枯死了，给她换了盆好养活的。"说到这儿，男医生变了脸色，回头不敢相信地看着秦峥："不会吧……她吃了盆栽？"能给她颁个吉尼斯纪录吗……

秦峥望着天花板纠正：“是盆栽上的果子。”

男医生：“……”

男医生顿了顿，情绪随之失控：“我的祖宗仙人板板哦，那可是麻风果！要命的！”

秦峥：“……”

秦峥还想多问两句，男医生没给他这个机会，反手把他推出了病房：“麻风果毒素致命，我要立刻给她洗胃，您去门口候着，别耽搁时间。”

“我……”秦峥话没说完，男医生又看向小不点：“这谁家的孩子赶紧拿链子牵走，别在这儿碍事！”

被嫌弃了的小不点抿抿嘴，无助地看着祁珂拉自己的手。

男医生：“……”

男医生问秦峥：“是你们俩的私生子吗？”

秦峥：“你再说一句？”

男医生：“没关系，私生子不重要，既然他妈舍不得他那就让他先待在这儿吧，您自个儿出去。”

秦峥咬着腮帮子走出了急救室。小不点也赶紧往边上一撤，不敢挡了这位超凶医生的事。

男医生转头准备好医用器械，戴上塑胶手套和口罩，“哗”的一下拉上了帘子。

急救室外，秦峥坐立难安。他是听到张正的汇报，才知道祁珂私下把新发现的物种带回了自己的房间。怪他一直对祁珂太纵容，才导致她这么无法无天。这新物种有没有危险另说，单从程序上来讲，就不符合规矩。祁珂真是越来越不把他这个领导放在眼里了……

话说回来，她好像是从来没有把他这个领导放在眼里过……

秦将军胸口疼。

对于祁珂这个什么东西都能下肚的怪癖，他该想的法子都已经用过，就差没把祁珂的嘴拿线缝上了。可他毕竟不大敢，祁仙女的后台摆在那儿，还真没几个人敢轻易动她。一想到这儿，秦峥就愁苦万分。他一会儿手叉着腰，一会儿又抱着手踱两步，一双眸子里写满了焦躁。偏偏这个时候他还能一而再再而三地想起刚才看到的画面——那个兔崽子，居然敢摸祁珂的飞机场，那双手怕是该剁了！秦峥闷闷不乐，脸上的阴郁几乎要滴出水来。

墙上的时钟从一点指向了四点。整个疗养院寂无声息，除了前台的值班护士，连半个人影都见不着。走廊上的白炽灯灭了一半，略显昏暗的光亮将秦峥本就高挑的身影拉得越发颀长。

他站得累了，便坐在急救室外的椅子上休息，军姿端正，四平八稳。

又过了半个小时，急救室的帘子总算拉开了。男医生一脸疲倦地走出来，取下脸上的口罩。

秦峥快步迎上去，问："祁珂那个弱智怎么样了？"

男医生神情微妙地看着他："还好，算发现得及时，毒素大部分被清理掉了，其余的也会慢慢排出体外，不会对她造成太大的影响。不过……将军您这样称呼孩子他妈合适吗？"

"谁告诉你那娃是我和这弱智的私生子了？"

"不是吗？"男医生惊讶地捂嘴。

秦峥默默盯着他。

男医生头皮一麻，赶紧按下熊熊的八卦之心，把话题转向了正经的方向："祁珂下士这几天需要休息，就让她在疗养院好好待着，别再派任务了。"

"我知道。"秦峥稍稍颔首。

男医生招呼了几个护士，让她们把祁珂转到普通病房。护士们都想在秦峥面前挣个表现，手脚特别利索。拉来移动病床，把祁珂带出了急救室，也顺带把祁珂的"私生子"给带出了急救室。秦峥皱眉看了眼小不点，没说话。

男医生在他旁边道："说真的，我从没见过像祁珂下士这样，用生命当吃货的表率。她这个习惯是病，得治！"

"我知道……"

"我觉着吧，她这算是一种心理疾病。我听说祁珂下士的父母在她年满十八岁以后就长期不在她身边，这可能导致她的依赖感得不到满足，所以急需一个情绪的发泄口。很多人面临这种情况时，会选择大量的运动、大量的烟酒，抑或是大量的食物来转移自己的注意力，就像别人失恋时候的情况一样。"

"你有确切的治疗方法吗？"秦峥基本不抱希望地问。

男医生摇摇头："我的专业不是这个，不过我认识一位军医大的心理系博士导师，他在医学界相关的奖项拿到手软，具有绝对的权威性，您要不要去试试？"

秦峥默然。

男医生见他没拒绝，于是从兜里翻翻找找掏出来一张名片，递到他手里："需要的时候，您可以随时和他联系。"

"好。"秦峥接过，道了句谢。

把祁珂送到病房外，秦峥就不打算再进去了。他事情繁杂，不像祁珂这么不着边际。他沉思了一阵关于那个小毛孩的处理方式，现在祁珂拉着他，砍了祁珂的手把人带走他稍微有点舍不得，加上有些细节要从祁珂嘴里确认，只能等到祁珂醒来再作打算。

定下心神，秦峥叮嘱了男医生在祁珂醒后的第一时间告知他，男医生答应后，他便离开了疗养院。一干护士目送他下楼，得出了这么一个结论：“啧，看来，将军也没多喜欢祁珂下士嘛，现在祁珂下士人事不省他也不去守着，基地里还传他迷祁珂下士迷得要死，肯定是假的！”

护士们沾沾自喜，纷纷换上了齐臀短裙，涂上了最妖艳的口红。

然而就在五分钟后，她们嘴里并不怎么迷祁珂下士的秦将军，派来了整整十个拿着真枪实弹的警卫，把祁珂的病房守得水泄不通。

护士们：“……”

男医生：“心疼你们被打肿的脸。”

到了第二天黄昏，扑街整整一天一夜的祁珂才稍微有了点动静。彼时，房间里只有小不点一个人。他坐在沙发上，面无表情地看着电视。听见祁珂轻咳了一嗓子，他立即启用换脸技术，一改阴冷的神情，换上一脸软萌可爱，扑到祁珂床边眨眼睛。祁珂的手指抽了半晌，眼皮子好不容易撑开一条缝。天花板上的灯开得敞亮，她刚一睁眼就被刺激得紧紧闭上，适应了许久，才迷迷糊糊地看向四周。这一看，被小不点那张没什么血色的脸吓了个魂飞魄散，径直脱口喊道：“妈呀！《咒怨》里的小鬼！”

小不点匆匆退开半步。祁珂蒙了一会儿，总算回魂，按着太阳穴反应过来：“是你。哎哟，刚吓死本仙女了。”

小不点：“……”

祁珂打量了一遭病房，旋即清楚地认识到自己是再一次食物中毒了。对于这种事，她轻车熟路得已经相当淡定。大气地撩了把头发后，她试图用手肘支撑起上半身。小不点看她太费力，想搀她一把，又像怕被她发现手里的东西，纠结地做了个假动作。

祁珂把这些细节看在眼里，没急着拆穿，只拿过枕头塞在自己的腰下，慢慢地坐起来。她调整了一下语气，慢悠悠地道：“我这突发情况没吓着你吧？别往心里去，小姐姐这身体构造和别人不同，心系宇宙和平，隔三岔五就要灵魂出窍巡视一下各个星球的情况。”

你吹。

“这次出去巡视花的时间略长，主要是有几个星球的好朋友太舍不得我，不让我走，留我吃了顿大餐。”

你再吹。

祁珂肚子“咕噜”一声叫，小不点和她尴尬地对视。祁仙女选择了结束这个话题：“我躺多久了？”

小不点还是抿着唇不回答。

祁珂恍然："哦，我忘了你听不懂地球话。就算找个翻译，也不一定能和你这种新物种沟通，这要怎么办好呢？"她正苦恼，小不点突然问，"你饿了吗？"

祁珂点点头，然后一呆。下一秒，她麻溜地揪住了小不点的耳朵："我（哔——），你能听懂我说话？"

小不点害怕地表演了小鸡啄米。

祁仙女："所以你之前真是在和我装傻充愣？是不是想试试二营长的意大利炮？还是想体验我祖传绝版的托马斯三百六十度军体拳？"

小不点抱住头，活像一个早恋被教导主任抓到从而吓得头发分叉的小学生，浑身直哆嗦。祁珂见他这样，不由得心软，松开手表情严厉。小不点退出半米远，不敢再靠近。祁珂盯了他半天，用刑讯逼供的口吻道："说！你叫什么名字？不许骗人，否则我有八百种方法让你质壁分离！"

小不点琢磨了一下，委屈地看着她，用鸟语八级的中文开口："我，纳兰铁柱，愿意为你李翠花承包整个村的鱼塘。"

祁珂的手肘一歪，险些摔下床。

口音不纯正可以忍，随口撩也可以忍，你用土味情话来实施攻击，那就不能忍了！祁珂扔了他一个枕头，恶相毕露："好好说话，不然把你炖来吃了！"

小不点眼眶通红："哦……"

"你从哪里来？"

小不点："你……你算什么东西！"

"啊？"

"我纳兰铁柱拥有十里八乡最大的养猪场，你一个村支书也配和我争翠花？！"

我八十米的大刀呢！祁珂捂住胸口，被暴击得无语泪千行。平常秦峥对她是一种什么心理状态，她开始有点同情并了解了。

祁仙女悔不当初。

如果现在能下床，她可以稳准狠地给这孩子耍一整套失传已久的十二生肖拳。但她不能，她还是个刚刚中完毒的柔弱仙女。于是，她只能狠狠地瞪着这孩子，竭力用由内而外的压迫感恐吓他，让他交出了手中的"武器"。等她顺利缴械，她才发现他拿的是电视机遥控器。她想了想，抖着手打开了挂在墙上的液晶屏，果然不出她所料，疗养院里有且仅有的那么一个台，正在播放《农村爱情故事》——第一千零八十八集，纳兰铁柱霸气告白李翠花……

还能怎么样？可以把这熊孩子拖出去做成叉烧吗？

不能。祁珂的理智告诉她。

她眼前黑了几秒，强迫自己按下想把这孩子摁屎里的冲动，指着电视问："你在鹦鹉学舌？”

小不点不太懂什么叫鹦鹉学舌，也怕多说多错，嘴巴闭得相当牢。祁珂深吸一口气，不再计较他对自己的伤害，拍拍他的头，说：“这么看来，你还真不会说地球话。”

小不点：“……”

祁珂寻思片刻，眼睛倏然亮起。她在遥控器上按了回放，找出每天这个台固定时间段播出的宇宙纪录片，指着不远处的沙发对小不点道：“你去坐着，你这个年纪，正是应该被知识溺毙的时候，别老看这些脑残爱情片，整天腻腻歪歪的。”

小不点这下听懂了，摸到沙发边坐下，软萌地看向祁珂。祁珂勉强对他笑笑，他便慌张别过脑袋，避开了祁珂的视线。祁珂也不想去探究这孩子在想些什么，心累地按下了播放键。一个富有磁性的男音缓缓响起，画面由一片黑暗转至五彩缤纷，开启了一章宇宙的华丽演化史。

这部纪录片在地球上属于比较科普且有趣的电视节目，受众普遍是初、高中生，按小不点的年纪算，他应该是喜欢的。而且每一集后面还会讲解一些地球上的人文知识，对他学习地球话也有帮助。祁珂为自己的机智点了个赞，顺手按响床头的呼叫铃，打算让人送餐。

一个警卫推门而入，敬礼道：“报告！您需要什么？”

祁珂抬头一瞥，明白这是秦峥的人。她不大喜欢秦峥这种小题大做的干法，拧了拧眉头，摆手说：“去找护士小姐姐，给我切点水果，要西瓜和大樱桃，加点沙拉和生菜。”

警卫面露犹豫，抱着枪站直身体：“您刚刚醒来，应该先垫下肚子，水果是……”

“哦哟，你这是在威胁我吗？”祁珂捧脸。

警卫：“不是的，我是……”

“你看，你还动了枪，人家好怕怕！”

警卫：“……”

“好的，我这就去通知护士给您切水果。”

“记得沙拉多放点！”

警卫慌忙逃走。不是他吹，祁珂下士……也贼不要脸了，简直可怕……

三

捡个孩子回家带

窗外，斜阳丝丝缕缕，不时有成群结队的雁群从远空飞过。基地里广播的声音时强时弱，听不见具体说的什么，只看见每隔几分钟，就有飞行器蹿上云霄——这里的大气环境和地球类似，云霭连绵，蓝白分明，于日落时分，通通镀上了一层温暖的金色。

不得不说，这全仰仗于现代科技的发达，地球外围的九颗卫星，全模拟了那颗蓝色星球上的生存环境，就连动物种类也达到了百分之九十的类似。如果不经过仔细辨别，很难分清自己到底身处何处。祁珂抱着护士送来的水果沙拉，大樱桃一口一个，吃得不亦乐乎。她嘴上不停歇，脑子里却在捋着事情的前后由头。刚开电视的时候，她特意看了一眼时间。距她晕过去，整好十八个小时。想来山达尔星的能源堆应该顺利标注了，之前张正曾粗略地跟她说过这次拿下的振金数量，不出意外的话，至少能打造三艘大型战舰。

这一仗，着实不亏。

祁珂吃完大樱桃，把籽吐在了碗里，半点也不讲究。然后她拿起小叉子，叉起一块西瓜，刚准备往嘴里送，门忽然一开，一只手行动敏捷地从她嘴边抢过了西瓜。秦峥愤怒的声音紧接而至：“不要命了是不是？不知道你自己的胃几斤几两，还吃这么生冷的东西！”

祁珂被他吼得堵耳朵，斜眼瞄他：“你说你这个人，关心人就不能温柔点，非要这么平地惊雷的，吓死我你以为能分到遗产吗？”

“谁关心你了，我是害怕你占用医疗资源！”

祁珂默默地望着秦峥，半晌，说：“你这样会注孤身的你知不知道？都快三十的人了还是个处男，就不知道从自己身上找原因吗？”

“你想死？”

“看，又来了。”祁珂翻了个白眼，“刚是长得嫩的那个警卫给你打的小报告吗？

回头我想请他表演一下人体艺术。”

“你的级别不够，别忘了你是下士。”秦峥没好气地把沙拉碗重重地搁到床头柜上，拖过椅子坐下，眼神锋利地瞥着沙发上的小不点，话却是问祁珂：“还有没有哪里不舒服？”

“没有，就饿。”

“我让人给你煮碗粥。”

“太淡了，不想吃。”

“那你想吃什么？”

“我想……”

卤猪蹄、油炸虾、黑椒牛排、芝士比萨……一系列的美食还没脱口，秦峥就截了她的话：“算了，当我没问，你只能喝粥。”

祁仙女：“……”

“秦峥我说句实话，你这辈子单身不到八十岁算我输，你死了我年年给你上香。”

“我死了你也没几年可活了。”秦峥反唇相讥。

祁珂：“你不打光棍真的没天理。”

“管好你自己吧。”秦峥白了她一眼，见着她嘴角还挂着一滴樱桃汁，自然而然地伸手就要给她擦掉。

小不点这时正好侧过头，看见了秦峥的动作，他那张淡漠到让人起鸡皮疙瘩的脸上没有任何表情，只异色双瞳里猝然闪过一线光。秦峥顿感双手受制，像被人大力擒住，动弹不得。

祁珂瞅着他离自己脸颊只有几厘米距离的指尖问：“怎么了？你中风了？”

秦峥望向小不点，心头警铃大响。小不点则是不动声色地继续看电视。

五秒后，秦峥顺利收回手，心不在焉地道：“你嘴边有屎。”

“你头上还有屎呢！”祁珂扯过空调被一抹，随手把空调被扔在了秦峥脸上。秦峥不满地扯下来，啐了一句：“幼稚。”

祁珂：“彼此彼此。”

两人互损半天，谁也没占到半分便宜。各自沉默须臾，祁珂见他神情不对，问道：“你跑这儿来不是专程为了装给我看的吧？”

“就是。”

“能不能好好说话，这种小学生吵架的台词被外面人听了去，以后咱们俩还怎么当人群中最闪亮的那颗星？”

秦峥瞥了她一眼，当真收了斗嘴的心思，用一板一眼的语气道：“我来带走这孩子。”

“不行。”祁珂断然拒绝。

“你是智障吗？！你应该清楚，你的做法不合规矩。银河系里发现新物种，首先理应交给生命研究所处理。”

“怎么处理？这孩子还不怎么能和人沟通，把他交给生命研究所，除了解剖研究他的生理构造，那群读书读傻了的还能干出什么事来？”

“祁珂！”秦峥低喝，“这件事超出了我们的职责范围，上头有明文规定，关于发现新物种的处理流程。”

“全都凭你一句话。”祁珂耸肩，“ISF是独立系统，有权处理所有发生在地球以外的星际问题。再说了，这孩子是我从撒加人的舰上带回来的，你要带他走，可以。”

秦峥深知她的尿性，耐心地等着她的后话。

果不其然，祁珂补充道：“回头我把他送回撒加人那儿，你自己凭本事去捞，捞下来就算你的。”

“你！”秦峥猝然站起，椅子后移的声音尖锐又刺耳。他手叉腰踱了几步，指着祁珂黑脸道，“你别太得寸进尺！要是你脑子没进毒素就给我认真想一想！这不是在战场上，你的身份不够资格插手这件事！银河系里发现新物种，关系到未来的势力划分，也关系到未来的各方格局。真出了什么问题，你以为单凭我就能保下你？！”

“不是，要真出什么问题……”祁珂话音一顿。

秦峥以为她这次要干点有担当的事，自己的锅自己背了。

结果这货不要脸地道：“我还有贺叔、唐尼叔、贾维斯叔叔、罗杰斯夫叔叔以及陆尧叔叔，哦，对了，还有我爸我妈。谁要动我，还不得先打赢我爸？”

秦峥：“……”

“你这么无耻你爸妈知道吗？”

“知道呀。”祁珂摊手，“就是祖传的。”

还能说什么，只能甘拜下风。秦峥直揉脑袋，气得眩晕：“好，你打算怎么处理？”

祁珂也顺势下台：“你看这样行不行，给我三天时间，我保证把这孩子从哪里来、父母叫啥、家里有几口人、星球上具不具备武装力量打听得一清二楚，然后手写一份不少于两万字的报告，亲自给你送到办公室去。真的，纯手写，绝不找笔替。”

“我要是不同意呢？”

“你要是不同意……等等，我都这么服软了你还不同意？你我穿同一条内裤长大的交情还不够让我自个儿审这么一个毛头小子的？说好的你是风儿我是沙，缠缠绵绵到天涯呢？你是欺骗我的少女心吗？”

智障！秦峥腹诽，老子是担心你的安全！但这句话他没说出口，只是两眼喷火地瞪着祁珂。

祁珂也急了眼，放出一句损人八百自伤一千的狠话：“我今天把话撂这儿了，你要不同意！我……我就……”

“你就怎么样！”秦峥嗓门拔高。

祁珂比他更高：“我就去吃屎！”

秦峥目瞪口呆，小不点原地石化。空气在刹那间凝固，整个房间，包括走廊，鸦雀无声。

所以说，人不要冲动，凡事三思而后行。装一生，毁于一旦。

祁珂自己也愣了一分钟，中毒后的仅存智商才慢慢涌回大脑。她开始意识到自己说了句什么话……

真是丢脸丢出祖宗十八代了。

她的表情一时间起伏不定，精彩纷呈。秦峥笔直的脊背绷了半晌，也不知是被她气的，还是被她逗的，“扑哧”一下笑了出来。

“弱智。”

祁珂委屈巴巴：“你才是弱智。我不是想说这句话的，谁让你之前提了个屎字，我还没把这个字从我的潜意识里剔除出去。”

“算了。”秦峥叹了口气，“就给你三天时间。今天是十月八号，十一号晚上五点半以前，两万字手写报告，亲自交到我的办公室。”

“哦……”

秦峥揉了一把她的头发：“记好了，虽然在你眼里他只是个孩子，该有的戒备心你还是要有。你是个军人，深知眼见不能为实这个道理。其余的，你好自为之。要是遇上突发情况……”

祁珂以为他要发扬言情小说男主的暖风机精神，来安慰她受伤的内心。然而，注孤身的秦将军一丝不苟道：“你就自己扛着吧，再死一次别指望我花钱克隆你。”

“说完了吗？快滚。”祁珂咬牙挥拳头。

秦峥也不再和她纠缠，端起水果沙拉就出了病房，完全不给她留半点吃货的念想。祁珂心如死灰，瘫在病床上一动不动。小不点谨慎地看了一眼紧闭的门，这才慢慢挪到病床前，一个字一个字地往外蹦：“你还好吗？”

祁珂神情木讷。

两分钟后，她放声假哭：“妈哎，我的光辉形象！”

小不点被她号得一颤，轻轻替她拍着背，用极温柔的语调安抚道：“不哭，不哭。”

祁·仙女光环全失·愚蠢的凡人珂抽噎地说：“我肯定是灵魂和身体产生了互斥，才会控制不住自己这张嘴，我以后还怎么原地飞升鄙视那些凡夫俗子。”

小不点：“……”

祁珂：“答应我，万一你将来和别人吵架，别人说他姐会吃屎，你千万不能接一句‘我家小姐姐也会’，好吗？”

“好。”小不点乖巧地卖萌。

祁珂这才算是放下心，想了想，又从床上跳起来道：“不能再待在这个影响智商余额的地方了，走，回家。”

她取下枕套，罩在自己脸上，开门小心地瞅了瞅，发现警卫已经被秦峥调走，医生护士也暂时没有往这边来的迹象，赶紧一拽小不点，神不知鬼不觉地朝楼道溜去。

保险重要，三十六计，走为上。出了这个鬼地方，我还是个人见人爱的小仙女……

祁珂如此自欺欺人地想。

两个人一前一后鬼鬼祟祟地出了疗养院，又直线穿过了和基地相连的一片广场。幸亏是换岗时间，没什么人注意到他们俩。拿出军官证示意岗亭的人放了行，祁珂才在众站岗士兵的热烈关注下，僵硬地拽着小不点来到了大马路边上。

疗养院离第三卫星的闹市区较远，坐落在一个鸟不拉屎的地方，路上来往的悬浮车总共也没有几辆。两个人在落日余晖下候了许久，好不容易才等来一辆运营车。祁珂赶紧招手拦下，将小不点麻利地塞进后排座，自己则坐到了副驾驶座上。车子冲出去一段距离，在司机问了第五遍“到哪里”后，祁珂才扯下脑门上的枕套，深吸了一口气说：“玛雅公寓。”

司机掉头驶入另一条主干道。

在科技日新月异的发展下，交通工具早已更新换代。原始的油动力汽车被彻底取代，普通运营车辆以低空悬浮车为主，靠太阳能制动。而私人的交通工具，则有小型飞行器和悬浮车两种，节能还环保。当然，除了这两类，还有空中列车，二十四小时不间断穿梭在每一座人类的城市间。

约莫行驶了十五分钟左右，车辆进入了闹市区。祁珂在前排埋头看手机，正专注于基地内部的一个隐秘论坛上翻找八卦。小不点扒拉在后排座的窗户边，此时已是傻眼的状态。

车窗外，车水马龙，华灯初上。街边的商店繁杂而齐全，五彩的霓虹灯晃得人眼花缭乱。正值下班时间，人潮涌动，声音鼎沸，混着车辆的喇叭，勾勒出一副平凡而嘈杂的都市盛景。耸立的高楼直穿云霄，巨大的广告牌上有时下正热的各路明星。天上除了一轮弯月隐隐初现，还有目不暇接的各式飞行器，以及从大厦间隙里穿过的高速列车。小不点看得咋舌，异色的双瞳里倒映出斑斓纷呈的色彩。他全神贯注地观望着那些新奇事物，如同一个懵懂的幼儿刚接触到这个全新的世界，产生了无比浓厚的兴趣和向往。

祁珂时不时地从后视镜里看一眼他，指尖还在不停地翻阅着论坛上的实时八卦。

就在她深感无趣时，忽然，她看到某个帖子里贴着一张秦峥在地球本部开会时的模糊偷拍照，下面还用加粗加黑字体写着秦峥那句护犊子的名言——祁珂是我的人，她有任何毛病，欢迎各位同僚提出意见和建议，不过，恕我不采纳。

祁珂：“……”

发帖短短三个小时，跟帖已经超过了三百楼，有一半都是基地里秦峥的迷妹在花式欢呼。

3 楼：啊，今天的将军依然帅得劈叉，好想给他生猴子！

7 楼：将军为什么不是看上我，难道我的胸不比祁珂那一马平川有手感吗？！

祁珂：“啊？”

现在的妹子们都是什么水准不比内涵，不比文化只比胸的吗？

祁珂咬牙继续翻。

11 楼：现在去爬将军的床还来得及吗？话说有没有姐妹众筹请雇佣兵弄死祁珂的？

16 楼：举双手赞成 11 楼的想法，我出五毛。

17 楼：我出一块，祁珂下线众姐妹冲呀！为了秦家正房，ISF 的女人绝不认输！

祁珂眼皮子直抽搐，这些女人都是什么奇葩审美，就秦峥那迟早以死谢天下的狗屎性格，居然都有人看得上他！祁珂表示无法理解。

义愤填膺地翻到最末一页，正打算用滔滔不绝的赞美来挽回自己的脸面，冷不防，她眼神一瞟，觑到最末一楼有个小号 ID 跟的帖：大家歇着吧，据可靠消息，祁珂二十分钟前带着一个小孩离开了疗养院。有目击者称，那孩子长得六分像将军，四分像祁珂，可以准确地说，是他们俩的私生子无误了。

祁珂“噗”的一嘴吐了口唾沫星子，差点直接猝死。她瞄了一眼后排座的小不点，两个大拇指飞快地在帖子下回复：楼上的，你敢不敢在祁珂下士面前说这话，她不凉拌活人算我输！

帖子刚一发出，底下一排挺她的。不过……祁仙女更心塞了。因为大家说的是：就祁珂那入围幼儿组都嫌她太平的身材，将军怎么可能和她生猴子，我不信！

祁珂：“……”

祁珂无语泪千行，默默地把手机揣回牛仔裤里，瘫在座位上一脸麻木。等司机到了公寓门口，她才叹口气回过神，在支付器上刷脸结了账，招呼着小不点跟她下了车。小不点一边四处张望，一边生怕跟丢了祁珂，脚踩脚地当着称职的小尾巴。

进了大厅电梯，祁珂按下了 54 楼的按钮。电梯随之上升，把小不点吓得趴在了地上。祁珂忍俊不禁，被他的胆小样逗得忘了刚才的群嘲事件，伸手把这小家伙拎起来，耐心地解释了一遍电梯的原理。随后，她又在心里琢磨着，这小不点究竟来自什么地方？

按理说，现在各个星球的城市繁华度都在差不多的水平上，没道理这货乘个电梯会这么惊慌失措。再加上他之前在车上的情形……

祁珂微微拧了拧眉头，不动声色地打量着小不点。出了电梯后，两个人直奔祁珂的私人房产。

最初在基地选择建到第三卫星上时，祁珂第一时间购置了这个一室一厅的小户型。屋内的装潢全是她凭自己的喜好设计的，简洁不失内涵，低调不减豪气。一言以蔽之，用最贵的材料，搞最土气的装修。用家装内行人士的话来说，这比狗窝都不如！

但是！祁仙女对自己的设计才华那是相当满意，至少带小不点回家这趟，她打心眼里都是骄傲，想让他看看自己美观整洁的小公寓。

小不点站在门口，扫了一圈屋内。土黄色的鞋柜，梅兰竹菊的古典屏风，右手边的开放式厨房紧挨着毛玻璃卫生间，客厅里悬着一个超大的投影幕，双人座明黄色沙发，配着一张屁股大小的圆茶几，加上深色的木地板……

辣眼睛。

小不点痛苦地揉了揉自己的脸。

祁珂根本没察觉他的异状，率先走到客厅里，拉开了紧闭的厚重窗帘。一扇落地窗外，正对着城市最繁华的另一端，霓虹灯闪烁，大街小巷的景致一览无余。小不点惊叹地站到窗前，双手趴在玻璃上，看着外面的街景眼睛都不眨。祁珂抄着手笑看他片刻，才慢声道："这里面是我的卧室，你不许进来。"她用下巴指指左手边。

小不点收回视线，看看她，又看看她身后，乖乖地点头。

祁珂又道："我家漂亮吗？"

小不点："……"

这是一道送分题，我会。小不点咽了口口水，虚伪地答："漂亮。"

祁珂眉开眼笑，安排他到沙发上坐下，拿出遥控器打开了投影仪，依旧选择了之前的那部纪录片。按下播放键后，她问小不点："饿不饿？吃不吃东西？"

"饿。"

祁珂转身去翻厨房里的冰箱，找出来一盒草莓饼干，以及两盒鲜牛奶放在了茶几上，接着道："我去洗洗身上的晦气，你就待在这里，用百分之一万的注意力认真学习，过几天小姐姐给你发个黄冈考卷，考不好的话直接把你送去垃圾回收站，懂吗？"祁珂皮笑肉不笑。

小不点被她那阴森的表情震慑住，颤抖着直颔首。

祁珂拍拍他的脑门："好孩子。对了，"她指向卫生间，"那个地方是用来解决一切疑难杂症的存在，包括但不限于屎尿屁，你这个年纪，应该还没有其他生理需求，如果有，也去那里解决，明白吗？"

小不点又点头。

祁珂对着他稍稍一扬眉，再用眼神示意他看投影幕，小不点连忙转过脑袋。祁珂这才慢悠悠地踱到卧室里，拿出干净的睡衣，去了卫生间。

没一会儿，卫生间里传出“哗啦啦”的水声。小不点思考片刻，拿起茶几上的牛奶打量一番，找到撕口撕开，小心翼翼地抿了一口，觉得味道不错，索性倒了一大半在喉咙里。他瞅了一阵投影幕上的画面，目光又禁不住四下张望，东看看西瞧瞧，一个不经意，脖子就扭了一百二十度，看到了后方解决屎尿屁的地方。

水雾蒙蒙，被黑心商家坑了的祁仙女毫不自知，在热气的蒸腾下，那所谓的高昂造价的毛玻璃已经变成了透明玻璃。祁仙女伸手试了试水温，然后开始解自己的衬衣扣子。

一颗……

两颗……

三颗……

祁仙女扒下上衣。小不点握着牛奶盒的五指一收，白色液体瞬间滋在了沙发上。他屏息凝神，连大气都不敢喘。少时，祁仙女脱下了内衣。小不点顿感头晕目眩，一阵猛烈咳嗽，把还没下肚的牛奶从鼻孔里径直喷了出来。他觉察到人中处微微发烫，一低头，两滴鼻血淌在了地板上……

祁仙女耗费半个小时在卫生间里用跳现代舞的姿势洗完澡后，美滋滋出来的第一眼，就看见人生仿佛进入了另一个阶段的小不点。小不点当时的状态是这样的，双目呆滞地盯着投影幕，手里拿着被挤烂的牛奶盒，嘴里塞满了饼干，鼻子下正欢快地流淌着两股鲜血。他像一个流水线的机器人，正按部就班地做着上下牙齿咬合的动作。旁边空着的沙发位上有大摊的牛奶渍，地上还有鲜艳的红色。

祁珂惊呆了。

我的妈，这什么毛孩子，怎么看个纪录片还能看出爱情动作片的境界来了？

祁珂慌忙把换下来的脏衣服扔到篓子里，蹲到小不点跟前，扳过他的脸，仔细盯着他：“这是怎么了？是不是牛奶太燥了，你这种体质接受不了？”

小不点还在嚼饼干，眼神游离地飘到祁珂脸上，脑海里蓦地又回闪过刚才那一幕，脸登时红得如煮熟的虾子，鼻血的流速更加汹涌。祁珂赶紧扯了几张纸巾，给他按在鼻子下：“究竟是怎么回事？食物中毒了吗？”

小不点似懂非懂，也答不上她的话，只能干巴巴地将视线移开，以防视觉刺激加深记忆。祁珂知晓他还不精通地球话，说得再多也是鸡同鸭讲，干脆闭了嘴，替他止了一会儿血，便要带他去卫生间洗洗。哪知这小崽子像是对卫生间充满了某种奇怪的畏惧，死活拽着沙发不肯进去。祁珂没辙，只好找出紧急药箱，拿棉签蘸了生理盐水，亲自操刀给他清理。小不点害怕得一个劲儿地往后缩，还竭力避免和祁仙女眼神相撞。祁珂虽然觉得他的行为有些诡异，但也没往别的方向想，只当这孩子是怕生，强行去拽他的手臂。结果拽了好几次，都被小不点快速躲过。祁仙女的耐心耗尽，张嘴就是狮子吼："过来！"

小不点一个大幅摆动，成功地被祁珂的淫威唬住。他可怜巴巴地红了眼睛，慢慢地凑过去。祁珂虚张声势地干咳了一声，一只手捏住小不点的下巴，另一只手拿棉签慢慢拭去他鼻子下的血迹。

"你是怎么搞得这么狼狈的，这牛奶和你有什么深仇大恨吗？流鼻血又是个什么骚操作，体虚成这样，会不会哪天睡个觉都会暴毙啊？"

小不点："……"

祁珂换了另一根棉签，再认真地替他清理了一遍。小不点努力仰着头，目光打转，不小心还是落在祁珂柔软的头发上。她刚洗过头，发尖儿还滴着水，清新好闻的洗发水香气扑鼻而来，小不点的脸又是一烫，匆匆别开了视线。

祁珂清理完毕，将棉签捏在手上，收拾了药箱，又夺过牛奶盒查看生产日期，这一看才惊觉牛奶已经过期了大半年。真·坑花朵绝不手软·国家认证假仙女·祁珂默了默，面不改色地站起来，对小不点道："这玩意儿可能真太燥了，不适合你这种还在发育期的小孩子喝，赶明儿姐姐给你买儿童酸奶。现在你要是还饿就先挺着，睡醒了再解决温饱问题。"

人在屋檐下，不得不低头，小不点"嗯"了一声。

祁珂把牛奶盒扔进垃圾桶，随后拍拍屁股："现在时间晚了，你要是不想看纪录片了，就在沙发上睡。晚上别想趁机揩油，别看我有着天使的容颜，发起火来超凶的，起床气还特别重。"

小不点疯狂地点头。

祁珂被他这副呆样萌了一下，自来熟地在他的脸颊上一揪，回房拿了一床棉被扔给他，道了句"晚安"，便去卧室躺尸了。小不点一动不动地坐在原位上，过了好半晌，他才伸出手木讷地摸自己的鼻尖，白嫩的双颊不禁腾起一抹绯色。他的思绪还停留在刚才那令人头昏脑涨的画面里，胸腔里仿佛擂鼓，心脏似承受不了他精神上的压迫力，漏跳了无数拍。为了防止自己真的暴毙，小不点急忙把注意力转移到纪录片上，试图研究清楚银河系的起源。这么一晃神，他在沙发上保持着一个姿势坐了大半夜，等他稍稍冷静下来，窗外的云霭挡住了如钩的弯月，嘈杂的人声已趋于安静。凌晨的街道万籁俱寂，偶尔有一两艘飞行器驶过高空，路灯通明，取代了月华，照着行人回家的归途。

小不点痴痴地睨了许久窗外的景色，忽地眉头一皱，蜷着用右手捂住了脖子上的黑色图腾。那纹路蜿蜒的地方一阵阵地闪现如血的红光，他葱白的十指迅速干瘪下去，如同一具枯尸般，只剩灰黑的人皮黏在分明而修长的森森骨节上。他咬着牙，两鬓很快被汗液湿透，头深埋在双膝之间，似乎正和身体深处的某种力量竭力抗衡。那透着少许水润色泽的脸蛋在短时间内苍白如纸，豆大的汗珠顺着他尖瘦的下巴滴在大腿上。

好一会儿，他像一个牵线木偶，机械地站了起来，绕过沙发边上，靠着窗户无声地踱进了祁珂的卧室。他的眼睛眯成一条线，异色的双瞳荧光熠熠，活生生一头准备捕猎的猛兽。他的目光紧锁着双人床上的猎物，只见那猎物早已把秦峥的警告抛之脑后，即使带了一个完全不知根底的野孩子回家，并且还睡得毫无防备。穿着短睡裤的洁白大腿夹着一个旧旧的大个儿布玩偶，上衣撩到了胸部下方，露出了紧实没有半点赘肉的小蛮腰，正以牛皮糖的姿势贴在床上，隔三岔五还要打个呼噜。

这大概就是来自一个牛二代张扬的自信吧……

小不点轻手轻脚地迈到她的床边，干枯的手指犹豫了一下，正打算从祁珂的脖子一击即中。忽然，他的眼前闪过一个景象，那是光照下的祁珂，噙着浅笑对他伸手的模样。他动作一滞，还在失神，祁珂这货翻了个身，一面嘟哝着“好热”，一面就开始掀衣服。

小不点：“……”

啊！有点自觉啊！作为一个仙女这么没有睡相那些光环是都被你顺着洗澡水冲去下水道了吗？！

小不点几乎是出于本能的反应，麻利地拽住她的衣角，秉着不想再看限制级场景的纯洁思想和祁珂几番角力，终于成功地遮住了她的小肚子。想了想，小不点还不放心，顺便把她的上衣扎进了裤腰里……嗯，这样，就万无一失了……

做完这一系列行云流水的动作，小不点伟岸得仿佛是拯救了银河系。他长舒一口气，抹了把头上的冷汗，转身走出了卧室。在沙发前杵了片刻，他闷头栽倒在沙发上，抽搐了几下，彻底没了动静。

四
最强王者带你飞

相安无事地过了一夜。

时钟刚指向六点，第一缕阳光穿破云层时，祁珂便迷迷糊糊地醒来了。常年的军队生活让她形成了固定的生物钟，从来不赖床。她换好一身休闲装，出了卧室就看见小不点在沙发上团成一团，呼吸轻缓。她走到他边上，拎起被踢到地上的被子，给他盖住。小不点似乎感觉不太舒适，在狭窄的沙发上翻了个身，低低地嘟哝了两句。祁珂弯腰想听听他的梦话，但那只是一个简短的发音，且不是地球话，听不出什么由头。祁珂没辙地观察了他片刻，扭头出了门。

她前脚刚走，原本还在熟睡的小不点就一秒睁眼，一蓝一金的眸中尽是淡漠疏离。

祁珂自从被克隆出来，每天的固定流程是这样的，六点醒，七点做疗养院的复健，复健的过程基本就是医生指着她说："走两步。"然后八点被秦峥拖去共进早餐顺便考验她的智商恢复，十点左右回房间，翻看手机和最近发生的战事报告。十一点吃午餐加上基地论坛找八卦，下午摸鱼，晚上看电视睡觉。

现在从疗养院逃离出来，祁珂也无所事事，在人烟稀少的街上跑了两圈，接了个秦峥愤怒咆哮的电话，和秦峥插科打诨二十分钟，接着去超市买了一套生活用品，以及双份早餐，再慢悠悠地回了公寓。

彼时，小不点已经在接着看纪录片。祁珂把新买的用品归纳整齐，给小不点解释了一通各种物品怎么用，又督促他换上一套干净的衣服后，和他一起吃了早餐，便各做各的事，互不打扰。小不点按着她的要求学习宇宙文化精髓，她则拿了张板凳坐在窗边，一会儿翻翻书，一会儿又拿出手机看看基地的消息。其余两餐都是靠外卖解决，两个人实力相当，常让送外卖的人以为这小型公寓里聚集了一个非法传销团队。

晚上吃过饭，祁珂又要去洗澡，小不点说什么都不同意，一边狂野地摇头，一边左手逮着她，右手扒着沙发。祁珂再三给他解释卫生间真的是个正经地方，小不点左耳进右耳出，权当听不懂，只想阻止祁珂进行情色活动。那模样，简直恨不得直接把卫生间的门焊死。祁珂也不明白他这莫名其妙地对卫生间的恐惧感来自哪里，问他话他也只会言不达意。祁珂左右没了办法，只好为了任务暂时忍下洗澡的冲动。在小不点的灼灼注视下，她只能怨念地拿出洗脚桶，坐在窗边泡脚。直到她去睡觉，小不点才像如释重负，难得地松懈下来。而每天半夜，小不点就会站到她的床边，进行激烈的思想挣扎。

吃了她？还是过两天再吃她？

作为一个来历不明的小家伙，他每晚都想弄死本文女主角，可每到最后，他都会绝望而不受控制地给祁珂盖上棉被，简直就是个贴心的小棉袄……

这么过了两天，到十号下午，祁珂和小不点正在干各自的事，忽然，城市上空响起了一阵巨大的轰鸣声，一支舰队从基地的方向快速升空，奔向大气层外。祁珂听见动静，蓦地从椅子上站起，跑到窗边凝望舰队的行进轨迹。她沉默半晌，拿出手机翻了翻通信录，想打个电话探问，却又想起自己还在待职，蔫蔫地收了手机。心不在焉地看了一会儿书，她又挪到沙发上意图和小不点谈谈心，结果小不点只会乖巧卖萌地望着她。祁珂心塞，如坐针毡地扭了两个小时，又起身在屋里踱来踱去。眼看到了饭点，见小不点深情地注视着她，祁珂叹了口气，正打算叫外卖，门铃冷不防响了。她两步走去门边，透过猫眼瞄了一眼走廊上，没好气地打开了门。

外面站着四个还没来得及脱下军装的老男人，为首的斯蒂夫拎着一包垃圾零食，维克多则提着比萨等食物。几个人喜笑颜开地和祁珂打了个照面，不经主人的同意纷纷挤进了屋，还由斯蒂夫开了个头，抨击了一番祁珂的垃圾审美。祁珂对这几个老男人的口无遮拦见怪不怪，没好气地让开了一条路。

斯蒂夫走到客厅，说：“听说您又差点英勇殉职，我们抽了个空，来探探病。”

杨睿扇着鼻子：“哎哟，这是什么味道？麻辣火锅生鱼片，您都吃得这么有创意的吗？”

祁珂一屁股坐在沙发上跷起二郎腿：“你的麻醉枪挨得不够痛快吗？”

一提起这茬，杨睿就义愤填膺，却又不敢真的发作，只好抄起手特别妩媚地哼唧了一嗓子。小不点见着客厅因这几个大男人的到来而变得拥挤，为了不增加存在感，他默不作声地溜到了餐桌旁缩着。斯蒂夫上下瞄了他一眼，立即鸠占鹊巢，占据了沙发上的另一个仅剩的单人位，笑眯眯地说：“我就说昨天碰见将军怎么一副吃了原子弹消化不良的表情，原来是你把这孩子带回家了，你干这么漂亮的事将军同意了吗？”

祁珂拿过维克多手里的比萨，先给小不点分了一半，又坐回茶几旁抱着另一半，毫无吃相地往嘴里塞：“领导精得都快成人形计算机了，我这点花花肠子怎么瞒得过他。”

“你把领导捧得再高也不能改变你很有可能会被领导踢出军队的事实，话说回来，”斯蒂夫撕开一包薯片，“咔嚓咔嚓”地嚼着，含混不清地说，“你问出这小家伙是哪里来的了吗？”

祁珂摇头：“他还在学习地球话。”

“我去？”斯蒂夫十分惊讶，“现在地球话都是银河系通用语了他居然还不会，真是奇了怪了，难不成他来自外星系？”

“谁知道呢。”祁珂耸耸肩。

杨睿、李响、维克多三个人各自拖过椅子坐在沙发后，众人的目光都落在了小不点身上。

小不点一抖，恍然觉得自己身上被戳了几个洞。他肩膀缩成一团，恨不得直接把脸钻进比萨里用以躲过这几个人的探究。祁珂顺着几个人的视线瞥了他一眼，摆手道：“别吓着孩子，一个两个长得多对不起观众没有自知之明吗？”

“你这么说我就不接受了。”李响发言，“他们三个人的长相确实容易引起他人的不适，但我这长相您还挑？我可是基地里经过票选出来的女兵最想拥有的梦中情人第二名。”

祁珂做了个干呕的动作：“朋友，需要我给你挂个神经科专家的诊号吗？”

李响不服：“你为什么就不能正视身边有个帅哥这种事实呢，你这样下去就不怕母胎单身到老吗？”

“别吓我，本仙女还在长身体的年纪，发育不好你是不是要负责？”

李响缩着脑袋：“我还想多活两年。”

“那你麻利地给本宝宝闭嘴。”祁珂做了个鄙视的表情。

李响嘀咕两句，扭头和杨睿讨论屋子的装修问题去了。

等祁珂吃完三块比萨，她擦掉手上的油渍说：“看也看了，零食也送到了，你们的猥琐心意我也感受到了，要没什么事，赶紧滚吧，别影响我修仙。”

斯蒂夫把薯片放回茶几上，舔了舔手指，又随手往沙发上一抹，迎着祁珂想杀人的眼神讪讪地道：“你看见下午出发的舰队了吗？”

“嗯。”祁珂眉头紧锁，“你三十好几了还吃薯片不怕油脂过剩迟早秃顶吗？”

“这不是重点，”斯蒂夫强行扭转话题，“亿维空域今天发现了新的能源堆，就在6647星球上，当时有两支探测队，一支是变色人种，一支是我们。”

“谁当指挥？”祁珂懒散地问了一句。她原本是不打算打听这件事的，毕竟不想让这几个老男人为难，此时既然斯蒂夫主动提起，想来也是经过了某人的同意，索性打蛇随棍上，假装不在意地问了出来。

“王敬。”维克多敛着眼皮吐出两个字，斯蒂夫点头附和。

祁珂的眉头拧得更加严肃："变色人种出动了哪些战舰？"

"刚刚才得到的消息，"李响盯着手机说，"一艘侦查舰、两艘护卫舰，配备了四艘突击舰，还有……"李响话音一顿，脸色微沉，"一艘翼龙巡洋舰。"

翼龙巡洋舰作为变色人种的重量级毁灭型战舰，自带高防的护盾抗性，不同于撒加人的海瑞巡洋舰，翼龙不用依靠多数量的塔罗来形成防护网，这种舰艇自带的防护系统，能使舰身自主化消百分之十五以上的炮弹威力，特别是针对能量炮，化消率高达百分之六十五。且翼龙的武器系统是混合类型，同时装备了激光炮和磁轨炮，远近距离的作战都极有优势。如果遇上大规模的小型战舰群战，翼龙能同时投放上百艘无人战机，通过高水准的战斗计算模式，作战精准度甚至超过人为驾驶。在近几年各种族的战舰测评中，翼龙的综合评分一直稳居前三，目前还没发现任何明显缺陷。

"遇上这种规模的舰队，除了出动泰坦，胜算怕是很渺茫了。"斯蒂夫揉着额头同情地说。

祁珂看向他。

斯蒂夫打了个寒战："看我干什么，这次发现的又不是大数量振金，谁知道变色人种这么下血本，居然出动了翼龙这类核武。王敬还没你喜欢装的光环，将军怎么可能让他动泰坦。造价多贵大家都心知肚明。"

"王敬带的什么队？"祁珂道。

"我之前打眼看了一下，应该还是之前那艘指挥舰，以及二十架左右的跳跃舰，还有一艘凤凰战列舰。"

祁珂："……"

好巧不巧，凤凰战列舰属于我方的中高端战舰。在装甲抗爆性上下了大功夫，如果只是遇上变色人种的突击舰和护卫舰，在战术恰当的情况下，不一定会落下风。但凤凰战列舰的武器系统，刚好是能量炮。所以说，祁珂突然感觉到更年期提前是有理由的。

她默了默，扯嗓门大吼："我（哔——）！王敬的脑神经是打了个中国结吗？！亿维空域总共三道星门，他出动那么多跳跃舰干什么？当自己是居委会大妈给街坊送人头送温暖？！如果我没记错的话，那里还有一条陨石流动带？"

四个人望天的望天，搓手的搓手。杨睿见没人答话，一不小心对上了祁仙女喷火的目光，他哽了哽，弱弱地道："嗯……你是没记错啦……"

祁仙女深吸一口气，拍桌怒吼："我现在去撕烂王敬的胯还来得及吗？！"

"冷静，冷静，老祁。"斯蒂夫使用了一个万能甩锅句式，"你又不是不知道……"

祁珂眼神一冷。

斯蒂夫怂得一顿："咯，王敬嘛，是和你同时进入 ISF 的。当初你们俩军阶相同，但后来你成了上将，他还是少将，他又是个直男思维，看不起女指挥，觉得你能爬上去完全是靠美色勾引了将军。”

祁珂：“……”

她阴着脸，看不出过多的情绪。

斯蒂夫有点害怕地拍拍她的肩：“你别往心里去，王敬这种人毕竟是少数。”

片刻后。

祁珂摸摸鼻尖：“这傻帽还是有点眼光的，能透过现象看本质，知道我是个靠脸就能吃饭的优质女人。”

斯蒂夫：“……”

后排三人：“……”

小不点：“……”

斯蒂夫捂着胸口吐槽道：“这不是重点，重点是这些年他其实一直都在和你较劲儿，你用什么阵型取胜的，他就想用什么阵型赢得比你更漂亮。说实话，你死在粪坑里时，我曾以为他连这个都要和你比比，我一度怀疑他会不会也找个粪坑表演‘you jump,i jump’。”

气氛诡异地沉寂了下来。

包括从进门开始就端着高冷架势的维克多，都相当钦佩地看向斯蒂夫。今夜的斯蒂夫，依然完美地诠释了什么叫猪队友。

祁珂“呵呵”两声，瞄着斯蒂夫道：“明天我得给领导做个汇报，不如我再加上两句，让他调你回地球本部养老怎么样？反正你也快瞎了。”

“没啊！”斯蒂夫音量拔高，“老祁你放心，我的散光在配了隐形眼镜后已经好很多了。”

“那你还哪壶不开提哪壶？！”

“我错了仙女。”

仙女听他认错认得如此爽快，本着不能被他拉低了底线的原则，选择跳过了这个话题：“王敬还有这心思吗？我居然没发现。”

“是吧。”斯蒂夫点头，“难怪那货要在沉默中变态，把你当成对手这么多年，你正眼都没瞧过他。”

“是我的错。”祁珂煞有介事般地吸了吸鼻子，“我不该忽视了凡人仰望我的目光。”

屋里的五个人：“……”

求你把你的无耻收敛一下！

祁仙女无视几个人恳求的眼神，淡淡地道：“算了，还好这次不是振金资源，希望王敬吃一堑长一智，别让他人白白地牺牲。”

眼看着关于ISF内斗的话题成功结束，李响接着道："知道你闲得发慌，我们来之前由维克多提供红包赞助，贿赂了张正，你要不要看一下前线实况，我让张正连接到你这儿的投影上来。"

"怎么现在才说！"祁珂不满道，"赶紧的，让张正开后门。"

李响发了条短信，祁珂随即打开投影幕，几分钟后，亿维空域的情形清晰地显示出来。这时战局已经进入白热化的阶段，正如祁珂所料，凤凰战列舰对上翼龙巡洋舰，纯属是欠抽找虐，能量炮打在巡洋舰身，如泥牛入海，只能稍稍撼动巡洋舰灰白的外壳，除了留下轻微的弹痕，基本没有造成多大的实质性伤害。而在突击舰和无人机的紧密合作下，跳跃舰已经损失过半，剩下的，也在紧密的炮火中，难有喘息空间。

在不知道敌方是什么阵型的情况下，王敬选择了一种最险峻的方式迎战。或许是斯蒂夫说的那句话，他一门心思想超越祁珂，可他毕竟没有祁珂的运气Buff加持，闷头撞上了劲敌。在翼龙巡洋舰的主导下，地球舰队完全是被压着打，根本没有任何反败为胜的契机。

观看战局的几人皆脸色阴沉，虽然竭力克制，内心还是忍不住把王敬的祖坟都问候了一遍。见他死活不肯撤退，斯蒂夫甚至破口大骂："这浑蛋完全没把手底下的兵当人看，都这个时候了，不返航是想给变色人种当夜宵吗？！脑子被屎糊了。"

李响粗暴地接过话头："这种时候就不要端着了，（哔——）！"

杨睿说话虽是娘了些，军人的血性还是在的，也跟了一句："沙雕玩意儿！"

然而越是濒临险境，祁珂的反应却越是与常人不同，她的视线胶着在投影幕上的翼龙巡洋舰，那个舰身超过了两百米的庞然大物，此刻包覆在一层淡蓝色的能量罩中，炮弹打在上面，如同石子入水，绽出圈圈的涟漪，眨眼间又消散得无影无踪。

在几人骂骂咧咧的发泄里，祁珂忽然道："看见了吗？翼龙底部的能量导管。"

斯蒂夫等人的话音一停，仔细睇向投影幕："看见了，有什么问题？"

"那里的防护罩颜色比其他地方稍微深一些。"

斯蒂夫等几人完全没反应过来这种关键时刻祁仙女为什么要研究色彩的鲜明度，看她半天，呆呆地问："然后呢？"

祁珂的眸子一动不动地盯着那个位置，沉声道："维克多，调出各族关于翼龙巡洋舰的参数，看看计算出来的防护罩能量流速平均值是多少。"

维克多即刻把表盘上的虚拟画面拖到空中放大，点击进入了ISF的军事机密站点，找到了关于翼龙巡洋舰的各种族分析报表。

"零点二帕。"

"具体数值呢？"

坐在维克多边上的李响担心他的语言功能影响表达，替他解说道："中部舰身和前后尾端有细微的差别，几个种族分析出来的中间值是前后端在零点零一六帕每平方米，中部是零点二四七。不过中部的正上方和底部也有不超过十万分之一的流速差，虽然数值过小可以忽略不计，但各大种族的分析都认为中部舰身的能量罩并不平均。”

祁珂沉吟了一声：“翼龙巡洋舰的防护罩是技术核心，这种造价不比泰坦便宜多少的战舰，他们一定会在敌方肉眼可见的攻击区域将防护罩的数值开到最大化。”

“你的意思是……”斯蒂夫皱眉。

祁珂看向四人，稍微颔首：“我认为，能量导管所在的区域，很有可能是防护罩最薄弱的地方。更甚者，那个位置根本就不在能量防护罩的保护下。”

“这不太可能吧。”斯蒂夫反驳，“几个种族的科研人员研究了这么多年，都没发现翼龙巡洋舰有任何缺陷。”

“事出反常必有妖。在我们的认知里，真正完美的事物是不存在的。即使是泰坦舰，也有着电容平衡性和疾速炮制热冲突的问题。你们注意看，能量导管那部分的防护罩看起来似乎是超过了平均值，可这极有可能只是变色人种掩人耳目的方式。在现在这种状况下，想要扭转局势，只能从这个微乎其微的可能处下手。集中跳跃舰的加农炮，射击翼龙巡洋舰的能量导管。”

祁珂言之凿凿地分析完毕，四个人一言不发地睨着她。她不解地道：“怎么了？”

斯蒂夫抿抿嘴唇，理着脑门上的发丝说：“老祁，不是每个人都有你这种违反人体生理构造的强悍心理素质，一般来讲，大家在战场上濒临溃败时，一心只想活命，能不自乱阵脚已经不错了，谁还能在炮火连天下去细究对方有什么可能的缺陷？你也太看得起王敬了。”

“而且，即使真的如你所说，能量导管是翼龙巡洋舰的唯一突破点，现在跳跃舰损失超过三分之二，仅剩的七艘还在无人机和突击舰的夹攻下，想在短时间内打穿能量导管，可能性太渺小了。”李响道。

祁珂默了默，指着投影幕：“看见没？在离恒星不远的距离，陨石带后方，就是亿维星系的第二大行星。”

四个人你看看我，我看看你，不知道祁珂的脑子里又蹦出了什么惊人的想法。就在几人打算不耻下问时，一直坐在餐桌旁默默啃比萨的小不点不知什么时候已经走到了沙发后面，他出声接话道：“是曼恩星球。”

四个大男人并一个小仙女齐齐吓了一跳，纷纷回头看向语出惊人的小不点。

祁珂当时的想法是，这小子就会说地球话了？

而其他几人的想法则是，小孩子不好好吃饭偷看什么战术分析，要是无意被窥见了机密哥几个会不会被某位正在便秘期的将军摁到地上摩擦？

斯蒂夫调整了一下神色，准备用和善的语气劝这孩子去厨房喝个儿童酸奶，小不点却抢先道：“曼恩星球离恒星的距离很近，这导致星球上的引力非常大。”

祁珂的目色一定，饶有兴致地瞧着小不点。

四个大男人面面相觑，斯蒂夫摊手问：“所以呢？小家伙你是想去那颗星球上跳蹦床吗？”

小不点没理他，专注地看着投影幕：“面朝恒星的一面，由于强大的引力，会导致曼恩星球表层的沙石形成巨大的风柱，穿过风柱的冲击力相当于两颗核能炸弹爆破的威力。”

他这话一出，四个打了多年星际战的上校脸色骤变。斯蒂夫嘴角的笑意逐渐凝固，他沉默地坐直身体，和三个好友交换了一记诧异的眼神。他们都很清楚，小不点这番话意味着什么。现在的战况是，跳跃舰加农炮的威力不足以短时间内打穿能量导管，凤凰战列舰又装备的是能量炮，如果王敬也听到了祁珂和小不点的这一席对话，他肯定不难想出，眼下最好的战术是整合舰队穿过陨石带。因无人机的公式没有套入陨石带的变化，假设迂回作战，配合得当，能在陨石带内消耗大量的无人机。再引导翼龙巡洋舰穿过曼恩星球上的风柱，如果祁珂关于翼龙巡洋舰能量罩的猜想是真的，那么，风柱很有可能会击穿翼龙巡洋舰的能量导管……

这太可怕了……

如此年幼的一个孩子，为什么会在几个老将都没意识到的前提下，想到这种出人意料的打法。

斯蒂夫等几人面色不善，显然是被这孩子的思路震住了。而他所说的，正好与祁珂不谋而合。祁珂默不作声地觑了他好一会儿，才似笑非笑道：“你怎么知道曼恩星球的地表情况？”

小不点像是突然回过神，双颊一红，埋头绞着手指道：“纪录片里……有说过。”

即使这样，他能跟上祁珂的思路，还是让人匪夷所思。要知道，祁珂在银河系的军队中，是出了名的剑走偏锋，能猜中她想法的人少之又少。斯蒂夫看看祁珂，似在用眼神向她提出关于这小孩的质疑。祁珂目不转睛，仍是盯着小不点。

少时，她笑了笑：“头脑灵活，很有军事天赋。少年，我看你是棵好苗子不如从今天开始跟着我坑蒙拐骗吧。”

小不点：“……”

四个上校：“……”

听者有心，说者无意。几个人都还沉浸在各自的思绪里，祁珂却已转回了视线，看向了投影幕。王敬显然没有她这么临危不乱，眼看无法反败为胜，已经开始撤到了星门附近。祁珂估摸着接下来没什么看头了，便关了投影幕，下了逐客令：“差不多了，按着王敬这圣母玛利亚的打法，这能源堆算是送给变色人种了。你们麻利地收拾一下，该拎走的拎走，维克多别忘了捎上这三个大型人体垃圾。”

维克多率先站起来。

祁珂也跟着起身，伸了个懒腰：“我去洗个澡，出来的时候，我不想看见你们四个还在这儿蹭空调。”

说着，祁珂刚要去拿睡衣，小不点说时迟那时快，一个箭步拽住祁珂，慌张地摇头道：“别……别洗。”

祁珂一愣：“别洗什么？”

“别……洗澡。”小不点仿佛是鼓足勇气说出了一个特别羞耻的词。

祁珂恼怒道：“小家伙，你给我适可而止啊，为了你这特殊癖好小姐姐我都几天没洗澡了。今天还不洗明天出门你是要让我苍蝇绕体自带生人勿近的光环吗？”

“不……不要……”

“你不要做出一副即将受人凌辱的表情，我洗个澡又没拉你一块儿你吓得整个人都哆嗦是几个意思？”

两人还在拉拉扯扯，听见了这几句石破天惊的对话的老男人们，已经在深受爱情片荼毒的大脑里，幻想出了祁珂和小不点这几天的同居生活。

首先，我们来正视一个事实。祁珂是个单身了二十几年的老处……呸，小仙女。

小仙女没有男朋友爱，肯定非常空虚寂寞冷。现在小仙女好不容易带回来一个细皮嫩肉一看将来就是潜力股的小崽子，某晚月黑风高，小仙女洗完澡后荷尔蒙暴涨，不顾小崽子的哭喊求饶，把小崽子就地正法，给还在发育期的小崽子留下了一生无法磨灭的阴影。

禽兽啊……

斯蒂夫瞪大眼，李响吞口水，杨睿心疼地捂住嘴，只有维克多仗着自己的军统后台意简言赅地发出了一句来自内心的鄙视：“不要脸。”

祁小仙女还处在洗澡是个大问题我必须捍卫自主权的想法里，听见维克多的话，顺势就接了嘴：“听见没，再不洗澡我脸都快臊没了，你作为一个能拿幼儿园优秀宝宝奖章的小同志，不要励志做卫生间的钉子户啊！”

“不……不可以……”小不点风中颤抖，打定了主意不能让这几个大男人看见不该看的香艳画面。他心一横，直接以树袋熊的姿势挂在了祁珂身上。

祁珂气得简直要原地爆炸，吼道：“你这熊孩子怎么回事？！”

老男人们不想再看这丧心病狂的一幕，维克多连垃圾都没收拾，快步就往大门口走。杨睿紧随其后，李响“啧啧”两声，啐了句：“老祁，这还是个孩子呀，你有什么不能满足的，放过他，冲我来，我牺牲一下，被将军打死算了。”

祁珂：“……”

她目光呆滞地看向李响：“你说的每个字我都懂但组合起来我怎么就听不明白了呢？”

李响恨铁不成钢：“你为了当禽兽也是拼了，算了算了。”他摇摇头，也离开了大型误会现场。

斯蒂夫见基友团都跑了，指指祁珂，欲言又止，最后同情地摸了摸小不点的头：“委屈你了。以后老祁干了对不起你的事，我用加农炮轰她。”

祁珂：“……”

小不点：“……”

斯蒂夫抹油开溜。

大门“砰”的一声关上，屋子里彻底安静下来。

祁珂忍着火气和小不点对视，小不点也仿佛真的被禽兽洗礼了一般，委屈巴巴地抬头看着她。两个人大眼瞪小眼，在这种微妙而尴尬的氛围里保持了两分钟这个不和谐的姿势。最终，祁珂意识到自己已经二十几岁了错过了和熊孩子大打出手的年纪，她叹了口气，用力掰开小不点的手，在小不点欲以死捍卫卫生间主权的眼神里，无奈地走到餐桌旁坐下。

“过来坐。”

小不点怯怯地坐到她对面。

祁珂脸上笑嘻嘻，心里三字经：“我们先不谈洗澡这个私人问题好吧，我们先说说你。”

小不点先是一呆，而后微微垂下头。

“你叫什么名字？”祁珂直入正题。

“叶……叶鸣。”

“是谐音吗？”

“嗯。”小不点头。

祁珂摸着鼻尖打量他片刻，接着道：“你来自哪个星球？为什么会在撒加人的战舰上？他们关着你做什么？”

小不点默然片刻。祁珂以为是他对地球话仍显生疏，正在组织措辞，也没催促他。

许久，小不点才用细如蚊蚋的声音说：“我……我来自 M49 星云。”

“M49 星云。”祁珂低声重复了一遍，迅速在脑海里搜罗着有关这片星云的线索。据她所知，M49 星云距离地球 10.2 光年，最早探测局发现这片星云是在二十九年前，也就是“佩特计划”濒临结束的第二年。因这片星云里遍布自旋的尘埃陨石，陨石间的互相摩擦形成了大面积的磁极失衡，加上星云附近的引力场似乎有些异常，初始人类派出无数探测机都去而不返。其后，军委首长贺子昂便将这片区域的信息归入了机密文件，禁止地球上的所有机构对其进行相关研究。

在祁珂久远的记忆里，只记得在她年幼时，电视上曾有专家声称，这片星云里正在形成一些年轻的星球，其他的，她一无所知。

祁珂拧了拧眉头："这片星云里，存在具备生命要素的年轻行星？"

"是的。"小不点的回答略显迟疑。

祁珂心知他的话有所保留，却也没急着逼问，转而道："在最近的三十年里，银河系各种族都曾对M49星云进行过探测，但无一例外无法解决星云内的磁极失衡和引力场异常问题。你是怎么离开你的星球，还被撒加人抓住的？"

"我……我是被雇佣兵卖给撒加人当奴隶的。"

"银河系雇佣兵？"

小不点颔首。

祁珂的表情霎时凝重起来。早在数十年前，银河系雇佣兵就出现了，一直以走私军火、暗杀交易等见不得台面的勾当为生。因其中利益牵涉了各种族的某些隐藏势力，所以大家虽然明面上在清理雇佣兵，但实际上收效甚微。而更让祁珂在意的是，叶鸣说出的"奴隶"二字。她对这个词的共鸣，来自她父亲的过去。

祁珂不由得对小不点产生几分怜悯心。她倒了一杯热水，递给叶鸣，安抚道："放心吧，你现在在人类势力范围内，相信我，你很安全。"

"我知道。"小不点握紧杯子，似在汲取杯子上的热量。他略显苍白的嘴唇张合了一下，看着祁珂，平静地说："我相信你。"

祁珂一顿，冲他笑笑，接着道："你为什么会被雇佣兵抓住？"

"不止我一个……"说到这儿，叶鸣面露痛苦，"所有的人，都被抓了。"

"所有人？"

"是的。"叶鸣的身体微微颤抖，"那些雇佣兵持有枪支，我们根本没法反抗。"

祁珂默了默："雇佣兵的确会干些人口贩卖的龌龊事，但……据我所知，银河系里一个普通奴隶的价格在两万通用币左右，要运输整整一个星球的人，成本一定远超估计，他们为什么要干这种亏本生意呢？"

"我……我不知道……"叶鸣垂下眼睑。

祁珂不语地睨他片刻，知道再问下去也无法从他嘴里得知更确切的消息，考虑到以后时间还长，便暂时打住了这个话题："OK，放松点。听我说，叶鸣。"

叶鸣抬起头。

"不好的记忆就让它停留在昨天，我别的不敢保证，就现在在你面前的这位仙女，没错，就是我，毫不夸张地说，在银河系里，还是举足轻重的。你既然已经上了我的贼船……呸，我是说，你既然合我的眼缘，你这个小弟我就收了。以后，只要我活着一秒，就不会让你再涉危险，你可以安心地住在这里，直到你想离开。”

叶鸣眼巴巴地看着她。

事实上，祁珂这个套路用过不止十回了，当年她坑蒙拐骗斯蒂夫等人上贼船时，都用的是“只要我活着一秒，就巴拉巴拉”这个句式。然而经过多年的考察验证，斯蒂夫等人都心酸地总结出，这句话的可信度就和祁珂说她不会再食物中毒一样……

根本不存在的。

可叶鸣涉世未深，兴许是从未被人这么忽悠过，一时之间感动的情绪泛滥在心海，如同麦田里的蝴蝶扇动了那双妖艳的翅膀，引起了一系列的连锁反应。这只是一颗种子埋进了叶鸣的心底，假以时日，也许会长成参天大树。他目光灼灼地望着祁珂，然后点点头，用浓厚的鼻音应了一声：“嗯。”

祁珂微笑着摸摸他的脑袋，慢慢地道：“那么，让我们进入下一个严肃的议题。”

叶鸣直觉不妙。

“关于洗澡这件事……”

不！宝宝不同意！

叶鸣在内心嘶吼着，下意识地抓住了祁珂的手腕使劲摇晃，脑袋还甩得仿佛脱臼了一般潇洒激昂。他想起了那一夜，被祁仙女裸体支配的恐惧。

鼻血、牛奶、蒸腾的雾气……

太可怕了……

叶鸣简直要哭出来。

祁珂成功地被他的表情震住，完全不能理解他们这个种族究竟对洗澡产生了什么样的认识误差，思来想去没有结果，她只能把这归结于进化不完全。她深吸一口气，耐着性子说：“我不知道你们平常是怎么解决个人卫生问题的，但你现在归我管，就得遵循我的某些原则。你就是发育早熟明天就想去成人用品店逛逛我都可以睁只眼闭只眼，但你不洗澡污染空气我就不能原谅了。”

小不点：“……”

祁珂虎着脸：“所以，你选，要去垃圾回收站，还是去洗澡？”

“我……我……”叶鸣疯狂地哆嗦。

祁珂用力按住他的肩，试图稳住他那看起来摇摇欲坠的小脑袋，超凶地道：“为了不增加你的心理负担，我洗澡可以在你睡觉以后。但你，现在！马上！立刻！滚去给我洗澡！我已经忍了你几天了，你都没闻到你小肚子上散发的那股酸牛奶味吗？”

叶鸣愣了愣，拉起衣角嗅嗅。

祁珂抄手：“一句话，你洗不洗？”

“我……”

“垃圾回收站！”

叶鸣挣扎几秒，忍辱负重地站起来，流泪望着祁·铁石心肠·珂，见她完全不为所动，只好用小碎步挪向了卫生间。

走两步，他回头：“你不能看我洗澡。”

祁珂：“谁要看你洗澡！你那小学生式的咸鱼身材还不如我那个布娃娃！”

咸鱼呜哭唧唧。

祁珂又指着她家的高价建材道：“再说了，就我家这种玻璃，防弹、防爆、防偷窥，就算你拿高科技透视镜也没法望穿里面的人是不是在表演托马斯回旋劈叉，你还怕我看？我能看到就会被几个种族供起来天天上香了好吗？！”

小不点根本听不进她在叨叨啥，只坚定地攥着小拳头，继续强调：“你不能看！”

祁珂：“……”

她直翻白眼：“现在把你这熊孩子送去人道毁灭还来得及吗？”

叶鸣撇嘴委屈。

祁珂心软，摆了摆手：“行了，我保证在你出来前一定会聚精会神地看着那堵电视墙争取早日练成斗鸡眼，这样可以了吗？”

小不点当了真：“真的？”

祁珂烦得要掀桌：“真的！看了我给你表演生吞大炮。”

小不点像是被她的话引诱到了一个奇怪的方向，原本就红扑扑的脸蛋更像是要滴出血来，在原地呆了少时，逃命般地冲进卫生间。剩祁珂一人目瞪口呆。

这孩子，智商究竟还能不能回到正轨了？

祁珂想着自己捡来的“糟心玩意儿”，跪着也要处下去，长舒一口气，整理了一遭头发，又静默地坐了半晌，直到花洒的水声传出来，她这才慢条斯理地摸到饭桌旁，倒了杯温水润喉。喝到一半，她完全是没有意识的，习惯性地乱瞟了一眼。这一瞟，就瞟出了大事。被她奉为点睛之笔的全毛玻璃卫生间，造价极其高昂当初被奸商吹得天花乱坠，不知道出于什么原理，居然……变成了透明玻璃！不用 699 的透视镜，也不用 19999 的军用高科技穿透镜，只用她那双纯天然，来自人类普遍构造的一双眼睛，就能全方位观看里面脱了个精光的少年裸体。

祁珂木了三秒，“噗”的一口把嘴里的水全喷了出来。现在，她终于明白叶鸣对卫生间的恐惧从何而来了……

二十分钟后，感受了一回人类文明洗礼的小不点，脑袋上搭着浴巾心满意足地来到客厅时，就看见祁珂正双目放空，一脸受了重大打击从此要萎靡不振的模样。他被吓了一跳，赶紧上前声音软糯糯地问：“你……你怎么了？”

祁珂扬起手："让我静一静。"

小不点退到一旁。

祁珂："我在思考，如果一定要二选一地进行人道毁灭，我有没有自我奉献自我牺牲的精神。"

小不点开始了日常颤抖。

祁珂看看他："你还这么小，我怎么忍心呢？但是……姐姐我活了二十几年还没和人赤裸相见过啊啊啊——啊啊啊！"

祁仙女仰天长啸，一时间风云变色。

就在小不点手足无措时，敲门声又响了起来。祁珂崩溃地踢了一脚桌子，心想要是那四个老男人敢折返回来阻止她扼杀银河系的花朵，她就把那四个人一枪一个，干净麻利地解决掉。就在她挑着变态的笑，翻出工具箱拿了把扳手准备开门杀人的当头，仙女的微笑瞬间凝固了。

站在门外的不是别人，正是她的顶头上司——秦峥秦将军。

秦峥这会儿的脸也是黑得像从地狱里旅游归来，从他眯着的双眼可以看出，他的变态值不比祁珂少，甚至还在祁珂之上，显然也是来准备杀人而后快的。

两个变态相遇，必有一㞞。

祁仙女深刻地明白这货手里握着自己能不能顺利回基地的筹码，当即切换了一个相当自然且㞞的笑脸，把扳手藏在身后，"嘿嘿"道："哎呀，这么晚了，领导光临，蓬荜生辉。"

"别跟我整这些有的没的！"秦峥面色不善地瞅瞅她，再透过她和门框间的缝隙，瞅瞅里面头发湿漉漉一副事后愁苦样的小花朵儿……

秦将军感到一阵眩晕，摸着腰间的佩枪道："你们在干什么？！"

祁珂一见他这不怎么友好的姿势，立马挡住了身后的叶鸣，讨好地说："还能干什么，当然是执行你的命令，进行人犯审问啊！"

"审问？"秦峥深呼吸，"审问你能审到他大出汗头发都湿透了吗？"

"那是他刚洗了澡。"

"你们干了什么不可描述的事需要洗澡？"

祁珂："啊？"

她诡异地一默。

秦峥也跟着默了默。

祁珂之所以一默，是因为她察觉今晚所有的人都对"洗澡"这个名词有一种谜之执念，让她特别梦幻。

而秦峥之所以一默，是因为半个小时前他接到斯蒂夫的电话向他阐述了一下祁珂有可能违反了未成年人保护法，他本着给祁珂一枪的冲动来到了这货的公寓。刚开始他忽略了叶鸣的小身板，但这会儿定睛一瞅，才发现叶鸣根本不足以当他的情敌。

这个醋，吃得不太理智。

秦将军何许人，联盟国上诓领导，下蒙将才，从来就没输过。这点小场面，不Care。于是，秦将军很快启用川剧里的变脸终极奥义在眨眼间换上了平常那副高深莫测的淡定样，清咳了一嗓子，松开了握在枪柄上的手。

祁珂尴尬地看着他这衔接得非常自然的举动，想了想，说："你这么晚来……"

秦峥："你不要误会，我只是刚接到下级汇报，这孩子有可能侵犯了你的自主行动权，我怕你控制不了自己，会对他进行施暴。"

张嘴说瞎话这种本事，领导用得炉火纯青，不服不行。

祁珂甘拜下风："感谢领导关心。"

说着，她就要关门。

秦峥眼明手快，一只手挡在门锁上，吃定了祁珂不敢真夹断他的爪。诚然，祁珂和她妈最根本的差距，就在于该㞞的时候她比谁都㞞得快，和她妈的银河系我最屌差了好几万光年。

"领导还有事吗？"祁珂努力保持微笑。

"有。"秦峥迅速想到了一个理由，"事情的来龙去脉理清楚了吗？"

"这不是明天给你交报告再说吗？"

"不用，就现在说。"秦峥双手插进裤兜里，腰杆挺得笔直，"还是你特别渴望手写两万字报告来改善一下你狗啃屎的字迹？"

祁珂稍一衡量，立刻同意了秦峥的提议："出去说吧。"

"好。"秦峥转身走向电梯间。

祁珂回头叮嘱了叶鸣早点休息，便出了门。两个人走后，站在沙发旁本来一脸天真的叶鸣刹那间变了脸色，狭长的眸子低垂下来，双瞳闪烁着幽幽荧光，几乎没有丝毫情绪的流露，像一只黑暗里的猛兽，正在伺机而动。

五

拉一波仇恨值

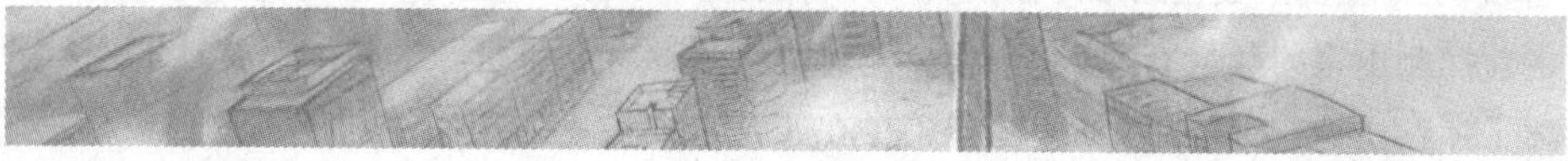

“大致情况就是这样，根据他所说，那颗不知名星球上的所有人都被雇佣兵抓走了。”

楼下花园里，人烟稀少，间隔十米远的路灯将地面笼上橙色的暖辉。偶有几个行人穿梭在绿化带中的小径散步，完全没注意到此时正有两个 ISF 的著名人士，如流浪汉一般，猥琐地坐在长条椅上小声地交谈。身后的草丛里时不时传出大型犬撒欢儿跑过的动静，头顶一轮弦月比地球上观感大了数倍，正前方，高耸的公寓大楼穿插入薄薄的云雾中。

已是初秋，白天里温度还算宜人，可一旦入夜，凉风飒飒，刺骨的寒气顺着呼吸扎进身体里的每个毛孔，让人倍感冷冽。祁珂出门时没带外套，只穿了件薄 T 恤和九分裤，冷风一吹，登时打了个寒战。

秦峥的思路还在专注分析祁珂的情报，他手里把玩着一盒烟，皱着眉头半晌没接话。早些年 ISF 成立之初，着实经历了一段激烈岁月。作为 ISF 的一把手，秦峥的压力可想而知。他的烟瘾就是从那时候暴增的，后来每每在祁珂面前抽烟，祁珂总要咒他早死。也不知是不想真应了这个诅咒还是不愿祁珂担心，总而言之，两年前，秦峥算是彻底戒了烟，只在思考问题时，忍不住拿着烟盒在手里打转。

“你认为这孩子的话有几分可信度？”

“说不好。”祁珂摸摸鼻尖，“关于 M49 星云，我们的了解确实太少了。那些信息一直掌握在贺叔手上，我估摸着和当年的‘佩特计划’遗留问题有些关联。”

“你是指……当初你母亲猜测的‘造物主’？”

“嗯……R79 星的谜题，现在也没得出结论不是吗？不可否认，这背后一定是有人在操纵的。”

秦峥沉默了。

关于R79星，一直困扰着众人的是其资源数量的差距性。当年，因各种族发现了R79星是一颗纯能源星球，毫不夸张地说，如果获得了这颗星球的开采权，将能延续一个文明至少上百年的发展。为了争夺这些资源，几个种族发动了佩特星战争。然而当2382年佩特星战役结束后，人类和佩特人共同开采R79星时，才发现上面的资源和之前探测出来的数量有着天差地别。仅仅十个月，R79星资源告罄，人类和佩特人撤离了那颗星球。半年后，R79星竟消失在了茫茫宇宙里，几个种族穷尽手段也无法观测到。这一直是个未解之谜，军委首长贺子昂将这颗星球相关资料列为最高机密，即使是秦峥也无权查看。

秦峥思考片刻后说："我之前听首长的秘书萧铭提起，最近似乎是发现了一些当年遗留问题的苗头，首长已经赶去和你的母亲商讨对策了。"

祁珂笑呵呵："就这借口你也信？他明明就是打着说正事的旗号去挖我爸的墙脚，每年都用这个理由你不知道吗？"

秦峥："……"

秦峥挣扎了一下："那是领导，你说话注意一点。"

祁珂耸肩："领导恨不得我是他女儿，对我好得就差没直接把财产划到我的名下了。"

好吧，谁让你有个那么牛的妈呢。

秦峥换了个思路，沉吟道："雇佣兵究竟是怎么穿过M49星云的磁极失衡和异常引力场的？"

"我不知道，我也想不出答案。但我有个直觉，这也许和'造物者'有关。"

秦峥捏了捏烟盒："在张正的汇报中，提到你最初发现叶鸣时，是在撒加人设下的牢笼里？"

"嗯。"

"还是带电的牢笼？"

"嗯。"祁珂知道他想说什么，把疑惑替他讲了出来，"我也不懂，一个屁大点的孩子，值得撒加人这么提防吗？"

"撒加人虽然天性多疑，但是不会做无用功。"秦峥看向她，"也许，有一个地方，有我们要找的答案。"

"黑市星球？"祁珂挑眉。

所谓黑市星球，是距离地球五光年的一颗死星。现在银河系的各种族各自为政，在《止战公约》的约束下，都小心翼翼地避免和其他种族产生资源抢夺外的冲突，是以有一部分人利用这个契机，游走在各星球间积攒势力。黑市星球最初便是由银河系最大的一支私人军团——"天鹰"占领，用于各方势力私下买卖军火、稀缺物件以及奴隶人口的所在。随着时间的推移，“天鹰”军团逐渐壮大，许多不在明面上流通的东西都能在黑市星球购买到，包括臭名昭著的雇佣兵也是在那里销赃。秦峥因为某些原因，也去过黑市星球，还淘到过一些实用价值挺高的小东西，比如能同时冻结四十个攻击对象的冰枪。

沉默了一会儿后，秦峥说：“黑市星球有规定，不接待各种族的军方势力，且所有通行舰只能停靠在外围空间站。那个地方龙蛇混杂，我觉得……”依你这张拉仇恨的脸就不要出现在卫生间杀人事件高居银河系榜首的地方了。

诚然，后面的话秦峥还没说出来，祁珂已经抢了台词：“我要去。”

秦峥抿着唇。

祁珂一本正经地说：“话是我套出来的，你想撇下我吃独食，小心我给你的盒饭里加敌敌畏。再说了，我还没去过黑市星球，总要长点见识吧。”

“那不是你能装的地方。”

“其实我装孙子也很有一套的，你不用碍于我妈的光环就无法正视我的这个优点。”

“你爸知道你这么给祖坟丢人吗？”

“我爸的祖宗是谁至今也是个未解之谜，你不用担心的。”

“去你的。”秦峥气闷地按住太阳穴，知道拗不过这个小浪蹄子，就算不让她跟，他前脚刚走，她立马就能威胁张正给她安排一艘跳跃舰。与其无法掌控她的行踪忧心忡忡，还不如拴在身边带着安全。思及此，秦峥摇摇头：“事不宜迟，明早出发，我来接你。”

“好。”

正事谈完，祁珂又无法控制地在寒风里打了个寒战。

秦峥注意到她冻得发紫的嘴唇，难得柔和地问：“你很冷？”

“哼，你那隐形眼镜都快厚过我的胸罩了还看不出来本仙女已经冷得快原地飞升了？奇怪，今天明明报的是二十一摄氏度，怎么感觉有个冰窟窿对着我呵冷气似的。”

秦峥默了默，也跟着抱起手，赞同道：“确实有点冷。”

与此同时，54 楼的窗户边，真·叶鸣牌·冷风机正面色阴沉地盯着花园里两个小如蝼蚁的人影。屋里的灯开得极暗，罩在不过一米二三的小不点身上。他的侧脸投下大片的阴影，带着与他这个年纪格格不入的冷峻和晦暗。他的耳郭微动，似无一错漏地听见了远距离外的声音。

祁珂越发明显地摆了摆身子，牙关颤抖：“秦峥，你知道我为什么喜欢看那些爱情泡沫剧吗？”

“因为你单身。”

祁珂："不提这个，主要原因还是因为我很喜欢那些男主角给予女主角的温暖。我爸妈把我放养得早，我都没好好体会过，在寒冷的冬天里，有个人给你披上外套，递来一杯热咖啡的融融暖意。"她期待地瞅着秦峥。

秦峥也面无表情地瞅着她。

祁珂等了等，忍不住提醒道："该你发挥作用的时候了。"

"啊？"秦将军蒙了。

祁珂咬牙："把衣服脱下来给老娘披上。"

秦峥抱手："不行，我也冷。"

祁珂："……"

她还没来得及痛斥秦峥这样绝对会孤独终老，这货居然恶人先告状："我就不明白了，明知道晚上冷，你还穿这么少干什么？就不怕寒风刮平你的胸吗？"

祁珂心想，哼！

秦峥："再说了，脱给你我感冒了怎么办？去黑市星球那种危险的地方，又不能指望你这个脑电波联结都无法通关的弱智。"

"行了，"祁珂摆手总结，"就你这样的，你这辈子也只配和充气娃娃过日子了。"

秦峥刚想动手戳她的脑门，蓦地，不知从哪儿飞过来一件小披肩，不偏不倚地搭在了祁珂的肩上。

祁珂："……"

秦峥："……"

祁珂看看肩上的毛绒针织品，目瞪口呆："吹风了吗？"

"没……"

"那这是……"

秦峥警惕地环顾周围。

祁珂如临大敌，眉头紧锁，用特别慎重的语气道："依我看……"

秦峥也受她的感染，略有点紧张。结果这货随即眉开眼笑，裹紧了披肩："这肯定是我长得人见人爱花见花开老天爷开眼舍不得让我挨冻给我吹来了福利！"

秦峥："……"

他站起身："回去吧，好好保护你的脑袋，争取早日做回正常人。"

祁珂："彼此彼此，我就不耽搁你回家和你的右手相亲相爱了。"

说完，祁珂傲慢地哼了一声，屁颠屁颠地走进大楼。秦峥无语地站在原处，目送她进了电梯。刚要离开，一位老阿姨从面前飞奔而过，不停地呼喊着："我的天！我的披肩飞哪儿去了！我的天！我的天……"

秦峥："……"

他看着老阿姨转进花园的另一条小径，又凝神抬头瞥了瞥54楼的窗户，这才快步走向飞行器停靠的区域。

房间里，叶鸣脖子上的图腾再度泛出红光，指节也若隐若现地干瘪下去。他靠着墙壁滑坐在地，脸色苍白，满头大汗。听见门锁“咔”的一声响，他猛地挥了一下手，屋里的主灯随即熄灭，只剩下电视墙上的一盏小射灯。他隐藏在黑暗里，尽力挺直脊背，不让祁珂察觉他的异状。

祁珂一进门就疑惑地道：“怎么把灯开这么暗？”

叶鸣见她要打开另一组开关，慌张道：“我……我想睡觉了。”

“哦。”祁珂看看表，时针指向了一点。她善解人意地点点头：“小孩子正在长身体，是该睡了，刚刚我不是还叫你早点休息吗？”她一边说着，一边取下了小披肩，放在门边的柜子上。她伸展了一遭稍稍恢复了正常体温的四肢，对叶鸣道：“快睡吧，小家伙。”

叶鸣低低地应了一声，沉寂片刻后站起来缓慢地挪向沙发。每走一步，他仿佛都耗尽了所剩的气力。祁珂看着他那不太协调的动作，刚要张嘴，叶鸣突然膝盖一软，跪在了地上。祁珂急忙跑近，搀住他的手臂。离得近了，这才惊觉他一张小脸上没有半点血色，身上大汗淋漓，像是正在承受极端的痛楚一般。她揽住叶鸣的肩，让他靠在自己身上，问：“你怎么了？”

叶鸣不说话。

祁珂冷不防瞥见他脖子上微微泛着红光的图腾，心里一诧异。为了看得更清晰，她将他的头往自己的胸口带了带。这个举动纯属无意识，在还没怎么成功建立男女关系架构的祁仙女眼里，对方只是个毛都没长齐的小孩，自己是在散发母爱。然而只是尽力扮演小不点角色的叶鸣却没祁珂这么纯洁。他的后脑勺被祁珂一按，只差那么十几二十厘米的距离，险险就要上演真人埋胸。透过祁珂穿着的圆领T恤领口，还能看到某些不该看的风光。叶鸣脑子里“嗡”地一炸，不管不顾地推开祁珂，一屁股跌坐在地上。

祁珂受这个力道的反冲，也跟着摔了个屁股蹲儿。

祁珂：“……”

叶鸣：“……”

祁珂根本没精力关注青少年的心理健康问题，只指着叶鸣脖子上的图腾问：“怎么回事？”

“没……没事。”叶鸣捂住脖子。

“我已经看见了。”

听她这么一说，叶鸣只好放下手，组织了片刻言语，想要开口，身体里的剧痛却加剧，让他闷哼着缩紧了腿。祁珂连忙又挪过去拍他的背："这到底是怎么了？要带你去医院吗？"

"不……不要……痛……"

"哪里痛？"

"痛……"叶鸣双目敛合，紧咬的唇已经沁出了血迹，睫毛下挂着晶莹的水滴，欲坠未坠。

祁珂见他这样，出于本能的同情，无比心疼这个孩子。她暂时抛开了心中的疑问，正要起身去找找有没有止痛药，叶鸣蓦地抓住她的手臂，将她一拽。她根本没料到这个孩子的力气有这么大，没有防备地被他拽得坐回了地面上。叶鸣颤巍巍地将下巴搁在她的肩膀上，小声呢喃："别走……别走……"

"我只是去拿药箱。"祁珂轻轻摸他的头。

"别走……"仿佛痛到了极致，叶鸣只会重复这两个字。

祁珂抿了抿嘴唇，顺势抱住叶鸣，将这个瘦弱的小不点搂入怀中，一下一下轻抚着他的背。祁珂还记得幼年生病时，她的母亲也会用这种轻柔的动作来安抚她。叶鸣紧紧倚靠着她的颈窝，浑身冰凉。起初身子还有些颤抖，过了十几分钟，怀里的人渐渐平复下来，连呼吸都变得悠长而平缓。祁珂低头一瞅，这小不点约莫是气空力竭，已经睡着了。她琢磨片刻，使出吃奶的劲，连拖带拽地把叶鸣抱到了沙发上。让他睡下后，她又给他盖了一床空调被，这才疲倦地关了客厅的射灯，回了卧室。

等到房间里不再有丝毫动静，叶鸣的眼睛倏然睁开，暗沉如深渊。

次日。

祁珂因为有任务在身，起了个大早。出门买了两份早餐回来时，叶鸣已经醒了。她看了看叶鸣，脱下外套放在门边的柜子上，继而走到餐桌旁放下早餐，招呼这个小不点道："吃饭了。"

叶鸣迟疑少时，慢吞吞地挪过来，坐在了祁珂对面。祁珂将一份早餐推到他面前，自己拿起一个馒头，一边啃，一边目光灼灼地注视叶鸣。叶鸣被她看得不大自在，屁股上像嵌了颗钉子似的扭来扭去。好不容易味同嚼蜡地吃完饭，祁珂拿过纸巾擦擦嘴，好整以暇地坐正，切入了今日份的人工审讯："我时间不多，就不跟你哄骗吓诈做心理建设了，现在告诉我，昨晚是怎么一回事？"

叶鸣垂下双眼。

祁珂抄起手："非要逼我用物理手段撬开你的嘴吗？"

叶鸣咬住唇。

祁珂循循善诱："在此之前，我已经释出了足够的诚意，甚至向你打包票，会当你的避风港。但是小家伙，你要明白人与人之间关系的建立，基石就是互相信任和坦诚对待。如果你一味地对我有所隐瞒，我的耐心也终会耗尽。也许，你是认为我的形象太正面了，想去体验一下秦峥的人面兽心？”

“啊……”

正赶来公寓的秦将军突然感到一阵扎心。咦，好奇怪哦。

小不点默了默，深知躲得过初一躲不过十五，整理了一遭思路后低声道：“我不记得是从什么时候开始的，偶尔身体会很痛。像是……像是被人一刀一刀剪成了碎片，每一节骨头都被锯子锯开，再重新拼凑起来。”

祁珂：“……”

叶鸣看向她：“最近这几天，这种情况特别频繁，我也不知道为什么。”

祁珂默不作声地盯着叶鸣的眼睛，想从里面看出是否有说谎的痕迹。然而这孩子的目光一如往常的纯澈，半点虚假之意也没有。

“找医生看过吗？”

“我的星球上……没有医生。”

祁珂想了想：“你脖子上的图腾是天生自带的？”

“我忘了。”

祁珂皱了皱眉头。

叶鸣急忙解释道：“我没有骗你，我的记忆里有断层，很多久远的事情我都不记得了。这个图腾……”他说着摸了摸脖子，“我只知道，我们星球上的人，每个都有。”

“记忆断层……每个都有……”祁珂小声沉吟着，接着又睨向叶鸣，“昨天夜里，我似乎看见这个图腾在发光，像血的颜色。”

叶鸣一怔，旋即埋头：“是的，每当那种痛意发作时，图腾就会产生变化。在撒加人的舰上时，他们也是因为看见了这一幕，当我是个怪物，才用笼子关住了我。”

祁珂心一紧，不由得放缓了语气：“别担心，我不是那些绿皮佬，不会像他们一样没有素质。那么，关于这个图腾和你身体的异状，你还有其他线索吗？”

叶鸣摇摇头，默然少时，又自言自语般低声道：“有一间实验室……”

“实验室？”祁珂敏锐地察觉到这背后似乎牵扯着什么秘密，绷直了脊背问，“什么样的实验室？”

叶鸣仔细地回忆了一番，却一无所获，反倒像是触到了身体里的某个开关，让他一时之间如被惊涛巨浪淹没，整个人抱住头，身体剧烈地颤抖起来。祁珂见状，赶紧起身拍了拍他的肩膀，喊道：“嘿！小家伙，看着我！”

她喊了好几声，叶鸣才像从泥沼里脱身而出，眼眶通红地望向她。

祁珂舒出一口气，坐回椅子上：“先不要勉强自己，人的大脑都具有一种自我保护机制，会选择性地剔除一些太过刺激性的回忆。”她摸着鼻尖喃喃，“要不，直接把你送去生命研究所，解剖了看看究竟是什么造成的。”

叶鸣：“……”

他伸出一条腿做出准备逃跑的姿势。

祁珂忍不住笑出声：“逗你玩的。用我们的话来讲，这叫开玩笑。”

“并……并不好笑。”叶鸣咽口水。

“啧，还学会吐槽了。好吧，听我说。”祁珂拍拍手，“我不得不说，你身上的谜点实在太多了。为什么会发作这种异常的痛苦，脖子上的图腾从何而来，那间实验室又代表着什么，这些都是我想知道的。但很显然，目前从你这里，我无法得到答案。”

“我没有骗你，真的。”

“我姑且相信。”祁珂耸耸肩。

“我不会伤害你的。”叶鸣言之凿凿地表决心。

祁珂微笑：“这一点，我不抱怀疑态度。虽然我承认我是个战五渣，可对付你这么一个手无缚鸡之力的小屁孩，我还是相当有自信的。”

眼下，说出这句话的祁仙女还没预料到，就在不久后，她会被自己狠狠地打肿脸。

这时，秦峥发来短信。祁珂拿出手机一看，知道是时候出发了。她站起身伸了个懒腰，走到门边一边穿外套，一边说：“我要出一趟公差，回来的时间还不确定。我已经联系了管家机构，雇了一个家用机器人，会来照顾你的饮食起居。我不在的这段时间，你可以自由发挥，出门记得带钥匙，回来的路记熟，要是被路边的野狗叼走了，姐姐我可没有爱心发布寻人启事。”

叶鸣：“……”

“当然，你也可以用这段时间好好揭露下你身上的疑点，有任何线索，欢迎存放在脑子里等我回来再和你探讨切入回忆分镜的正确姿势。如有必要，我想带你去做个正常体检。”

叶鸣：“……”

他看着她打开了门，一个箭步冲过去，委屈巴巴地瞥着祁珂：“你……你要去很久吗？”

“刚说了不确定。”

“那我……”

“打住、停下、免开尊口，放心吧姐姐我不管是出于什么理由，都不会带你这个小拖油瓶的。”

叶鸣委屈得人生无望，吸了吸鼻子，又问：“会有危险吗？你去的地方。”

“有秦峥这款肉盾在，应该没有吧。”

一听到秦峥这个名字，小不点的眼神就冷冽了几分。只是当祁珂穿好鞋再度望向他时，他又成了一派人畜无害的小可怜样儿。那表情，仿佛祁仙女这趟出去是送人头，两个人正在离情依依，生死离别。祁珂受他的感染，禁不住探手摸摸他的脑门，刚要叮嘱“我走了你好好过日子”之类的，猛地想起自己只是去执行任务。反手弹了一下他的额头后，祁珂没好气地道：“回去看你的圣斗士动画片！”

说完，她径直走向电梯间。

叶鸣赤脚站在门外，觑着她的背影小声道：“我……我等你回来。”

祁珂脚步一顿。

这句话，轻而易举温暖了她的心扉。祁珂这个人，表面上是个仙女不接地气，实际心思比谁都重。她习惯了用毫不在意来掩饰自己的失望，她也无比期盼每逢外出回家时，无论多晚，都有一盏灯为她亮着。有一个人候着她，能为她的归来欣喜，为她的离开牵肠挂肚。她只是没想到，这样的情景会发生在一个认识不久的小屁孩身上。

有点讽刺，又有点感动。

祁珂挥挥手，一言不发地进了电梯。

楼下，秦峥已经在大厅外等着，难得地穿了身休闲服。很中肯地说，作为ISF众多女人评选出的“想睡男神”第一名，秦峥是个不折不扣的衣架子。不管是军装还是便服，往他身上一套，都不需要刻意打光，随便一拍就是能上顶尖广告牌的优质模特。明明能靠脸吃饭，偏偏还要做个禽兽不如的领导。祁珂还没忘了他昨晚的兽行，一见他就翻了个大大的白眼，特别冷酷地从这货身旁走过，直接步向飞行器停靠区。

秦峥摇头笑了笑，跟上去道：“怎么样？我穿这一身还能被人认出来吗？”

“呵呵，你以为你是银河系通用币吗？别往自己脸上贴金了。”

今天依旧是想搞死这个女人的一天。

秦将军握拳。

祁珂十分不要脸地拍胸：“来，认准银河系唯一的人形通用币，常年高居各族男性的梦中情人榜首，ISF著名小仙女，本人，祁宝宝。就你这种打酱油的，只管保护好我这国宝就行了。”

“论不要脸……”秦峥话还没说完，祁珂就截道：“随我妈，注意口德，远离我爸的怒火。”

秦峥深吸一口气：“不是，我是想说，你别拍胸了，再拍，明年就要把你的宿舍搬去男兵区了。”

“你大爷！”

什么叫青梅竹马的相杀日常，秦将军和祁仙女再次完美地诠释。两个人互相鄙视，先后登上了飞行器。一路抵达 ISF 基地，秦峥早已安排好了一艘伪装成商用通行舰的战列舰，由张正在指挥部负责远程监控，随行的还有一支警卫队。两人上了战列舰，来到中间的休息舱。各自在位子上坐定，祁珂系好安全带，瞄了一眼手边的显示屏。她将画面挨个切换了一遍，又查看了整艘战列舰的监控区域，最后定格在驾驶舱内。

“驾驶员是傅广、傅阳两兄弟？”

“嗯。”秦峥颔首，也扣好了安全带。

傅广和傅阳是预备级战舰驾驶员，曾经在祁珂手底下进行过相关训练，是以还算熟悉。之前这两兄弟一直都在负责基地里真正的商用通行舰，平常往返穿梭于各星球的繁茂市场，对于去黑市星球的路线非常熟悉，是这次行动的不二人选。

祁珂看了看正驾驶位的傅广，又看向副驾驶位上的傅阳，奇怪地道：“傅阳得禽流感了吗？这么大太阳，用得着穿高领毛衣？”

秦峥也把显示画面转到驾驶舱，打量了一阵傅阳。现在秋老虎还在发威，在一众衬衣针织衫的烘托下，傅阳的加厚高领毛衣的确别具一格。不过秦峥没往心里去，下属穿什么，除了正式场合，别的时间段不在他的管理范围内。

“你是上管天、下管地，中间还要管空气吗？”秦峥抓住机会就嘲讽。

祁珂发动反弹技能：“不，你孤独终老这件事我是怎么也不会接盘的，放心吧。”

秦峥确实是想直接上手了，但出于好男不和女斗的心理，到底还是忍住了这股冲动。瞪了一遭祁珂后，他通知了驾驶员出发，便闭上双目养神。

祁珂的视线仍旧专注于显示屏里的傅阳身上，不知道为什么，她总有一种诡异的感觉，但一时之间也说不出奇怪在哪里。盯了傅阳许久，直到战列舰脱离了第三卫星的大气层，冲进无边浩瀚的宇宙，启动了曲率光速飞行，祁珂才慢悠悠地收回目光，打开了音乐播放器，一边听着节奏跳跃的漫威主题曲，一边摇头晃脑地打拍子。

从第三卫星到黑市星球，如果不经过星门连续跳跃，飞行总时长需要四个小时。为了减少跳跃的不适感，驾驶员选择了正常行驶。祁珂是个坐不住的主，听了半小时的歌，又站起来四处活动，喝了大半瓶饮料，上了两趟厕所，实在没事干，就拽着秦峥和她进行了一盘模拟战演练。两个人的实力旗鼓相当，负责任地说，秦峥是一个被领导位置限制了的强力输出。他的打法和祁珂不同，祁珂一向是剑走偏锋，出其不意，而他则是稳中求胜，争取一点突破。一旦敌军出现了些微偏差，即使是陷阱，他也能将计就计。

这场模拟战一直持续到战列舰抵达黑市星球外围的空间站还没结束，两个人实在太过熟悉，对彼此的套路了若指掌，一时半会儿确实难分胜负。

祁珂的求胜心强，本来是想打完模拟战再干正事的，秦峥毕竟比她稳重那么一点点，故意露了个破绽，快速了结了这场战役。

祁珂撇着嘴拿下模拟头盔，哼唧道：“没劲，不是我说，就你这脾气，以后要是娶老婆，妥妥是个耙耳朵。”

秦峥笑呵呵。

两个人并肩走向小型飞船停靠舱，准备脱离战列舰单独前往黑市星球。

祁珂叨叨：“要是换一个人，遇上强有力的对手，第一念头应该是征服对方。这是军人的血性，我怎么就觉着你只剩兽性没血性了呢？”

“很简单。”秦峥把她推上飞船，回讽道，“因为我是领导，不只是一个军人。这就是为什么你参军这么多年还在前线收人头，而我在后方吹空调的差距。”

祁珂默了默。

“我记得这飞船有自毁系统是吧。”

秦峥：“……”

祁珂的爪子放在自毁系统的按钮上：“我怎么就那么想让你在宇宙里被炸成一颗爆米花呢？”

“你这是嫉妒。”秦峥拍开她的手。

“我呸。”

两个人打闹间，飞船驶离战列舰，奔着黑市星球的入口处飞去。就在两个人离开后不久，另一艘飞船也从战列舰中驶出，同样进入了黑市星球的范围。

按照银河系星历，今天是星期三。每逢星期三，黑市星球都会举行一次大型拍卖会。用于拍卖的品类繁多，常常有一些来历不明的黑科技，各方人士趋之若鹜。想要打探消息，在各种势力聚集的拍卖会上，也是个绝佳的突破口。秦峥之所以选择今天来，也是冲着这个理由。祁珂对黑市星球的规矩并不了解，下了飞船后，就一边走一边四处张望。

黑市星球建立在死星上，大部分建筑是用其他星球淘汰的通行舰残骸组装成，加固了一些钢铁金属。由于处于无光带，黑市星球终年陷在黑暗中，只能依靠电力照明。即使灯火辉煌，在周围森然诡谲的黑色金属建筑烘托下，气氛仍显压抑而冷肃。市场区域里，有一栋最高的建筑，距离入口约莫三公里，是一座上窄下宽的铁塔形状。尖顶有两个聚光探照灯，光束一刻不停地在市场里交替环绕。

祁珂跟在秦峥身后，眼睛瞄着周遭的环境。这里只有一个入口，内中有成列的私人摊位，每一列之间横亘着一条小路。贩卖东西的有各个种族的人，东西的质量大都参差不齐，绝大多数都上不了什么台面。偶有几个人扎堆，在角落里观望着稀奇的小玩意儿。祁珂被好奇心驱使，想靠近瞅一瞅，秦峥一把抓过她的手，直奔铁塔处。

“没什么好看的，基本都是些走私来的东西。”

“哦。”祁珂应了声。

秦峥又解说："这些私人摊贩大部分是各个星球的流亡者，能用于交易的，顶尖就是军方淘汰的武器或者星球当地的土产品，比如巨坦星独有的磁矿。"

"'天鹰'的人同意他们在自己的地盘随便交易？"

"你以为'天鹰'是慈善组织？这里的流亡者都是有可能加入'天鹰'的储备力量，再加上他们每成功交易一笔，都会向'天鹰'上税，这也是'天鹰'的主要经济来源，不然黑市星球怎么能在短短几十年的时间就发展壮大到各方势力都默认它的存在。"

"原来如此。"祁珂恍然大悟。

"这些流亡者带来售卖的东西，会提前经过'天鹰'的筛选。'天鹰'认为有价值的，就会以低价收入，然后在周三的拍卖会上给各方势力展示，最后求得一个好价钱。"

"'天鹰'的大佬还真是黑吃黑。"

"不然呢？以你这种智商，我可以肯定，绝对成就不了'天鹰'这种力量的军团。"

祁珂："你的嘴巴是需要上香吗？要不要我现在大吼一声'地球ISF的最高指挥官就在这儿'？"

"那你也跑不掉。"

"我毕竟能靠脸吃饭，你就不行了。"祁珂撇嘴。

秦峥一本正经地看着她："不是我自信，就我这张脸，走哪儿都比你吃香。"

"可你缺乏性能力呀。"祁珂笑眯眯的。

秦峥："你确实是有毒玩意儿吃多了，说话都带着一股子毒气。"

"这还要感谢领导教育有方。"祁珂针锋相对。

快到铁塔处，秦峥这才将话题转回了正事上："进入拍卖会需要身份认证，我之前倒是让张正给我搞了一个假身份，可你没有。"

"我去！"祁珂不满，"你不早说！这点事你都不办妥当，以后我还怎么指望你给爸爸养老？"

秦峥眯眼睨她。

祁珂秒㞞："行吧，那现在你说怎么办？你要是送我去厕所蹲俩小时我保证回去的时候给你带两斤让你尝尝鲜。"

"不这么恶心你是要短命吗？"

"恶心你是我人生的其中一项乐趣。"

秦峥狠狠瞪她一眼，发自内心地想把她按进厕所里做成肥料。但他不能，他依稀还是记得，这货的爸妈是个王者排位。寻思片刻，秦峥气结地拽着祁珂走到附近的一个私人摊位上，拿了个包覆着透明薄膜的小玩意儿。和卖东西的高个儿交谈了几句，确定好价钱，秦峥甩下一沓通用币，又将祁珂带到了角落里。他打量了一番祁珂的长袖衬衣，说："换了吧，你这身衣服一看就是来扫黄打非的。"

祁珂无比愤怒："拿什么换，你让我裸奔吗？！"

秦峥把刚买来的小玩意儿摊在手心："用这个，换件礼服，装成我的女伴，也许还能混进去。"

祁珂接过："怎么换？"

秦峥咬着牙耐心给这土货上课："按这个黑色按钮，礼服会自动具象化。你动作快点，别耽搁了进场时间。"

"在这儿？"祁珂单手抱胸，看着街上的汉子们来来往往，还有时不时就朝这方靠近的"天鹰"军团巡逻队以及歪歪倒倒的醉汉。祁仙女深吸一口气，努力保持着礼貌的微笑："我去找个厕所换吧，我怕在这儿表演人体艺术要引起大规模骚动。"

"厕所太远了，离这有 1.5 公里。"秦峥为表自己话的可信度，把手表上的导航拿给她看，"另外，我怕你进了厕所忍不住食欲。"

"滚！"祁珂低喝。

秦峥催促道："开场十分钟后，拍卖会就不能进场了，你还想不想去打听消息？"

"好的秦峥，你暗算爸爸这局爸爸给你记在黑板上了，等我妈回来你要是能扛过她一波王者怒气就算我输。"

"你妈已经五年没回地球了，等她回来再说。"

"你个祖坟冒青烟的瓜皮！"祁珂咒骂一句，愤恨地咬紧腮帮，费力地把秦峥搡了半圈，让他背对着自己。然后她缩在秦峥的身板后，一颗颗解开了衬衫扣子。等她快解到胸前那一颗时，秦峥终于忍不住，笑骂出声："智障。"随即按下了黑色按钮。

祁珂只见手里的小玩意儿投出一道绿光，似乎包裹在她的视网膜上，呈现出一条暗红色的低胸礼裙，还没等她反应过来，裙子的影像就再度消失。祁珂不解："这究竟是啥玩意儿？"

"视觉欺骗仪，能在八小时内让见到你的人看见你想让他们看见的东西。"

秦峥知道她还不怎么理解，这东西是她身亡那几年发明出来的，索性进一步解说："换而言之，你想象的礼服是什么样，他们就会看到穿那件礼服的你。"

"666！黑科技！"祁珂惊讶地感叹，低头觑了一眼，自己还是穿着休闲裤和白衬衫。

而秦峥却突然愣住，一动不动地注视着面前的女人。经过视觉欺骗仪的伪装，在他眼中的祁珂已经换上了一条暗红色的礼裙，大 V 领，一直下延到肚脐上方。裙摆盖住了她的脚，刚好垂在地面。丝绸的材质服帖地凸显出祁珂的身材，让她的 32A 居然有了珠穆朗玛峰的效果。她像一朵含苞待放的玫瑰，带着诱人的香气和致命的毒素。

秦将军到底是经历过大风大浪的男人，虽然从没看过祁珂这副打扮，他的男性荷尔蒙在瞬息之间飙升了数倍，但他还算能自持的，表面上依旧不动声色，保持着一个

领导该有的装 × 模式。

秦峥缓缓吸了口气，不自然地移开了视线，皱眉道："这就是你想象出来的礼服？"

"怎么样，本仙女的想象力令人叹服吗？好不好看？"

"丑爆了。"

"你大爷。"

秦峥正想着去什么地方顺一件外套给祁珂披上，挡挡她这令人垂涎欲滴的小模样。还在思考，忽然，一件黑色西装不知道从什么地方飘过来，搭在了祁珂的肩膀上。

这一幕，似曾相识。

祁珂默了默。

秦峥也跟着默了默。

祁珂望天："又吹风了吗？"

秦峥表情严肃："这里没有气流变化，不会吹风。"

祁珂闻言，也皱起了眉头。确实，她没感觉到任何一丝风力，这也太奇怪了。两个人不约而同地睨了半晌那件西装，祁珂沉吟道："我怎么觉得，这两天发生的事情，硬生生像是要把我从军事文的女主角替换成灵异文的女主角呢？"

"你最多就是十八线女配。"秦峥把西装前襟拢了拢，肃穆地道，"巧合太多则有可能是阴谋，回去以后，我会好好调查这件事。"

"嗯。"祁珂认同地点点头，"你说这会不会跟引力场有关？"

两个人说话间，又回到了主街上。

秦峥实在太了解祁珂的尿性了，皱着眉头觑她："你要是敢说这件事是因为你的吸引力太大导致地磁产生位移我立刻给你一拳。"

"你咋不要套军体拳呢？白瞎了我给你的表演机会。"

为了更好地假装是秦峥的女伴，祁珂伸出细白的胳膊挽住了秦峥。秦峥一怔，听她道："我是认真的，引力场异常有过先例不是吗？"

秦峥呆了许久没接话，祁珂刚想掐他一把，两个人耳中的袖珍设备同时传来了张正紧张的声音："将军，你们是遇到什么事了吗？"

祁珂代替还在神游的秦将军回答："并没有。"

张正："奇怪，我这边的监控显示，将军的心率从 78 飙升到了 99，我还以为你们发生了意外。"

秦峥："……"

他老脸一烫。

祁珂傻了片刻后也反应过来，捂着嘴奸笑："哎哟，不得了哦，领导这是被本仙女撩到 G 点了？"

秦峥：“……”

张正一听，头皮发麻，如同自己不巧打断了领头上司和心上人蜜里调油，前程相当岌岌可危。秦峥迅速调整了心态，暗自疯狂地深吸气，好让心跳平复。事实上，祁珂和他打儿时认识，两个人幼年时候也没少干没羞没臊的事，但后来秦峥慢慢意识到自己对祁珂的感情，就有心和祁珂保持距离。主要是他很清楚，祁珂这个人对感情的事既愚笨又后知后觉，贸然坦诚心情，只会加重她的心理负担，不利于两个人的长久发展。可这会儿祁珂穿着这么一身撩人的礼裙，再做了一个这么撩人的动作，秦将军只差那么一个指甲盖就要打破自己汲汲营营多年的处男纯洁表象了。还好，张正这个二愣子打断了他正分泌旺盛的荷尔蒙。

秦峥默默地将双手插进裤兜里，领着祁珂一边走，一边机智地岔开了话题：“你是想说 M49 星云的引力场异常？”

“呵呵，你终于从爱情动作片的幻想里拔 × 而出了吗？”

秦峥气闷：“你能活到现在真应该感谢我心慈手软。”

“你也不只是手软啦，别害羞。”

“祁珂，你是不是想试试！”左右说不过，领导只好无耻地扯到了实战上面。祁珂不愧是个见风使舵的，立马改了口风：“领导最棒！领导赛高！领导对下属无敌好，能在你手底下当兵是我的荣幸！”

秦峥没好气地拿眼睛横她。

走到会场入口处，打眼望过去，“天鹰”军团的士兵个个身形魁梧，两旁各站了六个人守着，并配备激光枪。每进去一个人，他们都会仔细地检查身份证明。祁珂埋头缩在秦峥边上，问：“能不能行得通？”

“碰运气吧。如果待会儿露了马脚，还是老规矩，背锅我来，送死你去。”

“我回头一定会把你用充气小姐姐的事宣扬得尽人皆知，你这个禽兽。”祁珂恶狠狠地说。

秦峥低笑，收敛了斗嘴的心思。临到检查岗，他把腕上的手表切换到身份显示页面，递给那些士兵扫描。通过后，士兵又看向祁珂：“这位女士有身份证明吗？”

“她是我邀请来的女伴。”秦峥面不改色地说瞎话，“还请各位通融一下，我们只是听说这次的拍卖品中有‘幽灵之心’，我想送给她。”说着，秦峥拿出一沓厚厚的通用币，小心地塞给了为首的士兵。

士兵掂量了一番，一方面是受金钱的诱惑，另一方面他也知道“幽灵之心”作为本周拍卖会的噱头，起价之高，普通势力根本无法参与竞拍。这个男人既然是冲着“幽灵之心”来的，肯定富得流油，是个好宰的主。于是他将通用币揣回衣兜里，晃了晃枪，示意他们进场。

六

当季流行风向——高领毛衣

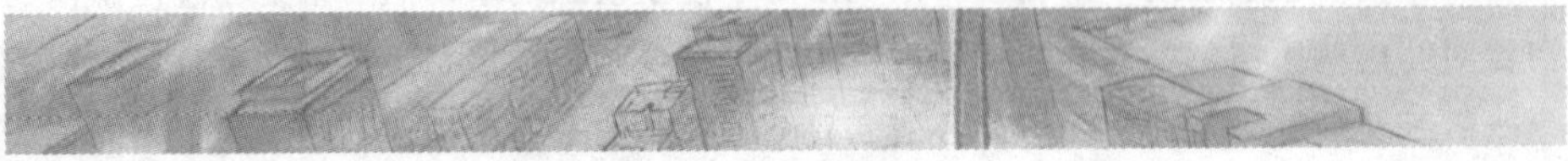

会场里，人头攒动。超过四百平方米的地方，挤满了来自各个种族的竞拍者。靠近拍卖台前面的四排坐席是VIP位，后面则是普通席位。普通席位上此时已经没有空缺，连过道上都站满了人。祁珂正苦于来得太晚找不到一个好的落脚点，秦峥就拉着她的手，来到了第一排居中的空位坐下。

两张皮沙发中间摆放着一个小茶几，上面有饮品和各式小点心，沙发两边的扶手下有几个按钮。秦峥靠近祁珂的耳畔，小声说：“右手第一个按钮是拍品的相关资料，按下后会有虚拟显示。左边第一个按钮是出价，其他的，不要乱动，不要乱动，不要乱动。”

“重要的话说三次？”

“是的。”秦峥拉开距离，靠回自己的椅背上。

祁珂低头打量了一遭两边的按键，趁着拍卖会还没正式开始，又主动凑过去和秦峥嚼舌根：“你居然是这里的VIP？”

“你这是什么语气？不要小看了ISF的首席秘书，对于张正来说，弄个乡下地方的VIP还是不成问题的。”

“啧，那你回头让他给我也弄一个呗。”祁珂讨好地咧嘴。

秦峥斜眼扫她，一不小心又看到了她V型的领口，咽了口口水，别开视线道：“西装拉紧一点。”

“哦。”有求于人，祁仙女表现出手动乖巧。她拉紧领口，又朝着秦峥眨那双星星眼。

秦峥冷酷地拒绝：“想都别想，你来这儿只能由我陪同。不然以你那张喷毒的嘴，谁知道会给ISF闯下什么祸来。”

“哼，你这话说得我就不爱听了。爸爸给你加了多少军功章，你心里没一点儿AC数吗？”

秦峥不理她。

过了一会儿，一个头上长着触角的矮小男人从他们俩面前走过，身后还跟了两个不算高，但身形相对精壮的男子。祁珂正要仰头张望，秦峥眼明手快一把捧住她的脸，唇与唇之间，只剩一根手指的距离。从旁人的角度来看，这两个身体欲望管理失控的狗男女正在不分场合地热吻。边上的人纷纷表示唾弃后，都偏过头去。

祁珂茫然地盯着秦峥的盘子脸，两眼成了斗鸡模式。

秦峥也看着她，与她不同，秦峥的心跳再次躁动起来，连他的耳膜里都响起了擂鼓般的声音。他的呼吸逐渐急促，几乎要失控。他恨不得就这样吻住她的双唇，将自己隐藏了多年的情感宣泄出来。

然而张正的一句话让秦将军差点漏气："将军！将军！又有突发情况吗？我监测到您的心率快突破 100 了，这需要就医！"

祁珂："……"

秦峥："……"

祁珂"扑哧"笑出声。

秦峥脸黑如炭："没有，闭嘴。"

并不知道自己的前程已经葬送了一半的张正："哦。"

祁珂好不容易止住笑，这才动了动快被拗断的头，小声问："你是不是要我闻一下你有没有口气？"

"弱智吗你！"秦峥直接开骂，"老子是为了保你的狗命。"

"我又没心率失衡，你要打算用人工呼吸这个烂借口，我肯定给你一记托马斯回旋踢。"

"你瞎了吗？看不见刚才过去坐我旁边那人是谁吗？"

秦峥这一提醒，祁珂才借着少许的空隙瞅了瞅他边上的位子。这一瞅，祁珂险些尿失禁，一紧张，双手就攀住了秦峥的肩膀。

秦峥："……"

怕死怕成这样还敢说自己是方爸爸的继承人？

和她妈全世界我最跩的观念不同，祁珂特别识时务，能分清眼前的局势，该跪着的时候绝不站着。祁仙女舔舔嘴唇，哑声道："有触角，是虫族的皇室。"

"嗯。"秦峥附和，"刚刚只是粗略地看了一眼，灯光太暗，我不能确定是不是虫族第三继承位的塔里斯王子。"

"这玩笑开大了。"祁珂忍不住爆了粗口。毕竟当年被她吃掉的虫族公主，就是塔里斯还没孵化出来的亲妹妹。那件事发生后，虫族的皇室和军方有两个声音，一派主和，认为不能破坏银河系表面上的和平，必须维持两星邦交。另一派主战，代表就是这位塔里斯王子。他们的口号是——踏平地球，肢解祁珂。

祁珂想到这儿，就心如死灰地痛恨自己为什么非要跟来黑市星球。

很显然，塔里斯明目张胆地带着随行人员来拍卖场，用的一定是他原本的身份。王子出行，警卫肯定不少。反观秦峥和祁珂，为了伪装，只是两个加起来能凑一锅鸡汤的弱鸡。要是在这里被塔里斯认出来，祁珂绝对能被他打死在厕所里。

祁仙女思索少时，强自镇定："怎么办？我能现在离场吗？"

"你想直接进火葬场你就站起来。"

"那也不能坐在这儿等死啊！"

秦峥拧拧眉头，正在琢磨对策。忽然，祁珂被另一个力道强行揽过了肩膀。她被迫转了一百八十度，看见旁边的位子上坐着一个男人。男人有着精致的五官，棱角分明，略显欧化，一头金色的长发披在肩上，穿着剪裁合体的长西装，里面搭配了一件深蓝色的高领毛衣。

高领……

这难道是这个季度的流行风向标？我又落伍了？

祁珂如是想。

男人淡蓝色的眼睛凝视着她，彬彬有礼地道："小姐，地上的宣传册是你掉的吗？"

祁珂看了看脚边，一本A4纸大小的宣传册刚好落在她触手可及的范围。封皮上有黑市星球的标志性建筑，明显就是本地特产，而且还配了一句俗到掉渣的宣传语——

黑市是我家，大家爱护它。

这是谁写的？拿正规文凭了吗？！

祁珂眼角抽搐，默默地点点头，捡起了宣传册，用来挡住侧脸。

秦峥面色不善地盯着这个男人，从他的长相特征不难分辨出，这是一个年轻的兽族。军人的直觉告诉秦峥，他的出现绝不单纯。秦峥不动声色地用手表拍下男人的模样，通知张正："查一查，这是谁。"

"是。"张正回答过后，祁珂也微微靠近秦峥："这是兽族的小鲜肉吗？"

"嗯。"

"奇怪，为什么今天老是碰到穿高领毛衣的人？没这么冷吧。"

秦峥不语，依旧保持着该有的警惕。那个男人像是对他的探究一无所知，冲祁珂笑了笑，便看向了拍卖台。

祁珂低声叨叨："是不是我的错觉？今天自我出门开始，我就觉得有人在监视我，背上跟钉了一双眼睛似的。"

她这么一说，秦峥也有些后背发凉。

"而且，说起引力场……"祁珂后面的话没说出来，脑子里又莫名地想起了家里那个留守儿童。说不上什么理由，她总感觉在叶鸣真挚的表象下隐藏了太多的秘密。自从他出现，奇怪的事情就一件接着一件。

祁珂按住眉心，秦峥问："你刚说引力场什么？"

"啊？"祁珂恍然，"没什么，我只是在想 M49 星云里是什么样的情形。"

"如果有任何想法，不要瞒着我。"

"知道了，啰唆。"祁珂不耐烦地摆摆手，冲着秦峥龇牙咧嘴。但碍于书册挡着，秦峥没看见，反倒便宜了边上的兽族男子。他只是用余光瞟着祁珂，连她的任何一个小动作都没放过。

在银河系里，这位 ISF 的著名女将是个超神级人物，各种族的星战将领都对这个名字闻风丧胆。有人把她传得神乎其神，特别可怕。可实际上，这个传说中的女人不仅贪吃，还有点无赖。就像现在，这个女人怕死的样子……呃，略可爱。

斗嘴的样子……呃，更可爱。

兽族男人笑弯了眼睛。

秦峥这下更是如临大敌，有种隐隐的情敌还有三秒即将正式加入战场的危机感。他刚要催促张正，张正掐着时候传来回复："报告将军，这个人出身于远古兽族的三大商业集团之一，谢尔文家族。他是个二世祖，全名叫谢尔文·盖波利·福瑞，很有商业头脑，爱好收藏。这个家族没有军方背景，是黑市星球的常客。"

秦峥和祁珂互递了一个眼神。

祁珂道："看来是个正经人。"

"别掉以轻心。"

"我明白。不过话说，我很少看见远古兽族的小年轻，以前跟着你参加了几次大型会议，出席的都是老古董。我妈早说过兽族好看，我没想到能好看到这种地步。不瞒你说，刚刚他那一搂，本仙女的腿都快酥断了。"

听见这话的秦将军和偷听见这话的兽族小年轻同时垮下了脸。

秦将军垮脸是因为祁珂不擅于挖掘身边的宝藏，比如他。

而兽族小年轻也垮脸，就属于人类未解之谜了。夸你你还不乐意，是要上天吗！

秦将军怒气冲冲地瞪了一遭小年轻："我不好看？"

祁珂："啊？"

祁珂反应了一会儿，认真地说："你和他的好看不在同一条水平线。"

"你的意思是我不如他？我刚没让你酥断腿？"

"也不是不如吧，就没他长得那么立体。再加上你这脸我都看二十几年了，和我小时候老用来贴墙上的粉红小猪一个性质，已经产生不了美丑观念，有什么好酥的。"

秦峥深吸一口气："你把我比喻成粉红小猪？"

“不然呢，你想当粉红小猪的弟弟蓝小猪？”

蓝你爸爸！所以说，青梅竹马会发展成情侣百分之八十都是电视剧里骗人的，实际情况是距离才能产生美。秦将军胸口疼，恶从胆边生地掐了一把祁珂。祁珂没敢在这个节骨眼上还手，只好和他干瞪眼。

三个人正各怀心思时，拍卖会正式开始了。主持人登台，礼貌地致辞后，进入了今夜的主题。拍卖会共十二件珍品，前面九件是武器、艺术品，以及一些少见的稀罕物件，都拍出了不错的价格。祁珂对那些东西不感兴趣，漫长的过程里险些昏昏欲睡。只有秦峥还拉着她的手，防止她手里的书册掉落下去。

拍到第十件时，祁珂总算打完一个盹儿，幽幽地恢复了些精神。主持人让军团士兵护送上台一个首饰盒子，一打开，里面放着一颗有八面棱角的黑色宝石，足有鸡蛋大小。在射灯的照耀下，光华璀璨，惊艳全场。祁珂听见在场的所有女士几乎都发出了小声的惊呼，纷纷赞美这举世无双的宝贝。

祁珂觉得自己不能太特立独行了，大家都在起哄，她也必须得接点地气，于是她问秦峥：“我要发挥一下我的表演天赋吗？”

秦峥看着她。

“是直接吼‘好漂亮’，还是走程序？”

秦峥没好气：“缝上你的嘴巴，小心被塔里斯发现。”

“哦。”没有表演平台，祁仙女表示不开心。

主持人很快报出起拍价，三千万通用币。

对大部分在场的竞拍者而言，这已经是个天价了。之前九件拍品，最高的成交价也就九百万通用币。

一阵沉默后，普通坐席上的某位女士首先出价，紧接着，前排VIP坐席也有两男一女加入了竞拍。每次出价都提高五百万，有两个人先后出局，只剩下二三排的一男一女争得不可开交，价格迅速攀升至八千万。祁珂打了个呵欠，压着声线道：“你转头看看，这两个人傻钱多的是哪个种族的？”

秦峥依言回头：“一个大高个儿，是熟人；另一个是塞塔人，身份不明。”

“塞塔人？”祁珂咋舌，“就他们那处在银河系经济圈外的穷乡僻壤，还有人能出得起这个价钱买颗破宝石？这要被他们参议院的那些老家伙知道了，非得刮了这家伙。”

诚然，正如祁珂所说，在参与银河系资源抢夺的六大种族中，塞塔人的经济和军事水平属于吊车尾的一类。通常情况下，除非敌军将领脑子进了肥料，或者塞塔人下血本派出了所有小型战舰进行人海战术，否则他们根本没法打胜仗。这也决定了这颗人口爆炸但资源稀缺的星球一直处于贫困线下。

就这样的大环境，这个种族居然还有人能竞拍“幽灵之心”，也难怪祁仙女会感觉下巴脱臼。

秦峥倒是不以为意：“二十世纪九十年代，地球上也有很多贫穷的国家。但同样的，这些国家的富人也具有震惊世界的财力。”

“道理我都懂，但问题在于，塞塔人一直都很团结不是吗？如果有这样富可敌国的财力，应该首先用在发展他们星球的军事力量上面。”

“人心难测，谁说得准。”

“也是。”

祁珂主动结束了这个话题。此时竞拍陷入了僵局，两方在抬价时都会郑重地思考，节奏比之前慢了数倍。

秦峥冷不防发问：“你喜欢这个吗？”

“什么？”

“幽灵之心。”

祁珂默了默，想着这是不是领导的一个语言陷阱。等她一说喜欢，他就痛斥她作为军人还如此虚荣；等她说不喜欢，秦峥又会骂她不走心，做人虚伪。

这肯定是道送命题！

祁珂抿了遭唇。

边上的兽族小鲜肉也竖起了耳朵。

秦峥道：“你要是喜欢，就竞价。价格差不多了，这两方抬价的能力不会超过两千万。”

祁珂不敢相信：“你认真的？”

秦峥无比诚恳：“当然，你快过生日了。”

祁珂咽了口口水：“秦峥，你说句实话，你是不是……”

秦峥整个人一绷，心想：难道自己的爱慕已经被她察觉了？这要怎么办才好？直接牵小手表白呢？还是走个程序先问爸妈呢？

秦峥正犹豫不定，只听祁珂道：“你是不是挪用了公款？难怪我说每年年终奖都那么少，原来全进了你这孙子的腰包！”

秦将军黑脸：“再胡说我回去就给你一枪。”

祁珂不依不饶：“你自己看看现在价格是是多少！一亿四千万！就算联盟国给你开出一线流量的片酬，你也没这么阔气吧！还不是挪用公款？！”

秦峥咬牙：“首先，我工资的确不比一线流量低，那是我应得的，我为人民做出的贡献，比那些靠脸吃饭的明星有价值。其次，我的价值体现主要是我这颗头脑，除了你所知的军事能力，我对风投也算是行家。所以，收起你那散发着愚蠢气息的眼神，换上一脸崇拜，告诉我，你喜不喜欢‘幽灵之心’？”

祁珂目瞪口呆。她还真没想到，自己这位发小如此有业务能力。她一时词穷，正思考该怎么合理合法且能保住格调地敲发小一笔巨款时，另一边的兽族小鲜肉也开了口：“小姐喜欢的话，这颗宝石我可以送给小姐。”

祁珂：“……”

秦峥：“……”

祁珂的心仿佛遭遇一记重锤，隐隐有停跳之势。

妈呀，今天是什么日子，本仙女出门是踩着祥云飘出来的吗？人生中第一次参与两个男人争风吃醋这种名场面，居然在这个时候降临了。祁珂默默地用手捂住胸口，左边看看，右边瞅瞅。秦峥一脸“你是哪根葱半路冒出来找劈吗”的严肃表情。小鲜肉则无视秦峥，面带笑意地看着祁珂。

祁珂清了清嗓子，礼貌地回绝：“谢谢这位先生善意的玩笑，您让我今夜的行程变得很愉快。”

小鲜肉听得懂这句话的含义，也不过多纠缠，用绅士的礼节稍稍颔首致意：“我的荣幸，美丽的小姐。”

祁珂冲他咧咧嘴，转过头，双颊泛着兴奋的红，对着秦峥嚷嚷：“看见了吗！这才叫真汉子，进退有据，温暖有风度，完全不会像你一样把天聊死！”

秦峥：“……”

祁珂道：“现在我可以出价了吗？是你按键还是我按键？”

秦峥呵呵：“按什么按！”

祁珂：“……”

“去，找不会把天聊死的人给你拍。”

“你怎么能这样呢？”祁珂欲哭无泪，“我给你当了这么多年的打手没有功劳也有苦劳，你拍个亿把千万的宝石给我怎么了？激励一下下属，回头我才能像打了鸡血一样上战场！”

“不用打鸡血了，你还在待业。”

“秦峥你……”

话说了半句，台上传来了敲定声，“幽灵之心”以一亿六千万的价格成交了。

祁珂气得牙痒痒，咒骂道：“鳖孙儿。”

“鳖孙儿”只当听不见。

第二排VIP座位上的大高个儿让身旁站着的秘书转账给“天鹰”军团，主持人正要让军团士兵把“幽灵之心”送到他的位子上，那大高个儿就道：“不用拿下来了，请你们把这颗宝石替我转送给一位女士。”

主持人眉开眼笑："好的先生，请问您要送给什么人？"

"方洵九。"

在场众人集体一口冷气噎在了喉咙里。祁珂愣了几秒，就听见大高个儿说："方洵九的坐标我稍后会发送给你们的后台。"

祁珂蓦地回神，赶紧扭头一望。这才发现这货真是个熟人，且是她爸的二号情敌——巨坦星如今的军方主帅，苏德安。

"啊！他怎么有我妈的坐标？！"祁珂简直要暴走掀桌。

首先，让我们隆重介绍一下，苏德安，当年巨坦星参与"佩特计划"的副帅，被祁仙女她妈，也就是方洵九，连哄带骗还带诈，诓得他被迫和地球军队合作，过程之心酸，经历之复杂，一言以蔽之，被坑得差点连裤衩都没了。就这样，两个人还在佩特战争后期，建立了流于表面的革命友谊，加上方洵九的无敌光环，是以苏德安即使明知隔着种族和体型的巨大差异，还是成了她妈的脑残粉。和贺首长一样，至今还致力于微小的挖墙脚希望。

祁珂心塞。想到她妈如今人到中年，就算美容技术高度发达让她妈看起来和当年也没太大差距，可年龄毕竟摆在那儿，脑残粉们还在一波一波地送礼求摸。再看仙女自身，风华正茂，二十好几，闺中待嫁，长相甜美，能力突出，性格温顺。然而至今为止，连个正房都没出现，更别说小三和小四了……

会心暴击，原地死亡。祁珂悲从心中来，无语凝噎。

秦峥适时地道："你也别沮丧。你母亲是在岁月的沉淀后才遇上了这三个视她为生命的男人，等你到了她这个年纪……"

祁珂嘤嘤仰起头。

"你才会更加深刻地体会到没人爱会导致更年期提前、经期不准、黄褐斑暴增、吃嘛嘛不香，那时候有你沮丧的。"

祁珂："看我的嘴型——滚。"

秦将军好不容易扳回一局，心情大好。

片刻的休息过后，拍卖会进入下一轮，拍品是一件有着强大杀伤力的武器。军团士兵将一个类似魔法水晶球的玩意儿用木架搁置着，拿上了拍卖台。透明的晶体球面下，有几道闪电般的纹路，实时发生着改变。祁珂到底是军人，对未曾见过的武器相当有兴趣，当即按下了右手边第一个按钮。虚拟画面打开，介绍文字映入她的视界。

二维球。

来源不明，制造方不明。在成功启动后，能瞬间造成致命的降维打击，只针对有体征的生命活体和移动物体，攻击范围三十米，逃逸速度大于光速。使用者身周会自动形成防护罩，保障使用者的人身安全。仅能使用一次，起拍价一亿两千万。

祁珂快速浏览完，皱着眉头和秦峥互望了一眼。两个人的眼中都是一派严肃谨慎。

众所周知，银河系是一个三维空间。经过各方天文学家长久的研究，也曾做出过假设，有更高维度的空间和生命存在。而我们的宇宙就是一层膜，包覆在高纬度空间的外围。但这是一项迄今为止仍没有攻克的科学难题，人们能够用于推测的理论实据也只有宇宙中少许的蛛丝马迹。宇宙有十维，但凡高于三维，人们都统称其为——

超体。

这个概念，还是某次秦峥在和贺子昂探讨 R79 星的无端消失时，从贺子昂嘴里听到的。祁珂当然也曾听过，来自她母亲的解释。

当年佩特战争中，神祭部落首先提出“造物者”这一说。方洵九和贺子昂一致认为，这是来自更高维度的生命体。依照目前的局势，银河系里各个种族，包括远超科技平均水平的兽族在内，都没有能力创造出这种降维武器。那么，这东西究竟来自哪里？如果是真的，所有线索只有可能指向一人——“造物者”。

祁珂关闭了虚拟画面，用手指轻敲着太阳穴：“这是有人故意抛出了一条引线，引愿者上钩。”

“也有可能是在提醒我们重视‘造物者’的存在。”

祁珂沉默少时：“千头万绪的，也没法抓一个重点。现在的关键是，我们得确定这玩意儿是不是真有降维的攻击性。”

“嗯。”秦峥赞同。他调整了坐姿，蠢蠢欲动。

祁珂问：“打算竞拍吗？”

“嗯。”

“用私人资金还是 ISF 公款？”

“看情况吧。”

这句话说完，竞拍正式开始。秦峥按兵不动，观察着各方的竞拍者。这样一件黑科技武器，对于在场的商人和军方来说，都大有价值。如果能研究透彻降维武器的制造秘密，那将是改变未来格局的契机。

秦峥不能让它落到任何一方手里。

十几分钟后，竞拍呈现白热化，价格直逼两亿。大部分只有商业背景的拍者都叹而止步。剩下的，是以苏德安为代表的巨坦军方，以及身边的虫族皇室，还有撒加和变色人种的军方势力。

巨坦人在当前的银河系局势里，经济实力排第三，阔绰程度和其他三方一比，自是不落下风。苏德安很快示意秘书将价格直接抬到了三亿一千万。

这是真正的天价了。

对于塞塔这样的贫困星球来说，这是堪比他们两座城市一年的财政支出。虫族、撒加、变色人种三方各自斟酌，撒加人率先默认出局，变色人种紧随其后。虫族再支撑了两轮加价，也在三亿六千万的价格面前自甘认输。

当主持人说到第二声“三亿六千万”时，秦峥按下了出价按钮。

三亿七千万。

祁珂差点没从椅子上跌下去。她正想问秦峥是不是准备去卖肉还钱，一偏头，见虫族的塔里斯也望着秦峥，匆匆把书册抬高了一点，挡住自己那张辨识度略高的脸。祁珂捏着鼻子阴阳怪气地道：“你是还没从进场前的爱情动作片里切换出来吗？以为自己是电子支付界的那位全民爸爸？你怎么敢出这个价格？我是不是要现在和你撇清关系？总之丑话说在前头，你别指望找我借钱，穷困潦倒后我也不会大发慈悲地抚养你。”

“对爸爸尽赡养义务是做一个好人的首要准则。”秦峥慢悠悠地道。

祁珂：“听清了吗？我是说的抚养，抚养！儿子！”

秦峥飞给她一记眼刀，继续看着拍卖台。

苏德安不甘示弱地加价一千万。秦峥也充分体现出一个人民败家子的扎实作风，一千万一千万地扔，仿佛是丢石头打水漂，半点不见心痛。辛苦了旁边的祁珂，手抓紧，正在心梗边缘疯狂地试探。她会有这种反应，着实也怪不得祁珂。这个遗弃儿童一直把 ISF 当成第二个家。这会儿当家的正在挖空家里的金山，祁珂恨不得让他原地爆炸。

可她也只是想想，毕竟她同样了解二维球的重要性。

十分钟后，二维球的拍价已经高达四亿五千万。祁珂听见后排的人小声讨论，说这价钱已经创造了黑市星球拍卖大会有史以来的巅峰。而苏德安和秦峥，也都脸色难看，祁珂甚至看见一向沉稳内敛的秦峥额头边滴下了一滴冷汗。她正要劝说秦峥放弃，苏德安却意外地停止了加价。就在这个关键时刻，另一个声音的介入，让整个会场为之沸腾起来。

“五亿。”

祁珂这回是真的手肘一滑，只差半点，屁股就脱离了座位。她好不容易扶着险些闪到的腰，呆呆侧首望向声音发出的方向——身旁的兽族小鲜肉，福瑞。

福瑞对着她微微一笑。

祁珂心想，笑什么啊！她表情严肃地端详着福瑞，意图探究他中途杀入的理由。可这是摆在台面上的，只要是有实力的与会者，都想拍下这可怕的武器。福瑞的举动也只是再次给大家敲响了一记警钟，兽族的拔尖，不只是科技。

喧闹过后，气氛重归死寂。秦峥的眉峰拧成了一条线，眼神锐利地盯着福瑞。这已经不是看预备情敌的眼神，而是在看一个政治敌人。祁珂贴近他，低声道：“还加价吗？”

秦峥沉默了。

他很清楚自己能出的最高价，福瑞一入局，直接将价格提高了五千万，这证明他还有足够的预算，秦峥根本无法和他竞逐。

片刻后，秦峥示意放弃。主持人宣布了三声“五亿”，最终敲定了锤音。福瑞转账给“天鹰”军团后，士兵将二维球用一个带锁的铁盒子装着，送到了他的手里。福瑞确定无误后，便继续关注下一件拍品。

祁珂和秦峥趁机嚼舌根：“怎么破，命根子被人拧巴了。”

秦峥：“……”

“就这样让他带走这件神级武器？依着兽族现在的发展，让他们研究二维球，我光是想一想，都觉得发际线在疯狂后退。万一真被他们捣鼓出来原理，要不了十年，银河系就要大一统了。”

秦峥收回视线，埋头琢磨了一会儿，道：“还有机会。”

“还有什么机会？”

两个人头靠着头，尽力压低声线。

“用你最擅长的方法。”

祁珂想了想：“卖萌？”

“卖你。”

“你再这样我通知我妈了。”

秦将军一秒恢复正经：“我的意思是，套个麻袋打他一顿杀人越货。”

祁珂看着秦峥，认真回忆了一遭自己的人生轨迹，虚心求教：“我什么时候干过这么流氓的事？”

“先不说这个。”秦峥机智地岔开话题，“你以为在这个会场里，单我们俩有这心思吗？你仔细看看周围的人，但凡有点背景的，哪一个不是饿虎扑食的目光。这小子能不能活着离开黑市星球，还是一个未知数。”

祁珂稍稍颔首：“有道理。那么，我们先下手为强？还能留这小子一条兽命。”

“先离场，我让张正把这里的地图传给我。”

“那我通知战舰到最近的接应点。”

“好。”

两个人商量完，秦峥揽住祁珂的肩膀，就打算掩护她一同离开。此时，最后一件拍品也被抬上了拍卖台。是一个正方形的铁笼，里面囚禁着一名披头散发的瘦弱女人。女人一身衣服已经破破烂烂，脖子上戴了一个电击装置，双目无神地坐在笼子中央。

主持人道：“今夜最后一件拍卖品，我相信不会让大家失望，来自 M49 星云中，阿尔法星的女奴。”

M49星云！

祁珂激动地看了一眼秦峥，两个人立马心有灵犀地坐回了位子上。这才是他们来到黑市星球的主要目的。与此同时，旁边的兽族小鲜肉福瑞也默不作声地凝视台上的女人，目光阴暗而冷漠，瞳孔里隐隐泛出了异样的金色和蓝色。

祁珂快速打开拍品介绍，仔细看着上面的每一个字——

阿尔法星女奴，由雇佣兵提供。上月初，雇佣兵军团的371小型战舰，在航行中意外穿过M49星云，抵达其中一颗小行星——阿尔法星。据准确测量，阿尔法星总面积约三百五十万平方公里，居住着三千万原住民，统称为尔星人。尔星人普遍具有特殊能力，划分为M1-M9九个等级。根据等级不同，能力强弱和种类也不同。拍卖女奴经鉴定，属于M4等，能繁衍操控火种，可用于研究和各种私下用途，起拍价两千万。

祁珂和秦峥互视一眼，都从对方眼里看到了震惊。

在此之前，他们对隐藏在M49星云里的这颗行星一无所知，更别提这个种族居然还具有特殊能力。这么说来，家里那位留守儿童岂不是也是一位超能力者？

秦峥闷声道："我就跟你说过，不能对那孩子没有警惕心。他告诉你他有超能力了吗？"

祁珂谨慎地摇头。

秦峥登时唠唠叨叨："就你这个缺根筋的，敢把陌生人带回自己的窝，你是不知道你家里那装修都多么辣眼睛是吗？万一他不怀好意，你可能怎么死的都不知道！"

"也……也别说得那么严重，我家装修，至少整体风格上还是温暖的。"

"我是在和你讨论装修问题吗？"

"哎你别激动啊，那不就是个孩子吗？也许他的超能力还没觉醒呢？"

秦峥无语："你晃一晃。"

"干什么？"祁珂真的晃了晃。

秦峥问："听见了吗？"

"听见啥？"

"你脑子里大海的声音。"

"你脑子里还有撒尿的声音呢，滚一边去！"祁珂啐他一句，收敛心思思索着，"回去后再查这件事。你也别草木皆兵的，就算那孩子有超能力，说不定也就是个M1等级，只能用来表演魔术。"

"祁珂，别滥用你的善良，你是个军人。"

"知道了，老妈子。"

话题告一段落，竞拍已经开始。祁珂搓手问："要带回去吗？"

"已经有一个尔星人在手里了，要解剖直接解剖他就行。"

“靠，那还是个孩子！”

“所以不能放过他。”

“你这个禽兽。”祁珂翻了个白眼，别过头不再理他。

到底是个奴隶，价格高不到哪儿去。参与竞拍的除了一些恶趣味的富豪，就是一部分商业势力。逼近一亿时，只剩下两个人争抢。

短短五分钟，最后定价在一亿两千万，由撒加人拍下。主持人招呼士兵将女奴送去后台整理干净，好在拍卖会结束后让撒加人带走。结果士兵还没靠近铁笼，那干尸般的女奴突然动了一下。就在众人毫无防备之间，她猛地扒住铁笼，恶狠狠地瞪着所有人。

祁珂和秦峥不动如山，都是见过大场面的人，自然不会被一个女奴吓到。但秦峥想起这女奴的能力是使用火种，还是下意识地抬起一只手挡住了祁珂。主持人也反应迅速，启动了电击项圈。女奴拉扯住项圈，霎时目眦欲裂，一双怒睁的眼睛里红得像是要滴出血来。她浑身不断战栗，两颊的长发狼狈地贴在肌肤上，目光里带着强烈的仇恨意味。

有人在嘲笑，有人在津津有味地欣赏，有人期待能见识这女奴所谓的特殊能力。没有一个人对她此时的遭遇产生同情。这些游走在金字塔尖的人们，似乎已经习惯了这种欺压弱小的戏码，他们只会淡漠而麻木地当一个旁观者。

祁珂想起了很早以前，一个大神提出的宇宙生存理论——黑暗森林法则。

每个文明，都是在森林里独自带枪行走的猎人，当他发现了别的潜行猎人，能做的只有一件事，开枪消灭对方。

祁珂无法断定这个法则的正确性，但她深知，森林里，除了猎人，还有大家共同的敌人，蛰伏在暗处的猛兽。当这个猛兽出现，猎人们只能齐心协力，哪怕是一个弱小的文明，也能有它对应的位置。

祁珂握紧沙发扶手，想要制止这荒唐的一幕。秦峥按住她，摇了摇头。福瑞的眼神也落在祁珂身上，饶有兴致地睨着她愤怒的模样。

就在这时，女奴跪在地上，双手合十，以一种虔诚的姿态朝拜着远方，用发音不标准的银河系官方语言，一字一字地说出了一段寓意不明的话——

贪婪的虫子啊，
造物者必将降临这个混乱的纪元，
结束这荒诞的一切。
他会开辟全新的时代，
我们的意志将永存于宇宙。

等待你们的，唯有……

猝不及防，女奴的双瞳呈现出火苗的橙色，她双手举高，声嘶力竭地喊出“毁灭”二字。随即像是一颗被引爆的人肉炸弹，在突然烧起的明火和刺耳的炸裂声中，骨肉如雨，纷纷扬扬。铁笼周围十米，鲜血挥洒。

秦峥和福瑞几乎是同时有所行动，福瑞抢先一步，侧身抱住祁珂，用自己的身体隔绝了面前的危险。秦峥和祁珂一愣，会场里的场面也随之失控，所有人东逃西窜，拼命朝着出口狂奔。主持人试图控制局势，但受到惊吓的各族商人早已听不进任何劝告。

福瑞贴着祁珂的耳朵，低声道：“还不走吗？”

祁珂被他拥着的身体一僵，很快找回了知觉，推开福瑞，道了声“谢谢”。秦峥拉起她一只手，带着她趁乱撤离。慌忙中，祁珂感觉自己肩上的西装外套似乎被人扯了一下。她低头查看时，不慎被人碰掉了手里的书册，同一排的塔里斯终于看清了她是谁，高喊一句：“是ISF的人！抓住他们！”

两个人撒腿就跑。秦峥在前面开路，拽着祁珂奔向了人数最少的紧急出口。出口外是铁塔后方的一个废弃物堆积地，要前往飞船的停靠区域，必须绕回铁塔正前方，从之前进入黑市的大道离开。秦峥和祁珂都明白必须得争分夺秒，两个人半点不敢停歇，双双健步如飞。转回主街上，已有不少虫族警卫在搜寻他们俩的踪迹，从会场里涌出来的人无一例外都被虫族警卫拉着对比了一番。

祁珂咽了口口水，和秦峥蹲在阴暗角落里默默观察。两个人都没想到，塔里斯逛个黑市居然带了这么多人。而眼下的情况是，地球战舰无法停靠黑市星球，远水难以救近火。祁珂和秦峥必须仰仗风骚的走位和一挑两百的自信，穿过这条警卫拥挤的正街，坐上飞船，返回空间站。

想想就非常刺激呢。

祁珂抹了一把额头上并不存在的冷汗，转头觑觑秦峥从腰上拿出两把相当迷你的激光手枪，再觑觑前方，警卫们也纷纷端出了机关枪和电熔枪。

祁珂：“容我说句实话，就武器上来说，咱们好像没什么优势呢。”

秦峥默了默。

祁珂：“人数上来说，咱们也好像是小学生对上了王者排位，完全是坐好等挨打的局面呢。”

秦峥还是默了默。

祁珂寻思着不能太长他人志气，于是强自镇定道：“我有两个思路。”

秦峥一边通知张正让战舰飞到最近的接应点，一边接话：“说来听听。”

“第一，这里毕竟是‘天鹰’军团的主场，他们应该不会让这类型的大型斗殴事件发生，影响自己的生意吧？要不咱想办法通知军团的人，求下庇护？”

秦峥仿佛看见了弱智：“‘天鹰’军团不是傻子，随意插手两方恩怨才有可能影响生意。来拍卖会的人有几个是背后没势力的，他们谁也不想主动招惹。”

“哦，那我还有一个思路。”

“有屁快放。”

“是这样，你好歹也是地球上至关重要的人物，等会儿我拿枪指着你的头，假装绑架你，让虫族的人放我走，否则就以你死在这地球绝对会和虫族全面开战为由，来威胁一下塔里斯。”

秦峥：“……”

咬牙切齿已经不足以形容秦将军此时的面部表情了，他极尽狰狞地看着祁珂，说：“好办法。”

“是吧。”祁智障谦虚笑笑。

“是才怪！”秦峥拿枪柄敲她的头，“别忘了，我们和虫族断了邦交这是拜谁所赐。能一次性帮助解决敌方的两个心腹大患，我认为你有当内奸的潜质。”

“行，那你说怎么办？”祁珂夺过一把枪，指着街上，“用你的眼睛瞅瞅，你以为这是俩满级选手对上了一群刚刚创建角色的菜鸟吗？怎么突围？你说！”

秦峥做了个深呼吸：“凭运气了。”

“啊？”

话音落定，秦峥率先站起来，还没等祁珂同意，就走向了最前面的两名虫族警卫，末了还不忘交代：“如果有机会，你掩护我先撤。”

祁珂：“……”

说这话你真的是个带棒的汉子吗？！

祁仙女心好累。

激光线无声地一扫，临近的两个虫族警卫倒下。秦峥只来得及搀住一人，另一个人倒地的动静引来了就近警卫的警惕。这些完全进化体的虫族打出了集结的手势，主街上近一半的人都朝着这个晦暗的角落围堵了过来。单目测，人数就已超过八十。祁珂暗骂了一句，闪身冲到对面的墙角，和秦峥拉开距离，打了个默契的配合。趁着这些虫子没集中注意力，首先放倒了前排的十数人。

一场近身肉搏战正式拉开序幕。

七

英雄从来不回头看爆破现场

“你三点钟方向！我（哔——），你靶子的准心是瞄到外太空去了吗？！能不能控制下你的爪子别抽风了。”

“秦峥你这孙子，再骂我就撂挑子了。我在疗养院那么久没进行射击训练，能不爆你的狗头你就该谢天谢地了！”

枪林弹雨里，两个著名人物吵得气势高涨。

虫族警卫们心累，在群殴啊！能不能严肃点？！

警卫步步紧逼，激光线、电熔点、实弹，密密麻麻地交错着。枪响划破冷肃的黑暗，硝烟四起，街上除了对峙的两方，已是空无一人。张正在指挥部里冷汗直下，命令战舰抵达接应点后，就什么都做不了，只能听着耳机里传出有人接二连三倒地的声响。祁珂和秦峥还在吵，让张正不禁捏了把冷汗。

两个人借着警卫的尸体作掩护，在巷子里四处逃窜。塔里斯站在末端，愤怒地望着穿行于暗色的两个身影。

祁珂逼退了靠近的几人，跟着把头缩回墙体后面，看着转角处石屑纷飞，胸膛起伏不定。她的锁骨处被电熔点擦过，烧焦了一小片皮肉，暗红的血还没流下来就已凝固。秦峥也负了伤，左手中枪，鲜血顺着他的指尖滴下。幸亏这处地形有掩护，否则两个人早就英勇就义了。祁珂放缓呼吸，聆听着越来越多和越来越近的脚步声，掌心的汗几乎湿透了枪柄。

中肯地说，这是自祁珂十六岁从军以来少有的窘况，和她在指挥舰上的杀伐果决不同，这种和死神面对面飙车的感觉不太好受。

蓦地，有两个人快速靠近，秦峥果断地将祁珂往后一带，蹲下击中了即将越过防守线的两名警卫。收回枪后，他背靠墙壁，一双眸子如同死水一般，不见波澜。

“人太多了。”祁珂也跟着靠紧墙壁，“塔里斯是不是想踏平黑市星球收购天鹰军团？”

“还有心思开玩笑。”秦峥摆弄着手里的枪，眼看枪身上已经闪出了象征能量告罄的红光，他把枪一扔，无奈地道，“真不该带你来。”

“现在是甩锅的时候吗？朋友。”祁珂见自己的枪柄上也闪烁着红色，叹了口气，“一个震慑银河系的星战指挥，一个地球军方的高阶领导，就这么被乱枪搞死，太丢脸了。”她手撑头：“你说，要是我真撂在这儿了，我爸会不会一怒之下单挑整个虫族？”

“你爸可能得等好几年后才能得到消息。”

“你就不能安慰我一下？”祁珂不满。

“行了，别插科打诨了。”秦峥沉默片刻，摘下手表递给她，“里面有地形图，我先挡着，你试试抄小路绕到警卫后面，去飞船停靠区域。”

祁珂接过手表，若有所思。

就在她这一思考间，秦峥大无畏地连翻了几个跟头，恶狗抢屎一样扑去对面那堵墙，顺便在中途捡了一把机关枪。虫族警卫登时兵分两路，秦峥为了给祁珂创造机会，对着朝她去的警卫一通扫射，另一边的警卫同时击中了秦峥的肩膀。他躲回墙后，按着伤口，见祁珂还没行动，忍不住大吼：“沙雕吗你，还不走等人鞭尸啊？！”

祁珂将一只手放进西装口袋里摸了摸，忽然阴恻恻地对着秦峥一笑，愣是笑得秦峥起了一身的鸡皮疙瘩。

“大声告诉我，装 × 的最高境界是什么？”

秦峥一愣，号破了音：“你再发表演讲信不信老子立刻给你一枪！”

祁珂撇撇嘴站起来，在十几杆枪越过了墙角的当头，拿出口袋里的圆球，自信满满地道：“真英雄，从不回头看身后的爆炸。砰！走你！”

最后一个字说完，那颗圆球以一条完美的抛物线落在了虫族警卫的中间，祁珂迅速跑到了秦峥边上。所有人在惊骇之下，只见球体的晶面破开，蓝光乍闪。

那是比爆破来得更为惊悚也更为可怕的画面。蓝色光芒波及的范围内，一切的活物和运动物体眨眼之间成了二维平面。如同画家的笔，将这些仍在错愕的警卫，以极简的线条描入了纸张。现场纸片纷飞，失去生命力的人甚至来不及发出一声求救。塔里斯转头想跑，却没逃过二维球的辐射速度，一秒之间，这位虫族王子就成了一张薄片。

祁珂内心的震撼并不比秦峥少，但她祖传的装 × 模式在这一刻凸显无遗。她只是诧异地看了看眼前的景象，然后从容地拉住秦峥，在二维球发动降维攻击的大场面下，深藏功与名地无声离开。

英雄，从不回头看身后的死亡。

为祁仙女这一次的壮举鼓掌！

直到飞船升空，还按着伤口脸色惨白的秦峥才发问：“二维球为什么在你那里？”

祁珂比他的伤情轻缓一些，调整着飞船的航线道：“我们趁乱离场时，我就觉得有人拽了拽我的衣角。现在想想，那个兽族小鲜肉估计就是在那个时候把二维球放我兜里的。”

“他用五亿通用币拍下的东西，就这么送给了你？”

“很正常啊，没有任何一个生理健康的男人能抵挡我的仙女光环。”

秦峥：“……”

“当然啦，除了你。你生理和心理都有疾。”

“祁珂。”秦峥握紧拳头，“我劝你不要现在挑战我的底线，再降级的话，你只有被踢出 ISF 了。”

“早知道刚才放你当个纸片人算了，还能让张正把你挂墙上。”

威胁失败，秦将军又失血过多，只能默不作声地皱紧眉头。祁珂见他不吭声，先启动了飞船的自动驾驶，随即扒开他的衣服看了看伤口。他的手臂和肩膀两处都是实弹伤，祁珂一默，走到舱体后方翻出了紧急药箱，折返回来，从药箱里拿出取子弹的仪器。

那是一个类似按摩棒的东西，前段呈圆形，接触面是乌金色，只要按住顶端的按钮，前面就会伸出细丝，剜出肌肉里的子弹。四舍五入来讲，这就是一台操作简单但痛苦加倍的小型手术现场。

秦峥眼看祁珂要亲自操作，忙不迭地抢过了仪器，闷声说：“我自己来。”

被患者无情地拒绝，祁医生特别丧气。她坐回自己的位子上，没好气地看着秦峥独自使用仪器，痛得大汗淋漓。就这种状态下，他还不忘关心祁珂：“你的伤……”

“死不了，管好你自己吧。”

秦峥咬住腮帮。

祁珂为了转移他的注意力，主动打开了话匣子：“说实话，那个兽族小鲜肉我总觉得有点熟悉。可我又能确定，在今晚之前，我没见过他。高领毛衣……奇怪……”

“你想到了什么？”

“没，只是在猜测，这种穿着，会不会是为了掩饰某种身体特征。等我有了线索，再向你说明。”

“你应该思考的重点是……吱……”秦峥倒吸一口冷气，肩膀上的子弹算是取出来了。他将吸在仪器接触面的子弹放到药箱盖子上，又把仪器对准了手臂上的伤口。祁珂单是看着，都觉得疼出了一种境界。她难得有点心疼领导，越发认真地听着领导说教。

“他为什么会将这样一个各方势在必得的武器交给你，背后有什么居心？”

“是被我的美貌征服了吧。”

“你……”秦峥一口老血哽在喉头。

“好吧好吧，这有两种可能：第一种，是他知道带不走这玩意儿，想借我的手转移赃物；第二，他可能是想发扬银河系人民互助互爱的高尚精神，看我有难就伸出了援手。”

“你能在我急需五亿资金救命的时候捐给我吗？”

祁珂看着秦峥雪白雪白的脸，不肯欺骗他，道：“不能。”

秦峥心里的血也汩汩地流出。

艰难地取出了第二颗子弹，秦峥如释重负地扔了仪器，瘫在座位上双目放空：“祁珂，真的白瞎了我对你掏心掏肺十几年。”

“你也别生气。俗话说得好，人有多大胆，地有多大产。你看看我们一屋败家子，就算当吉祥三宝卖了也凑不出五亿不是。要是我有个十亿八亿的……”

秦峥不想再听下去了，他知道根本不能对祁珂抱有希望。

“打住，说正事。”

“好的领导。”

秦峥闭了闭眼：“你得记住，今晚你没来过黑市星球，更没见过塔里斯王子，你应该明白我的意思。”

这一点，祁珂当然明白。她吃了一个公主，这要再被虫族知道她弄死了一个王子，两星交恶在所难免。祁珂煞有介事般地答应：“放心吧，你还不了解我？其他的我不在行，但打仗和甩锅是强项。”

“黑市星球人多嘴杂，我们也没用真实身份，就算有人认出来，咬死不认虫族也没办法。”

“哟，有点我耍流氓的风采了。”

“去你的。”

秦峥说完这一句，飞船抵达了接应点。通过认证后，战舰的尾舱打开，飞船顺利停靠。祁珂和秦峥下了飞船，来到休息舱。祁珂一边通知随行的军医来给秦峥进行包扎，一边让警卫送来了食物和水。她关闭了视觉修改仪器，把肩上的西装搁在一旁的桌子上，蹦到位子上坐好，扣上安全带，撕开一包薯片“咔嚓咔嚓”地嚼。秦峥无奈地瞥她一眼，让驾驶员赶快返程。

祁珂左右无事，把手边的显示屏画面切到了驾驶舱。傅广仍坐在主驾驶位，傅阳过了一会儿才从画面后方进入，坐到了副驾驶位上。他的穿着已经不是高领毛衣，换了一件圆领T恤。祁珂皱了皱眉头，似乎想到了什么。

秦峥见她表情不对，刚想问话，突然身后一声猫叫，吸引了祁珂的注意。她回头一瞅，只见一只体形硕大四肢却尤为短小的尖耳猫，长着一双暗金的瞳孔和豹纹色的皮毛，正垫着猫爪，姿态特别滑稽地靠着休息舱的四壁徐徐前行。

明明是个矮胖蠢，偏偏还要装出趾高气扬的样子，仿佛一只正在巡逻领地的猛兽，其视觉效果相当有反差萌。

祁珂默了一会儿，禁不住“扑哧”一声笑了出来：“哎哟，这不是巨坦星上的吉祥物吗？”

此猫名为“绯可猫”，产自巨坦星北部，发扬了巨坦星上什么玩意儿都是大尺寸的地域优势，唯独那四只脚，短得像是做了截肢手术一般，一点都不匹配。因其丑萌的外观，和软糯黏人的脾性，一度被视为猫界的“耻辱”。又因其拥有大批的女粉丝，常年高居银河系宠物榜榜首，是以成为巨坦星的吉祥物代表。祁珂只在电视里见过这种猫，还从来没目睹过实物，一时心里痒痒，把薯片一扔，摩拳擦掌地准备撸猫：“这儿怎么有绯可猫？”

秦峥淡定地瞄了瞄那猫，头靠着椅背道：“傅广和傅阳在巨坦星上采购回来的。这次为了伪装普通的通行舰，我让他们把猫放到这艘战舰上，以防天鹰军团巡查。”

“哦。”

两个人说完，一名警卫就冲了进来：“首长，这猫不知怎么的从笼子里跑出来了，我这就把它带回去。”

“原来是越狱的‘犯猫’啊！”祁珂走近，顺了一把猫毛。手感柔顺，肉感绝佳，的确是个不可多得的萌物。那小东西似乎也特别喜欢祁珂，圆脑袋一个劲儿地在她的掌心蹭。祁珂费力地把猫抱起来，由于这货太沉，还一不小心牵扯到她锁骨处的伤势。她龇了龇牙，缓过了劲，看着秦峥说：“送我一只吧。”

警卫：“啊？祁珂下士……”

祁珂：“我问咱领导呢，你别紧张。领导，您看，是不是能送下属一只猫，就当……啧，过两天不是七夕了吗？”

秦峥猛地心跳加速。

突然提七夕干啥！难道要在警卫面前问我要七夕礼物？那不是要正面曝光我和她的关系吗？还没做好心理准备，有点小紧张。

秦将军抖了抖腿，压抑着内心的激动，口嫌体直地说：“你想要七夕礼物？”

警卫屏住了呼吸。

天啊，我是要看到将军和祁珂下士的恋爱直播了吗！居然还有这眼福，太兴奋了，搓手！

通过耳机设备也听到了这番对话的张正想，领导！别㞞！冲呀！本垒打，拿下那个让银河系战栗的女人！

所有人都在等着这见证历史的一刻，只有祁珂还在专注地撸猫。她漫不经心地回答：“七夕再怎么说也是个重大的传统节日嘛，我准备抱这只猫上个相亲节目，提升一下我的贵妇气质，说不定哪个胸肌大的看中我是个隐形土豪，二话不说就跟我直奔教堂呢。”

秦峥：“……”

警卫：“……”

张正：“……”

“啪”的一声，是秦将军心碎的声音。警卫和张正心中默哀，都在无言地给自家领导点起了小蜡烛。这叫什么？

这叫不是不报，时候未到。

秦峥捂住了胸口，心肌梗死加失血过多并发症，他直觉下一秒自己可能就要猝死了。但他必须得扛住，他是钢铁一般的男人！

秦峥慢条斯理且不失风度地道：“送你吧。有句话我一直想跟你说。”

警卫和张正：领导，别尿，冲呀！表达你的爱意，让这个女人臣服在你的霸气告白下！

秦峥：“你其实不差的，一直单身主要还是因为眼光太高，只要你肯务实点……”

祁珂看着他。

“你就会发现，阿猫阿狗也看不上你。”

祁珂抓起薯片朝秦峥砸去，秦峥机智地侧头躲过。

“滚！”

秦峥傲娇地挑了挑眉，闭上眼不说话了。

张正和警卫同时深刻地认识到，自家领导真的是个天然注孤身，不添加，没有防腐剂……

小插曲告一段落，战舰也开启了曲率加速，猫和祁珂甜蜜互动，单身狗就在边上冷眼旁观。熬过了四个小时，战舰顺利返回 ISF。祁珂打算回公寓，秦峥拖着伤体将她送到路边，还不忘嘱咐：“回去看看伤口严不严重。电熔枪如果触及皮肉，皮肤组织会坏死，需要割掉。”

“我知道。”

“别逞强，随时给我打电话，我送你去医院。”

“啰嗦。”

祁珂拦下一辆运营车，秦峥替她打开车门，她正要抱着绯可猫坐进后排，那猫一个蹬腿，以迅雷不及掩耳之势蹦了出去。别看这货四肢短小，跑起来跟开了马达似的，穿过马路只十几秒的时间，已经看不见踪影。祁珂笨拙地从车里钻出来，又是大喊着“猫咪快回来”，又是推搡着秦峥的胳膊说：“你怎么就不拦着？”

秦峥杵得四平八稳，面无表情地看着街对面，有点幸灾乐祸地道：“哦，相亲不用去了。”

祁珂：“……”

无比幼稚的秦将军：“你看，连猫都嫌弃你，你这个没内涵的女人。”

“瓜皮！”

祁珂气闷地骂完一嗓子，坐上运营车，头也不回地走了。秦峥目送这车驶入主干道，这才转身回了基地，准备处理堆积的公务。

小披肩……

西装……

高领毛衣……

究竟和叶鸣有没有关系？

一路上，祁珂都在思考这个问题。从表面来讲，这些事好像和叶鸣都没任何关联，但不知为什么，她就是能联想到叶鸣。真要说个理由，也许，这就是女人的第六感。关于叶鸣的一切，匪夷所思的点实在太多了。

祁珂疲惫地揉了揉太阳穴，心事重重地回到公寓，已是凌晨四点。屋里亮着一盏微弱的射灯，叶鸣蜷在沙发上，像一个小肉团。他的发丝尖还有湿漉漉的痕迹，像是又一次经历痛苦，将他折磨得苦不堪言。保姆机器人在角落里待机，墙上的时钟发出嘀嗒嘀嗒的动静。

祁珂站在不远处打量了叶鸣好一阵，刚准备去卫生间洗漱一番，走了没两步，脚步声就惊醒了这个小不点。他警惕地的翻身坐起，揉揉眼睛看向祁珂的方位，见是她回来了，欣喜地跑过来，小脸上绽开纯澈的笑意：“你回来了！”

“嗯。”祁珂扬着眉梢拍他的脑袋，“抱歉啊，吵醒你了。”

叶鸣摇摇头：“怎么这么快？”

“出了点意外。”祁珂一边说，一边走进卫生间。叶鸣站在原地等她。

碍于前车之鉴，祁珂没开热水，就用冷水洗了把脸，再解开衬衣扣子看了看锁骨的伤。和秦峥那个乌鸦嘴说的一模一样，皮肤组织已经坏死了，焦黑的一小片。她用指尖戳了戳，伤处的皮肤已经麻木得感觉不到痛。祁珂深吸一口气，走出卫生间，翻出药箱子，拎到茶几上一放，整个人瘫在沙发上呈大字形。

叶鸣无声地走近，眸光晦涩地看看药箱，又看看祁珂的侧脸，闷声问：“你受伤了吗？”

“嗯。”

“伤在哪里？”叶鸣攥紧拳头。话音不同于往日的软糯，甚至带出了几分森寒的意味。仿佛下一秒就要冲出公寓，去和伤祁珂的人来个一对一 Battle（斗舞）。

祁珂休息了片刻，缓缓地睁开眼，睨着叶鸣。叶鸣迅速收敛了刚才的神情，又是一朵无公害小白花。祁珂拍拍仅剩的一个沙发位：“坐。”

叶鸣顺从地坐下。

她拿出酒精和棉签，将衬衣领口扯开一些，露出锁骨。叶鸣看见那焦黑的皮肉时，又是不自觉地拢紧了眉头。祁珂没看他，大大咧咧指挥道：“帮我先消下毒。”

叶鸣拿起棉签蘸了酒精，一只手拈着祁珂的领口，不知该怎么下手。祁珂安慰他：“只是一点小伤，你就像上次我帮你擦鼻血一样，把酒精敷在伤口处就行了。”

叶鸣抿紧唇，只字不言，小心翼翼地用棉签在祁珂的锁骨周围擦拭。

房间里，静无声息。

许久。

祁珂像是闲话家常一般道：“我在出差的地方见到了你的族人。”

叶鸣手一顿，随即又着转动棉签。

祁珂的脑袋枕在沙发靠背上望着天花板：“你没什么要对我说的吗？”

叶鸣沉默。

“雇佣兵提供的消息，你的星球名为阿尔法星，隐藏在 M49 星云里。这颗面积只有三百五十万平方公里的小行星上，居住着近三千万人口。你的种族普遍具有特殊的能力，根据能力不同和强弱，分为 M1 至 M9 九个等级。叶鸣，你的特殊能力是什么？”

祁珂偏过头，目光灼灼地注视着叶鸣那张白皙得几乎没有血色的脸。他埋着头，光束从头顶罩下，将他的双眼笼在阴暗里，致使祁珂无法从他的眼底探知他一丝半点的想法。见他久不回答，祁珂无所谓地道：“这段时间你可能没有真正意识到，我是个军人。军人这两个字的意义是保家卫国。为了地球的和平，这个身份会促使我掐灭一切危机的存在。叶鸣，你得知道，我愿意柔和地和你谈话，等待你的答案。但当我的耐心得不到回应时，我也有强硬的手段，能探查出你的秘密。你真要和我站在对立面吗？”

叶鸣急忙收回棉签摇头，可怜巴巴地盯着祁珂。

祁珂稍微坐直了些身体，懒散地问：“酒精擦完了吗？”

叶鸣又摇头。

“边擦边说话。”

小不点默了默，换了一根棉签，蘸上酒精，继续擦拭她的伤处。

“现在，开始你的坦白。”

“我……我……”

“我”了好几声，在祁珂询问的视线下，叶鸣闭了闭眼，好似鼓足了勇气，缓缓启齿：“我们星球上的人的确具有一些特殊的能力。”

祁珂凝神听着。

“在我的记忆中，这种能力并不是与生俱来的，每个人能力觉醒的时间也不同。至于种类，我不太清楚。我接触过的尔星人，特殊能力的强度普遍都较弱，我们自己并没有分出什么等级来。关于这件事，我不是有意隐瞒你的。”

祁珂沉思片刻：“能力觉醒有什么契机吗？”

“我不记得了。”

祁珂望着叶鸣。叶鸣为表清白，举起手做出投降的姿势：“真的，我说过我的记忆里有断层。一开始不向你坦白这件事，只是不想你把我当成怪物。”

“只有这个原因吗？”

“也……也害怕你把我送去解剖。”

祁珂没忍住，笑出了声：“你这小家伙倒是格外接地气地怕死。”她看看锁骨，“差不多了吗？”

叶鸣应声：“嗯。”

祁珂指了指药箱：“里面有那种包装好的消毒片，你找找。”

叶小跟班当即把药箱翻了一遍，拿出来祁珂所指的消毒片。

祁珂又道：“看见那透明小盒子里装的刀子了吗？”

叶鸣颔首。

“拿出来，用消毒片擦一擦。”

叶鸣照做。

祁珂见他擦完，头仰回靠背上，深吸一口气道：“下手轻点，看准了割，帮我把焦黑的皮肉弄下来。”

叶鸣一怔，声音颤抖道：“我……我不行……我不会……”

“别低估了自己的潜在能力，依我看，你手指修长灵活度不错，是个当白案的好苗子，先拿手术刀适应一下。”语气之轻松，就好像在让叶鸣切一块五花肉。叶鸣呆滞地看看大无畏的祁仙女，无比纠结道：“为什么不去医院？”

“太远了，懒得走。去基地疗养院的话又会被秦峥按在床上躺个三五天，浪费时间。这种事我自己也干过，放心吧，问题不大。电熔枪造成的伤患皮肤组织都坏死了，没多大痛感，你只要姿势够帅，速度够快，我睁只眼闭只眼也就过去了。”

叶鸣：“……”

把割肉说得这么轻松，你以为是在演电视剧吗？！

叶鸣想吐槽却没敢吐，祁珂大爷似的打招呼：“右手拿刀，左手拿棉签，血流下来了擦一擦，争取别污染了我的高定沙发。”

叶鸣：“……”

“还愣着干啥，动手，赶紧的，天都快亮了，我还想睡一会儿。”

话都说到了这个程度，当事人不怕，叶鸣这个帮凶也只好硬着头皮上。他屁股挪了个方位，让光线照在祁珂的锁骨上，做了一番心理建设，选了个趋吉避凶的割肉点，一刀就下去了。

祁珂抹了把滋在脸上的血：“朋友，你稳着点，别连我的胸都一块给整形了。”

叶鸣脸一红，从喉咙深处应了一嗓子，越发小心细致地沿着那受伤皮肉的周围移动刀锋。没过几秒，祁珂的额头就沁出了一层薄薄的冷汗，原先还红润的脸蛋儿也变得苍白。她紧闭的眼睫微微颤抖，彰显着这件事并不像她说的那么轻松。叶鸣心里不是滋味，仿佛有一只手在反复搓揉着自己的心脏，酸楚难耐。他屏着呼吸，不敢让自己出半点差错，握着手术刀的手同样满是冷汗。

祁珂为了转移注意力，找话道：“你的特殊能力是什么？”

叶鸣没回答。

“撒加人买下你，应该也是看中了你的能力吧？”

“……”

“让我猜一下，你能卖萌？还是能呼风唤雨？之前我看见的那名女奴能操控火种，算不算厉害的？她那一发自爆，简直惊世骇俗了。”

“……”

“对了。”祁珂转过头，“你听过‘造物者’吗？”

好一会儿，叶鸣猛地抓起一张餐巾纸，从祁珂的锁骨处接住了什么。他将餐巾纸和手术刀扔在茶几上，祁珂这才看清，受伤的皮肤已经成功割除。她急促地喘了几口气，朝满手是血且面色不佳的叶鸣竖起大拇指：“没有愧对我喂了你半个月的儿童酸奶，干得漂亮。”

叶鸣举着双手，紧张地问：“接下来该怎么做？”

祁珂略虚脱地用下巴指药箱：“瓶子里有棉球，蘸酒精，按在我的伤口上。”

叶鸣手忙脚乱地找出棉球，蘸酒精时甚至一不小心还洒了一半在地板上。他像一个抄作业被教导主任当场抓住的小孩，手足无措，可怜兮兮的。祁珂自己都疼得半死不活，还有心思照料一下银河系的未来花朵：“抱歉，确实不该让你来干这种事的，是我考虑不周。”

叶鸣吸了吸鼻子，强迫自己冷静下来，小声道：“我听说过‘造物者’。”

祁珂一个激灵。

叶鸣拿着棉球转回身：“在我们星球上，流传过关于‘造物者’的传说。说当苦难到了尽头，‘造物者’就会出现，解救我们于水火，开辟一个全新的世界。”

“还有吗？”

叶鸣摇头：“只有这一句，我还是很久以前从我一个朋友嘴里听来的。”

“很久以前？”祁珂挑挑眉，心想你个小屁孩所谓的很久，最多不也就十来年？她还想多问两句，叶鸣拿着棉球比了比，问：“就这样按住伤口吗？”

祁珂晃神地点头。

叶鸣猝不及防把棉球一按，祁珂霎时踢直双腿，整个人像一条死硬了的咸鱼，浑身紧绷，簌簌发抖。毕竟不同于先前割肉，现在是把酒精涂抹在新鲜的血肉上，那酸爽，简直要命。祁仙女痛不欲生，握紧的拳头连指节都是惨白的，她闭着双眼，咬紧下唇，唇缝里隐隐渗出一丝血色。叶鸣忙松手，着急地问：“很痛吗？”

祁珂没说话。

“要怎样才能缓解你的痛苦？”

祁珂摇头，正想说忍一忍就过去了，下一秒，唇上忽然覆了一层湿热。祁珂的心“咯噔”一跳，脑子里一片空白。还没来得及有任何反应，对方的舌尖已经蛮横地撬开了她紧咬下唇的齿，轻轻吮吸着被她咬裂的伤处。温暖的鼻息交缠着，她微微睁眼，看不清眼中人的面貌，垂下的细碎的刘海儿让她的视野里仿佛镀上了落日余晖般的金光。光影斑驳，呼吸慢慢放缓下来，所有声音都如潮水般退去，耳膜里只剩强劲有力的心跳声，一下，又一下，狠狠地敲击着祁珂的脑神经。

像是吃了一块巧克力，丝滑绵软的感觉在舌尖味蕾炸开，有点香甜，有点摄人心魄，使人深陷其中，神魂颠倒。只短短几秒，漫长得一如走过了生命里所有的时节，春花秋月，日落月升，纷纷更迭。所有的一切，在这一瞬间变得明亮而充实。

祁珂的脑海里上演着大型焰火现场，“砰砰砰”的声响接二连三。让她手动终止了这份缠绵的原因，主要是其中一朵烟花炸成了叶鸣那张招牌中学生的脸。

啊！夭寿啊！

未成年！！

祁珂猛地一回神，大力推开了身上的人。她的胸膛还起伏不定，好不容易找回了焦距，一看杵在跟前的人，顿时又觉得思维错乱了。她呆了呆，那人温柔地用大拇指抚着她的嘴，皱眉道：“别咬自己，实在要咬，咬我好了。”

祁珂暗暗掐了一把大腿，确定不是在做梦：“你谁啊？”

叶鸣：“你刚才不是问我有什么特殊能力吗？这就是我的特殊能力，改变外形。”

“……”

二十分钟后。

包扎完伤口洗了把脸换了身睡衣的祁大爷跷着二郎腿坐在沙发上，叶鸣绞着手指站在投影屏前，实力委屈地接受祁大爷的目光凌迟。

吻完就不认人，是祁大爷的优良作风。

祁大爷冷不防想到刚才那个吻，面红耳赤地摸了摸自己的唇。那可是本仙女的初吻！叶鸣眼巴巴地望着她，祁大爷又赶紧抄起手，一本正经地喝道："给我站好了，准备挨打！"

叶鸣挺胸抬头。

祁珂仔细审视着他，现在站在自己眼前的已经不是个中学生了，中肯地说，这是个实打实的流量小鲜肉。浅金色的短发，将近一米九的身高，鼻梁挺拔，双瞳幽深，唇色犹如三月春樱，水嫩得像块果冻。脸颊的线条明朗而柔和，五官立体，一言以蔽之，长相犯规。要不是那瞳孔依旧是一蓝一金，祁珂完全没法把他和之前的小不点联系起来。

这么一想，她深感自己受到了莫大的欺骗。

祁仙女脸色阴沉，冷冷地道："这才是你本来的模样？"

"嗯。"叶鸣忐忑地回应。

"为什么要变成一个小孩？"

"为了让雇佣兵和撒加人放松警惕，我……我害怕他们伤害我……"叶鸣低下头。

理由满分，无懈可击。有改变外形的能力，在生死攸关的时候，选择变成看起来毫无攻击力的孩子，的确能使敌人松懈。祁珂并不完全尽信他的话，仍然保持严肃："所以，这次跟着我去黑市星球的傅阳，还有送我二维球的福瑞都是你？"

叶鸣小心翼翼地看了一下祁珂的神情，迟疑着点头。

"这么说，你不单单只是外形能模仿别人，连眼球纹和指纹都能做到完全复制？"

"嗯。"

"可怕，为什么不早点告诉我这些？"

"不想你把我当成怪物。"

"好吧，那现在你愿意对我坦白吗？"

叶鸣点头如捣蒜。

"年龄。"

"我不记得了。"

祁珂捂住胸口："你这熊孩子……"

叶鸣生怕她动气，急忙解释："是真的。我也不知道自己的年龄该怎么用地球历换算，我只隐约觉得自己活了很久。年幼的时候，星球上的生存环境还没这么恶劣。但大致是从我十几岁开始，每隔四五年，记忆就会出现一次断层，中间发生的事，我都没任何印象。这种情况一直持续到七十年前，才没有再次发生。"

“七十年前……”祁珂喃喃。

叶鸣见她面色诡异，心虚地喊：“祁珂……”

祁珂忧郁地道：“照这么说，我是该喊你祖宗还是喊你大爷？”

叶鸣：“……”

“算了，辈分的事以后再讨论。你刚说阿尔法星的生存环境？还有关于‘造物者’的传说，怎么这颗星球环境很恶劣吗？”

说到这儿，叶鸣的眼神有些游离。那张好看的脸上，像是戴了一张温和的面具，面具慢慢裂出一条缝，汹涌而绝望的情绪喷薄而出。即使他还在只字不言，祁珂也能从他的眼底探知到那种痛苦与挣扎。她心一软，低声道：“你如果现在不想回答，我也不勉强你。等到你愿意坦诚相告时，我可以当一个聆听者，但我希望这一天不会太远。”

叶鸣咬了咬唇。好一会儿，他抬头认真地道：“我真的没有想伤害你。”

“我知道，你已经说过一次了，我也相信。”

叶鸣又陷入了沉默。

祁珂见他一时半会儿还无法对自己敞开心扉，知道这种事不能急于一时，索性伸了个懒腰，起身道：“天快亮了，先洗洗睡吧。”

叶鸣站在原地不动。

祁珂朝卧室走了两步，又打着呵欠叮嘱：“等会儿我得回一趟ISF，你睡醒了就打开保姆机器人，让它给你做点东西吃。没事的话也可以看看纪录片啥的，在家等我回来好吗？”

“好，我等你。”

祁珂微微侧首，瞄了一眼叶鸣，恰好叶鸣也正看着她。那目色温柔，缱绻至极，仿佛化不开的蜜糖黏在身上，再加上这无敌的长相光环，导致祁仙女呼吸一滞，匆匆落荒而逃。她躺回自己那张偌大的双人床上，心脏还在“扑通扑通”猛跳。

这种感觉，就像在悬崖上花样滑冰，一不小心还要粉身碎骨。长得好就算了，问题是怎么能借着皮相优势胡乱撩妹呢？真以为我祁仙女是这么好中招的吗？

祁珂摸着良心想了想……好吧，确实容易中招……

这已经是攸关名节问题了，不行，得找个时间好好和这祖宗谈谈。祁珂一边打着算盘，一边困倦得不行，没两分钟就开始打呼噜。

屋外，叶鸣听见这细微的响动，确定祁珂已经睡着，一双略显空洞的双瞳渐渐阴沉下来。他睨了一会儿房间门，这才轻手轻脚地坐到沙发上，发了许久的呆，然后侧身睡下，大长腿几乎蜷到了自己胸前，姿势非常可怜。

只过了一个半小时，天便亮了。闹铃把祁珂从熟睡中吵醒，她顶着一对国宝标配的黑眼圈，走到客厅给叶鸣盖上毛毯，随后出门直奔ISF。

早上八点四十分，基地里的士兵还在晨练。祁珂穿过广场，径直来到办公大楼。秦峥只比她早十分钟到办公室，屁股还没坐热，祁珂就擅自推门冲了进来，脱下牛仔外套挂在门边的衣架上，一副领导查房的样子在沙发上一瘫，揉着双眼说："有件事我得和你商量一下。"

秦将军默了默，眯眼瞅着这大爷，示意跟进来的张正关上门，缓缓地道："你不像是来和我商量，倒像是来命令我的，我差点都恍惚你才是我领导。"

"你一个糙汉子怎么就那么小肚鸡肠呢？"

恶人先告状！秦将军一大早就险些爆血管。忍耐了一番后，秦峥问："说吧，商量什么？"

"是这样的。"祁珂稍微坐正，"昨儿个夜里，我初步了解到我家那崽子的特殊能力了。"

"是什么？"秦峥严肃地问。

"改变外形。"祁珂意简言赅。

秦峥正琢磨这四个字的深刻含义，祁珂就解释道："换句话说，只要他想，他应该可以变成任何人的外貌。"

"……"

"但我觉得这件事没这么简单。"祁珂接着分析，"首先，阿尔法星上流传着关于'造物者'的传说，和之前那个女奴说得相差不远，都是讲的'造物者'会解救他们于水火之中。"

秦峥仔细听着。

"第二，叶鸣告诉我，尔星人的特殊能力并不是与生俱来的，但具体被挖掘出来的契机，他本身也不是很清楚，加上他的记忆有断层……"

"有断层是什么意思？"

"这就是我要说的重点，"祁珂敲了敲桌面，"叶鸣的原话是，每隔四五年，他的记忆就会被消除。当然，我不认为这是种族特性，而是有人故意为之。这种情况一直持续到七十年前。"

"七十年前？"秦峥差点跳起来，"那小兔崽子究竟多大了？"

祁珂的表情梦幻："如果他没骗我的话，估计咱们俩都能喊他祖宗了吧。"

秦峥想起那一夜他按过祁珂飞机场的爪子，也想起了那一夜他和祁珂在家独处大汗淋漓的场景，想起了他和祁珂已经同居超过半个月了。原先还以为这是个毛孩子，成不了他的情敌，现在，秦将军的脸都快被打肿了，火辣辣，且钻心地疼……

秦峥捂住胸口："所以，他根本不是个孩子？"

"嗯。"

"祁珂。"

"干吗？"祁珂有种不妙的直觉。

秦峥阴恻恻地道："我早跟你说过，不要放松警惕，你把我的话全当耳边风。你自己看看，你这半个月都搁了个什么玩意儿在身边！"

"话别说得这么难听，这孩子……不，这祖宗除了小秘密多了点，对我还是很和善的。昨晚要不是他，我都没法自己处理伤口。"

"你让他帮你处理伤口了？"秦峥咬牙。

祁珂感觉气氛不对，缩了缩脑袋道："嗯。"

"哪里的伤口？"

"锁……锁骨。"

秦将军深呼吸："祁珂，要不是看在你后台硬的分儿上，我就直接把你按回马桶了。"

"马桶……我让给你，你要是饿了，尽管吃，不用谢。"

"谢你大爷！"秦峥怒吼一嗓子，寻思着那小子虽然年纪不小，但终究还是个毛孩子的外貌，祁珂肯定不会对他有非分之想，于是就把醋劲儿给按了回去。

天真的秦将军还没意料到，就在不久后，自己的另一边脸也会火辣辣。

"说吧，你接下来有什么计划？"

"我是这样想的，"祁珂将思路转回了正事上，"当前摆在我们面前的，有两个首要的疑点：第一，这段时间莫名飞来的小披肩和西装到底是怎么回事，和叶鸣的特殊能力有没有关联。除了改变外形，他是否具有第二种特殊能力，我们必须要有个准确的答案，用来衡量他的危险指数。"

秦峥赞同地点点头。

"第二，我怀疑尔星人的特殊能力和'造物者'有关，目前这还是个猜想，毕竟叶鸣相关的记忆已经被抹除，无法从他的嘴里得知更多的消息。所以，我的意思是……"两个人四目相对，祁珂定定地道，"你我都知道，人的大脑是个固定的存储器，根据时间的远近和事件的重要性，储存器会定时清除一部分无关紧要的记忆。即使清除后，其实这部分仍存在于人的深层意识里。如果利用催眠技术，也许能唤醒这部分记忆。"

"接着说。"

"在记忆的雏形形成后，再利用三维影像空间，将他的记忆具象化。假设……我只是说假设，正好模拟的记忆场景是令本人恐惧的，我们可以使用情绪放大功能，使他有一种逼命感。当一个人处在危急关头时，零点三秒的本能反应时间内，他会尽一切可能去反抗。这个阶段他无法进行掩饰，包括自身情绪和具备的求生技能。你应该明白我的意思。”

秦峥当然明白，就像普通人面对歹徒抢劫，一部分是选择呼救，另一部分则是奋起反抗。这都是人的本能反弹。

秦峥捋了捋祁珂的话，冷笑道：“论无耻，我确实对你甘拜下风。”

祁珂毫不在意地摸鼻尖。

“昨天还住在一个屋檐下求疗伤，今天你就翻脸无情。”

“怎么能这么说本仙女！”祁珂脖子一硬。

秦峥眯眼看着她。

毫无骨气的祁仙女：“领导实在太了解我了！我反手就是……”

秦峥没好气地打断她：“三维影像使用是有条件限制的，这个不用我说。”

“我查过了。”祁珂看着手机道，“明天是个晴天。距离我家不远的绿地公园里，靠东面有一个人工湖，十点左右，湖面的反射光最强，是建造三维影像空间的好机会。”

“看来你都准备好了。”

“那必须的。”

“好吧，明早十点前，我会带技术组在绿地公园里提前布置好。”

“OK。”两个人达成共识，祁珂慢条斯理地走到门边，取下自己的外套，“我先回去补个觉，明天见。”

“祁珂。”秦峥叫住她。

祁珂一边穿外套一边回答：“嗯？”

“你千万别像你妈一样。”被个外星小兔崽子给勾走了。

秦峥还没琢磨好要不要说出后半句，祁珂就龇着大白牙道：“别像我妈一样太优秀？我让你感觉到压力了？”

秦峥叹了口气：“我是说，别像你妈一样赶尽杀绝，好歹也给人留条活路，人家好歹还帮你疗过伤。”

“滚吧，这还需要你说？老妈子！”

啐完这句，祁珂麻利地开溜。秦峥的眼皮跳个不停，只觉得像有什么事情要发生。这来之不易的和平与宁静，也许表象下正隐藏着狂风大浪，只等待一个时机，就会吞噬一切。

希望这些都是自己想多了。秦峥摇摇头，打开了电脑显示器。

八
仙女儿都是不食人间烟火的

祁珂回到公寓时，已经过了中午十二点。门一开，饭菜的香气扑鼻而来。离门边不远的饭桌上，花式摆放着一菜一汤。保姆机器人还在角落里充电，厨房里传来炒菜的动静。祁珂好奇地换上拖鞋，正要一探究竟，叶鸣端着一盘玉米炒火腿就出来了。

两个人打了个照面，都是一愣。

祁珂傻眼地指指叶鸣，又指了指饭菜：“你做的？”

叶鸣局促地把盘子放在饭桌上，身上还系了一条崭新的女式围裙，看起来居家又贤惠。他脸红地埋着头，小声说：“嗯，从保姆机器人显示的菜谱上学的。”

“怎么不让保姆机器人做饭？这玩意儿每个月租金都好几千。”祁珂一边唠叨，一边用手拈起一片火腿塞进嘴里。

叶鸣期待地看着她。

三秒后，祁珂睁大眼，诚心地赞叹：“啊，真好吃！”

她赶紧坐下，顺便招呼叶鸣也坐。叶鸣的眼角眉梢都盛满了笑意，将围裙脱下来放在空位上，坐在了祁珂正对面的位子上。祁珂狼吞虎咽地吃了几口菜，又舀了满满一碗汤喝，餍足得眯起了眼睛：“你还真有当厨子的天赋啊，第一次做饭居然这么好吃。”

“也不是。”叶鸣挠挠头。

祁珂正想说“别谦虚，该夸的”，结果这小子就来了一句：“我其实做什么都很有天赋。”

祁珂：“好的不学，尽学你秦孙子的臭不要脸。”

叶鸣反应了一下才想起“秦孙子”是谁。

远在办公室里的秦峥，今天莫名觉得膝盖有点疼。

“你也吃，别光看着我。说实话，你这手艺不错，就是数量预估不准确，按咱们俩这食量，你怎么也得弄个大份装的。”

“下次。”

祁珂抬眼瞅瞅他。

叶鸣的语气温柔：“我可以每天做饭给你吃，只要你不赶我走。”

祁珂动作一顿，冷不防被撩得三魂少了两魄。咕噜一句，心想着明天还要坑一遭这小子，不由得有些心虚，默默喝了两口汤，争取把注意力集中在饭菜上。她心怀鬼胎地大快朵颐，对面的人就专心致志地看着她吃，偶尔动一下筷子，还是为了不让祁仙女认识到自己的食量有多惊人。吃完饭，祁珂主动要承担刷碗的责任，毕竟人家好心做了一顿饭，再不表现一番，从道德上说不过去。祁仙女勇于争先地卷起袖子，刚说了句“我来洗碗”，叶鸣蓦然抓住她的手腕，再次用他那富有磁性的嗓音敲击祁珂的灵魂：“我来吧，你的手不应该用来做这些糙事。”

祁珂：“……”

她的良心受到了严重的鞭挞。她看着叶鸣将空了的碗盘叠好，挣扎道：“要不，让保姆机器人洗？”

“不用了，租金这么贵，明天去把它退了吧。以后，家务事我承包了。”

啊，良心痛。祁仙女捂住胸口，沉默不语地看着叶鸣收好碗盘走进了厨房。那略显消瘦的背影，在这一刻竟是如此光辉伟岸。能做饭，悟性好，宜居家，会打算，长相完美，还自带撩妹技能，如此无可挑剔的一个小鲜肉，明天就要踩进本人亲自设计的陷阱了，人间惨剧……

祁珂站在厨房外，睨着叶鸣忙碌的模样，深感不安。她坐到沙发上，寻思着该用什么方式来消除心里的愧疚。左右下午也没事做，她干脆打开了投影幕，找了一部自己最喜欢的老电影，等着叶鸣从厨房里出来。

叶鸣刷完碗来到客厅，就见祁大爷瘫在沙发上好整以暇地候着他。他扫了一眼投影幕，看着上面巨大的电影海报问：“这是什么？”

“我最喜欢的电影。来，为了回报你今天中午的殷勤招待，我请你看电影。”

看电影这种事不应该在黑漆漆的小屋里吗？纪录片里演过的。当然，这个问题叶鸣没问出口，他只是顺从地坐在祁珂边上，听祁珂兴致勃勃地给他普及：“隆重给你介绍，我的梦中情人，钢铁侠！看见了吗？就那个穿着红色铁甲的男人。这部电影的年代比较久远了，当时的拍摄技术现在看来比较拙劣，但丝毫不影响这部片子的经典度。可以负责任地说，这是人类幻想的超级英雄开山之作。”

叶鸣听得似懂非懂，重点完全没和祁珂在一条水平线上。他拧了拧眉头，问：“梦中情人？”

“是的，看看那撮小胡子，看看那性感的双眼皮，再看看那炫酷的姿势，啧，我男神！”

叶鸣阴沉沉地问：“你和他很熟吗？”

祁珂忍不住笑出声，按下了播放键：“熟，必须熟。不过，我认识他，他不认识我。”

“为什么？”

“因为他去了平行宇宙。”

“什么意思？”

“看电影吧，小傻子。”祁珂戳了戳叶鸣的脑门，随后便两眼放光地看向投影幕。叶鸣见她这么感兴趣，本着知己知彼百战百胜的初衷，也深怀敌意地看着电影开场。

然后……

两个小时过去了，叶鸣强烈要求看《钢铁侠》第二部。

四个小时过去了。

叶鸣乞求看《钢铁侠》第三部。

到了晚饭时间，祁珂盼星星盼月亮地想再尝一尝叶鸣的手艺，叶鸣提出了让保姆机器人做饭……

祁珂心塞，只好又放起了《复仇者联盟》系列。整整十二个小时，祁珂不仅跟着叶鸣重新回味了一发漫威宇宙的发展史，还要时时刻刻当他的剧情顾问，简直心力交瘁。眼看着时针指向了十一点，在第二部《复仇者联盟》的片尾曲响起时，祁珂终于眼明手快地按下了投影幕关闭键。

叶鸣不解地看看她，祁珂用眼神示意他看时间：“很晚了，我的生物钟在提醒我，该睡觉了。”

叶鸣意犹未尽：“《复仇者联盟》还有续集吗？”

“嗯。”祁珂揉眼。

“里面的绿巨人、美国队长和雷神也有独立电影吗？”

“嗯。”

叶鸣搓手。

祁珂及时阻止：“今天不行。”

“那什么时候才能接着看？”

没想到就这么拉了一个脑残粉入漫威坑，果然好电影不论时代，总有人心甘情愿躺坑底。祁珂想了想，计从心中来，抄起手道：“其实漫威公司还不止这几个的英雄电影。”

叶鸣眼睛一亮。

“还有黑豹、银河护卫队、蚁人、毒液和惊奇队长等等。你想看吗？”

叶鸣点头。

祁珂亮出她的大白牙：“那么，现在早点睡，明天跟我出去晨跑。表现过关的话，我就给你放电影，怎么样？”

根本不知道这是一个真陷阱的叶天真：“好。”

“OK，明早七点，我们准时出门。”

挂着仙女的标准微笑说完这句话，祁珂起身就要回房。叶鸣眼明手快地一把抓住她，祁珂莫名地回头，就听他道：“你还没说晚安。”

心尖忽地一颤，祁珂撞进叶鸣那满是粉色泡泡的暧昧眼神中。她的耳根子不禁发烫，原本再平常不过的两个字，在这一瞬，竟像情话般难以启齿。纠结了好半天，在叶鸣不达目的不罢休的拉扯姿势中，祁仙女甘拜下风：“晚安……”

叶鸣心满意足地松开手：“晚安。”

祁珂耳垂的红迅速蔓延到脸上，生怕被叶鸣看见，三步并成两步回了房间。叶鸣听着她倒在床上的动静，这才浅笑着收回了行注目礼的视线。

一夜好眠。

第二天一早，祁珂掐着时间起了床，拉着叶鸣洗漱完毕便出门晨跑。她特意挑了一条人少的新路，但穿着整齐运动装的叶鸣还是引来了不少女性的目光追随。一部分还能自持，只是拿着相机对他“咔嚓咔嚓”，另一部分就直接跟着他跑了，甚至还来问电话号码……

果然，搭讪这种事，是不分时间场合，只看颜值分数的。

好不容易抄小路甩掉了尾随的粉丝，祁珂一度气喘吁吁，叶鸣贴心地放慢了脚步，让她有休息的空间。祁珂嘴碎，趁着两个人走走跑跑，给叶鸣灌输着“外面的野花不要随便摘”这个观念。她的出发点主要是碍于叶鸣是新人种，还不能确定和地球人结合会不会发生基因变异，得防患于未然。而叶鸣听着这话，只觉得祁珂是为他吃醋了，这使得他心情大好，走路都带飘的。

两个人跑到一栋写字楼下，叶鸣看见马路对面有个移动早餐点，人群排着长龙，正在购买一种面糊状的食物，看起来就特别引人食指大动。叶鸣咽着口水目光流连，在祁珂的再三催促下，才依依不舍地跑远。进了公园，祁珂把他带到目的地，先让他坐在人工湖前的椅子上休息，自己则在边上拉伸腿。

“你早餐没吃饱吗？”

今天的早餐是冰箱里的速冻包子，由于只有五个，祁珂独占了四个，给正在发育的叶鸣留了一个。没吃饱不是正常的吗！

叶鸣没敢吐槽，只是摸了摸自己干瘪的肚子，虚伪地道：“吃饱了……”

“那你还看着油茶流口水？”祁珂好笑。

“油茶？”

“嗯，就你刚才在写字楼下看见的食物。”祁珂一边劈叉，一边漫不经心地说，“那是一种很传统的地球早餐，用米粉调制的，加上辣椒等佐料，还有泡菜干和黄豆，上面撒一层油炸薄脆，麻辣鲜香，很受上班族的欢迎。”

“……”

叶鸣才刚刚停止的吞咽动作又开始重复，连唾沫星子都差点不顾形象地溢出嘴角：“别……别说了。”

祁珂弯腰靠近他：“再说就忍不住了？”

他看着祁珂近在咫尺的眉眼，主动再凑近些许，喑哑的嗓音道：“嗯，忍不住了。”

祁珂一愣，忙不迭地退开半米，眼神游移地觑着叶鸣，机智地转移了话题：“等着，我去给你买一碗。”

“别去了。”

“没事，我还想跑跑。”

叶鸣想要阻止她，祁珂一溜烟儿跑远。过了十来分钟，她上气不接下气地把油茶捧到了叶鸣跟前。也许是因为跑步颠簸，油茶洒了些出来，沾在碗边上，已经没了卖相。可叶鸣心底的弦像被人无意拨弄了一下，又酥又痒，难以遏制。他仰头看着祁珂白皙的皮肤上沁出一层薄薄的汗珠，整个人笼罩在晨辉里，温暖又耀眼。他有那么一瞬间的恍然，只是本能地伸手接过那个碗，端在手里端详了许久，好一阵子才瓮声瓮气地说：“谢谢。”

祁珂没注意到他细微的情绪变化，还顾着扭腰和脖子，大大咧咧地道：“趁热吃，凉了就不大好下口了。”

“你不吃吗？”

“不吃了，我小时候也馋这玩意儿。”祁仙女拉了个弓步，间距之大，路过的环卫工都以为她的裤子即将罢工，“那时候我老是拉着我妈大清早去买油茶，我爸那眼神，简直恨不得手撕亲生闺女。直到我十八岁，我的早餐标配都是油茶鸡蛋、油茶牛奶、油茶紫薯包……后来我妈跟我爸去环游宇宙，我也就不怎么吃油茶了。”

“是因为陪你吃油茶的人不在身边吗？”叶鸣十分善解人意，并在内心上演了一出祁仙女孤苦伶仃的独身岁月。就在他刚要说以后我陪你吃的当头，祁珂摆手道：“不是，主要是我那时候体重超标，我爸说油茶热量太高不利于我减肥，我要是再吃他回来就掀了这条街的油茶摊子。”

叶鸣的眼神幻灭。

“不说了，你快尝尝。”

叶鸣点点头。为了在祁珂面前保持形象，他慢吞吞地吃了两口。油茶里的辣椒油放得重，他不大适应这辣味，被辣得满脸通红。祁珂这才反应过来，他还没怎么碰过辣椒。低头看了一眼手机，已是九点五十分，距离约定的时间就快到了。祁珂演技上线，故作恍然大悟地拍了一下自己的脑门，咧嘴道：“我给忘了，你没吃过辣，你再等等，我去给你买瓶水。”

“我自己去。”

“你找不到路的。”祁珂习惯性地揉了一把他的金发，加重语气叮嘱，“你就在这儿，别乱动，我很快回来。”

“呃……”

“你看，这里的景色很美不是吗？”

叶鸣顺着她手指的方向望去。青色的湖水波光粼粼，一轮红日在水面上投下浅影，风吹涟漪动，折射出绚烂的光斑。四周垂柳依依，湖中心修建着一座琉璃瓦的古楼，越发平添几分古香古韵。悦耳的鸟鸣如同一首节奏缓慢的曲子，令人心旷神怡。

阿尔法星上没有这么美好的景致。

叶鸣不知想到了什么，目光中带着怀念，看得出神：“很美。”

“是吧。用心记住这里的景色，回头写篇八百字的小作文，让我看看你是不是干什么都有天赋。”

叶鸣还没来得及拒绝，祁珂就慢步走远：“记住，是八百字，好好组织你的语言词汇，少一个字扣你一顿饭。”

话音落，祁珂穿过花园中的石板路，消失在一片葱郁后。叶鸣的表情渐渐沉了下来，他很清楚，祁珂今天的举动很反常，她在计划些什么呢？

叶鸣收回目光，看了看手里的油茶。他最终选择相信祁珂，打住不该有的心思，把注意力放到眼前的景色上，还真是思考起小作文的事来。

一座鸟园后栽着茂密的四季竹，竹林里没有路，祁珂踩着浅草走过，径直来到公园荒废已久的后门。两扇生锈的铁门上挂着一把打开的锁，祁珂麻利地将锁取下，穿过铁门，看见了停在外面的一辆房车。走到车厢尾部，她使用惯常的暗号反复敲了三次，房车的门随即打开，里面坐着秦峥和三名技术人员，还摆放了一台电脑和一个大型影像器。她借着秦峥的力爬上车，在他边上的空位上坐下。

“怎么样，准备好了吗？”

“嗯。”

秦峥打了个手势，技术人员立即将电脑上的画面切到实时监控点。那一头金毛的小鲜肉刚出现在屏幕上，秦峥就愣住了。他揉揉眼，坐近一些，仔细瞅了瞅这位小鲜肉，然后转头问祁珂：“叶鸣呢？”

祁珂没个坐相地揉着腿：“不在那儿坐着吗？”

秦将军一脸蒙，脑子仿佛遭受了重击，思路都跟着乱成一团麻。他冷静地捋了捋，旋即想起祁珂说的，这小子的特殊能力是改变外形。说时迟那时快，秦将军一个起身就拍响了桌子，吓得在场的四个人集体无声地颤抖。

“祁珂！”他指着祁珂的鼻子气得头昏脑涨，“他什么时候变成这样的？！他变成这样是想干什么？！是不是对你有什么想法？！”

祁珂举起手，好像指着她的是一把加农炮。后面的三个技术人员吃瓜地看看自家领导，又看看自家领导的心上人，慌得大气都不敢出。

祁珂咽了口口水：“不是，我跟你说过他能改变外形嘛。”

“我知道！你让他变成这样是什么意思？”

祁珂完全没 Get 到领导的高潮点，还在理直气壮：“不是我让他变，是那天晚上我受伤了他给我处理伤口的时候我疼得死去活来，他为了转移我的注意力就变成这样亲……”祁作死猛地收声。

秦峥目眦欲裂，后面的吃瓜群众也好奇地搓着小手手。

“亲什么？！”秦峥咆哮。

“亲……亲自给我擦酒精。”

秦峥：“……”

吃瓜群众心想，你骗鬼啊！这话转折得如此妖娆做作不自然，我们都不信领导会信吗？！

领导肯定不信，但领导更不想听见那一夜的真相。有那么一分钟，秦峥是真恨不得剁了自己克隆出这糟心货的双手，可他好歹忍住了，他只是脸色乌黑地瞪着祁珂。祁珂估摸着，领导肯定是被叶鸣的长相震撼了，以至于对自己 ISF 第一帅的地位产生了危机感，于是好言相劝：“其实这就是叶鸣本来的模样，他变成小孩主要是自保。就他这样嘛，在我眼里也就普普通通，顶好看的还是你，你可以放心。”

秦峥默了默，火气消下去一半。片刻，他哼了一嗓子，傲娇地坐回椅子上。

祁珂在心底疯狂地吐槽，这都什么破脾气啊，来得快去得也快。身为一个大男人，这么注重长相评选真的好吗？咋不去参加选美比赛呢？祁珂翻了个大大的白眼。

秦峥抄手道：“这件事结束以后，让他从你家搬出去。”

“不太好吧，他在这人生地不熟的……”

“你还想继续跟他同居？！”

祁珂被吼得缴械投降：“您说得对，都依您说的办。那么，现在，我们可以干正事了吗？”

秦峥没好气地给几个技术人员递了个眼色。技术人员们惊得像快要夭折的小鸵鸟，急忙进行三维影像空间的创造。将近十分钟后，还在椅子上坐着的叶鸣听见了一阵高过一阵的轰鸣声。那动静和飞船起飞时类似，由远及近，最后像是将引擎放在了他的耳朵里，声音大得震耳欲聋。叶鸣浑身瑟缩着，短短几秒，他的神志就变得不大清晰，眼皮子止不住地往下搭。他试图和袭来的困意抗争，但到底没抵挡住这强行催眠的声波引导，只是眨眼，整个人仰倒在了长条椅上。油茶碗落地的瞬间，糊状物溅在地面上。与此同时，设备连接了叶鸣深层意识里的记忆影像，在电脑屏幕上显示出一个虚无的三维空间。

那是叶鸣的视角。

眼前的湖面慢慢升腾起氤氲的白雾，缥缥缈缈，遮盖了琉璃瓦的古楼。一片模糊的雾气中，似乎传来了檐角的风铃声，声音越来越清晰，越来越刺耳。日头变得惨白，一如大瓦数的白炽灯，让人无法睁眼。叶鸣站起来，木讷地往前走。他在雾气里辨不出方向，一边四处张望，一边摸索。突然，他掉进了湖里，刺骨的冷水没过他的头顶，他用力扑腾，却像被一只手拉扯着，坠入了无底的深渊。画面由明转暗，风铃声格外遥远。

忽然，一切戛然而止，电脑屏幕上的颜色再度变得鲜明，风铃声也随之消失。眼前的事物出现了清晰的轮廓。那是一间实验室，四壁是流动的水膜，泛出斑斓的色彩。顶上没有天花板，暗沉沉的，涌动着无边无际的黑云。叶鸣站在原地，失焦的瞳孔缓缓聚向一点。他看见有许多整齐排列的四方形金属舱，每个舱体上面有一块透明的玻璃。就在不远处，还有一个圆柱形的玻璃舱。舱里注满了深黄色的液体，内中似乎漂浮着一个体型庞大的东西。圆柱舱的下方牵引出无数细管，连接每个金属舱。

叶鸣的脸色一刹那白如死灰，他像是被巨大的恐惧侵蚀，脊背僵直，双瞳涣散，握着拳头的手大幅度地颤抖。

“这是叶鸣和我提过的，存在于他记忆里的实验室。”

秦峥看着祁珂，祁珂道：“但他不记得实验室里发生过什么，只是感到害怕。我们能不能切换一下视角，看看那些金属舱里装的什么？”

“不行，这是他本人的意识空间，我们只能透过他的视角来观察。”其中一个技术人员道。

祁珂皱了皱眉头，摸着鼻尖分析：“看这些配备，我觉得和人体试验有关。这会不会是尔星人具有特殊能力的原因？”

“等等，你听，有人在说话。”秦峥做了个噤声的手势。

就在这时，实验室的右上角突然出现了两个“人”。这两个人被一团光包裹着，看不出形貌和体态，只能听见两个人交谈的语音。他们使用的语言不同于现今银河系里已知的任何官话，通过技术人员的分析也无法成功翻译。

祁珂道：“难道是阿尔法星的本土语？”

她这一提醒，技术人员当即侵入了雇佣兵的加密联络频。阿尔法星人由他们带入银河系，如果有任何交流，雇佣兵当然是接触得最全面的渠道。技术人员很快通过雇佣兵的资料搜集了一部分阿尔法星的简单用词。但经过进一步对比，竟还是无法和这两个人的话达成一致。

这个结果让秦峥和祁珂头皮发麻。

假设这并不是叶鸣毫无根据的幻想，那么，极有可能，银河系里已经出现了一个全新的物种，科技之发达甚至远超所有种族。他们隐在暗处，正在伺机而动。这个猜测是非常可怕的，祁珂和秦峥一时无话。

这会儿，其中一个“人”的话莫名变成了阿尔法星的语言。他似乎转向了叶鸣，说：“看，这里还漏掉了一个小家伙。”

他朝着叶鸣走去。

同时，画面开始跳频，电波线和雪花点显示出意识空间正极度不稳定。叶鸣紧张地后退，微微弓起身子，做出防御的姿态。他退到角落里，步伐受到水膜的阻碍，无法再挪动。随着那个“人”逼近，屏幕上的呈现也断断续续的，随时都有结束的可能。

祁珂已经顾不得思考其他，蓦地起身道：“结束催眠！他太害怕了，再继续下去，意识世界会彻底崩毁的。”

所谓意识世界崩毁，这意味着本人的思维将永远停滞在黑暗里，现实中也会成为植物人状态。这不是祁珂想要的结果，她的良心不允许她这么做。

秦峥道：“如果要中途停止，必须有一个他熟悉且信任的人进入他的深层意识，将他带离。”

“我去！”

“不行！”秦峥断然拒绝，“他现在已经处于崩毁的边缘，你怎么确定他一定信得过你？如果他认为你也是个威胁，只会拉着你一起陷入无意识的世界！”

“我愿意赌！”祁珂大声道，“这不是我计划的一部分，我必须保证他的安全。”

“我不同意！别忘了，在这里，我才是主事的人！”

“秦峥！先不说叶鸣是不是无辜的，他身上还有那么多秘密，是我们手里唯一的筹码，你难道要这么放弃他？！”

“是的。在你和他之间，我做出判断的唯一标准，是谁对 ISF 更有用！”

“什么有用！”祁珂爆了粗口，“我只知道我是军人，不能无故牺牲每一条生命。你要是个男人，就做你应该做的事！”

“正因为我是男人，我才更要保护你！”秦峥比她的嗓门还高。

祁珂气得脑中风，根本没时间细想秦峥这话里的含义。两个人正剑拔弩张，其中一个技术人员及时插话道：“将军、下士，你们快看！”

祁珂和秦峥一同望向电脑屏幕。只见画面里，退无可退的叶鸣变成了一只外貌狰狞的庞大怪兽。怪兽通体长着浅蓝色的绒毛，硕大的脑袋上有一只独角，铜铃般的眼凶恶地盯着面前那团光。它的血盆大嘴张开，露出无比锋利的牙，喉咙里发出威胁性的嘶鸣，前身伏低，随时准备进攻。

祁珂和秦峥冷静下来，祁珂指着画面道："这说明什么？这说明叶鸣只有一个特殊能力不会对我们造成太大的危害。"

"你是脑子里冒烟才得出的这个定论吗？你看看他现在是什么？怪兽！你敢说这怪兽放到街上不会随便咬人？！"

"但他本质上是个人！"

"好，就算他本质上是个人，那也是能随意改变外形的人。我问你，那天跟着我们去黑市星球的傅阳，还有福瑞，是不是他伪装的？"

祁珂不吭声。她知道秦峥的心思深，恐怕早就猜透了事情的前因后果，要瞒过他基本是不可能的。况且，她也不打算隐瞒。秦峥见她不回答，拍桌子道："我得提醒你，他能动用福瑞的资产，就说明他的伪装不单单只是表象，至少在视网膜和指纹技术上，他也能百分百模仿。我就不信你没想到这一点！"

祁珂抿唇。

"往大了说，万一他哪天变成我的模样，你知道他能干些什么吗？！"

祁珂当然知道，目前保护地球的九颗卫星防护网、启动和关闭的权限都在秦峥身上。这确实是个很棘手的隐患。

房车上，大家一度陷入死寂。

半晌，秦峥才问："现在，你还决定要冒险将他从意识世界带离吗？"

祁珂坐回椅子上，闭着眼握紧拳头。好一会儿，她略为苍白的唇翕动着，无力地说："无罪先判，这违反了我的底线和原则。秦峥，我希望你和我都不会为今天的选择后悔。"

秦峥默然，两个人都没再说话。

约莫两分钟后，技术人员又"咦"了一声。两个人抬头望去，只见叶鸣已经恢复成人形。他恐惧而无助地蹲在地上，双手抱紧脑袋，声线颤抖着说："别……别过来……救救我，谁来救救我……"

那充斥着哽咽的腔调听得祁珂的心骤缩，她不想再当一个旁观者，正准备起身离开，猝不及防地，意识世界发生了变化。叶鸣眼前的那个"人"逐渐剥离了光雾，露出令人咋舌的形貌。

是祁珂。

祁珂一愣，还没反应过来，电脑里的场景仿佛重现了祁珂和叶鸣相识的最初。周围的光线暗淡下来，只有一束光聚在祁珂的头顶。她面带浅笑，伸出一只手，对叶鸣说："跟我走，我带你离开。"

叶鸣两眼通红，颤巍巍地把手搭到她的掌心，僵硬地站起身，与祁珂肩并肩，渐行渐远。两个人消失在一片白光中，紧接着，影像缔造仪发出"嘟"的一声响，象征实验结束。直到屏幕画面重新切回人工湖旁的长条椅，祁珂才独自喃喃："这是叶鸣印象里的我……他信任我……"

一句话说完，祁珂拔腿冲出了房车。秦峥看着她由于心急连跑步的动作都显得不怎么协调的模样，心底酸涩交加。

事实上，又岂止是信任呢？

秦峥看回屏幕上已经清醒过来的年轻人，能在意识崩毁的边缘因为祁珂的出现而重回稳定，这说明叶鸣把祁珂视为自己的救赎。他不单信任她，甚至还爱慕她。即使隔着屏幕，都能清楚他的这份感情深植于心。恐怕也只有祁珂这个愚蠢的当事人，才会仅仅把这归结于简单的"信任"二字……

九
小狼狗的进阶之路

公园的人工湖前，叶鸣慢吞吞地坐直身体，他青白的脸上依然没有半点血色，眼里布满血丝。他呆滞了许久，才颓废地弯腰看着脚边脏兮兮的油茶碗。片刻后，他将碗捡起来，捧在手里皱眉打量。

祁珂以八百米长跑的速度奔回叶鸣所在的地方，跑得上气不接下气，手叉着腰问：“你……你还好吗？”

叶鸣不语。

祁珂缓了一阵，蹲到他面前，一只手踌躇了一下，还是覆在了他的手背上：“叶鸣，告诉我，你还好吗？”

叶鸣木讷地抬起头：“我渴了，想喝水，你买的水呢？”

祁珂微愣，尴尬地打了个哈哈。刚要找借口，叶鸣目光冷漠地望向远处的古楼：“这里的景色真的很漂亮。”

祁珂直觉要迎来电视剧里的名场面——分手直播了。

果不其然，叶鸣开始了他的单方面分手台词：“在你把我从撒加人的舰上带回来之前，我一直不相信，会有人毫无保留地对待我。你让我学习你们的地球文化，悉心照顾我，保护我不被送去生命研究机构，我心存感激。我不知道自己有什么能够回报你的，只想留在你身边，为你做一些力所能及的事，让你开心，哪怕你只是偶尔对我笑一笑，我也很满足了。今早和你出门时，我就察觉到你有些不对劲，但我没有余地拒绝。顺从你，是我唯一能做并想做的事。”叶鸣收回视线，凝在祁珂的脸上，“我没有与人长时间地相处过，在这段时间里，我小心翼翼，害怕自己长时间沉淀的本能伤害到你，我以为把自己柔软的一面摊开在你面前，你就不会赶我走。但是，你不该利用我最不想回忆的噩梦……”

“叶鸣……”祁珂的喉咙里像卡了一根刺，愧疚感铺天盖地。她深吸一口气，试图解释："叶鸣，你听我说……"

"是你计划好的吗？今天发生的一切。"

两个人定定地对视。叶鸣渴求的眼神在等待着一个否定的答案，可祁珂无法违背自己的良心。就在刚才，她甚至选择了放弃。她敛眉，点了点头："是。"

"……"

叶鸣沉默地站起身，居高临下地看看祁珂，将油茶碗轻轻放在长条椅上，只字不言地走了。

祁珂蹲在原处烦躁地挠了一把头，跟着站起来，冲着叶鸣的背影喊："喂！你去哪儿？你在这儿人生地不熟的，要怎么生活下去？"

叶鸣没回答，留给她的，只有一个决绝的背影。

祁仙女之所以做人成功，除了后台过硬，主要还是她臭不要脸。秉着这个原则，祁仙女打算来一波死缠烂打。她正要举步追上，看见椅子旁边有一瓶红色的饮料，估摸着是哪个倒霉鬼忘拿了，想着接下来还要长篇大论地忽悠小鲜肉，就拧开瓶盖润了润喉。"咕噜咕噜"喝了大半，祁仙女擦干净嘴，一溜小跑："叶鸣，你先冷静下来，关于这件事，我有个锅要甩。"

叶鸣没理她。

祁珂跑到他的边上跟着他的脚步叨叨："我不是主要责任人，其实出这个馊主意的，还是秦峥。"

还在房车里心肌梗死的秦将军莫名又感到病情加重了。

"秦峥这个杀千刀的，我是劝也劝了、骂也骂了，但他毕竟坐在那个位子上，考虑的事情必须周全。你来历不明，他对你有所怀疑也是正常的。再加上你和我说话总是遮遮掩掩，我也吃不准你究竟是不是一朵无公害小白花。"

"你看这么着行吗，回头咱们俩一起写份报告，把你没说完的秘密都捋捋，往上报备一下，也好让秦峥吃颗定心丸。作为弥补，我陪你看完漫威的所有电影？"

叶鸣保持冷漠·jpg。

祁珂再接再厉："你要是还不解气，我舍命陪君子，找个月黑风高的晚上，套个麻布口袋打秦峥一顿？"

远方的秦将军："……"

今天有点透心凉。

叶鸣还是没回应祁珂。祁珂还想再说点什么，突然肚子一阵绞痛，使得她停下了追逐的步伐。叶鸣不解地回头，见她捂着肚子，问："你……你怎么了？"

祁珂艰难地仰头："我仿佛感觉到扑街的前兆。"

咦，这一幕……怎么这么眼熟呢？

叶鸣正想是不是在哪部片子里见过，冷不防就想起了在基地疗养院里看过的《农村爱情故事》，其中有一场戏，就是纳兰铁柱装病惹李翠花垂怜。一模一样，连表情都不带更改的！叶鸣更生气了，冷着脸倔强道："我不会第二次上当，今天就算你当场倒地，我也……"

话还没说完，祁仙女当场倒地。

叶鸣看着她那行云流水一气呵成的动作，谨慎地思考了一番，还是走近看了看祁珂的状态。他用手戳戳祁珂的脸，喊："别装了，起来。"

祁珂完全不动。

叶鸣又戳："祁珂，起来，我不走了。"

祁珂嘴里冒出了白泡泡。

叶鸣一惊，蓦地回忆起疗养院里那波澜壮阔的一夜。他忙不迭地四处看，看到离事发现场不远处有个饮料瓶子时，基本确定这货又食物中毒了。他虽然不是地球人，但从那晚秦峥的表现来看，也知道食物中毒不是小事。这么一想，他匆匆打横抱起祁珂，疯狂地朝公园外跑去。

"你这家属是怎么回事？让你去办住院手续，磨磨蹭蹭地干什么？该不会是通缉要犯吧？你再不交钱，我们可就报警了！"

一阵吵嚷中，躺尸了六个小时的祁仙女虚弱地醒了过来。她睁眼一瞧，周遭惨白惨白的。白炽灯、白色帘子，还有白墙面……是医院无误了。她看看左边，叶鸣耷拉着脑袋坐在边上。看看右边，一个翻着白眼的病人正在抢救。看看前面，大胸的女护士凶神恶煞，仿佛下一秒就要让两个人把牢底坐穿。她捂了捂还有些绞痛的胃部，从运动裤的裤兜里拿出手机，解锁了支付界面，递给护士："麻烦你，帮我们交一下费。"

护士见当事人醒了，没好气地接过手机，又在病历本上写了几笔，仍然凶神恶煞地问："感觉好点了吗？"

"嗯……"

"你是哪里想不开，要去吃鼠药？也幸亏是微毒，送医及时，要不然你现在就排队进火葬场了。"

祁珂："……"

她打了个干呕："不是我想不开，是别人想不开要把老鼠药搞成饮料的外包装。"

护士一听，默了一默："你从绿地公园过来的？"

"嗯……"

"每年这个季节，绿地公园都要防鼠疫，都是把老鼠药放瓶子里，戳几个小洞扔角落里。你妈没告诉你，不明不白的东西别乱吃吗？"

“我妈只告诉我，做人要百炼成钢，百毒不侵。”

护士用看智障的眼神看了一眼祁珂，顺带还同情地看了一眼叶鸣，然后摇摇头，嘀咕着“一家傻的”，一摇一摆地去收费窗口交钱了。

等她走远，祁珂才继续挤出十分虚弱求安慰的面部表情，可怜兮兮地把头转向叶鸣：“你……你没走啊？”

叶鸣低着头，给祁珂盖好空调被，又帮她加塞了一个枕头，好让她的上身抬高一些。祁珂默默地看着他，慢声道：“今天的事，我很抱歉，没有顾虑到你的情绪。你如果实在要怪，我也……”

“是我不好。”叶鸣打断她的话，“是我对你有隐瞒在先，你这么做也只是出于你们的角度考虑。”

“叶鸣……”祁珂有点惊讶于他这突兀的转变。片刻后，她叹了一口气道：“也许你不知道，在实验过程中，由于你的情绪波动太厉害，意识世界一度濒临崩溃，一旦造成这种后果……”

“那你想过挽救吗？”

“我……”祁珂语塞。

叶鸣定定地睨着她，忽然转移话题：“你饿不饿？”

“……”

“我去看看有没有什么吃的。”

“叶鸣。”祁珂拉住他，“我当时……”

“别说了，我……不想知道这个问题的答案。”叶鸣敛眉低头。

祁珂想了想，问：“你为什么这么信任我？”

“我也不知道，可能……只是一种直觉。”

“那么，你还愿意继续信任我吗？或者说，你还愿意继续留在我身边吗？”

叶鸣的指尖一颤，微微抬头看进祁珂那双黑白分明的眸子里。两个人沉默半晌，叶鸣闷闷地用鼻音回了一个字：“嗯。”就像一个还在赌气的孩子，因为舍不得、放不下，无法抽身离开。却又着实恼怒自己的这种软弱，正在内心里和自己较劲。

祁珂看着他无比纠结，忍不住弯了眉眼，拍手道：“好吧，我正式向你道歉，作为弥补，以后我不会刻意去追究你的过往。但你得答应我，你的立场不会和人类对立，你的特殊能力不会滥用，以至于威胁到人类的安全，好吗？”

叶鸣不语。

“当然，在这个前提之下，我也会尽我所能地保护你，不会让任何人类势力伤害到你。这个交易算不算公平？”

“好，我答应。”

祁珂提着的一颗心登时落了回去。

叶鸣适时地补充：“我没有想过要和人类站在对立面，因为有你，我不会伤害你。”

祁珂咽了口口水。

叶鸣这话说得小声，却字字千钧，就好似拿着一把重锤，将这句话音清晰地敲打在祁珂的心坎上。她自己都没觉察，两个人对视的一瞬间，她的脸红得仿佛天边的云霞。为了遏制迅速飙升的肾上腺素，她望向天花板道：“我考虑过了，你很有军事天赋，过段时间我可能会被调去军校任职，如果你不反对的话，我想推荐你进入军校学习。那是现今军事方面主要人才的输出地，以你的天资，不该被埋没。而且，这也会使得你更好地融入人类社会，你觉得呢？”

叶鸣不怀好意地接着撩：“你在哪儿，我就在哪儿。”

祁珂无力地捂住怦怦跳的心。

你这是要命啊！多大仇啊！

叶鸣那张脸就这么稍稍一笑，周围的护士小姐都跟丢了魂似的，更遑论被他正中红心的祁仙女了。祁珂稳了一阵才找回满天乱飞的思绪，干咳一声后说：“这样，我们算是冰释前嫌了吧？”

“嗯。”

“那么，接下来有两件要紧事。”

“什么？”

“一，扶我起来，叫个外卖，我想吃火锅。”

“……”

于是，四十分钟后，祁作死和叶天真双双坐在地上盘腿吃火锅。隔壁床的家属呼天抢地地骂，医生和护士匆匆赶来，试图劝告祁珂刚洗了胃不能吃辛辣的食物。祁珂像开启了听力屏蔽设置，把边上的人都当成空气。在这种大阵仗下淡定地干完两碗饭和一盆火锅后，她又拍拍屁股，眯着眼道：“现在，我们进行第二件事。”

“又……又是什么？”叶鸣略显紧张。

祁珂好笑：“回家睡觉，养足精神，明早我去走后门。”

第二天。

秦峥一早就觉得心神不宁，眼皮直跳，他正反思是不是由于昨天发生的事太打击自己的自信导致睡眠不足。结果才刚过九点半，让他不宁的源头就来了。这“源头”直奔办公室，并向他发表了一篇“Love and peace”的激昂演讲。

秦峥梳理了一遭她话里的重点，愣了五分钟，继而拍案而起：“你这弱智究竟是怎么回事？昨天才给那小子下了套，也不怕他记仇，今天你就告诉我要让他进入顶尖的军事院校当插班生，你还真以为你是披着光环的玛丽苏了是吧？！”

祁珂坐在办公桌对面跷二郎腿，特别无耻：“给领导鼓掌！领导今天的听力测试也是满分呢。”

“祁珂！”秦峥扯开嗓门吼，“别跟我嘴上跑火车。你刚才说的话，有用你的猪脑子好好想过吗？”

“我这是百分百人造脑，不信烫个脑花给你吃？”

“你……”

“好了你也别这么大火气了，是昨晚谁给你浇汽油了吗？”

还能是谁！必须是你！秦峥愤怒地瞪着这个罪魁祸首。

罪魁祸首对自己直接引起了两个男人的失眠及郁闷等各种情绪毫不自知，还在进一步增加秦将军脑血管破裂的可能性。

“我这么做主要是出于四个考虑。首先，叶鸣的母星已经被雇佣兵洗劫，族人也被当成奴隶贩卖到了各个星球，他无家可归。不管是出于人道主义，还是私人同情心作祟，我都想收留他。”

“……”

“其次，他向我保证过了，不会站在人类的对立面，也不会滥用他的特殊能力给人类带来威胁。”

“保证有用的话，你现在能是下士？”

“……”

“说归说，怎么翻旧账呢？”祁珂不满地翻白眼，“这小子很有军事天赋，加上他现在的状态，只要我们洗脑洗得好，很有可能让他成为ISF的中坚力量。这么一来，减压减负，幸福你我他。”

“我能动手打你出去吗？”

“我会告诉我爸的。”

秦峥：“……”

见秦峥气得青筋暴起，祁珂赶紧说出了最后一点：“不过，最重要的，是我认为他和‘造物者’有关联。假设我们从他的意识世界里看到的那个人是‘造物者’，‘造物者’是不是真的改造过尔星人，他的目的是什么，这些，我们都要从叶鸣身上找答案。与其让他脱离我们的掌控，不如想办法稳住他。毕竟他的特殊能力摆在那儿，我们也没十足的把握能跟进他的行踪。”

这一点，还算祁珂说得有理有据。诚然，秦峥也郑重考虑过这件事。“造物者”的谜团，从佩特战役时期就一直存在，如果他真的大批量改造过一个种族，那么背后显然有阴谋。

秦峥头疼地按了按鼻梁："如果我不同意呢？"

祁珂："你又不同意！我说啥你都不同意！还能不能建立良好的上下级关系了！"

"你向我求婚试试。"

"嫁给我吧，单身狗。"

"好。"

祁珂一脸蒙。

占了回口头便宜的秦将军总算雨过天霁，一直黑着的脸上有了几分笑意。祁珂呆了一会儿才反应过来，小肚鸡肠地嘀咕："秦峥，你也就只能在我这儿找点存在感了，别的女人早看穿你注孤身的本质，只有我大气，不怕被你的单身病传染。"

秦峥冷哼一声。

祁珂双手撑在桌面上，向他凑近："你玩笑也开完了，现在总该冷静点，想一下我的提议吧。真的，一箭四雕，无敌划算。"

秦将军心里打着小九九盘算着，其实也不止一箭四雕，还能让祁珂和那臭小子解除同居关系，把两个人的宿舍安排得越远越好。这么计划着，秦将军表面继续高冷："我会考虑的，你先回去。这段时间可别忘了，你已经是向我求过婚的女人了。"

"我呸。"祁珂没好气地问，"你要考虑多久？"

"考虑好了就会通知你！"

"秦峥……"

"再说这件事就没门儿了！"

祁珂哽了哽，冒死道："不是，我是想说，你今天怎么一副肾虚的样子，要不要我给你买两盒健脑补肾丸？"

"……"

"我了解过这个药，纯中药成分，不伤肝肾，调理效果还相当显著，是男人居家必备、出门旅游的上好佳品。"

秦峥的脸又黑了下来："你了解这玩意儿干什么？"是不是想让那臭小子更持久？

祁珂莫名其妙："我这不是心疼你吗？这药能有效预防秃顶。我看你这几年工作忙，发际线都高了不少。"祁珂伸手，想让秦将军正视他的发际线，被秦将军狠狠地打了手背。

秦峥咬牙切齿，低吼出一个字："滚！"

祁珂："男人的问题得及时治，不然你以后……"

"警卫！拖她出去！"

十秒后，祁珂站在办公室门前，感受了门风糊脸的快感。她耸耸肩，按着她对秦峥的了解，这事十有八九成了。既然正事搞完了，祁仙女屁颠屁颠地回了公寓。她通知了叶鸣这个好消息，为了庆祝，两个人又叫了一顿外卖火锅，一边吃，一边津津有味地看起了漫威的英雄电影。其间祁珂还不忘跟叶鸣解说。至于解说的内容，基本是这样的——

“这是我男神。”

“这是我男神二号。”

“这是我男神三号。”

“这是我男神……记不清几号了，先算个备胎吧。”

叶鸣表情麻木：“这些角色你都喜欢？”

“差不多吧。”

真花心，可以说是个负心汉了！

真·负心汉·祁珂：“不过，我最喜欢的还是钢铁侠。”

“为什么？”

“他太隐忍了。你看，他一开始是个多么自负自大的商人，表面上玩世不恭，内心比谁都细腻。他把所有责任都扛在自己肩上，会因为一个战友死去的噩梦夜不能寐。他汲汲营营地努力着，想方设法规避这一切的发生。以凡人之躯面对最强悍的敌人，在死亡面前没有半点胆怯。他是一个真正的英雄，值得人尊敬的英雄。”

叶鸣难得听到祁珂这么正儿八经的见解，痴痴地将目光投向了荧幕上那个穿着红色盔甲的钢铁人。

“英雄……”

“嗯，一个现实里不存在，但能够给予我们精神慰藉的英雄。”祁珂夹起一片肥羊肉塞进嘴里，“可惜我生得晚了点，不然真想见见钢铁侠的扮演者。”

“见他干什么？”叶鸣还不知道这世界上存在着追星一族。

祁珂口齿不清：“我也没想好干什么，见了就先亲一口吧。”

亲一口！！怎么能这样！！

叶鸣下意识地抓紧了碗，就差那么一点，碗都要光荣牺牲了。醋意浓浓发散，只是片刻，他忽然又想到了什么。

既然如此……

不如嘿嘿嘿嘿……

舒舒服服地睡了一觉，早晨天刚蒙蒙亮，祁珂的生物钟就自动响了起来。她在被窝里赖了一会儿床，刚迷迷糊糊地翻了个身，冷不防就瞅见衣柜前站了一个人。她本能地尖叫一嗓子，憋住尿急忙坐了起来。

祁珂揉揉眼，确定了一下自己的视线没出问题，又摸过手机看了看，七点了，难不成还在做梦？她屏住呼吸，一动也不敢动。映入眼帘的，是一个无比熟悉的人。他身形不高，穿着直筒裤，裤脚底下仿佛还穿了双增高鞋。上身是简单的拉链卫衣，发型油光水滑，一撇小胡子性感得尺度刚好，幽深的眉眼，高挺的鼻梁……

确认过形象，是钢铁侠本人无误了。

祁珂的第一反应是钻回被子里理了理头发。就在她理头发的当头，“钢铁侠”已经擦好了嘴，准备迎接即将到来的热吻。

祁珂钻出被子，光脚下床。“钢铁侠”张开手臂，主动送上唇。就在他要抱住祁珂的当头，忽然双手捞空，再定睛，祁仙女跪在了他的脚下，并且抱住了他的大腿。

假钢铁侠真叶鸣：这是什么新套路？

祁珂泪眼模糊：“爸爸！”

等等，你昨晚说的发展不是这样的。

叶鸣还想挽救一下，意图拉着祁珂的手臂让她站起来，让她想起下一步应该是亲一口。然而祁仙女下盘稳固，纹丝不动，她还在抑扬顿挫地抒发情感，表达自己身为头号脑残粉的挚爱之情：“啊啊啊——我的情铁，我终于见到我铁了！老娘多年的泪没白流！漫威我的爱！！”

两分钟过去，祁珂还处在疯狂的土拨鼠尖叫中。叶鸣浑身绷紧，捂了捂耳朵，想提醒她干正事：“祁……祁珂……”

“我太激动了，嗷嗷嗷！让我就这样抱着你，抱到我死，你别走！”

“不是，祁珂，你听我说……”

“铁爸，求签名、求摸头、求表演原地空翻！”

你咋不要求表演原地爆炸呢？

不行，装不下去了。叶鸣哽了哽，变回了自己本来的模样。祁珂眼见抱着的大腿慢慢变长变细，惊诧地抬头看了看。这一看，她总算从梦游中回过神。她再低头瞅瞅，发现自己的姿势和树袋熊一样奇葩，顿时默了默。

祁珂：“……”

叶鸣尴尬地“嘿嘿”。

祁珂沉默不语地站起身，一屁股坐在席梦思床垫上。叶鸣有点心虚，从两块小木头上蹦了下来。

嗯……增高鞋……可以说演得十分卖力了……

那么，现在是直接打死这个臭小子，还是走程序呢？祁珂想了想，眯眼道：“你这是什么意思？”

叶鸣支支吾吾：“你说你很喜欢这个角色嘛，我就是想让你开心一下。”才不会说想让她亲一口呢。

“开心……”祁珂想起自己跪在叶鸣脚下喊爸爸的状态，由衷地感觉非常“开心”。她垮下脸，杀气蓬勃地盯着叶鸣。叶鸣微微一颤，走近些许：“你……你生气了吗？”

“我不该生气吗？”

叶鸣抿着唇不敢接话。

祁珂做了个深呼吸，忍着起床气道：“先不说你的出发点好与坏，单说你乱用你的特殊能力试探别人心情这一点，就是一种不尊重人的表现。我这么说，你能不能理解？”

叶鸣摇头。

“好的，那我直白一点。”

“嗯……”叶鸣略怵。

然后，他就被祁珂拎着耳朵用高分贝吼：“你再敢假装钢铁侠骗我跪着喊爸爸我就手动解剖了你懂了吗？！”

耳膜快穿孔了。叶鸣头昏脑涨，一个劲儿地点头。

祁珂气不打一处来，狠狠飞了记眼刀，这才闷声闷气地走去卫生间，准备洗掉今日份的耻辱。

等她洗漱完毕出来时，叶鸣可怜兮兮地站在外面。他双手交叠在身前，仿佛一个做错事的小学生，正在进行深刻的自我反省，一见祁珂，他就矮声道：“对不起。”

祁仙女多大度的人啊，必须斤斤计较！于是祁仙女翻个白眼，抄起手：“哼。”

叶鸣委屈地指着饭桌：“我给你煮了一碗面。”

“不吃！”一碗面就想挽回过错？太便宜了！

叶鸣靠近半步：“我真的只是想逗你开心而已。”

“哼。”

“你……你多少也吃点吧，不吃早饭对身体不好。”

饭桌文化倒是学得挺快。祁珂打眼看了看饭桌上的碗，面汤清澈，面条洁白柔软，摆盘还花了点心思，上面搁着一个黄黄的溏心蛋，加上几颗小白菜，确实能引人食欲大开。祁珂咽口水，但她是一个有骨气的仙女，得在这种关键时刻保持格调。她把头扭向另一边，严厉道：“现在知道错了？”

“知道了。”

“错在哪儿了？”

“错在不该滥用特殊能力。”

“这只是其中一点！”

“那还有什么？”

“你自己悟去吧，我出门吃包子。”

说完，祁仙女正要留一个潇洒的背影，步子还没迈开，蓦地被叶鸣一把抓住。祁珂没有防备，脚下被他带得一个踉跄，后背撞在了墙壁上。叶鸣将她的双手死死按着，欺身贴上。由于两个人之间完美的身高差，祁珂的目光正好扎在叶鸣的胸膛上。叶鸣稍稍低下头，额前的碎发扫在祁珂的脑门上，酥酥痒痒的，他不知是故意还是怎么的，说出的话音低沉又喑哑，像是一个个跳动的音符，轻而易举便撩中祁珂的心弦。

“我真的错了，以后再也不敢了。”

祁珂：“……”

“壁咚警告！壁咚警告！您的心率已经超过正常人。”祁珂的脑子里机械地回响着这句话，体内仿似有一台蒸汽机，让她皮肤的温度迅速升高：“你……你先松手。”

“你别生气了。”叶鸣又朝她的耳郭凑了凑，几乎只差分毫，他的嘴唇就要触碰到祁珂的肌肤。呼出的热气扑打在脸颊上，祁珂感觉自己的脑运作下一秒就要死机了。她甚至无法判断，自己的脸现在是不是已经烫得冒出了烟。

“松……松手。”

“原谅我吧。”叶鸣委屈乞求。

真受不了这小奶狗的调调。祁仙女双腿发软，幸亏叶鸣稳着她，她才没再次表演当场下跪。她象征性地反抗了一遭：“叫你松手，听见没。”

叶鸣怕她更生气，到底还是顺从了她的意思。手腕上的力道一松，祁仙女喜获自由。她将叶鸣推开半米，指着他道：“以后，你就保持这个距离和我说话。”

“为什么？”

“你会让我对自己的身高产生不自信。”

“……”

这个鬼话，也就只能骗骗叶天真了。

眼看叶天真真的相信了，祁珂有点想笑。她没好气地瞥瞥他，举步要走。叶鸣急忙靠过来，问：“你去哪儿？”

祁珂用手示意安全距离，叶鸣匆匆停下。看着他既沮丧又无措的表情，祁珂总算消了气，大大咧咧地坐到饭桌前，拿起筷子说：“吃面。”

叶鸣眉开眼笑，赶紧坐到她对面，一脸期待地看着她。祁珂吹吹热气腾腾的面条，送进嘴里，在叶鸣亮晶晶的眼光中，忍不住赞叹：“嗯，手艺不错，好吃。”

“真的？”

“嗯。”祁珂狼吞虎咽地吃了几筷子，不小心把油溅到了鼻尖上。两个人互视一遭，都禁不住笑出了声。

Cosplay 风波就算过去了。

吃过了早饭，祁珂和叶鸣闲着没事，想着叶鸣即将进入军校当插班生，总不能让他零基础，索性找出了以前自己用过的军事书籍，堆了一摞，让叶鸣边看笔记边自学。叶鸣摸索着书上的字迹，不由得问："你以前也是在这所军校学习吗？"

"嗯，但我不是统考进去的。"

"什么意思？"

"军校招生普遍是通过统考志愿来录取，当然，也有一部分例外，是从军队里筛选进入的。我十六岁就参军了，那时候 ISF 刚组建，在首长贺子昂的牵头下，刚毕业的秦峥一肩挑起了这个重担。由于 ISF 独立于地球各国的军政系统外，一开始质疑不断，秦峥也没少受罪。你别看他现在跩得跟二五八万似的，这都是用鲜血和战争累出来的名声。我是用我妈的基因培育出来的，军事天赋这一块儿随了我妈。很早的时候就对星际战争比较有见解，所以我高中还没读完，贺叔和秦峥就直接把我领进了 ISF。后来局势稳定下来，秦峥要提升我的军衔，必须得让我的文化程度也跟上，就把我塞进军校读了两年。我说这么多，主要是想告诉你两点：第一，要赢得别人的尊重，必须让自己有相对的能力；第二，多读书，没文化的将军都是流氓，比如李响。"

在基地里值班的李响莫名觉得今天膝盖很疼。

叶鸣沉默片刻，小声说："你和秦峥……认识很久了？"

祁珂懒懒道："将近二十年了吧。"

"那他对你……"

"惯着我是吧？"

叶鸣颔首。

"还不得惯着吗？他现在的军功章上，有一半都是本仙女的功劳，就算把我供起来天天上香我也受得住。"

我不是想说这个啊仙女！叶鸣无力地道："我是说，你们的感情……"

"没感情，那孙子天天毒舌我，我和他势不两立。"

话是这样说，可脸上不见有半点愤慨。叶鸣在人类社会已经待了不短的时间，也明白有些话是要反着听的。一想到这儿，他的心情就异常低落，仿佛有只手正拽着他跌往深渊。那双一蓝一金的瞳孔微缩，隐隐露出了深藏在骨子里的本性。

祁珂浑然不觉叶鸣的反常，拿出手机坐到沙发上，叮嘱他认真学习，自己则刷起了基地论坛。叶鸣默不作声地睨着她的侧面，有一刹那，竟恨不得将面前这个人拆吞入腹，好彻彻底底地占有她……

这么一晃，两个人在家里待到了晚上。刚吃过晚饭，祁珂就收到了秦峥的短信，让她明天卷铺盖滚去军校报到。祁珂简单地回了两个字，随即灵机一动，打开外卖软件的跑腿界面，奸笑着让送货员去药房帮她跑了一趟。接下来，她建议叶鸣劳逸结合，于是两个人窝在沙发上看了一场电影。等送货员把东西送到，电影也差不多结束，祁珂这才告知叶鸣，让他早点休息，明早出发去第四卫星。这一回，没等叶鸣开口，祁仙女洗漱完后主动说了“晚安”两个字，断绝了叶鸣花式撩她的可能性。叶鸣无的放矢，只好乖乖地回应了一声，在不到一米五长的双人沙发上接着蜗居了最后一夜。

十

红颜祸水是怎么炼成的

祁珂做了个噩梦。

梦里，她仿佛置身于当年战火连绵的佩特星。有一个巨人，被光束包裹着，看不清究竟是什么形象。他的手臂一挥，山石崩塌；脚下一踩，岩浆滚滚。贫瘠的土地上满目疮痍，鲜血汇集成了一条条河道。穹顶密布着厚实的乌云，入目之处尽是一片死气沉沉的晦暗。没有任何一个人，世界静谧得好像只剩她自己。祁珂撒腿狂奔着，忽然，她看见地上堆积着许多尸体。她恐惧地将尸体一具一具翻转过来，映入眼帘的，全是她熟悉的人。

秦峥……

贺子昂……

当年跟着她母亲打仗的四个老将……

以及她的母亲方洵九，还有她的父亲祁言。

祁珂喉咙里沉闷地呜咽着，想放声嘶吼，却如同被人掐住了脖子，发不出一丝响动。她难受地挣扎着，听见有人喊她：“祁珂，祁珂！”语气焦急。

声音越来越清晰，似乎就在她耳畔。

祁珂猛地惊醒过来，迷迷糊糊间，感到有个力道正在推搡她的肩膀。约莫是还没彻底从噩梦中脱离，同时出于军人的机敏，祁珂当即反手擒住了身边的人，拽着他往床上一压，然后灵活地翻身跨坐在了这个人的腰部。

叶鸣当时的表情，用五个字概括，就是——黑人问号脸。

他静默地看着如狼似虎的祁珂。

祁珂保持着这个姿势半分钟，在场面一度尴尬的情况下，她终于渐渐清醒了过来。她咽了口口水，借着从窗帘缝里透进的月光，瞅了瞅被自己坐着的叶鸣。此时，叶鸣的双手被她禁锢在头顶，脸上的表情精彩纷呈，胸膛剧烈起伏。那野马脱缰般的心跳，即使隔着皮肤和睡衣，都能看到脉动。祁珂再仔细感受了一下屁股底下的温度，认识到自己坐的位置不太合适……

就像……她正霸王硬上弓，准备玷污良家小少年……

羞耻，太羞耻了！

祁珂脑子一蒙，整个人顿时死机，陷入空白状态。

叶鸣抿紧唇，像是有点想笑，却竭力维持着表面的正经，说："我只是听见你睡得不安稳，不放心进来看看。你做噩梦了吗？"

他这一问，将祁珂的思绪拉回现实。她像是被火炭烫了手似的，松手就要起身。叶鸣却趁机反握住她的腕子，以彼之道还施彼身，将她一带，让她扑进了自己怀里。祁仙女呆滞了片刻，嗅着鼻息里全是叶鸣身上沐浴露的香气，所有脑回路在这瞬间搅成了一团乱麻。

就眼下，一个光棍了二十几年的优质单身狗，被一个长相自带流量，穿衣显瘦脱衣有肉的小鲜肉困在怀里。窗外是星光斑驳，朦胧的月色缠绵旖旎。暧昧的氛围犹如一锅放在灶上烧着的水，逐渐沸腾。祁珂的耳膜里充斥着鼓噪的心音，她分不清这是叶鸣的心跳，还是自己的。喘息声交缠着，趋于变调，仿佛是激情前的最后警示。祁珂察觉到叶鸣将她的腰搂得更紧了一些，生怕这货当真做出什么将错就错的事来，赶紧试图拉开距离："你……你抱我干什么？"

叶鸣纹丝不动，把她的头继续按回自己的胸口，认真严肃地耍着流氓："是不是做噩梦了？"

"你先松手。"

"是你先压住了我，你刚刚的模样让我害怕，我受到了惊吓，需要安慰。"

祁珂默了默："你这无耻劲儿我看着怎么这么眼熟呢？"

"和你相处得太久了。"

"你说这话我就不爱听了。"祁珂非常维护自己的名声和口碑。

叶鸣的嘴角上扬，说出的话带着醉人的调调："做什么噩梦了？"

这怀抱太过温暖，让人极度舒适。祁珂本性就是一个贪恋温暖的，思想上象征性地纠结了一遭，最后还是选择了放弃治疗。她干脆躺平，任由叶鸣抱着。

"梦到我父母。"

"然后呢？"

"说来话长。"

"我愿意听。"

祁珂微微颤了颤，叹了口气："我母亲和我父亲是在战争中认识的。那时候由于银河系资源抢夺，各种族在一颗名为佩特的星球上展开了一场据点争夺战……"

花了半个小时讲述他妈牛哄哄的战争史，又花了四十分钟解说她父母的恋爱发展，叶鸣一字不落地听着，把她说的每一句话都当成了珍藏。

“佩特战役快结束时，我母亲发现这场战争是有心人推动的结果，我们把这个人称为‘造物者’。”

“和我们星球上传说里的那个人一样？”

“是的。战争结束后的这二十几年里，‘造物者’没有任何后续行动，关于这些疑点，都渐渐被人抛诸脑后。直到你的出现，或者说，是尔星人的出现。”

“为什么？”叶鸣不太明白。

祁珂稍稍探起头，盯着叶鸣那异色的眼睛：“一开始，我和秦峥也没把这件事和‘造物者’扯上关系，但在黑市星球遇见那个尔星女奴时，我们第一次从她的嘴里听见了‘造物者’的传说。加上你深层意识里的那些画面，我一直有个猜测，‘造物者’和你们这个族群关系匪浅。”其中比较关键的，祁珂并没有说出来。到现在，她仍然不能完全信任叶鸣。

叶鸣皱皱眉头：“这和你的噩梦有关系吗？”

祁珂疲乏地合了合眼：“也许吧，看过你的意识世界后，我可能对‘造物者’产生了心理阴影。我梦见当年的佩特星，‘造物者’摧毁了那颗星球，杀死了所有我深爱的人。”

“不会的。”叶鸣收紧双臂，“我会保护你，不会让你经历这种事。”

祁珂一怔，感动之余，又觉得这只是一个涉世未深的孩子说出的懵懂话，不能当真。她咧嘴笑笑，拍拍叶鸣的肩：“谢谢。好了，你便宜也占够了，该回你的沙发床上去了。”

叶鸣猝不及防地捧住祁珂的脸，就在祁珂以为他下一秒是不是要亲过来，我到底该不该踹他命根子的犹豫中，定定地道：“你不相信吗？”

“呃……这个……”

“我会保护你，用我的灵魂起誓，将你的安危视为比我生命更重要的责任。你想要的，你重视的，我都会让他们一直存在，直至我消失。”

“……”

话都说到这个份上了，是不是该深情一吻了？叶鸣调整好姿势。

祁珂沉默地觑他，问：“你是不是有点失眠？”

“嗯。”

“既然这样，那我们做点有意义的事。”

“好。”叶鸣十分激动。

“走吧，看电影去。”

“……”

于是，在叶鸣极度失望的眼神中，祁珂趁他不备，迅速溜去了客厅。等叶鸣麻木地走出来，祁珂已经打开了投影仪，选定了一部片子——《佩特战争记实录》。

叶鸣：“……”

叶鸣：“我能选择看爱情片吗？”

“不行，你是要进军校就读的未来中坚力量，眼光得放长远，不能拘泥于个人的情情爱爱。专注搞事业，这才是你区别于流量小鲜肉的正确途径。”

我只想选择原地死亡。谁要搞事业啊！只想搞你好吗？！

这句话，叶鸣不敢说，他只能屈服于祁珂的淫威，心不甘情不愿地在男声旁白中，观看起了攻城的大场面。

两个小时后，叶鸣脑子里只有“我是谁我在哪我为什么不睡觉要去作死撩祁珂”这个想法。好不容易等到结束语说完，天也亮了。祁珂熬过一劫，顶着黑眼圈启动了保姆机器人做早餐。两个人各怀心思地吃完，她麻利地收拾好了随身物品和衣服。十点刚过，秦峥的短信发来了。祁珂瞄了一眼，拎着行尸走肉的叶鸣就出了公寓。

彼时，ISF 的公用飞船已经停在了楼下。张正是驾驶员，正和秦峥站在一块儿，盯着公寓大厅的方向。祁珂一边走，一边连着打了几个呵欠。叶鸣跟在她身后，手里提着两个大皮包，也是一脸睡眠不足随时准备撂挑子的模样。两个人还没走近，秦峥就直觉今天的头顶绿云盖顶。他面色不善地打量驻足在跟前的祁珂，问：“你昨晚干什么去了？”

“睡觉。”

“骗鬼呢你，眼袋都快赶上张正他奶奶了。”

张正：“……”

替我奶奶表示委屈。

似乎是为了增加秦将军脑门的绿感，叶鸣也跟着打了个呵欠。

秦将军的脸迅速变黑，来回扫了一眼祁珂和叶鸣，闷声说：“别告诉我你们俩昨晚彻夜补课了。”

“你为何如此机智。”祁珂给领导点了个赞。

秦峥一时没控制得住，伸手拧了一把祁珂的手臂：“少跟我油嘴滑舌。这小子的来历现在还是个谜，你别被人卖了还帮着数钱。”

“瞎说什么呢，就我这超越常人的智商水平……”

“的确，正常人都没你低。”

祁珂没好气地说：“你这狗嘴里就吐不出象牙来。昨晚我是真给他补课了，让他看了一宿佩特战争的纪录片。”

“真的？”秦峥将信将疑。

祁珂摆摆手："真的真的，别叨叨了，赶紧走，让我在路上睡会儿。"说完，她率先上了飞船。叶鸣跟在她身后，与秦峥错身而过时，秦峥冷冷地道："有句话我必须说在前面——离祁珂远点。"

叶鸣脚步一顿，稍是侧头看着他。二者一个面无表情，一个眸光凛冽，还在边上站着的张正顿时感到周围冰火交融，气压骤降。他忍不住打了个寒战，听叶鸣用相当平和的声线挑衅道："你知道祁珂的腰围吗？"

"什么？"

叶鸣淡淡地道："六十三厘米。"

秦峥："……"

叶鸣深藏功与名地登上飞船。

秦峥杵在原地，脑子里像复读机一样重复着这个数字。他怎么可能不知道祁珂的腰围？！到现在祁珂每年的体检报告都还锁在他办公室的抽屉里！可他知道不奇怪，叶鸣又为什么会知道？！这个答案，显然不言而喻了。秦将军任由早间的寒风冷冷地刮，吹乱了他梳着发蜡的头型。张正正在思考现在拔腿开溜还躲不躲得过领导的磅礴怒气，脚下刚移动半米，领导就冷死人不偿命地开口了："他们俩的宿舍安排好了吗？"

"安……安排好了。"张正擦冷汗，"祁珂下士安排在教职区 03 楼的 606 室。我实地勘察过，条件非常好，灯光我也按着祁珂下士的喜好换成了暖色，还专门采购了一张一米八的双人床，满足她的睡眠需求。至于叶鸣的宿舍，我安排在 A 区的男生寝室楼，是个三人间。"

"A 区？就在教职区的后面？"

"是的……"

秦峥眉头一皱："给他换到 C 区去！"

C 区寝室楼离教职区最远，几乎跨越了整个学校，直线距离都有两公里。领导不愧是领导，吃个醋都这么有行动力。张正忙不迭地点头："好的，我立刻通知学校的宿管部。"

"还有，把祁珂的双人床扔了。这么惯着她干什么？就给她个单人床，不要超过一米二。"

哪是我惯着，明明就是上梁不正下梁歪。张正内心吐槽，表面上还是非常尽职："明白了将军。"

重要事项讨论完毕，秦峥和张正先后进入驾驶舱，四个人各就各位，飞船缓缓离开了第三卫星。

狭窄的舱体内，秦峥坐在副驾驶座上，后排有两个相距一米的座位，由祁珂和叶鸣占据。祁珂自打上了飞船，蒙上眼罩就呼呼大睡。叶鸣大概是为了接着给秦峥添堵，默不作声地注视着祁珂的睡颜，眼睛都不眨一下。秦峥时不时地从玻璃上往后看，总能瞅见叶鸣一脸的柔情似水。他把手指握得咯吱响，害得张正随时都有种跑去逃生舱的冲动。驶入外太空后，飞船启动了曲率加速。窗外是一片无边无际的黑，使得玻璃上的倒影越发清晰。秦峥低头看了会儿手机上存储的重要文件，再抬眼，竟见叶鸣也正望着自己。他的嘴角挑着一抹淡淡的笑，眼神却是无比凌厉，说不出的诡异瘆人。秦峥猛地回头，叶鸣却还保持着看向祁珂的姿势，仿佛那一幕只是秦峥的幻觉。秦峥收回视线，越发觉得这小子很危险。

经过五十七分钟的航行，飞船顺利抵达位于第四卫星的联盟国直属军校。张正将飞船停靠在军校大门外，四个人慢条斯理地走下来，一定睛，就看见了军校用大理石砌成的宏伟校门。其风格掺杂了地球东西方文化的精髓，远远看去，仿佛一座华丽的宫殿入口。两条巨龙盘旋在两边高大的石柱上，栩栩如生，气势磅礴。最上面的石壁，龙飞凤舞地刻着军校的全称，以及学校的校训：砺剑笃志，强军兴邦，以生命捍卫母星。

再透过校门望去，第一栋建筑便是以星系文化为基底的博物陈列馆。再往后，教学楼林立，一眼看不到尽头。眼下正是上课时间，路上没有几个行人，大门处站着两名持枪的警卫，岗亭里还有保安。祁珂伸了个懒腰，又打了个呵欠，捂着嘴道："还是熟悉的配方，还是熟悉的味道，我胡汉三又回来了！"

"你终于看清自己恶霸的本性了是吧？"秦峥站在她的边上，手插在裤兜里冷笑道。

祁珂撇撇嘴："送君千里终有一别，你赶紧跪安不用磕头了，我要抓紧时间给叶鸣树立我军的正面形象。"

秦峥："……"

祁珂甩甩头发："走，叶小鸣，跟本仙女收保护费去。"

"好的。"叶鸣拎着包随时准备当一个合格的小尾巴。祁珂刚要昂首阔步，秦峥突兀地抓住她的腕子，手上一用力，祁仙女就转了一百八十度，头发尖都扫出了半圈完美的弧线。

秦峥迫使她和自己面对面，冷着脸道："我有东西给你。"

"什么？"

秦峥不答，只从兜里拿出来一只手环，黑亮黑亮的，看不出什么材质。手环中间有一段稍宽的部分，像个表盘似的，轻轻用手指一点，就会出现一个绿色的按钮。秦峥不由分说地将手环套在祁珂的右手上，随即手环感应到生命体征，尾端竟慢慢延展，最后无缝连接在了一起。

祁珂不可思议地打量着这玩意儿，问："这是全新的纳米结合技术？我之前听技术部的人说，这种东西不是还在实验阶段吗？"

“知道得倒挺多。”秦峥冷嘲热讽。

“不是，你给我这个干什么？”

秦将军面无表情地看着祁仙女，淡定地道：“拴狗的。这玩意儿带电，只要狗有发情迹象，就会直接被电晕。所以别名也叫防出轨手环。”

祁珂：“……”

张正绷着脸不敢笑。论说骚话，他家领导排第一。

秦峥还在继续忽悠：“你可是跟我求过婚并且我也答应了的，你得随时记着，你是有主的人，谨言慎行，以防中招。”

祁珂一脸蒙地瞅瞅秦峥，又一脸蒙地瞅瞅张正，当即明白过来，秦峥这是在打击报复。按照历史推断，秦峥不会做无用功，而且根本不会真的电晕祁珂。他给的东西，多半都是有用的。想到这儿，祁仙女也懒得和他口舌争锋，毕竟接下来秦将军就是个名副其实的空巢老人了，多一点关爱，世界才能更温暖。

祁珂面带微笑地收回手，礼貌地道：“谢谢领导抬爱，我一定争取在学校里捡个优质青年，把终身大事尽快给办了。”

“你敢。”

“我怎么不敢了，你是我爸的替补队员吗？”

秦峥咬牙切齿，又趁隙看了一眼叶鸣。叶鸣站在祁珂的身后，微微低着头，金色的刘海儿垂落下来，让人看不清他的表情。但秦峥能准确地察觉到，每当祁珂的视野没有笼罩他时，叶鸣和平常就判若两人。就如同现在，他像是一头蛰伏在暗处的猛兽，觑准了猎物，正在等待合适的时机一击致命。

为了试探他的底线，秦峥做出了一个更加危险的动作。他冷不防搂住祁珂的腰，将她往身前一带。祁珂踉跄一步，差点和秦峥脸贴脸。

此时的张秘书，心里的小人儿已经撒丫子狂奔。谁说我家领导注孤身，明明就是男友力爆棚！！怎么办，好想发论坛，好想拍照！

祁珂快速反应过来，用力在秦峥胸口一推，拉开了两个人之间的距离：“吃错药了吗你？”

秦峥盯着叶鸣，上身前倾，凑在祁珂耳畔，状似亲昵地道：“这手环真是带电的，不信你就试试。反正我话是撂在这儿了，除了我的密令解锁，你别想把这东西取下来。”

祁珂：“……”

领导真是嗑药了。不能和领导计较，回 ISF 的权限还在这糟心货的手上。于是她大度地道：“谁理你。对了，我也有东西要给你，刚才忘了。”她招呼过来叶鸣，接过叶鸣手里的一个大皮包，蹲在地上将皮包拉开，翻找了一番，拿出来一个塑料袋子递给了秦峥。

秦峥不解：“这是什么？”

“让你预防地中海的，你懂的。”健脑补肾丸呀！

秦峥：“祁珂，你！”

祁珂伸舌头做了个鬼脸，拉着叶鸣麻利地开溜。秦将军默默看着她和岗亭的保安交涉，出示了身份证明，这才瞅了一眼手里的袋子，无奈地摇摇头，领着张正走回了飞船。

而就在飞船升空时，还在和保安嬉皮笑脸的祁珂根本没注意，叶鸣一蓝一金的瞳孔骤缩，闪现一丝幽光。与此同时，空中像有什么东西，飞快地钻入了飞船的引擎导管……

祁珂拿回军官证，对着叶鸣招手：“快来，轮到我们闪亮登场了。”

叶鸣冲她一笑：“好！”

“怎么回事？是排查出问题了吗？”

远离第四卫星的外太空，一艘通体银色的小型飞船已经失去了动力，悬停在一望无垠的黑幕中。四下悄无声息，既没有路过的通行舰，短距离内也没有可供补给的空间站。三点钟的方向，太阳的光芒透亮而刺眼。右边巨大的蔚蓝星球也似乎遥不可及。秦峥站在驾驶位边上，身子挺得笔直。他的眉峰紧紧拧住，看着张正在显示屏上快速操作。

张正独自出过无数次公差，飞船突然停下，他还是头一次遇到。在出发前，他认真检查过飞船的设备和燃料，确保没有任何问题。可就在几分钟前，两个人刚离开第四卫星不久，飞船的引擎就失去了动力，让两个人困在了外太空。张正的额头上冒出一层薄汗，大气都不敢喘，正仔细地利用电脑智能排查着所有可能出现的问题。约莫过了十五分钟，张正指着飞船线形图上的一个红点，说：“有异物进入了引擎部分。”

“能看出是什么吗？”

“目前没法分辨，只能等回到基地后再进行设备检修。”

秦峥不语，脸上的神情阴郁而肃穆。张正小心翼翼地瞄他一眼，解释道：“将军，出发前，我确实有认真检查过这艘飞船，当时没有任何问题。”

“我知道。”秦峥一边说着这句话，一边坐回了副驾驶座上。他并不是在担心眼下的状况，这种用来提供各国领导出行的飞船，采用了十分先进的防自爆技术。无论什么原因，至少两个人的人身安全暂时无虞。他只是在思考，那所谓的异物是怎么进入引擎的。

ISF 的所有飞船及战舰，在经过工业流水线铸造后，会再由人工检查补缺。船身几乎都是无缝焊接，不会有任何肉眼可见的缝隙。采用这种技术的考量之一，就是为了防止异物进入，破坏飞船的机械设备和电路，引起自燃。那么，现在引擎部分的异物究竟是怎么进入的？秦峥扭头看着张正，问：“导管还完好吗？”

张正两指拉大了屏幕上的画面，点击了导管位置，看见画面上显示出大面积的红色故障。

“导管损毁了，看起来异物是通过导管进入引擎的。这很奇怪，导管位置隐秘，且直径只有五厘米，飞船的故障明显是我们升空后造成的，是什么东西钻进去了？”

秦峥默了默：“联络基地，让傅广、傅阳来接应，回去后立即排查飞船故障，有消息了第一时间通知我。”

“是。”

……

“这是多媒体楼，三年级的历史课就在这里的二楼大教室上。另外，像学校活动，篮球比赛、游泳比赛等，都在这里举行。”

“哦。”

笔直的林荫大道上，叶鸣和祁珂并肩走着。路两旁的绿化带里栽满了桂花树，零碎的阳光从茂密的树叶间洒落下来，光影交错，五彩斑驳。鸟鸣奏成一首婉转的曲，落到行人耳中，欢快而跳脱。花香浓郁，和着泥土的芬芳，是城市里无法比拟的怡人气息。祁珂靠着绿化带，一边走，一边用手扫过桂花的枝丫，小小的白花落在地面，被微风一卷，追逐着纷纷扬扬，一路向前。祁珂嘴角挂着浅笑，眉梢眼角都充斥着对回忆的向往。在军校里度过的岁月，是她人生中灿烂而浓重的一笔。她唠唠叨叨个不停，叶鸣却似心不在焉，只埋着头专注盯自己的脚尖。祁珂不满地拍拍他的肩膀，嘟哝道：“看哪儿呢朋友，注意环境啊！”

叶鸣：“哦。”

祁珂撇了撇嘴，又接着放飞自我：“这些桂花我以前老爱来摘，回去晾个几天，洗洗干净，拿个小布包一装，特别香，放在床头，感觉自己每天都萌萌哒。”

叶鸣只字不言地听着。

“因为这件事，学校保安恨不得分分钟给我要套军体拳，上报了几次我毁坏学校公共设施，每次都以为学校能给我个处分，结果却都是不了了之。以至于后来那些保安见了我，都跟见了挖祖坟的仇人似的。”

“……”

“对了，看左边。”

叶鸣依言侧过头。

祁珂指着左边的大楼：“这是演武楼。”她停下步伐，和叶鸣一同仰起脑袋。

这是整个军校里，最高的一栋建筑。风格和其他教学楼有所不同，棱角分明，锋芒毕露。楼身是厚重的深灰色，顶层及四角采用了中方古式的建筑风格，从正面看，犹如一座被砌高的磅礴城门，壮观大气。祁珂声音怀念：“这是全校学生上模拟军演课的地方。这栋楼，模仿了当年佩特战争时期，人类的重要据点……”

“南郡。”叶鸣喃喃接话。他还没有忘记，就在昨夜，被祁珂诓着看了一遍佩特战争纪录片……

祁珂点点头：“没错。南郡是佩特战争里，关乎人类命运的分水岭，同时，这也是为了纪念，那位风格犀利浪得飞起的伟大指挥官。”

“你是说……”

“嗯，就是我妈。”

这么形容自己的母亲真的好吗？

往前接着走了几百米，祁珂指着前方的平房道：“这里是一食堂，后面还有个二食堂。作为你的老前辈，我悄悄告诉你一个秘密，来。”她招手。

叶鸣把耳朵凑近，听祁珂做贼似的道：“一食堂的菜又贵又难吃，据说是承包给某位高官的亲戚了；二食堂价格就平易近人得多，炸酱面真是绝了，一般人都不知道，晚上我带你去尝尝。”

“好。”

祁珂正在单方面计划怎么抢占晚上二食堂的战略高地，忽然，一个声音从后面传来：“你们两个人是几年级的？为什么不去上课？还想不想顺利毕业？！”

祁珂被这声音一吓，忙不迭后退了半步，以示和叶鸣间的清白。这一无心的举动落在叶鸣眼里，让他刚刚才舒展的眉间蓦地又阴沉下来。祁珂调整了一番神色，回头喜笑颜开：“哎呀，这不是任主任吗？主任好，许久不见了。”祁珂主动走近，朝身后的中年男人微微弯腰敬礼。

任主任呆了呆，许久才反应过来，指着祁珂道：“祁珂！”

“是我。”祁珂咧着嘴。

任主任热情地握住她的手：“你还知道回来看看啊，现在你可是银河系举足轻重的人物，我以为我们这些老头子要见你一面难如登天呢。”

“任主任说的哪里话，”祁珂套起近乎来游刃有余，“您哪是老头子啊，打眼一看，我还以为是四年级的嫩小伙呢。”

“就你这张嘴见人说人话，见鬼说鬼话。”

“主任太抬举我了，我要有这能耐，也不至于被踢出 ISF 回来靠母校养老了。”

“回来沉淀沉淀心性也好，你的事我可都听说了。”

祁珂挠头笑。

任主任也跟着弯起眼角："前段时间你标红了山达尔星的能源堆，那一场战役，已经是我校的军演教材了，打得非常漂亮。"

"谢谢主任。"

"怎么样？这些年过得顺不顺心？你父母还在环游宇宙？"

"是的，母亲说她的时代过去了，天天就想拉着父亲到处走走看看，弥补以前缺失的时间。"

"挺好，挺好。"说到激动处，任主任两只手都握住了祁珂。两个人聊得火热，站在不远处的叶鸣的瞳孔里赫然闪过一线幽绿，任主任只觉得手背像被什么东西扎了一下，又疼又麻。他禁不住缩回手，低头观察着自己的手背。

祁珂不解地问："怎么了主任？"

"没事，没事。"中年男人尴尬地笑笑，领着祁珂向前走，"你这次回来是担任三年级的指挥导师？"

"是的。"祁珂路过叶鸣身边，将他一拽，示意他跟上。

"那我可能预见你课堂的火爆程度了，你得做好心理准备。"

"随时为地球的花骨朵儿们奉献一切。"祁珂打着哈哈。

任主任又看向叶鸣："这就是推荐来的插班生？"

"是的，他叫叶鸣。"祁珂将叶鸣拉到男人跟前，"我从撒加人的舰上把他给捡回来的。他的母星被雇佣兵洗劫一空，我看他很有军事天赋，就走了个后门，让他来跟着学习学习，也好适应一下人类社会。"

"为什么不从一年级开始就读，要让他插进三年级？"

"他年纪毕竟摆在这儿嘛，而且这小伙子怕生，因为一些不好的经历，对陌生人比较防备，直接进三年级，至少能上我的课，也好有个照应。"

任主任仔细打量了一遭叶鸣，颇有深意地说："路漫漫其修远兮，小伙子，努把力，别辜负了祁珂的好意。"

叶鸣低着头没答话。祁珂撞了撞他，想让他装个乖卖个萌，给学校大咖留个好印象，结果叶鸣一反常态，完全不搭理祁珂。祁珂没辙，只好亲身上阵，装乖卖萌。三个人走到办公楼前，任主任和两个人道了别。祁珂又领着叶鸣在学校里转了一圈，把该介绍的都说得差不多，这才将他送到了安排好的C区男寝。祁珂拿出张正留下的小信封，打开瞄了一眼，叮嘱道："你的寝室在二楼304，是个三人间，现在室友都在上课，你先去看看环境，有什么不适应的，先努力克服，实在克服不了，我再给你想办法。"

叶鸣还是不说话。

祁珂兀自唠唠叨叨："你得记住了，学校就是一个社会的缩影，什么人都会有，什么事都会遇到，你得学会融入并建立属于你自己的人际关系。他们今后都有可能是你的战友，会和你一起上战场面对敌人，打下良好的基础能让你的未来事半功倍。”

“……”

“当然，不是所有人都像我这么好说话的，三年级的学生大部分是些老油条，加上还有一些官宦子弟，性了可能比较恶劣，能忍则忍，退一步海阔天空。不过，忍让不是无底线的，事关原则时，该出手时还得出手，明白我的意思吗？”

叶鸣抿着唇。

“别人有的，你都有。论起后台，有我给你撑着场面你就是这条街最跩的，所以也不用太委屈自己，懂吗？”

叶鸣装着哑巴。

祁珂推他一把：“行了，别进个学校跟要去陪葬似的，打起精神来。千里之行始于足下，去吧皮卡丘！”

叶鸣一动不动。

祁珂这下是真的耐心耗尽，愤慨地手叉腰道：“搞什么嘛，你要是告诉我你现在怯场子想回家找妈妈，我立刻给你通个两百万伏的电，让你变成真正的皮卡丘你信不信？”

“祁珂……”叶鸣总算开了口。他这沉沉闷闷的一声，仿佛带了十万分的委屈，让祁珂听得心尖一颤。他抬起头与她对视，一蓝一金的眸子里满是哀怨。祁珂抖了抖，瑟缩着问：“怎么了？”

“你和秦峥……要结婚吗？”

“啊？”祁珂目瞪口呆，“我是干了什么才让你产生如此大逆不道的误解？”

叶鸣怨念地盯着她的手腕。

祁珂顺着他的目光一瞅，霎时了悟：“这个你也信？秦峥那人，一天不踩我痛脚他就浑身不得劲儿。说句直白的，这货在我眼里就是个绣花枕头，嘴上功夫不行，拳脚功夫也不行，就那两块胸肌，还是靠蛋白粉吃出来的。要是哪天我憋急了和他1V1单挑，只要两分钟……”

叶鸣看着她。

祁珂特别得意：“只要两分钟，他就得跪在我跟前求我别死。”

叶鸣：“哈哈。”

祁珂拧拧他的脸：“终于笑了，瞧你这小样儿，还得我来逗你。多大点事儿，就让你苦大仇深的，你是害怕我跟人跑了又让你当个无家可归的小屁孩是吧？”

叶鸣握住她的手，趁机走近半步。祁珂一愣，想缩回爪子，已经太迟。她的掌心里传来叶鸣脸颊的温度，手背则是一片滚烫。叶鸣温柔的目光凝在她面上，认真地道：“嗯，我怕你跟人跑了，我怕回不去有你的家。”

祁珂一颗心堵在了嗓子眼，她心虚地到处望望，扭捏地道："松开，在这里我可是你老师。"

"那你先回答我，你会跟秦峥跑了吗？"

"有完没完，放手。"

"你不回答，我就这样抓着你，直到其他学生都下课。"

我去？祁珂惊诧道："你这骚操作跟谁学的？"

"《农村爱情故事》。"

"甘拜下风。"祁珂翻白眼，"行了，我不会跟谁跑，在没把你嫁出去之前我都会当个合格的监护人你放心了吗？"

"那这手环……"

"秦峥唬人的，你看你都拉我小手了这手环不也没电晕我。我估计是有其他用处的，别婆婆妈妈了。"

话都说到这个份上，叶鸣这才心满意足地松开祁珂的手："我是不是不能时时刻刻都见到你了？"

"嗯，你有你的课要上，别忘了我让你来军校学习的初衷。不过我是三年级的指挥导师，有课的时候咱们俩还是能碰头的。"

"好……"叶鸣依依不舍。

祁珂催促道："进去吧。"

"还有一件事。"

"什么？"

祁珂刚要跳脚，叶鸣不由分说地抱住了她。

祁珂："……"

叶鸣把下巴搁在她的肩上，双手的力度轻巧而柔和，嘴唇离她的耳朵不过几厘米，说话间呵出的热气引得人手脚发软。祁珂浑身僵硬，思绪随着火热的心跳蹿到了九霄云外。

叶鸣似笑非笑道："真的不是拴狗的手环啊？"

"……"

"祁珂，你闭上眼的时候能看见我吗？"

"废……废话，当然看不见。"

"可我能看见你，你知道为什么吗？"

祁仙女直觉不妙，叶鸣可能要放大招撩人了，现在踹开他还来得及吗？

答案是否定的，还没等祁仙女找回双腿的自控力，叶鸣已经抓住机会道："因为你在我心里。"

祁珂差点当场表演气绝身亡，她脑子里顿时有两个小人开始打架，一个小人叫嚣着：我去！顶级鲜肉啊！正中红心啊！等什么！上了他！

另一个小人在试图阻止：祁珂，你是个有仙女光环的人，忍住你的兽欲，一世英明不能毁于胯下，这可是个外星人！

祁珂咽了口口水，叶鸣适时放开了她，春风得意地耸耸肩："这样，我就有足够的勇气去面对一切了。"

祁珂默了默。

"我会听你的话，好好在这里待下去，直到你看见我努力做出的改变。"

祁珂勾了勾手指。

叶鸣凑近。

"下次你再用这种借口占我便宜，我给你一记托马斯三百六十度转体回旋踢。"

叶鸣弯着眼睛笑。

祁珂脸上发烫，装凶狠也装不过三秒钟，只好悻悻地推叶鸣："快进去。"

叶鸣道："你先走。"

"那行吧。"她不放心地瞅瞅叶鸣，"我在教职宿舍03楼的606室，万一有什么要紧事，就来找我。"

"好。"叶鸣笑得暖意融融。

祁珂不敢再多留，生怕这货再干出什么逾矩的行为，脚底抹了油，转头就开溜。等她走得远了，背影消失在阳光里，叶鸣嘴角的笑意才逐渐冷却下来，瞳孔里，覆上了一层冰冷死寂。他转过身，拎紧了手里的皮包，缓缓走进了寝室楼。

十一

不挨揍的男主不是好男主

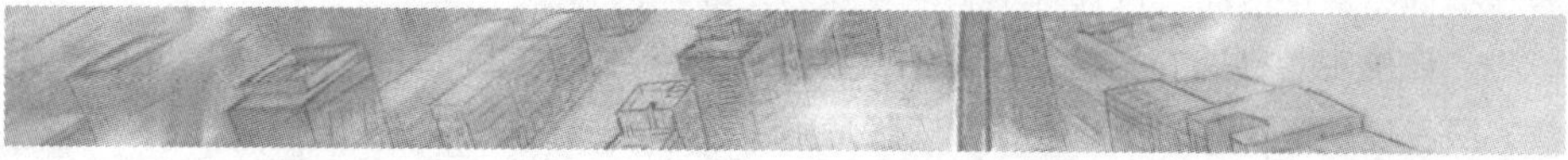

十一月伊始，军校里迎来了一派新气象。

短短两周，军校人物风云榜的前两名，就被祁珂和叶鸣双双占据了。只要是祁珂的指挥课，堂堂爆满，一座难求。只能容纳六十个学生的大教室，通常挤了上百人，就连走廊上扒窗户的也不在少数。学校见学子们如此热情洋溢，一心想让祁仙女多开几堂课，都被祁仙女以身娇体弱难当大任拒绝了。这么一来，没法占个好位子上课的学生们就习惯在半路围堵祁珂，一部分是来求教的，另一部分则是想来观瞻一下举世震惊的女指挥平常都是怎么生活的。为了解决祁珂的窘境，叶鸣一开始自告奋勇担当护花使者，结果……很快爬上了风云榜第二位的叶鸣，由于长相出众，吸引了大批疯狂女粉……

女粉们不仅消息灵通，还行动力爆表。但凡叶鸣走在路上，女生们都是一波接着一波地来围观送情书。那场面，长江后浪推前浪，前浪死在沙滩上，更甚过围堵祁珂的人数。两两相加，简直壮观。

为了解决两个人凑一块儿仿佛国宝出游的情形，祁珂慎重地思考后，决定和叶鸣保持距离，这让叶鸣五雷轰顶，一度陷入抑郁之中。

这一天，祁珂又收到了两封情书。当然，不是给她的，而是摸不着门路的女生们想通过她和叶鸣的关系走走后门。祁珂坐在二食堂里吃面，嘴里一边吸着面条，一边目不斜视地瞅着桌子上的两个信封。一白一粉，白色信封上画着精致可爱的Q版小人儿，长着金色头发的小男生正牵着一个梳马尾的小女生，大胆直白。粉色信封上贴满了红桃心，也是下了一番功夫。祁珂不知怎么的，莫名觉得胸口有点堵，连一向钟爱的炸酱面吃在嘴里，也味同嚼蜡。她放下筷子，揉了揉胸口，拿着信封走出食堂。在学校里溜达了半圈，她掂了掂手里的东西，想着还是应该交给叶鸣，又掉转了方向，朝C区男寝走去。

彼时，暮色沉沉。深秋的红霞在天际渲染出一线旖旎，白色的寝室大楼上，镀着淡淡的暖辉。祁珂还没走近男寝区域，就见不少女生风风火火地朝寝室楼跑，仿佛商场大减价。她被两个不小心的女生撞到了后背，没听女生道歉，倒听另一个女生骂骂咧咧地说："你快点，再晚就来不及目睹大型打脸现场了！"

"你确定是打脸？"撞了祁珂的女生迈开步子就跑，"谁还不知道李晴晴斩男无数？照我说她这次盯上了叶鸣，叶鸣很危险了。"

"闭上你的乌鸦嘴！"另一个女生嗔了一句，两个人拉着手跑远了。

祁珂还没回过神，已经跟着人潮走到了男寝楼下。明明是饭点，这些小崽子却一反常态，不去食堂里抢菜，反倒来这里充当起群众演员。打眼望去，一片空地上已经三五成群地围了不少人，有男有女，人头攒动，十分热闹。就连楼上靠窗的，也有不少学生正端着饭盆看热闹。不知道的，还以为发生了什么大事件。祁珂艰难地从人堆里挤出一条血路，来到了第二排，看见不远处的男寝门前，叶鸣和一个身材高挑的女生正面对面站着。叶鸣朝着她这边，笔直地杵着，稍稍低着头，细碎的刘海儿遮住了他那异色的双瞳。而那女生披散着一头绸缎般的黑发，光看背影，都知道是个美人坯子。两个人还没说话，边上的人已经讨论得热火朝天。祁珂不解地用手肘顶了顶就近的女生，问："怎么了？叶鸣闯祸了吗？"

女生不屑地抄着手，一看是祁珂，急忙收敛了几分态度，乖巧地喊道："祁珂老师。"

祁珂点点头，用下巴示意女生解释解释眼下的情况。女生忙不迭道："那是李晴晴，四年级武器研发系的，蝉联了我校四届校花。"

"哦。"

"祁珂老师您可能不知道，李晴晴作风不好，私生活混乱，在校期间换了不下十个男朋友，每个男朋友交往都不超过半年，不管是谁先主动，最后都会被李晴晴抛弃。就两个月前，四年级的一个学长还因为李晴晴和他分手，差点辍学了。"

居然遇上了狗血八点档。祁珂摸着鼻尖，兴致高昂地听女生继续嚼舌根："只要是她看上的男生，到现在为止，还没有能逃出她魔爪的。"

"这么厉害？"祁珂这个母胎单身狗不由得向那风云人物投去了钦佩的目光，"长得很漂亮吗？"

女生沉吟片刻："漂亮也确实算得上漂亮啦，听说她进军校前本来是要去娱乐圈发展的，被她爸阻止了，送到这里来当害群之马。"

怨气深重。祁珂瞅了瞅身边这位愤恨不平的小女孩，忍俊不禁："你被她抢过男朋友？"

"我被她抢过男神！"女生握拳，"仗着自己长得漂亮，她爸又是学校某个领导的亲戚，横行霸道，见谁都要勾搭。祁珂老师，你快去把叶鸣带走啦，就算叶鸣不能属于我，他也是大家的。好不容易来一个这么帅气的男生，不能被李晴晴糟蹋了！”

祁珂快要忍不住笑出声。想想叶鸣那沉默寡言的性子，又想想叶鸣前段时间还在对自己暧昧不清，估摸着他也不会和这么飞扬跋扈的女生扯上关系，便好整以暇地抱着手，说：“放心吧，叶鸣那小子是厕所里的石头，又臭又硬，不会上钩。”

“真的？”女生眨巴眼。

“嗯。”

祁珂这边志得意满，李晴晴那边也开场了，那尖细傲慢的女音仿佛极具穿透力，轻飘飘地钻进了众人耳朵里：“你考虑好了吗？要不要当我男朋友？”

叶鸣冷冰冰地道：“我刚才回答过了。”

“我再给你一次机会。”

“不当。”

随着叶鸣的拒绝，群众演员们尽职尽责地爆发出了倒喝彩声，还有人看热闹不嫌事大，扯着嗓子喊：“李晴晴，别给脸不要脸了，你以为学校是你家后宫啊？”

李晴晴怨毒地扫视了一圈四周，脸色青白交加，随即又把目光盯在了叶鸣面上，趾高气扬地道：“你有什么理由拒绝我？我长得不好看？还是你觉得我配不上你？”

“我有喜欢的人了。”

祁珂呼吸一滞，女生们纷纷捂住了嘴。李晴晴也是一愣，皱眉道：“你喜欢谁？她在这里吗？你让她出来。”

“我喜欢谁，和你有什么关系？”叶鸣不咸不淡地反问。

李晴晴看了一眼四周的女生，嘲讽道：“就这些歪瓜裂枣你也看得上？叶鸣，我不介意你以前喜欢谁，但是现在，我要你眼里只有我一个。”

叶鸣冷笑。

李晴晴被他的态度激怒，口不择言道：“学校里这些女的，除了我，全都是些破鞋。要么被人穿腻了扔了，要么根本没人看得上。被人穿过的鞋，你也这么藏着掖着的，真让人恶心。今天你要是错过我，我保证你会后悔。我会找出你喜欢的那个人，挖出她所有脏事，放到网络上，让每个人都看看，你叶鸣喜欢的，究竟是个什么破玩意儿！”

“这嘴巴有毒啊！”祁珂“啧啧”感叹。

旁边的女生附和：“李晴晴就这烂德行。被这么多人看着，她感觉颜面扫地了呗，恼羞成怒。她干过的龌龊事可远不止这些，之前他们年级有一个女生不愿意吹捧她，她愣是让她爸动用了关系，把那女生孤立了，逼得那女生转学去了一所普通院校。”

祁珂拧了拧眉头。军校里的二世祖她见过不少，性质这么恶劣的，确实还是头一回见着。不过祁仙女可能并不知道，她见得少，主要是因为没有哪个二世祖后台比她硬，敢在她这只老虎屁股上撸毛的。

女生又摇了摇头："叶鸣要是真有喜欢的人，估计得让李晴晴挖出来。李晴晴心眼儿特别小，肯定会说到做到的。"

祁珂满不在乎："让她来呗。就这种小浪蹄子，来一对杀一双。"

女生睁大眼看向祁珂。

祁珂猛地意识到自己不小心说出了心声，急忙转移话题："我的意思是，叶鸣是我罩着的，不怕这种小虾米。"

"祁珂老师威武！"女生恨不得手动抱紧这根粗壮的大腿。

就在两个人说话间，叶鸣一动不动地看着李晴晴。半晌，他狭长的眸子微微一眯，朝李晴晴靠近了半步。

女生："……"

祁珂："……"

女生惊呼："叶鸣要干什么！不会真被李晴晴勾住了吧！"

祁珂冷静道："别慌，据我了解，这小子肯定不会……"

话还没说完，叶鸣凑到了李晴晴的耳畔，几乎与她脸贴着脸呢喃了几句。李晴晴前一秒还阴沉的小模样顿时云消雾散，笑得像朵花一般。群众演员们集体安静了下来，之前打算看李晴晴被打脸的少男少女们霎时有种脸肿的错觉。叶鸣说完后，与李晴晴拉开了距离。李晴晴笑弯了眼看他，娇声道："那就这么说好了。"

叶鸣没答话，她又迅速在叶鸣脸颊上啄了一口，这才转头一步一回首地走出了人群。那含羞带怯的样子，仿佛已经谈好了接下来约会的细节。

群众和祁珂都是一口老血哽在喉咙上。眼见主角之一离开了现场，有人吆喝了一嗓子，围观人群也随之散去。刚才和祁珂碎碎念的小女生临走前还不忘鄙视祁珂一遭："祁珂老师你不是很了解叶鸣吗？扯淡！哼！"

祁珂叉腰："哎你这小妮子……"

小妮子根本不理她，非常嫌弃地走远了。

待人群散尽，叶鸣刚准备回寝室楼，冷不防看见背对着他的祁珂。叶鸣睁大了眼，满是忐忑不安。他迟疑地走近祁珂，声线里带着细不可查的颤抖，小声道："祁珂。"

祁珂回过头，还是挂着一贯懒散的笑："不错哟小伙子，翅膀硬了嘛，才来几天，就知道勾搭小姑娘了？"

"我不是……"

"行了，谈恋爱的事不在我这个监护人的管辖范围内，你自己把握好分寸就行。现在刚进学校，可别给我搞出什么丑闻。"

"祁珂……"叶鸣咬住下唇，"你不在意吗？"

"我该在意吗？"祁珂的笑容僵了一瞬，很快又恢复自然，"我来是因为有小姑娘托我给你带两封情书。”说着，她从裤兜里拿出两个小信封，塞到叶鸣手里。叶鸣用力将信封捏得皱巴巴的，闷声道：“你是因为这个才来找我的？”

“不然呢？”

“我们已经有四天没见面了。”

“嗯，好好发扬，继续保持，以后也要坚定贯彻这种见面的频率，以防引起群众围观。”祁珂咧着嘴拍拍叶鸣的肩，然后潇洒地转过身，拔腿走人。叶鸣还想说什么，心尖的酸楚却蔓延开来，话哽在喉咙里，不上不下，仿佛一切的言语到这一刻都显得软弱无力。他僵硬地看着祁珂走远，直至她消失，挽留的说辞也没能出口。

这天过后，叶鸣果然越来越少出现在祁珂跟前。一开始，祁珂上课他还会按时来，隔了一周，他便彻底没了人影。因着他的反常，平常尾随他来听课的女生也消减了大半，课堂上总算恢复了一些正常秩序。祁珂表面上浑不在意，可只有她自己清楚，就这么几天，她简直是度日如年，吃啥啥不香，做啥啥不得劲儿。晚上睡觉失眠，白天上课走神。但祁仙女毕竟是单身了二十几年的翘楚，就算整天心窝空荡荡的，她还是没把这种状态和叶鸣的“出墙”联系到一起，反而只是认为自己是离开了ISF，失去了上战场的动力，才会一蹶不振。

为了解决这个心理难关，祁珂左思右想，决定主动和领导联系，倾吐一番自己渴望回战场的心声。

视频电话接通时，正值傍晚，已经过了正常的下班时间。可秦将军是个没有上下班概念的单身狗，加班是常态。此时，他正一边审阅着文件，一边漫不经心地将手机放平在桌子上，让祁珂的影像投射在半空。祁珂蔫头蔫脑地坐在宿舍的桌子前，整个人都像霜打的茄子，说话有气无力：“我公寓的卫生你有叫人做吗？”

“你家的保姆机器人租金高昂，我只负责每周给它充电一次，做卫生的事都是它在管。”

“你就不能考虑一下我微薄的工资，给我把机器人退了。”

“那你下次回来的时候你家那些辣眼睛的装修可能就废了。”

祁珂深吸一口气，决定换个愉快的话题：“最近都没什么战事吗？”

“你以为能源堆的探测这么容易？”

“哦，那虫族那边呢？塔里斯没了就没查到咱们头上？”

“你似乎很希望查到咱们头上？”秦峥趁隙抬头瞄了她一眼。

祁珂双目放空：“也不是这么说，我就随口一问。”

秦峥见她状态不对，索性放下了笔，认真地睨着她：“你是遇到什么事了？怎么一副半死不活的模样？”

“没，我就是觉得，像我这种不可多得的人才，不应该把余热散发到这种地方。”

“所以……你是被学生嫌弃了？”秦峥想笑。

“滚，像我这样横着走路都能上国际秀场的存在只会让人仰望我。”

“呵呵。”秦峥继续拿起笔，“说人话，不然我挂了。”

“等等，我不在你身边你难道就没觉得空虚寂寞冷吗？”

“没，我吃得好睡得足，没有你在我感觉自己还能再活五百年。”

祁珂耷拉着脑袋：“秦峥，你今天给我说句实话，你究竟是不是个基佬。”

“你是不是想一辈子在军校里养花种草了？”

“领导，是我错了。”祁珂认错认得非常没有骨气。

秦峥翻了个白眼，这才仔细瞧了瞧她屋子里的背景，问：“叶鸣呢？这段时间这小子安不安分？”

一提起叶鸣，祁珂蓦然觉得心里酸不溜秋的。她伸手揉了揉胸口，刚要答话，秦峥办公室的敲门声响了两下。紧接着，张正走进来，手里拿着一个文件夹。他敬了个军礼，然后将文件夹放在秦峥面前，道：“报告将军，编号3277飞船的故障排查结果已经经过了二次确认，进入引擎的，是一只小体型翼鸟。翼鸟在常规情况下，会主动远离所有飞行器，我们通过反复的实验，认为翼鸟之所以进入飞船导管，是受到了外力牵引。这只翼鸟翅膀有明显的折断痕迹，在导管通口的红外线网里被肢解，少数躯体遭引擎吸入机体，这才造成了飞船故障。”

“翼鸟……”秦峥皱眉。

张正补充道：“另外，经过磁场勘察，3277飞船导管外露部分，有极其微小的磁极反向波动。”

秦峥目光一定，翻开了文件夹里的报告。

“这种波动正随着时间的延长而消失，可以确定的是，在故障发生的当时，磁极波长超过了3π。”

秦峥快速翻动着资料。祁珂默不作声地听完，后知后觉地反应过来：“3277飞船，是送我和叶鸣来军校的那艘？”

“是的，祁珂下士。”张正很清楚祁珂在ISF里的分量，即使没得到秦峥准允，他也擅自替自家领导回了话。

祁珂严肃道：“你们返程时发生故障了？”

“是的，而且这故障发生得绝不寻常，很有可能是人为导致的。”

祁珂还要再问两句，秦峥示意张正先离开办公室。等大门关上，秦峥谨慎地盯着祁珂，说：“你知道我在想什么吗？”

“磁极波动……”祁珂自言自语，“第四卫星有大气防护层，直接连接到ISF的监控主机，如果当时周围空域有磁极干扰，监控人员会立即发出警示。”

“防护层针对的是Y型磁场。如果，干扰磁极波动的是其他类别呢？”

Y型磁场，是指以电流、运动电荷、磁体或变化电场周围空间存在的一种特殊形态的物质。在科技高度发达的当下，物理研究人员也曾猜测过，宇宙中也许还存在另一种E型磁场，以原子或分子的相互摩擦形成。简而言之，就是能透过脑电波或其他行为方式操控，从而改变物体轨迹和形态的一种力场。

这样说也许概念太模糊，但很早以前，人类的幻想电影史上，就曾出现过这样的一个例子——万磁王。

祁珂先前还蔫蔫的神情迅速凝重起来，所谓的糟心事也被抛诸脑后：“所以，你是想说……”

“想想无缘无故出现在你身上的西装和小披肩。”

祁珂思绪陡转。

秦峥道：“这些情况，都是从什么时候才开始的。”

“为什么现在才告诉我？”祁珂不满。

秦峥合上文件夹，双手交握着道：“你知道我的风格，任何事没有确切的依据前我都不会凭空下定论。现在告诉你，是因为飞船故障基本确定了原因。其二是这大半个月里，我有通过其他途径去调查目前出现的尔星人。”

“结果呢？”

“所有尔星人都只有一种特殊能力。但我不排除这个种族有佼佼者，拥有两种以上的特殊能力。还有一件事，我所调查的尔星人，都出现过身体由于承受极端痛苦而自残的倾向。”

祁珂想起有一天夜里叶鸣也同样痛得浑身痉挛。

秦峥接着道：“而且，从少数尔星人的嘴里得知，他们同样具有金属舱和不明人种的断裂记忆。”

祁珂默了默。

“这种大规模的记忆重叠不会是巧合。”

“我知道。”秦峥颔首。

“我之前猜测过，叶鸣深层意识里的那间实验室，是用来做人体试验的地方，如果我们透过他的意识所看到的那两个‘人’真的是‘造物者’，那就太可怕了。”

秦峥没有吭声。

祁珂打起精神道：“现在，我们需要更多的线索。我建议你联络各星球的军方领导，把所有散布的尔星人登记在册，并严加管理，方便后续的进展。叶鸣这边就交给我。另外，关于‘造物者’的消息，大部分都掌握在贺叔手上，你应该去找贺叔聊一聊。”

“那是首长！”秦峥纠正她的叫法。

“好吧，首长去挖我爸的墙脚活着回来了吗？”

秦峥没好气地说：“两周前刚刚返回地球。我已经和首长的秘书约好了时间，明天上午十点见面。”

“OK。”

秦峥继续分析：“但你说的监控散布的尔星人不太现实。你得知道，这些尔星人是由雇佣兵带入银河系的，少部分通过黑市贩卖，这类渠道很难落入官方掌握。加上我们也不清楚雇佣兵是否还私下贩卖了尔星人奴隶，更增加了监管的难度。”

“那我们只能加快行动的速度了。”祁珂拿着手机站起来，将随意扔在床上的外套披在肩上，快步走向了门口。

秦峥叮嘱道：“叶鸣身上的疑点越来越多，我们也不能确定他究竟拥有什么样的特殊能力。在没有保障的情况下，你不要轻易试探他的底线，记得保护好你自己。”

“我有分寸。”祁珂挂断了电话。

走出宿舍楼，天色已经渐暗。最后一抹残阳隐入地平线，夜幕疯长，稀疏的星子爬上了一望无际的穹顶。路灯映照着水泥地面，熙熙攘攘的学生结伴走过。十一月的寒风里，祁珂裹紧了外套，直奔C区男生寝室。她已经有一个多星期没见过叶鸣，也摸不准叶鸣这会儿会在哪儿，只能去寝室碰碰运气。来到叶鸣住的那个三人间，里面空无一人。叶鸣床上除了一床叠得整整齐齐的被子，什么东西也没有，就像从来没人睡过一样。祁珂正疑惑，恰巧叶鸣的两个室友有说有笑地走了进来，三个人一见面，登时有些不自然，脸上一阵青一阵白的。

祁珂敏锐地察觉到几人的异状，走近问：“叶鸣呢？”

两个学生你看看我，我看看你，同时摇头：“不知道。”

“他没回宿舍吗？”

“没……没有。”

“多久没回了？”

其中一人迟疑了片刻，小声道：“有……有两个星期了。”

祁珂直觉不妙，扔下一句“如果叶鸣回来让他来找我”，随后便匆匆离开了男生寝室。她在学校里找了一圈，也没见着叶鸣的踪迹。一边想着这臭小子是不是真谈恋爱去了，一边又心惊肉跳地害怕叶鸣出事。这么琢磨着，她左右找不到人，只好先回了自己的宿舍。不承想这一晃又过了整整一个星期，叶鸣始终不见人影。祁珂急得犹如热锅上的蚂蚁，实在没了办法，只好寻思着去找叶鸣的导师，问问叶鸣的下落。

这天下课，她正要赶去教师办公楼，路上遇见了那天和她一起围观李晴晴表白的小女生。祁珂病急乱投医，拉住小女生就问：“看见叶鸣了吗？”

女生手里拿着饭卡，看样子是要去食堂吃晚饭，被祁珂当街拦下，神情怪怪地犹豫了一阵儿，随即赶走了自己的同伴，这才看向祁珂：“您不知道叶鸣的事吗？”

祁珂头皮一麻：“什么事？”

女生靠近她半步，小声说：“就李晴晴和他表白……”

“这我知道。”祁珂挥手打断。

“不是，我是说李晴晴和他表白后没几天，大概就一个星期的样子，李晴晴就被送去精神病院了。”

祁珂霎时像被雷劈了一样，愣在原地。许久，她才找回了自己的声音，厉色问：“怎么回事？”

女生被她的表情一震，一股脑说出了自己知道的前因后果：“具体我也不是很清楚，我都是听说的。据说，李晴晴离校前已经不太正常，天天躲在寝室里，嚷嚷着有怪物。后来她爸把她接走，这件事就被学校的领导按了下来，一直没通报。李晴晴虽然人品和口碑都不怎么好，但架不住她脑残粉多。那些没脑子的把这件事怪到了叶鸣头上，还说要弄死他。我也好久没见叶鸣了，我们还以为他躲在您那儿呢。”

祁珂听完，神情彻底冷了下来。

女生也有点发怵，怯怯地问：“祁珂老师您也没见过叶鸣吗？”

祁珂没回答。

女生愁眉苦脸道：“叶鸣不会出什么事了吧，要不要报警？”

报什么警，这里是联盟国直属军校，警察根本管不着。祁珂很清楚学校里那些二世祖的恶劣行径，一想到叶鸣有可能遭遇的境况，顿时一个头两个大。正思考该从哪里着手解决这件事，祁珂突然眼尖地觑见叶鸣的一个室友，正行色匆匆地往多媒体楼的方向去。这会儿是吃饭时间，多媒体楼按理说没什么人，这其中肯定有什么猫腻。祁珂想着碰碰运气，急忙和女生道了别，追上了那小崽子。

祁珂到底是经过了专业训练的军人，跟踪人很有水平，没被那小崽子发现。那小崽子鸡贼地从多媒体楼的教室窗户翻进去，祁珂怕被他察觉，等了一会儿才跟着从窗户进入。

整栋大楼空无一人，走廊上暗沉沉的，只有墙角的应急照明灯发出着微弱的光亮。祁珂猫着步子，悄无声息地寻找着那小崽子的踪迹。上了二楼，由于二楼的放映厅设备正在检修，已经有一段时间没有对外开放，走廊两头都放置着禁止进入的警示牌。祁珂正想直接去三楼，蓦地听见一阵细微的响动。她屏气凝神地走到放映厅的后门，清晰地听到内中的拳打脚踢和咒骂声。

“狗杂种，让你得意，仗着自己是走后门进的军校，眼睛就长到头顶了是吧？！也不去打听打听，这里轮得到你的后台做主吗？”

“还敢跟李晴晴扯上关系，撒泡尿好好照照你这狗样子，是个人吗？！”

祁珂攥紧了拳头，里面的男声还在接着骂，用词之难听，简直难以想象这是军校教出来的学生。

“是不是你害得李晴晴去了精神病院，你对她做了什么？！”

“不说是吧，还硬气是吧？”又是一顿毒打，“你是不是以为有祁珂护着你，我们就不敢对你做什么？”

祁珂深呼吸，忍了忍，暂时没行动。她想知道秦峥的猜测是不是正确的。

有男生一边打，一边骂：“说，你是不是跪舔了祁珂她才这么护着你。你和她有什么关系？她是你的相好是吧？”

“哟，还敢还手。”

殴打声越发激烈，即便是旁人听着，都能感受到那拳拳到肉的痛。祁珂刚想破门而入，这些兔崽子约莫是打得疲了，恶狠狠地扔下一句：“你就好好在这儿待着，过两天你死在这儿，最多也就是被当成丑闻压下来。你以为祁珂能为你做点什么？呸，做梦！”

有人打开了后门。

祁珂微微抬起头，那双沉寂的眸子里充斥着阴冷和肃杀，仿佛即将喷发的火山，令人肝胆俱裂。这是长年累月在战场上厮杀的人具有的威慑感，她轻飘飘地一扫，放映厅里的五个男生的脸瞬间白成了一张纸。有三个人还站在叶鸣身前不知所措，另外两个杵在门边，也是无比慌张。祁珂慢步绕开两人，走进放映厅，目光定格在墙边蜷腿坐着的叶鸣身上。

叶鸣被人反绑着双手，两只脚踝上也捆着一条细细的胶带。大概是被捆绑的时间太长，胶带的边缘陷入了肉里，血肉模糊。地上有新旧交叠的血渍，祁珂看得心一紧，又望了望叶鸣的脸。那张脸肿得已经看不出本身的模样，眼角和嘴角都裂了口，鲜血直流。脸颊青紫横生，同样是旧伤没复原，又被人打得面目全非。他嘴里还塞着一块肮脏的布条，昏昏沉沉的，眼皮直往下搭。

就算心理素质强悍如祁珂，此时此地，竟也忍不住红了眼眶。

短短几天，叶鸣就被折磨成了这副鬼样子。祁珂真是不敢想，现在这些小兔崽子居然作死到了这种地步。她小心翼翼地走近叶鸣，扯出了他嘴里的布条，又冷冷地发话：“剪刀。”

就近的一个瘦小男生最先反应过来，连滚带爬地跑去讲台上，从抽屉里翻出一把美工刀，跑回来递给了祁珂。祁珂将叶鸣手脚的胶带割断，扶着他坐到后排的位子上，用衣袖给他擦了擦脸上的血。叶鸣似乎清醒了一点，呆呆地睨着她，不敢相信地喊：“祁珂……”

祁珂点点头：“是我，你感觉怎么样了？”

叶鸣虚弱地冲她笑笑："还好，没死。"

"那坚持得住吗？"

"可以的。"

"好。"

说着，祁珂看向了几个默不作声的小崽子。假设这里是战场，她会立刻拎着这几个小浑蛋去送人头，可这里是学校，她是老师，不管怎么样，她还得有份为人师表的责任感。沉默片刻，祁珂转向最牛高马大的一个学生。那小子比她高出一个头，表情嚣张又狂妄。祁珂依稀记得，他也是三年级的学生，以往还会去上自己的指挥课。也许是自己上课时太没架子了，现在，她很有必要提醒一下这些学生，自己究竟是一个怎么样的人。她眼光一沉，浑身上下散发出来的凛冽气息，犹如一盆冰水，兜头给几个人浇下。这使得前一秒还略嚣张的学生们，当即成了㞞包。

祁珂双手插进裤兜里，慢慢道："许巍，指挥系三年级，父亲是陆战军第二集团师参谋长许正天。你爸的三高症状缓解了吗？知道你即将面临的事会不会气得直接升天？"

那高个子男生双唇抿紧。

祁珂接着睐向旁边的人："克里斯，指挥系三年级，父亲是当年参加过佩特战役的M国中将，现在应该还是贾维斯的老部下是吗？"

被称为克里斯的男生也忙不迭别过头，不敢和祁珂对视。

"还有你，张允立，叶鸣的室友。武器研发系三年级，前两天我打听你的时候，才知道你是张正的侄儿。"

左边的男生也咽了口口水，没有反驳。

门边的两个人祁珂确实不知道底细，只认得其中一人同样是叶鸣的室友，估摸着还是官二代。她懒得一一过问名字，冷笑道："你们似乎都认为我没能力护得住叶鸣是吧？觉得你们的家庭无所不能？"

"不是的，祁珂老师……"刚给祁珂递美工刀的男生想解释，祁珂直接打断他，"来，先告诉我，进入军校的第一次誓师会，誓词里最后一句话是怎么说的来着？"

没人回答。

祁珂干脆亲自点名："许巍，你来说。"

许巍仍是不服气，吊儿郎当地道："不凌弱小，不畏强敌。团结互助，捍卫银河系和平。"

"你们做到了吗？"

几个人不语。

祁珂道："看来，你们这些脑子是记不住事的。这么喜欢欺凌别人，我就来教教你们，什么才是真正的侮辱性打击。给我滚去模拟教室，好好给我待着，等会儿我来让你们重新做人！”

几个男生杵着不动。

祁珂拔高了声线：“是要让我挨个儿通知你们老爸来认领尸体吗？”

男生们一抖，你推我我推你，挨个儿跑出了放映厅。祁珂心疼地摸摸叶鸣的脸，听见许巍那个小浑蛋还在出言不逊：“一个老娘儿们，你们怕什么！别忘了她现在只是 ISF 的下士，级别还没我爸高，她能把我怎么着。军演就军演，我们几个还能输给她不成？”

张允立十分惆怅：“你说这话用脑袋了吗？你知道祁珂的父母是谁吗？”

“知道又怎么样，她父母又没军阶，管得着军校的事？”

“我怎么会瞎了眼跟你一伙儿。”

“你说这个有毛线用，不想被祁珂那老娘儿们压着过两年，就拿出你的真本事，让那老娘儿们知道什么叫后浪推前浪。”

“傻 ×，纯的。”

一口一个老娘儿们，完美激怒了火气还没下头的祁珂。祁珂咬了咬牙，搀着叶鸣一步一步地往放映厅外挪。

叶鸣问：“去哪儿？”

“还能去哪儿，医务室！”

“……”

二十分钟后，在校医咋呼着“这小子怎么会伤成这样的”高嗓门中，叶鸣坐在床上上药。祁珂端着一碗热气腾腾的小米粥，一口一口地给叶鸣喂。叶鸣定定地觑着她，仿佛要把她看穿似的。祁珂埋着头，眉间还是拧成了一条线，咕哝道：“几天了？”

“没几天……”

“你是不是傻，李晴晴出了事，明知道自己可能有危险，为什么不来找我？”

说起这茬，叶鸣眼中的光彩迅速暗淡下去：“你说过我们要减少见面。”

祁珂语塞：“你真是……真是石头脑袋吗？我那话不就随口一说，你这么当真干什么？”

“你的话，我一直都当真的。”

“……”

祁珂一口气憋在胸口，说不出的酸楚。

“李晴晴究竟是怎么疯的？”

“她没疯……”叶鸣小声回答。

“是不是你动用了特殊能力去吓她？”

叶鸣咬着唇不答话。

祁珂放下小米粥，严厉道：“你答应过我什么？不会滥用你的特殊能力。”

“我没有……”叶鸣慌忙抬头，“我只是……只是不喜欢她那样侮辱你。”

祁珂想起那天李晴晴向叶鸣告白时满嘴喷的粪，虽说内心也不满这小妮子的作风，但还谈不上要和她计较什么。事事都去论个道理，祁仙女的仇家可能排到银河系外去了。她抄起手教育不懂事的叶鸣：“那就是个屁大的事儿，有必要这么小题大做吗？”

“有。”叶鸣笃定道，“在我眼里，关于你的事，都是大事。”

受伤了还撩，嘴巴怎么没被人封死呢。祁仙女这么想着，心里却又止不住淌过一股热流，暖融融的，像初冬里的太阳。她耳根子发烫，撇着嘴故作镇定地道：“别以为说两句好听的，这事儿我就能帮你揭过去。过段时间你自己去和李晴晴坦白从宽。”

“好，我都听你的。”

“不过那小妮子确实欠缺人生经验，让她在院里面长长见识，收敛下脾气也好。”

“嗯。”

祁珂又端起碗，舀了一勺小米粥，正要送到叶鸣嘴里。叶鸣忽然拉住她的手，认真地道：“祁珂。”

祁珂一抖，勺子里的小米粥洒在了叶鸣虎口上。她琢磨着粥这么烫，赶紧给叶鸣吹了吹，叶鸣捧住她的脸，迫使她抬起头来。校医正巧拿着病历本从外面返回，见着这情形，不由得哽了哽，指着门道：“我……要出去吗？”

祁珂斜眼：“亲，不是你想的那样哟，我们……”

叶鸣将她的脑袋扳正，眼里根本没有第三人的存在，深情款款地看着祁珂，说：“之前李晴晴和我告白，我没有答应。”

“我知道，我懂，我都明白。”祁珂一心想糊弄过去，“校医小哥哥，我和这学生真没一腿哦。”

校医小哥哥脸上写满了人和人之间的不信任。

叶鸣又道：“我那时只是约她第三天见面，见面之后的事你都清楚了。”

“是的，我非常清楚了，你可以放手了吗？校医小哥哥你听我说……”

“祁珂，我喜欢你。”

祁珂一怔，所有话音都滚回了喉头。她眨了眨眼睛，不敢相信地看着叶鸣，以为自己的听力出了问题。校医小哥哥总算听到了这场八卦的结果，心满意足地摸着门边溜了出去。祁珂沉默许久，皱眉道：“你知道自己在说什么吗？”

“我现在很清醒，能为自己的行为承担责任。”

“不是，你是尔星人，我是地球人，我们两个的种族存在差异。”

“在我被关着的这几天，支持我的唯一信念就是你。”叶鸣不接她的话，只是倾吐自己长久以来埋藏的心事，“从认识你的第一天，你的一举一动、一言一语，都铭刻在我的脑子里。你把我带出困境，你让我知道，原来做一个人，是这么美好的事情。”

祁珂久久地凝视着那双异色的瞳孔。

许久。

她掰开叶鸣的手，起身背对着他。好一会儿，她才深吸一口气道：“叶鸣，这不是喜欢。你不了解我，不知道我需要什么，讨厌什么，我有着怎样的过去，期盼什么样的人生。两个人感情的发展，是水到渠成的，以互相的坦诚和信任作为基石。可直至现在，你对我也并不是坦诚相待。”

“我……我只是还需要一点时间……”

“你的确还需要时间，或者说，我也需要时间来整理一些事情。”祁珂回过身，脸上挂着浅笑，循循善诱，“你所谓的喜欢，只是因为我在与你见面时，第一时间释出了善意，没有像其他人一样心怀险恶地对待你。随着你见识的增长，你会发现，在这个地方，我不是特例。善良、友好，仍是大多数地球人的美德。好好休息吧，别急着给一段关系下定论，你得先去多接触其他人。”

祁珂把手里的碗放下，拍了拍叶鸣的肩，准备离开。叶鸣紧跟着站起，问：“你去哪儿？”

“当然是去给那几个小浑蛋上人生惨痛的一课。”

“我和你一起去。”

“你给我躺回去休息！”祁珂用命令的口吻道。

叶鸣不依：“那几个学生都不是什么好人。”

“所以呢？”

“我要保护你。”

祁珂上下打量了一遭叶鸣眼下的模样，一瘸一拐还浑身挂彩，抄起手道：“你连自己都保护不好，要用什么保护我？”

“用我的生命。”

祁珂抿嘴：“行了，好好睡一觉吧，你可别忘了本仙女的后台是谁。就我妈，全场风骚操作，加上我爸雷霆加持，不是我吹，这卫星上就没有能动我的人，用不着你操心。”

“我和你一起。”

“你这熊崽子……”

“我和你一起。”叶鸣一字一顿地重复着这句话。

祁珂瞅着他那鼻青脸肿的小样儿，打又打不得，实在无奈，只好主动挽住了他的手臂，慢条斯理地带着他往演武楼去。

“算了，这次就免费带你出场，让你体验一下什么叫超神吊打。”

“……”

晚上八点三十分。

偌大的校园里人声鼎沸。演武楼四楼的模拟教室，却与外面形成了鲜明对比。祁珂跷着二郎腿，坐在一张圆桌的首位，桌面上摆放着十五个教学用的模拟头盔。叶鸣站在她身边，许巍等五个学生则站在圆桌对面。祁珂冷眼看了看这几个小浑蛋，对叶鸣道：“你先去边上坐着。”

叶鸣稍是颔首，挪去了最近的一排椅子。他路过许巍身边时，许巍还朝他呸了一声，啐道：“靠女人吃饭的尿包。”

“谁是尿包等会儿就有结果了。”祁珂漫不经心地按下桌面的一个红色按钮，桌子四角蓦地投射出光束，在半空形成了一副虚拟画面。画面上显示的是记录在案的所有战役。她淡淡地道：“别说当前辈的不给你们几个小垃圾留面子，要模拟哪场战役，随你们选。星际战、陆战、冷兵器战，或者海战，都行。”

“老师……”张允立怯生生地喊。

祁珂摆手：“明人不说暗话，以后你们也别叫我老师了，直接喊爸爸吧。”

许巍瞪眼：“你！”

“你爸不教你好好做人，我也不能放着你这狗崽子不管，以后我就接替你爸的工作了。如果有什么意见，叫你爸去联盟国投诉我。”祁珂耸肩。

许巍知道自己的分量还不够和祁珂叫板，只能气结地瞪她。祁珂也不愿浪费唇舌，切入了正题：“我话先说在前头，这次模拟军演，你们五个如果输了，首先，以后不能再找叶鸣的麻烦，否则，我一旦动怒将一发不可收拾，很有可能直接收了你们五个的人头。如果对这话有所怀疑，我建议你们通过张允立的叔叔，也就是张正张秘书，了解一下我祁珂的为人。”

几个学生小声嘟哝。

祁珂接着道：“你们都没意见的话，我就说第二点。军演不能没彩头，否则就没动力。我看你们在学校这么无法无天，不如滚去学校外的阳阴山，进行为期三天的野外生存训练。在这期间，我会没收你们所有的通信工具，只给你们足够的水和粮食。相信你们很清楚阳阴山里的情况，假设不幸挂在里面了，我会亲手给你们盖国旗。当然，我会先报备给学校，以及通知你们的父母。”

这话一出，包括许巍在内，五个学生面上的血色瞬间褪尽，只余一片惨白。叶鸣作为一个新来的插班生，听得不明不白，完全不知道许巍几人为什么会有这种反应。

只有待了好几年的几个小浑蛋明白，阳阴山，坐落在学校南面五里处，山脉绵延近一百里。之所以叫阳阴山，是因山中的生态环境还原了地球的亚马逊雨林，其间树木参天，地面常年不透阳光。这样复杂而潮湿的地形，被生物学家用来培育了许多新物种，那些东西普遍生性凶残，加上生物繁衍的各种不确定性，一旦进入，危险重重，更何况还没有有效的保护措施。在每年的三月，军校里会举行一次大型的实战演练，其中就包含阳阴山的野外生存项目。即使在有学校监管和装备齐全的情况下，学生都会出现少数的伤亡。所以，这会儿许巍几人只是用脚指头一想，都能窥见这个赌注可能发生的后果。

祁珂这是铁了心要整死他们。

那两个祁珂不认识的学生率先认尿，乞求道："老师，我们知道错了，我们愿意接受学校的处分。"

祁珂摊手："开除，你们愿意吗？"

两个学生不说话了。不管是什么家庭背景，家里人都会以小辈能进入联盟国直属军校学习为荣，因为学校暴力事件被开除，这两个学生回家估摸着会被打死。

许巍咬着牙，冲这两人道："去就去，又不是没进过阳阴山。你们怕什么？别给自己家里丢了脸！"

祁珂鼓掌："的确，都是军人的后代嘛，这点血性你们应该还是有的。"

话说到这个份上，几个学生都是骑虎难下，只能默认了。祁珂给了他们十分钟时间商量，让他们选择最有把握的战役。几个人窸窸窣窣讨论一番，认为祁珂就职于ISF，对陆战不会太熟悉，正好许巍他爸是陆军出身，自己从小耳濡目染，对陆战认知上有一定的优势，于是他们选择了一场城市攻坚战。由五个学生主攻，祁珂防守。祁珂没什么意见，将投影画面双击进入了攻坚战的演示区域。画面放大数倍，在教室的顶上描绘出一个立体的小型城镇，整个城镇的物体由简单线条构成，所有区域都呈半透明化。这是为了方便观看军演的人，能实时把握战况。

祁珂正准备戴上头盔，许巍扬起一丝狡黠的笑，说："老师，你的彩头是有了，我们还没说彩头呢。"

"叫什么老师，叫爸爸！"

许巍愤怒地盯着她。

祁珂权当看不见，无所谓地道："说吧，你们要什么彩头？"

"如果我们赢了老师，叶鸣就要离开军校。"

祁珂不语。

许巍到底还是有点怵祁珂的，索性壮着胆子道："叶鸣又不是地球人，是一个外来人种。联盟国直属军校是地球军事人才输出的核心，教的知识也涉及我们最先进的战略战术和武器装备，让一个外星人学去了，老师认为合适吗？”

祁珂默了默，诚恳地道：“我大概确实是犯了错误。”

几个学生讶异地睁大眼，都没想到祁珂还能服软。叶鸣也呆愣在当场，脸色惨白。结果，祁仙女不紧不慢地戴上头盔，调整好设备参数，然后吐字清晰地说：“你们不只没资格当我的学生，连叫我爸爸也没资格，我没你们这样沙雕的儿子。”

许巍：“……”

其余人：“……”

“好了别一天到晚只知道耍嘴皮子了，麻利地开始，待会儿本仙女还要睡个美容觉。至于你们，明早去阳阴山的车我已经联系好了。公平起见，念在你们年纪尚轻气血方刚，我让你们十万兵力，只要你们有一个人活下来，都算我输。不只叶鸣离开军校，我也不会再任教，满意了吗？”

这个条件，可以说是非常人性化了，简直突出了祁仙女宽容大度无私博爱的优秀品质。

许巍骨头硬，愣是觉得祁珂在折辱自己，想要反驳，又被旁边两人悄悄拉住了手。他气闷地作罢，和几个男生先后戴上头盔，进入了模拟军演。

三分钟后，天花板上的3D画面里出现了两支军队。城市防守方标记为蓝色，进攻方则有五种颜色，分别代表操控的几个人。直到此刻，叶鸣一改先前弱势的姿态，轻靠在椅背上，目光尤其森寒……

十二

小狼狗现形记

“现代化城市攻坚战，作战有三大要素，空域部署为重中之重。只有在空域上占了优势，你才能利用高地分析地方的战术。

“如交火空域无法势均力敌，则应另辟蹊径分散行军以达到扰乱敌方视线及判断的目的，再利用较高的位置设置集火区域，将敌方的空域力量逐个击破。

“无论任何类型的战役，地理位置的重要程度仅次于率领打仗的将领是不是脑残。这次攻坚战的城镇是群岛组成，两个半岛之间有海面阻断，是为支形者。所谓支形，敌我出皆为不利，应引敌而去之，令敌半出再一举而攻。说了这么多，你们几个为什么输得连裤衩都保不住还用我继续分析吗？”

教室里，寂静无声。祁珂跷起二郎腿，脚一下一下地弹在桌子底下，发出沉闷有节奏的响动。她面前摆着头盔，双手抱胸，嘴角带着嘲讽的笑。而桌子另一端的几个学生，面部表情精彩纷呈，似是不敢相信这么快就结束了这场模拟战。正如祁珂先前所说，她的兵力少他们十万，可就在这样的前提下，她还是在四十分钟内斩首了敌军的五位将领，结束了这场小儿科的军演。直到这时，许巍才真正察觉，自己和身经百战的老将之间存在的差距，不止一个银河系。他的脸一阵红一阵白，攥着拳头半个字也说不出来。祁珂扫了一眼几人，视线又定格在叶鸣脸上。叶鸣还有些没回过神，刚才军演的过程同样让他倍感震惊。这是他第一次看祁珂军演，也是他第一次体会到祁珂在战场上的雷厉风行。

祁珂觑回许巍五人，懒散地道：“做人最重要的就是讲诚信，我说要弄死你们五个，就一个人头都不能少。现在，你们服不服？”

许巍这个刺头儿没讲话，张允立当即道：“服。”

“那行。”祁珂站起来，“我给你们两分钟，有要给家里人打电话请求支援的，就抓紧时间，让他们直接找我聊天，我的手机号码是09013667658845。”

几个学生没敢吭声。

祁珂也不催促，只是杵在原地看手表，认真地数起秒针来。数到三十秒的时候，许巍终于忍不住，拿出手机给他爸拨了个电话。他特意关掉了影像功能，众人只能在一片死寂中透过手机喇叭，听见他爸的高分贝。

许巍言简意赅，省去了他对叶鸣施暴的事，只说有老师让他去阳阴山进行野外生存训练，但是不给配备武器。

他爸问有哪些人，都给配了些啥，许巍答配了水和干粮。他爸沉默两秒，随即一路拔高调子，用官话的口吻道："这是哪个浑蛋老师下的指令，这不是胡扯吗？！让五个手无缚鸡之力的学生去阳阴山，完全是把学生的性命当玩笑！这种老师你不用搭理，明天我忙完了，亲自给任主任打电话。"

许巍有口难言，正琢磨要不要跟他爸坦诚那"浑蛋老师"的身份，"浑蛋老师"不知道什么时候凑到了许巍跟前，尖声尖气地冲着手机话筒吼："许参谋长，我觉得我很有必要知会你一声，我就是那个浑蛋老师，你儿子去阳阴山的指令是我下达的，因为他在学校聚众对同学使用暴力，情节相当严重。且经过我和他的和平交涉，他已经同意了去阳阴山进行野外生存训练的提议。"

电话那头静了一会儿，然后，许巍他爸高声咆哮："你是哪位老师！教什么的！"

"哦，我自我介绍一下，我叫祁珂。之前任职于 ISF，最近才调来军校担任三年级的指挥导师。您如果对我的处理有意见，欢迎您去向校长提出。"

这一遭，电话那头的人不吭声了。

教室里除了几人的呼吸，基本听不到别的动静。祁珂猫着腰等了好一会儿，见许参谋长没了反应，便敲敲许巍的手机，状似恭敬地问："许参谋长，您还在吗？"

许参谋长一声咳嗽，虽然努力保持声调的平稳，但还是能听出一丝被吓尿的前奏。他艰难地道："对于……咯，对于您处理犬子的方式我表示认可。犬子对同学施暴是他有错，理应按照校规严肃处理。"

"校规里倒是也没说要把犯错学生送去阳阴山啦。"祁珂语气调皮。

正直不护短的许参谋长："这只能说明祁珂老师对犬子十分上心，期望越高才会加大处罚力度，我十分感谢祁珂老师对犬子的重视。"

"可是……阳阴山很危险的呢。"

依旧不敢护短但话音中渗透了一万分心痛的许参谋长："那是对他的历练，身为军校的一员，未来地球武装的中坚力量，必须有过硬的求生技能，祁珂老师做得非常对。"

祁珂直起身笑了。

许巍面色铁青，连握着手机的爪子也微微颤抖起来。其余几个人见状，纷纷收回了摸手机的手。

连陆军参谋长面对这位头顶光环的祁仙女都如此低声讨好，更别说贾维斯的老部下和张正了。只要稍微有点常识的，都知晓M国的贾维斯将军跟着祁珂她妈打过仗，张正又任职于ISF，是祁珂的同僚，更不可能和祁珂对着干。

几个学生面如死灰。祁珂笑意盈盈地跟许参谋长唠叨了两句，挂断了许巍手中的电话。接着，她看向手表，说："两分钟过了，还有人要打电话吗？我可以通融一下。"

几个学生统一摇头。

"OK，现在时间也不早了，你们先回寝室睡觉。作为曾经对你们寄予了厚望的老师，我明早请你们吃炸酱面，免得腹中空空脚下无力，一不小心喂了蟒蛇。"

五个人欲哭无泪。祁珂讽刺地对着他们笑了笑，拉上叶鸣，率先离开了模拟教室。

带着叶鸣回到职工宿舍，祁珂去找宿管多借了几床被褥，铺在地上，对叶鸣道："今晚你就先将就一下，明天我让宿管换一张上下床，以后你就住在这儿了。"

叶鸣睁大了眼睛："可以吗？"

"有什么不可以的。你这脸长得确实拉仇恨，就算许巍那几个小浑蛋以后不找你麻烦，也难保没有其他人对你下黑手，我还是把你带在身边看着放心点。"

"祁珂……"叶鸣动情地喊了她一声。

祁珂拿出手机："别发情，这是当老师的义务。你先去洗漱，我还有点事情要处理。卫生间就在出门右转。"

"好。"叶鸣乖巧地答应下来。既然能住在一起了，发情当然不用急在一时。

叶鸣拿着祁珂扔给他的新毛巾，一瘸一拐地出了门，祁珂随即拨通了任主任的电话。等叶鸣回来时，祁珂电话还没打完。他静静地站在门外，听着祁珂道："事情大概就是这样，也不用开除这几个小浑蛋，毕竟家里都是部队的，我只是想吓吓他们。明天他们进入阳阴山后，请主任通知学校监控部，派出武装无人机，确保他们的安全。"

"好的，谢谢主任。"

祁珂按下了通话结束键，坐在床上长舒了一口气。叶鸣眉头紧拧，一言不发地走进屋里。祁珂约莫是有点累，没察觉叶鸣的异状，只是叮嘱了他赶紧休息，自己便出去洗漱了。

一夜无事。

第二天七点，祁珂挨个儿拎来了五个小崽子，带着他们去二食堂吃炸酱面。刷了脸卡，祁珂坐到了第一排的位子上等候，五个学生连同叶鸣则守在窗口前。五个学生神色阴沉，实际上都没什么心思吃饭，他们只是在想，以祁珂给出的苛刻条件，要怎么在阳阴山里度过三天。他们把叶鸣当成了透明人，七嘴八舌地低声探讨着生存方式，躲进水里埋在土里都想了一通，最后又被一一否决。讨论无果，最矮的那个男生离尿裤子就只差临门一脚了。他哭丧着脸数落许巍，许巍也不甘示弱，和他吵了起来。

祁珂支着头看好戏，面带微笑地欣赏着这几个小浑蛋悔不当初的模样。真正的仙女，切开来看心肝儿都是黑的。黑心仙女喜滋滋，叶鸣面无表情地瞅着她，话却是对几个学生说："我有办法帮你们。"

"什么办法？"四个学生立马看向他，仿佛看见了救世主。只有许巍，还是充满了敌意。

叶鸣看也不看几人，平静地道："我能让你们不进阳阴山。"

"真的？"

叶鸣不答，把视线从祁珂身上移了回来。几个人你看看我，我看看你，虽然都不知道该不该相信叶鸣，但眼下走投无路，有点希望总比绝望要好。张允立主动搭上叶鸣的肩，套近乎道："如果你真让祁珂老师改变了想法，我保证，以后在军校，没有任何人敢欺负你。"

叶鸣眯着眼睛，睨向他的手。

张允立突然有种冷风灌进后背的错觉，他汗毛竖立，连额角的青筋都突突直跳。他本能地想缩回手，但巴结的说辞还没讲完，只能硬着头皮道："之前的事是我们不对，我向你道歉。我们都是一个寝室的嘛，只要祁珂老师不罚我们去阳阴山，其他条件我都认了。兄弟，等这件事过了，你叫我干什么我都乐意，你让我往东，我绝不往西。"

叶鸣勾起了嘴角。

假设单看唇部，那也许可以定义为一个笑。但那些已经血肿的五官组合在一起，就形成了莫名的诡异感。那双一蓝一金的瞳孔里游走着令人胆寒的森冷，如同蛰伏在暗夜里的猛兽，即将撕开对方的血管，观看猎物拼命逃脱却求生无望的挣扎。和祁珂不同，祁珂的情绪显现在表面。而叶鸣，像是披了一张人皮，所有的懦弱无能都是他的伪装，此时充斥着危险气息的，才是他本人。

张允立和旁边的三个人一愣，一时间似是被人扼住了咽喉，恐惧蔓延至全身，却无力呼救。稍远一些的许巍往后退了两步，出神地撞到菜台，碗筷碰撞到一起，发出叮叮当当的脆响。

祁珂见面煮好了，挥手招呼道："别耽搁时间了，赶紧的，把面给本仙女端过来。"

叶鸣端起两碗面，冲着五个人笑笑，凑到张允立耳朵旁，用极轻的语调道："其实，应该是我谢谢你们。"

张允立还没反应过来他这话的含义，叶鸣已经走到了位子上，和好一碗面，推给了祁珂。祁珂塞了一筷子面进嘴里，觑着许巍五人麻木地走去角落的位子，含混不清地问："你们刚在说什么？"

“他们让我向你求情。”

“哦？现在就知道下软蛋了？”

叶鸣只是笑。

祁珂又问：“那你要求情吗？我等着呢。”

叶鸣摇摇头：“我相信你的决定。”

“啧，就知道挑好听的说。快吃吧，面都快糊了。”

“嗯。”

吃过早饭，祁珂领着众人来到学校南门。校外停着两辆悬浮越野车。祁珂安排五个男生坐前面那辆，自己和叶鸣则上了后面那辆。临出发前，许巍还在死死地瞪着叶鸣。叶鸣低着头，只当看不见。两辆车分头行驶不远，叶鸣拿起副驾驶座椅后放着的一个彩色魔方问祁珂：“这是什么？”

“考智商的。”

“可以教我吗？”

祁珂见他有兴趣，回了句“当然”，便拿起魔方给他演示了一通。祁仙女什么都好，就数学成绩是个人死角，对魔方的公式死活不开窍，转了几圈也没能集齐两种颜色。她冷静地把魔方递给叶鸣，用语言解释：“就像我刚才那样，试着把六个面的颜色都统一起来。”

“哦。”叶鸣开始专注玩魔方。

祁珂闭上眼打盹儿。

过了二十分钟，车子停下来，司机告知祁珂：“已到达您指定的位置了。”

“好的，谢谢。”祁珂打开车门跳下去。

此处是一个山头，山脊和阳阴山山脉并排连绵，相距不过一两千米。天气晴朗的时候，能从这个山头上，直接看见阳阴山半腰的入山公路。那是进入阳阴山腹地的唯一途径。祁珂算着时间，估摸许巍他们的车还在山背后，得再过一阵子才绕到这边来。她伸了个懒腰，深吸了一口气。极目所望，翠绿的色泽间点缀着无数斑斓的黄色小花。天空蔚蓝，几朵稀薄的云随风荡过。远山如黛，层峦叠嶂，像一幅层次分明的水墨画。清香的空气里夹杂着花草的香，让人心旷神怡。

祁珂背靠着车身，对还在和魔方较劲儿的叶鸣道：“你看，这里的景色美不美？”

叶鸣坐到窗边，认真环望了一圈四周，诚恳地道：“美。”

“很难想象，这是一颗人造卫星吧？这些景致，都是模仿的地球。不过，地球上的名山大川那么多，没法百分百复制。以后有机会的话，我带你去地球看看。”

叶鸣默了默，低头把魔方拧了一圈。“好。”

“你的星球，又是什么样子的？”

叶鸣指尖一顿。

许久。

他放慢了拧魔方的速度，轻缓地，几乎不带感情地说：“很荒凉。”

祁珂回首。

“什么都没有。没有树，没有花，气候特别寒冷。天和地之间没有明显界限，都笼罩在沙尘里。因为不下雨，水资源差不多枯竭了，生存在那颗星球上的生物，需要用尽全力去挖掘地底深处的水。每天都有生物在快速死亡，濒临灭绝。如果你走在路上，每隔几米，就会看见一具尸体。”

“叶鸣……”

祁珂刚想问他是怎么活下来的，叶鸣闷闷地打断了她的话：“被雇佣兵抓走时，也许大多数人还心存侥幸。可是后来才发现，这只是从一处泥沼走进了另一处泥沼。”

祁珂心里泛酸。

叶鸣看着她：“可能只有我，这么幸运，遇见了你。所以，祁珂，不管发生什么事，你能不能不要赶我走，我已经习惯了你给的温暖，不想再回到那样寒冷的地方了。”

“好。”祁珂应声，还打算补充点条件，司机突然提醒道：“祁珂老师，去阳阴山的车辆出现了。”

祁珂收回思绪，往前走了两步，眺望着远处那条盘山公路。另一辆悬浮越野车从山背后绕过来，进入了她的视线。由于公路较窄，车辆开得缓慢。左侧是陡峭的悬崖，没有护栏，右侧则是茂密的山林。祁珂伸手让司机拿出提前准备的望远镜，司机正低头拉开副驾驶座位上的旅行包，叶鸣也跟着抬头睨了一眼。

当时祁珂正背对着叶鸣，看不到他那骤变的神情。犹如终年覆雪的冰川，阴冷的寒气自那双异色的瞳孔里迸发出来。他的视线锁定在那辆缓慢移动的越野车上，眼中闪过一线幽绿的光泽，继而他继续翻动魔方。

车辆猛地停下。

魔方转了一周，越野车的车顶仿佛被重物砸中，向下凹了一大片。

再转一周，车辆左侧也深深地往中间挤压，就像他人手里的玩物，正在一点点分崩离析。叶鸣低着头，青紫交加的五官看不出多余的情绪，唯有那凉薄的嘴边噙着一丝浅淡的弧度。他每动一次手指，越野车的外观就多损毁一分，不过几十秒的时间，整辆车仿佛被什么东西砸扁了一样，完全变了形。

祁珂头皮发麻。因为相隔的距离太远，她无法准确判断那辆越野车遇到了什么情况。她用力敲打着车门，冲司机吼：“快！把望远镜给我！”

旅行包的拉链这会儿也不知道为什么卡住了，司机用了九牛二虎之力也没法打开，他手忙脚乱地说：“拉链……拉链卡住了。”

祁珂咬咬牙，拿出手机拨通了学校监控部的电话，连声道："我是祁珂，调转623、624、625三架无人机，即刻前往阳阴山山口前段约两公里处，观察车牌号军A89074的情况！我怀疑他们遭到了猛兽攻击。"

话音刚落，随着叶鸣手里最后一个黄色方块转动了位置，魔方六面的颜色聚齐，与此同时，许巍等人乘坐的那辆越野车像是被大力一推，车身晃动两下后，直直地翻下了左侧的悬崖。沿着峭壁翻滚了二三十米，在一个凸起的石块上向上抛出，而后坠入了近百米的深渊。

祁珂抿紧了唇线，握着手机的指节发白。她死死地盯着山对面，片刻后，巨大的爆炸声传来，山风中夹杂着热气，扑面钻进她的每个毛孔。

司机也被这一幕吓得说不出话，手还用力拉着拉链，眼眶通红，额边冷汗直下。叶鸣慢悠悠地将完好的魔方放回一开始的位置，抬起头冷淡地觑着空荡荡的盘山公路。三架无人机终于驶向了现场，旅行包的拉链忽然也恢复了正常。司机手一动，颤抖着拉开旅行包，将望远镜递给祁珂，问："还……还需要吗？"

祁珂脊背绷得僵直，默不作声地站在原处。她放在耳边的手机自然垂下，温热的风撩起了她的发尾。三架无人机盘旋在湛蓝的天空，祁珂的手机开始不停地抖动，屏幕显示出的电话号码，正是刚才她拨过的学校监控部。

直到监控部打来第三次电话，祁珂才闭着眼按下了接听键。监控人员生怕是自己行动不及时，导致发生了什么大纰漏，说话的声音还带着些胆怯："祁珂老师，我们没有观察到车牌号军A89074的位置。"

"不用观察了，返航吧。"祁珂挂断了电话。

呆呆地站了几分钟，祁珂又一次划开手机屏幕的锁，长按下1键。少时，秦峥的声音从电话那头传来："我是秦峥，有什么事。"

祁珂思考了一阵儿，哑声说："我这儿有个锅，可能需要你来背一下。"

"……"

翻车事件发生后的半个小时，司机驾车将祁珂和叶鸣送回了学校。祁珂第一时间把叶鸣带回了自己的宿舍。一进屋，她就将叶鸣按在床上坐好。叶鸣演技上线，浑身瑟瑟发抖，犹如一只受惊过度的小鹿。祁珂来回踱了几圈，组织好说辞，站在叶鸣跟前，严肃地道："从现在开始，我说的每一句话，你都给我记好。"

叶鸣顺从点头。

"许巍等人进入阳阴山这件事，和你没有半点关系。你只是学校暴力事件的受害者，我把你带出来以后，你一直待在我的宿舍里没有离开过。"

"祁珂……"

“别打岔！”祁珂低吼。

叶鸣赶紧闭嘴。

“不管什么人问起，你只需要阐述之前被许巍等人关在演武楼中的细节，其余的一概不知。还有，别离开这间宿舍，不管谁来，都别跟着走，明白吗？”

“好。”

“如果有任何突发情况，桌上有个座机，第一时间打电话给我。我的手机号码是……”

“09013667658845。”

“很好。”祁珂又指向床头柜，“里面有酸奶和零食，你要是饿了，先用那些东西垫肚子。总归一句话，别离开，能做到吗？”

“能。”叶鸣乖巧得像一个小鸡仔。

祁珂道：“现在我要出去处理这件事情，还不确定什么时候回来，你不用等我，饿了就吃，困了就睡。”

叮嘱完毕，祁珂拿起挂在衣架上的厚外套，举步往外走。叶鸣忙不迭地追上，抓住祁珂的手，问：“我是不是……给你带来麻烦了？”

祁珂定定地注视着他的眼睛，神情凝重地道：“叶鸣，有一件事，我希望你不要骗我。”

“什么？”

“除了变形的能力，你还具有第二种特殊能力吗？”

“没有。”

祁珂沉默地盯了他几秒钟。从心理学上来讲，当一个人撒谎的时候，多多少少会有一些小动作。眼珠右转是在虚构事实，左转则是在回忆过去，并且会伴随手指不自然的举动。但叶鸣没有半点其他动作，他只是静静地与祁珂对视，和往常的神情没有丝毫偏差。

祁珂淡声道：“我相信你。”说着，她冲叶鸣笑了笑，尽可能地安慰他，“别担心，对于我来说，这只是一次意外事件，影响不大。不过，毕竟是我提出要把这几个学生送去阳阴山历练的，有些事情我必须得出面处理。所以，你别胡思乱想，只管待在宿舍里养好伤。”

“祁珂，对不起。”

“说什么傻话。”祁珂抽出手，戳戳他的脑门，“我不会因为这点小事儿把你赶走，你可别给我哭丧着脸了，不好看。笑一个。”

叶鸣勾了勾嘴角。

“啧，真难看。”祁珂打趣一句，开门走出了宿舍。待门关上，走廊中的灯光消没，叶鸣的眼底重新恢复了一片冰冷和死寂。

办公楼会议室。

校长和几个高层领导在十分钟前已经聚在里面讨论翻车事件的后续处理。祁珂赶到时，一名部长正在拍桌子痛斥祁珂的不当行为。祁珂也没敲门，大摇大摆地走进去，找了一个空位坐下。那名部长一见她，前一秒还吼得面红耳赤，后一秒脸色就陡然发白，闭嘴不吭声了。

祁珂清清嗓子，双手放在桌面上，说："抱歉，我来晚了。"

大概是碍于这货的后台，所有人一时间噤若寒蝉。校长的资历稍老一些，抬了抬厚重的老花眼镜，中气十足地道："祁珂老师，你才来军校就职不久，可能还不太清楚学校的规定，关于处罚违反校纪的学生，你并没有决定权……"

坐在校长边上的任主任插话道："这件事，祁珂老师有提前和我商讨过，是我同意的。"

众人唏嘘不已。校长不满地瞅瞅任主任，调整了说辞："那么，现在这几个学生出了事，祁珂老师你能先向我们详述一遍事情是怎么发生的吗？"

"先等等。"祁珂看着手表道。

"等什么？"刚才还在当缩头乌龟的部长霎时又来了火气，仗着有校长出头，横加指责，"因为你的失误，死了五个三年级的学生！并且这几个学生的家长都是现役军人。你以为这是小事吗祁珂老师？如果不抓紧处理，这将成为军校建校以来，最大的污点！"

祁珂一言不发，任由那部长火冒三丈。

几个领导也十分反感祁珂这种轻佻的态度，纷纷皱紧了眉头。祁珂只当眼瞎耳聋，听不见他人斥责的议论声。她接连看了几眼手表，正想打电话催促，会议室的门再度被推开，秦峥和秘书张正先后走了进来。

一见是ISF最高领导人，校方的几人连忙起身，校长礼貌地对秦峥道："秦将军，您怎么来了？"

秦峥和校长握了下手，落座祁珂的边上。张正拿了另一张椅子，紧挨着秦峥的背后，顺便拿出笔记本和钢笔，准备进行会议记录。秦峥咬着后槽牙瞪了眼祁珂，说了开场白："祁珂是从ISF暂调到军校任职的，现在发生了事故，我作为她的直接领导，有必要参与解决，校长您认为呢？"

校长和几个高层坐回位子上，互视一眼，勉强笑笑："应该的。"

秦峥稍是颔首，看回祁珂："说吧，怎么回事？"

祁珂这才端正了态度，一五一十地说出了事情的前因后果，包括几个学生私下扣押叶鸣长达一周，并间断使用暴力的行为。

“在决定将许巍等人送去阳阴山时，我和许巍的父亲曾通过电话，他没有表示异议。同时，为了确保学生的安全，我也和行政处的任主任参详过，并出动了武装无人机，用以保护学生的人身安全。由于无人机提前抵达了山口，没能及时监控当时许巍等人乘坐的越野车遭遇的情况，只能从我看见的角度对这件事进行分析。”

“叶鸣被扣押长达一周？”秦峥眉峰拧成了一条线。

“是的。”

“那你认为是什么原因造成了这起翻车事故？”

祁珂仔细想想：“我无法确定。距离太远，我只是隐约看见车身变了形，也许，是遭遇了丛林地带的猛兽。”

“盘山公路上在实战演练期间也有许多车辆出入，但从没遭遇过猛兽袭击。根据我们的观察，阳阴山的猛兽大多蛰伏在腹地，很少会出没山地外围。”校长严谨地分析着。

“所以，这只是我单方面的猜测。当时的目击者还有随车司机，也可以从他那方探听有没有更多的细节。”祁珂诚恳地道。

众人面面相觑。一次死亡了五个学生，这确实是个棘手的事件，一旦处理不当，很有可能造成大面积的舆论波澜。校方的人还在沉思，秦峥占据了主导地位，沉声问：“车辆残骸找了吗？”

“找到了。”任主任回答，“接到出事通知后，我们派出了学校所有的搜救力量，已经在二十分钟前找到了车辆残骸。由于悬浮车的线路受损，车辆在坠入山沟后引发了爆炸，五个学生连同一个司机都尸骨无存。”

“稍后我会让 ISF 技术部的人员来带走一部分车辆残骸用以研究事故原因，还请校长通知一下搜救部门。”

“好的。”校长点头。

“另外，尽快联络学生家长，告诉他们出事详情，让他们来学校处理学生的后事。”

“我明白。”

“在事故原因没有查明之前，我的意思是，校方尽力将这件事情压下来，暂时不要向外声张。由于五名死者的父亲都是军队现役人员，同时我会通过军方手段，协助学校处理这件事情。”

“感谢秦将军。”校长总算松了一口气。有 ISF 帮衬着，五个学生的家长多少会有些压力，这也能暂时性地减轻学校的负担。

秦峥又多问了几句学校关于这种事情处理的细节，和校长安排了相关的进度。讨论完，校方众人打算起身离开，秦峥坐在位子上不动如山，说：“如果不影响的话，我想借学校的会议室和祁珂私聊两句。”

“不影响，您请便。”

校长领着大家先行退出了会议室。秦峥捏了捏鼻梁，又派张正去联络五个学生家长所在的部队，随后，他才冷冷地望向祁珂。

祁珂这会儿的神情也不见轻松。事实上，即使是打仗中牺牲了自己的兵，联盟国组团要批斗她，她都不会比现在更低落。她很清楚，她如今的身份不是将领，而是军校里一个普普通通的老师。死亡的五名学生，正是花样年纪，用了二十年来积累人生的阅历，正蠢蠢欲动地要在未来的舞台上一展宏图，然而，他们的命运却停止在了今天。

一个再平常不过的周四。

祁珂像烂泥似的靠在椅背上，仰头合着眼道：“你要问什么？关于出事的细节，我看见的都说出来了，没有隐瞒。”

“我知道。”秦峥目光灼灼，那无比锋利的视线如同钢针，扎在祁珂的皮肉上，“当时叶鸣是不是和你在一起？”

“有什么不妥吗？”

“你知道他是我们的重点怀疑对象！”秦峥几乎是咬着牙，一个字一个字地往外蹦，“你对他了解多少？飞船出事，这些学生的死，难道你认为和他没有半点关系？”

“是的，我认为和他没有关系。”祁珂平静地看向秦峥。

秦峥一怔：“他向你坦白所有事情了？”

“没有。但我相信他不会欺骗我。”

“祁珂，你……”

“你也冷静下来想一想，如果叶鸣真如我们猜测的，具有第二种特殊能力，且这还是能随意控制物体的能力，他还会被许巍几人关在演武楼折磨一个星期吗？我再晚去两天的话，我可以保证，我找到的只会是叶鸣的尸体。”

“你就那么确定，叶鸣不是在利用许巍等人骗取你的同情和信任？！”

“如果真是这样的话，叶鸣这小子的智商也许能拿一个国际奖项了。”祁珂耸肩。

“我不是在和你开玩笑，祁珂。”

“So am I.”

秦峥默默看着她，片刻，他沉声道：“祁珂，我实在很费解，你为什么会这么相信叶鸣。你知道他身上还有许多疑点，你也很清楚，某些让人摸不着头脑的事情，是自从他出现后才逐渐发生的。你现在对他的态度，让我……”嫉妒。

后面两个字，秦峥没说出口。

祁珂抹了一把脸，难得有几分善解人意：“我对他的信任，基于我所见现实的判断。这和我们之间的关系不同。如果类似的事情发生在你身上，我不管别人怎么说，我只会相信你。”

“……”

就这么一句话，把秦将军的火气彻底熄灭。他做了个深呼吸，放松下来：“你真的是……让人头疼。”

“我会注意叶鸣的一举一动，不会对他放松警惕的。所以，你也别再说教了。”

“叶鸣现在是在你的宿舍里吧？”秦峥幽幽地问，“之前我让警卫去寝室找他，不见他人。”

“嗯。”祁珂也不打算隐瞒。

“你准备怎么办？让他一直留在你的宿舍吗？”

“当然。”祁珂迎上秦峥的视线，稍微坐直了身体，“不说张允立，许巍和克里斯的父亲在军队的级别可不低。这件事情说到底还是因为叶鸣和许巍等人的冲突，这些人不敢把主意打到我的头上，但叶鸣是个软柿子，我不能让他出事。”

“行吧，我让张正通知宿管，给你另外安排一间宿舍。”

“不用了，别浪费公共资源，我就和他住一间。”

秦峥的脸顿时黑下来：“你说什么？”

“你又怎么了！你这脸怎么跟天气似的，说变就变！我和他住一间，只是为了监视他。再说了，他在我公寓住了那么久不也没出事儿吗？”祁珂嚷嚷。

秦峥怒而拍桌：“这能一样吗？住你公寓时，他还一副小屁孩模样，现在……”

“现在怎么了？”祁珂的调子比吃醋的秦将军还高。

秦峥瞪着她，险些就要用实际行动表达目前的醋缸子心情，他简直恨不得直接把祁珂这负心汉带回家锁死，一句“你要住就和老子住”的话在唇齿间遛了个弯儿，说出来时，硬生生发生了一百八十度的转变：“他长什么样儿你心里没点数？单身多少年了还和个小鲜肉住一起，万一哪天月黑风高你控制不住自己的兽欲发生了什么事他告上联盟国我是不是得亲手扔一坨屎在你脸上！”

祁珂：“……”

秦峥哽了哽。

注孤身这三个字已经被秦将军体现得淋漓尽致了，非常优秀。

祁珂这会儿没心思和他打嘴仗，白了他一眼，站起身准备离开：“不劳您操心，我和你们男人不一样，我走心，不走肾。”

“祁珂……”秦峥拽住她的手。

祁珂心累地甩开他：“许巍和克里斯父亲那边如果遇上什么困难，我不介意你搬出我妈的名号。事故原因有了线索，也请领导知会我一声。没事的话，我就先走了。”

秦峥知道她是生气了，急忙叫住她：“你先给我站住。”

“腿上装了发条，停不了。”

“……”

秦峥站起来：“前两天我和首长见过面了，你不想知道关于‘造物者’的情况吗？”

“你如果真确定了什么，早就告诉我了。”

话说完，祁珂“砰”的一声关上了会议室的门。秦峥咬着牙在原地杵着，一拳砸在桌面上。这是什么破嘴，怎么就不听使唤呢！

今天的秦将军……

依然被单身狗的诅咒笼罩着……

十三
叶鸣的撩妹外挂已上线，请查收

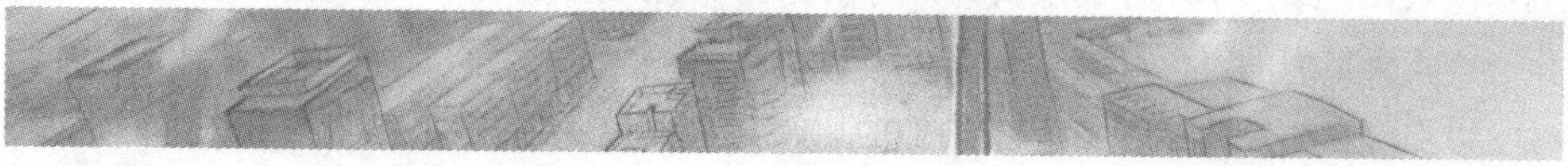

蔫蔫地回到宿舍，祁珂刚打开门，叶鸣已经三步并作两步迎了上来。他沉默地接过祁珂手里的外套，替她挂在门边的衣架上，随即转身给她倒了一杯热水。看着祁珂无精打采地坐在床边，叶鸣上前将水杯递给她，顺势蹲在她的跟前。

祁珂握着水杯，左右环望了一眼，问："吃过东西了吗？"

"我不饿。"叶鸣眨巴眼注视她，"事情很严重吗？如果很难处理，你可以让我……"

"后面的话你不说我也猜得出来，这种言情套路不适合我这样艺高人胆大的仙女。"祁珂懒懒抿了一口水，"这件事肯定严重，但也没你想的那么严重，只是一次意外而已。"

"那你……"

祁珂仰头叹了口气："你不是正式考入军校的学生，没有经历过入学时的誓师大会。每一个学生，从踏进军校的第一刻起，就很清楚，自己的将来在战场上，随时都有牺牲的可能，也做好了牺牲的准备。死亡，对于一个军人来说，就和家常便饭一样稀松平常。"

"祁珂……"

叶鸣不能理解祁珂所说的军人精神。他从地狱里一步一步爬出来，每一天的挣扎和努力，都只是为了能够活着。如同一个常年身处黑暗的人，无比向往光明。所以，他无法赞同将死亡看得这么轻巧而伟大。

祁珂敛低眼皮，盯着杯中水："我只是可惜，这几个小浑蛋还没有正式参军，他们的未来原本还有无数可能，却被折断了翅膀，陨落在那个山谷里。"

叶鸣轻轻覆上她的手："你……还好吗？"

祁珂回过神，冲他笑笑："嗯，只是有点喘不过气。"

叶鸣动了动嘴唇，祁珂抢先开了口："不用担心我，好好调整你自己吧。距离军校一年一度的实战演练还有四个月，你得抓紧时间学习。演练的项目包含了武器实用，野外生存，以及模拟军演。你基础太差，趁着这段时间，我也正好给你开个小灶。下周起，咱们俩就得玩命地补习一波。你今天已经知道了，阳阴山里的危险不是开玩笑的，所以，认真一点，拿出你的硬实力，可别白费了我给你喝的加钙型儿童酸奶，好吗？”

“我会努力的。”叶鸣认真点头。

“那现在早点休息。”祁珂拍拍他的肩，“过两天风头过去了，给我滚回去好好上课。我也会准备学校历年的演练资料，争取给你的小灶加把火。”

“嗯。”

祁珂用眼神示意他麻利地去睡觉。叶鸣一接触到她的眸光，立刻变成听话的小奶狗，躺平在地铺上，裹紧了棉被。祁珂关了房间里的灯，自己也和衣躺在了床上。她背朝叶鸣，愣神地瞅着雪白的墙壁。

许久，叶鸣低声道：“祁珂，谢谢你。”

祁珂拉紧被角：“睡吧。”

窗外暖黄的路灯隐隐晃出斑驳的光亮，月色皎洁，铺满一地银辉。喧嚣的人声渐止，只余轻风拂过树梢的柔和。时钟嘀嗒响，沉睡的人呼吸平缓。叶鸣站在床前，借着昏暗的光凝视祁珂，时不时替她盖好被踢开的棉被。

一轮月沉日升，又是崭新的一天。

祁珂和叶鸣在宿舍里蜗居了两日，先是张罗着宿管来换了一张上下床，紧接着祁仙女又马不停蹄地寻找资料备课。叶鸣无所事事，只能拿着祁珂的手机看电影。两个人吃饭全靠外卖，业余活动就是一起讨论漫威宇宙里的英雄角色。恍惚间，叶鸣还以为又回到了两个人在公寓里的闲暇日子。

到了第三天，祁珂见学校里没掀起翻车事件的风头，便让叶鸣开始回校上课。

就像一出小插曲，总隐没在漫长沉闷的电影里。人们不会去为他人的事斤斤计较，浅淡地讨论过后仍只沉浸在自己的生活中。莘莘学子不会察觉谁离开了这个地方，也不会为他人的消失而受影响。他们下课后继续穿梭在学校的各个角落，林荫小径里并肩行走的情侣、嬉笑打闹的女生，他们交谈着成绩，交谈着人生理想，交谈着每部新上的电影里有怎么动人心弦的情节。篮球场里的男生挥汗如雨，一如在战场上建功立业般畅快淋漓。女生们的私语对象也总是频繁更迭，已经从长相完美的叶鸣又变成了某个年级各方面拔尖的学长。

一切重归平静。

祁珂和叶鸣又正式开启了同居模式。叶鸣比在公寓时更加体贴，每天早上都会赶在祁珂醒来前去食堂买早饭，保证一周不重复，各项营养均衡到位。吃完早饭，他会把祁珂送去教师办公楼。等到中午，又去办公室接她，再一同去抢二食堂的炸酱面。

下午两个人要是都没课，祁珂就会带着叶鸣找一个人少清净的地方，给他恶补演练相关的知识。叶鸣学习能力强，只要她讲过的东西，第一遍他就能记住，第二遍能领会其中要领，第三遍就能灵活变通地运用。这让祁珂再次深信不疑，这家伙好好培养绝对是 ISF 的又一个传奇人物。

通常吃过晚饭后，两个人会一起在学校里散步。偶尔，祁珂也会带叶鸣去篮球场，让他参与同学的篮球比赛。叶鸣一开始不怎么会玩那个圆形的弹力球，本身也并不喜欢在众目睽睽下展现自己。但每当他听到祁珂夸奖篮球场上的男生英姿飒爽，他就特别不爽。暗自努力了大半个星期后，祁珂再带他去篮球场时，叶鸣就能掌控全场无视防守三分上篮了。场边的女生全程土拨鼠尖叫，叶鸣一度又重登了学校风云榜。

如此一来，女生又扎堆地给叶鸣送情书，在这期间还发生了一个名场面。就是叶鸣刚打完篮球，汗还没擦干净，就有一个娇小的女生跑来给他递了封情书。当时祁珂站在叶鸣边上，看着那女生比李晴晴顺眼许多，便不打算多加干预。她正要悄悄溜走，给这些小家伙留点私人空间，步子还没迈开，叶鸣就对女生道:“我已经有喜欢的人了。”

女生噘嘴：“可我打听过，你没有女朋友。”

“谁说没有？”叶鸣皱眉。

女生表情委屈，祁珂也跟着好奇地回头，不识时务地道：“哪儿呢？你啥时候交了女朋友？”

叶鸣嘴角一扬：“就在这儿。”

说完，他也不经过祁珂同意，蓦地将她拦腰扛在了肩上，男友力十足地走出了篮球场，剩身后一片沸腾不已的尖叫声。

诚然，这事儿引起了三个比较严重的后果——

其一，叶鸣被祁珂严厉批评并关在厕所里进行了长达二十分钟的深刻反思；

其二，第二天祁珂就被校领导叫去办公室进行批评并同样进行了深刻反思；

其三，这消息传回 ISF，导致秦将军更年期提前莫名其妙让所有文职人员加了半个月班并进行深刻反思……

文职人员：……

招谁惹谁了？人生为何如此艰难？

这场爆炸性的事件过后，祁珂也不敢再跟着叶鸣去篮球场晃悠。眼看实战演练的时间临近，祁珂利用身份便利，没事儿的时候就带叶鸣去演武楼进行模拟军演。叶鸣最感兴趣的是星际战，祁珂念着他没什么基础，一开始总会让他几分。即使这样，叶鸣还是输得相当惨烈，全军覆没是家常便饭。但这货的天分摆在那儿，慢慢地，他尝试反击，从歼敌数量为零，逐渐上涨到能歼灭祁珂一半的舰队。就这么你追我赶，两个月后，祁珂与他对战，便不敢掉以轻心了。每次战前她会认真揣摩叶鸣的心思，派出有九成把握胜出的舰队。而叶鸣每每总是棋差一招，输在最后的节骨眼儿上。军演结束，祁珂会耐心地给他分析战败的原因，试图用言语来激起他的求胜欲。可叶鸣只是痴迷地冲着她笑，祁珂恨铁不成钢，弹一记他的脑门，恶狠狠道："给我打起精神，好好总结教训，下次别栽在同一个坑里。你得把我当成那些侵门踏户的雇佣兵，简单粗暴地把他们的头摁进土里！"

"我做不到。"叶鸣拒绝。

祁珂气不打一处来："怎么就做不到了，你这熊崽子就不能让我感受一下教育工作者的人生巅峰吗？！"

"你和他们不同。"叶鸣认真地道，"我一见着你，就会把战术战策都给忘了，你要我的命，我都愿意给。"

他又瞎撩！

祁珂面红耳赤，气闷地捶他一拳，转身走出了模拟教室。一个人走在前头，心里明明还在怒骂这口无遮拦的臭小子，嘴角却止不住地上扬，简直是口嫌体正直的代表。偏偏出了演武楼，叶鸣还要追上来把外套披在她的肩上，温声叮嘱："别冻着，冷。"

单身了二十几年的祁仙女，被人这么捧在手心上，一时间也晕晕乎乎，即将踩进那名为"恋爱"的泥沼。

时间一晃，转眼就是次年三月。学校里的实战演练即将开始。祁珂没日没夜地揪着叶鸣补习，基本忘了另一件事……

可怜的秦将军，已经被这负心汉打入冷宫整整四个月。

这四个月里，祁珂在叶鸣的照顾下长了两斤肉，身材出挑，脸蛋红润。而秦将军……天天都处在头秃暴走的状态中。他原本是故意不联系祁珂的，心想不能惯着她这臭脾气，要等她自己送上门。然而一个月过去了，祁珂这负心汉根本没个动静。秦将军强行忍耐，不打紧，祁珂缺心眼，肯定还没发现自己的异常……

再一个月过去了，秦将军估摸祁珂和他吵架的火气还没下去，不打紧，再等等。我对她这么重要，还是领导，她肯定不会晾着我。

又一个月过去了……

ISF的文职人员已经加班到山崩地裂欲死不能。

秦峥这下悟了，这逆子是存心要气死爸爸！

想想我们伟大的秦将军，整整十七年的暗恋，日日夜夜候机待命，时时刻刻背锅跑腿，不喊累不喊苦，有血有泪不轻弹。如此一个形象光辉的劳模，居然被一个外星臭小子挖了墙脚……秦将军总算理解了当年贺首长的心酸与无奈……

他十分愤怒。愤怒的表现竟然和祁珂不沾边儿，他主要是逮着人加班，然后还亲自出马领导了三回能源抢夺战，给各个种族造成了严重的损失，以及大范围的心理阴影，和祁珂的威力完全不相上下。

就在各种族军方和ISF文职人员都惶惶不可终日的紧张情绪里，被失恋的秦将军终于缓过了一口气。经过时间催化，他对祁珂在学校里那点破事儿总算看破了红尘，成功地冷静下来。

可惜，祁珂最擅长的，就是气死人不偿命。

大致情况是这样的……

按照惯例，每年军校演练前期，联盟国军报的记者都会提前入驻学校，进行信息采集点的安排。于是，就在一个月黑风高的晚上，军报记者无声无息地来到了演武楼，准备在模拟教室装一个直播摄像头。当年轻不谙世事的记者站在教室外，冷不防就看到了常年刊登在封面上的某位知名人物——祁珂女士。

祁珂女士和一个学生模样的小鲜肉面对面杵着，抱手训斥小鲜肉不持久，做事总是半途而废。小鲜肉目光缱绻，嘴唇含笑，温柔地替她把鬓发顺在耳后，柔声道："下次我尽量坚持久一点。"

年轻记者当场就炸了，激动地拿起相机"咔嚓咔嚓"。次日，祁珂和叶鸣就这么光荣地上了头条，还配了一句标题：究竟是道德的沦丧还是人性的缺失，教室里竟然发生了这种事！

祁珂心累，被拎去了校长办公室一日游。

秦峥在电脑上看到这则新闻，心态顿时就崩了。他把手机翻到祁珂的电话号码，拨了三十次，挂了三十次。然后他把抽屉里的钱夹拿出来，抽出夹在军官证后面的一张旧照片，看看上面笑得仿佛智障的幼年祁珂，拧巴拧巴，直接扔垃圾桶了。

老子再对你有非分之想，就去直播吃屎！

秦将军如是发着毒誓。

经历了校长和主任一整天的轮番轰炸，祁珂身心俱疲地走出办公楼。这天正好是星期六，大部分学生都离校返家，校园里冷冷清清的。叶鸣在办公楼外等着她，祁珂见着这糟心货，就对他翻了个大大的白眼。寻思着已经到了饭点儿，祁珂捎着叶鸣去食堂吃了顿便餐，便在人工湖边遛弯消食。

祁珂琢磨着，得和叶鸣开诚布公地聊一聊他的思想问题。

叶鸣琢磨着，没什么人，景色好，可以谈个恋爱。

两个人各怀心思，默默不语。

彼时，漆黑的穹顶上挂着一轮硕大的圆月，与地球湛蓝的光芒交相辉映。天清无云，铺陈着或明或暗的星子。三月正值花开，绿化带里绽放着成簇的迎春花，明黄的色泽勾勒出如画景致。那绚烂的颜色晕染开来，直至小路尽头。几树早樱被红粉相间的花朵占满了枝头，轻风一拂，花瓣如雨落下，美不胜收。

祁珂摸着自己圆鼓鼓的肚子，思考着该从哪个角度启齿。她其实还是有点吃不准叶鸣的心思，叶鸣对她表白过，行为上，也是尽可能地顺从她、体贴她。那炙热缠绵的情绪从来不加掩饰，偶尔撞进那双异色的瞳孔里，都能被那看似显著的深情灼烫心尖。但正如祁珂所说，她无法将这定义为爱情。在她眼里，所谓爱情，应该如她父母那般，互相信任，互相扶持，即使荆棘满路，也能携手面对。可她和叶鸣，信任负分，扶持不足，现在谈感情，未免显得廉价。

祁珂的思路百转千回，见着路旁有张长条椅正对湖面，视野宽广，便径直走过去，拂开椅子上的花瓣，一屁股坐下来。叶鸣看她好整以暇地跷起二郎腿，也跟着坐在她旁边，问："走累了吗？"

"嗯。"

叶鸣捞起她的一条腿放在自己的腿上。祁珂一惊，下意识地要缩回，问："你干什么？"

叶鸣笑笑："你不是累了吗？我帮你按摩。"说话间，他十指稍稍用力，在她的小腿肚上轻揉起来。

祁珂犹豫着要不要把腿收回来。这种情形、这种氛围，加上叶鸣"劣迹斑斑"的前科，万一强行缩腿，一个不慎带得这小子往前一倾，和她来个近距离对望。电视剧里一般都这么演，一旦对望，下一个场景就是两唇相接……

祁珂冷静了一下，她可不想出师未捷身先死。有了这个念头，她索性放松身体，大大方方地享受起来："仔细按，不要偷懒，力道重点，按准穴位。"

叶鸣一愣。

电视剧里的女主角都不是这样演的啊！这种时候你难道不该含羞带怯地推推攘攘，再给个机会亲亲抱抱吗！这究竟是什么构造的仙女，这么不按套路出牌！

叶鸣神情梦幻。

祁仙女还不知道此刻叶鸣复杂的内心活动，伸开双臂扒拉住椅背，摆了个休闲的"大"字。

感到画面略辣眼睛的叶鸣："……"

祁珂指挥道："对，就是那儿。前两天课太多站得我小腿都萎缩了，你重点。哎，也别那么重，你想截我的肢吗！"

"哦……"叶鸣低下头，专心找穴位。

祁珂舒服地眯起眼，打量着他那一头金灿灿的短发，想了句合适的开场白，进入了今夜的洗脑主题："上次你说到阿尔法星的恶劣环境，当时太仓促了，我也没仔细问，你生活的地方究竟是怎么样的？"

叶鸣指尖一顿。

“不愿回忆了吗？”祁珂假装浑不在意。

叶鸣沉默许久，摇摇头：“你想象过世界末日没有？”

“当然。”祁珂仰起脑袋，“你现在看见的一切，是经历了无数的战争，从毁灭中涅槃重生，用鲜血和白骨堆砌出来的。”

叶鸣默默地看着祁珂。

祁珂的视线落在遥远天际上那颗蔚蓝色的星球，目光悠远得仿佛能透过那无穷无尽的灰黑看见历史的车轮。那泛黄的书册页页翻过，每一页都是用壮丽织就的血腥——

毁灭和重生，并肩前行。

“你知道我是怎么来到这个世界的吗？”

叶鸣没出声，祁珂淡淡地道：“纪录片里的东西，都是风光的表面。我的母亲，是一个复制人。当时地球人口暴增，资源紧缺，为了抢夺R79星，一名伟大的科学家搜集了我母亲的DNA，利用首代类纤维肌体技术，复制出我的母亲。她是第一个成功诞生的克隆人。而复制出她的目的，就是将她送去战场，让她扭转人类即将惨败的局势。”

“这种毫无选择的滋味，一定很不好受。”叶鸣轻声道。

祁珂眼角抽了抽：“这个倒还不至于。我妈那个人，前半生唯一的兴趣爱好就是上战场撸人头，要不我怎么被调离ISF就跟戴了绿帽一样难受呢？我对战场的热衷，基本上是随了我妈。”

叶鸣：“……”

“说实话，要不是我妈遭了我爸的道，加上不乐意学习现代化作战，现在银河系很有可能早就统一了。”

这个时候是该鼓掌呢，还是该刷屏666呢？叶鸣沉思。

祁珂还在絮絮叨叨地忆苦思甜，一本正经地道：“后来的事，你从纪录片里也大概知道了，战争末期我妈受了重伤，回地球休养，我父亲又用了两年时间结束了佩特星的战争。他们结婚的第二年，通过DNA胚胎培育技术，让我来到这个世界上。”

叶鸣静静地睨着祁珂，还没拿准她今晚说话的中心思想。

祁珂懒懒地道：“我顺风顺水地长到六岁，幼儿园都没进过就直接被我妈塞进了市重点小学。其间认识了秦峥，和那货建立了比较深厚的革命友谊。到了高二，又被我贺叔……也就是我爸的头号情敌领进了ISF。从此人生开了挂，一打全场从不害怕，没用几年，就在银河系闯出了丁点儿名头。”

“祁珂……”叶鸣想问她为什么突然说起这些，话还没出口，祁珂就截了胡：“别的小姑娘都在大学里积极向上谈情说爱的时候，我在战场上唾沫横飞凭实力单身。也就是那几年，我莫名其妙有个怪癖，见什么新奇玩意儿都想尝一尝，没少食物中毒。其实我私底下也去找医生看过，医生说我得了心理疾病，内心的依赖得不到满足，又极度缺乏安全感，和我爸妈过早地放养脱不了关系。”

叶鸣瞳孔一缩，酸楚的感觉自胸口蔓延，一双眸子里盛满了心疼。没人比他更理解孤独的含义，那是一种能将人逼疯的空虚。

祁仙女自己倒没觉得惹人同情，大大咧咧道：“这种怪癖一直持续到两年前。在一次意外中，我吃了一个虫族公主，被毒死了。”

叶鸣：“……”

你的故事为何总是如此剑走偏锋……

惊呆的叶天真张了张嘴，一个安慰的词都没说得出来。

祁珂耸耸肩，接着道：“幸亏当时第二代克隆技术已近完美，秦峥花了大价钱，克隆出了我的副体。简单来说，现在在你面前的，也是一个克隆人。”

“和你母亲一样吗？”好不容易从讶异中抽离出来，叶鸣呆呆地问。

祁珂点点头：“失望吗？”

“不。”叶鸣急忙道，“不管你是什么身份，在我眼里，你只是祁珂。”

祁珂笑笑，拍了拍他的肩，把腿收回来：“说了这么多，我一方面是想向你坦诚我的过去。我不是生长于多么和平的环境，我的家庭决定了我从小对战争就有个系统的认知，我深刻地明白我的种族经过了怎样的绝境才换来今天的和平。你说的末日，我们目睹过，所以我们更加步步为营，生怕一个细小的差错会打碎这难得的宁静。叶鸣，你还记得我说过，两个人感情的发展，基于彼此的信任吗？”

“嗯……”

“从来都是你主动，今天换我主动。我已经迈出了第一步，将我的人生摆在你的面前，我想要的，只是你相同的回应，你明白吗？”

叶鸣不语。他习惯性地埋低脑袋，金色的碎发垂落下来，沉暗的影遮住了他此刻的神情。祁珂耐心地等待片刻，没等到他开口，终是叹了口气：“算了，当我没说过吧。”

她站起身，打算离开。叶鸣突兀地抓住她的手，哑声道：“阿尔法星，是个地狱一样的星球。”

祁珂一怔，默默地坐回了原位。

“从我有记忆以来，每天都生活在弱肉强食的原始状态里。由于生存环境恶劣，普通动植物根本无法存续，苟活下来的，只有少数凶残的野兽，和日渐减少的尔星人。”

尔星人……

祁珂觉得哪里不对，一时之间又说不出个所以然来。她皱着眉，道：“你们是依靠什么活下来的？我是说，在那样缺少食物和水的情况下。”

叶鸣惨笑一声："你不会想知道的。"

"我想知道。"祁珂郑重地道，"我想知道关于你的一切。这并非是出于想探清你的底细，还有一部分，是关心。"

叶鸣闻言，动情地握住了祁珂的手。祁珂微微一颤，想缩回爪子，却被叶鸣牢牢抓紧。他乞求道："别动。让我汲取一点勇气，我才能迫使自己回忆那段不堪。"

"……"

祁珂想了想，反手扣紧他的五指。

叶鸣抬起眼睛，冲她露出一个略勉强的笑。

"在漫长的求生中，我忘了具体是什么时候，大部分的尔星人开始显现某些特殊的能力。有的能操控火种，有的能使用电击。一开始，大家试图齐心协力用这些能力去制伏凶猛的野兽，用它们果腹。那段期间，野兽迅速减少，濒临灭亡。但出人意料的是，随着时间的推移，那些野兽也渐渐变得更强悍、更凶残，甚至拥有了人类的智慧。尔星人很快没有办法再和野兽势均力敌，反而沦为它们的口粮。为了活下去，尔星人只能自相残杀，争夺稀缺的水资源和食物。"叶鸣的话音中带着若有似无的嘲讽，那森寒的语调，使他仿佛变了一个人。

祁珂沉默半晌，怜悯道："这就是你不愿回忆的原因？"

叶鸣不答话。

"你恨自己的同胞吗？"

叶鸣似是愣了一下，从沉重的思绪中抽身而出，恢复了一贯温顺的模样："如果你也是从每天担惊受怕会被这些人杀死的泥沼里爬出来，你会不恨吗？"

祁珂抿紧唇线。

"我只知道，即使是那些野兽，它们也不会杀死自己的同伴。从这一点来讲，野兽生存得更有尊严。"

祁珂不置可否。叶鸣的话不是没有道理，但她必须纠正他对人性的扭曲和误解："叶鸣，每个人生来不易，他们贪恋这世上的五彩斑斓，贪恋阳光和雨水，这都是人之常情。我是一个军人，我肩上的职责是捍卫母星的和平，保护身边的群众。为了这个初衷，我甘愿付出我的生命。但这不代表我不怕死，同样的，我也畏惧死亡，我害怕离开我所爱的人，害怕他们因为我的逝去而流泪。我会在死亡的关头尽可能地求生，因为只有活着，才能创造生命的意义和价值。你得知道，人性是一个很复杂的东西，每个人的底线也有所不同，我不会要求你用宽容的态度去原谅伤害过你的人，但我希望，在你目光所及的阴暗处，你能看到阳光明亮如初。"

"祁珂……"叶鸣眼底泛出了些许晶莹，他难过地扯出一丝笑，哽咽道，"你为什么不推开我，你这么好，不应该让我这样肮脏的东西留在你身边。"

“瞎说什么。”祁珂戳戳他的脑门，“怎么就肮脏了？你不齿同族的行为，这证明你还是一个德智体美劳全面发展的好苗子。”

叶鸣垂着脑袋一动不动。

祁珂见语言安慰不起作用，索性伸手抱住了他，抚摸着他的后背：“好了好了，别哭鼻子了，多大的人了，让人看见，还以为我色欲熏心糟蹋了你。”

一提色欲熏心，叶鸣脑子里的神经蓦地绷断了一根。他顺势搂紧祁珂，把头埋在祁珂的肩上，趁机蹭了蹭。祁珂被他弄得痒酥酥的，低笑着想要推开他，这货却已变成了人型牛皮糖，把她黏得严丝合缝，根本不撒手。

祁珂一边推拒，一边道：“别……别靠这么近。”

叶鸣不搭理，双手继续收紧两分，像是要把祁珂揉进骨头里。

祁珂直觉不妙，按照剧情发展，只怕接下来要有大事发生了。她赶紧机智地转移了一个话题：“对了，那么凶险的环境下，你是怎么活下来的？”

“你忘了我能改变外形吗？每次有尔星人靠近时，我就会变成猛兽的样子吓跑他们。我通常都是一个人，在远离人群的地方寻找食物，有一顿没一顿的，好几次都差点饿死。”叶鸣没有被祁珂牵着鼻子走，答话的同时，还越发拉近了两个人的距离。

祁珂心累地推搡他：“哎你别对着我的耳朵呵气，痒！”

叶鸣贼贼地一笑，专程对准祁仙女的耳朵呵了几口热气。

祁仙女呼吸一滞，心脏一度要跳出嗓子眼。她用最后的理智挣扎着把主题往正事上带：“根据你的说法，再加上我的推断，我觉得吧，你们这个种族具有特殊能力，可能和人体改造有关。你……”

话还没说完，叶鸣在她的脖子上嘬了一口。祁珂一僵，脑回路彻底中断，整个人如电脑死机，呆在了当场。她浑身都像着了火一样发烫。涌向心脏的血液也犹如霎时停止了流动，令她的手脚都失去了知觉。叶鸣见她没了动静，稍微后退些许，握着祁珂的双肩注视她。祁珂目光蒙胧，显得有些不知所措。脸颊的红晕一直蔓延到脖颈下，给她雪白的肌肤染上了一层诱人的粉色。祁仙女，国际单位知名单身狗，要知道，她平常可都是一副老神在在的样子，突然这一脸小女人的娇羞，叶鸣恍然感觉，有一颗子弹正中心窝，让他压抑已久的情绪止不住地沸腾起来。叶鸣捧住祁珂的脸，与她额头抵着额头，用低哑的嗓音说：“祁珂，你别这样。”

祁珂愣了愣。

我去，是我求你别这样好吗！祁仙女刚要动手，叶鸣接着道：“我快忍不住了。”

忍不住啥？

此时此刻的祁仙女，还没意识到自己这会儿的表情有多勾人，而眼前这个男人，又是如何在欲望的边缘疯狂试探。

叶鸣尝试着吻住她的唇，祁珂小心翼翼地后撤。就在这时，一束红色的激光从远处的绿化带后直射过来，瞄在祁珂的太阳穴上。叶鸣神情猛变，冷不防地向前一扑。祁珂毫无防备，承着他的力道成功表演了腰椎间盘突出。还没喊痛，叶鸣又将她一拽，护着她的后脑勺重重地倒在地上。

祁珂被这行云流水一气呵成的动作惊得哑口无言。她迅速启动人脑分析掂量了一下当前的局势，再观望了一番敌我双方的身体位置……

叶鸣，一条腿正挤在她的双腿中间，另一条腿跪在石子路面上。他一只手掌在她的脑后，另一只手撑在她右胸边上十厘米的距离。唇和唇相距就一个指甲盖……

月明星朗，悄无声息。樱花簌簌，芬香扑鼻。此时不野战，更待何时。

祁珂被自己狂野的想法惊呆了，一滴冷汗从脸颊边滴下。她双手推着叶鸣的胸膛，结巴道："你……你……你……想……想干什么……这可是公众场合……脱裤子是犯法的……"

叶鸣差点笑出声，但他忍住了："嘘。"

"嘘什么嘘，你再这样我就叫了。"

"你打算怎么叫？"叶鸣挑逗道。

"叶鸣，你个臭小子……"

远处的脚步声小范围移动。叶鸣眼睛一眯，为了防止祁仙女真的叫出声，他当机立断堵住了祁珂的嘴。

祁珂毕竟没有变异的特殊能力，听觉和感知上远不及叶鸣。她还没有察觉暗处蛰伏的危险，只是目瞪口呆地盯着叶鸣瞬间放大的脸。那冰凉的温度在她的唇间停留，将她剩余的话一股脑推回了肚子里。祁珂试着扭动身体，叶鸣用力按住她的双手，腿上也使了些力道，把她禁锢得无法动弹。反抗失败，她又打起了洗脑的主意，哪知上下牙关刚松开，就给对方制造了一个可乘之机。叶鸣的舌尖侵入她最关键的防线，纠缠着她嘴里的柔软，将她的声调击毁得七零八落，仿佛是按捺不住情欲而发出的呻吟。祁珂脑子一蒙，脸红得像要滴出血来。她急忙收住话头，想凭借努力把叶鸣的舌尖给顶出去。但这个举动落在叶鸣眼里，却成了激烈的回应。他一横心，不管不顾地加深了这个热吻，似要把祁珂完完全全地占为己有。

左右没了办法，祁仙女深感绝望，她闭上眼，打算自暴自弃。蜷着的手指松懈下来，微微屈起的膝盖也贴回了地面上。叶鸣极尽温柔地吮吸着她的气息，把她视为最珍贵的人生礼物，一如虔诚的信徒，既细致又贪婪地眷恋这片刻的旖旎。

正如一场拔地而起的龙卷风，最开始的轻柔缓和，总会演变成激进而炙热的侵略。不容抗拒，带着致命的意味。两个人失去了理智的缠绵激荡出细碎不成章的吻声，伴随着急促的呼吸，犹如电影院的3D环绕音效，猛烈地敲击着祁珂的耳膜。她已经无法再冷静，甚至不能去为这一刻两个人疯狂的行为定性，这是不是爱。她只知道，叶鸣的唇齿间带着她依赖的香甜，她宁可就此沉沦。祁珂颤巍巍地攀住叶鸣的肩膀，带着他更贴近自己。

两个人吻得难舍难分，叶鸣倏然耳郭一动，听见有人已经越过了绿化带。他顿时收敛心神，突兀地终止了这个吻。祁珂迷糊地睁开眼，刚想问他怎么了，余光一瞟，看见椅子底下扫过几束激光线。祁仙女浪到了九霄云外的脑神经立刻恢复正常，她一个激灵翻身坐起来，借着椅子当掩护，仔细打量着十米开外的绿化带。

“是 M74 型激光枪！”

叶鸣见她神情凝重，也不由得皱紧了眉头。

祁珂压低嗓门给他上了一堂临时武器课：“M74 型激光枪生产自九年前，由远古兽族开发，采用了当时还不成熟的磁场粒子捕捉技术。初步设想是源于中子星的喷流，但内置在枪支中的磁设备由于种种原因强度不好掌握，导致开枪的一瞬高速粒子的运动可能会产生反向喷流，误伤使用这种枪支的人。在淘汰第一批造枪的磁设备后，这个型号的激光枪就被远古兽族遗弃。银河系雇佣兵通过各种手段，从兽族那儿低价购进了这种傻到不行的枪，现在还用来干些杀人越货的勾当。”

“所以，是雇佣兵？”

“嗯。”祁珂沉吟一句。

眼下这款枪傻不傻都不是重点，重点是看这些激光线，敌人起码有四个以上。而她和叶鸣手无寸铁，周围还空无一人，当真是个相当刺激的场面。这个故事告诉我们，野战不利于长命百岁，有问题还是应该回房解决……

祁珂理了理思路。很明显，这些雇佣兵是冲着她和叶鸣来的。她只需要稍稍联系一下这段时间发生的事，很快就就有了结论：“早知道翻车那事儿没这么容易揭过。有这狗胆儿的，估计也就许巍和克里斯他爸了。我要是扛过了这一波打击报复，回头非得让他们做个好人。”

说完，祁珂瞄了一圈四周。身后三米就是人工湖，除此之外，根本没有能用来躲避激光枪的建筑。祁珂做了个深呼吸，摸摸自己的裤兜。很好，手机没带，看样子是无法通知学校监控部，让他们派出武装无人机支援了。

前有豺狼后有湖，兵家言——

死路。

祁珂咒骂了一嗓子，卷起衣袖一看，腕子上还戴着秦峥给的手环。虽然不知道具体用处，但现在也只能搏一搏了。她用指尖在手环上轻轻一触，手环的表面随之亮起，显示出一个红色圆圈。祁珂低声问叶鸣：“会不会游泳吗？”

叶鸣没答话。

祁珂也没时间再和他啰唆，直接道："不管会不会，被淹死也好过被激光切成几大块。听我说，等会儿我去引开这几个孙子，你伺机往湖里溜。湖水会折射激光线，这种枪技术不成熟，没有自主调节功能，他们没法准确瞄中你。而且我估计，他们的头号目标是我。所以，你机灵点儿，在湖里能待多久是多久，确定没动静后，你再出来，第一时间往宿舍跑，明白吗？"

叶鸣仍是一言不发，仿佛压根儿没听懂祁珂的话。

祁珂低头瞅着手环，自顾自地道："容我先看看这玩意儿究竟是干吗的，保不准还能通知秦峥派个磁轨炮过来轰死这几个渣。我数一二三，咱们俩再同时行动，知道了吗？"

叶鸣保持沉默。

祁珂按下表面上的红圈，与此同时，秦峥的小型影像出现在表盘上。他脸色铁青，语气不善："呵呵，还能想得起我，你不是正和那臭小子在学校里遛弯儿吗？"

祁珂反应过来，秦峥这货是在她身上安了个一对一的定位监控设备。她都没心思吐槽秦峥的无耻手段，刚要直说正题，忽然，旁边的人起身站立，在雇佣兵连声的"发现目标"中，掉头就朝另一个方向跑去。祁珂想拽住他，伸手却捞了个空。眼看着所有雇佣兵都追着叶鸣而去，祁珂忍不住爆了粗口。

秦峥："你再说一遍？"

十四
阳光照不到的地方

祁珂没有想到的是，她所戴的那个手环除了定位监控的作用，还内置了爆破装置……

秦将军是这样想的，万一哪天监视到祁珂的位置在某个宾馆内，他就直接把她炸成一朵烟花。

是的，秦将军就是这么心机。

所以，在祁珂爆了粗口的当头，秦峥就按下了爆破操控按钮，故事结束。

这是……不可能的。

秦峥正准备劈头盖脸地骂祁珂一顿，祁珂抢先一步，噼里啪啦地说了事情的原委。

“有银河雇佣兵入侵了学校，估计是来找我吃枪子儿的，叶鸣这臭小子为了保护我，暂时引开了雇佣兵。我现在去找他，你看看能不能派个磁轨炮过来接应一下。多的我不说，我要是没了，你记得让我爸拆了许巍和克里斯他们俩爹的坟头。”

秦峥想阻止她的莽撞，祁珂却切断了通信。再回拨过去，祁珂就没应答了。秦峥登时觉得脑仁一炸，根本没空细想，即刻通知了张正，率领了一队精英士兵赶到学校救人。在此之前，他试图通知学校监控部，可好巧不巧，今天是周六，监控部的人员都在休息。

赶到学校时，已经是三十分钟后。临近午夜十一点，整个校园空无一人。路灯投下树枝的剪影，如魑魅魍魉，伸着凌厉的指爪，伺机吞噬过路的行人。秦峥将精兵分为四个小组，让他们分散搜索，自己带了五个人，负责排查教学楼区域。

一向沉稳自持的秦将军这会儿犹如热锅上的蚂蚁，随着时间分秒地流逝，他越发焦躁不安。他恨不得用最简单粗暴的方式把整个学校翻转过来，找出那些雇佣兵，一个一个地抽筋扒皮。但他不敢这么大张旗鼓，他怕让祁珂陷入更危险的处境。此时此刻，支撑他的，只有一个念头。

他要祁珂活着，必须活着！

他还有许多话没说出口，还有埋藏了多年的心意没有表达。他规划了未来所有的蓝图，每一幅里都有关于祁珂的角落。

这些平常只能尘封起来的情绪乍然蜂拥而至，逼得秦峥要发疯。他喉咙里像卡满了鱼刺，阻隔着他的呼吸，让细微的痛意从心尖蔓延到手指。他机械地迈动脚步，快速穿梭在黑暗中。

刚从图书馆转了个弯，秦峥蓦地和迎面奔来的人撞了个满怀。身后的五名士兵齐齐举起枪，但秦峥的第一反应却是将那人搂进了怀中。他实在太熟悉这气味了，午夜梦回，他都幻想着这人能在自己的枕边。

是祁珂。

秦峥紧紧地抱住祁珂，力道之大，如同要把冷战的这几个月空隙都弥补回来。这是难得少见的场面，秦峥没有凸显出自己注孤身的特征，只是闷闷地道："还好，还好你没事。"

祁珂一脸严肃地推开他："没事个锤子，我还没找到叶鸣。"

一句话将秦峥打回了现实。有雇佣兵入侵，这不是小事。况且叶鸣现在的身份是军校的学生，ISF有责任保护他。秦峥压下翻涌的心潮，端正了面色，很快便恢复了一贯的领导范儿。他将祁珂护到身后，继续往前搜索："到底怎么回事？你和叶鸣为什么会遭遇雇佣兵？"

"我们俩就饭后散个步，谁知这么倒血霉。"祁珂眼神游移，语气发虚。

秦峥听出她不大稳的声调，回头睨她："散个步？你们俩吃的是夜宵吗？"

"不还借着散步的机会摸一下这娃的底细吗？"祁珂摸鼻尖，宛如一只偷腥被发现的猫。

秦峥的眼神锐利如鹰，活像要把祁珂戳出一个洞来。祁珂望着天不敢与他对视，借机换了个话题："第四卫星外围有防护网，照理说，这些雇佣兵不应该通过得这么轻易，还不惊动ISF。我估计，许巍和克里斯他爸可能用了些手段，回头你好好查查。"

"我知道，不用你提醒。"秦峥垮下脸，"你又从叶鸣那儿探到什么消息了？"

"这个以后再说。"

秦峥停下来，刚想先肃清一下这缺心眼的思想问题，耳朵里佩戴的通信器适时传来了另一组士兵的声音："报告将军，正南方临近羽毛球场的方向，发现了激光枪的痕迹。"

寂静的夜里，这声音显得尤为清晰。祁珂和秦峥靠得比较近，第一时间也听见了汇报。她呢喃道："羽毛球场……那后面五十米，有栋废弃的老教学楼。荒无人烟的，叶鸣可能是把雇佣兵引去那个方向了。"

祁珂抬头辨识了一遭羽毛球场的方向，拔腿就跑。秦峥不敢让她一人落单，急忙指挥各小组往羽毛球场后方的教学楼集合。

正在这时，老教学楼的侧门处，晦暗阴森。因废弃的年头略久，校方基本放弃了打理这片区域，导致周围的路灯都是熄灭状态。门前的杂草疯长，稀稀落落的，没过了人的膝盖。借着一丝惨白的月色，五个雇佣兵终于看清了自己一直追逐的猎物。几把激光枪同时瞄着叶鸣的后背，前方的门又落了锁，进无可进。叶鸣将手举起来，作出投降的姿势慢慢转过身。一片银辉下，他金色的发仿佛覆了一层寒霜。那异色的瞳孔深幽凛冽，竟没有分毫的恐惧。凉薄的嘴角还带着若有似无的讥讽笑意，分明是菜板上的肉，却硬生生让几个雇佣兵产生了错觉，以为自己正被一头凶悍的猛兽盯着，他随时会张开血盆大口，咬断自己的喉咙。

几个雇佣兵先是面面相觑，随即领头的人反应过来，扯下脸上的面罩，露出一张狰狞又丑陋，满布伤痕的容貌。

“不是祁珂。”

“这小子跟祁珂是一伙儿的，他故意引开我们。”另一个雇佣兵道。

“那现在怎么办？”后排的胖子问。

领头的人打量了一番叶鸣，将面罩重新拉上：“这小子喜欢装英雄，给他个机会。先把他解决了，我们再回头找祁珂。”

几个人点点头，正要扣动扳机，叶鸣的眼底绿光一闪，雇佣兵们的动作像是受到了钳制，食指落在扳机上，可无论如何也扣不下去。

“怎么回事？发生了什么？”胖子左右张望。

叶鸣慢条斯理地放下手，向前走了两步。离开屋檐的阴影，他那张精致的面孔在月色映照下，更添了几分森冷。他平静地看着几人，嘴角向上挑着，像是一个微笑的弧度。偏偏落在雇佣兵眼里，更像是野兽在为一场饕餮盛宴磨着尖利的牙。领头的雇佣兵脑子里警钟大响，他竭尽全力动食指，可始终无法动弹半分。他想后退，双腿也如同被水泥僵住。叶鸣驻足在他跟前，单手扼住他的脖子，微微眯起了眼睛。

那人惊恐地吼出声：“你们还愣着干什么！开枪！”

后面的雇佣兵再度动了动手指，当他们察觉到所受的限制状似有点松动，正要向叶鸣发起攻击，叶鸣一只手向前伸出，五指收紧。随着他放慢的动作，几个雇佣兵不由自主地将枪口对准了自己的同伙。他们不敢相信地睁大眼，与身上诡谲的力道抗衡。每个人脸上都出现了一种扭曲的惊悚表情，此起彼伏地喊道：“不……不，停下……”

话音戛然而止。几束激光线横扫，四个人应声倒下。空气里散发着一股皮肉被烧焦的味道。叶鸣继而看向唯一还活着的人，笑着说：“剩你了。”

雇佣兵头头摇晃着脑袋："别……别杀我……"

下一刻，叶鸣捏断了他的脖子……

"只剩侧门那边没找了，你先别让所有人都集合，还是分散行动，提高效率。时间耽搁得越久，叶鸣越危险。"祁珂一边加快脚步，一边给边上的秦峥分析。

秦峥冷冷地道："雇佣兵人不多，不可能分散行动。激光枪的痕迹是指向这里的，你别自乱阵脚。"

"不是，咱们得广撒网钓大鱼，扎堆的下场通常都是团灭你不知道吗？"

"祁珂！"秦峥低吼。

祁珂白了他一眼，刚要开口，冷不防听见不远处的教学楼侧门处传来一声扳机扣动的闷响。两个人交换了一记眼神，秦峥立刻指挥后面的士兵跟上，一行人谨慎地穿过茂密的杂草丛，小心地靠近了教学楼侧门。

在一片开阔的地带上，祁珂首先眼尖地觑见了叶鸣。叶鸣仰倒在地，没了动静。在他三米左右，还有一名趴在地上的雇佣兵。祁珂赶紧用手指了指，秦峥命令第一小组迅速查探情况。几个士兵检查过现场后，才挥手对秦峥和祁珂道："报告将军，这名雇佣兵已经没有生命体征了。"

祁珂麻利地跑到叶鸣身边，蹲下来探了探他的鼻息，顿时松了一口气："晕过去了。"

接着，她的视线又落在叶鸣的腹部，发现他被激光线灼伤，幸亏伤口不深，否则怕是要命丧当场。祁珂的眉头跳了跳，站起来扫视四周。秦峥让士兵们围成了一个圈，端着枪时刻保持警惕。他走到祁珂身旁，瞅了瞅叶鸣。两个人一打照面，都看出了对方眼里的疑虑。

"其他的雇佣兵呢？"

"不知道。"祁珂严肃地道。

盖着泥土的地面上，还有大片的血迹，但雇佣兵的尸体却只有一具，剩余的下落不明。

"会不会察觉到有支援部队，所以那几个雇佣兵提前逃走了？"祁珂喃喃自语。

秦峥冷冷地道："雇佣兵什么德行你不清楚？他们收钱买命，没完成任务前不会轻易撤走。而且你看看这地上的血，能是一个人的出血量吗？比你二十年的'大姨妈'都给力。"

"你说话不打比喻是要死吗？"祁珂怒骂一声，"那么，有没有这种可能，他们执行任务的过程中，枪走火了，伤了自己人，再加上发现叶鸣不是主要目标，所以就脚底抹油了？"

"你扯。"秦峥抄起手。

“不是没有这种概率啊！你仔细看看，这都是兽族淘汰的M74型激光枪，为什么淘汰你心里没点数吗？”

“呵呵。”秦峥开了波嘲讽。

祁珂一本正经地道：“还有一种可能，叶鸣不是能变化外形吗？紧急关头也许变成了一只猛兽，吓跑了雇佣兵？”

“所以，你觉得……”秦峥深吸一口气，“在枪林弹雨里，叶鸣变成了一只猛兽，靠着魔鬼的步伐，摩擦摩擦再摩擦，不仅百分百闪避，还让雇佣兵自己中了枪？”

祁珂：“……”

这槽吐得好犀利，无法反驳，生气。

祁珂装哑巴。

秦峥望了望天，双手叉腰大吼：“你是被激光枪开了颅做了脑残手术吧？！这话能说服你自己吗？用你那双眼睛仔细看看，这地上的血、这死翘翘的雇佣兵、这受了伤还不在主要部位的臭小子！你以为雇佣兵组织是银河系慈善机构，杀人还要看脸放水是吧？祁珂，我真是想把你直接冲去下水道拧巴拧巴当天然气。”

“唉你说就说，半夜三更的号个啥，又不是午夜狼啸。”祁珂堵耳朵。

边上的士兵见他们俩吵架都吵得如此有喜感，想笑又不敢笑，全都把脸憋得红中带紫。秦峥眼风一瞟，大家又装聋装瞎，尽职地充当人墙。

秦峥默了默，耐着性子道：“祁珂，为什么一遇上叶鸣的事，你就这么没底线？你军人的原则都被狗吃了吗？”

事实上，祁珂也不知道该怎么为自己的行为解释。关于叶鸣，她确实能感觉到自己做出判断的标准有所倾斜。也许是长久的相处让她对叶鸣产生了心疼进而偏袒他，也许在某个自己都不明了的瞬间她已经动了心。不管是什么理由，她都无法向秦峥说明。祁珂冷静了片刻，觑着地上的叶鸣：“我只清楚，刚才是叶鸣不顾危险地引开了雇佣兵，否则，你现在很有可能面对的就是我的尸体。”

秦峥咬牙切齿：“你为什么不认为他引开雇佣兵不是为了你的安全，而是不能让你看到他真实的一面？！”

“我们非要在这个时候争出个理所当然吗？”

秦峥话音一顿。

祁珂指着叶鸣：“他受伤了，先处理他的伤情。”

“然后呢？你打算怎么办？”

“还能怎么办？你搞定尸体，我等他醒了套口供。这儿没有监控，他是唯一的知情者，你如果要先入为主地给他定罪，我也可以袖手旁观。”

“祁珂，你！”秦峥差点气得当场死亡。他暴躁地左右望望，手指在祁珂脑门前点了又点，最后无奈地道：“行！那就先等他醒来。”

祁珂哼唧一嗓子，拔腿就走。

秦峥叮嘱一部分士兵清理现场，另外两个士兵抬着叶鸣去飞行器停靠的地方。然后他追上祁珂，尽量心平气和地道：“你知不知道自己很不客观？”

“彼此彼此。”祁仙女脾气也上了头，“我以前都没发现，你的口才简直登峰造极，把猜测说得跟亲眼见过似的。”

“……”

“祁珂，我是你的领导。”秦峥黑着脸道。

祁珂“呵呵”：“我还是我妈的宝贝儿呢。”

“……”

秦将军没忍住，严肃的表情顷刻出现了裂缝。祁珂撇撇嘴，送了他一个大大的白眼。吵架的环节总算过去，两个人并肩慢行了一阵，秦峥轻声道：“祁珂，我尊重你的考量和想法，但我也希望，在你做出决定时，不要掺杂任何的私人情绪。重感情是件好事，可叶鸣身份敏感，和‘造物者’也有所关联，一旦出现纰漏，那后果也许不是你我能承担的。”

祁珂抿紧唇线。秦峥了解她的为人，偶尔冲动，但在关键问题上还是会把军人的身份放在第一位，有些话只需要点到即止。想到这儿，秦峥换了个温柔点的语气：“还有，你刚才看我的眼神让我很不适应。”

“什么眼神？”祁珂不解。

“像看陌生人。”说着，秦峥握住她的双肩，强逼她停下脚步，“以后不许这样看我。”

“你这就有点强人所难了，难道我火山爆发的时候还要对着你含情脉脉吗？那场景，你不瘆得慌？”

“祁珂，我是认真的。”

“哎呀，别突然这么矫情，咱们俩什么关系？再说了，你领导都当那么多年了，一把屎一把尿地拉扯大 ISF，风雨雷暴你啥没经历过，还在意这点小细节？”祁珂拂开他的手，慢悠悠地往前走。

秦峥还站在原处，好一会儿才低声说：“我在意。”

祁珂一愣，回头睨他。

秦峥上前两步：“我在意。关于你的一切，我都在意。哪怕我能从容面对全世界，哪怕我雷厉风行刀枪不入，但对着你，我只是一个普通人，会难过、会受伤。你皱皱眉头，我的天空会由晴转阴，你那样看着我，我连呼吸都是痛的。”

“秦峥……”祁珂一副黑人问号脸。这句话听着怎么这么像歌词呢？仿佛下一秒就要开唱似的……

转折来得实在太快，祁仙女表示无法接受。这怪谁呢？首先，我们来回忆一下秦将军的日常三连怼——

一、祁珂你是智障吗？

二、祁珂我真想把你摁回马桶去！

三、祁珂我要把你冲进下水道拧巴拧巴当天然气。

就这样，突然来了个一百八十度大转弯，任谁瞅着都觉得有阴谋。祁珂咽了口口水，小心地问："你是不是还有什么后续没说出来？"

"没有。"秦将军深情款款地摇头。

"那……你是有什么隐含意思我没体会到？"

"没有，就字面意思。"

祁珂再次咽口水："你……吃健脑补肾丸了吗今天？"

"我脑筋很好使，至少比你……"秦将军差点又没忍住开怼，幸好他及时想起来自己貌似在表白，堪堪收住了口风。他脸上青一阵红一阵，正寻思要怎么才能让祁珂相信自己的心意。结果祁珂突然泄了气，淡定地道："我知道了。"

秦将军直觉不妙。

祁·缺心眼儿·打死也不改·珂煞有介事地说："今天是十号吧？"

秦峥："……"

"你是去参加 ISF 的每月间谍测试了？"

"……"

ISF 的每月十号有个间谍测试是真，主要是为了加强我方人员的反侦探技巧，在这类测试中，通常会使用一种名为"反话剂"的黑科技针药……

很显然，祁珂认定秦峥是以身作则参与了间谍测试，并被成功地注射了"反话剂"。

我去，这货是自带告白闪避完美 bug 吗？秦峥仰天叹息，正想扭转一下祁珂的脑回路，几个士兵一溜小跑来到两个人跟前，报告说叶鸣的生命体征出现了小幅波动。祁珂脸色一沉，急忙叮嘱启动飞行器，去最近的医院，自己也不敢再耽搁，脚下生风快步飞奔。秦峥默了默，没出口的话压回了肚子里。看来今天确实不宜表白，还是另选一天做足了前期工作再说。秦峥收敛了心思，箭步跟了上去。

来到就近的人民医院急诊部，医生给叶鸣检查了伤情，进行了相关的紧急处理。激光线只伤及了他的皮肉，并没击中要害。消毒缝合后，医生安排叶鸣住进了一间普通病房，让他观察一天再出院。安顿好一切，已经接近黎明时分。祁珂和秦峥在走廊上讨论了一遭这事的处理后续，秦峥便领着士兵回到了 ISF，打算联络克里斯父亲和许巍父亲的部队。祁珂向学校请了假，留在医院里照看还没醒过来的叶鸣。

到了早上七点，祁珂在医院食堂买了些早点带回病房。自己吃了三个鲜肉包子、一杯豆浆、两根油条，给叶鸣留了一碗最没口感的白粥。叶鸣仍在昏迷，祁珂无所事事，就坐到窗边整理思路。

翻车事件，加上潜入学校的雇佣兵，都存在着许多疑点。当时许巍等人乘坐的车辆出现故障，祁珂虽看不清楚，但料想要将一辆越野车推下深渊，必然是体型庞大的野兽。怪就怪在，她连野兽的毛都没见着一根。根据学校后来的调查，现场也并未发现野兽的足迹。这是疑点之一。再加上昨夜雇佣兵的离奇消失……

地面的血的确不像是一个人留下的，其余的雇佣兵究竟去哪儿了？是不是真如秦峥所言，叶鸣只是隐藏了自己的真实实力？不可忽视的是，这两件事发生时，叶鸣都在场。要说百分百和他没有关系，祁珂的理智不允许她作出这样的盲目判断。可假设叶鸣真的有这种能力，又怎么会被撒加人囚禁，还让几个金玉其外败絮其中的学生关在演武楼差点连命都没了？

祁珂想不出理由。

难道，他真的是故意示弱骗取她的信任？一个人的心机要深沉到什么地步，才能一开始就步步为营？

祁珂又想到叶鸣说起的阿尔法星的现状。从生物起源理论来说，一颗星球能具有完整的生态体系，必定在条件适宜的情况下。从叶鸣前前后后的口述里也能知晓，在很久以前，阿尔法星的环境也是适合生命繁衍的，可为什么这颗星球会逐步走向衰亡？是因为开采过度？还是和星云里不为人知的变化有关？是不是和“造物者”有所联系？

祁珂组织着脑中的线索，R79星的出现引发了五大种族的战争，经历了五年开采后，R79星消失在茫茫宇宙中，无法探测其踪迹。与世隔绝的尔星人极有可能被“造物者”进行过人体改造，雇佣兵莫名闯进M49星云带出了这批改造人……

“造物者”到底在计划什么？

疑云笼罩，祁珂越想越心惊。目前来看，首先得把叶鸣的底摸清楚探明白，另一方面……

祁珂翻开手机里的通信录，找到一名当年和她有过联系的天文学家，准备寻个合适的机会，向他讨教M49星云的问题。而雇佣兵的来龙去脉，还是得等叶鸣醒来才有答案。

祁珂看了看天边的云朵，一夜未眠，这么看着想着，她倦意来袭，靠在椅背上沉沉地睡了过去。

不知过了多久，祁珂突然觉得腿上多了一个重物，有什么滑溜溜湿漉漉的东西正在舔她的手。她整个人一激灵，猛地睁开眼。撞入视野里的，是一只体型壮硕，皮毛蓬松的肥猫。四肢特别短，脑袋特别圆，一看就丑中带着几分萌，简称——丑萌。

祁珂想了想，想起来很久以前从黑市星球返回 ISF 时，那只让她险险抱断手最后还溜之大吉的叶鸣牌绯可猫。她眯起眼睛，在猫脸上狠狠地揪了一把。绯可猫吃痛，委屈吧唧地“喵”了一声。

祁珂抄起手道：“醒了？变成这个模样干什么？伤口疼不疼？”

叶绯可猫：“喵。”

“喵你个头，说人话。”

叶绯可猫舔舔鼻子，把猫样学得十足。两只爪子一只抬高就搭在了祁珂的双肩上，它对着祁珂的脸又舔又蹭，爪子跟玩毛球似的，不断挠着祁珂的厚毛衣。祁珂一时间有点恍惚，分不清这究竟是叶鸣还是一只真猫。她摆摆手，试图让叶鸣消停下来。叶鸣视若无睹，还变本加厉地挠她痒痒。祁珂被它逗得前仰后合，伸手去撸猫头。一人一猫正疯得忘我，叶鸣大概角色扮演太投入，没注意到自己的猫爪，一个不慎，那橘黄豹纹的爪子就按在了祁珂祖传的 32A 上。

祁珂默了默。

叶绯可猫也跟着默了默。

人和猫同时瞅向那毛茸茸的爪和飞机场上的一枚图钉。气氛陡然有些诡异，仿佛三伏天的一场大雨，浇熄了两个人打闹的激情。

祁仙女板起脸，用阴沉且吓人的语气道：“你是不是当我有老年痴呆症忘了你本来是什么模样？给你两秒钟，赶紧变回来！”

叶绯可猫瑟缩地应了声：“喵……”

然后，它顺应祁珂的要求，变回了人形。于是，两个人的姿势就越发不和谐……祁珂坐在椅子上，叶鸣跪坐在她的双腿上，一只手搭着她的肩，另一只手按着她的胸。假设房间里有一台摄像机，那么现在拍出来的片子毫无疑问肯定在少儿不宜的范畴内。

祁珂：“……”

叶鸣：“……”

祁珂眼中烧着熊熊怒火，十分瘆人地看向叶鸣。叶鸣下意识地一抖，刚要撤出安全距离，碰巧有护士来查房。房门一开，一身白大褂的护士小姐猝不及防看见了这辣眼睛的一幕。她扯开嗓子就吼：“你们干什么呢！忍不住去宾馆啊！当这里是什么地方！”

祁珂还没来得及回话，护士小姐用力把门摔上，潇洒地离开了。

半分钟后，隔音不好的病房外传来群众的讨论声——

“听说这里面的一男一女正在干不要脸的事！”

“太可怕了，丧心病狂！”

“就是，简直不知廉耻！”

祁珂捂着胸口，脸色难看得像抹了菜汁。她把注意力转回叶鸣身上，幽幽地道："还不下来是等着我砍了你的腿吗？"

叶鸣当即跳出半米远。

祁珂理了理衣服，叶鸣小声说："我不会嫌弃你的。"

祁珂："你有什么能嫌弃我的？"

"就是……就是……"叶鸣小心翼翼地觑向她的胸口，还用手比画了一番大小，"你的尺寸，和我应该差不多吧。"

祁珂深呼吸："你过来。"

天真的叶鸣还不知道女人的逆鳞就是三围，以为祁珂要给他说什么悄悄话，一脸期待地走近。

少时，一记清脆又利落的耳光声传出了病房。

外面的好事群众："听见了吗？鼓掌了！"

"快走快走，叫保安！"

病房内，经历了人生起落的叶鸣捂脸坐在病床上，祁珂好整以暇地抱着手，站在离他三米开外的地方，居高临下地盯着他："知道我为什么打你吗？"

"嗯。"叶鸣可怜地点头。

"说来听听。"

"因为……我发现你的秘密了。"

祁珂一口气哽在喉咙上，险些噎死，她愤怒地指着叶鸣："你是不是想被我丢进垃圾回收站！我一炮把你轰上天和太阳肩并肩你信不信？！"

见她这么气急败坏，叶鸣温声道："你别生气，告诉我什么地方做错了，我会改正。"

祁珂咬牙："女人浑身上下都不能轻易碰，特别是胸，明白了吗？"

"明白……"

"这次我念在你初犯可以不和你计较，再有下次，我拧断你的头！"

"嗯。"叶鸣乖巧地道，"下次我先征得你同意。"

"好。"祁珂满意地颔首，想想这话不对，又凶恶地瞪大了眼睛，"谁告诉你还有下次！没有下次，不用征求，我不同意！"

"为什么？我们昨晚都……"

"等下，停！"祁珂尖叫，"不许提昨晚的事！"

叶鸣不解地拧紧了眉头："能告诉我理由吗？"

"没有理由！"祁珂望向天花板，不敢和他对视。

叶鸣沉默半晌，脸色渐渐转为阴郁，那双一蓝一金的瞳孔里，隐藏着汹涌不可遏制的情绪，仿佛瞬间变了一个人。他站起身，一步一步地朝着祁珂逼近。他一进，她就退。脚尖抵着脚尖，直把祁珂堵到墙角。祁珂后背一阵冰凉，沉闷的呼吸扑打在她的额头上，带着炙热而灼人的温度。就这么僵持了片刻，叶鸣突然将她的手死死地按在墙面上，垂头吻向她的唇。祁珂侧首躲过。叶鸣停下动作，哑声问："你这么讨厌我吗？"

"不是讨厌，你先让开。"

"那是什么？"话音里，有着咄咄逼人的意味。

祁珂狠下心，用尽全力挣脱叶鸣的禁锢，推搡了他一把："昨晚的事只是一个意外，我们还没有发展到可以亲密接触的地步。"

叶鸣脚下踉跄，捂住了自己的腹部。祁珂看他脸色惨白，不由得紧张起来："你怎么了？是不是伤口疼？"

叶鸣没答话。

祁珂忙道："你等等，我去叫医生。"

刚要迈步，叶鸣拽住了她的手腕。祁珂一回眸，满眼皆是那金灿灿的发色。

"祁珂，要用多长时间，我才能走进你的内心？"

祁珂咬住下唇，面色犹豫。

叶鸣微微抬起头，注视她半晌，将她拉近些许，一只手抚着她的下唇："别咬自己。我答应你，以后……都会和你保持距离。你不喜欢的，我都不会再做。"

祁珂晃神地对上他的视线，心一阵抽搐。她知道叶鸣的感情，一开始，她只认为这是冲动和依赖，可长久下来，他的悉心和体贴，还有为了自己不顾安危的举动，都在动摇她原本的想法。他在努力地追逐着自己的脚步，但她却是一味地将他推开。即便如此，在叶鸣煎熬和难过时，他还是选择将她的感受放在第一位，用退让来成全她的逃避。祁珂扪心自问，对叶鸣是不是真的没动半点心思，如果只是普通情谊，又怎么会发生昨晚的事。

想到这儿，祁珂嗫嚅道："再给我点时间。"

叶鸣眼睛一亮。

"我……没谈过恋爱。"

叶鸣眼睛更亮。

"对于感情这回事，我还有点蒙，不知道该怎么去定义你和我的关系。对于你，我还有许多的疑惑没有解开。我也清楚，有些事也许无法从你这儿得到答案，但我仍希望我们的开始能基于一个透明没有隐瞒的相处模式。昨晚的事，我们都太情绪化了，我不想因为这一点影响我们对彼此的判断。我只能承诺，当我理清了自己的心情，我会给你一个正式的回答。"

"好。"叶鸣眉开眼笑。

祁珂越说声音越低，仿佛一个情窦初开的女生表情里满是羞涩和扭捏：“我不讨厌你，你别多想。不过在我回答你之前，我们还是要保持距离，你……你别动不动就拉拉扯扯。”

“好。”叶鸣立刻松开手，笑得一脸傻气，“我有耐心。只要是你，我有无限的耐心。我会听你的话，不影响你的判断。我也要告诉你，我会一直等你的回答，等到天荒地老，等到宇宙洪荒。”

祁珂的脸红到了耳朵根：“论起说骚话，你可以拿毕业证书了。”

“嘿嘿。”

两个人互视一阵，祁珂又问叶鸣伤口要不要紧。叶鸣摇摇头，只说不疼了。祁珂走到床头柜边，把白粥放进微波炉里热了三十秒，看着叶鸣吃完小半碗，这才把椅子拖回床前坐定。她在手环的表盘上操作了一通，然后对叶鸣道：“现在，我们说点正事。”

叶鸣放下碗。

“昨晚，你和五个雇佣兵之间发生了什么事？除了死亡的一个人，其余的雇佣兵去哪儿了？你为什么会受伤？”

叶鸣擦擦嘴角，认真地回忆道：“和你分开后，我把他们引去了老教学楼附近，在侧门位置被几个人追上。他们发现我不是主要目标，本来是要朝我开枪的，但当时不知道发生了什么，我们都听见了一种非常刺耳的声音。那声音让人头痛欲裂，几乎无法控制自己的行为。”

“刺耳的声音？”祁珂诧异道，“你们所处的区域有发现其他异常吗？”

叶鸣摇摇头，随后又好像想起了什么：“我似乎看见天空中有一个黑点，不知道和这有没有关系。”

“黑点……”祁珂喃喃。

叶鸣继续道：“在我和五个雇佣兵都自顾不暇时，其中一个矮个子朝我开了一枪，但激光线还没伤及我的要害，他的枪就失去了准心。然后那枪出现了反向喷流，伤到了那个开枪的人。我受伤后陷入了昏迷，不省人事。后来发生了什么，我也不知道了。”

“……”

祁珂还在思考，手环里传来了秦峥的声音：“扯淡！他以为自己出场自带无敌光环？这种鬼话骗谁呢？！”

祁珂翻了个白眼，叶鸣也皱眉瞅着祁珂的手环，说：“是真的。”

祁珂微微沉吟。

秦峥恨不得直接从 ISF 顺着手环钻出来掐死叶鸣：“这小王八羔子一看就是在胡编乱造！还真当上帝和他是同一阵营随便摆个 pose 就能招呼来一个连的后援会是吧？甩锅甩得这么溜，下次要真遇上雇佣兵入侵，直接把他当个人形核弹使得了。”

祁珂："……"

叶鸣："……"

今天秦将军的吐槽依旧满分。

祁珂没好气地抬起右手，道："你这么能说怎么不去当相声演员？"

秦峥："……"

"祁珂！"

祁珂把手环伸远一点："你还听不听？不听我挂了！"

被威胁得毫无脾气的秦将军："……"

秦将军不吭声了，审问氛围也恢复了正常。祁珂看向叶鸣，目光里带着些探究，问："你确定没有骗我？"

"是的。"叶鸣面不改色。

"好，我知道了。"

祁珂正要接着发问，秦峥又耐不住寂寞地大吼："这理由你还真相信？祁珂你告诉我你脑子里的水倒完没有？"

祁珂："我挂了。"

秦峥当即选择了好汉不吃眼前亏："行，你问，我听着。"

祁珂鄙视地撇撇嘴，继而端正了态度，道："还有几个问题，我也想问你。"

"你说。"叶鸣眼神诚恳。

"你还记得阿尔法星是从什么时候开始环境逐渐变得恶劣的吗？"

"不记得了，我只有一些记忆碎片，模糊中感觉以前的阿尔法星不是这样的，和你们生存的环境差不多，也有山和树，但具体是什么样的，我已经在一次又一次的记忆断裂中给忘了。"

祁珂对他的遭遇深感同情，安抚地盯着他，说："如果有可能，我想带你去生命研究所进行一次全面检查，一方面是看看有没有可能挖掘你更深层的记忆，另一方面也是想查清你们这个种族为什么会拥有特殊能力。我保证，在检查的过程中我会在场，不会让他们解剖了你，你愿意吗？"

"愿意。"

"谢谢。"

叶鸣对上祁珂的视线："这是我应该做的，只要是为你，你让我做什么我都愿意。"

祁珂五指一缩。

秦峥咬牙切齿："臭小子，尽挑好听的说！"

祁珂没理暴走的秦将军，继续道："M49 星云里，有恒星吗？"

叶鸣沉思许久："我不确定。在最近一次记忆断裂后，我曾遇见过一个和我有相同能力的人。他也可以变化外形，比我年长许多，也许是看我太脆弱，带着我生存过一段时间。有时候他会指着夜空里的某颗星星告诉我，那曾经是生命的源泉。可现在源泉枯竭了，无法再给我们的星球提供能量。用不了多久，那颗星星会彻底死去。随着它的死亡，我们都会消失，这是神的旨意。”

“神的旨意……‘造物者’……”祁珂一个激灵，身子前倾，问，“这个人还活着吗？”

“如果按照地球历来算，他应该在二十七年前就死了。”

祁珂：“……”

“死在同族的残杀里？”

“不是的。”叶鸣摇头，“他和我不太一样，他的生命似乎特别短暂。我认识他时，他还是个青年模样，可没过多久，他就老得连行走都不太利索了。”

祁珂仿佛抓住了什么重点，严肃地道：“能跟我仔细说一说这个人吗？关于你所了解的他的一切。”

叶鸣虽然不明白祁珂为什么会对素未谋面的人感兴趣，但仍是顺从地打开了话匣子，在记忆里搜寻着蛛丝马迹。秦峥也认真听着他的说辞，手里拿着笔，不断地写写画画。

“我认识他是在我重新有意识后没多久。在一次争抢新挖掘出的水资源时，我因为太渴了，变成了一头三角兽。”叶鸣的目光略微闪烁。

祁珂不解：“三角兽？”

“嗯。阿尔法星上，目前只剩下几种大体型猛兽，三角兽就是其中一种。成年三角兽的体长在七米左右，长着一层坚硬粗糙的外皮，背上有两排骨刺，脑袋上有三支利刃似的角。它们的牙齿很锋利，能轻而易举地咬碎一个人的脑袋。因为凶悍的特性，是尔星人最惧怕的猛兽。”

“我去，这不是三角龙吗？”祁珂忍不住感叹，“还真想见见这种庞然大物。”

叶鸣顿时有点激动：“你想见？”

祁珂以为他是来了变身的兴致，赶紧阻止道：“医院房间小，你别想些有的没的，以后有机会的话，我倒是不介意去观瞻一下阿尔法星独有的猛兽。”

“哦。”

“你接着说。”

“好。”叶鸣把思绪拉回正题，“我原本以为只要变成三角兽，那些尔星人就会放弃水资源。可那次情况不同，大概是干渴得太久，所有人看见水都像疯了一样，即使看到一头三角兽，他们也没有退缩，反而是把我团团围住，想要杀了我。”

祁珂屏气凝神。

叶鸣道：“当时尔星人太多了，听到挖出水的消息，还有更多人源源不断地赶来。

我顾得了头顾不了尾，很快陷入了困境，差点被他们杀死。那个人就是在这时出现的。他救下了我，和我一起赶跑了其余人，并愿意和我分享水资源。从那以后，他就带着我寻找生存的方式。在那样绝望的大环境下，所有人都在自相残杀，包括群居的猛兽也独来独往，四处寻找着能维系生命的食物和水，谁都不愿带一个拖油瓶，可他不同，他比起我们这些怪物，更像一个人。”叶鸣语气痛苦，抬头看向祁珂，“他和你一样，身上有着我们这种从泥沼中爬出来的东西无法拥有的光明。光明带来的温暖，让我……太想拥有了。”

祁珂拉着椅子靠近，拍了拍他的肩：“不要妄自菲薄，这些经历都会成为你成长的一部分，让你变得更加强大。”

叶鸣不语。

“那么，后来呢？发生了什么？”

“后来……在艰难的求生过程中，他迅速衰老。在我的记忆里，他只存活了差不多三十个地球年。在他老迈得神志不清的时候，他常常会重复一句话，说我们的星球曾经美不胜收，只要走过这个寒冷的纪元，就能迎来新的世界，可他失败了。”

“失败了……”祁珂忽然扬起手，“等等。”

叶鸣瞳孔一缩。

“除了独角兽，他还变过其他形象吗？”

“有的。”

“你有没有问过，他的记忆里是否也有实验室的画面？”

叶鸣摇摇头。

祁珂埋下脑袋思考，半晌没说话。叶鸣也不敢轻易出声，害怕打搅了她的思路。过了半分钟，秦峥才通过手环问：“你想到了什么？”

“也许，这个人是一个失败的试验品。”祁珂交握着双手，表情凝重地道，“叶鸣每过一段时间，记忆就会产生断裂。如果我们推测的人体改造实验是真的，那么，叶鸣可能长期都处在一个被改造的状态里而不自知。既然是反复实验，必然也存在失败的前车之鉴。这个人的生命相对叶鸣而言极度短暂，加上他对阿尔法星的熟悉程度，很可能是被放弃的第一批试验品。”

房间里，气氛陡然冷肃。

祁珂又自言自语：“从这个人的描述里可以想见，阿尔法星和其他宜居星球一样，距离恒星的位置是在一个安全的范畴里。但随着恒星慢慢死亡，阿尔法星的环境也日渐恶劣……”祁珂猛地起身，过大的动作冷不防吓了叶鸣一跳。她仿佛捕捉到什么关键，箭步冲到窗户边，对着手环问：“太阳系的黑洞是什么时候出现的？”

秦峥还没反应过来她的思路为什么会这么跳跃，放下笔迅速打开电脑，翻查起文件夹里的资料来。

“是三十二年前。”

“佩特战争开始的前一年。你能不能联络你认识的天文学家，确定一下最近三十年间，宇宙出现了多少可见的黑洞？”

“为什么突然查这个？”秦峥疑惑。

“我只是有种直觉。”祁珂肃穆道，“带领叶鸣生存的人，说恒星的死亡是神的旨意，我们先假定这个神就是‘造物者’，再往前推算，你不觉得太阳系里出现黑洞的时间太过巧合了吗？”

秦峥听得一知半解，叶鸣更是一头雾水。

祁珂还在絮絮低语：“我妈和贺叔一致认为，当年的R79星，只是一个引发各族战争的楔子，是有人在背后操纵。我想，这个阴谋的开端，并不是佩特战争，而是从这个黑洞开始的。”

秦峥被她绕得有点晕，但还是理解了她话里的重点：“我会尽快确定黑洞的数量。有消息后，我第一时间通知你。”

“同时告知贺叔，关于M49星云和R79星的信息，他是最清楚的，我想知道，有没有任何可行的办法，能穿过星云里的陨石带，抵达阿尔法星球。”

“好，但你别抱太大希望。迄今为止，包括科技最发达的兽族，都没有把握穿过那片陨石带。据我所知，各方都做过相关的模拟实验，即使抗击性和防爆性能最佳的惩罚者号战列舰，也会在毫无规律且高速运动的陨石带里被撞毁。”

惩罚者号，是远古兽族的标杆型战舰，和地球的泰坦舰同样，都属于强大无匹的星球武器，在普通的能源抢夺战中，并不会出动。只有关乎星球存续时，才会启用这类杀伤力极强的战舰。而惩罚者号的技术，放眼整个银河系，公认是最拔尖的，就算是泰坦舰，在防爆性能和武器系统上，仍有一定的差距。

说到这儿，祁珂停顿了许久。

“我越来越觉得，雇佣兵的战舰能穿过陨石带抵达阿尔法星不是一个意外。”

秦峥呼吸一滞，深知祁珂的想法极有可能正是事实。他尽量保持冷静道：“我会再次联络各星球军方，让他们尽量监管分散的尔星人。不过你也知道尔星人现在的处境，数量不多，加上都是被当成奴隶囚禁，难以成气候。”

“谨慎点总是没错的。”祁珂揉了揉眉心，“你先抓紧时间安排，回头我带叶鸣去生命研究所做个全面检查。”

“好。”

两个人交流完，祁珂中断了手环的通信。她按着突突直跳的太阳穴，坐回了叶鸣身前。叶鸣对她刚才的话似懂非懂，还处在茫然的状态里。祁珂也没过多解释，只是冲他微微一笑，缓解了一下紧张的氛围。她拍拍手，招呼叶鸣道："好了，现在，我们还有另一个头等大事。"

"是什么？"叶鸣惴惴不安。

祁珂安抚道："你受了枪伤，五天后开始的实战演练估计是参加不了了，所以考验我大学文凭是不是豆腐做的时刻要来临了。等你调整好状态，我口述你执笔，争取写一篇声情并茂、感人泪下、闻者伤心见者流泪的……嗯，请假报告。"

叶鸣"扑哧"一声笑出来。

祁珂无比认真："笑什么笑，现在是笑的时候吗？我告诉你军校建校至今，除了阵亡盖国旗的，还没成功请假不参加演练的个案。指不定我还得给你通通关系走走后门，遇上我这么个人美心肠好的仙女，你可偷着乐吧。"

"嗯。"叶鸣憋笑憋到脸红。

见祁珂不满地抄起手，他又急忙端正了神色，凑近些许："祁珂。"

"干什么？"祁珂往后缩，生怕和这货距离太近擦枪走火。

叶鸣浅笑道："我怎么舍得你为我花那么多心思，你的脑细胞是用来打仗的，不能随便浪费。"

"直接跳过说骚话这个环节行吗？你要干啥？"

"实战演练，我会去参加。"叶鸣很坚定。

祁珂："你怕是想拿丧葬费想疯了。野外生存那一项有多危险我给你说过百八十遍了，你再摸摸你肚腩上烧焦的肉，是不是想直接被人当成烤五花分来吃了？"

"没有肚腩。"叶鸣挺直脊背，"是腹肌，你摸摸？"

"摸你个头！"祁珂气呼呼地啐了一口。

叶鸣又笑："别担心，我一定会活着回来。"

"不是，谁在担心你，你到底还能不能和我正常沟通了……"祁仙女刚发作到一半，叶鸣正色截了她的话头："我想做一个配得上你的人。"

"什么？"祁珂一愣。

"在军校里这段时间，我从许多人嘴里听说过你。他们说你是这个时代的骄傲，因为有你在，生存在这片土地上的人，才能多一分安心。"

祁仙女呆了两秒，然后谦虚地摆手："哎呀，过奖过奖，都是大家给面子吹捧出来的嘛。"

叶鸣："……"

仙女你这表情怎么半点都不走心！谦虚得如此浮夸！

叶鸣能怎么样，只能装瞎："军事杂志上也常常在谈论你，你的战术、你的战绩，还有你的私人生活。能和你比肩的，只有秦峥。所有人都说，秦峥是唯一有可能把你娶回家的人。”

“呃……”

“所以，我不会放弃这次机会的，我要让你为我感到骄傲。哪怕只能向你靠近那么一点，我也会尽全力。”

祁珂定定地睨了叶鸣片刻，稍稍颔首，柔声回应：“好，我知道了。”

十五 小狼狗的逆袭

“记住了，实战演练的三个项目，武器实用，野外生存，模拟军演。以年级为单位，每十个人为一个小组。成绩的评定方式是取十个组员的最佳分数平均值，以此选出优胜组。优胜组的组员在毕业以后，可以直接进入 ISF，根据专业分配部门。你得明白，每个来到军校学习的学生，最终目的都是想挤破脑袋进入 ISF，所以每年的实战演练，战况会空前激烈，毫不逊色于真正的战场。一旦小组中有拖后腿的人，通常会在野外生存环节，被其他组员抛弃。这也是为什么，每年演练时总会发生一部分伤亡。”

教职宿舍里，祁珂和叶鸣面对面坐在书桌前，桌上摆着几张图纸。其中一张上是实战演练的时间排布，另外几张则是演练区域的手绘地貌图及模拟军演的相关资料。

叶鸣在醒来的当天下午便离开了医院，跟着祁珂回到学校后，先是向导师请了假。随即两个人钻回宿舍，敷了伤药吃了饭，祁珂就马不停蹄地给叶鸣开小灶。

这么做的目的，自然是为了帮助叶鸣完成心愿。

叶鸣有时看看桌面的图纸，有时趁隙偷偷觑几眼祁珂。但凡她没发现，他就大胆地行注目礼。祁珂一抬头，叶鸣又忙不迭地错开视线，整个一副三好学生的模样。祁珂察觉到他的小动作，却没戳穿，只是偶尔拿笔敲敲他的脑门，叮嘱他认真一点。

给叶鸣解释完演练的规则，祁珂切入正题。武器实用基本在前段时间的补习里已经说得差不多了，剩下最重要的，就是野外生存环节。这个项目为期三天，因阳阴山野兽毒虫众多，加上沼泽地密布，一个不小心就会深陷其中，必须仰赖团队协作。为了防止作弊情况发生，分组得等到演练开始前，才随机选出，是以没法提前和队友加深感情。祁珂一本正经地给叶鸣手动画重点，告诉他生存的要素，怎么防止其余人背后插刀，以及哪些地方是绝对不能扎营的。

叶鸣听着她温柔的话语声，忍不住心猿意马。但大部分时间，他还是在仔细听讲。分析完阳阴山，祁珂说到了模拟军演。这是拉分最大的项目，也是评出优胜组的首要考虑。在这几个月的学习中，祁珂发现叶鸣对军事的确很有天赋，但时间太短，要在演练里拿个好成绩，还得多积累一些实战经验。本着这个念头，祁珂愣是拿出了军人的铁血作风，连续几天不眠不休，给叶鸣讲解了近代史上大大小小上百场战役，包括陆战、海战、星际战等等。

这么一晃，五天时间转眼逝去，叶鸣进入军校的第一次演练终于来临了。

这天正是三月十七。经过一个漫长冬天的消沉，万物复苏，枝丫抽出了嫩绿的新芽。鸟啼清脆，混着无数无人机在学校上空盘旋的轰鸣。

临出门前，祁珂按例给叶鸣更换了伤口的外敷药。通过几天的反复练习，祁仙女已经熟稔地掌握了这项技能。拆掉纱布、消毒、涂药水、贴纱布，一系列动作完成得行云流水。一开始，她每每碰到叶鸣的皮肤，总是情不自禁地想起那晚的激情缠绵，可次数多了，荷尔蒙分泌跟不上，脑子也就麻木了。对此，叶鸣还感到非常失望。

换完伤药后，祁珂坐在床上收拾药箱，叶鸣扣着衬衣扣子，忽然问她："可以给我一个鼓励吗？"

一听这话，祁珂拎着药箱兵退三千里："少来这套，你下一句台词我都在电视剧里看得滚瓜烂熟了。赶紧的，拾掇拾掇，给我滚去参加开幕式。"

叶鸣委屈巴巴，像小尾巴似的步步紧跟："我是带伤上战场，气势上就输人一大截。你也不忍心看我垂头丧气的不是吗？"

"你错了，我忍心。"祁珂相当无情。

"我绝对没有越线的想法，真的！"

"呵呵。"祁珂开了波嘲讽，径直走到门口，"封建迷信要不得，你这种行为就跟出门必须看皇历拜菩萨乞求天上能掉馅饼一样，属于自欺欺人。实战演练靠的是什么，大声告诉我！"

"速度要快，姿势要帅。除了自己，其余全是菜。"

"宾果！"祁珂龇牙，"所以，求人不如求自己，走吧。"

叶鸣的套路失败，可怜兮兮地拉开了寝室门。一只脚刚跨出去，祁珂冷不防道："等等。"

叶鸣回过头。走廊上，赶着去操场的各年级老师来来往往。祁珂躲在门后，厚重的窗帘布挡住了外面灿烂的阳光，致使房间里略显晦暗。她埋着头，小声说："过来。"

叶鸣想了想，朝她靠近两步。祁珂踮起脚，在叶鸣的脸颊上蜻蜓点水地一吻，然后飞快地绕过叶鸣，兔子似的钻到了走廊里。她面上无比镇定，只有充血的耳根毫无疑问地出卖了她此刻仓皇的心绪。她干咳一声道："快走，记得给我争点脸，现在全校都知道你是我的关门大弟子，要是拿个最后一名回来我立刻找个风水宝地葬了你。"

叶鸣摸着脸颊，眉眼弯得像月牙。他反手关上门，站到祁珂跟前，和她耳语道："这算订金吗？”

“什……什么订金？”

“你说呢？装听不懂也没关系，回来以后，你要付清尾款的。”

“叶鸣，你！”祁珂后悔得口舌打结。

叶鸣冲她咧咧嘴，半点也不避嫌地拉住她的手，朝着电梯间走去。

十点钟。

军校偌大的操场上，人声鼎沸。各年级的带队导师和学生们，排列成整齐的方阵，站在主席台前方。校旗和联盟国旗帜飒飒翻飞，湛蓝的穹顶万里无云，装置着摄像头的无人机时高时低，俯瞰着这盛世之景。许多电视台的直播已经正式开始，记者们扎堆成群，花样百出地向全球观众呈现着这激动人心的时刻。学生们也是斗志昂扬，摩拳擦掌地等待着一展拳脚的好机会。

祁珂把叶鸣送到三年级方阵，叮嘱他千万别紧张。两个人道过别，祁珂穿过拥挤的人群来到评委席，看见军方派出的评委中几乎全是熟面孔。有贺子昂、唐尼以及罗杰斯夫，且贺子昂边上还有一个空位。祁珂走过去，向三人依次问了好，贺子昂又招呼她坐下和她浅聊了两句。直到誓师大会开始，秦峥才姗姗来迟。祁珂主动让出位子，正要走去后方围观人员的方阵时，秦峥让张正直接给她临时加了张椅子。祁珂毕竟脸皮厚，仗着有后台，大大方方地在评委席落了座。

“叶鸣进入方阵了吗？”秦峥问。

“嗯。”祁珂跷起二郎腿，慵懒地看着主持人在台上做着最后准备。

“你要我调查的事，有头绪了。”秦峥凑近她的耳畔。

“怎么样？”

“近三十年里，可通过现有技术观察到的黑洞陆续出现了五个，其中包括太阳系三十二年前出现的黑洞。另外四个则分布在潘多拉星系、山达尔星系，还有波江星系。波江星系的情况比较特殊，是一个互相环绕的双黑洞，具体资料我已经存入了 ISF 的最高机密文件，你有权限随时查阅。这些黑洞出现的间隔时间差不多是六年，普遍是中等质量以上的黑洞，除了太阳系这个黑洞自转速率接近最大值，其余几个黑洞转速并不高，好在这些黑洞附近没有宜居星球，否则会造成大量的难民迁移。”

“每六年……”祁珂呢喃着，“距离下一个六年差不多还有四年的时间。”

“我还是不太明白，你为什么会想起调查黑洞？”秦峥盯着前方问。

“根据现有的科学理论，黑洞的形成是由于超新星的塌缩。一颗超新星正常的塌缩，远超过亿万年。在这么短的时间内出现了这么多的黑洞，你认为会是自然现象吗？”

“那么，按照你的推测，是有人在刻意制造黑洞？”

祁珂不置可否。

“仙女，你知道你的这个想法有多疯狂吗？”秦峥摊手，“什么样的人种能创造出黑洞？”

“在问这个问题之前，你又认为是什么样的人种能创造出一颗引战的纯能源星球？”

秦峥沉默了。

祁珂接着道：“我们生存的宇宙是个三维空间，无法呈现出时间的维度。但如果有更高维度的生命体存在呢？你别忘了，物理学家有过推论，我们的宇宙也许只是更高维度空间的一层宇宙膜，包覆在他们的世界外。对于高等生命来说，时间就像我们的书页一样，是可以直接翻到最后一页的。”

这意味着什么，秦峥自是心知肚明。假如真有更高维度的生命体存在，那么如祁珂所言，亿万年的时间也许只是翻了一本书。他们可以轻易地掌握未来和过去，制造超新星的塌缩，并不是没有可能。

秦峥做了个暂停的手势：“OK。问题是‘造物者’创造黑洞干什么？”

“我要是知道的话，我可能就是‘造物者’的化身了。”

“……”

“对了，”祁珂靠近秦峥，“贺叔那边有什么新线索吗？”

“很少。但有一点让我比较在意。”

“什么？”

“当年蓝博士的工作室里，有一个他本人带出来的学生，曾协助创造出了第一个复制人，也就是你的母亲。佩特战争的最末阶段，你母亲身受重伤，也是他研发出了第二代类肌纤维体。战争结束后，有一段时间，首长让他参与了R79星的相关研究。在R79星突然消失时，他是第一个注意到M49星云的。他曾提出过一个理论。”

祁珂屏住呼吸。

秦峥的眉峰微微蹙起：“他认为，M49星云在久远前，实际上是一个完整的星系。”

祁珂顿感头皮发麻。

“不知道出于什么原因，星系正逐步瓦解成分子气体云。”

“……”

秦峥的语气里带着几分如临大敌的慎重，却又止不住有些讽刺：“这实在很荒谬，你也知道一个星系是怎么形成的。”

祁珂面色沉着：“当宇宙发展到一定时期，会充满中性原子和分子气体云，这是恒星形成的最初星坯。”她望向天空，“这真的是匪夷所思。如果他的理论成立，就说明M49星云的所处空域，时间正在倒退。”

“是的。所以他一提出这种可能性，当即被一同研究R79星的几位老天文学家否决了，他们抨击他的不专业，嘲讽他异想天开。”

“可这正和我们的推测不谋而合。”祁珂沉默了半分钟，拉着秦峥的衣袖道，“这个人现在在哪儿？我想见他一面。”

“见不了了。”秦峥摇头，“这件事发生不久后，他就疯了。”

祁珂：“……”

“直到现在，他也没再出现过。首长曾经动用了军方的侦测手段，也无法找到他。”

祁珂心惊肉跳地咽了口口水，半晌，才艰难地道：“那么，有办法穿过M49星云的行星带吗？”

秦峥依旧摇头。

两个人默了默，一言不发地看着主席台。

主持人宣布了誓师大会开始，在一番动情的演讲声中，台下的气氛越发热烈高涨。秦峥和祁珂显得格格不入，异常凝肃。过了好一会儿，祁珂道：“必须时刻注意M49星云的动态。说实话，我有一个很不好的预感。”

秦峥等着她说下去。

“也许，我们所猜测的造物主正在试图创造一个符合他想法的黑洞，之前出现的所有黑洞都是失败品。他想要的，是一个巨型黑洞。目前宇宙里，并没有能实际观测到的巨型黑洞。各种族的天文学家也做出过推论，巨型黑洞不会是超新星死亡后的产物，质量相差太远。只有两种可能：一是由许多小黑洞聚集而成；二是……”

秦峥接过话头：“由巨大的气体云塌缩形成。”

M49星云……

祁珂严肃地点点头。

秦峥疲惫地揉眉心：“我知道了。”

誓师大会到了校长发言阶段。台上长篇大论如江水奔腾，底下莘莘学子欲展翅高飞，场面十分热闹。边上几个老一辈看着祁珂和秦峥成双成对，窃窃私语，都倍感欣慰。只有不远处，一道眸光如利刃，正狠狠地扎在秦将军的背上。

秦将军毫无自觉，在嘈杂的动静里，歪着脑袋继续和祁珂嚼舌根：“叶鸣那边呢？你什么时候带他去检查？”

“演练结束以后吧。”祁珂耸肩，“我真希望我的想法是错误的，否则……”她话音骤停，眼帘抬高，注视着天际上自由翱翔的无人机。秦峥顺着她的视线望去，从一片蔚蓝中，仿佛提前窥测到即将降临的黑暗。

“这样闲散的日子，还能持续多久？”

“别杞人忧天了，所有的事都还只是我们的凭空猜测。”秦峥拍拍祁珂的后背。

祁珂应下一声，莫名其妙地打了个寒战。

“这都什么天儿了我怎么感觉冷风还一阵儿一阵儿的，吹得我整个人凉飕飕的。”

秦峥也跟着搓了搓手：“不瞒你说，我也是。”

两个人面面相觑，随即心有灵犀地一同看向三年级方阵。叶鸣面无表情地注视着两人，明明看起来很平和，偏偏那双眸子里无端生出几分寒气。

秦峥道：“你确定这小子是个软角色？”

祁珂矜持地拉着椅子远离秦峥：“是不是软角色我不确定，我只知道小年轻吃起醋来没人性的。我还有尿，先去趟厕所。”

秦峥：“……”

祁珂迅速开溜，剩秦峥一人和叶鸣火光对闪电，互不相让。

长达半小时的誓师大会结束，实战演练总算进入了第一天的正式流程。经过随机分组，叶鸣和同年级的六男三女分在了一起。上午是体能测试，下午是武器实用。评委会和其他观赛人员则转移到了多媒体楼大厅，通过投影观看演练的全过程。

祁珂漫无目的地在校园里溜达了好几圈，左右没事干，才慢吞吞地走去了多媒体楼。她刻意挑了个离秦峥较远的角落，一边“咔嚓咔嚓”地吃着薯片，一边津津有味地看着大幕上的学生们被体能测试搞得披头散发，灰头土脸。她原本还担心叶鸣的伤口会影响他的发挥，可叶鸣不愧是长期在绝境中求生的人才，愣是咬紧牙关完成了上午的测评。成绩虽然不拔尖，但在小组里也没落下风。

到下午的武器实用项目，由于祁珂长时间的拔苗助长，叶鸣对各类现代化武器的运用和见解基本都排在中上水平，也算顺利熬过了这一关。

秦峥有一阵稍微得了点空闲，打发了来和他拉关系的各方面人士，揪着祁珂抢她的薯片吃。祁珂碍于这货是领导，没敢翻脸，只好忍气吞声地献出了自己的零食。

第一天演练结束后，贺子昂临走前来给两个人打招呼。彼时，贺首长是这么拍着祁珂的肩语重心长地说：“小珂，我是看着你和秦峥一起长大的，我一直对你们俩抱有很高的希望，你们现在都是 ISF 的顶梁柱，一定要通力协作，亲密无间。”

祁珂摸着她 32A 的胸：“谢谢首长抬爱，我会发扬我妈的优秀品质，争取……”

贺子昂当即摆手：“你妈有的品质就不用发扬了，要扼杀。一旦发扬，那是要吞炮的。”

所以，这就是来自男二的怨念吗？祁珂心有戚戚地看着贺首长。

贺首长一本正经地说：“我现在只有一个心愿。”

“首长您说，只要我能做到的，一定替您达成！”祁仙女抓住机会就拍了个响彻耳膜的马屁。

贺子昂：“真的？”

“真的！”祁仙女昂首挺胸。

“好，好。我就想喝一杯你和秦峥的喜酒。”

祁仙女噎住了。

秦峥在边上听完两个人的对话，作为当事人连忙起身敬了个军礼，声如洪钟地道：“报告首长，我一定完成任务！”

贺子昂：“我相信你。”

祁珂一脸黑人问号。怎么现在的领导都这么八卦的吗？还能不能有点职业素养了！好想辞职！

当然，祁仙女也就只是想一想，毕竟专注搞事业是她的终身目标。等贺子昂心满意足地离开会场，祁珂才冷眼觑着秦峥，问：“你什么时候收买贺叔了？”

秦峥十分嘚瑟：“领导的眼睛是雪亮的，不用收买。”

“呵呵。”祁珂笑眯眯地说，“你饿不饿？”

秦峥摸肚子，还真被她这句话勾起了食欲，于是点点头：“有点饿。”

祁珂把薯片递到他跟前：“还吃吗？”

看她如此懂事殷勤，秦将军颇有种媳妇儿终于脱离了负心汉人设，即将和他携手迈向幸福的错觉。他伸出手，刚想夸祁珂两句，祁珂蓦地把薯片扔到地上，还作死地踩了两脚。

秦将军：“……”

祁珂接着又笑眯眯地说：“饿了非要吃薯片吗？吃屎也是一样的。”

三秒后。

秦峥扯嗓子开骂：“祁珂，你大爷的！”

祁珂做了个鬼脸，为了不给领导反击的机会，在众目睽睽下潇洒地走出了会场，让领导独自体会心肌梗死外加脑血管爆裂的酸爽。

到了晚上七点，第一天的演练圆满结束。因为规则限制，所有学生在此期间必须回寝室住宿。将近五个月的同居生活，祁珂和叶鸣还是头一次分开。祁珂在学校招待外宾的宴席上吃饱喝足，回宿舍看了一会儿手机，不到九点就睡得云里雾里。临到半夜，她被冷醒过来，发现被子已经被踢到了床下。迷迷糊糊地捞起被子，有那么一瞬，她忽然明白，原来这几个月自己睡姿奇葩还能严严实实地盖着棉被，全仰赖叶鸣。念及此，她下意识地看向上铺，也不知道叶鸣现在在干什么，有没有好好睡觉。

远在学校另一头的男生寝室。叶鸣站在阳台上，遥望着祁珂的宿舍。心里滚烫的想念几乎让他的呼吸都停滞，逼着他做出疯狂的举动。但他知道自己必须忍耐，这是祁珂的期许。两个人各怀着心思，一人纠结，一人煎熬。转眼为期两天的武器实用项目完成，演练进入了第二个环节——野外生存。

每个学生在这个环节里都分配了睡袋和单人帐篷，以及少量的食物和水。没有装备任何枪械，只有一把军用铁锹和随身军刀。出发前，所有学生回到操场集合，背着一个负重二十公斤左右的背包，听主持人讲解野外生存的重点和规则。诚然，这些细节叶鸣早已从祁珂口中得知，是以也没怎么用心聆听。他的视线始终牢牢盯在外围人潮里的祁珂身上。等规则解释完毕，学校正门处的车队也整装待发，近五百辆悬浮越野车停得密密麻麻，准备分批运送各年级学生。四年级首先出发，直播的记者们部分尾随，部分仍停留在操场渲染着这即将来临的残酷考验。

祁珂默不作声地站在秦峥身侧，远远地看见了三年级方阵中的叶鸣。叶鸣脸色不佳，略显苍白，一向挺直的脊背也微微佝偻着，和前两天的状态判若两人。祁珂估摸着是体能测试让他的伤情有些反复，激光枪虽没伤及他的要害，但皮肉之苦始终轻不了，这两天他又没更换伤药，不知道会不会影响他接下来的发挥。祁珂握紧了拳头，不由得担心起他的情况来。

约莫四十分钟的等待过后，主持人宣布三年级出发。按照学校的惯例，因野外生存存在风险，不能保障每个学生的生命安全，如有弃赛者，可以在这个时间点提出，但整个年级没有一个人选择退赛。随后，主持人让三年级学生和亲人联系，一方面告知自己参赛的决定，另一方面也要说明，一旦出事，学校不负任何连带责任。叶鸣接过导师递来的手机，低头沉思。身边的人絮絮叨叨，他却许久没动静。

秦峥顺着祁珂的目光找到了叶鸣，沉声道："你猜他会不会打这个电话？"

"我怎么知道，我又不是他妈。"

话音刚落，祁珂的手机就响了起来。她从衣兜里拿出手机，看见上面显示的是陌生号码。秦将军的脸瞬间就黑了。

祁珂默了默，按下了接听键。

时间仿佛停止在这一刻，周围人都成了无声的背景板。穿过遥不可及的距离，两道视线在空中碰撞，肆意纠缠。

祁珂小声道："你的伤是不是严重了？"

叶鸣没回答。

祁珂有些焦虑："如果严重了就放弃参赛，以小搏大那是赌徒的行为。你的机会远不止这一次，犯不着用自己的生命去冒险。你进入军校不过半年，即使中途退出，也不会有人嘲笑你。"

叶鸣还没启齿，秦峥就非常幼稚地喧宾夺主："谁说没有了？我就会嘲笑他。你看看哪个学生选择退赛了？他们都是随时准备上战场的预备军人，退赛是对他们的最大讽刺。"

祁珂翻白眼："秦峥你不说话是要表演吞粪吗？"

"我是你的领导！"

叶鸣打断两个人的争吵：“别担心，我很好。”

“叶鸣……”祁珂皱眉看着他，深深地叹了一口气，“你出发后，我就无法再看见你的情况了，只能从学校的投影屏上关注代表你编号的红点。在一般情况下，学校不会采取有效的保护手段。这也就意味着，如果你出了事，我只能看见你的红点消失，我甚至连你在哪儿、发生了什么都不会知道。”

“我明白。”叶鸣颔首。

“所以，你还是决定参赛吗？”

“是的，我会保护好自己。”

随着主持人提醒导师领队离开操场，叶鸣抓紧时间道：“祁珂，答应我一件事。”

“什么？”

“等我回来，告诉我你的答案好吗？我反悔了，我等不了那么久。我想和你在一起，每分每秒，都想让你的眼睛里只看到我。这个想法，已经在我心里扎根，快要把我折磨疯了。”

祁珂犹豫不决。

叶鸣又沉沉地叫了她一声。

她闭上眼，轻声道：“好，我答应你。”

叶鸣冲她笑了笑，随即挂断了电话。祁珂忐忑不安地把手机放回衣兜，秦峥连声在边上质问：“你答应他什么了？他要干什么？这个臭小子，满肚子坏水！”

祁珂没搭理他，只是跟着三年级方阵走到学校门口，目送叶鸣上了车。因无法观看野外生存的实时过程，大部分外宾和记者陆续离开了学校，只剩一部分老师和评委人员转向了多媒体楼，继续守望学生这三天的状况。

祁珂心不在焉地找了个位子坐下，眼皮跳个不停，总觉得有事要发生。秦峥一屁股落座在她跟前，见她这样失魂落魄，醋味简直堪比陈年老坛，寒声道：“叶鸣到底跟你说什么了？”

祁珂没好气地说：“说这两天练两块胸肌回来裸给我看。”

“你敢！”

“有什么不敢的，你要现裸我也敢看，你行吗？”

“行，等会儿我就跟你回宿舍。”秦将军已经抛弃作为处男的贞操了。

祁珂也不甘示弱：“回什么宿舍，这几天我就睡大厅了，你有本事当众裸，光污染我一个人的眼睛算什么英雄好汉。”

秦峥终于没忍住，暴跳如雷：“祁珂，我真后悔从马桶里捞了你。”

“是马桶边上，注意一下客观事实。”

两个人一边插科打诨，一边看着大幕上显示出阳阴山的地貌和众多红点。每个学生身上都配备了GPS定位仪，能通过监控部的跟踪手段显现出来。祁珂查询了叶鸣的编号是1278，又找到屏幕上标明1278的红点，这才停止了和秦峥的吵闹，专注地觑着红点的移动过程。

根据演练的条件，进入阳阴山的学生必须以小组为单位，从东面入山口进入，再由西面穿出阳阴山腹地，抵达溉澜溪。徒步蹚过溪流后，成功登陆，则算完成了野外生存训练。每个小组的成绩，参照最后一名组员登陆的时间。是以，在整个过程中，除了要警惕山里的种种危机，还要小心自己的组员。因为极有可能有人为了胜利，会不择手段地放弃拖后腿的人。这也是祁珂尤为担心叶鸣的原因。

这不只是一场生存训练，说得残酷点，这更像是一次优胜劣汰的大逃杀，充满了对人性的考验。军校的初衷，是用这种方式来提升学生的团结力和凝聚力。但不可否认，不是每个学生都有着善良的心性，还有一些小崽子渴望胜利，渴望提前出人头地。他们更想通过野外生存来证明自己的价值，让军方的领导青睐自己，使将来的仕途更加顺利。

祁珂只能祈祷，在叶鸣同组的成员里没有这种人的存在，否则，叶鸣很有可能会被放弃。

祁珂一想到这儿就如坐针毡，不断地变换着坐姿消磨时间。秦峥愤慨地瞅着她，恨不得直接敲她一棍子。但还能怎么办，自己的心上人，跪着也要宠下去。于是秦将军只能干瞪眼，到了饭点和加餐时间，还得老老实实地给祁仙女端来盒饭，活像一个没皮没脸的狗腿子，基本忘了自己的设定是一个注孤身的领导。

野外生存的第一天，叶鸣所在的小组行进得还算顺利。在通过第一道天然险关明阳河后，驻扎在了平峰的半山腰。虽然没有处于领先的位置，但也不算落后。祁珂一颗提着的心落下半截，反复数着十个红点一个没少，才慢条斯理地吃了一盒盒饭。天黑以后，秦峥让她回宿舍休息，祁珂不肯，只抱着手臂坚持坐在位子上，偶尔双腿发麻才起来到处走动。

到了第二天，大部分小组进入了山区腹地。腹地内是一片参天雨林，常年不见阳光照射，地面湿滑青苔繁多，滋生了许多奇特的动植物，包括食人花、毒蝎子、箭毒蛙等等，还有令人闻风丧胆的蟒蛇。根据生物学家的观测，曾发现阳阴山里存在着长达数十米的巨蟒，体型是地球蟒蛇三倍以上，名为阴蟒。生物学家们认为，这是因为第四卫星的大气环境和地球略有不同，导致了蟒蛇的变异。总而言之，这类攻击性强的庞然大物，算得上是所有学生的噩梦，但凡发现一点蛛丝马迹，大家都会选择绕路三里。

祁珂一大早醒来，就看到学生们陆续进入了雨林带。因环境险恶，第一天的差距逐渐缩小，所有小组都在雨林带里举步维艰。上午整整五个小时，多媒体楼大厅都沉浸在吵闹和喧嚷中。监控人员不时地报出消失学生的GPS编号以及消失的位置，老师们则聚在一起扼腕叹息。

祁珂仍旧像个钉子户一样坐在椅子上。脸上没多余的表情，内里却是忧心忡忡。她很清楚，今天是至关重要的一天，只要安然过了雨林带，后面的路就会平坦许多。毫不夸张地说，祁珂这会儿的感觉就是在坐跳楼机，一抖一抖地爬上顶峰后，随之而来的，是刺激的自由落体。她紧张得眼睛都不敢眨，生怕一个晃神，叶鸣的红点就不见了。

吃过午饭，叶鸣所在的小组已经在雨林带里穿行了三分之一，慢速的前行突然毫无征兆地停下来，在原地打转。祁珂攥紧拳头，脑子里的神经显然绷到了极致。

与此同时，阳阴山腹地，大雨倾盆。落地的水珠溅起了细密的雨雾，给繁茂的林地笼上了一层如烟的薄纱。泥土和植物的气息混杂着丝丝血腥气，连同刺骨的冷风钻进皮肤的毛孔。叶鸣身上的衬衣被淋得湿透，还没彻底愈合的伤口由于长途跋涉被撕裂开来，鲜血晕染出一线殷红。尖叫声不绝于耳，连同翅膀扇动的声响，如划破天幕的闪电，震撼着每个人的感官。

眼前是斑斓无匹的景致，一群外形和金刚鹦鹉相差不远的鸟正成群结队地在半空盘旋，发出高亢的啼鸣。

和叶鸣同组的几个女生都是后勤系，见着这个场面，三魂丢了七魄，纷纷躲在几个男生的身后。其中一个男生是指挥系四班的，叫王卫。他第一时间反应过来，大喊："是巨齿鸟！"

随着他的话音落地，一只巨齿鸟似乎是为了证明自己的攻击性，俯冲下来，对着他身后另一名男生的肩膀狠狠地啄了一口。男生登时哀号出声，左手拔出军刀，用力一挥。巨齿鸟冲天飞起，硬生生将他肩上的肉撕裂一块，深可见骨。

王卫招呼道："快！躲起来！这种鸟一旦发现猎物，不吃干净绝不会撤走！"

众人左右环顾，一名矮个子女生指着不远处粗壮的树干说："那里，是空的。"

几个人同时望去，只见一棵直径在三米左右的枯树中间镂空，应该刚好能挤下十个人。王卫做过不少关于雨林带的准备工作，相对冷静一些，当即指挥几个人抱团，女生在后男生在前，后退着朝枯木移动。叶鸣独自一人站在两米开外，王卫见他面无表情地杵着，招手叫道："快过来，这种鸟的攻击性仅次于阴蟒，就算是头野翔，也会在两分钟内被它们啃成白骨。"

叶鸣抬头看了看，抹了把脸上的雨水，慢慢地走过去，仍与众人保持着将近一米的距离。王卫没有心思再说服他，让大家尽量向地面伏低，加快速度往后挪动。到了树洞前，三名女生争先恐后地想率先进去，那个矮个子女生被另一个女生用力一推，脚下打滑，几步退到了叶鸣身后。叶鸣冷眼看着她跌倒在泥坑里，完全没有打算伸手去搀她一把。

巨齿鸟察觉猎物要跑，及时发起了群攻。如晚霞映透的云霭，接连变换了几番形状，然后铺天盖地地朝着众人扑来。王卫让男生们拔出军刀，一边艰苦地抵挡着巨齿鸟，一边挨个儿退进树洞里。前面五个人进入树洞后，大量的巨齿鸟已近在眼前。男生们多多少少都受了伤，几把明晃晃的军刀毫无规则地刺砍着，尽力保护自身的关键部位。头一波进攻的巨齿鸟吃了亏，尖啸着飞回半空，又跟在队形的后方，继续冲击这几个试图逃跑的猎物。树洞里藏好的人急忙调整姿势，以便腾出过多的空间。可即使蜷成一团，这狭窄的地方要容纳十个人，还是非常有难度的。

第七个人进入树洞后，里面几乎没有了落脚的空间。王卫一边声嘶力竭地吼着让大家抱团，一边弯腰往树洞里挤。叶鸣也在和巨齿鸟的正面迎击中受了好几处伤，他身后的女生扭到了脚踝，无法站起，忍不住坐在泥地里号啕大哭。这声音吸引了两只巨齿鸟，它们绕过叶鸣，径直飞向女生，在她的脸上乱啄一气。女生的左眼不慎被巨齿鸟啄到，一时间只剩下一个血窟窿，鲜血淌了满脸。所有人都倒吸一口冷气，就在这时，树洞外的另一名男生也发出了惨叫。众人定睛一看，他仰面倒在血泊里，胸前停着七八只巨齿鸟，正在啃噬他的皮肉。那个男生只挣扎了几秒，就彻底失去了动静。

树洞里剩余的两个女生掩面抽泣，旁边的人一把捂住她们的嘴，喝止道："别出声！你们想死吗？！"

女生们睁大眼睛，摇头停止了哭泣。王卫强自镇定下来，回头将几个男生各自踹了几脚，让他们挤进来一点。眼看着又挪出了少许空位，王卫正要招呼叶鸣，冷不防看见几只巨齿鸟袭向受伤的女生，登时拼命高吼："叶鸣！保护马媛！让她先进来！"

叶鸣无动于衷，觑见树洞里有容身的位置，一个弯腰，率先钻进了树洞。几乎是同一时间，所有巨齿鸟蜂拥向马媛。马媛手足无措，本能地想要抵抗，但这个动作毫无实质意义。她被掀翻在地。那极度血腥的一幕，如恐怖电影里的慢镜头，死死地扼住每个人的喉咙。沉重的呼吸声中，他们听到响彻雨林的呼救，像一记重锤砸在胸口。地面的血缓缓流向四面八方，和着泥水，浸透了暗黄的土。马媛的声音渐小，直至消没。短短一分钟，一个鲜活的小女生就成了一副骨架。蚕食完两只猎物后，巨齿鸟想冲进树洞，有几只被洞口的叶鸣和王卫击杀后，所有巨齿鸟便飞回了附近的枝头，静静地等待。

树洞里死气沉沉，只余此起彼伏的喘息。长时间的沉默后，外面雨势减小，林地里又恢复了一片寂静，偶尔能听见水珠溅落在叶子上的轻微响动。经过冲洗后的泥地，血色已不那么明显，只有那两副森森的骨架在提醒着众人危险仍未远离。

"现在，我们该怎么办？"最里面的女生低声问道。

王卫咬紧牙关，眉头紧拧："除非巨齿鸟发现其他更有价值的猎物，否则它们会一直守在这儿。”

“那我们……出不去了吗？”

王卫不答话。

说话的女生又发出了小声的抽噎。

片刻，王卫转向边上的叶鸣，闷声问：“你为什么不救马媛？”

叶鸣看也不看他：“你为什么不救？”

“我……”

“自己都做不到的事情，还指望他人替你完成，英雄这么好当吗？”

“我们是一个小组！”

“那你进树洞前，为什么不先帮她一把？”

王卫气结，只手握拳冲着叶鸣的脸挥去。说时迟那时快，叶鸣手里的军刀先一步抵在王卫的喉咙上。他表情阴冷，一双异色的瞳孔闪着幽绿的光，让众人为之一颤。

“别、碰、我。”

王卫一愣，失神地缩回手，叶鸣也收起了军刀。每个人都安静地蜷在自己的方寸之地，各怀心思。

从午后到傍晚，叶鸣等人一直躲在树洞中不敢出去。巨齿鸟在枝头上虎视眈眈，一双双豆子大的眼睛贪婪地注视着洞里的猎物。等到太阳下山，一只巨齿鸟忽然嘶啼了一嗓子，飞向了远空。紧接着，其余的巨齿鸟也扇动翅膀，离开了树洞外围。几个人都不知道发生了什么，默默观望了一阵，确定没有危险后，才先后走出了树洞。

王卫面带痛苦地查看了两副白骨，恶狠狠地瞪了一眼叶鸣，看看天色说：“我们得趁着天黑前找到合适驻扎的地方。我研究过地图，距离这里两公里有一个山洞，我们今晚先在那里落脚。”

众人垂头丧气，默许了王卫的提议。王卫挨个儿拍拍大家的肩，拿出地图领队朝山洞走。叶鸣尾随在几人后，仿佛听见隐蔽的丛林里发出了一丝不太寻常的声音……

“少了两个。”多媒体楼大厅里，祁珂面色凝重地看着屏幕。

秦峥把一盒热腾腾的饭菜递到她手边，也跟着觑了一眼叶鸣所在的小组。

只剩八个红点了。

秦峥没有说话，坐在了祁珂边上。

祁珂愤怒道：“这究竟是谁想出来的实战演练，不摆明了是在收割祖国的花朵吗？！”

“祁珂，注意你的言辞！”秦峥不满，“你应该清楚，真正的战场比阳阴山可怕千百倍。如果他们没有勇气在阳阴山生存，那更不可能成为一个称职的军人。军校不是普通学府，除了教给学生必备的军事知识，更重要的，是锻炼他们的意志和自我牺牲的勇气，这是军人的责任。野外生存项目不是必须参加，任何人都可以选择退出。他们既然要直面这个挑战，势必有承担最坏结果的打算。我们都是这样走过来的，没有谁可以轻易登上山顶，不是吗？”

祁珂埋头不语。

秦峥又道：“你以前也是当过评委的人，这种情况不是第一次见了，为什么你的反应会这么激烈？”

“还能为什么？”祁珂尴尬地打圆场，“主要是心疼送出去的人头。士兵死在战场上，算是死得其所，死在猛兽的爪子下，可是一种屈辱。”

“你这话能说服自己吗？”

祁珂：“呃……”

“你对叶鸣……”

一说起这个，祁珂立刻机智地岔开了话题：“你怎么全给我弄些素菜，肉都没一点儿，你是嫉妒我吃肉不长胖的体质吗？”祁珂拿着筷子翻搅饭盒。

秦峥心知她是不想谈论私人的感情问题，也认识到这里并不是谈论感情的正经场合，索性抱起手，没好气地道：“你身上不是有个百八十斤的五花肉吗，将就着啃啃。”

“啃你个鬼。”祁珂怒嗔，“就你这样还想让领导喝咱们俩喜酒，我觉得喝你的丧酒可能都比喜酒来得快。”

“滚！”

祁珂哼哼，埋头吃饭。

一盒饭见了底，叶鸣的红点也进入了山腰一个相对安全的地带。祁珂紧绷的神经稍稍放松下来，走到大厅前排和老熟人聊了几句，又溜达了两圈消食。坐回位子上后，她实在困得不行，就将两张椅子合在一块，瘫着上面睡着了。秦峥寸步不离地守在她身边，看她的目光复杂又深情。只有在这种时候，他才敢肆意流露自己的心绪。他能感觉到，祁珂对叶鸣已经不是简单的关心，她从没有那么紧张过一个人。和她相处这么多年，秦峥怀疑，哪怕自己明天就要去送死，祁珂都能唱着军歌送他走，挥挥手，不挽留。反观她待叶鸣，甚至已经到了袒护的地步。

同样缺乏恋爱经验的秦将军默了半晌，终于开窍，决定不再坐以待毙，必须主动出击。他打电话让张正定了一家高级餐厅，然后脱下军装外套，体贴地盖在了祁珂身上。

就我这样的，工资高，人品好，洁身自好没有前科，不存在前女友这种奇怪生物，随便发个相亲广告都能让网站瘫痪，绝对是当老公的不二人选。比起那个除了脸能看一无是处的外星臭小子高了不止一个排位。

青铜和王者，没有悬念。

秦将军沾沾自喜地勾起嘴角，已经计划好了一切。

而处在酣睡中的祁珂，梦中突兀地想起了一句话：我是一个没得感情的负心汉。

嘻嘻。

十六

谈恋爱吗？散发酸臭味的那种

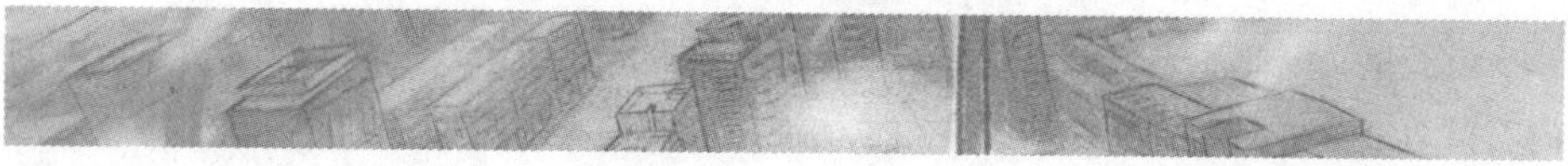

祁珂这一觉睡得略沉。前一晚因为担心叶鸣的伤情，辗转难眠。兴许是日有所思夜有所梦，冷不防这么一睡下去，就做了好几个关于叶鸣的梦。梦里有沙滩戏水、浴室Play，各种恋爱的酸臭味腐蚀着祁仙女的纯洁。祁仙女一边鞭挞着自己无可救药的思想，一边又享受着被小鲜肉宠着、顺着的美妙，愣是不愿醒来。

她正在梦中流连忘返，蓦地，耳畔响起两声短促的提示音。祁珂一个激灵，瞬间醒转过来，翻身坐起。彼时已是深夜，大厅里亮着几盏昏暗的照明灯。左边靠近墙角的方向有一名监控人员在值班，其余人要么睡得东倒西歪，要么迷迷糊糊地玩着手机。她睨了一眼坐得四平八稳的秦峥，刚想把身上的军装扔给他，监控人员就通过话筒报出："编号1278消失，消失地点道吉峰以南，经度25° 26′ 24.40″ E，纬度113° 24′ 39.55″ N。"

祁珂一愣神，眼睛有那么几秒都找不准焦点。她恍然以为自己还在梦里，左右摸了摸，触到冰凉的椅子扶手，才确信自己身处现实。她看向大幕，寻找着代表叶鸣的GPS信号。可无论怎么仔细，她也再找不到那个注明了1278的红点。她的脑子里一阵空白，眼前的事物都模糊起来，只剩下一个金发青年在耳边低语——

"回来以后，你要把尾款付清。"

"等我回来，告诉我你的答案。"

祁珂头痛欲裂，秦峥温声道："叶鸣……消失了。"

祁珂仿佛一尊石像，一动不动，听不进任何声音。

秦峥看得心一紧，合眼道："他出事了。"

祁珂站起来，秦峥一把拽住她："你要去哪儿？"

"洗手间。"

说完，她抽出手，像个没事人似的，走得脚下生风。在灯光照不到的区域，她猛地停下，倚靠着墙壁，浑身战栗。

“叶鸣，臭小子……”

就在半个小时前，凌晨一点半，道吉峰。

山洞里，电筒的光映出重叠的人影。叶鸣所在的小组，八个学生通通挤在最内侧的石壁边上。夜深时分呼啸的风肆无忌惮地钻进洞口，明明更深露重，却无法让这几个学生冷静下来。他们的额头上浸出一层细密的冷汗，更有胆小者，连后背都被汗水湿透了。女生们害怕得表情扭曲，连声音都忘了发出。除了叶鸣，五个男生也是同样的目眦欲裂。所有人都盯着洞口那双深幽的眼睛，不时地能看见一条细长的芯子在吐露。鳞皮摩擦在地面，带出“吱吱”的声响，像在人的心脏上划出道道裂痕，逼得人无法喘息。

到此刻，王卫等人才反应过来，为什么巨齿鸟会撤离。不是因为发现了其他猎物，而是因为有更危险的生物觑准了他们一行人——

阴蟒。

王卫尽量冷静地扫视着洞穴。这里只有一个洞口，已经被阴蟒堵死了，无法逃出。思来想去，他只能赌一个最坏的打算。他默默看向叶鸣，叶鸣接触到他的目光，眯了眯眼。王卫立刻收回了视线。

后排的女生拉着王卫的衣袖，哆嗦着问：“你是最了解阳阴山的，现在我们……该怎么办？”

王卫不答。

另一个男生绝望地说：“早知道就不该在这里过夜的，我们应该直接穿出雨林。”

“那你早就死了几百次了！”王卫回头瞪他们，“都冷静点！野外生存每年要死多少学生你们心里没点数吗？既然害怕还参加干什么？”

“我们有什么办法！都没人选择退赛！”一名女生哭喊道。

她拔高的音量引得阴蟒从洞外探进了脑袋。那宛如战舰炮管粗的身体在地上蜿蜒了半米，忽然直直地立起。脑袋足有两个足球大小，脖子的褶子向外膨胀，像一只巨型眼镜蛇。铜铃般的眼睛闪烁着绿莹莹的光泽，让人后背发麻。它似乎也在打量这几只猎物，犹豫着从谁开始下嘴。

王卫的胸口急促地起伏，他定定地看着阴蟒笨拙地向他们靠近，距离不过三米远。阴蟒的身躯还有一部分盘亘在洞外，透过斑驳的星光，能觑见那反光的鳞皮，单从观感上就令人肝胆俱裂。两个女生已经按捺不住尖叫，几个男生也是手忙脚乱，一度拉扯着女生挡在跟前。

王卫喝止道：“别乱，阴蟒虽然可怕，但它行动迟缓，很难一次捕捉多只猎物。

只要有个活物进入它的攻击范围，引开它的注意，我们还是有机会逃生的！”

“哪来的什么活物！这个山洞里只有我们几个人！”一个女生歇斯底里地大吼。

王卫给其他两个男生递了个眼色，瞄了瞄叶鸣的后背，两个男生顿时会意。叶鸣察觉不对，正要转头，变数突生，两把军刀同时刺进他的背部，铁锹狠狠地砸在他的后脑勺上。他耳朵里嗡嗡响，甚至能感觉到刀刃从他的心脏旁险险地擦过。

这就是所谓的人类。为了利益，无所不用其极。

叶鸣吃痛跪在地上，背上又被踹了一脚，他踉跄着扑进阴蟒的攻击范围。伴着两个女生诧异的惊呼，阴蟒张开血盆大口，猛地咬住了叶鸣的肩膀。叶鸣根本没法反抗，阴蟒迅速收起身躯，一圈一圈死死地缠住了他。王卫高喊一句：“跑！就是现在！”

所有人奔向山洞出口，没有一个人试图救叶鸣。王卫走在最后，回头看了叶鸣一眼。当时叶鸣也正凝视着他，那样逼命的间隙，异色的瞳孔里没有半点惧意，反倒微微扬起了一个弧度，无比诡异。王卫霎时觉得手脚冰凉，赶紧收回目光，头也不回地跑了。

月夜下，七个人不顾危险地在雨林里狂奔，差点失去了方向。慌乱的脚步惊飞成群的夜鸟，树影如魑魅魍魉，吞没着他们的身形。他们不知道跑了多久、多远，只是麻木地迈开双腿，争先恐后地跑在最前面。疲累在生死前已经不值一提，他们现在只想远离这片雨林。

许久，眼前出现了一片空旷的芦苇地，高大繁茂的林木都被甩在了身后，七个人堪堪停下脚步，或坐或躺喘着粗气。

启明星在东方隐隐出现，肃杀的夜尚未褪去，仍像墨染一般，顽固地占据着整个穹顶。休息了好一会儿，有人似哭似笑道：“我们出了雨林带了，只要穿过这片芦苇沼泽，就能抵达溅澜溪。结束了，这次演练终于结束了。”

其余人的神色并没有随着这句话而轻松起来，反而越发沉闷。一个女生突兀地爆发出声嘶力竭的哭声，吼道：“叶鸣是不是死了？你们为什么要那么做？”

几个人一呆。

王卫看看自己还沾着鲜血的手，后背微微颤抖。他迅速调整好神情，用再平常不过的语气道：“叶鸣当然是死了，这是个意外，他遭遇了阴蟒的攻击。”

女生不敢相信地看着他。

王卫道：“大家都是这件事情的参与者，也是我们活下来的唯一办法。或者，你们当时还有其他法子吗？”

没人吭声。

王卫又问：“还是你们愿意牺牲自己，救助同伴？”

众人依旧沉默。

王卫摊手：“既然是这样，那你们可得记住了，叶鸣就是意外死亡的。这件事不光彩，被学校查出来谁也别想顺利毕业。有什么后果，你们自己掂量清楚。”

先前质问的女生想了想，一言不发地坐在地上。

王卫见众人不再反驳，拿出地图指了指：“离溉澜溪不远了。先休息一下，天亮以后我们就出发。”

众人只是点头。从这一刻起，他们明白，自己永远失去了一个军人真正的资格。

多媒体大厅里，秦峥一直焦急地看着手表。距离祁珂去洗手间，足足有四十分钟了。他担心祁珂的状态，刚拿着外套起身，大门处，一个人影缓慢地走了过来。临到跟前，秦峥才发现祁珂两鬓的头发都被湿透，胸口、袖子上全是水渍。一张疲惫的脸被冻得发白，嘴唇也成了青紫的颜色。他微微一皱眉，急忙把军装给祁珂披上。揽着她坐下后，秦峥小声问：“你是去测试马桶的吸水性了吗？”

祁珂无心玩笑，面无表情地回答：“洗了把脸。”

“现在还是三月，夜里冷，干什么把自己搞得这么狼狈？我先送你回去换件衣服。”

“不打紧。”

“祁珂！”秦峥稍稍提高了音量，看见祁珂眼底的血丝，一时又心软下来，“你知道那是他的选择，无论什么结果，他至少迈出了这一步，你……应该替他感到骄傲。”

我要让你为我感到骄傲。

祁珂的脑海里重复着这一句话。她深吸一口气，捂着脸，尽量平缓地道：“我没事。等明天野外生存结束，我就回去好好睡上几天。”

“你……”

“先让我静一静。”

“好。”秦峥不再说话。

祁珂抬起头，凝视着叶鸣信号消失的那片区域。

天色微亮，大厅里打盹儿的人先后醒来，又关注着学生们新一天的动向。屏幕上的红点大部分离开了雨林带，正在穿越最后的障碍——芦苇沼泽。算算时间，差不多傍晚时分，所有小组就能抵达溉澜溪。一些年级导师率先离开了大厅，前往溉澜溪做迎接准备。祁珂一动不动，皱眉看着叶鸣那个小组所剩的七个人，一直在芦苇沼泽的边缘徘徊。刚过午后，监控人员开始整理消失的学生名单，同时通知了搜救队，准备在学生全部穿过沼泽地后，进入阳阴山搜寻是否还有生还者。

到了下午四点，所有导师和评委都陆续赶去溉澜溪，大厅里很快只剩下祁珂和秦峥两个人。秦峥看了看手表，对祁珂道：“我得去临时会场了，你呢？要不要我先送你回宿舍？”

祁珂摇摇头，跟着站起身：“走吧，我也去看看。这些能活着回来的学生都不容易。”

“祁珂，不要勉强自己。”

“不勉强。”祁珂拢紧身上的男式军装，“这只会提醒我，敬畏生命。”

“……”

秦峥默了默，也没拒绝她的提议，先一步走向门口。就在两个人将要出门时，大厅里的广播再度响起，监控人员道：“编号1271、1272、1274、1275、1276、1277、1279消失，消失地点芦苇沼泽以北，经度25° 31′ 18.66″ E，纬度113° 51′ 5.37″ N。”

秦峥和祁珂脚步一顿，无比震惊地看看对方，又不约而同地望向身后。那一刹，两个人的眼睛里都只余如藤蔓般疯长的诧异。

“H90小组，分散寻找，有七个学生在这里消失，如遇幸存者，第一时间运送至第四军医院！”

雨林上空，一架直升机放下了绳梯，五名搜救人员进入了茂密的丛林险地。每个人员都配备了武器和医药箱。组长分发了一个小型记录仪，让组员们佩戴在领口上，随即打了个手势，众人便各自散去。

与此同时，几乎所有学生都到达了溉澜溪对岸。数架直升机盘旋在阳阴山上方待命，随时准备运送生还者和死者尸骸。野外生存项目总算进入了最后的收尾工作。

H90组的组长是个高大的壮汉，曾就职于M国的海军陆战队，有着丰富的实战经验及自保能力。他端着一杆霰弹枪，谨慎地照着坐标走向七个学生消失的方位。他曾参与了五届的野外生存搜救工作，很少遇到这种情况，一个组的学生在转眼之间GPS信号就全部消失了。

这太诡异了。

哪怕是遇上阴蟒，也不可能同一时间吞噬掉七个学生。更何况那些学生已经离开了最危险的雨林带。他不能确定这些学生遭遇了什么，只能提高警惕。

沿着芦苇沼泽的沿岸行走了五百米，他突然看见地面上出现了一大摊血迹。他蹲下身检查了一番，有几道指甲的抓痕，在地上拖出约莫一米的长度，然后在堆积的泥土中戛然而止。深浅不一的脚印重叠踩踏，显示出当时的场景非常混乱。他顺着脚印往前，猝然觑见一个不知道是什么生物留下的巨大爪印，直径竟超过了一米。

男人低声咒骂：“What the fuck!”

他的神情随之一凛，立刻拿出通信器通知了学校监控部。几句话汇报完毕，他调整好记录仪，检查了枪弹，缓慢地追着地上的血痕，进入了雨林。

绕过两株倒在路上的朽木，男人听见一块长满青苔的大石后发出窸窸窣窣的响动。

他拿枪瞄准前方，悄无声息地靠近，就看见一个衣服破烂的男生正坐在地上背对着他，似乎在埋什么东西。

男人紧绷的脊背瞬间松懈下来，放下枪喊：“嘿，你是哪个年级的学生？我是H90搜救小组的组长，来带你离开。”

身形略显瘦弱的男生动作一滞，片刻后，他缓缓转过身来。

那一刻，男人吓得魂飞魄散。

映入他眼中的，是男生满身满脸的鲜血，血液从他的脸颊滴落，渗透胸口的衣服，染出一片刺眼的红。他手里拿着一把军用铁锹，脚底下全是七零八落的尸身断肢。男人的心都快冲出嗓子眼，这极度的视觉震撼让他失去了知觉。他凭借着本能举起枪，想打爆这怪物的头。可那个男生忽然将手举起，男人的动作受到了限制，食指根本无法扣动扳机。他身体里流动的血液都被恐惧占领，目眦欲裂地盯着那个已经不能算是人的猛兽。

男生朝他走来，一金一蓝的瞳孔里闪过幽绿的光芒。一声凄厉的惨叫后，林地里重归死寂……

溉澜溪旁的临时分会场，军旗飘飞，礼花冲天。斜阳余晖下，学生们争先恐后地蹚过溪流，享受着历经磨难后迎来的胜利。导师们喜上眉梢，和学生们扎堆庆贺朝着理想迈进的这一步。有人喜极而泣，有人忘情相拥。身边的人都在欢欣雀跃，偶尔夹杂着向家人报平安的温馨话语。

苦难总是容易过去，活着的人不会永远消沉。往前走，这是生命赐予的顽强。

场边的监控人员报出了每个小组的成绩，即使有些并不理想，也丝毫影响不了学生们此时的愉悦和热忱。

祁珂身上还披着秦峥的外套，来和她报喜的学生一波接一波。她面带微笑地一一回应，得了空闲，又出神地望着溪水对岸。秦峥沉默地陪她守着，脑子里却在沉思七个学生同时失踪的诡异事件。

随着时间分秒流逝，会场里的人逐一散去，只剩少数导师还在等待是否有归来的学子。当残余的阳光终被黑暗取代，监控人员报出最后一个小组也回到了溉澜溪。没有等到学生的导师叹息着走远，只留打扫会场的保洁人员和ISF两大巨头。

秦峥看看周边，连监控组也撤场了。他拉住祁珂的手腕，道：“走吧，该回去了。”

祁珂挣脱他：“再等等。”

“等什么？叶鸣的信号已经消失，不可能回来了。”

“再等等。”祁珂执着地重复。

“祁珂，你清醒点。”秦峥强硬地扳过她的肩膀，“你在军校待过几年，深知阳阴山是个什么地方。即使是经验老辣的特战人员独自进入阳阴山，生还的可能性也微乎其微。如果叶鸣真的回来了，那我们是不是该……”思考他究竟是个什么来历。

后面的话还没说完，溪流里传来了清晰的蹚水声。祁珂忙不迭侧头一望，但见斑驳月色下，叶鸣浑身是血，一瘸一拐地踱过小溪，艰难地来到她的跟前。

秦峥心中警铃大响。

祁珂却无暇思考其他，眼眶一红，拂开秦峥的手，面向叶鸣。她心疼地看着浑身是伤的叶鸣，喉咙里如被卡着一块骨头，干涩地说：“你还知道回来。”

“嗯，没听到你的答案前，我舍不得死。”叶鸣冲她露出小尖牙。

祁珂动手想戳他的头，又怕真的把他戳疼了，顿了顿，转而搀住他的手：“臭小子，算你命大。”

“有你在，总有信念支撑我回来。”

两个人说着话，不远处的监控人员望见还有回归的学生，赶来确认了身份，急忙宣布了叶鸣所在小组的成绩。早已定格的显示屏上登时多了一排红色数字。比前面的小组足足慢了五十分钟，却让祁珂险些激动得落泪。她扶着叶鸣一边走，一边道：“成绩这么烂，回头可别说你是我的学生。”

“我已经尽力了。”叶鸣表示委屈。

祁珂把泪意咽回肚里，弯起眉眼：“逗你玩的，人要学着苦中作乐懂吗？走吧，我带你去医院。”

“不用，你帮我包扎一下就好，我现在很累，想回去休息，可以吗？”

“当然，今天你最大。”

两个人渐行渐远，完全忘了现场还有一个大瓦数灯泡——秦将军。

秦将军的头顶一片绿，心底冷凄凄。他目光锐利地扎在叶鸣单薄的背上，想的已不是祁珂这货是不是真的要翻墙，而是叶鸣到底是怎么从阳阴山逃出来的。他思索未果，边上的监控人员问道：“将军，您还不打算离开吗？”

秦峥回过神，刚要迈步，监控人员身上的无线电蓦地响起：“所有人员注意，搜救小组H90组组长传回消息，阳阴山中可能出现了新物种，H90组组长已遇难，地点是芦苇沼泽与雨林交界处。现请所有搜救人员即刻撤出阳阴山，收到请回复！”

监控人员一愣，嘀咕了两句，再抬头时，秦峥已经走到了十米开外。

芦苇沼泽与雨林交界处，离那七个学生失踪的地点不远，这会和叶鸣有关系吗？

秦峥一边想着，一边走向停车场，准备去学校监控部打探更准确的消息。他拿出手机联络了张正，命令他调遣一支临时部队，来第四卫星执行任务。

祁珂搀着瘫软如泥的叶鸣用卡带的步伐好不容易回了宿舍。她让叶鸣先坐着休息，自己忙前忙后地准备好了包扎伤口的东西。叶鸣满足地睨了她一阵，找出洗漱用品和干净的衣服，又接过祁珂手里的药物说："我自己来就行。"

"你都伤成这样了还逞什么强。"

说着，祁珂就要扒他的领口。叶鸣一只手死死地护住，有些不怀好意地说："别那么着急。"

祁珂像被火钳子烫了手，急忙缩回，不满地道："现在是撩妹的时候吗？你给我正经点。"

"咯……"叶鸣清了清嗓子，"身上太脏了，不想被你看到。我会自己处理好伤口，你别担心。这种程度的伤，以前都是家常便饭。"

祁珂一噎，霎时说不出话来。眼看叶鸣艰难地踱向门口，她才小声说："你现在不能洗澡，伤口会感染的。"

"我皮糙，没关系。"

应完声，叶鸣就关上了房间门。祁珂呆站了片刻，一屁股坐到床上，虚脱的感觉铺天盖地袭来。她已经两天没有好好休息过了，叶鸣出事时，仿佛整颗心都被生生拧碎，酸涩难言。那感情还不算明朗炙热，但就如虫子在心间啃噬，一点一点地加重折磨。她不由自主地回忆起与叶鸣相处的画面，这才恍然发现，他占据了自己生活的百分之六十。这无疑是一个可怕的比例，它代表着，不管是第三卫星的公寓，抑或是学校的宿舍，再者是近期以来自己关注的重重疑点，都和叶鸣息息相关。她看见这张上下床时，能想起叶鸣曾经睡在上铺；看见书桌时，能忆起叶鸣曾经坐在对面。就连如今的空气里，都能嗅到叶鸣身上淡淡的洗衣液的香气。

祁珂试图阻止过这种情绪的膨胀，如果叶鸣没有再回来，也许只要半年，她就可以将他视为生命里的一个过客。但当他蹚过浅溪，历尽艰辛只为实现承诺归来时，祁珂不可否认，在那一瞬，她已经动心了。

祁珂从不会真正去逃避什么问题，先前不表态，只是因为不清楚自己的心思，现在经过这么一桩事，她必须得正视自己的感情问题。她打好了腹稿，打算等叶鸣回房时，跟他聊一聊人生归属权的问题。

所以当叶鸣用了二十分钟洗漱干净，又用了半个小时包扎伤口，穿着一件祁珂买的钢铁侠睡衣进入宿舍时，他就看见了祁珂那似乎要上战场的慎重表情……

叶鸣下意识地想往后退。

祁珂没给他这个机会，拍拍身边的位子，下指令道："过来坐。"

果然是要上战场吗？

叶鸣哆嗦着走了过去。

祁珂看着他的侧脸，问："伤口都处理好了吗？"

“嗯。”

“确定不需要去医院？”

“嗯。”这是不是表示要整死我的前兆？叶鸣更加害怕。

祁珂做了个深呼吸，话还在唇齿间打转，叶鸣投降道：“我没有、我不是、和我没关系。”

祁仙女愣了一下，戳他的头：“你的甩锅三连什么时候这么顺口了？”

叶鸣小心翼翼地看向她：“你要和我说什么？”

“呃，是这样的。”祁仙女鼓起勇气，“我经过反复思考，觉得有必要通知你一件事。”

叶鸣正襟危坐，开始寻思正确的逃命姿势。他打量着窗户开得够不够宽敞，突然听到祁珂小声说：“叶鸣，你要的答案，我现在回答你。”

叶鸣呼吸一停。

祁珂仰起头，撞进他幽深的瞳孔里：“我对感情是一个不太开窍的人，当然，这跟我的智商没关系，纯属遗传。我比较慢热，在情感的天平上也许无法及时给予你相对的回应，我也不敢保证将来我的付出能不能与你平等。你和我之间确实还存在着许多问题，包括你的过去和暗中隐藏的危机。我是一个军人，始终会把军人的职责放在第一位，其次才是我所爱的人，这是我的原则和底线。如果你能理解我说的话，也愿意试着去接受，那么，接下来的人生道路，还请你多多指教和包容。”

叶鸣一动不动地盯着祁珂，那火热的目光就像三伏天的烈阳，似要将她融化。

祁珂避开他的视线，嗫嚅道：“我唯一能回馈你的，就是眼下放任风险的存在，和你在一起。说实话，这可不是我的作风，我本人还是……”

话还没说完，祁珂的脸颊被一双冰冷的手捧住，带着她强行转了个方向。叶鸣的唇不由分说地截断了她的腹稿，将她的话悉数堵在了喉咙里。祁珂被脸上的温度冰得一个激灵，唇又被温暖侵蚀，冰火两重天的感受让她一时间有些眩晕迷醉。此时的叶鸣根本不像一个身负重伤的人，将祁珂紧紧地拥在怀里，吻得又乱又急，如同一只野兽在急于宣示自己的占有权。祁珂无力回击，想要笨拙地扳回局势，却仍然落了下风。一番胶着的缠绵后，叶鸣稍稍放缓节奏，他轻轻地吮吸着祁珂的唇，用舌尖在她的领地反复摩挲。祁珂还不太适应这种近身肉搏，鼻息渐渐急促起来，周围的空气都像凝滞了一般，让她无法正常地呼吸。她有些恍惚，全身的血液随着那疾速攀升的情欲而沸腾，脑子里更是掀起了一场惊涛骇浪，淹没了她所有的理智。她迟疑地搂住叶鸣的脖子，像要用这种方式来弥补他先一步付出的感情。叶鸣得到她的鼓励，趁着她没有防备，撬开了她最后的防线。

明晃晃的月色中，两个交叠的人影在地面拉长。祁珂慢慢找到了诀窍，开始了势均力敌的角逐。正如战场上的攻守双方，你来我往，互不相让。激烈的心跳声中，已经分不清是谁的呼吸更加灼人。克制已久的躁动在这一瞬间全数喷发，以暧昧做引的烟花，渲染得整个房间里只剩旖旎。

两个人正是难分难舍之时，敲门声意外地响起，秦峥在走廊上闷声道：“祁珂，开门，我有话对你说。”

祁珂猛地睁开眼，像被媒体捉奸在床似的，拼了命地推拒着叶鸣的肩膀。叶鸣全当听不到，将她的腰肢狠狠一收，故意让她更贴近自己。

秦峥不耐烦地连续敲门：“祁珂，在不在，回答我！”

祁珂想回话，却苦于被人堵住了嘴。叶鸣空出一只手做了个小动作，门外的人突然感到身体受限，无法动弹。秦峥不是第一次有这种糟糕的体验，他几乎可以确定祁珂和叶鸣就在房里。回想之前发生类似的情况叶鸣都在场，他试着抬起手，可什么动作都做不了。

叶鸣的确比他想象的还要危险。

就在一扇门之隔，祁珂挣扎无果，被叶鸣压倒在床上。他的手开始不安分地伸进她的衣服里，辗转在祁珂的腰部。祁珂瞬间一蒙，所有理智顷刻涌回了她的眼底。她按住叶鸣的手，意图用目光传达自己的拒绝。叶鸣看不见，只是放过了她湿红的唇，转而游移到她的耳郭。

祁珂道：“停下，我们的进展还不到这一步。听见没有，叶鸣。”

叶鸣充耳不闻，仔细地勾勒着她耳部的轮廓，一分一厘也不轻易放过。祁珂还要说什么，他在她耳尖上不轻不重地一咬，那敏感带的冲击直达她的心底，让她浑身战栗。几乎是不可控制地，祁珂的喉咙里溢出一声呻吟。

要知道，学校宿舍的隔音效果不怎么完美，处在门边的秦将军全副心思都放在房间里，自然是避无可避地听见了祁珂这一嗓子。秦将军顿时成了一颗人体炸弹，恨不得直接点把火把叶鸣炸得粉身碎骨。他在门外气得头昏脑涨，屋里的两个人却还没结束。

祁珂好不容易才找回的清醒又随着叶鸣肆意的动作而消弭。她咬紧自己的下唇，感官前所未有地清晰。绵密的吻每一秒都让祁珂的抵抗溃不成军。她像置身一堆干柴里，只要一颗火星子，欲望就能烧成熊熊大火。她甚至没法再使用正常的声线，只能听着那七零八落的低吟面红耳赤。在叶鸣的推动下，她一步步走向深渊。

祁珂无力地放开了手，叶鸣不再受到阻止，顺势去解祁珂的内衣扣子。祁珂登时一抖，当即回过神，喝止道：“叶鸣，你给我停下来！”

叶鸣吻住她的额头。

祁珂警告道：“这是我最后一次说，停下！”

他的动作还在继续。

祁珂抬起腿，用力在叶鸣的腰部踹了一脚。叶鸣毫无防备，整个人突兀地往边上弹了出去，后脑勺恰巧撞在床栏杆上，发出“咚”的一声闷响。然后，他顺利扑街，失去了反应。

这叫什么？

这叫不是所有的弱鸡都叫“特能输”。

虽然祁仙女的战斗力的确小于5，但腿部力量因为常年跑步基本处于中上水平，踢翻一个身上有伤的小年轻还是绰绰有余的。

祁珂心有余悸地坐起身，先整理了凌乱的衣服，接着瞅了一眼叶鸣的状况。还好他只是晕了，没有明显的外伤。她松了一口气，想起来秦峥还在门外，忐忑地喊了一句：“秦峥？”

半晌。

秦峥闷声回：“嗯。”

祁珂还不知道先前难以自制的动静被秦峥听了去，只是疲惫地抹了把脸说：“有事明天再谈，我现在有点累。”

有点累……

秦将军联想到了某些香艳的场面。他心如刀绞，虽然已经能够活动自如，却一时之间僵在原地，仿佛浑身的力气都被抽干。他沉默许久，终究一言不发地走向了电梯间。

祁珂听着脚步声渐远，紧绷的神经总算松懈下来。她气不过地捶了叶鸣一拳，又使出吃奶的力气将他拖到枕头上躺平，这才手脚发软地爬去了上铺，闷头就睡。

一夜过去。

第二天一大早，叶鸣是被一种奇怪的感觉给瘆醒的，仿佛睡在冰窖里，周围都被冷冰冰的气息笼罩着。那寒意具象化成一把把尖刀，在他的身上扎出无数个小洞。叶鸣打了个寒战，谨慎地睁开眼，上下觑觑，棉被盖得很贴实。他再左右望望，确定自己睡在职工宿舍里。刚放下心头的大石，他忽然有所感应地朝书桌方向看去……

可怕。

这会儿的祁珂面色如炭，眼下挂着两块浓重的乌青，正抄手盯着他，脑门上只差用笔标出五个字：老娘很生气。

叶鸣下意识地一震，当即像被警察查房，迅速掀开被子坐端正，赤脚踩在地面，摆出一副“不管我犯了什么错我都愿意被就地处决”的顺从样。

祁珂冷冷地道：“睡够了？”

“嗯。”叶鸣低头。

“有精神了？”

“嗯。”

“那我们来讨论一下该怎么通过进化的力量为主导，从而克制因人体激素产生的一系列化学反应的生物程序。”

叶鸣一脸蒙。他咽了口口水，虚心请教：“你在说什么？”

祁珂咬牙切齿：“直白点，就是怎么让你的行为控制你的身体，把你不该有的念头扼杀在摇篮里！”

这一句，叶鸣听明白了。毕竟，他昨晚才试图把那不该有的念头付诸现实……他嗓音干哑地说：“抱歉……”

“还知道自己的问题就不算无可救药。”祁珂哼哼唧唧。

叶鸣道：“不是的，只要你在我身边，我就无法将那念头从我脑子里清除，我时时刻刻都想占有你，不能控制。”

祁珂压着嗓门号：“我说你也没看过什么不健康的小电影，这思想问题怎么还就根深蒂固了呢！我昨天就说了我们还没发展到这一步，先上车后补票这是要被电击的懂吗小伙子！”

叶鸣当然不懂，于是他不解地道：“祁珂，你为什么要生气？你不是已经……给我答案了吗？”

“那是另一码事。”祁仙女气呼呼。

叶鸣更莫名其妙：“在我以前的世界里，只要确定了心意，就可以交尾……”

“交尾？”祁珂惊呆。

“不是，我是说，就可以……一起睡觉起床。”

祁珂越发诧异：“原来你们阿尔法星的人都如此开放？”

“嗯。”叶鸣面色迥异地回答。

祁珂摸着鼻尖想了想，既然是当地风俗，那还真不好判定黑白。她搜肠刮肚地组织了一番措辞，循循善诱道：“是这样的，你现在既然来到了人类社会，就必须入乡随俗。我们的恋爱观通常有如下的流程：认识，了解，深入了解，确定心意，初步接触，建立恋爱关系，拉拉小手，亲亲对方，彼此磨合，见完父母，步入婚姻殿堂，最后才是关于繁衍的那一步。”

人类世界好复杂！叶鸣内心腹诽着，脑子里被她绕成了一团乱麻。他理了理，小心地问：“那我们现在到哪个流程了？”

祁珂寻思着：“就……彼此磨合吧。”

那还好，距离繁衍不远了。想到这儿，叶鸣神色轻松：“那明天可以步入婚姻殿堂吗？”

“想什么呢你，至少也要先谈个一年半载的恋爱。”

叶鸣绝望了。

祁珂看着他那恹恹的表情嗤笑一声，拿起外套走到门边：“你可记住了，要严格遵守恋爱制度，否则我的托马斯回旋踢可不是开玩笑的。”

叶鸣欲哭无泪。

祁珂抱手道：“还是说你现在就在思考要终止我们的恋爱关系？”

“没有！”叶鸣急忙起身否认，“我会按照人类的规则，和你走完每个流程。”

“那就好。”祁珂招呼道，“走，去吃早饭。”

叶鸣一把拽住她，在她额头上印下一个早安吻，小声说：“以后，别用你的托马斯回旋踢来吓人了。昨天要不是我身上有伤，又特别犯困，就你那一脚，根本踢不开我。”

“你！”

“可我愿意配合你，不管你要我干什么。”

“又是骚操作！”祁珂不满地别开头，粉红的耳尖却出卖了她的心绪。她的嘴角止不住地咧开一丝弧度，顺手把他的外衣扔到了他头上：“别啰嗦了，赶紧吃完早饭还要去演武楼。”

“好。”叶鸣扯下外衣拎在手里，随即握紧她的五指，笑吟吟地道，“今天，是拉拉小手的流程。”

祁珂翻了个白眼，早知道就不给自己挖陷阱了。

带着这个人形牛皮糖出了宿舍，两个人一边走，祁珂一边道：“我早上看过演练的时间表，三年级的模拟军演应该是在下午，待会儿你得先去演武楼等候区做准备。我得提醒你，模拟军演同样是十人一个战队，进行星际模拟战。现在你的组只剩下你一个人，情况可不乐观。”

“我是你的关门大弟子嘛。”

“所以呢？”

“一 vs 全场没有压力，放心，我不会给你丢脸的。”

“丢脸倒不至于，我看你打脸还是有可能的。”祁珂低笑，“话说回来，你们在阳阴山究竟遇到了什么？为什么你的信号消失了还能回来？你的同伴呢，又发生了什么事？”

叶鸣面不改色地说：“我们遇到了巨齿鸟和阴蟒。”

“我的天！”祁珂爆出一声低呼。这两种生物，算是阳阴山的两大巨头。能遇上的概率基本和中彩票差不多，能遇上了还顺利逃生的概率，那就是和诈尸画等号了。她倒吸一口冷气说：“这么说来，其余七个人是被阴蟒叼了？那你……”

“我第一个遭到阴蟒袭击，差点丧命。但你知道的，我能改变外形，所以在关键时刻，靠着这个方法逃了出来。那几个人……”叶鸣的话音一顿，瞳孔里闪过一丝危险的光泽，“没有我这么幸运。”

祁珂没有注意到他的异常，只是拧着眉头不语。

关于阴蟒的资料，她是有过仔细研究的。那七个学生的信号几乎是在同一时间消失，而阴蟒的攻击模式应该不至于这么敏捷。这其中会不会有什么隐情？

叶鸣见她陷入了沉思，挥手道："怎么了？你在想什么？"

祁珂耸耸肩："没事。学校会处理后续的相关事宜，也轮不到我操心。野外生存项目风险太高，以后要是有机会，我还是会请求学校取缔这个项目。先不说这些，二食堂的炸酱面快没了。"

叶鸣忍俊不禁，拉着祁珂加快了步伐，一溜小跑冲去二食堂抢招牌炸酱面。

十七

叶鸣开挂警告

吃完了早饭，祁珂和叶鸣双双来到演武楼。此时，等候区里的学生已经密密麻麻，每个小组的成员都围在一起，商量着接下来的战术安排。从正常角度来讲，模拟军演会采取团队协作模式，以指挥舰为主，辅以少量的攻击类战舰，及燃料补给战舰等等。一次性会有五个小组参加军演，规则是抢占能源堆，评委会会以各小组的战术框架及最后占领的能源堆数量来进行计分。

叶鸣去任务分发台领了一张通知表，上面写着具体的进入军演的时间，和几个对战小组的名单。祁珂凑近脑袋瞄了瞄，发现有两个组的人她还比较熟，都是三年级指挥系的，经常来听她的课，是相当出色的学生。另外两个组则是后勤系和武器研发系，在这个项目上不占优势。

叶鸣钻到人少的角落找了个空位坐下，祁珂在他跟前站了一会儿，问："身上的伤要不要紧？能撑到下午吗？"

"嗯，没问题的。"

"那行吧，规则不用我复述了。和你对战的四个组里有两个组的人我刚好认识，是三年级的尖子生，拔得头筹的可能性很高。你遇上这两个组，我估计是和你平常不积德有关系。"

叶鸣哭笑不得。

祁珂跟着话锋一转："不过你也不用有太大压力，尽己所能。按照模拟军演的隐性规则，学校一般会考虑到你这个组只剩你一人的情况，有可能会制造一个平衡点，那是你扭转战局的关键。进入作战区域后，你要用心观察周围的环境，选择对自己最有利的位置，这些应该不用我教了吧。"

"我知道。"叶鸣点点头。

"OK。那就尽情释放你的百万伏电力吧，皮卡兵！"

旁边的女生被祁珂逗笑，捂着嘴提醒：“老师，是皮卡丘。”

“我当然知道是皮卡丘。”祁珂懒懒地道，“皮卡丘没腿，这小子双腿还健在，所以是皮卡兵嘛。”

女生笑得前仰后合。

祁珂拍拍叶鸣的肩，叮嘱了一句：“认真备战，我先去评委房间等着看你的表演。”

话说完，她慢条斯理地穿过拥挤的人群，转进了楼道。叶鸣收回视线，靠在椅子后背上闭目养神。

二楼的模拟教室隔壁就是评委的房间。此时里面坐着七个评委，却没见贺子昂和秦峥。正对大门的白墙上，投影着五个不同的战争画面，有的激烈，有的平缓。画面右下角标明了对战小组及教室编号。祁珂环视了一圈周围，看到第一排边上的位子上坐了一个无比熟悉的人，正是她的老搭档杨睿。她悄无声息地从狭窄的通道走过，溜到杨睿身旁，就势占了一张空椅子，而后跷起二郎腿对昏昏欲睡的杨睿说：“哟，你怎么来了？”

杨睿整个人一激灵，抬眼见是祁珂，满心憋屈道：“还能为什么？人家本来在休假，莫名其妙被抓来替将军当评委。干坐了一上午，差点被这些狗崽子辣瞎眼睛。现在学生的水平都这狗屎样吗？心塞塞。”

祁珂当真想抓坨狗屎塞他嘴里。无论相处了多久，她仍然对杨睿的说话方式感到由衷的鄙视。忍了忍，祁仙女保持着和蔼的光环道：“秦峥呢？干什么去了？”

“不知道呀，听张正说出了什么紧急事件，将军正组织调查呢。”

“哦。”

紧急事件……

祁珂稍稍一默：“是有关星际能源的？”

“不是哦。”杨睿一串波浪音，“就几个月以前嘛，将军不知道是不是吃了什么强身健体药，燥得很，直接抢了我们几个人的工作，每场战事必亲自出马。就他那呛嘴小辣椒的性子，差点没把变色人种和虫族的头给打飞。这么几次下来，大家都消停了。加上最近能源堆探测没什么进展，基地里的人都闲得很。”

祁珂摸着鼻尖：“呛嘴小辣椒……你这形容很到位，领导知道吗？”

“讨厌！人家怎么敢在领导面前瞎说啦。”杨睿娇羞地撞了一下祁珂的肩膀。

祁珂顿觉血槽空了大半，可以直接当场死亡，不用抢救。她打了几个干呕，杨睿还在唠唠叨叨：“也就人家倒霉，才会来这儿碰上你。斯蒂夫和李响这两个死鬼都不知道去哪儿快活了。”

“好了，你别再说话了。”祁珂制止。

“干吗啦，人家好不容易才能跟你聊两句打发时间，不说话难道要看这些兔崽子你一炮我一炮地玩回合制游戏吗？”

“杨睿。”祁珂语重心长地看着他，“我说实在的，你再人家过去人家过来，你信不信我给你表演一个手撕活人？”

杨睿捧脸：“好粗鲁哦，难怪没人要你。”

祁珂险些就要维持不住仙女光环：“谁说我没人要！我……”话音一收。

杨睿的双眼睁大，熊熊的八卦之火已经在目光中燃烧起来。祁珂迅速冷静下来，用她那超凡的理智分析了这件事的后果。

首先，她告诉杨睿她和叶鸣谈恋爱了。然后，不到半小时，ISF尽人皆知。再然后，不到半天，绝对能谣传成她从撒加人的舰上捎回了一个小家伙玩养成系，现在未婚先孕下个月就要生孩子了……

是这样的，论坛的力量总是让凡人仰望。

祁珂咽了口口水。

杨睿期待道：“你怎么了？”

“没……没什么。”祁珂干咳了一嗓子，端正了坐姿，指着投影，“看战况，看战况。”

杨睿抄起手：“看吧，就知道你没人要。”

“……”

祁仙女憋得胸部萎缩，本着不能和这货计较的心思，艰难地缓过了这口恶气。正想把注意力集中在军演上，杨睿冷不防凑近她的耳畔，爆了个大料：“将军好像谈恋爱了。”

“我去？！”这一次，换祁珂睁大眼，仿佛吞了只苍蝇。

就秦峥那注孤身的德行，还能有脱单的一天？这女朋友可别是国家统一发放的机器人偶吧！祁珂赶紧不耻下问地虚心求教。

杨睿也是一知半解：“我也不清楚。不知道是谁透露的风声，说是将军这两天在准备求婚，所以才打着办正事的幌子忙得人都见不到。”

“领导果然都是人面兽心。”祁珂“啧啧”道。

杨睿点头赞同：“对！都是人面兽心！”他特别有感触地瞅了一眼祁珂。

祁珂动了动拳头，他又忙不迭地收回目光。两人出奇一致地声讨了领导的假公济私，又对世风日下工资不涨的现状深表愤慨，继而津津有味地探讨起秦峥这老光棍是什么时候脱单的。

祁珂如是剖析：“不应该啊，秦峥这几天都和我在一起，如果真要有求婚的苗头，两个人妥妥地在热恋期啊，我都没听到秦峥打私人电话。再说了，哪家小姑娘能容忍自个儿男朋友天天和一个人美肤白的仙女混在一起？”

杨睿忍着恶心道：“你就别仙女过去仙女过来了，这么低端的仙女根本不存在好吗？你和将军每个月有三十几天想弄死对方的深厚感情谁不知道，担心你还不如担心将军看上路边的小野猫。”

“朋友，你再说一遍？”

杨睿打了个寒战，智商感人地转移开话题：“我虽然不晓得将军的求婚对象是谁，但前两天论坛上有人爆出了蛛丝马迹，就是关于这位未来将军夫人的。”

“你快说！”

杨睿瞅瞅四周，确定没人偷听后，拉着椅子向祁珂靠近些，轻声道：“据说吧，将军给他的女朋友送过一样定情信物，是一个新型纳米手环。”尾音刚落地，杨睿不偏不倚地瞅见祁珂的腕子上也戴着一个手环。他伸手碰了碰，颇有深意地问：“老祁，你这手环……怕不是纳米材料吧。”

祁珂呆若木鸡，完全被这重磅消息炸得魂飞魄散。好一会儿她才回过神，麻利地把手一缩，用袖子挡住手环，露出一脸尴尬而不失礼貌的微笑：“呵呵，怎么可能，我这手环就是地摊上五块一个、十块一打的劣质货，哪是什么纳米材料。呵呵。”

“你这‘呵呵’用了两次。”

“……”

“充分说明了你言语中的真挚和诚恳。用词精简，半点不浮夸，我差点就相信了呢。”

祁珂见甩锅不成功，秒变威胁脸：“杨睿，你要是敢回去胡说八道别怪我买套比基尼让你在基地里狂奔。”

“你看！你看！心虚了！”杨睿仿佛参与了八卦的高潮部分，激动得堪比刚打了胜仗。

祁珂面如菜色：“我以我妈的名誉保证，我和秦峥的未婚妻八竿子打不到一块儿。”

“真的？”杨睿将信将疑。

“废话！我妈的名誉你还敢质疑？！”

“不是，可你这手环……”

“地摊上捡的！”祁珂又强调了一遍，随即态度强硬地道，“看你的军演吧小浪蹄子！”

杨睿碍于她的淫威，不敢再深入探究，只是心不在焉地睨了几眼军演画面，又在内心琢磨，老祁果然是人生赢家，家里养着个小鲜肉居然还顺利套路了将军，佩服，佩服。

祁珂接触到他的目光，头顶上明晃晃地标出两个大字：心累。

这么如坐针毡地待了几个小时，总算轮到了叶鸣军演。祁珂收敛了千回百转的心思，专心致志地观看叶鸣的表现。他目前正在第三模拟教室，经过数据人员调整好参数后，五个小组的成员分别坐在各自的位子上，开始了挑选战舰的前期工作。除了叶鸣是一个人，其余四个组均有六个以上的成员。人数的差距会直接导致舰队火力的不平衡，从这一点上来说，叶鸣能胜出的概率微乎其微。

杨睿见祁珂目不转睛地盯着左下角画面里的小鲜肉，十分鄙夷地咂嘴说：“老祁，你是不是空虚了二十几年一开荤就控制不住自己？家里藏一个，基地里吊着一个，还要在外面饱眼福吗？将军是没法满足你还是咋的？”

“滚！”祁珂的回答言简意赅，“那是叶鸣。”

“谁？”杨睿挖了挖耳朵，来回打量两个人，惊讶地道，“就是你从撒加人舰上带回来的小屁孩？”

“嗯。”祁珂颔首。

“我的天哪，他什么来历，才大半年不见就长得这么好？你给他吃的希望猪饲料？”

祁珂没好气地道：“羡慕吗？我家里还有一袋猪饲料免费送你。”

“呸，人家才不要。”杨睿哼哼唧唧地抄起手。

祁珂斜他一眼，懒得再理他。

准备工作就绪，第三模拟教室的所有学生戴上了全息头盔，同时，评委房间的画面也切入了虚拟的战争界面。为了能够更加全面地观察，投影采用了 1 ：100 的比例缩小成像，致使各小组的战舰看起来不过圆点大小，只能用颜色来区分战舰的类型。此次军演的区域选定在沃夫空域，其中三颗星球上共分布着四处能源堆。这么一来，必有一个组会在这场军演里被淘汰。

祁珂和杨睿注视着左下角的画面，低声讨论：“哎，你家那小崽子的组怎么只有他一个人了？”

“被阴蟒叼了。”

“哎呀，还能倒这种血霉？”杨睿惊奇地捂嘴。

祁珂稍微适应了点他这样的反应，淡定地应了声。

五个组进入沃夫空域后打了个照面，四个人数较多的组先后开始抢占能源堆。叶鸣出人意料地没有往几个能源星球前行，反而是转向战区边缘的一颗无光小行星背面，开启了战舰的隐形模式。

“他选的是指挥舰啊，就咱们打撒加人那一款，隐形功能和抗爆性较佳，但攻击力明显不如其他几个舰队选择的战列舰，而且没有燃料补给，在军演中难以脱颖而出。”杨睿如是分析。

祁珂微微沉吟：“这种类型的指挥舰有个无人机操作系统，能同时驾驭超过五十架的武装无人机。”

“这个我当然知道。但问题是即使无人机全部出动，也没法和四个舰队的战列舰对抗，实力悬殊太大了。”

“要是这种情况下他直接去送人头当炮灰，明天我就给他买两桶毒奶粉洗脑。我祁珂花大力气培养出来的学生你以为会这么菜吗？”

“不是，你也别忘了，军演的规则是为了考验各小组成员的协作能力，除了燃料运输舰，其他战舰的燃料配备都是最低值。胜出军演的前提可是他在结束战斗后还能成功返航，你认为单凭一架指挥舰就能做得到？”

祁珂默不作声地环视沃夫空域，目光落在右上尽头有些扭曲的空间上。她抱起手，慢声道：“虚拟的沃夫空域除了能源堆是假想物，其他环境都是完全比照的现实。从我的角度来说，他只要善于利用地形优势，单凭指挥舰返航是有机会的。”

“你又想出了什么刁钻的法子？”杨睿狗腿地问。

祁珂老神在在地卖起了关子，但笑不语。杨睿左戳右戳，见她始终沉默，只好打消了套话的念头。

和祁珂的思路一样，叶鸣没有去争夺那四个能源堆，一直隐匿在小行星后观察空域内的战况。四个小组各自标记了一个能源堆，其中一个组为了拉开优势，向其他几个组发起了进攻。炮火在黑沉沉的背景上交替炸开，形势越趋激烈。屏幕上方显示出来的模拟教室内已经有十来个学生取下了头盔，正丧气地坐在位子上。

杨睿“啧啧”两声：“这小崽子是要黄雀在后啊！”

“我说了，他不会主动去送人头。”祁珂成竹在胸。

“有什么用，不能解决燃料问题，就算他最后只和一个组正面迎击，也没有任何胜算。”

“呵呵。”祁珂开了波嘲讽。

将近半个小时的对战后，四个小组损失过半，能源堆的标记颜色几经变换，已经有三处标成了蓝色，一处是红色。监控人员随即宣布，两个小组出局，只剩下还在鏖战的C组和E组，以及叶鸣单独一人的B组。

E组为了反扑，集中所有火力猛攻第二处能源堆。C组由于战舰数量略占优势，用了一艘战列舰和两艘跳跃舰防守，另一艘巡洋舰则在其他两处能源堆来回巡视，以防落单的叶鸣偷袭。

两组正战事胶着，巡洋舰刚从第四能源堆掉头，情况陡生变数。只是眨眼的间隙，第四能源堆就被标记成B组的黄色。

杨睿看着指挥舰在第四能源堆上打着旋儿，短暂出现了几秒紧接着又开启了隐形模式，登时来了精神头：“哟，总算不当缩头乌龟了，人家倒是想看看，老祁你花了半年教出来的学生到底是什么水准。”

“一对一能捶爆你的狗头信不信？”

“切，人家才不信！”杨睿翻白眼。

祁珂再次打了个干呕。

随着C组和E组的人紧急赶往第四能源堆，叶鸣已经提前撤离，两组同时扑了个空。正在这时，无人防守的第二能源堆又被标黄。这一下，原本领先的C组组长慌了神，命令巡洋舰追击叶鸣，其他战舰则留下和E组抢夺第四能源堆的标记权。由于判断失误，C组防守线上露出了一个致命的破绽，E组趁势强攻。一时之间炮火绵延，炸开的光亮将整个屏幕映得惨白。几乎是转瞬之间，第四能源堆上空的C组战舰损失殆尽。而在巴纳德星附近的巡洋舰，同样和叶鸣正面遭遇，不到一分钟的时间，这艘巡洋舰就被炸成了一堆宇宙碎片。

杨睿情不自禁地鼓起掌：“666，这小子怎么做到的？C组巡洋舰也灭得太快了。”

“因为这巡洋舰是个脆皮。”祁珂耸肩。

“啥？”杨睿有点蒙。

祁珂道：“为了军演的平衡性，学校不可能让几个组的火力和叶鸣相差太大，一定会制造某些契机让叶鸣有获胜的概率，只看他有没有这个观察力。那艘巡洋舰，原版模型是2088年为了庆祝联盟国成立五十周年而制造出的一艘纪念舰。舰身像颗螺丝钉的外形，寓意是凝聚联盟国的五方力量，守卫地球和平。朋友，这可是五年高考三年模拟的重点啊！”

杨睿经她一提醒，才顺利想起这茬。当年读书时，确实有这道政治考题，但这艘名为天启的巡洋舰早就进了战争博物馆，作为小学生们参观的模型了，所以他对战舰的性能并不熟悉。

“然后呢？”杨睿虚心求教。

祁珂索性开启了心灵导师模式：“天启巡洋舰护盾防御十分强大，无奈装甲太薄，随便几台加农炮就能轰得连渣都不剩。这种战舰专精于导弹系统，一旦导弹充足，它的加速度和能动波能让导弹的威力提高百分之七十，就算是现在防护性能顶尖的塔罗舰形成联结，也扛不住两颗天启的导弹。”

杨睿倒吸了一口冷气，呆呆地觑了祁珂半晌，惊叹道：“别的女人脑子里装的都是爱情格言，你这脑子里是合成了一个银河系武器系统吗？天启被淘汰的那年你还小吧？”

“书是拿来干什么的？你平常都只是上厕所用吗？”祁珂埋汰道。

杨睿哑口无言，怼又怼不过，只好把话锋转到叶鸣身上：“可这小子又是怎么知道天启的弱点的？”

“哦，前段时间我给他紧急开了几天小灶，不是我吹，现在银河系里的战舰他就没几艘不熟的。”

杨睿想了想：“你就不怕出事？这货又不是地球人。”

“银河系是我家，我爱家人你我他。你这种族歧视的毛病得改。”

“那你打撒加人的时候怎么没见你带着点爱心呢？”

“绿皮佬长得太丑。”祁珂一言以蔽之。

杨睿还能说什么，只能打心底蔑视祁珂这外貌协会了。他嘀咕两句，扭头继续看叶鸣的表现。有祁珂这种超神排位给他保驾护航，加上C组被淘汰，E组也残缺不全，叶鸣的逆袭变得顺理成章。四处能源堆很快被叶鸣标黄了三处，当监控人员宣布作战时间即将结束，两组所剩的燃料都已不多。E组组长考虑到军演规则，主动放弃了抢夺能源，率先返回了出发地。至此，E组已经标红的能源堆不能再被夺取。这种情形下，除非叶鸣成功地回到出发地，他标记的能源堆才能作为胜利的依据。反之，这场军演就由E组胜出。明眼人都知道，叶鸣经过作战和长时间的飞行，指挥舰的燃料差不多空舱，根本就难以返航。E组的成员甚至开始小声欢呼，他们很清楚，叶鸣回来的可能性就和侏罗纪重现一样渺小。

杨睿忍笑对祁珂摊着手，似在强调自己之前下的结论。祁珂没有搭理，仍然抄着手好整以暇。

只见屏幕上的指挥舰悬停了片刻，在众人基本都确定E组就是优胜组时，叶鸣忽然掉转指挥舰，出人意料地飞向了屏幕的右上角。包括评委房间里的大部分人员在内，都是一脸茫然，普遍不知道叶鸣要做什么。

有E组成员低声讽刺道：“他是知道自己输了，打算彻底放飞自我，在沃夫空域一日游吗？”

窃笑声此起彼伏。

与此同时，随着指挥舰的移动，众人才看清了进入视野的扭曲空间里，有一双如眼睛般陈放在黑幕上的大质量双黑洞！

这是波江星系的伴生黑洞，而沃夫空域距离这对伴生黑洞恰巧不远。

祁珂扬起了眉眼。

杨睿看着叶鸣径直飞向其中一个黑洞，诧异地问：“他要做什么？”

祁珂没答话。

叶鸣驾驶的指挥舰缓缓进入了黑洞的视界，利用少许燃料推进后，跟上了这个黑洞的变焦旋转轨道，围着这个黑洞飞行几圈，等到伴黑洞与主黑洞在轨道最远的直线距离正对时，叶鸣再次启动指挥舰的引擎，飞离主黑洞，进入了伴黑洞的变焦旋转轨道。

“真是不可思议啊！”祁珂沉声赞叹。

评委房间里的其他人也禁不住议论起来，除了两个在天文物理学方面有所造诣的老师，大部分人还是摸不透叶鸣的想法。杨睿也是，他愣怔地看着叶鸣不断重复之前的行为，在两个黑洞之间来回跃迁，疑惑地道：“这到底是什么骚操作？”

“我之前给他补课的时候，简单提过几句宇宙引力弹弓的释义，想不到这家伙悟性这么高，短短时间内就能学以致用，我开始有点害怕‘长江后浪推前浪，前浪死在沙滩上’这句箴言了。”祁珂话是这么说，眼睛却在发光。

杨睿简直恨不得抡起小拳拳砸她的32A，焦躁地道：“那究竟是怎么回事啦！”

祁珂抱住胸，警惕地横了他一眼，这才慢条斯理地解释：“其实这还是物理学家们的一个猜想，至今为止并没有付诸实践。主要是提出这个双黑洞理论时，人类的宇航科技还太落后，根本没法离开太阳系寻找双黑洞。而到了现在，有条件在宇宙里远行后，又因普通星舰燃料都比较充足，或者干脆就是不需要燃料而是使用了量子压缩技术驱使航行动能，所以也用不到双黑洞理论。”

“你再装13我就报警了。”杨睿发出了娇羞的警告。

祁珂立即识时务：“关于双黑洞的引力弹弓，大意是这样的，首先，必须有两个互相绕转的黑洞，处于极度椭圆的轨道上。目前，也就波江星系的两个黑洞初步具备这种位置条件。如果严苛来说，这两个黑洞事实上也并不符合椭圆的绝对意义。但这也是后话了，以后有机会再说。遇到这样的双黑洞，战舰只需要少数的燃料推进，就能接近其中一个黑洞，主要还是依靠黑洞的引力。在战舰进入变焦旋转轨道后，绕黑洞飞行几圈，等到两个黑洞正对时，飞离原黑洞，与另一个黑洞交汇，滑入其旋转轨道。这样重复多次，战舰的速度就会越来越快，甚至超越我们现在技术的最大值。”

“我的天哪！还有这种理论？”杨睿睁大了他那双丹凤眼。

祁珂撇撇嘴：“所以说平常让你多看书多看报，少抹口红少吃激素药。”

“去你的，我什么时候抹口红吃激素药了！”杨睿搡了她一把。

祁珂“啧啧”：“别动手啊，没看我唐尼叔坐在那个角落吗？”

M国的唐尼上将，人狠话还多，是祁珂他妈的老部下。这一点，杨睿心知肚明。他麻利地收回手，当即乖巧如鸡。

就在祁珂唠叨的过程中，叶鸣驾驶的指挥舰已接近光速。原本在为即将迎来的胜利欢欣雀跃的E组慢慢安静了下来，其他几个小组的成员也是面面相觑，不敢相信。到现在，他们才确定，从一开始，大家都犯了一个致命的错误，就是没把叶鸣当成主要敌人。做出这种错误判断的原因，其一是基于叶鸣没有燃料补给，其二则是众人认为叶鸣进入学校的时间太短，在知识储备量和实战水平上远不及他们这些脚踏实地三年的尖子生。可眼下的形势，扎扎实实地扇了他们一耳光。

这个世界上有一种人，明明可以靠脸吃饭，偏偏天赋还远超普通人，说的就是叶鸣了。

军演进入倒计时，叶鸣通过双黑洞的弹弓效应，攒足了返航的能动性，启动引擎逃出黑洞的视界后，银色的舰身在屏幕上划出一道亮白的光线，随即一闪而逝，冲出了沃夫空域。

教室和评委房间里一阵死寂。监控人员宣布军演结束，叶鸣成功地停靠在了出发地，取下了模拟头盔。

几秒后，评委房间里爆发出雷鸣般的掌声，所有人都站了起来，为这个来自遥远星球的学生鼓掌。教室里几个组的成员先是沉默许久，然后在C组组长的带头下，也纷纷起立，鼓掌为叶鸣喝彩。叶鸣淡漠地看了看众人，稍稍颔首示意后，走出了模拟教室。

祁珂跟着站起身，和杨睿打了个招呼离开了评委房间。慢吞吞地下到二楼，叶鸣正在楼道口等她。正值黄昏，金灿灿的阳光穿过透明的玻璃窗户，任性地铺洒在地面上。叶鸣靠墙站着，一缕光线映照在他的侧脸上，浅金色的头发折射出朦胧的光晕，让他整个人看起来美好得不真实。祁珂的呼吸停滞了片刻，到现在为止，她还无法适应自己从撒加人舰上捡回来的小屁孩成了男朋友的事实，这种感觉如同行走在棉花糖上，甜得腻人，又有些恍惚。

好一会儿，叶鸣仰起脑袋，望见了杵在楼梯上的她，他弯着精致的眉眼，冲她一笑。祁珂也勾起嘴角，两步踱到他跟前，拍着他的肩道："四个字，干得漂亮，小伙子。"

小伙子瞅瞅她的爪子，伸手握住，拉着她一同走出演武楼："现在，我有资格与你并肩了吗？"

"嗯……"祁珂摸鼻尖，"还差那么一点点。不过我带的学生中，你是最出色的一个。我相信不用太久，你就会有自己的一席之地。"

"只要在你心里有一席之地，我就满足了。"叶鸣式情话张嘴就来。

祁珂耳根子发烫，扭捏地掐他一把："矜持点，这可是学校。"

"不管，你都是我的了。"

"你再说，信不信我立刻让你搬回男生寝室。"

"电视里说了，女人的话都要反着听。所以，你说这话是代表要一直和我住一起。"

祁珂默了默："我觉得以后有必要给家里的电视上把锁，像你这样的，只适合看动画片。"

叶鸣低声偷笑。

两个人刚走到演武楼大门外，唐尼上将便行色匆匆地追了上来。他叫住祁珂，问："我听说，这孩子是你亲自教出来的学生？"

"是的，唐尼叔叔。"祁珂难得乖顺，秉着王婆卖瓜的中心思想开启了一波商业吹捧，"他叫叶鸣，来自阿尔法星，是我在上次和撒加人的对战中救下他的。这家伙学习能力可相当强，过目不忘。而且对军事飞船有天赋，所以我才让他来这里学习。”

“看得出来。”唐尼面带赞许，觑了一阵叶鸣，带着丝丝缅怀道，“他让我想起了一个人。”

“谁？”祁珂笑嘻嘻地问。

“你的父亲。”

祁仙女一噎。

唐尼收回视线：“你是知道的，你父亲同样不是我们的同胞，他是佩特星的守护者。”

“嗯。”一提到自己家的绝对王者，祁珂就变得特别有小天使的范儿，低眉敛目，表情柔和，和平常横着走八方的真实形象完全不同。

“他和你的父亲很像，至少给我的感觉是这样。你父亲也是对军事格外有天赋，才会破例成为你母亲的学生。当然，我希望他们只有这一点像而已。”唐尼意有所指地看了看叶鸣，又看向两个人紧握的手，“两个种族的相处必然牵涉广泛，也许会产生利益冲突，也许还会掺杂更多的东西，这可不是一条轻松的路。”唐尼继续说道：“我最近听到一些风声，秦峥似乎在调查当年 R79 星的事情？”

“是的。”

“有进展吗？”

“目前还没有，只是一些初步的猜想。”

“嗯。”唐尼上将沉吟一番，“祁珂，当年你父亲也是走过弯路的。我没有其他的意思，只是希望借此提醒你们二位，前路不易，须得小心谨慎，避免行差踏错。”

“我知道，谢谢唐尼叔叔的提醒。”祁珂认真地回答。

唐尼对着两个人点了点头，旋即走回了演武楼。直到他的身影消失，叶鸣才讷讷地说：“他的话，有什么含义吗？”

“就是让你跟党走，听党话，长在阳光下，别踩进泥坑里。”

叶鸣左右看看：“这儿没有泥坑。”

“泥坑在你心里。”

“……”

祁珂好笑：“知道你听不懂，走吧，吃饭，吃完回去看电影。”

“你刚说我只适合看动画片。”

“嘿，你还会抬杠了是吧？”

叶鸣立刻表现出一个妻管严该有的素质：“你说看什么就看什么。”

“算你逃过一劫。”

叶鸣：“……”

当整个学校的人都还处在军演的水深火热中，唯独祁珂和叶鸣无所事事。食堂里空荡荡的，除了工作人员，就只有他们俩。两个人打了五六个肉菜，外加一钵番茄蛋花汤，坐在一个不显眼的角落里埋头苦干。

诚然，这个词主要是用来形容祁珂的吃相。叶鸣自从升级成为有正式资格的男友类从业人员，就彻底沦为了恋爱脑，饭可以不吃，电不能不放。是以吃饭的过程中，他主要负责给祁珂夹菜，以及看着祁珂发花痴。祁珂起初还要捂下脸，后来见实在躲不过，干脆大大方方地让他看。

一个人吃得肚子滚圆，另一个人看得心灵升华后，两个人手拉手地在学校里溜达了一圈消食。今年的实战演练顺利落幕，叶鸣也算交出了一份不错的成绩单，祁珂这几个月的心血没白费，连走路都有点飘飘然。她一高兴，话匣子就收不住，从准备工作到主要关卡，都把自己利索地夸了一通，附带提了一下一号男主角，叶鸣。叶鸣自然不会反驳她，这个时候，他的人生准则只有一条：祁珂说的话，都是对的。

逛了大半个小时，星子爬满了天幕，两个人又回宿舍里进行第二个阶段任务——看电影。一部久远的科幻片演得如火如荼，叶鸣忽然道："这个人说世界上的每件事情都是偶然的。"

"嗯。"祁珂枕着他的肩漫不经心，"这个偶然论最早源于'农场主'猜想。大概意思就是有一个农场主，养了一群鸡，每天上午十点，他会固定去给鸡喂饲料。这时鸡群里的科学家就作出了判断，认为每天上午十点必有食物降临，这是它们的世界遵循的规则。然而某一天，农场主没有喂鸡，反而把它们全捉住杀了。"

"……"

"关于这个偶然论，还有一种另说法……"

叶鸣打断她的话："我的生命也是偶然的。"

"嗯，可以这么说。"

"但我遇见你，是必然。只有你在的世界，我活着才有意义。"

祁珂坐直身体，抱手道："你这张嘴是被爱情毒药泡过吗？一天到晚撩撩撩，我都怀疑我是你的第几任女朋友了。"

"如果你要我闭嘴，倒有一个很好的方法。"叶鸣朝她凑近。

狭小的手机屏幕上，科学家们还在正色讨论地球即将遭到外星人攻击的严峻局势。而两个观影的人显然没有被那紧张的气氛感染，他们的眼底只有对方的影子。叶鸣的脸逐渐占据了祁珂的视野，祁珂的心"扑通扑通"直跳。她合上眸子，稍稍前倾。就在叶鸣要吻住她时，茶几桌面上传来了手机振动的声音。祁珂忙不迭地往后一缩，终止了这个暧昧的举动。

她望向手机，来电号码显示的是"领导"。

秦峥。

祁珂犹豫着接还是不接。接吧，万一这货真像杨睿说的那样，对她产生了什么猪狗不如的想法，她该怎么打醒他才合适呢？

不接吧，可领导要是福至心灵要调她回 ISF 呢？岂不是亏大了？

逃避不是办法，人生要积极面对。祁珂咽了口口水，按下了接听键。秦峥的影像顿时跃至半空，他看了一眼祁珂，冷不防又看到边上的叶鸣。情敌相见，分外眼红，两个人同一时间垮下了脸。

今天的氛围依旧有点瘆人呢。

祁珂搓了搓手臂，平静地道："领导有何贵干？"

"你在干什么？"秦峥皱着眉头，话音冰冷。

"看小电影呗，你刚好打断男女主角的热情场景了。"

"你和他一起看小电影？！"秦峥不受控制地低吼。

祁珂生怕他脑充血，赶紧安慰："别激动，你也可以找个小姑娘一起看小电影嘛。"

"祁珂，你！"

"我怎么了？"祁珂特别无辜。

秦峥被她气得头昏脑涨。叶鸣为了示威，用手揽住了祁珂的肩。这就算了，问题是祁珂居然没反抗，秦将军被这一幕刺激得差点心肌梗死，简直恨不得从手机里钻出来咬死叶鸣。很明显，叶鸣在祁珂感情的天平上已经占了上风，秦将军必须扳回这一局。想到这儿，他深吸一口气，冷静地道："你不问我今天干什么去了吗？"

"呃……你如果实在要说的话，我可以勉强听一听。"

秦峥对祁珂的态度略感失望，他强忍着心里的酸楚说："我在调查一件事，应该很快就会有结果。"

"什么事？"祁珂问。

"以后再说。"

"那咱们现在说什么？"

秦峥默了默，用公事化的语气道："实战演练结束了，你也不用再劳心劳神。这段时间事情接二连三，为了犒劳你，明晚我在 Clos Maggiore 订了位。下午我让张正去接你，你准备一下。"

祁珂一愣。

Clos Maggiore 啊！吃货论坛上常年霸榜第一名的存在！零差评！地处 Y 国中心城市的地标性建筑顶层，餐厅内布置华美，透过三百六十度的全景落地窗，能俯瞰整个城市的车水马龙。当然，最让人赞不绝口的，还是他们顶尖的食材和主厨超卓的水平。总而言之，这家餐厅即使在战乱年代，同样门庭若市。到了现在，更是驰名银河系，引来了众多各星球的美食爱好者。价格相当高昂，吃一顿饭能抵祁珂一年的工资，重点是还要提前订位，最少得提前三个月。

祁珂脑子里“噌噌噌”地冒着美食论坛上关于这家的五星评论，仅存的一丝道德底线在风中瑟瑟颤抖。她喉咙发痒胃部空虚，吃货的本性差那么一点点就驱使她答应下来，但在关键时刻，她猛地想起了杨睿的“求婚论”。

秦峥这么下血本，该不会……真被杨睿说中了？

祁珂挣扎片刻，闭着眼捂胸：“明天我没时间。”

秦峥愣住。这根本不是他认识的祁珂！祁珂绝对抵挡不了这家餐厅的诱惑！叶鸣是不是给这货洗脑了！秦峥愤恨地瞪叶鸣一眼，强调道：“你确定？机会只有这一次。”

祁珂痛苦地扭头：“是的，我不去了。”

叶鸣看穿她的求生意志，倍感欣慰地捋她的发梢。

两个人亲昵的动作落在秦峥的眼底，他眸光一暗，哑声道：“祁珂，你是不是……”

祁珂摆手道：“等我缓缓，过几天咱们俩再好好谈。”

说着，祁珂就要挂断电话。秦峥匆匆道：“明天不止我们两个人，还有 ISF 里的几个将领。这段时间因为你不在，他们的工作量增加了不少，我原意是借着这个机会，同时犒劳一下他们。”

“你不早说！”既然不是求婚，那必须出席啊！祁珂秒变狗腿子，搓手道：“那你可让张正掐着点儿来接我，那些孙子都是饿了八辈子饭的，别让他们抢在我前面把好吃的都整没了。”

秦峥肚子里的苦水一波接着一波，祁珂对他的改变已经到了无法忽视的地步。他失神地应下一声，主动挂断电话。祁珂坐在椅子上伸了个懒腰，奸笑道：“二十年了，咱们这领导总算干了件人事。”

叶鸣的脸色很难看。

祁珂站起身：“我得先去焚香沐浴，明晚提命上战场。”

刚要拿衣服去洗澡，腰蓦地被人圈住，那力道将她往后一带，祁珂脚下踉跄，登时跌坐到叶鸣的大腿上。对方的体温穿透身上的衣服，灼烧着祁珂的肌肤。叶鸣的呼吸近在咫尺，每扑打在她的脸颊上一下，都像有一只蚂蚁不轻不重地在心尖一咬，挑起蠢蠢欲动的情欲。

叶鸣注视着她低头的模样，唇齿在她的耳畔张合，时不时轻碰她的耳垂：“你真的要去赴约？”

祁珂沉默两秒，努力表现出矜持道：“嗯，公务聚餐嘛。”

对于这个借口，叶鸣是不信的。男人的第六感没有女人强，但面对情敌，男人同样能把直觉的敏锐发挥得淋漓尽致。他嗓音沉闷道：“能不能不去？”

“不能。”祁珂一本正经，“我是个军人，服从领导是我的职责！”

“如果我不让你去呢？”

“那我就要纠正你的思想问题了。”

叶鸣危险道：“那就先纠正吧。”

尾音落地，他蛮横地捧住祁珂的脸，吻上了她的唇。祁珂还没反应过来，他已开始了疯狂的掠夺。为数不多的亲密接触，总让祁珂有一种错觉，仿佛明天就是世界末日，他必须争分夺秒，用尽全力，让她明白自己有多么爱她。脑子里涌出这个想法时，纠缠在祁珂身体里的欲望已如一锅被烧开的水，沸腾的氤氲中，理智全消。她搂住叶鸣的脖颈，试着用自己的方式去回应，去让他感受，心中那些即使不浓烈，却能绵延到纪元末的真情实意。

两个人交换着心跳和喘息。叶鸣紧紧握着祁珂的腰肢，在最后的冷静接近全面崩盘时，堪堪止住了这个缠绵的热吻。他的胸膛还在剧烈起伏着，轻靠在祁珂的肩上，说出的话音带着浓浓的缱绻：“我很抱歉，我知道自己自私，可我仍然不想你和秦峥过多地相处。”

“他是我的战友，”祁珂竭力平复着悸动的情绪，“也是我从小一起长大的挚友，同时还是我的领导。我和他的感情建立在几十年的相处上，我们出生入死过，是彼此的臂膀和铠甲，这种关系无法因为另一种感情的出现就终止。但他和你是不一样的……”祁珂抵着叶鸣的额头，浅浅地呢喃：“你是我的爱人。”

叶鸣恍然地抬起眼，望着她那灿若星辰的双眸。

“不要怀疑我对爱情的忠诚度，既然选择了你，我就会把握好和每个异性相处的分寸。”

“祁珂……”感动如海里的浪头，将叶鸣彻底淹没。他深吸一口气，小声道：“你这么好，我又怎么舍得放开你。”

“舍不得，那就紧紧牵着我的手，别松开。”

“好。”

“行了，别腻歪了。”祁珂勾起嘴角，“等我洗完澡，你也去从头到脚把自己刷一遍，争取明天出场自带鲜肉光环，给我闪瞎那些同僚的眼。”

叶鸣有点蒙。

祁珂摸鼻尖：“这些孙子常年在论坛上说我嫁不出去，我必须让他们看看，本仙女找了一个什么神仙颜值的男朋友。”

“你的意思是……”

“领导可没说不能多带一个资深吃货。反正是公务聚餐嘛，带家属也是常见的。”

叶鸣一个激灵站起身，险些把祁珂撞翻在地。好不容易搀稳了祁珂，叶鸣跟一只呆头鹅似的睁大了双眼，看起来又萌又呆。

祁珂忍俊不禁："说起吃就这么猴急？放心吧，明天去的那家餐厅，保管让你铭记终生。"

叶鸣颔首如小鸡啄米。

十八
一次失败的求婚经验

下午六点整。

高耸入云的大厦顶层，偌大的餐厅里，少了平时的人声鼎沸。清冷的钢琴声中，视线最佳的一张桌子旁，坐着三个表情诡异的年轻人。

其中一个穿军装的男人脸黑如炭，放在桌面上的手紧握成拳。对面稍显稚嫩的男子与他两两相望，嘴角浮着挑衅的浅笑，似乎正在暗中较劲。而边上穿着一身休闲装的女人，屁股扭来扭去，仿佛坐在了钉子上，神情更犹如便秘……

服务员将菜单递给了三个人，生怕这种无声的战火会波及自己，粗略地介绍了几道招牌菜后转头就开溜。

祁珂四下望望，咽了口口水，小声问：“这餐厅怎么了？除了我们这一桌，就没其他客人了？不是说特别火，还要提前三个月预定吗？”

秦峥不说话，死死地盯着叶鸣，如同干柴遇上了烈火，不死不休。

祁珂又问：“我不久前还在美食论坛上吃了一波安利，连嘴特别挑的远古兽族都对这家餐厅赞誉有加，难道这么快就要倒闭了吗？”

秦峥还是不回答，继续和叶鸣“你来我往”。

祁珂：“……”

被两个男人成功忽视感觉自己成了一个大瓦数灯泡的祁仙女有种想甩手走人好让这俩人增进感情的恶劣想法。可她不能，她得为餐厅的存续做贡献。念及此，她敲了敲桌面，锲而不舍地发问：“其他人呢？杨睿呢？”

“重病在家。”秦峥总算回了她一句话。

祁珂默了默，直觉这氛围不太妙，又谨慎地问：“那斯蒂夫呢？”

“老婆跟人跑了，去捉奸夫了。”

“……”

斯蒂夫那个老光棍根本没老婆啊领导！说谎能不能走点心？！祁仙女基本明白今晚是被秦峥套路了。他根本没邀请ISF其他将领，就是想和她单独吃饭。

祁珂抄起手，十分鄙视："那李响和维克多呢？"

"昨天酒喝多了今天起不了床。"

"OK，那这顿饭……"祁珂正想说改天再吃，秦峥终于收回了大火力视线，面无表情地看着菜单说："点菜。"

"其实也不用这么铺张浪费……"

"不铺张，结账的时候预支你未来两年的工资。"

祁珂顿了顿，扯开嗓子就吼："秦峥你这是人干的事吗？！"

"是。"秦峥叫来服务员，"唰唰唰"点了整整两页的菜品。祁珂每听他念一道菜，就感觉灵魂正在离自己远去。服务员提醒了三次点的菜实在是太多了，秦峥才好不容易放过了菜单。他瞅着一脸僵硬的祁珂，冷冰冰地道："你吃饭还要带个下线吗？生怕吃成猪了没人扶你回去？"

祁珂思绪放空中……

秦峥一口气堵在胸口："还是你最近得了小儿麻痹症，单独行动有障碍？"

祁珂完全没心思和他打嘴仗，稍稍前倾身子，小声问："你真打算用我的工资埋单？"

秦峥动了动眉头。

"我能不能举报你滥用私权？"

"你去试一试，正好把我滥用私权克隆你副体这件事一起给揭发了。"

祁珂哽了一下，这货看起来是打算鱼死网破呢。识时务者为俊杰，请发小兼领导吃饭是人生必经的历程。有了这种高尚的觉悟，祁珂破罐子破摔地端正了坐姿，忍着隐隐的肉痛道："能……咯，能请你吃饭，是我的荣幸。多吃点，不要因为我是朵娇花就怜惜我的工资，我还年轻，能挣。"

秦峥："呵呵。"

十分钟后，菜品一一上桌。网红餐厅不愧盛名加身，其摆盘的精致程度犹如是一件件细心雕琢的艺术品。光是打眼一看，都能引得人食指大动。祁珂已经彻底放弃了治疗，在两个男人热切的关注下，她首先拿起刀叉，找准了下手点。然后随便招呼了两个人开动，就放飞了自我，大口吃肉，没有任何形象可言。

她本来的想法是这样的，既然是自己出钱，那不管是什么玩意儿都得塞到嘴里去，吃得最多的才是赢家。可当她吃下第一口炭烧国王明虾后，祁吃货顿时觉得……

两年的工资，值了。

她惊叹地睁大眼，小心翼翼地嚼着嘴里的食物。肉质鲜嫩，咸淡适中，炙烤的火候掌握得恰到好处，唇齿间回味绵长。祁珂咂巴着嘴说了一句：“好吃！”随即，她把几个盘子移到自己跟前，津津有味且非常陶醉地品尝起来。

秦峥原本还在气头上，见她吃个饭都能如此享受，霎时有些绷不住脸上的严肃，眉梢眼底都浮现一层笑意。他咕哝道：“算了，我也不是那么小气的人，多带一个就多带一个吧，你喜欢吃什么，自己多点一些。”

“当然要多点一些！”祁珂口齿含糊地叨叨，“毕竟是我出钱！”

秦峥忍不住笑。

叶鸣见两个人之间的氛围有所缓和，示威般地往祁珂盘子里夹了一块小羊排。秦峥赶紧也往祁珂盘子里叉了一块厚切牛肉。两个人像是在比赛，你一叉子我一勺子，直在祁珂的面前堆出了一座小山。祁珂吃得红光满面，基本上忽视了这两个男人的恶劣竞争。

众所周知，西餐厅的特点是分量少，价格贵，普通消费者的观念都是吃个五六分饱，接着用拍照来提升自己的格调。可祁仙女不同，她是吃货中的加农炮，当她扔了仙女的光环，那效果，堪比星际争霸战。

吃完了第一轮，祁珂“唰唰唰”点了第二轮菜，还加了几道法式浓汤和蔬菜沙拉。秦峥喝着气泡水淡定地想，没关系，就她这身板，估计也就这个分量了，自己半年的工资还是够她吃饱的。他到底是要求婚的人，不可能真的让祁珂埋单。

过了半小时，在服务员惊悚的眼神中，祁仙女点了第三轮菜……

秦将军的眼皮直抽，心如刀绞地在桌子底下偷偷拿出手机，查看了银行余额。

等到第三轮菜被祁珂彻底消灭，她终于打了个饱嗝，瘫在了椅子上。

秦峥揉着眉心无力地问：“吃饱了吗？”

“差不多了，嗝——”她看看两个大男人，本着一个主人的态度道，“你们呢，吃饱没？没吃饱就再加点菜……”

秦峥忙不迭地摆手：“不用了。”

叶鸣对着祁珂温柔地笑笑：“你吃饱了我就吃饱了。”

秦峥：“……”

祁珂忍俊不禁：“又不是云胃联结，还能人体共享啊？别贫，我请客嘛，想吃就吃。”

叶鸣摇摇脑袋。

“那好吧。”祁珂耸耸肩。

秦峥松了一口气，想着叶鸣敢在他面前撩祁珂，又飞了一记眼刀，这才正色道：“祁珂，我有话想跟你说。”他拍了拍手。

祁珂往后看了看，见服务员还没个动静，先机智地转移了话题：“你调查的事有结果了吗？”

“快了。”秦峥意有所指地瞥向叶鸣。

叶鸣抬起头，不偏不倚地和他对视，目光沉着。

秦峥轻视了他眼中危险的意味，看回祁珂：“应该就是这两天，结果出来了我再告诉你。”

“究竟是关于什么的？”

秦峥没说话，只是拿起高脚杯晃了晃。祁珂刚要追问，服务员忽然推着一辆小车来到了餐桌旁。小车上摆着一捧白玫瑰，香气扑鼻。花束边上还有一块小巧的芝士蛋糕。和之前吃下肚的精美甜点不同，这芝士蛋糕普通得就像祁珂记忆里在街边小店买的便宜蛋糕。她直觉不妙，后背一僵，整个人都显得略紧张。

严重警告，接下来的剧情可能会野马脱缰。祁珂的脑子里刷过这一排字，听见秦峥趁着这个间隙开了口：“你还记得我们怎么认识的吗？”

完了完了，真的是求婚流程之忆苦思甜系列。祁珂有点心慌。

“不是，秦峥你听我说……”

秦将军一脸怀念地打断她：“那时候，你四岁，我七岁。第一次去你家，还是首长带我去的。首长在路上给我买了一块芝士蛋糕。”

“嗯。我要吃蛋糕你拒绝了和我分享被我打得头破血流。碍于我爸护犊子你又不敢反抗，只能看着我在你面前一口一口把蛋糕吃掉。”祁珂焦躁地接话。

这可真不是一个美好的开始，诚然也不该有一个出人意料的结局。

祁珂这么想着。

但秦峥的想法明显和她背道而驰：“说实话，我没见过你这么嚣张的人，那时候我只有一个念头，我就一直看着你，看你能嚣张多久。”

“秦峥，你先听我说……”

秦峥继续打断祁珂的读条：“你居然能嚣张地活到现在，也是一种奇迹。以至于后来你的嚣张在我眼里慢慢变成了与众不同，而我也逐渐习惯去适应你的节奏。我的焦点会不受控制地集中在你身上，去搜寻关于你的一切。”

祁珂一呆。什么时候领导也这么会说情话了，最近的男孩是都参加了爱情补习班吗？

顶着两道迥异的目光，秦峥慢慢道：“祁珂，你还说过，芝士是你人生的力量。”

“那时候我小，说的话不能算数的……”祁珂挣扎。

秦峥充耳不闻。他站起身，亲自端着芝士蛋糕，郑而重之地放在祁珂跟前，话音如同宣誓：“我想在你未来的人生路上充当你力量的补给站。当你累了，我给你肩膀；当你倦了，我给你拥抱；当你不安，我会是你的避风港。我愿意在你光芒万丈时，站在你的身后衬托你。不计回报，不求平等。只要你不拒绝，我会一直守在你身旁。”

祁珂的三观受到了巨大的冲击。优雅的钢琴声适时地转变为缠绵悱恻，将秦峥深情而专注的模样烘托到了极致。中肯地说，在这种情况下，很少有女人能做到不动声色地回绝。

边上的叶鸣一只手握着桌角，掀桌进行时已到三分之一。

祁珂由于震撼太大，一时间哑口无言。

秦峥继续道："我知道你出身在一个卓越的家庭，父母都是现今银河系里丰碑式的人物。我想要获得他们的认可，为了这个目标，我战战兢兢地努力二十年，直到今天，我才有勇气对你说出这一番话。祁珂，也许我的心意传达得太迟，让你流连了其他的风景，可我请求你，让自己多一个选择的机会，也给我一个能照顾你一辈子的机会。没有人比我更了解你，我们是彼此的后盾，让这份关系延续下去，让我以伴侣的名义站在你的身旁，好吗？"

这是第一次。

秦峥用如此卑微而缓和的语气与她交谈，这颠覆了祁珂的认知。从小到大，秦峥常常与她针锋相对、口舌较劲，日常的状态就是对方的狗嘴里吐不出象牙。但她仍然清楚，秦峥一直庇护着她，甚至为她无条件地让步。她能活着是仰仗他，她能在战场上挥洒热血也是因为秦峥甘居二线。一个队伍里不需要两个辉煌的战神，他放弃了自己的理想，和联盟国的领导们斗智斗勇，坐在最高指挥官的位子上撑起ISF。其中一个理由，也是祁珂。

这些，祁珂都心知肚明。她一度以为这只是挚友间的默契，到现在她才明白，原来秦峥一直把自己的心思埋得太深，谨慎得害怕让她感觉到任何负担。说不感动，那是假的。但感动不是感情，祁珂非常清楚。她埋下头，思考着用什么委婉的话语来告知自己的心情。另一边的叶鸣却按捺不住，冷声道："我和祁珂……"

祁珂握住他的手，摇头阻止："这不该由你来说明，我希望你能给我和秦峥一些空间。"

叶鸣拧紧眉头，唇抿成了一条线。

祁珂想了想，深吸一口气道："秦峥，我很抱歉，我的第一张好人卡可能得由你接收了。"

"……"

"在我心里，你是我……"

话头刚起，秦峥的电话便突兀地响了起来。祁珂瞅瞅他的裤兜，秦峥合了合眼，咬牙掏出手机，按下挂断键："你继续。"

"你是我最……"

铃声再次响起。

祁珂："……"

叶鸣："……"

好想打人！

到底是最什么的，这个断句简直要逼死在场的两个男人。秦峥一口老血哽在喉咙里难上难下，明明已经在祁珂的开场白里知道了最终答案，却还是忍不住想听听自己在她心里的地位。但手机接二连三地响，想必是有要事。他无奈地将手机屏幕翻转过来一看，见是张正，皱眉坐回椅子上，关闭了人物影像功能，按下了接听键："什么事？"

张正语气焦急："报告将军，我不是有意打扰您的私人晚餐时间。"

"我知道，直接说重点。"

"是！潘多拉空域的维拉星球上，能源探测机器人发现了一种极其罕见的类金属物质，类似第二副族到第三副族的过渡金属，但密度经过初步勘察竟超过了6，与其类似的物质第一次被发现，是在祁珂下士的父亲——祁言的血液中。"

秦峥霎时面色一沉，先前的柔情似水眨眼消散，取而代之的是一种如临大敌的慎重。

在祁珂的父亲——祁言以机甲巨人现世，结束佩特战争后，各方都想尽办法取过他的血液样本用以研究这个不死巨人的构造。存在于他血液中的类金属物质，有着任何科技都无法比拟的卓越性，如果用来制造武器，将是全宇宙的浩劫。包括人类在内的几大种族穷尽全力，花了大量的时间，都没有在宇宙里发现与其相同的类金属物质。秦峥深知，这东西一旦被发掘，肯定会引起一场大规模的争夺战。

祁珂见秦峥脸色不对，严肃地道："发生什么事了？"

秦峥看她一眼，又有些犹豫地看了看叶鸣。

祁珂担保："这小子是和我们是同一阵线的，当然，除了你和他的感情纠纷。"

"……"

秦峥不想浪费时间，索性将手机平放在桌面上，开启了影像投射。他对张正道："时间紧迫，你尽量精简用词。"

"是。"张正挺起胸膛，"就在二十分钟前，位于潘多拉空域维拉星球上的探测机器人发现了一种极其罕见的类金属物质。"

祁珂一听这个开头，嘴角就抽动了一下。她有且仅看过类金属物质相关的信息，就是在她父亲的生理构造研究报告上。

张正道："这种物质和当年在祁言先生的血液样本中发现的类似第二副族到第三副族的过度金属相同，但密度超过6，具有超高的导热性和耐腐蚀性。甚至，其本身能够通过原子分裂来重新组合。这种奇特的原子结构，也是祁言先生能在战争中屡屡受创却自行痊愈的原因。"

祁珂和秦峥当然知道这些细节，她沉下目光问："现在是什么情况？"

“潘多拉空域实际上一直都有六大种族的探测机器人在各个荒星上寻找能源堆，包括维拉星球我们之前也去查探过，但是一无所获。很巧的是，在这段时间里，六个种族几乎都有闲置的机器人在维拉星球上徘徊，所以各种族差不多是在同一时间收到了类金属物质被发现的消息。现在应该都在紧急组织舰队，准备前往维拉星球参与争夺。”

祁珂默了默：“维克多他们还在休假吗？”

“是的，祁珂下士。”

“赶紧召回这四个人，十五分钟后，我要在基地里见到这四个懒货。整合一艘隐形指挥舰、一艘柯罗驱逐舰、两艘尼斯战舰、十艘迷你跳跃舰。自杀式战斗航母编制成三个小组，进入指挥舰底舱待命。”

“是！”张正根本不用过问领导，就深明领导心意地给出了回复。

祁珂又道：“这次的争夺战不比以往的每次战役，各方必是倾巢而出。这是首波出战的舰队，基地里再组织一艘泰坦舰、一艘霸龙护卫舰和两艘夜鹰战列舰随时待命。”

“是！”

祁珂吩咐完，抬头看向秦峥。秦峥让张正先去启动二级战备警戒，旋即便挂断了电话。片刻后，秦峥道：“这次的事情来得蹊跷，之前你让我调查出现的黑洞，潘多拉空域在三年前就曾出现过一个大质量黑洞。”

“这个我已经知道了。”祁珂皱紧了眉头。

“还有一件事，大概在二十天前，维拉星球上的探测机器人曾有二十几个小时和地球终端失去了联络信号。”

“……”

秦峥神色凝重地道：“这件事当时没有引起广泛关注，都以为是黑洞产生了转速变化，才导致信号短暂消失。现在想想，这或许是有预谋的。”

“你知道我想到了什么吗？”祁珂用手指敲击着桌面。

“R79 星球。”

两个人一唱一和，叶鸣在边上完全沦为背景板。

祁珂点点头：“是的。巧合太多，则是人为，这是阴谋论的首要定律。我想，唯一能推动整件事发生的，只有……”

“造物主。”

说到这儿，两个人的心情都不免有些沉重。他们能敏锐地察觉到，有什么大事即将发生。祁珂挥去了脑海中多余的杂念，站起身说：“不管是不是造物主的阴谋，这个圈套我们都得以身试险。如果其他种族夺取了类金属物质，后果会比我们想象的更严重。”

秦峥抿着嘴唇，没有应声。

祁珂伸了个懒腰："大餐也吃了，我确实该去做点饭后运动了。话说你要用我的工资结账是真的吗？"

秦峥还是不说话。

祁珂撇撇嘴："算了，就咱们俩这过命的交情，我两年工资就当送给你买补肾健脑丸了。至于今天吃饭的那个主题，我……"

"你那点心思我清楚了，你可以安心地走出六亲不认的魔鬼步伐了。"

见秦峥依然这么贫，祁珂一颗提在嗓子眼的心总算是落回了肚子里。她露出一丝痞笑，又拍拍叶鸣的肩："现在我得去干点正事，待会儿你秦叔叔会把你安全地送回军校。我不在的期间你可要全面发展，文化成绩跟上，动手能力也别落下。有人欺负你，就拿出你撩我的劲头，别尿。打得过就打，打不过就跑，明白吗？"

叶鸣拽紧她："我和你一起去。"

"扯淡，别以为你赢了一回模拟军演就飘了。战场和学校不同，是个脑袋和鲜血齐飞的地方，你不能去。"

"祁珂……"

祁珂不容置喙地道："我再说一次，回学校，好好吃饭上课，别把恋爱脑发展成人生主流。"

"……"

话说完，祁珂转过身，快步走向餐厅出口。秦峥提高音量叮嘱："小心点，别让我亲手给你盖国旗。"

"你这个愿望肯定要落空。"祁珂潇洒地挥挥手，迈出大门，消失不见。

两个男人不约而同地收回视线，静静地对坐少时。秦峥将那块芝士蛋糕端回自己跟前，用刀切开一半，拿出了里面藏着的求婚戒指。他拈着戒指反复打量，心口的抽搐一阵强过一阵，但表面上却镇定得看不出半点破绽。叶鸣同样盯着那枚戒指，眼睛里肆意浮现出嘲讽和不屑，以及一种让人深感不适的森冷。

秦峥看也不看他，只是闷声道："现在我们来谈谈你的事，怎么样？"

叶鸣不置可否。

"你究竟是什么人？留在祁珂身边有什么目的？"

"很明显，不是吗？"叶鸣冷笑着，用吸管吸空了杯子里的饮料，发出尖锐而刺耳的空响。

"你不止一种特殊能力的事，祁珂还不知道吧。"

叶鸣仍旧保持着嘴角浅淡的弧度，算不上一个笑，更像是危机来临的前兆。

秦峥语气不善地道："祁珂重感情，她选择相信你、袒护你，是因为目前没有任何事实证明你和那些血腥事件有关联。可我得提醒你，所有的蛛网都经不住风吹雨打。祁珂从来不是一个将感情放在理智前的人，当她透析了所有真相，她只会将你排斥在她的世界以外。你不用为自己眼下的处境沾沾自喜，我可以向你保证，这只是一个短暂的假象。”

“你能做些什么呢？”叶鸣瞳孔中的幽绿一闪，凭空夺过了秦峥手里的戒指。秦峥惊讶不已。只见叶鸣慢慢地将那枚戒指送进自己嘴里，上下牙齿一咬合，戒指竟发出了碎裂的声音。

这个画面看上去实在太诡异。秦峥本能地动了动眉梢，很快又恢复了一贯的沉稳。直到此刻，叶鸣才真正认识到，秦峥的确是个劲敌。他笑了笑，双手撑在桌面上，凑近秦峥说：“即使我的目的是她的性命，你又能把我怎么样？”

秦峥握紧拳头。

“你留得住我吗？”

示威的话说完，叶鸣率先离席。秦峥独自坐在位子上，一言不发地思考着所有事情的蛛丝马迹。将近十分钟后，手机铃声再度响起。见是张正的号码，秦峥止住纷杂的思绪，接听电话：“祁珂已经出发了，最快二十分钟抵达。”

“不是的将军，我是要通知您，您之前让李默调查的事有结果了。”

“各战舰的人员就位了吗？”

指挥舰上，斯蒂夫坐在主控台边，一边检查着指挥舰的性能和武器装置，一边在加密频道上给参战人员发送密语。在得到肯定的答复后，他对主指挥位子上的祁珂说：“都就位了。”

“那就出发！”祁珂系好安全带，斯蒂夫即刻传达了她的命令。随着广场上的指示员做出统一手势，所有战舰先后升空，赶赴潘多拉空域。

行程总共需要两个小时。路上，祁珂不停地翻看着各方势力的战舰更新资料。正是全神贯注时，不知道从哪儿溜出来一只绯可猫，悄无声息地沿着舱壁钻进了主控室。

斯蒂夫设置好自动驾驶航线，回头刚要和祁珂叨叨两句，冷不防就看见那只体型膘硕的大猫用根本不符合它设定的敏捷，飞身跃起，射进了祁珂怀里。

斯蒂夫：“我的天？”

祁珂差点被压得背过气。她气结地瞅着这只十分眼熟的蠢猫，内心里挣扎着要不要直接把它当个炮弹炸在宇宙里。绯可猫似乎也意识到她这种不良的动机，麻利地卖萌装乖，“喵”了一嗓子，伸出软软的舌尖舔她的手背。

祁珂直翻白眼。

斯蒂夫一句“哪来的肥猫能不能杀来打牙祭”还没出口，祁仙女说话了：“少来这一套，我跟你说的话你都当耳边风是吧？让你滚回学校你是怎么计算的坐标就滚到这里来了？嫌命长了想体验一把灵魂漂移的快感？”

绯可猫：“喵喵。”实力委屈。

斯蒂夫张大嘴哑口无言。仙女怎么了？仙女为什么要和一只猫对话？这种精神状态真的适合去打仗吗？要不要现在掉头回去看个神经科？

斯蒂夫受到了惊吓。

祁珂又冷声道：“给我站在边上变回来，看你这个样子我恨不得一巴掌呼死你。”

绯可猫可怜巴巴地跳回地面，抖了抖浑身的短毛，紧接着身形秒变，成了一个长相非常出众的青年。

斯蒂夫确实忍不住了，惊呼道：“啊！”他揉揉眼，“我觉得是我要去看精神科。”

祁珂没理他，瞪着叶鸣问：“为什么还是跟来了？”

“我放心不下你。”叶鸣低头绞手指。

“你觉得我都解决不了的战争局面你能解决吗？”

“不能……”叶鸣老实回答。在祁珂发火前，他又抢先一句：“但我会用我的生命保护你。”

“……”

斯蒂夫站起来，一个劲儿地围着叶鸣打转：“这是哪里来的小鲜肉，这么当众撩主帅真的好吗？”

“闭嘴。”祁珂怒嗔一嗓子，问斯蒂夫，“能不能通过小型飞船把这货送回第四卫星？”

“你这是向我提出了一个跨世纪的技术问题。”斯蒂夫咂嘴道，“底舱里确实还有两艘备用的小型飞船，但现在距离第四卫星差不多有四十五亿公里，按照小型飞船的储备燃料计算，我觉得可以把他送到木星上冻成个冰雕。”

祁珂合了合眼。

叶鸣生怕她真生气，忙不迭地保证：“我不给你添乱，我就安静地待在一旁。我只是……只是想陪着你。”

还能怎么样，又不能真的把叶鸣人道毁灭了。祁珂深吸一口气，指着舱壁的一个临时座位道：“去那儿面壁反思，多说一个字你三个月都别想和我有任何肢体接触。”

“哦。”这个威胁可以说是非常扎心了。叶鸣不敢反驳，立刻扭头打开临时座位，四平八稳地坐好。他双腿并拢，双手平放，标准的小学生坐姿。

斯蒂夫憋笑憋得满脸通红，表情夸张地问：“老祁，这个不会就是之前住你公寓里的那小屁孩吧？我都听杨睿说了。”

祁珂埋头看资料。

斯蒂夫自说自话：“我还真没想到，就你这人品，也能靠老天瞎眼捡了个漏，凭着个破渔网网住两条大鱼。”

“……”

“哥几个可都知道了，今天将军请你去吃Clos Maggiore了？”

祁珂心无旁骛地当着高岭之花。

斯蒂夫开始了他的老男人幻想：“据说将军是要向你求婚啊！那场景，肯定让你终生难忘。将军深情表白，捧着花束和钻戒单膝下跪，请你嫁给他。啧啧，钻戒有没有鸽子蛋那么大？张正可说了，将军为了清场可花了不少钱。”

“我去？他还清场了？我就说那餐厅怎么都没人呢。”祁珂突兀地插话。

斯蒂夫贼笑：“是不是满足了你的虚荣心？有没有让你兴奋得都快肾亏了？”

祁珂：“……”

好想封住这个老男人的嘴。

诚然，有这个想法的不止祁珂一个人。叶鸣正要动手，斯蒂夫又疑惑道：“不过我听你刚才的话，你是看上这小子了？奇怪，他除了那张脸哪里还比将军强了？”

祁珂一门心思扑进了资料的海洋里。

斯蒂夫追问道：“老祁你说句话啊，你看上他哪里了？”

“硬……”

硬核技术是追踪型导弹，经过多次优化改良，帕洛玛战列舰的导弹炮台增加了二十七孔，能在三秒之内迫击式发射四十枚以上的追踪导弹，并通过电磁网的干扰，使敌方的反导弹系统失灵。

真的是硬核啊，想不到巨坦人这么快就改良了帕洛玛追踪型导弹被截击的缺陷。如果首战遇上的是巨坦人，百分之七十会遭遇改良后的帕洛玛战列舰。祁珂陷入沉思中，根本没意识到自己无意脱口而出了个什么字。

指挥舱内一片死寂。

斯蒂夫惊悚地看了祁珂半晌，又目光幽深地看了看呆滞的叶鸣，再深表怀疑地看了看叶鸣的裆部。叶鸣缩回本想做小动作的手，尽量不太浮夸地挡住了裤裆。

斯蒂夫竖起大拇指，无线电里同时传来杨睿等人的惊叫：“我的天哪，老祁好没节操哟，居然对学生都能下得去手，不知道兔子不吃窝边草吗？”

李响：“老祁你竟然背叛了我们的单身组织，我对你表示严厉的谴责。”

维克多：“牛。”

斯蒂夫也拿起无线电：“还能说什么，大家集体给将军点支蜡烛吧。”

祁珂实在受不了这几个老男人的嘈杂，慢条斯理地抬起头：“你们几个今天是吃劣质药了吗？”

斯蒂夫耸耸肩，憋着笑坐回了自己的位子。祁珂虽然觉得大家刚才的发言怪怪的，但也没多想，继续专注在资料上。

到了潘多拉空域外围，舰队停在星门后调整队形，祁珂趁机吃了一包薯片和一大袋小点心，又喝了一瓶功能性饮料，这才擦擦嘴，下命令道：“倒计时，准备穿过星门。进入潘多拉空域后，跳跃舰以扇形散开，战列舰居中，指挥舰殿后。驱逐舰与战列舰上下平行，听我的指示行动，不要躁进。”

“明白。”

祁珂给斯蒂夫递了个眼神。斯蒂夫的倒计时结束，舰队快速穿过了星门，进入了潘多拉空域。惯性滑行了约二十千米后，所有战舰犹如乍停的流星，悬在无穷无尽的宇宙中。一颗通体呈浅白色的荒星出现在众人的视野里，一如暗夜里的瑰宝，笼罩着一层淡淡的光晕。深黄色的星环仿似舞者的裙摆，让那颗名为维拉的星球更添数分曼妙的姿态。在它和地球舰队之间，另一支整齐的舰队正徐徐行进。斯蒂夫通过飞船上的视域分析装置，扫描了对方战舰上的银灰色图标，随即确认道：“是巨坦人的舰队。”

“真是怕什么来什么。”祁珂咒骂一句，紧接着道，“看看对方都出动了些什么战舰？”

“主舰是帕洛玛战列舰，以及四艘越洋护卫舰和十艘战斧输出舰。”

全是巨坦人的核心战舰，果然不出祁珂所料。现在各方对类金属物质都有着必夺的心态，一定会出动己方最强大的阵容参与争夺。根据先前查阅的资料，帕洛玛战列舰在导弹技术上略占优势，但仍不是无懈可击。这种重甲战列舰因己身重量太大，导致转向和飞行速度都相对弱势，其重甲针对导弹的防爆性极佳，可对能量炮和磁轨炮的防护技术却大大减弱，所以巨坦人才会出动四艘越洋护卫舰来弥补缺陷。战斧输出舰的性能和我方跳跃舰类似，优势是速度快，装备了加农炮提升威力，是打前锋的首选。

反观我方的柯罗驱逐舰，具有炮台干扰功能，可影响六十千米范围内的炮弹轨迹，吸引绝大部分的火力。因舰身自带能量反应核，可截击大部分炮弹，降低炮弹百分之八十的威力。在小型会战中，是掩护我方主舰的最佳选择。

而尼斯战列舰配备七组热熔激光炮管，火力强悍，但射程只能达到二十五千米，微曲加速引擎能在战斗中短时间提升战舰的极限速率，使其速度比一般战列舰高出百分之十五。

祁珂稍一沉吟，很快便拟定了战术。趁着巨坦人还没组织回防，她下令道：“全速前进，逼近巨坦舰队三十千米范围内。”

“是！”斯蒂夫应了一声，指挥舰开启隐形模式，以跳跃舰为首，驱逐舰和战列舰紧随其后，以迅雷不及掩耳之势冲向巨坦舰队。

巨坦舰队以帕洛玛为中心，停下前进的趋势，转向正对背后的地球舰队。

接近射程后，祁珂率先打响了第一炮。

“所有跳跃舰绕到敌方屁股后，一对一咬死战斧输出舰，逼他们出战圈，争取快速解决！”

跳跃舰顷刻四散开来，从下方绕到巨坦舰队的后面。巨坦人当即回应，战斧输出舰围成一个半圆，火力瞄准了跳跃舰。

“开火！”随着祁珂的女高音在无线电里猛地拔高，跳跃舰的加农炮齐齐射发，将暗沉如深渊的空间映得银光斑斑。

“帕洛玛战列舰在预热炮管，驱逐舰向左远离指挥舰，开启炮台干扰功能！”

驾驶驱逐舰的杨睿立即执行祁珂的指令，撤出十六千米左右的距离。

祁珂屏住呼吸关注帕洛玛的动向，等底部的炮管整齐地排射出四十枚追踪导弹，祁珂沉声大吼：“就是现在，尼斯舰集火帕洛玛，注意四艘护卫舰的电磁防护网，不要进入护卫舰的攻击距离，被切成碎片回去我就把你们全埋了！”

驾驶尼斯战列舰的是维克多和李响，自然深知祁仙女的作战模式，不用她仔细吩咐，两艘尼斯舰自动拉远了距离，从两方分别炮攻帕洛玛战列舰。对方见是这种猥琐的打法，也随即让四艘护卫舰两分，两两为一组，在帕洛玛前方形成了电磁防护网。

帕洛玛射向两艘尼斯舰的追踪型导弹眼看要击中舰身，却在眨眼之间被驱逐舰的炮台干扰功能影响，使所有导弹临空转向，飞向了后方的驱逐舰。

“这样撑不了多久啊！”斯蒂夫一边在屏幕上分析着各方炮弹的轨迹，一边担忧地道，“帕洛玛的火力太强悍了，以柯罗的防爆性，挡不了二十分钟就得被轰成渣。而且尼斯的热熔激光炮也被电磁防护网吸收不少，无法对帕洛玛造成致命的打击。”

祁珂目不转睛地从驾驶舱玻璃上注视着前方战况，冷静地道：“别急。这种阵型两方刚好处于平衡，打的就是持久性，赌的就是谁能剑走偏锋。先看跳跃舰的情况。”

斯蒂夫在主控台上迅速按下几个追踪键，已经被逼到战圈外的跳跃舰和战斧输出舰的交火场景以虚拟画面呈现在指挥舱内。

战况一时僵持，两方谁也没占上风。祁珂沉默不语，一会儿看看虚拟画面，一会儿又看看尼斯和帕洛玛的交替攻势。

另一边，在帕洛玛战列舰内，一名头发微卷的高个儿巨坦人正坐在指挥位上喝可乐。他那张粗糙的脸上布满深刻的纹路，暗金色的眼睛里沉淀着用岁月积累的沉着和稳重。就在指挥位旁，还站着另一个身形已然佝偻的中年巨坦人。他裹着一袭黑色的连帽披风，容貌隐在帽檐的阴影下。

高个儿巨坦人喝完了杯中的饮料，将水晶杯放在旁边的小矮桌上，一双古井无波的眼遥遥望远处的虚空。

“他们的指挥应该不在这几艘战舰内。”

“是的。”旁边的中年巨坦人声音嘶哑地回答，咳嗽了几声，又继续道，“应该还有一艘隐形指挥舰正在战圈里观望局势，但我们现在无法确定它的位置。”

“你能看出对方指挥官是谁吗？”

“还不敢确定，但我猜测，是主帅您熟悉的人。只有她出战时，九成以上的概率都会启用隐形指挥舰。”

被称主帅的男人合了合眼，再睁开时，噙着半点笑意：“和我们之前得来的消息似乎不太符合，这种打法还是太嫩了，不是吗，亚尔弗？”

亚尔弗微微弯腰：“可别小看了她，您应该还记得当年是怎么被她妈打脸的。”

苏德安脸一绿，一口冰可乐哽在喉咙里不上不下。这都多少年了，来自自己下属的吐槽依旧如此犀利。苏德安略感心塞地道：“你还要提这件事提到什么时候去？”

亚尔弗沉沉一笑：“我只是想提醒主帅，不可轻敌。”

“我知道。”苏德安烦躁地摆摆手，又缅怀道，“真希望她能和她的母亲一样，让我刮目相看。否则，我可不会因为她的身份就心慈手软。”

“在战场上，对敌人心软，就是对自己残忍。这正是方小姐教你的，不是吗？”亚尔弗微笑道。

苏德安：“……”

“我们都是军人，方小姐会理解的，不会因为这件事就打爆您的头的。”

“亚尔弗！”

亚尔弗抿抿嘴唇，转了个方向看外边的局势：“他们的驱逐舰就快扛不住了。”

苏德安闻言，也集中注意力看向了敌方的驱逐舰。

与此同时，地球指挥舰内却出奇安静。祁珂看着跳跃舰和战斧输出舰的战况五五分，已经互损了四五艘。再看时间，二十分钟悄然过去，驱逐舰的舰身已被追踪导弹轰得铁屑纷飞，各方面性能都出现了紧急故障。

杨睿的话音通过无线电传来：“妈妈呀，老祁，人家快撑不住了啦，你是打算把人家送在这里吗？”

祁珂的手背上起了一层鸡皮疙瘩，不怀好意地道：“哎哟，被你发现了。”

“不要啦老祁，人家还没脱单。”

“你是个军人。”

“能撤退了吗？”杨睿哭唧唧。

“这会儿撤退我回头就让李响和维克多送你去天堂组委会参加娘炮选拔大赛，给我钉死在那儿，动半步我亲自下场手撕活人！”祁珂这么一号，杨睿登时不敢接话了。

又过了五分钟，眼看驱逐舰濒临损毁的边缘，苏德安下了死命令：“差不多了，亚尔弗，让那个小女娃体验一下生死擦边的刺激。”

亚尔弗默契地点点头，对主控台的战士道：“让隐轰机清理边路。”

随着他的话音落地，帕洛玛战列舰上方毫无预警地出现了二十架隐轰机，迅速散往战圈外，集中火力歼灭跳跃舰。

斯蒂夫一看情势不妙，高声骂道：“他们还有隐轰机！”

隐轰机因速度和隐形的优势，无法被雷达捕捉，加上绵密的能量炮，能快速清理一波敌方的各类型小战舰。

祁珂不慌不忙：“我就知道他们的阵型不可能这么简单。稳住，我们能赢。看见右前方的黑洞了吗？”

斯蒂夫：“我不瞎！”

“飞向黑洞，悬停坐标 335.769。留神点，别一不小心给我穿过视界去了。”

斯蒂夫赶紧掉头飞向黑洞。

就在这时，外围的跳跃舰几乎被消灭殆尽，只剩一两艘在奋力抗争。没有主将的命令，谁也不敢轻易撤退。一波追踪导弹炸开在驱逐舰的能量罩上，反应核完全失去了能动性。几番剧烈震荡后，两颗没能拦截下的导弹击中了驱逐舰的右侧引擎，引擎随即起火，驱逐舰也不受控制地往下坠落，于一片漆黑中拉扯出一道绚丽的蓝色火焰。杨睿心惊胆战，好不容易启动了应急反应装置，稳住了驱逐舰，祁珂的话音也高亢地钻进了耳膜：“就是现在，杨睿撤到就近的姜戈拉星球背面，剩下的跳跃舰收炮打游击，给我带球绕场溜，不用歼敌，活着就是光荣！尼斯转火，攻击四艘护卫舰。斯蒂夫，取消隐形模式！”

斯蒂夫以为自己听错了，不敢相信地看向祁珂：“什么？取消隐形模式？那我们可能会被帕洛玛的导弹一波带走。”

“怕死不是真英雄，命令不说第二遍，快！”

斯蒂夫头皮发麻，按照祁珂的指示取消了隐形模式。一艘庞大的指挥舰霎时出现在黑洞前方，吸引了苏德安的视线。

“这个小女娃还是忍不住了，主动暴露了位置。地球人造的这种指挥舰，除了隐形功能和防爆不错，武器配备基本就是观赏的作用，对上我们的战列舰没有任何优势。”

“是的。”亚尔弗垂首，“我们正在等待您的指令。”

苏德安眼皮一敛，瞳孔里充斥着嗜血的红色。

祁珂还在喃喃分析：“擒贼先擒王，这个道理银河系通用。一旦主指挥身亡，剩下的就是砍瓜切菜了，他们不会放过这个机会的。”

伴着她不轻不重的声音，帕洛玛战舰果然缓缓转向，对准了射程距离内的指挥舰。指挥舰上的所有人大气都不敢出，包括角落里观战的叶鸣。他弓起后背，随时都准备扑向祁珂，用自己的身体保护她。唯独祁珂，目光的焦点集中在帕洛玛的炮管上，神情一如既往的冷静。

“啊！他们要开炮了！指挥舰扛不住数量这么庞大的追踪导弹！”斯蒂夫额头上沁出了冷汗。

“让他们打。”祁珂慢声道。

所有人都不敢相信地看着她。这个女人的腔调里没有半点波澜，像一潭死水，说出的话却足以让人震撼到头脑放空。可就算是一个与祁珂并不相熟的士兵都了解她的风格，她从不干没有把握的事。越是身处险境，她就越是有着超乎常人的判断和理智。往好听点说，这货是将生死置之度外。可说难听点，这人根本就是个战争疯子！

斯蒂夫有那么一瞬，觉得今天自己妥妥地要盖国旗了。

两艘尼斯舰还在死磕护卫舰。护卫舰的电磁网出现了漏洞，渐渐有不敌的趋势。

横亘着半个星域的距离，两个主帅彼此注目。他们都在赌对方的下一步行动，无声的交锋更胜舱外绵密的炮火。

片刻后，苏德安和祁珂几乎是在同一时间下达了命令。

“向敌方指挥舰开炮！”

“启动所有自杀式战斗航母，攻击帕洛玛战列舰！”

帕洛玛的炮管齐发，一排导弹如同死神的镰钩在空中划出明朗的弧线。与此同时，指挥舰的底部舱门打开，三组战斗航母蜂拥而出，涌向正处于火力空窗期的帕洛玛战列舰。

苏德安和亚尔弗心头巨震，谁都没料到祁珂还有这一招。就在导弹接近指挥舰的刹那间，祁珂竟不合时宜地露出一丝笑容。斯蒂夫抱住脑袋，无线电里传来杨睿抑扬顿挫的呐喊：“老祁！”

“斯蒂夫！”

叶鸣箭步扑到祁珂跟前，双手将她抱紧在怀里，用后背面向疾驰而来的高速导弹。

静。

死一般的静。

每个人的耳朵里都回荡着自己起伏的心跳声及沉闷的喘息。预料中的致命打击并未按时降临，指挥舰仍稳稳地悬停在一派汹涌的暗色中。斯蒂夫琢磨着怎么没有动静，头一个抬起头睨向舱外。

没有导弹的轨迹。

不远处，越洋护卫舰的电磁网全面崩毁，被自杀式战斗航母猛攻的帕洛玛左侧舰体也出现了程度不一的毁坏。等巨坦人的隐轰机群反应过来，即刻回防帕洛玛主舰时，被战斗航母的纳米热能造成的破损已经无可挽回。帕洛玛的引擎动能出现了失衡，在黑洞的引力撕扯下，整个舰身开始分崩离析。

斯蒂夫手抖地在屏幕上操作了一通，才察看到之前帕洛玛发射的追踪型导弹已被黑洞拉进了无底的深渊。他长舒一口气，回头瞅瞅还被叶鸣搂在怀里的祁珂。祁珂示意叶鸣坐回位子上，好整以暇地理了理衣角。

斯蒂夫不解："怎么会这样？"

祁珂奸诈地咧嘴。

"是宇宙风暴。"叶鸣沉声道。

作为一个常年参与星际争夺战的将领，斯蒂夫当然明白什么是宇宙风暴。可他仍有疑惑，祁珂是什么时候发现这片空间存在宇宙风暴的？

"老祁，你的眼睛是扫描仪吗？"

祁珂还没回答，躲在姜戈拉星球背面没有看见全程的杨睿着急地大吼："我的妈！你们还活着吗？都没事吧？"

此时，帕洛玛战列舰被击毁，巨坦人的两艘越洋护卫舰也先后遭到李响和维多克的致命打击。剩余的两艘约莫是接到了上级的命令，率领余下的隐轰机开始向就近的星门撤退。祁珂慵懒地叮嘱道："穷寇莫追，送他们到星门处就行了。等会儿李响和维克多清理战场，杨睿先原地待命。"

"明白。"

斯蒂夫见她不解释，又问："你究竟是怎么发现这里有宇宙风暴的？话说回来，你下次有什么策略能不能先知会一声？我年纪大了吓出个脑中风你负责我的下半辈子？"

"我负责拔掉你的呼吸机。"

斯蒂夫："……"

李响和维克多配合着缩小了战圈，将巨坦人的舰队赶到星门附近。李响继而在无线电里笑道："下面把话筒给老祁，让她开始表演时间。"

十九
致命的阴谋

“在来的路上，我着重查看了巨坦人关于帕洛玛战列舰的缺陷改进，他们现在的硬核技术就是追击式追踪型导弹，就火力上而言，我们这次派出的战舰没有任何优势。”

“道理我们都懂。”斯蒂夫挑了挑眉。

祁珂接着道：“我同时也查看了附近的空域地形。我们背后这个暂定名为贝拉黑洞的大家伙，最近一次的数据更新，是在三个月前。据资料显示，它的自转速度在一亿千米每小时左右。你现在把我们抵达这片空域时，视域分析装置的扫描图呈现出来，着重看一下当时我们所能看见的黑洞全貌。”

斯蒂夫立刻照做，黑洞的影像投射在指挥舱上方。斯蒂夫打量了半天，也没理出个所以然：“不就是个大质量黑洞吗？有什么奇怪的？”

叶鸣冷冷地插话道：“注意它的左边缘。”

祁珂回头对叶鸣投去了赞许的目光，叶鸣也回以一个温柔的笑容。

斯蒂夫猝然被两个人塞了一嘴的狗粮，深感不幸福。他翻了个白眼，认认真真地看向黑洞的左边缘。

所以说，为什么斯蒂夫一把年纪还在给小仙女打下手呢？问题就出现眼睛上。直到叶鸣提醒，他才发现这个黑洞的左边缘是扁平的。这说明，这个黑洞的自转速度眼下已经接近最大速率，也就是十亿千米每小时。斯蒂夫不由得脸色一青，十分明显，祁珂再次让他的人生高度得到了升华。

祁珂淡淡地道：“发现了吧。短短三个月，这个黑洞的自转速度提高了十倍！据我猜想，这只有一种可能，最近有小质量黑洞游移到这片空域附近。根据引力论，当小质量黑洞经过大质量黑洞附近密集的星场时，小质量黑洞的引力会偏转这些恒星，而它背后本身的恒星密度也会相应增加，形成航行轨迹。这个航行轨迹会拉扯小质量黑洞，降低它的速度，使它沉入大质量黑洞中，导致大质量黑洞的速度加快。而两个旋转黑洞的融合碰撞，会让时空旋涡狂暴，时间流速剧烈震荡，导致附近空域的空间几何发生疯狂的变化，也就是宇宙风暴。我之所以让你行进到黑洞前方，靠近宇宙风暴的范围内，我只是在赌，赌敌方的指挥没有事先研究过这个黑洞的变化，不知道这里存在宇宙风暴。当帕洛玛导弹朝我们发射，空间的弯曲会让实际距离大于预想距离。事实上，弹道在宇宙风暴的影响下，已经无法直线前行，而是以弧线滑过我们这个坐标点的周围，最后落入了黑洞的视界内。假设斯蒂夫你刚才悬停的位置有半点偏差，现在我们俩可能都要盖棺材板了。”

斯蒂夫：“……”

遇上这么一个不爱提前沟通的指挥，直觉迟早得被她玩死，好想辞职。

斯蒂夫抹了一把冷汗。

分析完毕，扫尾工作也进入了尾声。巨坦舰队消失不见，只余一艘熄灭了引擎的帕洛玛战列舰正在黑洞的引力下缓慢分解。大量的铁块循着弧线飞过来，擦过指挥舰上方，坠进了黑洞视界。

主控台上蓦地响起“嘟嘟”的提示音，斯蒂夫低头一瞅，见是一个通话信号，来自正在瓦解的帕洛玛战列舰。他回头道：“巨坦人的指挥请求通话。”

祁珂默了默，用脚趾想，她都猜得到这次巨坦人的作战指挥是谁。她无所谓地道：“接进来吧。”

斯蒂夫连通了信号，一个雄浑的男低音在偌大的舱内响起：“你好，祁珂。”

“你好，苏德安叔叔。”

“你知道是我。”苏德安也不意外，话里甚至带着几分笑意。

“当然，我得感谢您手下留情，才让我略胜一筹。”明明是谦虚，却愣是被祁珂表达成了傲然和不屑。听在耳里，犹如对失败者的嘲讽。

苏德安不怒反笑：“你很有你母亲当年的风采。”

祁珂登时心塞：“都过去那么多年了，求您别再打我妈的主意了，我爸什么脾气您还不知道？分分钟去巨坦星表演脚踢幼儿园、拳打养老院哦！”

苏德安：“……”

在场众人：“……”

话说当着这么多人的面和另一方的主帅讨论感情的事是不是有点不大合适啊仙女！

仙女根本不理其他人噎了只苍蝇的表情，还在鄙视：“就上次，您在黑市拍的那颗‘幽灵之心’，您要真是人傻钱多没处花送我几亿通用币我还能请您地球一日游，你送我妈一条项链，不得被我爸嚼吧嚼吧扔下水道里，您这又是何必呢？”

另一个男人的声音隔空劝道：“主帅！主帅！冷静点，粒子传送带准备就绪了，我们先离开，犯不着和一个黄毛丫头打嘴仗。主帅！”

通话设备安静了几秒。好一会儿，苏德安压着火气继续伪装仁慈的长辈：“丫头，不要因为一次的胜利就让你飘了，战场上没有人能常立不败之地，谦虚谨慎才能让你的路走得更远。”

祁珂挖挖耳朵，一副“全宇宙我最跩”的嘴脸：“我哪能一次的胜利就飘了……我是无数次的胜利累积下来才开始飘的，人家刚刚还差点撸掉你的头哦。”

苏德安：“……”

亚尔弗：“主帅！快把你手上的毁灭装置放下！”

斯蒂夫幽幽地看向祁珂，对这货的嘴简直感到绝望。帕洛玛战列舰配备了多狠的毁灭装置您是不知道吗？！万一激得对方主将按下那玩意儿，咱们是要逃进黑洞里躲避世纪大爆炸吗？！

祁珂摊摊手，半点不在乎。

苏德安咬牙切齿：“你太狂妄了，就连你妈当年还在我这里吃过亏，你说话还是注意一下比较好！”

祁珂“呵呵”：“我只听说您在我妈的牢子里尿了裤子。”

苏德安：“……”

亚尔弗声嘶力竭：“主帅！控制住你自己啊！你已经不是当年的愣头儿青了，你现在是一军统帅！我们该走了，走了！”

祁珂安抚道：“苏德安叔叔您还是听别人一句劝，赶紧拾掇拾掇回母星吧，再晚你就要去黑洞终身监禁了哟。”

“小女娃，我们还会再见的！”

“好的叔叔，摸摸哒叔叔，下次我一定给您留面子。”

苏德安切断了通话。

拉了满级仇恨的祁珂乐得眉开眼笑，侧头一觑，叶鸣不知什么时候站在了她旁边。他突然将祁珂圈在椅子中间，弯腰逼近，眉心隐隐透着一股黑化的气息。祁珂一愣，威风不存，秒变尿包：“你这个姿势是要干什么？”

叶鸣眯着眼睛：“不许和别人摸摸哒。”

祁珂：“……”

看好戏的斯蒂夫：“哈哈哈。”

斯蒂夫急忙拿起无线电，跟几个同伙嚼舌根：“老祁被全垒打了！你们要不要看看她尿成一团的鸟样。”

“录下来！”三个人异口同声。

祁珂赶紧阻止：“斯蒂夫你是想上路全秃还是想下路绝后？”

斯蒂夫：“……”

狠毒！

被威胁了的老男人惨兮兮地放下手机，假装背过身去，拿出一把镜面手枪，通过手枪上的画面喜滋滋地观看狗血八点档。

祁珂碍于有下属在，意图找回自己的尊严。她深吸一口气，挺直了脊背，结果脑门一不小心碰到了叶鸣的下巴。接触到这黑化小狼狗时时刻刻都想把她这样那样的不纯洁眼神，祁珂麻利地靠回椅背上，接着认㞞。

找回尊严失败，祁仙女得另寻出路，她目光游移，心虚地解释："那就是一个语气词。"

"不可以。"

"没有其他意思。"

"不可以。"叶鸣斩钉截铁。

斯蒂夫的窃笑险些呈现山崩地裂的架势，他火上浇油道："正面怼啊老祁，拿出你刚刚治巨坦人的气势来！"

气势个锤子啊！祁珂心想，隔两天被按在床上认错的又不是你这个老光棍。

祁珂丧权辱国地闭上眼睛："行了，我答应你。"

叶鸣没说话。

少时，他猝不及防地在祁珂的眼睫上印下一吻。祁珂的脑袋往后一仰，在椅背上撞出"咚"的一声闷响。斯蒂夫也兴奋地将枪摔在主控台上，仿佛过节一般拿起无线电就号："亲了！亲了！我在现场！老祁被强吻了！有生之年系列！我居然看见了如此圆满的一幕！老祁真的脱单了！"

没正经的手下们争先恐后地欢呼……

祁珂倍感心累，在一阵嘈杂中捂住自己的嘴，不满地瞪叶鸣："还在打仗，你干什么？"

叶鸣笑眯眯地说："给你盖个章，代表这件事没有转圜的余地，以后，你只能和我摸摸哒。"

几个男人统一发出了高度起伏的"狼啸"。

祁珂恨得牙痒痒："叶鸣！"

叶鸣放低音量与她耳语："你捂嘴干什么？是怕我控制不住吻你吗？放心，那是回学校以后的事了。"

"我现在就在考虑把你放生在宇宙里。"

"你舍得吗？"

当然……舍不得，毕竟还在热恋期。

祁珂没好气地推搡开他，严厉地命令这个家伙退出三米以外。叶鸣也分得清场合，收敛了放纵的行为。祁珂调整好情绪，尽量把放飞自我的老男人们往正事上带：“过年还有十个月，你们都给我消停点。现在战事还没有结束，其他几个种族会陆续抵达这片空域参与类金属物质的争夺，巨坦人也有可能卷土重来。斯蒂夫，跳跃舰还剩多少？”

斯蒂夫即刻查看了战损，神色凝重地道：“一艘。”

祁珂拧眉：“杨睿驾驶的驱逐舰损毁严重，无法在接下来的战斗中发挥作用。杨睿。”

“在。”

“你和仅剩的跳跃舰穿过原星门返航，汇合霸龙护卫舰和夜鹰战列舰前来支援。我已经提前跟张正打过招呼，你回程的路上联系他，回到基地后不要耽搁，马上出发。”

“是。”杨睿驾驶驱逐舰从姜戈拉星球后方转出来，会同跳跃舰，驰向来时的星门。

“李响、维克多，以我现在的位置为正面，你们分别藏匿在姜戈拉星球后和布兰德星球后。这两颗星球距我现在的背向面没有星门通行，你们就待在那里待命。”

“是。”

“斯蒂夫，我们前往维拉星球停驻，你和舰上的士兵先去查看地面的情况。不用标记，这次的能源特殊标记了也没用。”

“明白。”

任务分派完毕，几个人各自执行。

斯蒂夫驾驶指挥舰快速飞往维拉星球，找到平坦地势降落后，由他率领所有士兵戴上了氧气装备登陆。祁珂则领着叶鸣，在指挥舰上随时关注空域形势。两人无所事事地坐了一阵子，祁珂又去休息舱里搬来不少零食，和叶鸣分享。叶鸣并不怎么饿，只负责帮祁珂撕开包装袋，给她要喝的饮料插上吸管，甚至在她双手都忙着往嘴里塞东西时，悉心地将饮料递到她嘴边。

祁珂目不转睛地盯着显示屏里的雷达捕捉。叶鸣拿起一片肉脯问：“要吃吗？”

祁珂颔首。

叶鸣把肉脯喂到她嘴里，祁珂嚼吧嚼吧，又望向叶鸣，问：“你怎么不吃？”

叶鸣笑笑，舔了舔刚才喂她时碰到她唇齿的手指。他的目光灼灼，隐含着再明显不过的挑逗。祁珂的脑子里瞬间像烧开了一壶水，沸腾出青烟。她面红耳赤地掩饰着鼓噪的心跳，却听叶鸣再接再厉地撩拨道：“我想吃的，不是这些。”

“……”

“我想吃你，你什么时候才肯喂我一顿饱饭？”

“臭小子！”祁珂怒嗔，“你都从哪儿学来的骚话！越来越没羞没臊了！”

说着，祁仙女忙不迭地别过头，不敢再看那双一蓝一金的眸子。

叶鸣忍笑：“真生气了吗？”

“哼！”

“那我让你撩两句还回来？”

“你……”

祁仙女简直被这货的脸皮厚度给惊呆了。她曾以为自己是嘴炮中的战斗机，没想到如今棋逢对手，竟被他比了下去。这种时候，究竟是该给他一巴掌醒醒神呢，还是该直接开除这货的粉籍呢？在线等，急。

两个人大眼瞪小眼，情欲一触即发。

就在这关键时刻，祁珂裤兜里的手机响了起来。她缓了缓神，拿出手机看是秦峥的号码，估摸着领导有军事要务，便没有开启影像投射，而是私下接听。

“怎么了？”

秦峥沉默片刻：“我刚接到张正的汇报，你击退了巨坦人的舰队。”

“嗯。”祁珂瞄了一眼叶鸣，见叶鸣神情不佳地盯着她的手机，索性站起身，找了个边上的角落。

“不要松懈。”秦峥道，“根据最新传回的消息，虫族、变色人种、撒加人和塞塔人，以及从来不参与星际能源争夺的远古兽族都派出了舰队前往潘多拉空域，预计最快会在十五分钟后抵达。杨睿还没回到基地，你现在处于战力弱势，不要轻举妄动。”

祁珂面色一肃：“知道各方派出的是什么战舰吗？”

“不清楚。我们的线人还没法进入到各方的军事中心，只远远看到有舰队出发。”

“我明白了。”祁珂刚要挂断电话，秦峥又道：“等等。”

“还有事吗？”

“叶鸣……在不在你身边？”

祁珂侧首瞅瞅正和她遥相注视的醋缸子，清了清嗓子说：“在。”

“找个隐秘的地方，我有一点东西给你看。”

“现在？”

“嗯。”

祁珂听出秦峥语气里的慎重，摸摸索索地转移了阵地，走到了和叶鸣直线距离最远的舱门边：“说吧。”

叶鸣看着祁珂的背影，不由得皱起了眉头。

电话里，秦峥道：“有两件事，我必须告诉你。第一，我通过一名被远古兽族买去的尔星人奴隶的口述里了解到阿尔法星的大致情况。”

祁珂没插话。

“阿尔法星在远久前，的确是一颗宜居星球。但不知出于什么原因，这个星系中的恒星核能耗尽，成了一颗死星。这个变化直接导致阿尔法星上的生态发生了剧变，气候极端寒冷，人口迅速下降。正如我们推想的，那片空间里，时间正在倒退，星球慢慢塌缩分解，成为气体云和各类陨石。”

祁珂的手背上爬满了鸡皮疙瘩：“已经有事实依据了吗？”

“还在调查中。”秦峥道，“我把消息通知了首长，目前他正紧急组织地球上所有天文学家研究这种事件的可能性。另外，还有第二件事。”

祁珂默默听着。

“在阿尔法星的气候产生极端变化时，所延续下来的这部分尔星人，应该经过了人体改造，或多或少地拥有了一些特殊能力，才能幸存至今。那名尔星人奴隶提到过关键的一点，在他们聚集成部落艰难求生的过程中，曾遇到了另一些生性彪悍的族群。那些人通常独自生存，未经开化，性情十分暴戾凶残。从行为模式上来看，更接近于野兽。”

祁珂的心尖一颤。

秦峥停顿片刻，接着道：“我之前调查的事件，就是关于在实战演练里，叶鸣那个小组所剩七个人同时遇难的事。”

“你这是什么意思？”祁珂压低声音问。

“我们得正视一个事实，”秦峥严肃道，“当时出事的，还有进入这七个人死亡地点搜救的H90小组组长。这个人曾在M国的海军陆战队服役，有着丰富的实战经验。他在学校从事搜救工作将近七年，从来没发生过任何意外。加上这段时间学校的探查，发现林中有一种全新生物的足迹，虽然经人刻意抹去，却也留下了不少蛛丝马迹。叶鸣既然遇上了阴蟒，为什么能平安回来？这其中的疑点，你难道就没仔细思考过？”

“所以呢？”祁珂的语调变得有些生硬。

秦峥听出她的不满，深知她对叶鸣是真正动了心思。像她那样一个玲珑剔透的人，能通过种种迹象提前预料到M49星云里时间的流速发生了改变，又怎会不清楚叶鸣身上的种种可疑。但她一而再再而三地选择了退让，这已经充分说明她对叶鸣的感情日趋浓烈。秦峥必须终止这个错误，哪怕她一时之间难以接受。

“搜救小组进入阳阴山，都会配备一台小型记录仪。我派士兵在事发地点搜索了五天，找到了当时H90小组组长佩戴的记录仪。仪器被抛进芦苇沼泽，进了水，技术部的人员花了不少时间复原，刚刚才看到其中的影像。”

“是什么？”祁珂问。

“我传输给你，你自己看吧。”

祁珂拿下手机，看着屏幕上弹出的视频传送框，思考了一阵，按下了确认键。几秒后，屏幕上播出一段画面。她以第一人的视角，看着不远处有一个青年背对着她，衣衫褴褛，周围的泥地上浸染着大片的血迹。她太过熟悉这个身影，不止一次，她和他交耳缠绵。那是迄今为止，第一个让她动心的男人。随着一个粗犷的男音问着“你是哪个年级的”，距离拉近，那个青年缓缓地转身过来。那一刹，祁珂的五指猛地抽搐，险些把手机掉到了地上。

而就在主控台旁边，叶鸣也听到了这视频里发出的声响。他的瞳孔骤缩，脸上几乎是本能地出现了一种阴郁嗜血的表情。

直到短暂的视频播放完毕，祁珂久久不能回神。她的胃部不断地痉挛，仿佛要将先前吃下去的零食全部挤出身体。她从来自认是个冷静自持的人，见识过现实的丑陋，也领教过人性的不堪。即使在战场上面对血肉横飞的残酷，她也能面不改色。但此时此刻，那张完美的面具上出现了裂痕，如同长久以来苦心建立起戍守内心世界的城墙被顷刻摧毁，她所面对的，是山崩地裂，天旋地转。

她一早就知道叶鸣对她有所隐瞒，可她没有想过他的欺骗会如此没有底线，如此令人作呕。她已经无法确定，自己爱上的，自己想着能携手一生的，究竟是个什么怪物。祁珂呆滞地看着已经黑屏的手机，喉咙里一阵阵发紧。

轻缓的脚步声慢慢靠近，叶鸣在她身后道：“祁珂，你……在看什么？”

“别过来。”祁珂颤抖着说。

“你……”

“别过来！”她失控地怒吼，眼眶通红地回头看着离她只有两步距离的叶鸣。

叶鸣面色惨白，僵立在原地。祁珂浑身都在颤抖，竭尽全力稳住声线道：“你，到底是什么？”

叶鸣脚下一晃。

祁珂顿感绝望。她现在才明白，这个男人从来没有展现过真实的一面，他是那样的陌生，那样遥远。

打从一开始，他就在用小孩的模样骗取自己的同情和信任。她以为这是他的经历造成的胆怯，她甚至为他找好了所有借口，等着有朝一日他对自己坦白。可事实证明，这些都是她的一厢情愿。他对待别人的疏离和冷漠，只因他根本不相信任何人，也包括自己。这几个月，简直错得离谱。祁珂额头上的青筋突突直跳，她死死地盯着叶鸣，思路竟前所未有地清晰。所有的疑点在这一刹那揭开了那层如雾的纱，现出了最丑陋的原貌。

“我最后给你一次机会，回答我的问题。你说过阿尔法星上的人为了生存，会自相残杀，那么，这种险恶的生存环境中，你是怎么活下来的？”

“我……”叶鸣语塞。

“回答我！”

叶鸣不出声。

“好。”祁珂冷冷地道，“我换一种问法，雇佣兵去阿尔法星时，都做了些什么？”

叶鸣的眼底充斥着无尽的悲伤。

祁珂见他仍不回话，从腰间拔出出发前配备的小口径激光枪，瞄准了叶鸣的头：“是要告诉我真相，还是永远沉默，你可以选择。”

叶鸣声音沙哑地开了口：“雇佣兵绑架了部落里所有的尔星人，遇上抗议者，会当场处决。”

“尔星人……”祁珂喃喃道，“你被卖给撒加人后，在他们的战舰上都做了些什么，才会逼得他们用电牢将你囚禁起来？”

叶鸣的眉峰深深拧起。他用力咬住下唇，一条淡淡的血线随之蔓延，给他的唇色添了几分诡异的殷红。祁珂索性替他解说：“事实上，你根本不在尔星人的部落里。你没有成为雇佣兵的目标，但你同样想离开那个鬼地方，所以你利用自己的特殊能力，变成一个小孩的形貌，混进了被绑架的尔星人中。”

叶鸣没有反驳，只是无力地闭上眼。

“被卖给撒加人后，你在他们的战舰上袭击了士兵。撒加人发现后，将生性危险的你关进了电牢。”

“……”

“那些绿皮佬不杀你，是因为你的特殊能力对于他们来说极具研究价值。秦峥送我们到军校后，飞船遇到故障，许巍等人乘坐的车辆无端翻下悬崖，还有那些被许巍父亲收买，来学校杀我的雇佣兵……他们根本不是撤离了，而是死亡。你不止拥有一种特殊能力，还具有能操控其他物体的本事，对不对？”

叶鸣晃神地对上她的视线，被那双眼睛里的漠然扎得体无完肤。痛楚的感觉如电流般侵袭着他的血脉，胸腔里的每一处都像被针刺、被刀剜，一片一片，凌迟得他痛不欲生。

“祁珂，你听我说……”

“所有的一切，都是你编造出来骗我的谎言。你之所以和其他人格格不入，你之所以在我们侵入你的深层意识时变成猛兽的模样，因为你根本就不是一个人！你是一只野兽！”

“我没有骗你。”叶鸣辩解道，“我从来没有想过要伤害你，我留在你身边，只是想保护你。”

“闭嘴！你说的每一句话，我都不会再相信！你让我感到彻彻底底的恶心和反胃！”

“祁珂……”叶鸣的视线逐渐模糊，他面上血色尽褪，枯败如死灰。

两个人僵持不下时，指挥舱里的无线电突然响起，李响扯着嗓子吼：“老祁！你没看雷达吗？！撒加人和塞塔人都进入潘多拉了，两方现已交火，我和维克多还躲在星球背面，现在怎么办？”

祁珂一愣，下意识地抹了把脸，恢复了惯常的冷静。她箭步走到主控台边，看看舱外的空域，又看了看屏幕上密集的红点。叶鸣正想跟过来，祁珂拉开主控台下方的抽屉，找出来一个巴掌大小的铁块。她用力地朝着叶鸣的方向一扔，那铁块在空中变成四个纳米半环，贴在了叶鸣的手脚上。仿佛是和舱壁产生了强大的磁力，叶鸣一时不慎，被纳米环押在了舱壁上。环口一接触到壁面，自动延展开，和舱壁连成一体。叶鸣挣扎着动了动，无法挣脱，目光惨淡地看向祁珂。

祁珂转回头，不再和他有任何纠缠。

祁珂这边正沉思着策略，李响又咋呼道：“支援现在还没到，我看两方的战舰都不少，相当棘手啊……哎我去！又出现了两支舰队，估计是虫族和变色人种。”

祁珂默了默：“斯蒂夫还在探测维拉星球的状况，你们先稳着别动，这会儿是几方大乱炖，出去就挨炮。”

“我知道。”

短短数分钟后，空域里又增加了一支舰队。从数量上来看，新进入的舰队战舰较少，但一进入战圈，就给另一支舰队造成了严重的打击，想必该是技术超前的远古兽族。祁珂观望了一会儿形势，深知以现在的火力没法和兽族斡旋，唯一能做的，就是等待时机。她拿起无线电：“李响、维克多，你们继续埋伏在姜戈拉和布兰德星球背面，有其他势力的落单战舰靠近，就迎面出击。如果敌方数量太多且是没有把握的情况下就绕着跑，别落入火力圈。”

“好。”

叮嘱完毕，祁珂为了更全面地监视各方战况，让斯蒂夫先率领士兵暂留维拉星球，然后启动了隐形模式，驾驶指挥舰离开维拉星球，悬停在战圈外约四十千米的地方。

目前战舰数量最多的是虫族，甚至出动了顶级的艾玛战列舰。巨大的舰身远超其他种族的战舰，和虫族的小体态根本不成正比。舰身底部伸出了一圈威力巨大的混合炮管，能同一时间发射出超过十五枚的磁轨炮、加农炮以及核能导弹，几乎无视其他战舰本身的抗爆性。

变色人种同样动用了他们的复仇者战列舰，因这种战舰改良了炮台的连贯性，没有火力空窗期，能连续使用激光炮扫射十六千米以内的任何物体，加上高于战舰熔点的热核性能，在这个范围内，基本上没有任何一方的战舰能成为它的对手。

撒加人作战的核心技术相较平均，出动的包括开航和天使护卫舰，以防守为主，天使护卫舰的联动防护网，能抵御各舰队炮弹百分之四十的威力。

塞塔人稍逊一筹，以波塞巡洋舰为主。这种巡洋舰的优势是速度快，各类抗性平衡，装备的磁轨炮有能量反应核的加持，提升了百分之两百的威力，在小型会战中，会有非常明显的优势。但在眼下的大乱炖里，却只能像一只无头苍蝇，率领着各类型的小战舰穿梭在其他几个种族激烈的交火中。

当然，最令人咋舌的，还是远古兽族的舰队。兽族不参与星际能源争夺，是以各方缺乏对他们战舰的系统评估。一开始，看见兽族方面只出动了一艘T字形的大型战舰和一艘能形成能量网的护卫舰，各方都还松了一口气。直到虫族的艾玛战列舰发射出的混合炮打在T型战舰的舰身上，被击中的部位突兀地闪现出一圈圈水样涟漪，随后，所有炮弹一个不落地被反弹回来，以违反物理定律的轨道击中了其他种族的战舰。

全程目睹了这一幕的祁珂：“这也太黑科技了吧！”

李响忙不迭地接话：“怎么了？发生了什么事？”

祁珂揉着眉心，目光锁死在那艘T形战舰上：“远古兽族的其中一艘战舰，能百分百反弹虫族的混合炮。甚至，我认为他们可以操控反弹的弹道，使炮弹击中自己理想的目标。”

无线电里陷入了长时间的沉默。

许久，李响不敢相信地问：“反弹混合炮？你是认真的吗？激光炮能不能反弹？”

祁珂默然地觑着复仇者战列舰的激光炮在战圈里划出一道湛蓝的光线，击中T形战舰的表面后，被折返回来打掉了自己的右翼。她闷声道：“你们也许该出来看一看，变色人种的复仇者战列舰是怎么吃亏的。”

李响不说话了。

维克多两个字总结：“要死。”

“如果找不出这艘战舰的缺点，那么这一仗基本不用打了。即使出动泰坦，看样子也没法打穿那艘T形舰的外壳。”祁珂喃喃自语。少时，她又把目光集中在那艘T形舰旁边的护卫舰上。T形舰每反弹一次炮弹，护卫舰仿佛也会跟着闪动一下光泽，祁珂登时眼睛一眯：“肯定有缺点。”

“什么缺点？”李响问。

“我还需要一点时间确定。”祁珂应了一声，说，“姜戈拉朝向维拉星球的一面，有虫族的战舰靠近。”

李响那方传来了操控炮台的提示音。祁珂依然全神贯注在那艘T形舰上，她发现每次反射炮弹后，T形舰旁边的护卫舰会有接近五秒的时间，全舰处于能动核枯竭的状态。她心念急转，正思考着这种缺陷的可能性，身后的人提醒道：“那艘T形舰和旁边的护卫舰有能量联结。反弹炮弹的动能来自那艘护卫舰，每次炮弹反射，都会短暂耗空护卫舰的能量。兽族一定有某种能量循环装置，能及时补充护卫舰的能动核。”

“闭嘴！”祁珂瞪了叶鸣一眼。

事实上，她的想法与叶鸣不谋而合。叶鸣是她手把手教出来的，能有这种观察力她应该感到欣慰。可此时此刻，祁珂只是后悔，后悔在她盲目的决定下，给了叶鸣这种军事才能。

听见祁珂的语气不对，李响打趣道："哟，吵架名场面吗？刚才不还在打情骂俏，怎么转眼就翻脸无情了？老祁，你这可不是一个正经人该干的事，都那啥过了，你得对小鲜肉负责。"

"再说话我立刻曝光你的坐标。"

李响："……"

维克多插话道："不对！"

"就是，老祁你这么威胁属下是不对的。"

祁珂还没吭声，维克多继续言简意赅地说："异常。"

李响："我去，你这说话的毛病什么时候去治治？"

最后两个字刚落地，指挥舰突然开始小幅度地晃动，舱内所有东西霎时间失去了重力，飘浮到空中。祁珂脸色一青，抓着主控台的边缘，看见顶上的示警红灯不断闪烁，机械化的智能女音警告道："舱内重力失衡，请检查各舱门封闭情况。"

祁珂还以为是指挥舰出现了故障，不料无线电里同时传来李响和维克多舰上的智能提示音，也在重复着重力失衡问题。祁珂瞳孔骤缩，猛地抬头看向舱外的茫茫宇宙。几方的战舰已经停止了交火，显然是有异常发生。

与此同时，叶鸣也像被一种无端的恐惧笼罩住，那种感觉像是猝然袭来的巨浪，将他整个人淹没。他的额头上沁出了一层薄汗，张着嘴大口喘息，双手因为紧握成拳，爆出了青紫的血管。在他的记忆里，只有一个画面令他如此毛骨悚然。

人体改造实验室……

叶鸣从牙缝里挤出几个字："快走，有危险！"

祁珂回头一看，见他面色有异，询问的话分明到了嘴边，却又生生地咽了回去。这时，指挥舰接收到基地信号，秦峥在通话设备另一头肃穆地道："刚刚作战监控室探测到潘多拉空域出现了引力波异常，祁珂，即刻返航！不要逗留。"

引力波异常……

这种情况，照常理来说，并不会发生于目前人类所处的三维空间。唯一的科学猜测，只有超体中的物理碰撞，才会引发三维空间的引力波异常。

祁珂顷刻回神，吩咐李响和维克多："李响，离开潘多拉空域！维克多，去维拉星球接上斯蒂夫和所有士兵，穿过最近的星门，现在就行动！"

两个人分别应声，紧接着，无线电里突兀地陷入如死般的沉寂。所有人噤若寒蝉，只余急促的呼吸彰显着澎湃的心绪。

祁珂手里的无线电设备脱落在地，她差点不敢相信自己的眼睛。就在指挥舰前方约五十公里的所在，于黑暗中，慢慢浮现出一个庞然大物。

是真正意义上的庞然大物，与虫族的艾玛战列舰完全不是同一等级。

那东西悬停在五方交火的区域内，甚至挡住了整个空域的视界，犹如一座悬浮的巨大城市，让人窥不见全貌。飞行物通体呈扁平状，中间有个半圆的凸起，点缀着星星点点的亮光。所有的战舰在它面前，都渺小得如同蝼蚁，不堪一击。这种强大的视觉冲击让所有人都忘了出声，任何形容在这一刻都显得苍白无力。就算在战场上沉稳如祁珂，都能察觉到冷汗湿透了后背，衣服和汗液混在一起的黏腻感。

万籁俱寂。

不明来历的飞行物，五个种族的舰队，以及指挥舱内飘浮的物品，都像被按下了暂停键，定格在这一秒。无线电里刺刺作响的电流声，仿似死神的音符，毫无节奏却又无比精准地敲击出催命之音……

二十

很抱歉，让你爱上我

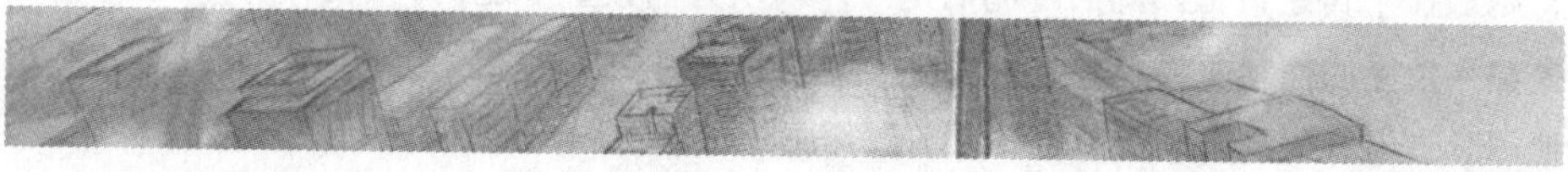

长久的窒息中，那庞然大物终于打破了僵局。

两根长度超过二十千米的圆形管状物，缓慢地从飞行物的下端横生出来。祁珂头皮一麻，本能地呼喊出声：“李响、维克多，撤！”

两艘尼斯战舰迅速从姜戈拉星球和布兰德星球侧方绕出，驰向祁珂这边的星门。这个举动引发了其他舰队的骚乱，所有战舰都仓皇四窜。与此同时，两根管状物之间连接出一道白光，随着白光逐渐增强，黑暗的空域霎时亮如白昼。祁珂抬起手挡着那刺眼的光，从五指缝里看到那白光像是海面上壮阔的涟漪，一圈又一圈地扩散开来。

各方舰队纷纷启动了防护网和炮台。但令人毛骨悚然的是，时间的流速像是被人刻意停顿，防护网联结到一半，离开炮管的导弹也在空中停滞不前。只有那泛开的光波，逼近了交火区的各方战舰。当光波扫过时，所接触到的战舰就像一颗颗在微波炉里的玉米，在绝对的高温下，由内而外地爆炸。一时间，铁屑纷飞，场面狼藉。其中也包括远古兽族的T形舰。李响和维克多驾驶的尼斯战舰被无形的力量拉扯在原地，没能成功逃出光波的波及范围，在一片火海里沦为宇宙中的无数尘埃。

祁珂声嘶力竭地大吼：“李响！维克多！”

叶鸣心神巨震，强迫自己冷静下来，咬牙挣脱了纳米环形锁。他快步扑到祁珂面前，将她牢牢护在怀里。因指挥舰处在离战圈较远的地方，光波没有正面触到指挥舰，但所剩的能量涟漪还是让指挥舰遭受了严重的损毁。舰身剧烈震荡着，所有灯光熄灭，只剩下警示灯，智能女音接连重复道：“舰身遭到攻击，请尽快通过逃生舱的高速粒子传送带离开，安全坐标已输入设备，请手动确认。”

叶鸣看了看逃生舱的方向。此时，祁珂全身无力，失焦地望着前方。指挥舰已经失去隐形功能，舰身前部分崩离析，被黑洞的引力缓缓瓦解。而那艘庞大的飞行物，正对准指挥舰的方向，如同森林里的捕猎者，随时都会发出致命的一击。

叶鸣心知没有时间再多做挣扎，直接将祁珂扛在肩头，快步跑向逃生舱。

祁珂哑声说：“放下我。”

叶鸣没有搭理她。进入逃生舱后，他找到高速粒子传送带的位置，滑开玻璃舱门，将她放在了传送带上。然后叶鸣后退一步，从外面锁死了舱门。他手忙脚乱地看着需要输入指令的控制面板，额头上的冷汗将他金色的发丝黏在脸颊上，显得凌乱又狼狈。他深吸一口气，努力回想着祁珂之前操作主控台的密码，颤抖着手一遍一遍地尝试。

祁珂恍惚回过神，这才起身用力拍打玻璃门：“你做什么？快放我出去！”

叶鸣不语，输错三遍指令后，他发泄般地砸了一拳面板。从来没有这样一刻，让他深感恐惧和无助。他的眼睛又酸又涨，甚至看不清面板上的数字，但他仍在强逼自己，他必须给祁珂开辟一条生路，他不能让祁珂死在这里，这是他唯一的信念和坚持。

祁珂高声道：“叶鸣，让我出去！只有我才知道高速粒子传送带的指令，要走也该是你先走！”

叶鸣抿紧唇，逐一搜罗着脑海里的记忆。那些支离破碎的场景慢慢重组，他猛地抬起头，在面板上输入了一组数字。

安全坐标确认，设备终于启动。叶鸣松了一口气，虚脱地靠在舱门上。半晌，他才仰起头，仔仔细细地打量祁珂。

祁珂依旧不敢相信他居然输对了指令，哑口无言地望着他。她的眼眶发红，喉头哽咽，按在玻璃上的指关节，还在不受控制地战栗。

“别这样……叶鸣，别这样。我不想再失去任何人，我今天已经失去了两名战友，不能连你也……”

“祁珂，我很抱歉。”

“不……不，别说了。”祁珂摇头。

叶鸣忍着心撕裂般的痛苦，在生离死别前，尽可能地展现自己最平静、最洒脱的一面。他得抓紧时间，在生命最终的间隙里，告诉她关于自己的一切。

“我不是一个人，还记得我与你提过的三角兽吗？我是一头三角兽。”

“……”

“我出生在阿尔法星上，年幼时，那儿是一个很美的地方，就像那天你和我在山顶上看见的景象，也有灿烂的落日，朝气蓬勃的花朵，每个季节的更迭，都会带来不一样的惊喜。后来，气候变得恶劣，我的同伴们死伤无数。我看见那些尔星人开始了自相残杀。我能活下来，也确实像你想的那样，龌龊而肮脏。”

祁珂捂着自己的胸口，那颗心仿佛被放在火上反复炙烤，让她无比煎熬。叶鸣一蓝一金的瞳孔倒映出她苍白的容貌，徐徐的话语携着遥远的光阴，翻山越岭般钻进了她的耳朵里。

“可是，我不想死啊，我想活着。我没有想过要成为‘人’这种可耻的生物，我以为，所有的‘人’都和尔星人一样，为了生存，不择手段。我已经不记得在那间实验室里发生了什么，留给我的，只有每晚撕裂的痛感，和莫名其妙存在的特殊能力。我可以变成人的形貌，但这只是加重我对人的反感和恶心。我的确是为了离开阿尔法星，混进了被绑架的尔星人里。在撒加人的战舰上，我袭击了他们的士兵意图出逃，见到你和你的队伍时，我也没有放下戒备。”

眼泪从祁珂的眼眶里滚落出来，她抽噎地注视着叶鸣。

叶鸣的视野同样被模糊的水雾占据，他看不清眼前的人是不是对他多了几分厌恶：“但你改变了我的想法，我没有料到你会无视我心里的防线，就这么侵门踏户地闯了进来。我的行为开始不由我支配，身体里的每个细胞都在叫嚣着、驱使着，让我去靠近你、守着你。我根本无法抵抗这种本能，我在寒冷的地方待得太久了，稍稍一丝的温暖都能让我贪恋忘性。只有那个时候，我突然感谢在我身体上动过手脚的阴谋者，使我能变成一个人的模样，和你生活在一起。我想好好学着做一个人，好好去融入你的世界。我无时无刻不在压抑自己的天性，尽力去习惯你的节奏和步调。我愿意忍着剧痛脱胎换骨，也想成为你的同类。”

“叶鸣……”

叶鸣一眨眼，两行泪淌过脸颊，他就像一个脆弱的小孩，把所有的秘密摊开在台面上，任人宰割：“吓坏李晴晴是我不对，可我只是想警告她，别再拿言语攻击你。后来，许巍等几个人绑架我，那些和我一组进行野外生存的学生，明明自己都无法在危险的情况下救助同伴，却偏偏要求我这么做。因为我的拒绝，我成了他们的牺牲品。遇上阴蟒时，这些人在我背上捅了两刀，将我踢到阴蟒的攻击范围内，好争取他们逃生的时间。”

祁珂惊愕交加，这是她没有想到的。

“为什么这么恶心的东西我一定要宽恕和容忍呢？为什么我不能选择反击呢？祁珂，这是什么道理？”

祁珂嘴唇嗫嚅，她乞求地看着叶鸣，低声说：“这些事情……我们以后再谈，现在，你得离开这里。”

“祁珂……以后，能不能别再用枪指着我？我很难过。”叶鸣隔着玻璃将手放在她的掌心处。

祁珂点点头：“好……”

传送带的预热完成，逃生舱内笼罩着一层由淡转亮的红光。此时指挥舰受到攻击，再次强烈地震荡起来。祁珂一个不慎，跌坐在传送带上。叶鸣后退一步，恋恋不舍的目光流连在她身上。

“对不起，我让你失望了。”

她抬起头，极目所望，是指挥舰前端袭来的猛烈火海。叶鸣的嘴唇开合，她却再也没法听见他的声音。随着传送带的运作，祁珂的身体渐渐失去了知觉，她的意识在陷入空白前看见的最后一副场景，是火舌卷住了叶鸣，将他拽进了死亡的深渊。

别走。

别离开……

宛如一场残酷的噩梦，世界失去了鲜亮的颜色，所有的一切都不复原貌，崩毁得残缺不全。祁珂不知道自己身在何处，时间不再有意义，她像一台切断了指令的机器，呆滞地坐在一片贫瘠的土地上，眼神毫无焦距地定在某一个点上。

在她身边，天与地之间弥漫着厚重的黄色雾霭。许是氧气浓度不足，总让祁珂有种溺水的错觉。但她已经没有了挣扎求生的动力，她甚至一度想将自己彻底放逐在这颗荒星上。整个空间里，唯一的亮光，来自她手腕上的手环，正不停地闪烁着微弱的绿光。

有那么一阵，祁珂恍恍惚惚地回忆起过去的许多事。李响和维克多、叶鸣和秦峥，以及自己的母亲。所有人都说她像极了母亲，因为她是用她母亲的细胞培育出的一个分裂体。她的军事天赋、她对战争的敏感和狂热，都和她的母亲如出一辙。但直到现在，祁珂才明白，她和她的母亲终归不同。

那是一个从废墟里站起的巨人，手中的利刃布满鲜血，她无视荆棘，一往无前地开辟出全新的世界。而祁珂生存的环境太过优越，未曾真正面对过灾难性的打击。所以当这一天来临时，那些用了二十几年堆砌的骄傲和自信，瞬间倾塌，无影无踪。

她将所有的源头都归咎到自己身上，分明察觉到“造物者”阴谋的蛛丝马迹，可她却不能阻止。她的力量显得渺小而可笑，面对绝对的强者，她保护不了朋友，也保护不了爱人。

她想起叶鸣……

那个根本就不是人的三角兽，自始至终都在实践着对她的承诺，用生命来保护她。可从今往后，这个笑起来明媚灿烂，沉默时又带着点阴冷疏离的青年，再也不会出现在她的生命里了。

祁珂的血液中像是不断注射着腐蚀的毒药，往心脏的位置猛烈涌去，让她痛不堪言。她还有许多的恋爱流程没和叶鸣走完，可这段路已经戛然而止。

祁珂盲目地沉浸在已趋黑白的记忆里，这种状态不知持续了多久。一片死寂中，她模糊地听到飞船降落的轰鸣声。雾霭尽头，一个高挑的人影朝着她走来。那个人走到她面前，慌乱地蹲下身，用力将她带进了怀里。祁珂闻着他身上熟悉的味道，眼底映出了军装的墨绿色。他在她耳畔说了些什么，祁珂一个字都没听进去。

许久，秦峥将她抱起来，走回了飞船上。驾驶飞船的是张正，同行的，还有少量的士兵。大家都同情地看着祁珂，这种氛围，让祁珂越发难受。等秦峥安顿好祁珂，张正询问了目的地，秦峥考虑到祁珂的状况，决定先将她送回第三卫星的公寓。

经过近三个小时的航行，秦峥顺利将人送回了住所。打开房门的一刹那，祁珂看着无比熟悉的景致，这才像有些回神。她脚步虚浮地往前走了两步，站在门边四处张望。秦峥没有跟进来，只是站在外边的走廊上。他哑声道："关于这次发生的事件，你有什么想问我的吗？"

祁珂默了默，总算开了口："李响……还活着吗？"

秦峥摇摇头："已经确认牺牲了。"

"维克多呢？"

秦峥不语。

从他的沉默中，祁珂已经得到了答案，痛得麻木的心绞成一团。她努力隐忍着，不让眼中的泪水掉落。

"这次的争夺战，你是唯一的生还者。我知道你很难接受这个事实，但我希望你能好好休息，然后振作起来。关乎生存的战争已经打响，我们之中会有人不断倒下、不断牺牲，重复这些血腥的过程。李响、维克多，他们都只是一个缩影。"

祁珂的双肩微微抖动。

秦峥走到她身后，迟疑地拍了拍她的肩膀："叶鸣……"

"为了送走我，他被卷进了指挥舰的爆炸中……"

秦峥皱紧眉头："我……很遗憾。"

祁珂没接话。

"把他看成你人生中的过客吧，别停留，别回头，我们都必须往前走。"

"给我一点时间。"祁珂垂下眼睑，"我想一个人待着。"

"好。"秦峥收回手，不放心地看了看她，随后踱到走廊上，替她关上了公寓大门。

祁珂在原地杵了半晌，打开了房间的灯。她走到饭桌边，摩挲着桌角，一抬头，恍惚看见对面坐着叶鸣，他正在冲她笑。她眨了眨眼，叶鸣又消失不见了。厨房里似乎传来炒菜的声音，祁珂缓步走过去，见叶鸣围着一条粉色小围裙，一手拿菜谱一手拿锅铲，样子滑稽，却异常温馨。

她的呼吸都被痛意纠缠着，她听见叶鸣问她喜欢吃什么菜，正要回答，那个人又不见了踪影。祁珂伸了伸手，无力地滑坐到地上。客厅里、房间里、浴室里，处处都有叶鸣的影子，却处处都不是他。过往的点点滴滴一时间犹如被风翻开的书页，定格的每一幅画面都逼得她无法喘息。

夜幕降临，城市里的霓虹灯依旧华丽而绚烂。街上人潮汹涌，没有人知晓，在遥远的星空外发生过怎样惨烈的一幕。祁珂拉上了所有的窗帘，将自己封闭在不见光的角落，她过得浑浑噩噩，分不清白天和黑夜，用昏睡来逃避眼前的现实。

这一晃，整整两周过去。祁珂不见任何人，也不接任何电话。其间秦峥来敲过几次门，祁珂都没个动静。他担心祁珂的情绪，曾试图联络祁珂的母亲。但那位方女士只是说，祁珂会走出来的。

秦峥只能耐心等待。直到十六天过去，秦峥终于忍不住，叫了个开锁师傅去撬门。

彼时，祁珂还躺在床上迷迷糊糊地睡着觉，公寓的大门“砰”的一声响，吓得她从梦里惊醒过来。可她还是闭着眼，不想管也不想问。开锁师傅嘀咕了两句“这锁真难开”，秦峥不得已给了高价，他才絮絮叨叨地离开。

片刻，祁珂听见急促的脚步声在客厅里转了一圈，然后来到了卧室。有人粗暴地掀开她的被子，一把将她拽起，冲着她闷声大吼：“为什么不接电话？”

祁珂没回答，只是软趴趴地任他拎着，活像一个失去生气的破布娃娃。

秦峥的眼睛里布满血丝，他喉咙发紧地问：“你还要消沉到什么时候？”

没有回应。

“是不是一次的失败就让你从此跌落神坛，在泥地里翻不了身了？”

祁珂依旧无动于衷。

秦峥恨不得一巴掌打醒她：“祁珂！别忘了你的父母是谁！你现在的模样，还能说你是方洵九的女儿吗？”

“连你也要拿我和我妈比较？”祁珂失焦的瞳孔慢慢回聚一点，她看着秦峥，面色惨白，“我不是她，我也成为不了第二个她。她能坦然面对的东西，不代表我也能。”

“当年佩特战争时，你父亲曾为了保护你母亲，被狙击枪击中，呈现假死状态，那个时候，你的母亲不难过、不绝望吗？”

祁珂的指尖小幅度地一抖。

“这些事当年参加战争的人后来说起都是云淡风轻，那是因为最后的结局是完美的。可事实上，你母亲对你父亲的感情，你应该比谁都清楚。她也一度崩溃徘徊，她也试着用繁重的事务来麻痹自己，不眠不休。所有的镇静，都只是不堪重负的伪装。她逼着自己筑起了一道防线，防线的后面是寸草不生。而这道防线的基石，就是她肩上未竟的责任。祁珂，我从来没有拿你和你的母亲做过比较，你不是她的附属品，你只是你。但我相信，她能做到的事情，你同样能做到。”

祁珂的眉心稍稍动了动。好一会儿，她说：“不止是叶鸣。我失去的，还有我的战友。我知道，作为军人，不该拘泥于生死。我只是……只是对自己的无能为力感到失望，如果我可以更谨慎一点，如果我没有参与这场能源争夺战，如果……”

“没有那么多的如果。”秦峥扳着她的双肩，让她面对自己，“这是战争，没有人能凭借一己之力扭转局势，你也不能。祁珂，别过度放大自己的能力。”

说着，秦峥带着她走到窗户边，一把拉开了不透光的厚重窗帘，让祁珂能看到外面的景象。

那一刹，还在云里雾里的人，犹如遭到当头棒喝，瞬间清醒。她眼中的世界，被灰蒙的色泽覆盖。阳光躲在云层后，街道上硝烟弥漫。路上的车辆被砸烂，商店的玻璃也残缺不全。人们的尖叫声混着警报此起彼伏，日夜鲜亮的大厦广告屏，也被一片死气沉沉的黑取代。有士兵正在紧急疏散人群，然后赶往枪声密集的区域。

祁珂下意识地瞳孔一缩，将手放在窗台上问：“怎么回事？”

秦峥看着她总算恢复了生气，松了一口气，又神色凝重地道：“我说过，战争已经来临了。你之前的预料没有错，被雇佣兵带出的尔星人奴隶的确是‘造物者’的阴谋。”

祁珂几乎已经猜出了事情的发展。

秦峥道：“虽然地球的各官方从来没有购进过尔星人奴隶，但仍有许多私人通过黑市渠道，将一批数量不小的尔星人带入了地球和几颗卫星。目前这些尔星人奴隶多数分布在第三卫星。而银河系里包括远古兽族在内的六大星球，也同样分布着相当数量的尔星人。”

“说重点。”

“就在一周前，首先是塞塔星的尔星人奴隶出现了大规模的动乱。官方成功镇压，集中处死了作乱的奴隶。”

祁珂静默地听着。

“其他几个星球因为塞塔星的前车之鉴，集中关押了一批尔星人奴隶。仅仅在塞塔星的奴隶被处死两天后，那些人……竟然复活了。”

祁珂以为自己的听力出现了故障：“复活？”

“是的。”秦峥肯定地道，“在这之后，各星球的尔星人开始大规模地攻击军方，摧毁城市。他们像一群来自蛮荒的野兽，肆意践踏着各处的文明。因为这些尔星人大部分有特殊能力，加上能快速复活，这更增加了镇压的难度。我们一开始都不明白这些奴隶作乱的目标是什么，只是通过观察，发现他们会集中力量进攻每个星球上的某个坐标，清理周边人群，禁止军方接近。直到昨天，毁灭者号……也就是在潘多拉空域攻击你们的庞大飞行物，停在了塞塔星的上方。它在被尔星人清理干净的区域投放下一个巨大的能量传输导管，深入塞塔星的地核之中，短短十个小时，这根导管抽干了塞塔星的地核热能和整个星球的生命能量。”

祁珂倒吸一口冷气。

秦峥面如死灰：“这实在很难想象，塞塔星在一天之内缩成了一颗死星。”

祁珂被震惊得说不出话来。

秦峥还在道："现在几个星球分别接济了一部分塞塔星仅存的流民，谁也不知道毁灭者号的下一个目标是哪里。祁珂，"秦峥握紧她的手，两个人的温度都像寒冬腊月里的冰，"我们需要你。"

祁珂看看他。混浊的视线逐渐澄明，那双黑白分明的眸子里再次浮现出令人熟悉的神采。祁珂抽出手，从衣柜里取下军装，拔腿就往门口走："别愣着了，赶紧的，从冰箱里给我拿一盒儿童酸奶，我在路上吃。"

秦峥无奈地笑笑，快步追了上去。

ISF 基地会议室，一群将领吵得不可开交。半空的实时影像，正投放着前线陆战部队和尔星人的交火实况。怎么突破那些怪胎的防守线，成了众人的唯一议题。

秦峥和祁珂赶到办公大楼，张正已经拿着资料候在大楼门前。一见两个人出现，他便主动上前汇报着当前的情况。祁珂走在前面，分神听着张正的话，按了上楼的电梯。到了顶层，三个人快步走往会议室。秦峥看了看手表，对祁珂道："还有五分钟，有一场和各族军方举行的会谈，你是不是要……"梳理一下自己的形象？

后面的话还没出口，祁珂已经手快地推开了会议室的大门。里面的所有将领，包括在潘多拉一战幸存的斯蒂夫，都哑口无言地看着久未出现的祁珂。

她穿着一双厚实的粉色棉鞋，上身是宽大的睡衣加军装，下身的睡裤上还画着一只蓝色俏皮小猪，头发随便扎成个丸子，凌乱又毛躁，显然是没有认真打理过。由于步伐太快，她白皙的脸上透出一抹浅淡的红晕，让她的脸色看起来没那么差。她目光锐利地四处扫视了一番，自顾自地走到会议桌临近门边的第一个位子上。

坐得四平八稳的王敬抬头瞅瞅她……

祁珂也挑挑眉示意他挪个地方。

王敬不屑地想开口嘲讽，寻思着刚吃了败仗的女人还这么趾高气扬不是欠锤炼吗？然而，当他接触到祁珂的眼神……

王敬尿了，他本能地推了推旁边的人，同排的将领纷纷往后挪了一个位子。祁珂麻利地一屁股坐下，瞅了一眼实时画面，又埋头翻起了王敬的资料。

王敬弱弱地道："资料……是我的。"

祁珂充耳不闻。

他欲拿资料的手只好又没脾气地缩了回来。秦峥原本还想着给祁珂解围，这么一看，他打好的腹稿根本无的放矢。所以，仙女就是仙女，走不出的，只有自己的心结。凡人的眼光，根本不在她的考虑范围内。

秦峥表示很佩服。

斯蒂夫坐在对面，抹了把脸对着祁珂苦笑：“老祁，你还知道露面啊！”

祁珂没搭理，快速翻阅着手里的纸页。

秦峥也落座在首位上。先前吵成了一锅粥的将领们齐齐安静下来，会议室里静得只剩呼吸声。到了时间，秦峥让张正连接上银河系军方的公用频道，加入了这一次的商讨。

六大种族同一时间上线，各方与会人员的虚拟影像在半空呈现。秦峥没有寒暄，直接切入正题：“时间紧迫，我们挑重点说。”

虫族代表是一名长着触角的皇室，个头矮小，语气谦和，是在祁珂吃了虫族公主后，主和一派的领头人，本修斯王子。

“各位，现在各星球被尔星人集中攻击的坐标已经能确定，为了不重蹈塞塔星的覆辙，我建议采取雷霆手段。这些尔星人能够死而复生，用武器射杀基本上是做无用功。我建议指定一颗无能源的荒星，各种族分别送出一批毁灭性武器，先埋在荒星上，然后将那些尔星人分批送至荒星，一次性解决。”

“您的意思是，要炸毁一颗荒星？”撒加人出席的年轻将领问。

本修斯王子点点头：“是的。”

一名中年变色人种阴恻恻地笑出声，脸上皮肤变换了好几个颜色，附和道：“这不失为一个办法。毁灭荒星，总比我们被毁灭的好。”

代表巨坦人出席的苏德安说：“这不只需要数量庞大的核武，在工程量上，也需要一个较长的周期。”

“这就是我们进行会谈的目的，不是吗？任何一方都没有能力单独完成这个计划，我们必须同仇敌忾，整合所有资源，才能在短时间内做到这一步。”本修斯王子道，“尊贵的穆伽将军，您以为呢？”

穆伽是远古兽族的代表，有着显著的兽族形貌特征，气质风雅，身形瘦长，一头金色的长发垂在两肩。他不置一词，嘴边只噙着一丝礼貌的微笑。

本修斯又问秦峥：“秦将军，您有更好的方式吗？”

秦峥沉思片刻，说：“各位盟友，我们首先得……”

祁珂突兀地接过秦峥的话头：“我们首先得知道对方有什么目的。”

“……”

祁珂“啪”的一声合上资料夹，抬头看向半空的虚拟人像。

各族的参会人员都有些惊愕，会议室里的将领们也一副吃了苍蝇的模样。以她如今的身份，打断领导说话似乎不大合适。可细想想，就这一圈参会的人，虫族被她吃了个公主，坑死个王子；苏德安败在过她娘儿俩手上，还爱上了这丫头片子的妈；变色人种在当年的佩特战争里被这货她妈打得连祖宗都认不出；撒加人更是不知道在祁珂手上吃过多少败仗。即使历史稍微光彩点的兽族，也是在祁珂的父亲脚下跪着喊过爸爸的……

沉默是对的，这后台也太能砸场子了。

众人你看看我，我看看你，本修斯谨慎地道：“祁珂女士，您可能刚刚回到ISF，还不太了解现在的情况。尔星人的目的我们已经明确，他们是要为毁灭者号清理出投放能量传送导管的坐标。”

“不，你误会了。”祁珂沉声道，“我的意思是，我们得清楚毁灭者号，或者说‘造物主’的目的。”

众人默然。

“兽族的科技是最发达的，能不能请穆伽将军让军方天文台将M49星云的情况导入现场的投影画面。”

穆伽稍是颔首，交代了秘书去办这件事。

趁着空隙，祁珂继续说：“从一开始，我们各方就忽略了一些关键。我相信各族军方对尔星人奴隶贩卖这件事都有所了解，毕竟，黑市星球不是个难以进入的地方。阿尔法星处于M49星云中，因大量的陨石尘埃摩擦，导致磁极失衡，穿过星云几乎是不可能的事。这一点，我想各族也明了。”

无人反驳。

“雇佣兵的战舰技术远不及我们各族军方，但他们却穿过了M49星云的陨石带，顺利抵达阿尔法星，带走了大量的尔星人奴隶，并通过黑市，贩卖给各个种族，这肯定不会是一个巧合。事实已经证明，这就是阴谋的一部分。关于雇佣兵是怎么通过M49星云的，我有一个猜想。就在两周前，各方舰队在潘多拉空域为争夺类金属物质开战，遭遇了毁灭者号的全面打击。我是当时的目击者和唯一的生还者，我可以负责任地告诉大家，毁灭者号拥有影响时间流速的强大武器。换言之，‘他’能通过某种我们无法达到的技术，控制三维空间里的时间轴。打个比方，这就像一个拿着电视遥控器的人，能任意前进和后退剧情。”

大家面面相觑。除了秦峥，所有人员都在小声议论。

穆伽笑着道：“在我们没有参战的时间里，我们也曾试图研究掌控祁珂女士说的这种时间技术。但事实上，由于维度限制，这种技术在三维空间里是无法实现的，你是否因为战争中受创过重，导致你的思路掺杂了一些臆想的成分？”穆伽的语气带着些嘲讽，他由衷地觉得这个晚辈说的话很可笑。

祁珂平静地道：“当年赛博坦将军死亡的真相兽族查明了吗？”

提起这茬，穆伽的脸色顿时变得十分难看。在佩特战争后期，被族人视为精神领袖的赛博坦在和方洵九会面时，兽族的战船无故爆炸，导致赛博坦尸骨无存。因为这件事，当时兽族疯了一般反扑地球军，和地球军进行了长达两年的正面抗战。败给祁珂的父亲领导下的地球军后，兽族方面也排查过当时赛博坦死亡的种种疑点，认为赛博坦和船上的士兵极有可能被人控制住了脑识，自主地毁灭了战船。由于这个真相对兽族的整体形象不利，所有调查的后续兽族一直不为外人道。

穆伽眼神凛冽地睨向祁珂，声音里带着警告的意味："这可能是一个会引起双方严重分歧的话题，祁珂女士难道不这样认为吗？"

"我无意冒犯，抱歉。"祁珂心知穆伽不愿把当年的事件当众说出，索性转移了话题，"我想提醒大家按照时间线梳理一遍与造物者相关的线索。当年的佩特战争，起源是各种族发现了纯能源星球——R79星。各位应该知道，纯能源星球在宇宙中存在的概率是小于亿万分之一的，这还是排除了各种意外的情况。迄今为止，我们所知的宇宙历史里，也仅仅出现过一颗纯能源星。如果和此次的类金属物质争夺一样，R79星也只是一个引战的手段，那么，造物者是怎么做到，并制造出一颗纯能源星球的？"

众人面色凝肃。

祁珂慢慢道："假设造物者的确像我所说的那样，拥有影响时间流速的能力，恰巧有这么一颗未知的能源星球，他在某一个时间节点，暂停了三维空间的时间轴，将这颗星球放进我们的观察范围，致使我们能够成功发现。各位认为是否有这种可能？"

这很荒谬。

可是再没有什么，比三维空间里出现了一个高纬度生命更让人无法接受的了。

众人的脸色都异常凝重，就连穆伽，嘴边礼貌的微笑也逐渐凝固。他仿佛想到了什么，目光忽明忽暗。

关于R79星，一直是各方研究的重点，可至今为止，没有任何人能解释，它为什么会突然出现，在地球人和佩特人联合开采后，又突然消失。如果造物者真的可以操控时间，那么这一切，也许就有了合理的解释。这颗纯能源星球或许并没有消失，只是在被暂停的时间里，让幕后黑手改变了其轨道，隐匿在茫茫宇宙中。

长时间的沉寂后，中年变色人种冷笑道："我们是在开童话大会吗？我实在很难想出，是个什么样的存在，才能够改变行星的运行轨道。是像打台球那样吗？砰！另一个球就进洞了。"

祁珂不满地拧了拧眉头。

穆伽出声道："不是没有这种可能。"

众人诧异于他的反常，穆伽却只是抬起头，注视着祁珂。祁珂刚要说什么，他的秘书告知他可以连接M49星云的实时画面了。穆伽迟疑地收回视线，叮嘱秘书将画面接入现场。没过一会儿，各方通过虚拟设备，都看到了此时M49星云的实景。

在这之前，但凡是关注星际状态的军方人员，或多或少都了解过M49星云。那片广袤的星云五彩缤纷，犹如一层美丽的纱裙，踩着曼妙的舞点旋转在无边的星空里，美不胜收。可眼下，那片星云变成了一道横亘在宇宙中的乌黑云体，其间不见星光闪烁，反而是像一场拔地而起的狂暴龙卷风，正在吞噬着周边的一切。

“怎么会这样？半个月前，我还查看过这片空域的情形，和现在完全不同。”本修斯王子疑惑不解。

“那是因为，这改变是在昨天发生的。”祁珂没头没脑地扔下这一句，又继续先前的话题，“在R79星消失后的这些年，造物者看似停止了他那没有目的性的举动，实则不然，眼前的M49星云，就是造物者的另一个计划。”祁珂拿出手机，指尖快速翻开一个资料软件，将其中的页面抓起来，投放在空中，供各族人员观看：“根据目前的资料显示，近三十年里，各星系陆续出现了五个黑洞，分别分布在太阳系、潘多拉星系、山达尔星系以及波江星系。间隔时间差不多是每六年新增一个，普遍是中等质量以上的黑洞。各位再看一下M49星云现在的状态，应该不难联想幕后黑手的目的。”

众人仍然不太理解。

祁珂道：“众所周知，星系形成之初来自气体云塌缩所形成的星坯，再经过漫长的演化，形成大面积的星云，最后演变成恒星和各种行星。而星云还有一个我们更为熟悉的名字，创生之柱。”

“这个我们都清楚，祁珂女士。”中年变色人种阴恻恻地说。

“我之前用一年的时间接触了一名尔星人。”说到这儿，祁珂不由自主地用手按住了心脏的位置，似乎是在遏止那里面弥散开来的疼痛。秦峥见她这样，也禁不得抿紧了唇线。祁珂缓了缓，再度抬起头，说：“据他所描述的，阿尔法星在很久以前，也是个适宜居住的星球。但现在阿尔法星的情况，我想各位从尔星人奴隶那里也有所了解。我想说的是，一个星球的生命演化进程，必须有着合适的温度和资源。这也代表，阿尔法星在我们不知道的古早时间里和恒星的距离适中，有着适合繁衍的气候和环境。但在某种原因下，恒星的热核冷却成为一颗死星，导致阿尔法星上的生态疾速恶劣。而星系内也被分解的行星围绕，形成了我们见到的星云。我之前一直不能确定M49星云产生这种变化的准确缘由，直到经历了潘多拉空域的正面遭遇战，我才明白，造物者正在利用时间流速武器，使M49星云转变为气体云。他通过能量导管吸取的星球核能和生命能，就是在为这一过程加快进度。说到这儿，各位心里差不多有个初步猜想了，所有的超大质量黑洞不可能是恒星死亡后的产物，因为体积超过太多。唯一的可能，就是由于气体云的塌缩，没有形成星坯，而是形成了黑洞。”

苏德安握紧了双拳，不敢相信地问：“你是想说，造物者正在让M49星云里的时间后退，利用气体云创造巨型黑洞？”

“是的。”

"理由呢？"

这也是众人无法理解的地方。所有人都将目光集中到在祁珂身上，看她要怎么自圆其说。祁珂沉默着，一张一张翻看着手机里近年出现的黑洞照片。大家等了半晌，也没等来她的下文。

秦峥见场面尴尬，开口道："无论造物者的最终目的是什么，我们不能一味地只想着阻止尔星人，这是治标不治本的方式。造物者能利用尔星人，同样能利用其他种族。我们必须做两手准备。本修斯王子提出的办法可以一试，如果大家都表示赞同的话。另外，我建议各方都尽可能地研究尔星人死而复活的原因，只有了解到这一点，我们才能彻底杜绝相同的祸患。"

众人低声讨论了一阵。秦峥毕竟和祁珂不同，他的职位实实在在地摆在这儿，各族军方都不敢轻忽他说话的分量。苏德安率先表示同意，其他几个种族也纷纷点头。

秦峥又道："那么，接下来请各方都派出一位代表，参与本修斯王子的提案，负责联络协调。如今是银河系各种族生死存亡的关键时期，我希望大家能放下芥蒂和成见，结成联盟，在某一方遭遇毁灭者号的进攻时，能够及时支援。"

参会人员互相看看，都没及时回应。结盟牵涉的利益范围太广，没有谁能单独做决定。

秦峥了然道："我们六个种族常年处于征战状态，互不信任，我知道，结盟存在一定难度，在这个过程中，也会因观念不同而产生冲突。但时势改变格局，请各位都正面思考我的提议，我会随时恭候各位的好消息。"

说到这里，议会的大致内容基本上敲定，几个军方领导寒暄了两句场面话，就准备各自离线。正在这时，祁珂忽然出声："等等。"

众人动作一顿。

"我们的猜测是，造物者应该是来自更高维度的生命体，这一点，你们都没有异议，是吗？"

没人答话，因为祁珂的语气并不是真正的疑问句。祁珂蓦地抬起头，一双黑白分明的眸子锐利如鹰："在探索量子引力理论的过程中，有人说过，我们生存的宇宙可能是更高维度的'超空间'中的一层宇宙膜。也许，在久远的未来，甚至是连造物者手里的遥控器也无法抵达的未来，宇宙膜和超体间产生了一个联结点。"

"你到底想说什么？祁珂女士。"中年变色人种冷冷地道。

祁珂睨了他一眼，声如警钟："在黑洞视界的下方，被扭曲的时间方向和某个空间方向重合，时间向视界下方流逝，指向奇点。所有的东西都将被拉向未来。"

"……"

二十一
意料之外的重逢

“有消息了吗？”

在议会结束后的五天内，祁珂一直留在秦峥的办公室里没有离开。她一刻不停地关注着陆战部队和尔星人的正面交战情况，面前的资料和速食饭盒堆成了一座小山，连她身上那件略显陈旧的睡衣都充斥着泡面的味道。投影里，前赴后继的陆战部队正于撒哈拉沙漠里集中进攻数以千计的尔星人。这些尔星人并不是无谋而动，他们一方面死守着撒哈拉沙漠的坐标点，不让人类士兵靠近。另一方面，还有残余势力徘徊在其他城市，包括几颗卫星上，四处烧杀，以此来分散地球军方的注意力。最让人头疼的，是他们过于顽强的愈合能力。即使被子弹打成了马蜂窝，也能在短短一两分钟内，完好无损地从血泊里站起来，继续作战。陆战部队尝试过火烧、分肢等法子，都没能阻止他们变态地复活。

祁珂时而看着影像皱皱眉，时而又胡乱翻一翻资料，意图找出尔星人和造物者之间的联系。她已经为此不眠不休几个昼夜，却仍然没搜索到主要的线索。她将一个资料夹扔在茶几上，仰头靠着沙发的后背。听见开门的动静，她知道是秦峥开完会回来了，便哑声问了句其他种族有没有消息。

秦峥站在边上觑了觑她，又觑了觑满桌的速食饭盒，不由得抿紧了唇。他用遥控器关闭了投影，拿起外套丢到祁珂的脑袋上，说：“走。”

“去哪儿？”

“食堂吃饭。”

“我刚吃了一盒饼干。”祁珂疲倦地揉着眼睛。

秦峥不由分说地一把拽起她，快步往办公室外走去。走廊上是穿梭着忙忙碌碌的工作人员，秦峥带着祁珂走进电梯间，下到了底楼。基地广场中央，一批小型战舰正陆续起飞，赶往撒哈拉沙漠去增援。两个人一路无话，到了食堂，看见只有几个刚刚作战回来的士兵在用餐。秦峥将她安排在靠边的角落，转头去打饭。没过一会儿，他就端着整整一桶米饭和五个小菜回来了。祁珂瞄了一眼，本能地想吐槽两句，却又没什么力气，只好作罢。她拿起勺子，送了两口白米饭进嘴里，无滋无味地嚼着。

等她吃到一半，秦峥才乏力地说："没有消息。"

祁珂默了默。

"直到现在，各族军方都没有回应联盟的提议。"

"意料之中。"祁珂口齿不清地回。

"是的。"秦峥叹了一口气，"不说这些年各方葬送在能源抢夺战里的士兵，单就当年佩特战争的遗留问题，都让大家心里充满了猜忌。再加上维拉星球上的类金属物质，各方虽然没有在明面上争夺，可都在等着危机解除，再打那玩意儿的主意。"

"不得不说，造物者真是十分明了我们这些人种的劣根性，不是吗？"

秦峥涩然地笑笑。

也许也有不少人明白，眼前的这一关是真正的生存考验，联盟才是蝼蚁们活下去的正确途径，但这个声音太微弱，无法掩过对利益的向往。有人正在等待其他种族的终结，好名正言顺地霸占失败者留下的资源。只要刀不切在自己身上，那种疼痛，根本无法让旁观者警觉。

"自救是唯一的方式。"祁珂迅速扒完饭，又夹了两口菜吃，便准备起身。秦峥握住她的手，低声道，"你也明白自救是唯一的方式，所以别把自己拖垮了，你的作用还在后面。"

"没看我已经吃了这么多了吗？"祁珂用眼睛扫了一圈饭桌。

秦峥摇头："你得休息一下，祁珂。"

"我有分寸。"

"再坐一会儿吧，我也得休息一下。"

祁珂睨了一遭秦峥那对不比她好多少的黑眼圈，默不作声地坐回了位子上。事实上，这几天秦峥的压力是她难以想象的，除了和联盟国的领导商讨汇报作战策略，还要统筹 ISF 的战略方针，和陆军联合部队紧密配合。相比祁珂，他更劳心劳神。祁珂看他闭上眼睛，也没忍心打扰他，就这么一言不发地陪着。

差不多过了十五分钟，秦峥重新睁眼，祁珂才道："本修斯王子提出的办法开始进行了吗？"

"嗯，选择了离银河系十一光年的海盗星。那是常年用来关押各种族流放人员的荒星，牢房的坚固程度堪比你的脸皮，尔星人绝对没有办法逃出来。"

"……"

"你这个笑话我给差评。"祁珂直翻白眼。

秦峥冲她咧咧嘴，好似恢复了一些活力。他坐直身体，双手平放在饭桌上，认真地道：“王敬作为我方的代表，已经在协调运送和埋放弹药的事宜了。要摧毁海盗星，最快还要两个月的工期，希望我们能够撑到那时。”

“你什么时候这么悲观了？”祁珂打趣道，“拿出你怼我的劲儿来，可别忘了你当年也是风骚全场的神坛人物。”

祁珂的语音在耳边絮絮叨叨，秦峥许是太过劳累，一时间有些恍惚。他好像看到曾经明媚的阳光底下，祁珂那张意气风发的脸。她用一贯轻松而懒散的调子，和他插科打诨。

那真是一段好时光。

秦峥捏了捏鼻梁：“如果这次的危机过去了，我得找一个温柔贤淑的漂亮姑娘，和她谈恋爱、结婚、生孩子，好好享受一下家庭的乐趣。”

祁珂耸肩：“你早该有这觉悟了，好歹也让你的手能有个退休的盼头不是。”

“你这嘴确实该用福尔马林泡一泡。说到这儿，我结婚的时候你怎么也得随个大红包，之前那顿大餐可是我付的账，你红包不给个六万六，说不过去。”

“还六万六，给你六块行吗？”祁珂摸了摸上衣口袋，从里面掏出来一枚五角的硬币，“喏，定金，你先收着，剩下的五块五你结婚当天再付。”

秦峥气结地接过硬币，拿在手里把玩：“你又有什么打算？准备孤独终老？”

“呵呵，追我的人能绕银河系三圈，不劳您费心。”

“你怕是说的要追着弄死你的人能绕银河系三圈。”

“能现场请你表演一个人体旋转前滚翻吗？”

“我可以让你表演，你信不信？”

两个人你一句我一句地互相捅刀，捅完又双双笑出声。难得放松这一会儿，两个人的心情都好转了不少。末了，秦峥正色道：“我试着给你的父母发了联络信号。”

“有回应吗？”

“还没有。其实在你自闭的那段期间，我和你的母亲曾有过短暂的通话。”

“让我猜一猜你和我妈说了些什么。”祁珂进入了自我演绎模式，“咯，阿姨，你女儿痛失所爱跌入人生谷底，我拿她没办法，您能不能和她谈一谈？”对于自己发小的模仿，祁仙女简直惟妙惟肖。

秦峥憋得脸红。

祁珂又侧过身，进入了第二个角色：“不用，她那点尿性我非常清楚，就让她自己消化吧，死不了她就会站起来。”说完，祁珂挑着眉看秦峥，“怎么样？是不是这样对话的。”

“噗。”秦峥笑出了声，“差不多。不过你妈是这样说的：祁珂是个很坚强的女人，女人是水，不管任何地方都能淌过去的，别担心。”

祁珂顿了顿，摸着鼻尖道：“我妈不可能这么有文化。”

你这吐槽是要上天啊朋友！

祁珂特别正经：“如果她这么有文化，那肯定是从书里抄来的句子。”

还能说什么，点香烛吧。

跳过了这个关于文化程度的话题，祁珂摆摆手：“这不是他们的时代了。如果我妈真的有心学习现代化作战，那根本就不会有我的出现。她打了太多年的仗，已经乏了，就让她和我爸当一对快乐的野鸭子吧。”

秦将军默默地扶住了额头。

“好了，不说了，回去干正事。”祁珂率先站起来。

秦峥收好硬币，也跟着她走出了食堂。两个人一前一后刚到办公楼大厅，就遇上张正从电梯里冲出来。他气喘吁吁地在秦峥跟前站定，急声道：“报告将军，有突发情况。”

“怎么回事？”

“半个小时前，前往外太空巡逻的一艘小型战舰遭遇不明势力劫持，刚刚降落在了撒哈拉沙漠交火区域。从战舰上下来一批尔星人加入了战斗，还有两头从未见过的巨大猛兽。”

秦峥和祁珂同时一震。秦峥自语道：“看来，毁灭者号的下一个目标，极有可能是地球。”

祁珂抓住张正的手臂，问：“是什么样的猛兽？”

张正回想了一番，比画道：“头上有三只尖角，体长超过七米，外皮坚硬粗糙，背上长着一排骨刺，很像侏罗纪时期的三角龙。”

“是阿尔法星独有的三角兽。”祁珂下结论道。

秦峥看向她：“叶鸣说的吗？”

“嗯，他本身也是一头三角兽。”

“……”

秦峥正是诧异，张正又说：“还有一件事，那两头……三角兽参与双方交火后，其中一头临阵倒戈，帮助了陆战部队。由于我们的士兵不明情况，一开始击伤了它，但那头三角兽还是拼命保护受伤的士兵，重伤了不少尔星人。尔星人被它激怒，对那头三角兽展开了疯狂的反扑。目前它受伤严重，已经奄奄一息。”

祁珂霎时手脚冰凉，颤抖着声音问：“那头三角兽，现在在哪里？”

“正在前线的医疗区接受治疗。由于涉及外星生物，医疗区的主管让我请示将军，是否需要将这头三角兽转送生命研究所，用于解剖研究。”

秦峥还没来得及回话，祁珂转头就冲出了办公楼。她直奔广场中央，登上了一架准备起飞的小型战舰，对驾驶员道："去地球，撒哈拉沙漠医疗区。"

驾驶员冷不防吓了一大跳，回头一脸蒙地瞅着祁珂，脑子死机了数秒，才怯怯地道："祁珂下士，我接到的通知是去外太空巡逻。"

"去地球！"祁珂拔高音量大吼。

两个人正僵持，秦峥也赶到了驾驶舱，瞪了一眼祁珂，下命令道："去地球。"

"是！"

驾驶员即刻调整了航线，启动引擎，快速升空。

撒哈拉沙漠。

距离战区五公里外，沙尘遮天蔽日。简易的医疗区搭建在一片四面围着沙丘的平坦地势上，防风帐篷并开两排，绵延了近百米。人声嘈杂中，穿着白大褂的医务人员行色匆匆，在伤兵里来回穿梭。飞船还没彻底停稳，祁珂便迫不及待地从上面跳了下来。她落在沙地上时没稳住脚跟，登时摔了个形象全无。秦峥急忙跟下来，正要搀她一把，她又飞快地爬起身，踉踉跄跄地朝医疗区跑。如果不是碍于她上身套着一件军装外套，驻守的士兵很有可能会立即驱逐这个邋里邋遢的女人。

祁珂鲜少有这样失态的时候，她焦急地拉着医务人员追问三角兽的下落。秦峥在边上看着，只觉得胸口有什么东西裂了一条缝，酸涩难耐。好不容易打听到三角兽的具体位置，祁珂半刻也不敢停留，健步如飞。

彼时，第三棚区的手术帐内，一名年轻的女医生面戴口罩，双手的手套上沾满了血。她跪在地上，面前摊开着一张雪白的消毒布，上面侧卧着一头处于昏迷状态的三角兽。三角兽庞大的体型几乎占据了整个空间，它微微蜷着身子，前胸的起伏十分缓慢。布满粗糙纹路的表皮上弹孔密集，还有被激光枪烧焦的皮肉，以及遭尔星人撕咬出的裂口。三角兽的四肢上分别套着几个圆环，正通过设备显示出它的心率和血压。

女医生谨慎细致地从三角兽的后背取出一颗小口径子弹，扔进了身旁护士端的手术盘里。刚要进行下一个动作，护士看着角落里的显示屏，说："它的心率从 139 降到 78 了，需不需要进行心脏复苏？"

走到帐篷外的祁珂冷不防听见后半句话，吓得脚下一个踉跄。秦峥忙不迭将她往怀里一带，皱眉觑着她。祁珂揉揉眼皮，摆手道："没事儿，最近没休息好，有点体虚。"

"……"

话说完，她便掀开了帐篷帘子。

女医生还在继续取剩下的子弹："先观察，这类外星物种和我们的构造不同，也许它的正常心率就在七十的区间。"

“好。”

祁珂不敢说话，生怕打扰了手术过程。两个人在门口站了约莫一个钟头，那名女医生才取下手套，看看显示屏，长舒一口气：“情况还算稳定，小李，你先去跟主管报告一声，我在这里再观察一阵子。”

“好的。”

女护士收拾了东西站起来，看见祁珂等人，只是疑惑地打量了一番，随即一言不发地绕开，快步走出帐篷。女医生揉了揉跪得发麻的膝盖，刚坐到地上，扭头就瞅见了门边的两个人。秦峥的辨识程度还是相当高的，毕竟常年高居从军女性最想嫁的梦中情人榜首，还穿着一麦两星的军装，女医生自然认识。她急忙整理了一下仪容，走到两个人跟前，对秦峥伸出手：“秦将军？”

秦峥礼貌地回应：“你好，我是秦峥。”

“你好，我是陆军第三集团师的中校暮云，很高兴见到您。您怎么会到前线医疗区来？”暮医生脸颊绯红。

秦峥顿了顿：“是这样的……”

祁珂插话：“三角兽有生命危险吗？”

没礼貌！没教养！怎么能打断粉丝和偶像间的对话！暮医生表示非常不满，于是语气也不怎么友好：“这位是……”

“她是ISF的祁珂下士。”秦峥瞄了祁珂一眼，关键时候，还得自己出马给她打圆场。他正思考着怎么说明祁珂的焦急，以缓和暮医生对她的态度，结果这句介绍语刚落地，暮医生立刻挣脱了秦峥的手，转而去握住祁珂：“祁珂下士！”暮医生的眼睛闪闪发光。

祁珂：“……”

秦峥：“……”

暮医生激动地道：“我一直想见您本人，可惜没有机会。您的事迹我在书上拜读过许多次，对于您和您的母亲，我都万分敬仰。每次听到您作战得胜的消息我都情绪高涨，仿佛是亲眼见证，能在这里见到您，我真的是……真是太开心了。”

祁珂被她的热情搞得不知所措，终于把视线从三角兽身上转移到这个女医生身上。她呆呆地看了看被人握住的手，暮医生以为她是嫌弃自己手上的鲜血，又赶紧在衣服上擦了擦，才再度隆重地伸出手去。目光神采奕奕，仿佛是准备接受来自神明的洗礼……

秦峥望天。

说好的梦中情人呢？这什么破设定！

祁珂回过神，匆匆握住暮云的手，勉强一笑：“抱歉，我没有及时介绍自己，我只是太心急想知道这头三角兽的情况。他……可能是我熟悉的某个人。”

暮云完全没注意到祁珂用了“人”这个形容词，满怀愧疚地道：“是我该抱歉，我没能体会您的心情。”暮云转身看向地上的三角兽，“根据我目前的观察，它应该是度过危险期了。但由于物种不同，我无法百分百确定。是否能存活下去，还得看它明天之内能不能醒过来。”

“我可以在这里守着他吗？”

“当然。”对于偶像的提议，暮医生绝对接受。她正要问祁珂需不需要椅子，忽然又反应过来，“等等，您刚刚说……它……是个人？”

祁珂没接话，她屏住呼吸，慢慢地走向三角兽。那种情怯，就如同远游的游子终归故里，明明急不可待，却又不敢轻易靠近。她的踌躇和迟疑都彰显在那欲进还退的脚步里。她几乎用尽了全部的力气，才终于走到三角兽的身边，耳畔还回响着诀别时叶鸣说的那些话。

我在寒冷的地方待得太久了，稍稍一丝的温暖，都能让我贪恋忘性。

为什么这么恶心的东西，我一定要宽恕和容忍，祁珂，这是什么道理？

对不起，我让你失望了。

祁珂的眼底盛出一阵温热，连视野也被水雾模糊。她看着三角兽的方向，一言不发地屈腿坐下。

暮云还想问什么，秦峥却将她带离了帐篷。简单地阐述了前因后果，暮云也善解人意地没有多问。恰逢另一批伤兵送回医疗区，暮云得赶去帮忙。秦峥看着她走远，在帐子外抽了一支烟，直到烟蒂烧到自己的指端，他才扔了烟头，悄无声息地走回帐篷里。

祁珂将头深埋在双膝间，一动不动。秦峥居高临下地瞅瞅她，又瞅瞅没什么动静的三角兽，问：“你确定是叶鸣吗？”

“百分之九十的可能。”祁珂闷闷地道。

秦峥沉默片刻：“如果他真的是叶鸣，你打算怎么办？”

“将他带回去，关着也好，守着也好，我不会再让他做出伤害别人的事。而且，”祁珂抬起头，“他这次的行为已经足以说明，他的本性并不坏。之前发生的那些事，都是有原因的。”

“什么原因？”秦峥语调冰冷。

“如果我说他是为了保护自己而反击，你会觉得我疯了吗？”

“你的确是疯了。”秦峥咬牙，“祁珂，我必须提醒你，他不是一个人。他的骨子里存在兽性，和你是根本不会交叉的平行线。就算他被你同化，可你能保证他的身份不会再次引发危机？清醒一点，打消你脑子里不该有的念头，回到你原本的位置上，才是你该做的事。”

“我知道。我现在……只是有点害怕。”祁珂的声线头一次变得那么软弱，“我曾经眼睁睁看着他消失在我面前，我以为他不会再出现了，这个世界上不会再有叫叶鸣的人。太难过了，那样的情绪，我不想经历第二回。”

“祁珂，你……”

“再给我一点时间，等他醒来，我会和他谈一谈。”

秦峥仰头做了个深呼吸：“你要在这里守着他吗？”

“是的。”

“有任何消息，第一时间通知我，我先回 ISF。”

“好。”

秦峥无奈地看了她一眼，转身离开了帐篷。

祁珂这一守，就是整整一天一夜。

她确实没有想过叶鸣还能回来。当她在逃生舱里看着叶鸣被卷入火海时，她以为那就是再也无法逾越的生死界限。原本枯竭的心在忙碌的时日里恢复了平静，可当这个人再次出现，那些看似平稳的假象瞬间支离破碎。叶鸣的死令她千疮百孔，那些空洞，是无法用任何因素来填补的，时间的流逝只会在上面覆一层沙，底下还是鲜血淋漓。重新呼吸到有叶鸣存在的空气时，就仿佛久旱的土地再遇甘霖，一切的生机都在刹那间复苏。

祁珂这一刻才真正意识到，她的感情不比叶鸣浅薄，只是太后知后觉。

到了第二天下午，前线又送下来一批伤兵。小憩的祁珂被帐外的声响惊醒，她强行打起精神，看了看手机上的时间，已经过了四点。她又觑了觑角落的显示器，心率和血压仍然没有什么变化，叶鸣丝毫没有醒过来的迹象。祁珂正琢磨着要不要叫暮医生来看看，三角兽就忽然踢了踢前脚。它像受到了某种惊吓，身躯剧烈地颤抖起来，四脚不停地乱蹬。祁珂见状，伏在它的脑袋上，用手轻拍着它的后背，温声道：“别紧张，你现在很安全。没事了，没事了。”

仿佛是受到这声音的感染，三角兽慢慢平静下来。好一会儿，那双深幽的眼睛蓦地睁开，是祁珂熟悉的一蓝一金的色泽。它失焦的瞳孔回聚一点，有些愣怔地看着眼前人。

祁珂的心一抽，瓮声瓮气道：“你醒了。”

三角兽猛地站起，背上的骨刺将帐篷顶捅了个对穿。它像是不愿意祁珂看见自己的样子，庞大的身躯竭力缩成一团，可还是无可避免地占据了过半的空间。它的脑袋一个劲儿地往角落里埋，生怕对上祁珂的视线。

祁珂小心地靠近两步，伸手道：“叶鸣，我知道是你。”

三角兽摇头晃脑，似在阻止她的近距离接触。那三只尖利的角划烂了帐篷，它看看外面的黄沙漫天，做出了出逃的姿势。

祁珂喊："嘿，别这样，你的样子不会吓到我。"

三角兽刚要冲出帐篷，祁珂又道："叶鸣，我很想你。"

三角兽的动作一顿。

祁珂垂下双手："我真不想承认，这种肉麻的话会从我嘴里说出。可这确实就是我此刻全部的想法。现在，你能给我一个久违的拥抱吗？我看电视剧里的重逢都有这个步骤。"

三角兽不敢相信地回过头，祁珂冲它咧了咧嘴。她的眼眶微微发红，里面漫开了一层水雾。三角兽仰头呜咽一声，随即走回祁珂的跟前。它的身体逐渐变小，坚硬的表皮消失，被白皙的肌肤取而代之。不过半分钟的间隙，他就恢复了人的形貌。叶鸣用力抱住祁珂，似要将遗失的时间弥补回来，把她揉进自己的身体里。祁珂的双手也攀着他的肩背，那冰冷的温度使她一阵战栗，而后就是无尽的沉沦。

不知过了多久，叶鸣稍稍松开她，拉远两个人的距离，仔细看着祁珂的脸。祁珂冷不防踮起脚，吻住了他的唇。叶鸣稍是一怔，然后顺从地闭上双眼。两滴泪从他的眸子里滚落出来，覆在祁珂的脸颊上。

不同于以往每次的亲密接触，这个吻，淡得不带任何欲望的成分，只是唇与唇的相接，宣泄着那些波涛汹涌却无可倾吐的思念。仿佛只有通过这种情侣间独有的方式，他们才能确认，穿越生死重新站在彼此眼前的，是自己心心念念的人。

正是千言万语尽化无声的时候，忽然，一名女护士掀开帘子冲了进来，张嘴就吼："发生什么事了，那头三角兽……"

祁珂一个激灵，霎时弹开了半米远，撩着头发做出事不关己的模样来。

女护士："……"

叶鸣："……"

女护士尖叫："啊！！"

帘子一捞再一合，女护士已消失不见。叶鸣杵在原地不知所措，祁珂摸着鼻尖看看被风吹动的帘子，又看看叶鸣。

很好，裸体，三个关键部位都没有半点遮挡，再看一眼总感觉自己的眼睛就要辣瞎了。祁珂默默望天，假装镇定地指着叶鸣的裆部："挡一挡。"

叶鸣回过神，一看自己的下半身，面红耳赤地捡起消毒布就裹在了身上。

祁珂干咳一嗓子，转身走出帐篷。没一会儿，她折返回来，手里拎着一套和叶鸣体型差不多的休闲服。她将休闲服扔到叶鸣身上，小声说："找隔壁医生借的，你先穿上，消毒水对皮肤不好，万一影响了那方面……就……咯。"

叶鸣的表情已经麻木了，只有胸口绯红了一片。他抱着衣服走到角落里，迅速穿好了裤子和T恤。然后他看了看祁珂的背影，悄无声息地从后面将她拥入了怀中。祁珂的后背紧贴着他的胸膛，即使隔着几层衣服，都能感觉到对方的体温和心跳。两个人静默了半晌，祁珂和他十指交握，哑声问道："你是怎么活下来的？"

"我不知道。指挥舰爆炸后，我以为我死了，很长一段时间都没有意识，也感觉不到任何东西。我不知道这种状态持续了多久，后来，我隐隐约约觉得有人在和我对话，可他说的什么，我醒来后就不记得了。我变成了原形，被困在一个笼子里。直到装载我的战舰登陆，我才看到地球人正在和尔星人交战。"

"所以，你是在前不久才醒来的？"

"是的。"

祁珂默然沉思。

按照眼下的局势，尔星人能死而复生，那么，同样有人体改造经历的三角兽估计也能。当时潘多拉空域里只有毁灭者号，叶鸣能活下来，应该和造物者脱不了关系。造物者为什么要救下叶鸣，又为什么要劫持一艘地球飞船，将更多的尔星人和三角兽送来战区呢？这其中有什么目的？

祁珂凝重转过身，看着叶鸣问："你为什么要帮助地球士兵？这可不是你一贯的风格。"

叶鸣身子一颤："你……还在怪我吗？"

"没有。事情已经发生了，那些过去，我不去评判对与错，因为那是没有意义的。但我想知道你现在的真实想法。"

"我只是想保护你。"叶鸣诚恳地道，"你是军人，发生战争，最先面对危机的是你。我的确没有想帮助那些地球士兵，我对人种的看法没有任何改变，他们都不值得我去拼命，可你值得。你是我即使付出所有也想要保护的人。"

"叶鸣……"祁珂喉头发紧。她抚上叶鸣的脸，与他额头抵着额头："希望有一天，有人能解开你的心结。对于你为我做的一切，我很感激。谢谢你，叶鸣。"

"我从来不需要你说谢谢。"

"我知道……"

剩下的话还没出口，帘子又被人掀起。秦峥出现在外边，他冷冷地扫了一眼帐篷里，看见两个人偎依在一块，顿时火冒三丈："祁珂！"

被三番五次打断了调情的祁仙女，表示非常暴躁。她耸耸肩，慢条斯理地后退一步，整理着衣服。叶鸣也不怎么友善地瞥向秦峥，两个男人的眼里都充满了火药味。

祁珂懒散地问："你怎么来了？"

"我再不来，是要等着当干爹吗？！"

"我去，你这思维发散够狠的啊，要不赶紧把脑袋切了算了，避免得绝症。"

秦峥恶狠狠地瞪她，三步并成两步走到帐篷中央，低声吼："都什么时候了，你还有心思在这儿搂搂抱抱，忘了自己是什么身份吗？"

"别一天到晚这么严肃，还没到最后关头，人都快被你吓出尿频了。"祁珂贫嘴，"再说了，叶鸣这才刚醒，我还在问他这段时间发生了什么事。"

"问出什么结果了？"

"结果就是，被造物者改造过的可不止他一头三角兽，咱们的处境不容乐观。"

秦峥的眼皮子一跳。

"不过，以眼下的趋势，我估计成功改造的三角兽还是少数。要怎样才能关得住这种庞然大物，是我们得着重思考的关键。"

叶鸣不解："关住三角兽？"

"嗯。"

秦峥本不想解释，可祁珂嘴快，已经率先说出了缘由："为了解决这些能够死而复生的尔星人，几个种族的军方经过协商，决定把来自阿尔法星的生物统一关押送去一颗荒星，集中炸毁。"

"……"

秦峥扯住祁珂的手臂，咬牙切齿："你对他说这个做什么，不怕他是个内奸吗？"

祁珂摆摆手，话还没脱口，叶鸣就道："三角兽怕火。"

秦峥："……"

"尔星人和三角兽的复原能力都很强。像我昨天那样严重的伤势，经过一天的休息，基本就能痊愈。就算子弹打中头部，伤害效果也不显著。但三角兽非常怕火，那种天性会驱使它们远离有火的地方，你们要抓三角兽，唯一的办法就是利用火这个优势。"

秦峥和祁珂互视一眼，祁珂抄起手说："你这么怕火的话，在我的公寓里还主动炒菜给我吃？"

秦峥："……"

叶鸣问："你这段时间是不是没休息好？"

祁珂挑挑眉："怎么跳到这个话题上来了？"

秦峥难得明了情敌的心意，恨铁不成钢地道："他是想说你这段时间变得太蠢了，你公寓里用的电磁炉你是没印象了是吗？"

祁珂："是这样吗？我基本没自己做过饭，所以不大清楚。好了，我们跳过这个话题，收起你们俩那同仇敌忾的眼神。"

秦峥和叶鸣面面相觑，然后各自愤恨地扭过了头。

祁珂道："既然三角兽怕火，那就先暂定下这个捕捉方针。前线的事主要还是交给陆军联合部队，我们得着眼在造物者的问题上。先回基地吧，我想让叶鸣在疗养院里休养一段时间。领导，你有没有意见？”

“我有意见的话你会遵循我的意思吗？”秦峥皮笑肉不笑地问。

“不会，毕竟我已经决定了。”说着，祁珂走到叶鸣跟前，又问，“你呢？愿意跟我回基地吗？”

叶鸣牵住她的手：“你在哪儿我就在哪儿。”

“好。”祁珂甜蜜地勾起嘴角。

这不合时宜的撒狗粮让秦峥一口老血差点吐出来。他心绞痛地望着这两个人手牵手走出帐篷，实在不想跟上去，可又没有第二条路可供选择，只好捂着眼睛跟在两个人身后。

回到ISF，三个人径直来到疗养院。祁珂一路上都保持着小女人的温柔笑意，其辣眼睛的程度堪比一部R级影片，让秦将军深感自己的三观受到了严重的冲击。随后，祁珂走后门叫来了以前的主治医生，给叶鸣检查了一通身体，确定没什么大毛病后，她主动提出将叶鸣安排在顶层的1706房。秦峥一听这个房号，当即讶异地看向了祁珂。祁珂自己倒没什么自觉，拉着叶鸣的手，慢悠悠地晃进了电梯。

安顿好叶鸣后，祁珂跑前跑后地张罗了一些新的生活用品，又端了不少水果和零食放在屋内，还给叶鸣下载了十几部好看的电影。做完这一切，她叮嘱叶鸣道：“现在的情形不同以往，我可能没法天天都来看你。叶鸣，有些话我不想对你隐瞒，你的身份特殊，如今是战争时期，为了避免一些不必要的麻烦，我希望你能暂时待在疗养院里，不要外出走动，好吗？”

叶鸣默不作声。

“如果你不愿意的话……”

“我愿意。”叶鸣打断她的话，“只要是你的要求，我都愿意。”

“谢谢你的理解。”祁珂在叶鸣的额头落下一吻，继而离开了房间。

走廊尽头，秦峥正抽着烟等她。祁珂刚一走近，伸手就抢了秦峥的烟，扔在脚底下踩了两脚，然后捡起熄灭的烟蒂，丢进了垃圾桶。

“别把压力转化为烟瘾，这只能促使你早死。”

“你劝人戒烟的方式如果能委婉点，我会更乐意接受。”

“谁管你，都戒了好几年，别再抽了。”

“祁珂……”秦峥忽然喊了句她的名字。祁珂仰起头，疑惑地看着他。

有什么情绪正在秦峥的胸口发酵。他揣在裤兜里的手还摸着那枚冰冷的五角硬币，指尖的触感成功地将他的思路拉回了正轨。他收回目光，按下了电梯按钮：“需要安排警卫守在房间外吗？”

能和她有这种默契的，果然还是只有这个发小。两个人走进电梯，祁珂道：“别太明显，我不想让叶鸣对人性产生彻底的质疑。”

“如果他知道你将他安排进重犯治疗的安全病房，四面墙里面都是爆破装置，你猜他会有什么反应。”秦峥打趣。

祁珂嫌弃地看着他：“你的智商已经提前退休了吗？我防备的不是叶鸣，而是造物者。”

“有什么线索？”

“暂时还没有。但是我很确定，叶鸣的回归，是造物者一手安排的。‘他’从爆炸中救出叶鸣，让他在这个时候回到我身边，这其中，肯定有什么目的。”

“那你打算怎么办？”

“关着他，直到战争结束。那时候我要是活着，我就拖他去民政局扯结婚证，他要是不同意，我就叫我爸打到他同意为止。”

这么屈打成婚真的有意思？秦峥涩然地问：“你已经决定了？”

“废话。别叨叨了，赶紧回办公室干正事。”

“……”

这天过后，祁珂依旧泡在秦峥的办公室里日夜研究资料，试图找出造物者真实的目的。通常一天下来，只有在晚饭时间，她才会拖着疲惫不堪的脚步赶去疗养院，和叶鸣坐在一起吃饭。大多数时候，吃完饭她会和叶鸣聊聊新鲜的见闻和电影，待上两个小时，又接着回办公室去关注战事发展。偶尔她累得无法支撑了，饭还没吃完，人就已经昏昏欲睡。每每醒来，她都是躺在叶鸣的床上，被他紧紧地抱在怀里。

时间刚进入这年的七月，各星球的交战状况已日趋激烈，各族的士兵都有不小的伤亡。为了严防死守尔星人想要清理出的坐标地点，陆军联合部队的兵力大部分都集中在撒哈拉沙漠。毁灭者号在太阳系内出现过两次，但很快失去了踪影，始终没有下一步的动作。

祁珂在沙发上打了个盹儿，一醒来就看见秦峥拿着烟盒，显然是在思考要不要抽烟来提神的问题。她伸了个懒腰，好心倒了杯咖啡给他，揉着眼睛问：“生命研究所那边有消息了吗？”

“没有。”

从抓捕运送尔星人开始，各种族就分别研究了一批尔星人，想搞清楚他们能复活的原理。可迄今为止，各方面仍然没有回应。

祁珂叹了一口气：“海盗星那边进行得怎么样了？”

“还差一周的工期基本上就能完成。”

“第一步走得差不多了，第二步还八字没一撇。现在尔星人的数量仍然不容小觑。”

“这些尔星人非常狡猾，”秦峥头疼地道，“他们甚至能窥测我们的目的，有意识地躲避追捕。”

“还有一个问题，毁灭者号既然已经出现过两次，为什么迟迟没有发动进攻？‘他’在等什么？”祁珂摸着鼻尖像在自言自语。

秦峥接话道：“塞塔星毁灭后，各方已经将星球防护网调到了最高警戒度，即使毁灭者号的技术再先进，想毫发无损地穿过防护网，这也几乎是不可能的。我想，‘他’是在等待一个时机。”

“还有一种可能。”祁珂皱着眉，“毁灭塞塔星时的能量传送让‘他’消耗太大，需要一个周期来进行自我修复，然后才能再次利用能量传送来控制M49星云的时间轴。”

“可我们现在并不知道‘他’的恢复周期是多久，也许，下一刻‘他’就会发动攻击。”

“别乌鸦嘴了。”祁珂拿起沙发上的外套，“我出去走走吹吹风，活跃一下脑细胞，有什么消息你电话通知我。”

秦峥点点头。祁珂刚打开办公室的门，忽然，座机响了起来。秦峥拿起听筒的瞬间，脸色就凝重了起来。

祁珂等他挂断电话，才谨慎地问：“什么事？”

“兽族那边说有关于尔星人的研究结果了，他们指明要你去一趟。”

“……”

二十二

把海盗星炸了

“经过我们的反复研究和确定，我们发现这些尔星人几乎不存在二类磁极波长，他们身上所携带的能量场，是一种类似于三类磁极的波段，再通过某种物质的辐射，形成了质变。”

远古兽族的太古城中央实验室里，一名戴着眼镜的老学究眯着眼睛给一男一女解释着研究成果。

祁珂和秦峥一个头两个大，都很确定对方基本上什么都没听懂。秦峥谦虚道：“抱歉瑞普先生，我和我的同事对您的专业用语无法准确地理解，可否请您说得通俗易懂些？”

祁珂点头如捣蒜。

老学究微微一笑，对他们道：“请跟我来。”

秦峥和祁珂匆匆追上瑞普的脚步。实验室内，十几名研究员们正在进行各自手头的工作，他们神态专注，根本没有注意到有两个突然来访的地球人。而在实验室靠墙的后方，还有三个圆柱仓连接着地面和天花板，里面关着三个胡乱拍打玻璃的尔星人。他们似乎丧失了理智，龇着牙红着眼，像随时要冲破玻璃撕咬他们所能看到的一切。

祁珂路过时，仔细打量了这三个人，发现他们的脖子上也有和叶鸣近似的图腾，此刻图腾纹路里正隐隐透出血红的亮光。

瑞普将两人带到一个大型仪器边上，拿出金属探头，在秦峥的身上上下一扫，仪器屏幕上即时出现了一条柔和的波浪线。

“你们看，这就是我们通过严密的计算公式显示出来的人体能量场波段。”瑞普接着用探头在祁珂身上一扫，仪器上出现了第二条波段，和秦峥那条类似。

他最后用探头在自己身上一扫，屏幕上的第三条波段依旧和前两条没有明显差别。

“看出来了吗？人种的能量场波段都是相差无几的。我们进行过大量测试，银河系里现有的种族，都是这种二类磁极波长，而尔星人……”瑞普走到就近的圆柱仓旁，用金属探头扫描了内里的尔星人，仪器上紧接着出现了另一条波长，和前三条不同，这一条波长上的每个起伏都像一个尖锐的三角。他走回两个人跟前，抬了抬鼻梁上的镜框：“这一类波长，就是我刚说的三类磁极。”

瑞普说着，将金属探头对准桌子上的一个金属块，屏幕上的第五条波段也相应出现，和尔星人身上扫描出来的波段类似，只是顶点更高一些。

“他们的波长和金属物质类似，但又有一些程度的异变。”老学究放下金属探头，祁珂趁隙问：“我认为造物者对这些尔星人都进行了人体改造，和这有关联吗？”

“这不是没有可能。”老学究赞叹地看向祁珂，“在对这几个尔星人进行深入的研究后，我们推断，这个群体在遭遇反复攻击后，他们的‘复活’，并不是真正意义上的复活，而是用另一种无法以人为力量消灭的能量场来支撑自己的所有行为。表面上看，他们和活着的区别不大，能自主思考和行动，但这种外界给予的能量场，一旦源头被摧毁，他们也会随之死亡。”

祁珂和秦峥的眼睛一亮。

“这就是说，这些尔星人，其实是有办法被消灭的。”祁珂总结道。

“是的。”老学究颔首，“只要我们能找到他们能量场源头的所在。”

“有这种可能性吗？”

“这就是我点明要您亲自前来的原因。”

祁珂愣了愣，秦峥也不解瑞普话里的深意。

瑞普礼貌地道：“您在军方会议上提出的见解，给了我们一些思路上的突破，为此，我们进行了关于尔星人能量场源头的实验，但这个实验结果还不成熟，请允许我暂时保密。我们现在需要做的，是从尔星人身上剥离能量场，放进质子分析舱里，用于研究确定最后的结果。”

“这三个尔星人的能量场无法剥离吗？”秦峥道。

瑞普摇头：“剥离能量场是种精密严苛的操作，必须通过本身意识的配合，才能分离出主体和磁场。如果主体是拒绝的，那么磁场会被主体意识抓紧，这就像一次切割手术。可我们现在的技术，并没有合适的手术刀，所以必须要有主体的意识配合。”

祁珂直觉不妙，她几乎猜到了瑞普邀请她来的主要原因。她想了想，问：“剥离能量场有危险吗？”

“人和人之间的交流和视界，实际上是通过能量场的碰撞从而产生的。我用眼睛看到的，不是你本身，而是光学通过你能量场的折射，才形成了你这个人在我眼中的形态。我之所以能和你沟通，也是相似的原理。换言之，一旦取走能量场，这个人在所有人眼中就形同虚设，他会成为我们看不见也听不见的幽灵，这样说，您能理解吗？”

祁珂脸色一白。

秦峥拧着眉头看她。

好一会儿，祁珂又问："那么，在能量场研究完之后，还可以归还给主体吗？"

"我只能承诺您我们会尽力一试。不过这种实验没有先例，结果我们无法百分百地保证。"

祁珂沉默不语。

秦峥不满地道："瑞普先生，我非常尊重你们兽族的研究，也深知眼前的局势必须寻找到突破口，但这不能成为我们勉强他人牺牲的理由。任何人、任何种族，都有自我选择的权利。"

瑞普看看他，又看看祁珂："我很抱歉，可这是唯一能研究能量场源头的办法。没有人和尔星生物建立过良好的关系，只有祁珂女士。"

"您这是在践踏别人的感情。"秦峥语带怒意。

祁珂拉住他的手腕："没关系。"她的目光明暗不定，许久，哑声道，"我会试着说服叶鸣。"

"感谢您，祁珂女士。"老学究激动得双肩微颤，"这将是对战争极具意义的一步！"

祁珂没接话。

秦峥反握住她的手，小声道："你不用把自己逼到两难的地步。"

祁珂抿着唇摇了摇头。不知是太过疲劳还是这个消息对她的冲击太大，她脸上几乎退去了血色，只留下如纸般的苍白。

半晌。

祁珂问："之前您说的，尔星人的能量场通过某种物质的辐射，产生了异变是什么意思呢？"

"是这样的，"瑞普组织了一番措辞，慢声道，"我们通过波长的色段对比，发现尔星人的波长有一部分被替换成了另一种波长。"他用手指滑动着屏幕上的第四条波长线，往后翻了几页，才出现其中一段不规则的波长："你看，在这一部分，他们的波长类似于二类磁极波长。我认为，这是经过某种物质的辐射造成的。这种替换，会让尔星人的浅表意识受到影响，且主体并不容易察觉，只会将这部分意识归结为自己的主观因素，在某种程度上，甚至能改变他们的行为模式。就好比，你很讨厌绿色，但我替换了你的波长，反复灌输你其实喜欢绿色这个观念，不用很长的时间，你就会主动认为绿色很好看。"

祁珂震惊道："赛博坦将军！"

瑞普和秦峥同时看向她。

祁珂屏住呼吸："当年我妈说过，赛博坦将军是受到造物者控制了脑识，才会引爆战船。如果这就是被替换了波长的结果，那么……”

祁珂和秦峥互望一遭，秦峥顿感头皮发麻。与此同时，他裤兜里的手机响起来。刚接通电话，张正就在另一头紧张地道：“报告将军，叶鸣利用护士送饭的机会打晕了护士，逃离了疗养院。”

……

时间退回四十分钟前。

疗养院里，1706号房间中，地上躺着一名陷入昏厥的女护士。在她面前，另一个一模一样的女人正面无表情地站着。女人捡起散落一地的不锈钢餐具，重新放回餐盘里。然后打开门，埋头走了出去。走廊上的便衣警卫目不转睛地觑向女护士，没发现什么异常，又继续关注房间里的动静。没过多久，这名女护士出现在基地地下的防空层里。她取下脸上的口罩，眨眼之间，变成了秦峥的外貌。

“秦峥”快步走向最里面的机密控制室。每隔三米站着的持枪士兵见是领导，以为他只是照例巡视，都挺起了胸膛敬礼。“秦峥”如入无人之境，顺利地来到控制室门前。他滑开按钮板，输入了开门指令。智能女音提示扫描眼球，“秦峥”便将一只眼睛凑到了面板前方，红光上下一动，验证无误，“秦峥”顺利打开控制室的门。等他进入后，控制室再度关上。

过了短短十分钟，“秦峥”开门出来，离开了防空层，走出基地。此时，监控部里显示地球外围的卫星防护网已进入不可逆的关闭程序，倒计时五分钟。

整整二十八年，地球上的人们没有再经历战争带来的压迫和逼命感。这短暂的安逸让人类险些忘了那些腥风血雨的恐惧。而就在这一天，七月六日，和平的景象终被打破，浓烈的硝烟弥漫了每座城市的大街小巷，熊熊的火势吞没了曾经的繁荣华丽，每一处，目所能及的每一处，都成了厮杀的战场。随着九颗卫星联结成的防护网被毫无预兆地关闭，毁灭者号也出现在了地球上空。这庞大的飞行物轻而易举地摧毁了四颗环绕卫星。卫星巨大的碎片由于引力的作用冲向地球，在大气层的摩擦下燃烧成势不可挡的火团，狠狠地撞击着这颗蔚蓝的星球。落入海里的卫星碎片掀起了海啸，将沿岸的城市通通淹没。落在陆地上的卫星碎片由于其巨大的冲击力，周围近百公里，生机难存。高楼坍塌，地面下陷，疯狂的尘土掩盖着千疮百孔的城市。街上的汽笛声、尖叫声，仿佛是一曲极其壮烈的哀歌。尔星人从毁灭者号上源源不断地下来，在每座城市肆意屠杀掠夺。海陆空三军联合，所有部队倾巢出动，和尔星人正面作战。

这是再一次的生存末日，人类遭遇了前所未有的危机。尸体无情地堆积在脚下，鲜血铺满了前路。从高空望下，那土崩瓦解的文明令人无比心酸和绝望。祁珂几乎将自己的十指握断，紧咬的齿间已经溢出了鲜血的腥气。

两个人紧急赶回 ISF，立即统合了所有战舰，兵分两路，一部分去监视毁灭者号的行动，另一部分则去支援地球上的三军作战部队。联盟国紧急召开会议，秦峥和祁珂一同去参加。

一连几天，所有人都在商讨怎么应对接下来的战况。毁灭者号暂未投下能量导管，撒哈拉沙漠里聚集的尔星人越来越多，其余各地也有不少尔星人在进行人口屠杀。由于兵力有限，部队主要保护撒哈拉的坐标地点，仅仅七十二小时，地球上就已满目疮痍。

祁珂提出执行海盗星的炸毁策略，同时由她率领目前地球所有的可作战星际部队，正面迎击毁灭者号，为地面军队捕抓尔星人争取时间。众人无计可施之下，一致同意了她的这一提案。接下来，祁珂便是夜以继日地召集 ISF 的星战将领开会，部署开战事宜。毁灭者号在摧毁四颗卫星后，消失在宇宙里。所有人都知道，当这个庞然大物再次出现，地球的生死关头将真正来临。

到了第三天，秦峥从前线回转，到办公室里找祁珂。他拿着一块芝士蛋糕，悄无声息地放在了她的手边。

祁珂只是看了一眼，又埋头盯着空域图：“情况怎么样了？”

“不太好。”秦峥走到窗户边上，双手插在裤兜里，望着外面的浓厚烟尘，“尔星人的数量突然大批增加，在每个城市见人就杀，死亡人数一直在攀升。我们不敢太过分散兵力，必须守住坐标点，还要同时抓捕尔星人，收效甚微。再这样下去，情况只会越来越糟糕。”

祁珂沉默。

秦峥回身看着她：“迎击毁灭者号的部署，已经完成了吗？”

“部署……”祁珂默了默，“我把斯蒂夫这些人集中在这里开会，其实只是为了给他们洗脑，增加他们上战场的信心。我不能让自己的兵还没开打就怯场，所谓的部署都是走个形式。”

“祁珂，别用消极的态度去作战，这不是你的风格。”

祁珂拿起小勺子在蛋糕上戳了戳，没什么胃口，又把勺子插回蛋糕里：“我见识过毁灭者号的威力。你知道，为什么我妈在佩特战场上能够全面获胜吗？”

秦峥静静等着她接下来的话。

“那是因为在兵力相差不大的情况下，完美的策略能补足缺陷。所有的谋略，都得建立在双方可对抗的实力基础上，两军对垒，能使用智计的前提，就是倚仗强大的武装力量。我们和毁灭者号差得太远了，任何部署、任何战术，都显得鸡肋。我们能做的，只是用生命来争取极短的时间而已。”

“祁珂……”

“放心吧，我还没有绝望。正如你所说，那不是我的风格。”祁珂勉力笑笑。

秦峥听她把话说到这个份上，也不再过问部署的事情，转而道：“也许，你的猜测是对的，毁灭者号要进行能量传送，需要时间来自我修复，我们还有机会。”

“嗯。”

两人刚刚交谈完，张正上气不接下气地跑到办公室门前，慌慌张张地说：“报告将军、祁珂下士，在距离基地十五公里的厄尔街交火区出现了一头三角兽。”

祁珂眉头一皱。

秦峥问：“有什么特征吗？”

“和之前在撒哈拉沙漠救下的三角兽同样，眼睛是一蓝一金的颜色。”张正怯生生地瞄了一眼祁珂。

秦峥直接下指令：“通知王敬，让他协同陆军联合部队，将这头三角兽抓起来，直接送到海盗星。”

“等等。”祁珂站起身。

秦峥差点怒火上头：“你如果告诉我你还要保他，我现在就把你从窗户扔出去。”

祁珂拿起外套，语气平静：“脑子都秀逗了，还有什么保下来的价值。如果能送到兽族研究室用一下最好，不能的话再直接叉去海盗星炸死。”

秦峥一愣。

祁珂招呼道：“张正你给陆军统战先支会一声，让他们地面兵力全部装备火焰枪，在厄尔街等我一下。”

“是。”张正应了声。

秦峥不放心祁珂的状态，也两步追了出去。

城市中心，街道上一片狼藉。废弃的汽车，倒塌的建筑物，横七竖八地挡在路面上。陆军作战部队分成两拨，一批在街尾处和几十名尔星人正面交火，武装无人机盘旋在半空投下瓦斯弹和火油弹。另一批则在正对的方向，围着一头眼神空洞的三角兽，火焰枪的准心瞄着这猛兽的身体。

僵持中，突如其来的爆炸声似乎惊吓到了三角兽。它猛地一回神，看见周围的人手持枪械，那双异色的瞳孔里，霎时流露出危险的兽性。它龇着锋利的牙，发出沉闷的怒吼。随即，它敏捷地奔向其中一名来不及反抗的士兵，用厚实的前爪将那名士兵掀翻，死死地按在地上。士兵命悬一线，有人紧急请求上级下达开火的指令。

就在这时，不远处一声枪响，一颗子弹击中三角兽的前腿。三角兽吃痛地踉跄两步，松开了那名士兵。它甩了甩巨大的脑袋，狰狞地张着嘴，冲着开枪的方向咆哮。雾霾里，由远及近的脚步声清晰可闻，一个拿着手枪的女人出现在三角兽的视线范围。在看清她的那一瞬，原本凶相毕露的三角兽竟显得惊慌失措，它本能地后退了两步，不敢相信地看着祁珂。

一人一兽隔空对望，心里都纠缠着千万种情绪。三角兽的目光在她脸上流连片刻，又睨着她手里的枪，深幽的眼睛里腾起了一层水雾。

祁珂胸口一抽，定了定神，用淡漠的声调道："我想你应该还记得，我曾说过，你不能滥用你的能力伤害到生活在这颗星球上的人。之前你的行为如果说是情有可原，那么这一次，看看你的身边，你还有什么理由推卸责任吗？"

三角兽瑟缩着身体，目不转睛地盯着祁珂。

士兵们仍将它团团围住，祁珂手里的枪也依旧瞄着它的头。她叹了口气："跟我回去，我会将你送到兽族的研究院，用以追溯尔星人死而复生的能量场源头。这是你现在唯一能为自己的行为做出弥补的途径。"

三角兽的眼睛倏然睁大，而后仿佛被人宣判了死刑，错愕地耷拉下眼皮。它慢步往后退着，连带包围圈也逐渐远离祁珂。

祁珂寒声道："叶鸣，一个成熟的人面对糟糕的境况，做出的判断不应该包括逃避这项选择。不管你有什么理由，实质的伤害已经造成，数以百万无辜的人流离失所，他们失去了至亲至爱，也许，还会有更可怕的事情即将降临。你现在还有机会补救，为他们的生存争取空间。"

片刻，三角兽的嘴巴翕动，吐出了人的话音："你要牺牲我吗？和那些军演的学生一样？"

"我是要求你为不理智的行动付出代价。"

"代价……"三角兽喃喃重复，"我为什么要用自己的生命去换取他们的生存？地球人并没有对我多友好，你看我的身上，还有他们留下的弹痕。这是战争，弱肉强食，没有能力自保的种族就该被消灭。我不是地球人，我为什么要付出代价？"

祁珂见沟通失败，敛低眼皮说："走吧，别逼我对你使用强硬手段。"

"再开一枪吗？"三角兽惨然地看着祁珂，"你答应过我，不会再用枪指着我的。"

祁珂紧握拳头："那你又答应过我什么？一定要把这些难堪的过往摆在台面上生生撕裂吗？叶鸣，我得提醒你，你没有选择，如果拒绝去兽族的研究院，我会直接将你送往海盗星，执行炸毁计划。"

三角兽一怔，失望、难过、后悔，种种情绪交错汹涌，灼烧得它五脏俱裂。所有的回忆如海浪侵袭，摧垮着它仅剩的理智。它伏低前身，做出准备攻击的姿势："祁珂，你从来没有相信过我。从我们认识开始，你就不断试图打听我的底细，套取对人类有利用价值的消息。你利用我的信任，侵入我的潜意识。看到阳阴山里发生的事，你甚至没有追究原因，就把我划分为穷凶极恶的一类。在你的职责和我之间，这个天平从来没有对等。即使一个根本不认识的路人，因为种族关系，你都能将他看得比我重要。你可以为了你的同胞，任意抹杀我的存在，但我不会束手就擒。这不是我的责任。我用我的生命保护你，换来的不是理解和相同的对待，而是你的放弃和践踏。”

祁珂咬住下唇。

三角兽用尖角对着她，质问道：“如果做错事的是秦峥呢？你还会这么不问缘由地就选择牺牲他吗？”

祁珂还没做出回答，三角兽的耳郭忽然动了动。它听见了来自街尾的动静。那一霎，它目光一沉，庞大的身躯向着祁珂加速移动，厚实的脚掌每每落下，地面都会随之战栗。扬起的灰尘中，所有人都看见那三只尖角正对祁珂的身体。包括祁珂在内，都立即判定，叶鸣是要对她发动攻击。

也许，正如叶鸣说的那样，她从来都没有相信过他。

不知是谁喊了句“开火”，几十杆火焰枪同时射击，嚣狂的火舌从四面八方席卷，扫落在三角兽的表皮上。过高的温度令它的外皮快速焦黑，空气里弥漫着皮肉被烤焦的难闻的气味。它没有停下脚步，仍然埋头前冲，让祁珂恍然以为，就连他说的三角兽怕火都是欺骗。她下意识地扣动了扳机，五颗子弹，一颗不落地打在三角兽的脑袋上。

鲜血溅落一地，那丑陋的猛兽满脸都被殷红覆盖。没有人在意它眼中的情绪，那是濒临崩溃的绝望。

时间，仿佛静止在这一刻。有人在惊呼，拿着火焰枪的士兵们追赶在三角兽的身后。它的尖角已经抵在祁珂胸口的前方，只差分毫就要刺穿这具单薄的身体。

街尾的战区里，一架武装无人机由于被尔星人干扰，射出的火油弹偏离了目标，距离祁珂不到十米。

三角兽突兀地抬起前脚，轻轻地在祁珂的肩膀上一推，祁珂当即往后倒下。她呆滞地看着三角兽并没有伤害她，而是分开四脚站在她的两旁，以护卫的姿势将她严密地覆盖住。紧接着，三角兽脑袋一偏，一颗火油弹在它的后背炸裂开。热浪扑面而来，强大的气流逼得祁珂睁不开眼。周围的士兵也被这火势迫得退开了两三米。

静无声息。

许久，热浪消散，祁珂感到一滴一滴的温热水泽落在自己的脸颊上。她抬起眼皮，正对上三角兽那张被子弹打得皮开肉绽的脸。它一蓝一金的瞳孔里倒映出祁珂的模样，满面的鲜血止不住地流。仿佛被剧烈的石瀑冲击着心，强大的痛意几乎将祁珂生生摧毁。她伸出手，想要碰一碰三角兽的头，三角兽却及时撤出了安全距离，不愿再和她有任何肢体接触。落空的指尖微微蜷缩着，无可遏止的酸楚如同一只气球，疾速膨胀，而后在身体里爆炸，血液为之停止流动，心脏也变得干涸，再也无法生机勃勃。

祁珂坐起身，沉默地看着三角兽。三角兽与她对视少时，踉踉跄跄地往后退去。

它朝着与祁珂背道而驰的方向，一步一个血脚印，离开了战区。士兵欲要追击，被祁珂哑声阻止。她就这么失神地坐在原地，一直望着叶鸣消失的街角。

半晌，秦峥来到现场。他居高临下地看了看祁珂，从裤兜里拿出餐巾纸，蹲下身替她擦拭着脸上的血迹。祁珂失焦的目光还定格在远方，她小声问："之前抓到过三角兽吗？"

"嗯。"

"是用火攻吗？"

"嗯。"

祁珂默了默，突然双手掩住脸，肩膀小幅度地颤动起来。沉闷的哭声被她刻意压低，细如蚊蚋地传进了秦峥的耳里。秦峥拍着她的后背，索性将她整个人圈进怀里，无声地安抚着。

夜幕降临。

破败的城市被黑暗笼罩。少数的路灯晕染出昏黄的光线，如鬼魅的影在地面张牙舞爪，嘲笑着这摇摇欲坠的文明。

城郊一处废弃的工厂里，浑身是伤的三角兽瘫软在角落。它陷入了昏迷，表皮上的焦黑正在慢慢复原，脑袋上的弹孔也逐渐缩小，子弹被挤压出来，伤处也随之愈合。唯独背上被火油弹炸过的地方，往下凹陷了一大块。即使身体里活跃着自愈因子，也无法让这一处的伤完好如初。三角兽的胸口缓慢地起伏着，粗重的鼻息吹得灰尘四散。

月落日又升。

三角兽迷迷糊糊觉得有人在往它的嘴里喂水。出于自我保护的本能，它猛地睁开眼，挣扎着站起身，打量周围。就在它前脚半米处的距离，蹲着一个懵懵懂懂的小女孩。小女孩手里抱着一个脏兮兮的布娃娃，眼睛又大又圆。她仰起小脑袋，似乎不太明白这种外星生物的危险，惊叹地说了句："哇哦！"

三角兽看看她，又看看她身旁的小水桶。小姑娘跟着站起，天真地问："你是恐龙吗？"

三角兽沉默片刻，望了望周围，见到不远的窗台上挂着一件蓝色的工衣，摇摇晃晃地走过去。然后他的身体迅速缩小，恢复了人的形貌，手快地抓起工衣套在身上，转头和小女孩面面相觑。

小女孩张着嘴，显然对这神奇的变化一时难以接受。直到叶鸣的肚子"咕噜"叫了一声……

她指着叶鸣的小腹说："你里面的小人儿饿了吗？"

叶鸣："……"

“艾思的妈妈说啦，每天都要按时喂小人儿，小人儿才能长得白白胖胖，和艾思一样可爱。你今天喂小人儿了吗？”

叶鸣无言以对。

这位叫艾思的小女孩无所畏惧地走近叶鸣，因为身高差距，她的脑门才到叶鸣的大腿。于是她戳戳叶鸣的腿，问：“恐龙先生，你不会说话吗？”

“我不是恐龙……”叶鸣的肚子又是一阵响动。他无奈地低头瞅瞅，艾思也跟着仰头瞅瞅。接着艾思拉起他的手，对他说：“跟艾思来。”

叶鸣不太习惯和人接触，用力地抽回了手。艾思疑惑地看看他，转而扯住他的裤腿：“别怕，艾思不是坏人。”

叶鸣稍稍一默，总归也没其他地方可去，索性跟着艾思走出了厂区。艾思带着他穿过被水泥板砸得坑坑洼洼的一段小路，从围墙的一个小洞里钻了出去。外面是宽阔平坦的柏油路，在路的对面还坐落着一排小洋房。因为这里临近战区，人们纷纷逃命去了，致使这曾经繁华的地方现已空无一人。艾思拉着叶鸣穿过空荡荡的马路，来到其中一座小洋房门前。她轻车熟路地打开门，领着叶鸣走进饭厅。叶鸣四处张望，艾思就抱着洋娃娃翻箱倒柜。好不容易从壁橱里找出来一盒过期的豆沙包，里面的四个小甜点还不足叶鸣的手掌大。艾思用牙齿咬开包装，将面包一股脑倒在铺满灰尘的餐桌上，想了想，拿起一个放在叶鸣那边，再拿起一个放在自己这边。又拿起一个给叶鸣，最后一个，她掂在手里瞧了好一会儿。

艾思咽着口水说：“妈妈说啦，大人肚子里的小人儿食量大，比艾思的小人儿吃得多，这个豆沙包给你吧。”

于是，叶鸣面前有三个，艾思只有一个。艾思拿起唯一的豆沙包，放进嘴里细嚼慢咽，脸上浮现出小孩子独有的单纯笑容。她见叶鸣不动，又急忙催促：“快吃呀，小人儿饿了的话就不会长肉啦，不能跟艾思一样可爱。”

叶鸣低头看着三个豆沙包，心里那无形的防线似乎被人用锤子敲击着，每敲一下，都会震荡出细微的裂痕。他的确饥肠辘辘，看艾思吃得这么满足，也跟着尝了一口这所谓的豆沙包。一口下去，明显能感觉到里面的夹心豆沙变硬了，口感相当差。但饿字当头，叶鸣还是狼吞虎咽地吃下足足三个豆沙包。

艾思笑嘻嘻地看着他，问：“好吃吗？小人儿吃饱了吗？”

叶鸣点点头，又环望着屋内，尽量让语气听起来不那么生硬：“只有你一个人在这里吗？”

“是呀。”艾思软糯的声音有些沮丧，“艾思和妈妈爸爸住在一起，可是妈妈爸爸已经很久没有回来了。”

“他们去哪儿了？”

“艾思不知道，那天妈妈爸爸去上班，就再也没有回来。艾思因为生病了没去学校，一直在家里等呀等。”

叶鸣听到这儿，已经猜到艾思的父母可能遇难了。他看着小孩不谙世事的模样，竟然动了几分恻隐之心。

“你知道这里正在发生战争吗？”

“嗯……”艾思下意识地抱紧布娃娃，“隔壁的叔叔阿姨都走了，他们说有外星人进攻地球，临走前他们还给了我一些食物。”

“你为什么不离开？”

艾思摇摇脑袋：“我如果也走了，爸爸妈妈回来就找不到艾思，那样他们会着急的。”

“他们……也许回不来了。”叶鸣沉重地说出了这个事实。

艾思无法理解这句话的含义，她只是扑闪着一双大眼睛，问：“为什么？”

小孩子的世界里，还没有死亡这两个字的存在，甚至于，她也根本不懂战争的真实意义。比起叶鸣残酷的生长环境，她就像一个被人精心安排在童话世界里的天使，在她看来，每个人都是善良可亲的。叶鸣不愿意充当刽子手，他已经自顾不暇，他宁可维持现在的假象，至少这小女孩的眼睛里，不会失去希望。他想了想，对着艾思淡淡一笑：“再等等吧，你的爸爸妈妈……可能正在回来的路上。”

“嗯。”艾思欣然咧嘴。她绕过餐桌，走到叶鸣跟前小心地拉扯他的衣袖，“艾思怕黑，你可不可以留下陪我等爸爸妈妈？我好不容易才碰到恐龙先生，求你了。”

叶鸣拍拍她的头：“好。”

ISF办公大楼里。

紧张的战前准备迫使每个人都绷紧了神经。祁珂同样不敢松懈，她没有时间再去为自己忐忑的感情史唉声叹气，她得将全部心思投入到接下来的计划中。短短两天的时间，已有四批尔星人被分别运送到海盗星。经过各种族协商，炸毁计划进入最后的倒计时，ISF几乎出动了所有力量，协助三军作战部队抓捕尔星人。祁珂一边监控着毁灭者号的行踪，一边还要给星战将领讲解迎击毁灭者号的部署。

与军队里的氛围形成了鲜明对比，叶鸣则是在荒无人烟的地方，守着一个小女孩平静地度日。

“这里，快看！还有一些糖果！”

一大一小在另一栋被废弃的小洋房里翻找了几个小时，艾思从一个小瓶子里找到一部分包装得花花绿绿的糖果，估摸是过节时这家人没吃完，剩余下来的。艾思抱着瓶子，犹如发现了新大陆，迫不及待地给叶鸣展示。

叶鸣蹲在一处柜子前，听见艾思的欢呼，起身看看她，对着她露出一丝真挚的笑容。

两个人把瓶子抱回艾思的家，艾思依旧把糖果倒在餐桌上，给叶鸣分了一大半，自己只留了一丁点。她还不忘叮嘱叶鸣：“要慢慢吃哦，一定要留到小人儿需要的时候才喂它。”

叶鸣满手捧着糖果，心里五味杂陈。不可否认，这是他进入人类社会以来，第二个真心对他好的人。晃神地又想起祁珂，叶鸣的耳畔还残留着那天的枪响。子弹已经剥离了他的身体，可那些伤疤如同被烙在深层的意识里，始终挥之不去。艾思高兴地在屋子里转着圈圈，对着她的布娃娃叽里呱啦。叶鸣趁着她不注意，将一半糖果放进了她的衣服口袋里。

这里像是一个被世界遗忘的角落，冷清得只有不被世人接受的叶鸣，和活在自己幻想里的小女孩。外面乌烟瘴气，房子里的两个人却能偎依着取暖。他们晚上相伴入眠，白天就到邻近的地方寻找食物。叶鸣一度有种错觉，这样的平和于他而言，似乎也不错。

就这样过了四天。

这天早上，叶鸣被一阵枪声惊醒。他从地铺上翻身坐起，将窗帘拉开一条缝，看向马路上的情形。几十个尔星人逃窜到了这片洋房区，陆战部队正在逼近，空中盘旋的武装无人机发出震耳欲聋的轰鸣。

艾思揉揉惺忪的睡眼，看着叶鸣问：“恐龙先生，你饿了吗？”

叶鸣回头将一根手指比在嘴上，示意她噤声。艾思认为他是在和自己做游戏，笑嘻嘻地捂住了自己的嘴。叶鸣又望向窗外，尔星人开始分散，躲进了洋房内。他看见有几个朝着艾思的房子跑来，不由得瞳孔一缩。刚想让艾思先躲起来，转身一瞅，却发现床上已经没有了人影。他整个人一僵，忙不迭地跑下了楼。

五个尔星人先他一步破门而入。有两个寻找着藏身的地方，另外三个在门口放风。叶鸣站在楼梯口，和几个尔星人打了个照面。由于不确定他的身份，尔星人各自递了一记眼神，准备对他发起群攻。艾思突然从壁柜里钻出来，站在了尔星人的攻击范围内。她手里晃着一袋燕麦，眉开眼笑地对叶鸣道：“恐龙先生，我找到一袋燕麦哦，可以给你吃。”

叶鸣大吼：“走！”

几乎是同一时间，最靠前的尔星人一把抓起了艾思。她的洋娃娃落在地上，叶鸣目眦欲裂。他甚至都来不及动用自己的特殊能力，就看见那尔星人双手骤然用力。所有声音戛然而止，喷洒出的鲜血染红了叶鸣眼中的世界。

艾思像失去了生命的破布娃娃，被人重重地丢弃在地板上。她睁着眼睛，无辜地看着叶鸣。那些血扩散开来，浸透在她最心爱的玩具上。叶鸣的耳朵里嗡嗡鸣响，许久都没有动弹。紧握的双拳青筋暴起，是谁的话音在重复低语。

恐龙先生。

叶鸣。

你要慢慢吃哦，得等到小人儿饿了再喂他。

我希望，在你目光所及的阴暗处，也能看到阳光明亮如初。

艾思和祁珂的脸交替出现。叶鸣忽然明白，祁珂自始至终扛在肩上不肯放下的，究竟是什么。她深知人性的复杂，也了解不是每个人都值得她去守护。但为了那一点点的光明和善意，她愿意用自己的人生去换取。这是她的坚持，也是她的初心。

叶鸣抬起头，瞳孔里覆上了一层触目惊心的红。那几个尔星人蜂拥扑过来，屋外的陆战部队也准备闯进洋房。当第一个士兵走上阶梯时，里面冷不防踢出来一个人头。紧接着，所有尔星人的脑袋都被抛出来。最后，叶鸣满身是血地出现在门边，手里拿着一个沾血的布娃娃……

会议室里，祁珂和秦峥正和各方人员举行临时会议。每个人的脸上都是一副沉重的表情，一边低头看资料，一边听各方交流抓捕尔星人的进程。

“也就是说，目前，除了地球以外，其余星球的尔星人已经运送了三分之二至海盗星。”本修斯王子做出总结，各方人员同时将目光望向了地球的发言人——秦峥。

秦峥冷静道：“地球上的尔星人远超过其他几个星球，我们已经在加快进度，但到现在为止，还有将近十四万的尔星人仍在四处活动。”

“时不待人哪，秦将军。”变色人种的将领一如既往的阴郁，“这句话，可是当年我们参与佩特战争时，方洵九女士教给我们的。现在，我要把这句话还给你们地球人。众所周知，造物者是在等着尔星人清理出坐标地点，好投放能量传送导管，我们每个人都在和死神争分夺秒。如果其余种族抓捕尔星人完毕，我们是不会慢慢等着地球收尾的。”

秦峥沉下眸光。

祁珂讽刺道：“恕我直言，海盗星计划只是一个拖延的策略而已。如果各位认为除了尔星人，造物者就没有其他后招的话，我只能说，这么多年的仗，各位算是白打了。”

变色人种将领不满地看着祁珂。

祁珂摊手：“事实上，大家都知道这是掩耳盗铃自欺欺人的法子。造物者能利用尔星人，同样也能利用其他种族，投放能量导管，这只是时间问题。我们最终要面对的，还是毁灭者号那可怕的威力。”

“这么说，祁珂下士是有更好的提议了？”

“有。只要有任何一方能提供一个自主配合我们研究的尔星人，那么我们就能了解到他们不断复活的关键要素，从而进行破坏。”

众人一致沉默。

好一会儿，苏德安浮夸地道：“自主配合的尔星人……好的，我能不能这么理解。你们地球人喜欢吃牛肉，现在你告诉一头牛，它得心甘情愿地跳进火坑里，把自己烤熟了送到你们嘴边。这不是一个黑色风格的笑话吗？”

“并不好笑，大个子。”

“嘿，叫叔叔。”

会议再度陷入了无声的状态。秦峥正要说点什么来缓和气氛，一名中将匆匆走进来，站到秦峥和祁珂中间，弯腰低声道：“报告将军，报告祁珂下士，陆战部队刚刚在南渝区抓到一名尔星人，他提出想要见祁珂下士。”

“见我？”祁珂眉心直跳。

“是的。他说他叫叶鸣。”

“……”

距离办公楼不远的地底下有一层囚禁室。这是利用原本的紧急避难层改建而成的临时关押点，用于困住被抓捕来的尔星人。其位置处在地面往下一千米的深度，只有一个必须通过眼球纹和口述指令才能启动的升降梯。乘坐升降梯来到囚禁室外围，周边是以纯铬打造的铁壁。这种材质是当前地球上最坚硬的金属之一，普遍也用于抗爆性战舰的制造。重逾千斤的自动门采用了纳米融合技术，可有效地防震防冲击，同样需要双重指令才能打开。秦峥开启了囚禁室的大门，内中出现了一条笔直的通道，牢房用高精度防弹玻璃隔成了小间，并排在通道两旁。每隔一米，就有一名装备齐全的士兵守着。

两个人走到通道末端，看见最后面的牢房里，叶鸣面无表情地坐在地上。他身上穿着灰败的工装，已经被鲜血染透，手里还拎着一个破布娃娃，同样是红得刺眼的颜色。

祁珂拧眉看着这略显诡异的场景，让秦峥取消了禁制，独自走了进去。

叶鸣没有与她对视，目光仍没有焦点地散开在前方。他看起来前所未有的颓丧，仿佛失去了活着的动力，喑哑的嗓音如同一把锯子，将祁珂的心也生生撕开一条裂缝。

“你之前说的，将我送去兽族的研究院，对你们有帮助吗？”

祁珂没回答。

“如果有的话，我愿意配合。”

“是什么……改变了你的想法？”

叶鸣仰起头，靠在身后的玻璃上。他微红的眼皮往下搭着，掩盖了自己不受控制的情绪。祁珂觑着他手里的布娃娃，问：“是它的主人让你愿意帮助地球人了吗？”

许久，久到祁珂都以为叶鸣不会再和她有所交谈的时候，叶鸣突然开了口，那声线里带着无法压抑的哽咽：“她叫艾思……是第二个对我那么好的人，可是，她死了……”

“我很抱歉。”祁珂走近两步，蹲在他跟前。

“这个世上不会再有对我好的人了。”

他像一个无助的小孩，痛述着这句听起来有些幼稚的心声，可这的的确确就是他现在全部的想法。他擅长用疏离的情绪来伪装自己，他也无数次告诫，和祁珂回不到过去。但当她真实地出现在自己面前，所有的喜怒哀乐都无处遁逃。他已经习惯了将自己柔软的一面展现给祁珂，哪怕她在几天前，狠狠地朝着自己的脑袋开了五枪。

祁珂深吸一口气，迟疑地抱住了他：“叶鸣，我很抱歉。你说得对，我没有全心全意地信任过你，我以为自己是和你站在对等的位置上，可事实上，我从没能回应你的付出。我不是一个合格的伴侣，但请你不要因此否决任何的可能性。你还有很长的路要走，给自己一点时间，别害怕重新开始。”

“是我关闭了卫星联结防护。”

“我知道。所以，我们都该去弥补这个过错。如果你愿意，我会陪着你。”

“祁珂……”叶鸣回拥住她。

祁珂安抚道：“黎明之前的黑暗，最是深沉。我们都会走过去，不用多久，阳光会重新笼罩这片大地，那时候，别再忽略路边的风景。”

“好。”

二十三

用我的陪伴弥补你的空缺

“我得提醒你，这是一次结果未知的实验。取走你的能量场以后，你会进入‘幽灵’状态，任何人都无法感知你，看不见也听不见，你能理解我的意思吗？”

“嗯。”

“如果实验的最后无法将能量场结合回你的身体，你会一直维持这种状态，这会比死更加难受。”

“我知道。”

兽族实验室外，祁珂和叶鸣并肩坐在一张长条椅上。两个人不约而同地望着天花板上的白炽灯，等待着瑞普做完实验的前期工作。约莫三十分钟后，瑞普从实验室走出来，招呼道：“可以开始了。”

祁珂和叶鸣站起身，祁珂问：“实验过程需要多久？”

“最快两天，慢的话，三天吧。”

“取出能量场后，将其结合回主体的可能性有多少？”

瑞普看看她，又看看一旁的叶鸣，沉默片刻，皱眉道：“我不想欺骗你们，这种概率只有十分之一。”

祁珂埋下头。

瑞普左右望望两人，对着叶鸣低声道：“我在里面等你，你还有两分钟，可以和祁珂女士告别。”

“谢谢。”

走廊里悄无声息，祁珂和叶鸣谁也没有先开口。时间的推移并不等人，叶鸣的嘴唇几番开合，明明还有许多话，却不知该从哪里说起。他在眸子里深深刻下祁珂的模样，放进心里好好珍藏，然后他转过身，走向实验室。将要开门时，祁珂忽然叫住他。叶鸣身形一顿，听见她沉声道：“不要把这当成是最后的见面，还没到诀别的时候。叶鸣，我会在这里等你，我们……我们还有许多流程没走完，你知道我说的是什么。我活了这么多年，你是唯一一个非法闯进我心里的人，既然已经在里面住下了，你就得负责，明白吗？”

叶鸣鼻头一酸，千言万语堵在喉咙里，他却不敢有所回应。他害怕和祁珂多说一个字，他也害怕再回头多看她一眼。她的眷恋和不舍，会让他气力尽失。他恨不得就此将她抱在怀里，管他什么世界毁灭，管他什么造物者的阴谋，哪怕两个人化为宇宙里的尘埃，只要纠缠在一起，那也是好的。可叶鸣明白，这不是祁珂的心愿。

他定下心神，推开了实验室的门，只字不言地迈了进去。视线被隔断，祁珂仿佛被抽干了力气，跌坐在椅子上。

秦峥处理完公务，来实验室外找到祁珂。他远远地看见祁珂失魂落魄，心里尤其不是滋味。叹息一声后，他上前挨着祁珂坐下，从衣服兜摸索着拿出一个东西，摊在祁珂的眼前。

那是一枚尖牙，比人类的牙齿大了好几倍，锋利而莹白。

祁珂伸手接过，问：“这是什么？”

“那天在厄尔街找到的，应该是……叶鸣的兽牙。”

祁珂没出声，默默地将牙齿攥紧在掌心。

研究院地处森林腹地，常年不透光线，只有白炽灯不分昼夜地亮着。死寂的氛围中，光阴的消没似乎不具意义，只有秦峥腕上手表的指针，还在发出嘀嗒嘀嗒的响动，提醒着两个人浪费的每分每秒。不知过了多久，实验室里有换班的人员进出，走廊上这才恢复了些许人气，秦峥和祁珂也像从麻木中抽身而出。秦峥看看身边的人，低声问：“你还是坚持自己最初的选择吗？即使是错误的。”

祁珂知道他指的是什么，闭了闭眼，又睁开：“刚刚我目送叶鸣进去的时候，突然想起我妈说过的一句话。”

秦峥没有打断她。

“你也知道的，我爸以前有多呛。就那数以千万的地球军队摆在跟前，他都敢差点弄死贺叔。说实话，这罪行都够他壮烈十几回了。可我妈明晓得我爸对待感情这么小肚鸡肠，最后还是从了他。为什么呢？因为我爸替她挡了颗子弹。我妈说，有些人即使全世界都说他不好，但他对你好，你就得认人家的好。所以我妈得记我爸一辈子。你看叶鸣，在指挥舰上救了我不说，就前几天，我愣是朝着他开了六枪，五枪都打在脑袋上，要不是仗着被改造过，普通人早就脑袋开花了……”

“祁珂……”秦峥皱着眉头。

“可关键时刻，他还是替我挡住了火油弹。三角兽那么怕火，他还用自己的身子来挡……”祁珂的声音里破天荒地拖出了哭腔。她捂住脸，狠狠地揉了揉，又仰靠在椅背上说：“我从一开始就没真的想过把他送到海盗星等死，我的计划里只有一条路，让他配合兽族的实验。假设实验成功了，等战争结束，我就拖着他去扯结婚证。即使军事法庭要判他的刑，他下半辈子在哪里过，我就在哪里过。万一实验不成功，这个人没了，我就给他守一辈子寡。”

“……”

“你看，这些话哪句不是情话，可我从来没对他说过。我这个人吧，估计是被你传染了，有注孤身的毛病。”

“会好起来的。”秦峥喃喃道。

祁珂看向他，他又郑重地重复：“会好起来的。所有的困难，我们都能挺过去。”

“是啊，也只能挺过去，不然能怎么办呢？”祁珂苦笑道。

一连两天，祁珂在实验室外半步都没挪动，困了就睡，饿了也有兽族的实验人员给她送饭。秦峥陪她度过了第一个晚上，紧接着便赶回了ISF。抓捕尔星人的行动还在紧锣密鼓地进行，海盗星计划也已进入最后关头。按照各方商讨的结果，最迟还有三天，如果研究不出尔星人的能量场源头，就必须全面启动海盗星的炸毁计划。

祁珂耐心地等待着，虽然她也不确定自己这份耐心还能维持多久。

这天黄昏时分，实验室的大门终于打开，倒比祁珂预想的还快一些。她听见动静，第一时间从椅子上弹了起来，紧张地望着大门方向。瑞普走出来，神情凝重地看着她，半晌没说话。

祁珂舔着干涩的唇，问：“结束了吗？”

瑞普稍是颔首：“可以这么说。”

“那叶鸣……”

“他还处在能量场分离的状态。”

祁珂晃了一下。

瑞普安抚道：“是这样的，有两件事，我想我得告知您。”

“请说。”

“我们从叶鸣先生的深层意识里提取出一段记忆，他曾经和我们所谓的‘造物者’有过正面的对话。可以确定的是，叶鸣先生之前之所以关闭了地球的卫星防护，是由于造物者的意识干扰。另外，我们也从他们的对话中分析出造物者的真实目的。”

祁珂屏气凝神。

“正如您所猜想的那样，‘他’制造黑洞，意图通过奇点打破维度之间的限制，返回‘他’原本生存的高维度空间。他想要创造一个全新的世界，毁灭现在各维度中的文明，让真正的宇宙回归混沌，通过再一次的大爆炸来重启生命周期。”

“这是个有中二病的造物者。”

瑞普笑笑：“也许吧。我们只能得到这些线索，希望对您能有所帮助。”

祁珂感激地点点头：“谢谢。那么，您要说的第二件事是？”

“这件事，有关于您和叶鸣先生……”

……

叶鸣恢复意识是在实验的第三天。他从质子分析仓里醒来，所有的实验人员都爆发出雷鸣般的掌声。他还不怎么在状态，恍惚地支撑身子坐起。祁珂站在第一排，正对着他微笑。她的脸色比之前更为憔悴，连嘴唇都显出如纸般苍白。她主动上前，对叶鸣伸出一只手：“嘿，欢迎回来。”

叶鸣默了默，反手握住她。在祁珂的搀扶下，他跳出质子分析仓，还没站稳，祁珂反而比他更虚弱，脚下一个趔趄，险些跌倒。叶鸣眼明手快地扶住她的腰，着急地问：“你怎么了？”

祁珂摆摆手：“熬夜熬多了，肾亏。”

“……”

“别担心，我回去补两天瞌睡就好了。”

叶鸣的目光明暗交错，他仔细地望着祁珂说：“这段时间，你都没合过眼吗？”

“可不是，你能不能醒来关乎到我守寡的问题。”

“祁珂……”

“话说回来，过几天有时间了，我带你去见见我的父母吧。”

叶鸣一愣，随即红了眼眶。他还清楚地记得祁珂规定的恋爱流程，她说他们正在彼此磨合，下一步才是见父母。这意味着什么，没人比叶鸣更明白。他以为他们的前路已经终止在厄尔街的枪林弹雨，却不想，祁珂的人生计划里仍然有属于他的蓝图。叶鸣喉头发紧，一个字都说不出来。

祁珂乐滋滋地描述：“我爸脾气不怎么好，你得小心点。不过，咱们四个人凑一块儿，这究竟是哪个垃圾想出来的设定。一个机甲人、一个外星猛兽，还有点特殊能力，就你们这老丈人和女婿，走出去怕是要称霸银河系。”

“……”

“哎，你别一副要哭出来的样子，这里人多。”祁珂掐了一把叶鸣的胳膊。

叶鸣哽了哽，艰难地把泪水逼了回去。他一把抱住祁珂，用力得像要将她融入自己的生命。祁珂笑着拍拍他的后背，又瞅了瞅边上看好戏的兽族实验人员，脸红道：“好了好了，差不多就离开吧，飞船已经到了研究院外，我先送你回去歇着。”

叶鸣点点头。

瑞普带着两个人一路走到研究院外，亲自把他们送到飞船停靠点。临别之前，瑞普抬着镜框深深地打量了一番祁珂和叶鸣。他冲祁珂伸出手，礼貌地道："能认识祁珂女士，是我毕生的荣幸。您和您的母亲一样，都是银河系的奇迹。"

"言重了，瑞普先生。"祁珂友好地握住他的手，"感谢您这次提供的帮助。"

"不，是我们该感谢您，请您接受我最诚挚的敬意。"说着，瑞普朝祁珂以九十度深鞠了一躬。

一个年迈的长者，对这样一个晚辈鞠躬，这个场景任谁来看，都显得不和谐。叶鸣直觉不太对，左右扫了一眼祁珂和瑞普。

祁珂匆匆搀起这位老学者，浅笑道："就此别过了，瑞普先生。希望您以后一切安好。"

瑞普微微颔首，目送祁珂先上了飞船。叶鸣正要跟上，瑞普道："她是一个很好的女人，值得你为她做出任何牺牲。"

叶鸣不解。

瑞普又说："不要辜负她，在今后的岁月里，你得像个人一样，好好活着。"

话音刚落，瑞普转身走回了研究院。叶鸣在原地杵了片刻，也满腹疑惑地进入了休息舱。

飞船驶离了太古城，祁珂和叶鸣有一搭没一搭地聊着闲话。约莫是因为之前不愉快的经历，叶鸣不敢贸然把心里的话捅破道明，生怕给祁珂增添困扰。祁珂说着说着，没一会儿就沉沉地睡了过去。叶鸣只当她是太累了，小心地给她盖了一床毛毯，便默不作声地守着她。

抵达联盟国办公基地后，祁珂才幽幽醒转。睡足了一觉，她的脸色好转不少，也让叶鸣一颗悬着的心落下大半。祁珂的原意是想让叶鸣先回作战人员的临时公寓休息，但叶鸣不肯，她就只能安排他先在大厅等着，自己抓紧时间找秦峥说明最新的线索。

秦峥刚刚开完一个视频会议，手边的烟灰缸已经堆满了烟蒂，整间办公室烟雾缭绕。祁珂一进门，呛得差点背过气去。她麻利地打开两扇窗户，好让办公室里透透新鲜空气，而后又倒了一杯水"咕噜咕噜"喝下肚，盯着秦峥道："你是觉得现在的情况不够让你头秃，你得用烟瘾来加快进度？"

"放心，我刚换了洗发水，再过二十年，我的发型都可以独领风骚。"

"确实挺骚的。"祁珂放下杯子，一屁股坐在沙发上。秦峥见她这个难得轻松的懒散样，一直紧绷的心弦也不由得松懈了几分。

"怎么样了？实验成功了吗？"

"非常成功，叶鸣还是活蹦乱跳的。这个健康问题我们以后再说，现在我主要是得告知你能量场的线索。"

秦峥打起了精神。

“说出来你可能不信，通过这次的实验，瑞普找到了击败毁灭者号的办法。”

秦峥猛地站起来。

祁珂接着道：“瑞普根据叶鸣的能量场研究，发现他们波长射线和上帝之眼附近捕捉到的某种粒子射线极为相似。通过分析对比，这种相似度高达百分之九十七，几乎能够肯定，这种射线来自同一源头。”

“上帝之眼……山达尔空域的那个大型黑洞。”

“是的。”祁珂坐直身体用手指敲击桌面，“你还记得上帝之眼是什么时候出现的吗？”

“当然。二十七年前。之前你让我调查过所有的黑洞。”

“再想想那一年发生了什么。”

秦峥稍是一默，骤然脸色变白。他和祁珂相互望望，长时间形成的默契让他在对方的眼中找到了肯定的答案。

祁珂道：“R79 星。”

秦峥倒吸一口冷气：“所以，实验发现，消失的 R79 星处在上帝之眼区域内？”

“准确地说，是临近上帝之眼视界的边缘。因为星场扭曲和黑洞视界的阻隔，掩盖了 R79 星的正常磁场，以至于我们所有人都以为 R79 星无端消失，是受到了造物者控制时间流速的原因。其实，那颗星球只是改变了原本的轨迹，进入了上帝之眼的视界轨道。”

“瑞普还说了些什么？”

祁珂咽了口口水，慢条斯理地解释：“他的专业术语太复杂，我没全部记下来，挑重点说，尔星人的能量场和 R79 星息息相关，甚至，这颗我们眼中的纯能源星球，其本身并不是一个星球，而是毁灭者号的能量反应中枢。包括毁灭者号投放在塞塔星的传送导管，所吸取的能量也必须通过这个中枢分解重组原子结构，才能提供毁灭者号控制时间流速的能力。”

秦峥的语气明显激动起来：“这么说，我们只需要摧毁这个隐藏在上帝之眼视界内的中枢，就能使尔星人失去死而复活的能量源头。更甚者，能够直接摧毁毁灭者号？”

“从理论上来讲，是的。瑞普有过计算，发现这个能量反应中枢要彻底分解一个星球的核能和生命能，周期是在五十二天左右。这也足以说明，毁灭者号为什么迟迟没有对地球投放能量传送导管。”

“现在距离这个周期结束，还有七天。”

“没错。所以，我们现在必须抓住真正的重点，别浪费时间在海盗星炸毁计划上。上帝之眼的引力公式瑞普稍后会直接发给你，我把你的私人邮箱给他了。我们得在这七天里，改造一艘引擎动力能在黑洞视界轨道上，和其引力互相抗衡的战舰。通过无人驾驶技术，装载七吨以上的核爆燃料，直接撞击R79星。瑞普查阅过R79星的历史资料，确定这个能量反应中枢会在这种量级的爆炸下崩裂瓦解，而上帝之眼的巨大引力，也会加速这个过程。”

“等瑞普的资料发送过来，我立刻去安排。”秦峥坐回椅子上，解锁了电脑屏幕，打开自己的邮箱界面。

片刻。他忽然想起什么，又稍稍抬眼，看了看表情轻松的祁珂：“如果瑞普的推断是正确的，那么，在R79星毁灭后，所有的尔星人都会死亡。这其中，也包括经过了改造的三角兽。”

“嗯。”祁珂淡淡地应声。

“你……”

话刚起了头，祁珂冷不防地站起。她整理了一下衣服，声调不疾不徐道：“还有几天时间，我想暂时请个假。要没什么大事的话，拜托别来打断我的假期。”

秦峥没吭声。

祁珂挥挥手，洒脱地走出了办公室。

大厅里，人来人往。隔着不远的距离，祁珂和叶鸣两两相望。一如最初的相见，她徐步走来，对他伸出了手。朦胧的灯光罩在她的身上，给她加了一层完美的滤镜。叶鸣将手搭在她的掌心，感受到那融融的暖意。

祁珂说：“现在，是我们俩的单独时间了。这位先生，你愿意和我约个会吗？”

叶鸣愣了愣，随即冲她一笑。

这可不是一个约会的好时机。

天光晦涩，战火的阴霾弥漫了整个城市。时不时响起的警报声和战机的引擎组成了一首悲怆的曲调。曾经繁华的街道上，难民流离，商店关闭。林立的大楼残缺不全，过往五光十色的广告屏大部分被墨黑占据，只有少数几个还在播放着前线记者从撒哈拉沙漠发回的战报。枪声偶尔从四面八方传来，惊扰了疲于奔命的人们。

祁珂站在十字路口，仰头看着城市中央最高的大楼。她有些恍惚道：“以前还说有时间带你来地球转转，这会儿能看到的，却也不是什么好场景了。那儿。”祁珂指着大屏幕，叶鸣顺着她的指尖望去，“别看每栋大楼几乎都设置了广告屏，可这凯旋楼尤其贵，这个广告位的费用，一个小时相当于我十年的工资。那些流量明星都以能上这块屏幕为荣。”

叶鸣不语，心里的愧疚在无形中慢慢堆积。

祁珂扣紧他的五指，带着他犹如散步，在狼藉的街区里走走停停，一边走一边絮絮叨叨。

“这儿，曾经是一家甜品店。门头看起来不怎么样，但口碑特别好，他们的招牌产品是芝士流心蛋糕，每天营业时间排起的长队能绕这个区两圈。关键是还限量，就算插了老奶奶的队，也不一定买得着。”祁珂吞口水，“我小时候吧，就馋这家的蛋糕，每天都盼着我爸能给我买一个，可我爸……哎我不是说了我爸脾气不好吗？他一个机甲人，每天在我妈面前却跟个软脚虾似的，我妈让他坐着，他愣是不敢躺着。家里家务他全包，我妈就负责貌美如花。明明都在一块儿那么多年了，他还特黏我妈，我让他出门买个蛋糕跟要送他去阉割一样。真的，我都怀疑我爸是我上辈子的情敌。”

朋友你这样形容你爸不怕被人道毁灭吗？

祁珂没在意叶鸣眼中的惊叹，又往前走了一段距离：“街对面那个玻璃门，地球十大网红餐厅之一。上次秦峥请我们俩吃的那家，和这家差不多是同档次，贵字当头。我本来琢磨着什么时候攒够了钱就去挥霍的，现在好了，钱不够，店也没了。”

叶鸣难过地低下了头。

“还有那儿，顶级内衣店，全球只此一家，没有任何分店，款式难看价格还登天。”

“……”

“喏，成人用品店。你知道什么是成人用品吗？”

叶鸣心潮澎湃。

祁珂奸诈地眨眼：“我来给你讲解讲解？”

“……”

从黄昏走到深夜，两个人不知疲累地在街上溜达了近五个小时。最后祁珂实在走不动了，叶鸣背着她，又慢慢悠悠地往回走。祁珂被安排的临时公寓距离办公基地不远，现在没有任何交通工具，他们得靠双腿返程。

祁珂趴在叶鸣的肩上，望着两个人被路灯拉长的影子，鼻头有些发酸。

“叶鸣。”

“嗯？”

“你喜欢我什么呀？”她突兀地问出这句有点孩子气的话。

叶鸣鲜少看到她的这一面，不由得顿了顿脚步。少时，他又继续走：“不知道。”

“那你有没有讨厌我的地方？比如说我对你的信任不足，比如说我把别人看得比你重要。”

叶鸣摇摇头：“我知道你在保护什么。你所保护的，也是我所向往的。以前我不能理解，可是，经过了……经过了艾思的事，我现在明白了。”

“在我心里，并不是所有的人都比你重要。”祁珂没头没脑地说了这一句，将他的脖子搂得更紧一些，“叶鸣，我们加快恋爱的流程吧。”

叶鸣一呆。

祁珂笑笑："我可能太喜欢你了，已经等不及了。"

"……"

回到临时公寓，祁珂从叶鸣背上跳下来，急急忙忙地钻进厨房里。她把门反锁上，在里面敲敲打打了好一阵儿。叶鸣不知道她在干什么，整个人站在客厅中央有点不知所措。过了十五分钟，祁珂又冲出来，没头苍蝇似的跑去卧室，抱着睡衣折返到客厅，对叶鸣招呼了一句："等我一下。"然后又钻进卫生间，"砰"地关上了门。

水流声"哗啦啦"地传出来。叶鸣知道她在洗漱，趁着没事就在公寓里打量了一圈。一室一厅的格局，装潢简洁而质朴，和祁珂那花里胡哨的住所不同，这儿的设计师明显是专业的。叶鸣坐到靠着落地窗的沙发上，左右没事，便闭目养神。晕晕乎乎快睡着时，他听见祁珂在卫生间里喊了声："帮我拿下吹风机，就在电视柜里面。"

叶鸣一个激灵翻身起来，拿着吹风机给她送到卫生间门口。门一打开，祁珂穿着一件毛茸茸的长睡衣，正站在镜子前。狭窄的空间里水雾蒙蒙，洗发水浓烈的香气撩得人心猿意马。叶鸣屏住呼吸，隔空将吹风机递给她。祁珂没有接，反而懒懒地道："你帮我吹干头发吧。"

这样的要求，似乎让人没有拒绝的余地。叶鸣沉默片刻，小心翼翼地靠近，将插头插在面板上，用手撩起她湿漉漉的发。祁珂默不作声地从镜子里看着他，眼神大胆而热辣，直白地挑逗着叶鸣敏感的神经。

如果换了是以前，他可能早就没法克制自己的冲动。但两个人经历了这么多，他越发害怕行差踏错，害怕触及祁珂的底线。他竭力回避着祁珂的目光，将注意力尽量集中在吹风机上。

等到头发吹干，叶鸣扯下吹风机插头，心不在焉地收拾着电线，埋头道："好了。"

祁珂用鼻音回应了一声，随后脱下了睡衣外套。叶鸣整个人一抖，下意识地后退了半步。祁珂仍保持着背对他的姿势，身上还穿着一件珊瑚绒的吊带裙子。裙子的领口恰巧在她胸前不上不下的位置，隐隐显现出那起伏的线条。她的后背光洁而雪白，宛如诱人的糕点，在侵蚀着叶鸣所剩不多的理智。

祁珂指指锁骨处，对着镜子里的人说："你看，这是什么？"

叶鸣的视线落在她的指尖，只见有一枚尖牙，被打穿了一个小孔，用一根黑线穿着，挂在祁珂的脖颈上。想来这就是她刚才躲进厨房里的成果了。叶鸣说不上是什么感受，只觉百感交集："我的……兽牙吗？"

"嗯。"祁珂转过身，一步一步地朝他逼近，"我会一直戴着这枚兽牙，不管我在哪里。即使我成了宇宙中的灰烬，它也会代表你，永恒地陪伴着我。"

"祁珂……"叶鸣无所适从地后退着，背部撞在了贴着瓷砖的墙面。湿冷的水珠压抑着他骨头里蠢蠢欲动的情欲，他用手制止祁珂的靠近，哑声说："别这么做。"

祁珂恍若未闻，不退反进，脚尖抵着脚尖，身体紧贴身体。叶鸣僵直着脊背不敢呼吸她的气息，祁珂却执意扳着他的头让他撞进自己的视野范围。她轻轻地在他的耳畔呵气，小声说："我最近才想明白你之前怎么会说出交尾这个词。叶鸣……你，想要我吗？"

叶鸣五指一缩。

祁珂似笑非笑："算了，以前都是你主动，这一次，换我主动。叶鸣，我想要你。"

一句话彻底吞噬了叶鸣的克制。他几乎是粗暴蛮横地带着祁珂转了个圈，将她压在墙面上，狠狠吻住了她的唇。祁珂热情地回应着他的占有，搂着他的脖子与自己耳鬓厮磨。

窗外，月光若隐若现，清冷而旖旎。

叶鸣借着这斑驳的光影看她，手触摸着她那绯红的脸颊。

"祁珂，你不会后悔吗？"

"后悔。后悔太晚和你走到这一步了。"

叶鸣眼中一热，下一刻，任由欲望掀起惊天巨浪。祁珂的十指用力掐着他背上的肌肤，摩挲到那凹凸不平的伤痕时，心一抽，将他抱得更紧。

有个人，不早不晚，穿过时间滚滚的洪流，于万千光年中，赴这白头之约。一秒不早，一分不晚。只是对视的短短间隙，时间就已永久停驻。这一眼，足以道终生……

二十四

听我说，这是一个稳中带皮的结局

第二天。

两个人起了个大早。仿佛是心有灵犀一般，都不愿意把剩余的时间浪费在睡眠上。刚过七点，祁珂就在叶鸣的臂弯里醒了过来。两个人相视一笑，叶鸣在祁珂的额头上印下一吻，祁珂餍足地伸了个懒腰，起床道：“OK，现在开始我们的蜜月生活。我去做早饭。”

她利索地跳下床，捡了叶鸣的T恤穿上，露出满是吻痕的大腿。叶鸣看得心痒痒，捂着眼睛笑：“你这么穿，怕是根本不想起床。”

祁珂低头瞅瞅，拿过枕头砸在叶鸣的脑袋上：“这怪谁？我都怀疑你根本不是三角兽，是条哈巴狗。”

“那么，要不我们依着三角兽的方式再来几次？”

“滚。”祁珂嗔他一句，恶狠狠地飞了一记眼刀，这才东遮西掩地走出了卧室。叶鸣冲着她的背影高声问：“那我该做什么？”

“找几部电影吧，今天我们可以探讨一下人类的科幻电影史。”

“我只想看交配史。”

“你信不信我给你吃点敌敌畏？”祁珂打开冰箱，正在翻找食材，真·哈巴狗·叶鸣又贴了上来，从背后抱着她，黏糊地道：“你给的，即使是毒药我也甘之如饴的。”

“做人要务实，少说点骚话。”祁珂没好气地拿出两个鸡蛋和吐司面包，挥开叶鸣走到灶台前，把东西放下，又转身道，“你是进过蓝翔技校吗？撩妹专业？”

“我是无师自通的。”

“呵呵。”

“真的。”叶鸣特别诚恳地亲亲她的脸，“我遇到你以后，每天每夜每分每秒都在琢磨怎么把你占为己有，你的一举一动在我看来都是勾引。这种情况下，我很难不精通这些技巧。”

祁珂抄起手：“我看经过昨夜，你是彻底放飞自我了是吧。”

“嗯，我已经是你的人了。”叶鸣一米九的身高表现出小鸟依人的状态。

祁珂打了个干呕，推搡着把人轰出了厨房。接着把门一锁，干脆眼不见心不烦。叶鸣在门外窃笑了好一会儿，这才打开电视找出了两部高分电影。等祁珂煎好吐司，两个人又一起去洗漱。就连在卫生间里，叶鸣都不忘上演现实偶像剧，糊着一嘴的牙膏泡沫愣是亲了祁珂满脸，祁珂也不甘示弱，在他的胸口一通乱蹭。好不容易结束了第一项双人工程，两个人窝到沙发上，互相偎依着，一边啃吐司，一边看前几年上映的爱情片。

兴许是由于自己的恋爱跨越了种族，叶鸣选择的电影也是类似的题材，一部吸血鬼，一部外星人。他看得津津有味，时不时还发出小学生式的疑问句：“祁珂，这世上真的有吸血鬼吗？”

祁珂昏昏欲睡：“谁知道。反正兽族都出现了，有吸血鬼也不奇怪。”

“那吸血鬼真的无法抗拒人血吗？”

“你得问导演。”

“那他和女主角亲热的时候想睡她占上风还是想吃她占上风？”

祁珂听着苗头不对，抬头冷冷地看向叶鸣：“我怎么觉得这个问题好像反映出你的心声呢？”

叶鸣微微一抖。

祁珂坐直身体：“你还真想过要吃了我？”

叶鸣的眼神游离。

祁珂扳过他的脸：“说实话。”

“没有。”

“你再编。”

“有过那么一点点。”

“才只一点点？”

“呃，曾经很多。”

“曾经是什么时候？”祁珂严肃拷问。

“就……就刚认识你的时候。”

祁珂深吸一口气：“我就说那段时间睡觉怎么老感觉有人在床前盯梢，合着你当时就是在思考要不要咬死我？”

“嗯……”叶鸣低下头，仿佛一个横行霸道的小学生在网吧被教导主任抓了个现行。

祁珂一巴掌盖在他的脑门上："王八羔子，说的比唱的好听，什么遇到我以后就想把我占为己有，你确实想占为己有，是吞进肚子里那种是吧？！"

叶鸣瑟缩着不吭声。

祁珂一记飞脚踹过去，还没切实踢到敌人，就被敌人抓住了脚踝。叶鸣稍稍一用力，祁珂就倒在了沙发上。他趁机压住祁珂，表情凝重地道："我为我的不良初衷忏悔。"

"晚了。"

"我必须做出弥补，这是你教我的。"

"等下……"

叶鸣："我愿意肉偿。"

祁珂吼："喂，浑蛋，住手！"

浑蛋没听进去她的话，还顺势堵住了她的嘴。电视里，男女主角赤身肉搏。电视外，祁仙女也遭遇了同样的折磨……

第三天。

祁珂理智地选择了看战争纪录片。但诡异的是，纪录片里居然有她父母的感情发展史……

叶鸣看着看着，小学生风格又发作了："老丈人和丈母娘在山洞里发生了什么？"

祁珂心虚："我不知道。"这个借口肯定能逃过一劫。

不料叶鸣将她带进怀里，咬着她的耳垂说："我知道，以前我看过一个丈母娘的私人小传。"

"……"

"我来告诉你他们发生了什么。"

"你大爷！"

说好的看电影，结果前面四天，祁珂都在为人类的繁衍史做贡献。她知道不能再这么下去了，至少从健康的角度出发，她必须走出这间公寓。于是第五天早上，祁珂提出了一个非常有诱惑力的消遣。

"今天，我带你去见我的父母。"

叶鸣呆了一下，旋即像阵刮偏了的龙卷风似的，跌跌撞撞地冲进了卫生间。好一番精心洗漱，理好了发型，刮掉了胡楂，又焦躁地翻遍了整个衣柜，最后在祁珂的搭配下，叶鸣穿了一身简单的休闲装。祁珂向张正借了一艘私人飞行器，带着走路同手同脚的叶鸣，飞往另一个还没受到战火搅扰的海滨小镇。

半个小时后，叶鸣站在一间灰尘飞扬的房子里，对着墙上一张大合照，头晕目眩。

祁珂忍俊不禁，捂嘴笑了好半天才指着照片道："来，见过你的老丈人和丈母娘。"

叶鸣扭头看着她："你这稳中带皮的骚操作不会让你良心作痛吗？"

“不会呀。”祁珂笑得双肩颤抖，扯开了家具上罩的白布，使得屋子里的灰尘越发肆虐，“我妈九年前就跟我爸去环游宇宙了，平常就连我也联系不上，有这张照片看你就知足吧。话说回来，你可是我第一个带回家的男人，开心不？”

叶鸣勉为其难：“开心……”

阳台上，海风轻拂，丝丝的咸湿气充斥着鼻息，雪白的纱帘随着风摆荡出些微的弧度。祁珂卷起了袖子，从一张藤椅背后拿出原始的鸡毛掸子，四处扫扫。这里的陈设和用品都极其复古，看不到任何高科技的影子。连电视都是早被淘汰的款式，又厚又重，摆放在齐膝高的电视柜上。这里的一切让人恍然回到了久远前的地球年代，做个大扫除都得事必躬亲。

叶鸣四下望望，又将目光定格在那张泛黄的照片上。那是当年佩特战争结束时，地球参战将领们和祁珂父母的合照。站在众人中间的女人，眉间透着英气，嘴角噙着一丝傲然懒散的笑，和祁珂简直如出一辙。在她左右，还有一名清瘦高挑的男人，和一位军姿挺拔的军人。

叶鸣不解道：“我看电视剧里主角家里的照片一般都是单人照或者家庭合照，怎么你家就挂战场合照？”

“能怎么办？”祁珂耸肩，“我妈不喜欢留影纪念，虽然成天叨叨着要载入史册，可谁要给她照相跟要她的命似的。我爸又把她宠上了天，就算我想跟他们俩合照一次，也没能实现。我就怀疑我这女儿是战利品，还属于买一送一被附赠的。”

叶鸣抱住她：“有什么关系，以后我也宠着你。丈母娘不喜欢拍照，我就偷偷帮你拍合影。”

祁珂挑挑眉：“你这长了角的头够不够我爸一顿乱锤的？”

“试试嘛，老丈人是有点厉害，不过我也不是完全没胜算，毕竟还有特殊能力加分不是吗？”

祁珂仿佛发现了新大陆：“说的也是啊。以后万一咱们钱不够用，还能让你和我爸去打黑拳，机甲人对外星猛兽，多有看点，绝对场场爆满。不管谁赢了，钱都得进我们的银行卡。”

叶鸣突然有点后悔提起了这一茬。他松开祁珂，干咳一嗓子：“接下来，我们要干什么？”

祁珂转头进厕所拿了个刷子，递到叶鸣手里：“既然来了，让丈母娘和老丈人感受下你的实干精神，去，把蹲坑刷干净。”

叶鸣：“……”

叶鸣：“我可以拒绝吗？”

祁珂笑眯眯地说：“老丈人在墙上看着你哟。”

“你赢了。”

他在祁珂的唇上啄了一口，这才神清气爽地走进了厕所。

用了两个小时打扫房间，两个人关上门离开家已经是下午一点。肚子饿得咕噜直叫，祁珂索性带着叶鸣找了个路边小店，简单地吃了顿面食。在镇里回忆了一下祁珂的儿时岁月，临近三点时，两个人便启程返回公寓。一路说说笑笑，刚走到小区里，忽然，震耳欲聋的轰鸣声划破了灰蒙蒙的天际，一列战斗机驶向云霭。紧接着，城市里所有的警报同时响起，如同工匠手里的锯子，拉扯出极其刺耳的声音。祁珂的神情骤然一变，叶鸣搭在她肩上的手也略显僵硬。她抬头望天，看见绵延不绝的云雾里隐隐有个黑色的庞然大物。祁珂头皮发麻，裤兜里的手机也适时地响起。她拿出一看，见是秦峥的工作号码，仿佛预料到了什么，定下心神接通了电话。

“我是祁珂。”

片刻的沉默过后，祁珂肃穆道：“让所有战舰整编列队，准备迎战，斯蒂夫和杨睿上泰坦舰，我十分钟后到。”

说完，祁珂挂断了电话。

叶鸣默默地看着她。祁珂与他对视一阵，抿了抿唇，咧开嘴角笑起来：“现在，我该说点什么呢？电影里的告别应该是这样的。”她在叶鸣的脸颊上亲了亲，学着痞子男主的语气道，“嘿，甜心，别等我吃晚饭，冰箱里还有两片吐司，别让它们超过保质期。”

叶鸣闭上眼握紧了拳头。

祁珂与他稍微拉开距离，轻抚着他的眉眼。她用额头抵着叶鸣的额头，尽可能地使自己的声线听起来平静一些：“很抱歉，我们的蜜月结束得那么快。现在，我得去做点正事了。”

说着，祁珂刚要转身，叶鸣拽住她大力一扯，祁珂脚下不稳地跌进了他的怀抱。

“毁灭者号来了吗？”

“是的。瑞普的计算公式出了少许差错，毁灭者号的来临比我们预期的提前了两天，现在已经进入了地球轨道，我必须为最后一搏争取足够的时间。”

“我有什么能为你做的？”

“如果你真的想做点什么……尔星人目前应该会尽全力反扑，用你的能力，保护那些和艾思一样无辜的人，好吗？”

“好。”叶鸣声音沙哑，“祁珂，保护好自己。”

祁珂深深地睨了他一眼，冲他如往常般浅浅微笑。然后挣脱出他的怀抱，走向了飞行器。叶鸣驻足在原地，一直看着那艘飞行器冲上高空，这才调整好心态，收敛了神色朝战区中心走去。

联盟国办公基地。

广场上，ISF所有战力都已统合完毕，成千上万艘战舰正在进行着最后的起飞工作。天色渐渐昏暗，空中一个巴掌大的黑点在短时间内迅速扩大，呈现出遮天蔽日的趋势。祁珂驾驶着飞行器降落在广场边缘。彼时，秦峥正急切地候着她。见她到来，几步迎上前，给她分析着当前的局势。

“现在什么情况？”

“撒哈拉沙漠战况胶着，海盗星的囚禁系统被毁灭者号破坏，所有尔星人都通过高速粒子传送带，送到了地球上的各个城市，三军作战部队只能尽可能地减少平民伤亡，大部分兵力还是集中在坐标地点。如果不堵截毁灭者号，三十分钟后，它将抵达撒哈拉沙漠上空，投放能量传送导管。”

两个人一边说着，张正慌慌张张地给祁珂送来了一套崭新的军装。祁珂利索地换上，戴好了军帽。肩章原本应该是半环绕麦穗的交叉步枪，被替换成了一麦两星。祁珂左右看了看，又看向秦峥。

秦峥道：“联盟国一致决定，恢复你的上将军衔，你值得这个荣耀。”

“谢谢。”祁珂敬了个军礼，秦峥也郑重地回应。两个人一前一后朝着中间那艘巨大的泰坦舰迈去，祁珂问：“撞击R79星所需的核燃料已经装置完毕了吗？”

“是的，但是远程点燃系统还在做最后的调整，预计需要四十五分钟。另外，舰上已经配备了足够的弹射舱，降落坐标会根据航线实时调整到最近的星球上，在抵达上帝之眼空域前，你们必须全部撤离。”

“我明白了。”祁珂点了点头，“无人驾驶系统的精准率提高到100%了吗？”

“没有。竭尽所能，只能校准99.7%的精准率。”

祁珂没出声。眼看所有士兵都已就位，她也准备登上泰坦舰。秦峥冷不防叫住她，凝重地望着那双看不出情绪的眸子，定定地道：“祁珂，这不是你一个人的战斗，记住，不要将责任都扛在自己肩上。”

“就你啰唆。”祁珂龇着牙。

“即使失败了，我们已经尽了全力，虽败犹荣。”

“行了行了，我有分寸的。”

祁珂摆摆手，头也不回地进入了主控舱。作战指令下达，所有战舰，同一时间升空。浩浩荡荡的舰队遮挡了沉暗的天幕。此刻，为母星的和平，为人类文明的存续，无数热血之躯，以慷慨决然之姿，赶赴最终的战场。

叶鸣的耳畔回响着引擎的轰鸣，眼中的世界被血污和泪水模糊。他强迫自己收回视线，喉咙里发出一声宣泄的嘶吼，变成体型庞大的三角兽，冲进了张牙舞爪的尔星人中间。

“还有两分钟抵达战场。”祁珂通过无线电向所有战舰发送命令，“五艘泰坦舰，以代号 H9 为中心，穿过 C4 星门。所有驱逐舰从 C5 星门通过，战列舰进入 C6 星门，其余战舰，在第二纬度空域原地待命。”祁珂平复着呼吸，确定所有战舰都已就位，用振奋人心的女高音拉开了末日之战的序幕：“全体出击！”

斯蒂夫手指一动，启动了战舰跳跃。紧跟着 H9 泰坦舰的行动，其余战舰也纷纷穿过了星门。进入第三纬度空域后，那如同一座悬空城市的飞行物再次出现在了祁珂眼前，不久前的噩梦似乎重新开始上演。

驾驶位置的斯蒂夫和杨睿额头边滴下一串冷汗，祁珂目光锐利地遥望着那艘毁灭者号。

悄无声息，唯余那无可比拟的视觉冲击，在遏制着祁珂血液的流动。那庞然大物仿佛微微调整了方向，舰体上方两块银白的金属面反射出刺眼的太阳光，宛如两只来自深渊的眼，伺机将所有人拖入泥沼。

片刻的沉淀后，祁珂发出了第一声战斗指令：“驱逐舰释放能源反应堆，靠近毁灭者号的下方，所有战列舰进入射程，以弧线排开，瞄准毁灭者号的前舱，开炮！”

各类型的战列舰朝着毁灭者号猛烈攻击。磁轨炮、加农炮、激光炮、追踪导弹，在毁灭者号的表面绽开耀眼的光束，最后却又像石沉大海，没有激起一丝涟漪。毁灭者号始终一动不动地静悬着，连丝毫的损毁都没有。祁珂目不转睛，杨睿和斯蒂夫也是目瞪口呆。持续了五分钟的火力强攻，那庞然大物仍没做出任何回响。斯蒂夫忍不住骂出声：“这到底是什么黑科技，这么抗爆。”

祁珂沉默。

继续进攻了两分钟，祁珂道：“所有泰坦舰开启后方舱位，释放无人战机。”

斯蒂夫在屏幕上一通操作，主控舱内一声巨响，后方舱位随之打开。上千架无人战机飞向毁灭者号的后方，三百六十度无死角地攻击着这与黑暗几乎融为了一体的飞行物。此时，毁灭者号终于有了些动静，舱体的下方滑开一道门，从里面探出来两座圆形物体，随即，密密麻麻的小型炮管延伸出来，祁珂当即调整战术：“驱逐舰撤离，转往毁灭者号上方。所有战列舰后退，上下叉开，拉出距离，整体往上迁移。泰坦舰打开虚拟星门，第二纬度的所有枭鹰巡洋舰进入战区，开启磁性防护网！”

舰队转换着阵型。五艘泰坦舰的下方，开放了虚拟星门，连接到第二纬度空域。枭鹰巡洋舰全数穿过星门，进入战圈围住毁灭者号下方的炮管，形成了防护网。

空域中，一时亮如白昼，战列舰仍在持续炮攻。毁灭者号也发动了第一轮的回应攻击，下方的炮管射出密集的能量炮。能量炮在接触到巡洋舰的磁性防护网时，被削减了爆破力，径直沉入茫茫宇宙。

祁珂长舒一口气，凝神道：“跳跃舰穿过虚拟星门，接档战列舰空位，加紧攻击。”

所有跳跃舰也进入了战圈。

毁灭者号下方的炮管还没间断进攻，舰身中部也同时伸出了四根细长的炮管，两根往上，两根向前移动。短暂的预热后，四根炮管射出了四颗体积极小的炮弹。祁珂没有见过这类型的炮弹，一时之间辨别不了威力。那四颗小型炮弹击中两艘战列舰和两艘跳跃舰，在小面积的爆炸后，余波扩散开来，周围十公里的范围内，几乎没有任何战舰幸免。祁珂攥紧拳头，她清楚地知道，过久的前戏让这庞然大物不耐烦了，严峻的反击即将来临。没有悬念的实力差距下，人类的胜算微乎其微。任何战术都是空谈，只能硬着头皮拼死一搏。

祁珂看了看手表，距离 H9 泰坦舰核燃料的远程点燃系统调整完毕，还有整整二十五分钟。她下定决心，命令所有战舰穿过虚拟星门，瞄准毁灭者号已经出现的炮管，进行猛烈攻击。四艘泰坦舰也进入了射击距离，启用加速混合炮，瞄准着毁灭者号的舰身。

这一波的战势人类稍占上风，毁灭者号的炮台出现了少量的损毁。然而，随着毁灭者号的两翼伸出两根直径超过二十千米的圆形管状物，祁珂头皮一麻，抓起无线电就吼：“巡洋舰平移至毁灭者号正前方，保持磁性防护网的联结，驱逐舰进入巡洋舰后形成第二梯队，所有战列舰和跳跃舰紧急撤出战圈，转至巡洋舰后！”

所有战舰快速移动。与此同时，毁灭者号第一次的光能攻击已经形成。那如同死神镰刀般的光线从两个管状物的末端横推出来，巡洋舰的防护网短暂地阻挡了几秒，祁珂提着的心还没落下，那白光就如海面的波浪，层层散开，范围甚至囊括了前线近五十架巡洋舰。巡洋舰首当其冲遭到光能的破坏，每艘战舰都开始剧烈颤抖，外壳出现了程度不一的损毁。铁片纷飞，在光能的推动下，又击向后方的驱逐舰。几艘驱逐舰来不及躲闪，被正中引擎。盘旋着下坠一段距离，轰然爆炸。

所有人都提心吊胆，全神贯注地看着防护网和光能之间的抗衡。起伏的呼吸声中，防护网开始出现了裂缝。后方的无人战机还在进攻着毁灭者号的炮管，但收效甚微。几艘战列舰与巡洋舰错开阵型，试图攻击毁灭者号两端的管状物。炮弹在和光能的对撞里，还没击中目标已经炸毁。

将近三分钟的坚持后，巡洋舰的防护网终于彻底消没，那刺眼的白光扫过前排所有的巡洋舰，如无数焰火点亮在黑幕上，一瞬间灰飞烟灭。

祁珂额头上的青筋暴起，高声道：“上下散开，避开毁灭者号的光能！”

毁灭者号似乎提前预知了地球舰队的行动，在上下方位各自探出四根炮管，横扫着空域内的其他战舰。

两方的火力无法成正比。地球舰队的炮弹击在毁灭者号舰身上，只如泥牛入海。而毁灭者号的炮台几乎没有制热时间，一刻不停地摧毁着人类倾巢而出的势力。祁珂只能进行最后的调整，让四艘泰坦顶头而上，用泰坦的高抗性抵御毁灭者号的光能。在上下炮台的扫荡里，所有战舰被逼回中线，祁珂命令驱逐舰和战列舰隐藏在泰坦之后，跳跃舰寻隙攻击。

但正如她所料想的，在绝对的武器优势下，所有战术都是一纸空谈。人类曾经为之骄傲的星际霸主——泰坦舰覆灭两艘后，情势急转直下。仿佛是一场单方面的屠杀，战舰接二连三地炸毁，成为偌大空域里的碎片和尘埃。

祁珂所在的H9泰坦舰悬停在战圈外。她的眼里是一片火海，暗夜消散，只留触目惊心的红。相比之下，主控舱里的灯光都显得无比暗淡，暗淡到无法遮盖前舱玻璃上映出的绝望而残酷的景象。

地球的大街小巷，与尔星人的正面交战还未停歇。枪声不绝于耳，无数士兵倒下，后面的仍旧前赴后继。一头三角兽冲在最前沿，它在浴血厮杀，拼尽全力保护着那些曾经不齿的人类。联盟国的会议室里，虚拟画面连接着地球之外的情形。所有人鸦雀无声，就连空气都仿佛被凝固。各国领导的眸中呈现出灰败之色，他们不再言辞激烈，不再针锋相对，脑子里仅剩的，是在思考怎么对人们说最后一声的抱歉。军方的将领们也哑口无言，他们低埋着头，甚至不敢直面一身的军装。

世界像是重归混沌之中，死寂得没有半点声音。

许久，秦峥拿起桌面上的通讯器，连接了H9泰坦舰："返航吧，结束了。我们输了。"

通讯器另一端，久久没有回应。

仿佛过了一个世纪，伴随着战圈里的战舰还在不断减少消失，祁珂的声调却是前所未有的坚定和决绝："利用加莫技术，侵入全银河系的视频信号源头，转投现在H9泰坦舰主控舱的实时画面。"

加莫技术，是早年间一名兽族的高端黑客所发明的干扰信号源代码程序，各族的军方都有所掌握，但普遍不会派上用场。

秦峥皱眉道："你要做什么？"

"时间紧迫，先连接吧。"

秦峥看看各国领导，众人都一致表示同意。他又招呼来张正，让他迅速侵占所有视频信号源。

祁珂坐回指挥位置上，静静地等待。不多时，通讯器传来"嘀"的提示音，祁珂正襟危坐，突然出现在了所有大大小小的屏幕上，包括地球每个城市里已经黑屏了数月的广告幕。每个星球的平民、军方、皇室，都通过各种各样的设备，见到了这位大名鼎鼎的 ISF 女指挥。张正启用了同步翻译技术，将她的语言解译成各星球的通用语，用于传达。有人在怒骂，有人在注视，有人在嘲讽，也有人冷眼等她出笑话。

交火中心的三角兽随之停止了动作。它仰头望着大楼高处的屏幕，对身边的危险不闻不问。

祁珂把座位调转了一百八十度，让舱外地球舰队被覆灭的情景出现在画面里。她深吸一口气，声线平稳地叙述道：“我是祁珂，我正在地球外围第三纬度空域率领 ISF 所有战舰迎击毁灭者号。目前形势危急，我请求各星球军方，派出力所能及的力量，支援这次战役。

“相信大部分人都明白现在各自星球的处境。也许你们不及地球的局势严峻，也许地球即将迎来的毁灭甚至让你们沾沾自喜，但我接下来要说的话，或许能让各位清楚眼前的事实。

“在我长达十年的从军生涯里，我曾因为战争脚步遍及各地。我听过莫里斯城（虫族首都）黎明的钟响；我见过太古森林（兽族主要城镇）长途迁徙的壮阔岭鹿群；我见证过鲁耶（巨坦人军都）城市中心经年不灭的圣火被风吹奏的呐喊；我感受过撒加星球上那绵延无际的大海掀起的惊天巨浪；我也聆听过撒旦沙漠（塞塔星）午夜时分的低吟，以及每次午夜梦回都出现在我眼前的，我那间狭窄而温暖的小公寓。

“我们所有的种族，历经了千万年的进化，和无数时代的兴衰交替，用一往无前的姿态在夹缝中求取生存。我们被危机和绝望胁迫过，但我们不曾屈服，从未！我们是食物链顶端的一员，我们是人族！不管是地球人、巨坦人、撒加人、塞塔人、兽族、虫族，即使我们的肤色各异，即使我们在过去炮火相向，但都无法改变一个既定的事实。银河系是我们的家，而我们，都是这个家的成员。我们不会因此而停下争执，可当入侵者侵门踏户，我们会结成最坚实的联盟，露出锋利的爪牙。我们将撕碎他们的皮肉，让他们付出惨痛的代价！

“如今风暴突袭，黑暗或将掩埋我们赖以生存的光明。地球、塞塔星只是开端，入侵者的目的，是整个银河系。我，祁珂，地球 ISF 部队的一名普通军人，将为我母星的延续和文明的延伸战至最后一滴血。我请求我的盟友们，拿起手中的武器，无论前路多艰险，都为了尊严和荣誉而反击。泰坦舰的虚拟星门会连接到各星球的最近交通核，我将在地球外围第三纬度空域等待你们，与我并肩作战。”

安静。

死一般的安静。

这静默像是挥散不去的阴云，笼罩在银河系的每处角落。画面里，地球舰队已近全灭，只剩几艘跳跃舰还在挣扎求存。几次爆炸之后，整个空域陷入了一片漆黑。祁珂所在 H9 泰坦舰正对着庞大的毁灭者号，所有炮管都瞄准了主控舱，发射只是时间问题。祁珂的耳膜里回响着自己的呼吸声，犹如擂鼓，敲击在她的心上。战舰上的所有人都看着她，或绝望，或带着希望。

会议室，大街上，每个人都屏气凝神，等待着事情最终的结果。

两分钟过去，只有一艘泰坦舰孤军作战。

五分钟过去，毁灭者号两端的管状物开始了预备连接。

秦峥抓起通信器，咬牙大吼："祁珂，快离开！"

祁珂仿若未闻，没有任何回答。她的目光死死锁着唯一的对手——毁灭者号，她下达了也许是最后一次的指令："斯蒂夫，准备出击。"

"是，上将！能和您并肩作战至今，是我的荣幸！"斯蒂夫和杨睿站起身，朝祁珂敬礼。祁珂喉咙发紧，只字不言。斯蒂夫开启了泰坦舰的炮管制热。那管状物连接出一线白光，徐徐逼近 H9 泰坦舰。

所有人都屏住呼吸。斯蒂夫也按下了开炮按钮。就在生死瞬间，忽然，数道如流星般的光芒穿出虚拟星门，骤停在了泰坦舰的前方。那几艘战舰用眨眼的间隙形成了一道淡蓝色的防护网，挡住了毁灭者号的光能攻击。

斯蒂夫几乎跳起来，兴奋道："是巨坦人！巨坦人的越洋护卫舰！还有帕洛玛战列舰！老祁！他们来了！他们真的来了！"

祁珂松了一口气，差不多是瘫在了椅子上。

紧随其后，第三维度空域里，穿过虚拟星门的战舰越来越多，如聚集的群蚁，团团围住了毁灭者号。撒加人、虫族、兽族、变色人种，倾巢出动，超过数十万艘的战舰，将这个空域占据得密密麻麻。蝼蚁虽小，聚众可吞象。在众人的齐心协力下，那庞然大物似不复先前的可怕。

岂曰无衣，与子同袍！

祁珂眼眶温热，险险流出泪来。

通讯器里，各方指挥纷纷接入了频道，苏德安头一个说话："又见面了，小丫头。你真是每次都让我咋舌，这让我怀念起你的母亲。这一战，我愿意和你并肩同行。"

祁珂抿唇："谢谢。"

变色人种语气如故地刻薄道："如果不是你的说辞打动了我的领导，我是不会出现在这里受你欺骗。"

祁珂还是道："谢谢。"

变色人种将领稍稍一默："我的荣幸。"

虫族的本修斯王子加入了会谈："有幸参与银河系的盛事，无论结果如何，能与各位一起作战，这将是我生命中最值得回忆的事。"

"谢谢，谢谢……"祁珂仿佛词穷，已经不知道该用什么言语来表达自己的心情。

兽族的穆伽将军道："现在，让这位入侵者看看，我们的文明可不是他手中的玩物，他也当不起'造物者'这个称呼！"

随着穆伽的一声"进攻"，兽族当先，其余几个种族同时对毁灭者号发起了攻击。炮火织就了一幅绝地求生的壮烈画面。这个画面里，每个人都抱着必死的决心，誓要和这个入侵者抗争到底！

我们的星系，将以鲜血铺就，壮丽的河山之下，是先驱白骨，即使身死，犹不悔！

祁珂掐着远程点燃系统校准完毕，让斯蒂夫退出了战圈。她眷恋地回望了一眼那颗蔚蓝色的星球，命令斯蒂夫开启另一道虚拟星门，前往山达尔空域。

所有屏幕的转播画面依然是泰坦舰里的实时情况。祁珂检查完航线后，让士兵们集合。她站在众人面前，一一扫视这些与她奋战至今的将士们。她挺直胸膛，面带微笑："能与各位成为战友，是我祁珂参军以来最大的收获。感谢你们，为银河系的存续，做出了无法磨灭的贡献。现在，请接受我对你们的敬意。"祁珂向众人郑重地敬了军礼，众人也同时回应。

随后，她吩咐斯蒂夫和杨睿，带领士兵们先进入弹射舱。她一边查视着大家是否准备妥当，一边好整以暇地打趣："嘿，你们两个老男人回去以后想要做什么？"

斯蒂夫捆着安全带，说："冰可乐，我要喝冰可乐，超大量的那种。"

"没出息。"祁珂撇嘴，"我看你还是趁着脑顶没秃，找个媳妇儿，解决一下人生大事吧。"

"这话留给你自己吧，我是个男人不着急。"

祁珂笑笑，又看向杨睿："娘娘腔，你呢？"

"不要叫人家娘娘腔啦，人家是真男人。"

"好吧真男人。你心思细，每年记得多去看看维克多和李响。"

听到这儿，斯蒂夫和杨睿直觉不对，两个人对视一眼，又不约而同地瞅向祁珂。斯蒂夫道："老祁，你别是要接着搞什么幺蛾子吧？"

"你认为呢？"说着，祁珂按下关舱按钮，将两个人锁在了弹射舱里。她眼眶通红，说话的腔调里带着浓浓的鼻音："再见了，我的老伙计们。"

随着祁珂的话音落地，弹射舱脱离了泰坦舰，驰向就近的安全星球。祁珂在原地站了一会儿，又折返回主控舱。

秦峥瞪大了眼睛。他知道按照原计划，祁珂也应该进入弹射舱，而不是独自留在即将撞击 R79 星的泰坦舰上！他拿起通信器大喊："祁珂！你要做什么！给我麻利地滚进弹射舱！"

祁珂没理他。她身形笔直地站在主控台前，郑重地取下了军帽，整理了一番自己的军装，仿佛是想要留给世人一个完美的印象。

叶鸣爪子下还按着一个挣扎的尔星人，目光却不由自主地定格在广告屏上。他感觉祁珂的状态不对，想说些什么，喉咙里却只发出了沉闷的呜咽。

祁珂清了清嗓子，慢慢地道："抱歉，接下来，我想占用一下公共资源。"她抬头注视着前方，眼波缱绻，宛如穿过遥远空间的阻隔，看见了自己挚爱的人。

"叶鸣。"

叶鸣听见她喊出自己的名字，浑身蓦地轻颤起来。

祁珂道："很高兴，我陪你走过了一段风景瑰丽的旅程。在这期间，我见证了你的成长和转变，这些回忆会使我铭记终生。我希望你能始终坚信，光明是大于黑暗的。我和艾思都只是引领你走进光明的人，我们对你的感情不会因为生命的终止而消失，在今后漫长的岁月里，仍会有无数我爱着的人们，代替我给予你更多的暖意。因为，你是我深爱的人。"祁珂埋了埋头，继而又抬起，"你得学着做一个大人，保护好自己，别受伤，别情绪化，不用刻意去原谅，也不要把自己的心门封闭起来。勇敢地往前走，不要回头去看，也不要过多地想念。这是我对你，最后的寄望。"

叶鸣呆滞地恢复成人形，无视尔星人的反扑，一步一步走向大屏幕。似乎只有这样，他才能离祁珂更近。汹涌的热泪从他的眼眶滚出，覆在他的手背上，灼得他心痛难当。

秦峥失控地冲着通信器怒吼："祁珂！你到底要干什么！我命令你进入弹射舱！听见没有！"

祁珂敛下眼皮，通信器里传来她不带波澜的话音："所有人都在为了我们的星系奋战，我不能让那 0.3 的概率出现。"

此时，虚拟画面的背景里，泰坦舰已经进入了上帝之眼的视界轨道，外观如一颗破碎钢珠的 R79 星近在咫尺。

秦峥咆哮道："祁珂！求你了！别这样做，回来！"

"你的婚礼，我得失约了。"

不再有任何回应，泰坦舰上的人，仿佛成了一尊雕塑。

地球上的撒哈拉沙漠，以及各个街区，尔星人还在疯狂地冲击地球军队。第三维度空域里的各个种族，仍在奋力抵抗毁灭者号的打击。代号为 H9 的泰坦舰，以决绝的姿态撞在了 R79 星上。大量的核燃料被引爆，甚至没有吐出火舌，就已被黑洞消弭得无影无踪。虚拟画面和通信戛然而止，各个星球的视频信号源恢复了正常，所有的广告屏又陷入了一片灰黑。

天空中响起一记闷雷，似乎是为了纪念逝去的人，细密的雨丝从穹顶倾覆，将天地间笼上了一层白纱。叶鸣恍然听见枪声渐止，有流民从四面八方走到了街上，前一刻还凶狠疯狂的尔星人纷纷倒下。他们不再死而复活，而是成了一具具真正的尸体，掩埋在细雨里。毁灭者号停止了攻击。舰身上方由内闪烁着明灭不定的亮光，短短片刻，亮光熄灭。那艘庞然大物开始缩小分解。各种族的舰队快速后撤，一阵极度刺眼的光晕过后，毁灭者号沦为了宇宙里的尘埃。

胜利来得太过艰辛，每个人都清楚地意识到，他们失去了什么。

街上的人们相拥着哭泣，会议室里的将领脱下了军帽默哀。秦峥瘫坐在椅子上，竭力隐忍着眼眶里的水雾。公用作战频道里沉寂无声，这些曾经为了种族的利益面红耳赤的人，忽然怀念起某个说话不留半点余地的女指挥。

可就是这样一个口无遮拦仇恨值拉满的女人，从今以后，也只能存在于记忆中了。

叶鸣没什么动静地望着那块黑了的荧幕，一动也不动。不知过了多久，一位戴着眼镜的老学究来到了他身边，叹息道："叶鸣先生，我在找你。"

叶鸣茫然地看看他，像是不认识，又接着看广告屏。

瑞普顺着他的视线望去，语带痛意："祁珂女士的牺牲，我很遗憾。我来到这里，是因受她所托。你的身体曾经经过改造，有兽族的基因存在，如果你不介意的话，可以跟我回到白垩星生活。在那里，你的能力将不会受到限制，你会成为我们其中的一员。"

叶鸣讷讷地问："她还会回来吗？"

瑞普沉重地道："无法回来了。"

"为什么……为什么所有的尔星人都死了，我还活着？"

瑞普有些不忍心告诉他事实，却又不得不说："在能量场的实验过程中，我提前告知了祁珂女士炸毁 R79 星会导致所有尔星生物死亡。所以，她与你更换了能量场。"

"……"

"能量场置换后，她不一定会受到 R79 星毁灭的影响，但……她主动承担了炸毁任务。叶鸣先生，这是她的选择。同时，我也想告诉您，祁珂女士她非常爱您，远超过她爱自己。"

叶鸣愣了愣，脑子里突兀地回响起祁珂的话音——

并不是所有的人都比你重要。

这句话隐藏的含义，就是她至少把叶鸣看得比自己重要。

叶鸣心如刀绞，痛苦地抱着头，蹲在地上。他的身体剧烈地颤抖，无法遏制的哭声从他的喉咙里溢出，由小渐大。许多人从他面前路过，许多人不忍侧目，许多人都知晓，他在这场战争中失去了一生挚爱。

那是人生无法抹杀的苦痛。

当黎明升起，一切尘埃落定。

瑞普早已离开，叶鸣还跪坐在原地。关了灯的会议室里只剩下秦峥一人，他手里拿着一枚五角面值的硬币，翻来覆去地看。小雨止住了势头，掩埋了天际近三个月的阴霾散开，露出了一线灿烂的阳光。

忽然，通信器里传来几声电流响。

忽然，清冷的街道上远远走来一个纤细的人影。还在收埋尸体的士兵们看到她，不由得惊呆在原地。她站到离叶鸣不远的地方，冲那个行尸走肉的年轻人挥手："嗨！"

……

会议室，秦峥沉浸在痛失战友的苦楚里不可自拔，不料大门被人一脚踹开。秦峥吓了一跳，回头一看，一个瘦高的男人打开了门边的灯。借着那不太舒适的白炽灯光，秦峥看清了这个人的容貌，和祁珂有几分相似。这个人张嘴就是一句："是你这个王八羔子把我女儿送去死的吗？"

秦峥："祁叔叔你听我说。"

受祁珂她妈荼毒了多年的祁言："说个锤子。"话音落，上前就踢了秦峥一个屁股蹲儿。

秦峥："……"

叔叔我一个将军不要脸的吗？

另一边，在大街上已经整整抱了祁珂一个小时都没挪动的叶鸣还沐浴在重逢的喜悦里。要不是祁珂说了句腰疼，他能直接抱到天荒地老去。叶鸣回过神，握着祁珂的双肩问："你……你是怎么回来的？"

"啊……这个……"祁珂摸鼻尖。

叶鸣小心翼翼地说："很难解释吗？如果不好说就不说了。"

"也不是。"

祁珂正在整理思路，大街尽头冷不防走来两个搞事的人。两个男人，一个一米九三，一个一米八五，气场十足，仿佛是来打女婿和情敌的。高个子男人冷冰冰地说："她怎么回来的？因为我及时把她摁进了弹射舱。"

叶鸣小声问："他是谁？"

祁珂望天："我觉得你应该认识他，毕竟是要和你打黑拳的男人。"

叶鸣："……"

高个儿男人还在气闷地说："为什么出这么大的事也不叫我，你以为你爸和这些低等尔星人一样，靠着那个能源星死而复活吗？我去炸了可以活着回来，你去炸了让我怎么给你妈交代？！"

祁珂嘿嘿尬笑。

"还有，这个一身哈巴狗味儿的玩意儿是个啥，手给我挪开！"

叶鸣默了默，真的就挪开了手。然后，他面色不善地走向高个儿男人。当时的情况，从祁珂和秦峥看来，就像是叶鸣要和老丈人正面开怼。不知道为什么，两个人居然还有一点点小期待。就在这种期待的目光里，叶鸣看看老丈人，猛地跪了下去。

祁珂："……"

秦峥："……"

叶鸣："您好，初次见您，没带什么礼物，我就先给您表演一个下跪吧。"

祁言眉头一皱："你是谁？"

"我叫叶鸣，是你女儿的非法老公。"

祁珂："……"

秦峥："……"

被迫升级的老丈人："呵呵。"